"É ASSIM QUE O FUTURO DEVERIA SER."
THE WALL STREET JOURNAL

"O MAIS PRÓXIMO QUE SE PODE CHEGAR DE UM BLOCKBUSTER DE HOLLYWOOD EM FORMA DE LIVRO."
IO9.COM

"SE VOCÊ GOSTA DE FICÇÃO CIENTÍFICA COM PERSONAGENS EXCELENTES E AMBIENTADO NO ESPAÇO DE VERDADE, VOCÊ VAI GOSTAR DESTE LIVRO."
JO WALTON, AUTOR DE

JAMES S. A. COREY

LEVIATÃ DESPERTA

TRADUÇÃO: MÁRCIA BLASQUES

ALEPH

LEVIATÃ DESPERTA

TÍTULO ORIGINAL:
Leviathan wakes

COPIDESQUE:
Carla Bitelli

REVISÃO:
Ana Luiza Candido
Entrelinhas Editorial
Hebe Ester Lucas

DIREÇÃO EXECUTIVA:
Betty Fromer

DIREÇÃO EDITORIAL:
Adriano Fromer Piazzi

EDITORIAL:
Daniel Lameira
Bárbara Prince
Andréa Bergamaschi
Renato Ritto

FINANCEIRO:
Roberta Martins
Sandro Hannes

CAPA:
Pedro Henrique Barradas

LETTERING DE CAPA:
Pedro Inoue

PROJETO GRÁFICO E DIAGRAMAÇÃO:
Desenho Editorial

ILUSTRAÇÃO DE CAPA:
Mark Molnar

COMUNICAÇÃO:
Luciana Fracchetta
Pedro Henrique Barradas
Lucas Ferrer Alves
Stephanie Antunes

COMERCIAL:
Fernando Quinteiro
Lidiana Pessoa
Roberta Saraiva
Ligia Carla de Oliveira
André Castilho

COPYRIGHT © 2011 JAMES S. A. COREY
COPYRIGHT © EDITORA ALEPH, 2017
(EDIÇÃO EM LÍNGUA PORTUGUESA PARA O BRASIL)

TODOS OS DIREITOS RESERVADOS.
PROIBIDA A REPRODUÇÃO, NO TODO OU EM PARTE, ATRAVÉS DE QUAISQUER MEIOS.

 EDITORA ALEPH
Rua Henrique Monteiro, 121
05423-020 – São Paulo – SP – Brasil
Tel.: (55 11) 3743-3202
www.editoraaleph.com.br

DADOS INTERNACIONAIS DE CATALOGAÇÃO NA PUBLICAÇÃO (CIP)
ANGÉLICA ILACQUA CRB-8/7057

Corey, James S. A.
Leviatã desperta / James S. A. Corey ; tradução de Marcia Blasques. — São Paulo : Aleph, 2017.
672 p.

ISBN 978-85-7657-315-9

Título original: Leviathan Wakes
1. Literatura norte-americana 2. Ficção científica I. Título II. Blasques, Marcia

16-0415
CDD 813

Índices para catálogo sistemático:
1. Literatura norte-americana – Ficção científica

Para Jayné e Kat, que me encorajam a sonhar com naves espaciais.

PRÓLOGO:

JULIE

A *Scopuli* fora tomada havia oito dias, e por fim Julie Mao estava pronta para levar um tiro.

Foram necessários oito dias inteiros presa em um armário para chegar àquele ponto. Durante os dois primeiros dias, ela ficou imóvel, certa de que os homens armados que a colocaram lá dentro falavam sério. Nas horas iniciais, a nave para a qual fora levada não estava em movimento, então ela flutuou dentro do armário, dando toques suaves para não bater nas paredes ou no traje ambiental com o qual dividia o espaço. Quando a nave começou a se mover, o impulso devolveu seu peso, e ela ficou em pé, em silêncio, até que suas pernas começaram a ter espasmos, então, devagar, ficou em posição fetal. Urinava no macacão, sem se importar com a coceira úmida e morna ou com o cheiro, preocupada apenas em não escorregar e cair na mancha molhada que deixara no chão. Não podia fazer barulho, ou atirariam nela.

No terceiro dia, a sede a obrigou a entrar em ação. O barulho da nave estava por todos os lados: o fraco estrondo subsônico do reator e do propulsor; o assobio e o baque constantes dos sistemas hidráulicos e das cavilhas de aço quando as portas de pressão entre os conveses abriam e fechavam; o amontoado de botas pesadas batendo sobre o metal. Ela esperou até que todo barulho audível soasse distante, então tirou o traje ambiental do cabide e o colocou no chão do armário. Atenta a qualquer som próximo, desmontou o traje lentamente e pegou o suprimento de água dele. O líquido estava velho e estagnado; era óbvio que o traje não era usado ou reparado havia décadas. Mas ela não bebia nada havia dias, o que tornou a água morna e barrenta no reservatório do traje a melhor coisa que já tomara. Teve que se esforçar para não engolir e se obrigar a vomitar.

Quando a vontade de urinar voltou, ela pegou o reservatório com cateter do traje e se aliviou nele. Sentada no chão, agora acomodada no traje acolchoado e quase confortável, Julie se perguntou onde estariam seus captores – a Marinha da Coalizão, piratas ou algo pior. De vez em quando, ela dormia.

No quarto dia, o isolamento, a fome, o tédio e a diminuição do número de lugares para armazenar a urina enfim a incentivaram a fazer contato. Ouvira gritos de dor abafados. Em algum lugar ali perto, seus companheiros de nave estavam sendo espancados ou torturados. Se atraísse a atenção dos sequestradores, talvez eles simplesmente a levassem até os outros. Estava tudo bem. Ela podia aguentar espancamentos. Parecia um preço pequeno a pagar se isso significasse reencontrar pessoas.

O armário ficava ao lado da porta de uma câmara de descompressão interna. Durante o voo, não era uma área de muito tráfego, embora Julie não soubesse nada sobre a planta daquela nave em particular. Pensou no que dizer, em como se apresentar. Quando escutou alguém seguindo em sua direção, tentou gritar que queria sair. A rouquidão seca de sua garganta a surpreendeu. Engoliu em seco, mexendo a língua para tentar criar um pouco de saliva, e tentou de novo. Outro barulho fraco.

Pessoas estavam do lado de fora do armário. Uma voz falava discretamente. Julie ergueu o punho para bater na porta quando ouviu o que era dito.

Não. Por favor, não. Por favor, não.

Dave. O mecânico de sua nave. Dave, que colecionava trechos de desenhos animados antigos e conhecia um milhão de piadas, implorava em voz baixa e entrecortada.

Não, por favor, não, por favor, não, ele dizia.

O sistema hidráulico e os ferrolhos estalaram quando a câmara de descompressão se abriu. Houve um baque de carne quando alguma coisa foi jogada lá dentro. Outro estalo quando a câmara se fechou. Um silvo de ar escapando.

Quando o ciclo da câmara de descompressão terminou, as pessoas do lado de fora do armário se afastaram. Julie não bateu na porta para chamar a atenção delas.

Tinham limpado a nave. Serem detidos por armadas dos planetas interiores era uma situação ruim, mas eram todos treinados para lidar com isso. Dados sensíveis da APE, a Aliança dos Planetas Exteriores, foram apagados e sobrescritos com registros de aparência inócua e marcas de tempo falsas. O capitão destruiu qualquer coisa delicada demais para ser confiada a um computador. Quando os atacantes vieram a bordo, eles puderam se fingir de inocentes.

Não fez diferença.

Não houve questionamentos sobre cargas ou autorizações. Os invasores chegaram como se fossem donos do lugar, e o capitão Darren rolou como um cão. Todos os outros – Mike, Dave, Wan Li – simplesmente levantaram as mãos e seguiram em silêncio. Os piratas, traficantes de escravos ou o que quer que fossem, tinham-nos arrastado da pequena nave de transporte que fora o lar de Julie e levado todos eles pelo tubo de acoplamento, sem um traje ambiental sequer. A fina camada de Mylar do tubo era a única coisa entre eles e o vazio: era melhor que não rasgasse, ou adeus pulmões.

Julie fora junto, mas então os cretinos tentaram colocar as mãos nela e arrancar suas roupas.

Cinco anos de treinamento de jiu-jítsu em baixa gravidade e depois em espaço confinado sem gravidade. Ela fizera um bom estrago. Quase começara a pensar que podia ganhar deles quando um punho enluvado surgiu do nada e acertou seu rosto. As coisas ficaram meio confusas depois disso. Então o armário e *Atirar nela se fizesse barulho*. Quatro dias de não fazer barulho enquanto espancavam seus amigos lá embaixo e jogavam um deles para fora pela câmara de descompressão.

Depois de seis dias, tudo ficou em silêncio.

Alternando entre surtos de consciência e sonhos fragmentados, ela só estava vagamente ciente enquanto os sons de passos, de conversas, da porta de pressão e o estrondo subsônico do reator e do propulsor desapareciam aos poucos. Quando o propulsor parou e a gravidade sumiu, Julie acordou de um sonho, no qual viajava em seu antigo barco a vela, para descobrir-se flutuando ao mesmo tempo que os músculos gritavam em protesto para depois relaxarem devagar.

Empurrando o corpo contra a porta, Julie pressionou o ouvido no metal frio. O pânico tomou conta até que ela percebeu o som baixo dos recicladores de ar. A nave ainda tinha energia e oxigênio, mas o propulsor não estava ligado e ninguém abria a porta, caminhava ou falava. Talvez a tripulação estivesse em reunião. Ou em uma festa em outro convés. Ou todos estavam na casa das máquinas, consertando um problema sério.

Ela passou um dia ouvindo e esperando.

No sétimo dia, o último gole de água se foi. Ninguém se mexera na nave dentro do alcance de sua audição nas últimas vinte e quatro horas. Depois de chupar uma presilha de plástico que arrancou do traje ambiental para juntar um pouco de saliva, Julie começou a gritar. Gritou até ficar rouca.

Ninguém apareceu.

No oitavo dia, estava pronta para levar um tiro. Não tinha água havia dois dias, e a bolsa de resíduos estava cheia havia quatro. Ela encostou os ombros na parede dos fundos do armário e apoiou as mãos contra as paredes laterais. Então chutou com as duas pernas o mais forte que pôde. Os espasmos que se seguiram ao primeiro chute quase a fizeram desmaiar. Em vez disso, gritou.

Sua estúpida, ela se repreendeu. Estava desidratada. Oito dias sem atividade eram mais do que suficiente para desencadear uma atrofia. Deveria pelo menos ter se alongado.

Ela massageou os músculos enrijecidos até desfazer os nós

que se formaram; alongou-se, concentrando a mente como se estivesse de volta ao dojo. Quando assumiu o controle do corpo, chutou mais uma vez. E outra. E mais outra, até que a luz começou a aparecer através das frestas do armário. E de novo, até que a porta ficou tão encurvada que as três dobradiças e a trava eram os únicos pontos de contato com a lateral do armário.

Uma última vez fez a porta se curvar o bastante para que a trava não encostasse mais no ferrolho e balançasse livremente.

Julie saiu correndo do armário com as mãos meio erguidas, pronta para parecer ameaçadora ou aterrorizada, dependendo de como fosse mais útil.

Não havia vivalma em todo o convés: na câmara de descompressão, no depósito de trajes onde ela passara os últimos oito dias, nem em meia dúzia de outros depósitos. Todos vazios. Julie pegou uma chave inglesa magnetizada com o tamanho ideal para soltar o capacete de um kit de atividade extraveicular e desceu a escada da tripulação em direção ao convés de baixo.

Depois desceu mais um andar, e mais outro. As cabines da tripulação, em ordem quase militar. O refeitório, onde havia sinais de luta. O compartimento médico, vazio. O compartimento dos torpedos. Ninguém. A estação de comunicação estava deserta, desligada e trancada. Os poucos sensores de registro que ainda funcionavam não mostravam sinal algum da *Scopuli*. Um terror novo deu um nó em suas entranhas. Convés após convés, sala após sala, sem vida. Algo acontecera. Um vazamento de radiação. Veneno no ar. Algo que obrigasse uma evacuação. Ela se perguntou se seria capaz de guiar a nave sozinha.

Entretanto, se todos tinham evacuado, ela os teria escutado saindo pela câmara de descompressão, não teria?

Julie chegou à entrada do último convés, aquele que levava à engenharia. Parou quando a escotilha não abriu automaticamente. A luz vermelha no painel da trava mostrava que a sala fora trancada por dentro. Ela pensou mais uma vez em radiação e em outras falhas de impacto. Mas, se fosse esse o caso, por que trancar a porta pelo lado de dentro? Ela passara de painel em painel, e nenhum deles mostrava qualquer tipo de aviso. Nada, nem radiação nem outra coisa.

Havia mais sinais de briga ali. Sangue. Ferramentas e contêineres bagunçados. O que quer que tivesse acontecido ocorrera ali. Não, começara ali. E terminara atrás daquela porta trancada.

Foram necessárias duas horas com um maçarico e um pé de cabra da oficina mecânica para abrir a escotilha. O sistema hidráulico estava comprometido, por isso ela teve que forçar a abertura com a mão. Uma rajada de ar morno saiu, trazendo consigo um cheiro de hospital sem o antisséptico. Um odor de cobre, nauseabundo. A câmara de tortura, portanto. Os amigos dela estariam lá dentro, espancados ou cortados em pedaços. Julie ergueu a chave inglesa e se preparou para arrebentar a cara de pelo menos uma pessoa antes que a matassem. Flutuou para dentro.

O convés da engenharia era imenso, abobadado como uma catedral. O reator de fusão dominava o espaço central. Havia alguma coisa errada com o equipamento. Uma camada de algo com aparência de lama parecia envolver o núcleo do reator, bem onde Julie esperava ver mostradores, blindagens e monitores. Devagar, ela seguiu naquela direção, mantendo uma mão na escada. O cheiro estranho se tornara insuportável.

A lama endurecida em torno do reator tinha uma estrutura que não se parecia com nada que ela vira antes. Era entrecortada por tubos como veias ou vias respiratórias. Partes da coisa pulsavam. Não era lama.

Carne.

Uma saliência da coisa se virou para ela. Comparada ao todo, não parecia maior do que um dedo do pé, um mindinho. Era a cabeça do capitão Darren.

– Me ajude – a coisa pediu.

I

HOLDEN

Há cento e cinquenta anos, quando os desentendimentos provincianos entre Terra e Marte chegaram ao limiar da guerra, o Cinturão era um horizonte distante de vasta riqueza mineral, porém inviável economicamente, e os planetas exteriores estavam além até dos sonhos corporativos mais irreais. Foi então que Solomon Epstein construiu um pequeno motor a fusão modificado, colocou-o na traseira de seu iate de três lugares e o ligou. Com um bom telescópio, ainda é possível ver a embarcação seguindo em uma porcentagem pequena da velocidade da luz, avançando para o grande vazio. O melhor e mais longo funeral da história da espécie humana. Felizmente, ele havia deixado os projetos no computador de casa. O Motor Epstein não deu as estrelas para a humanidade, mas entregou os planetas.

Com 750 metros de comprimento, 250 metros de largura – mais ou menos na forma de um hidrante – e em grande parte vazia por dentro, a *Canterbury* era um transporte colonizador reequipado. No passado, estivera lotada de pessoas, suprimentos, projetos, máquinas, bolhas ambientais e esperança. Quase 20 milhões de pessoas viviam nas luas de Saturno agora, e a *Canterbury* transportara em torno de um milhão dos ancestrais delas para lá. Eram 45 milhões nas luas de Júpiter. Uma lua de Urano chegava a ter 5 mil habitantes, o posto avançado mais distante da civilização humana, pelo menos até que os mórmons terminassem sua nave geracional e partissem para as estrelas e para a liberdade além das restrições de procriação.

E havia o Cinturão.

Se alguém perguntasse aos recrutadores da APE quando estivessem bêbados e comunicativos, eles poderiam dizer que havia 100 milhões de pessoas no Cinturão. Se perguntasse a um recenseador dos planetas interiores, o número seria mais próximo de 50 milhões. De qualquer jeito, a população era imensa e precisava de muita água.

Então agora a *Canterbury* e as dezenas de naves-irmãs da Companhia de Água Pur'n'Kleen, a P&K, rebocavam geleiras no percurso dos generosos anéis de Saturno até o Cinturão e então de volta, e fariam isso até que as embarcações se transformassem em velhos destroços resgatados.

Jim Holden via certa poesia nisso.

– Holden?

Ele se virou para o convés do hangar. A engenheira-chefe Naomi Nagata estava parada diante ele. Com quase 2 metros de altura, ela tinha o cabelo preto cacheado preso em um rabo de cavalo, e uma expressão que ficava entre diversão e aborrecimento. Tinha o hábito dos cinturinos de dar de ombros com as mãos, em vez de com os ombros.

– Holden, você está escutando ou só olhando pela janela?

– Há um problema – Holden disse. – E como você é muito, mas muito boa mesmo, pode resolvê-lo mesmo que não tenha dinheiro ou suprimentos suficientes.

Naomi deu uma gargalhada.

– Então você não estava ouvindo – ela disse.

– Não, na verdade, não.

– Bem, de qualquer modo, você já sabe o básico. O trem de pouso da *Cavaleiro* não vai funcionar na atmosfera até que eu consiga trocar as vedações. Isso vai ser um problema?

– Perguntarei ao velho – Holden falou. – Mas quando foi a última vez que usamos a nave na atmosfera?

– Nunca, mas o regulamento diz que precisamos de pelo menos uma nave capaz de suportar a atmosfera.

– Ei, chefe! – Amos Burton, o assistente terráqueo de Naomi, gritou do outro lado da enseada. Acenava com o braço carnudo na direção deles e dirigia-se a Naomi. Amos podia estar na nave do capitão McDowell; Holden podia ser o imediato; mas, no mundo de Amos Burton, só Naomi era chefe.

– Qual o problema? – Naomi gritou de volta.

– Um cabo ruim. Você pode segurar esse maldito no lugar enquanto pego o sobressalente?

Naomi virou para Holden com um *Terminamos aqui?* nos olhos. Ele fez uma saudação sarcástica e ela bufou, balançando a cabeça enquanto se afastava, o corpo alto e magro no macacão sujo de graxa.

Sete anos na nave da Terra, cinco anos trabalhando no espaço com civis, e ele ainda não se acostumara aos ossos improvavelmente compridos e finos dos cinturinos. A infância passada na gravidade moldara para sempre o jeito como ele via as coisas.

No elevador central, Holden segurou o dedo por um instante sobre o botão do convés de navegação, tentado pela expectativa de ver Ade Tukunbo – seu sorriso, sua voz, o perfume de patchuli e baunilha que emanava de seu cabelo; em vez disso, apertou o botão para a enfermaria. O dever antes do prazer.

Quando Holden entrou, Shed Garvey, o técnico médico, estava debruçado sobre a bancada de laboratório, fazendo um curativo no que sobrara do braço direito de Cameron Paj. Um mês antes, Paj tivera o cotovelo esmagado por um bloco de gelo de 30 toneladas que se movia a 5 milímetros por segundo. Não era um ferimento incomum entre pessoas que tinham o perigoso trabalho de cortar e mover icebergs em gravidade zero, e Paj estava encarando a coisa toda com o fatalismo de um profissional. Holden se inclinou sobre o ombro de Shed para observar enquanto o técnico arrancava uma das larvas medicinais do tecido morto.

– Como vão as coisas? – Holden perguntou.

– Estão muito bem, senhor – Paj respondeu. – Ainda tenho alguns nervos. Shed estava me explicando como a prótese vai se ligar ao braço.

– Supondo que consigamos manter a necrose sob controle – o médico disse – e que Paj não se cure muito antes de chegarmos a Ceres. Verifiquei a apólice, e Paj já está contratado há tempo suficiente para conseguir uma prótese com retroalimentação de força, sensores de pressão e temperatura e software de coordenação motora fina. O pacote completo. Será quase tão bom quanto o braço de verdade. Os planetas interiores têm um novo biogel que regenera o membro, mas isso não está coberto pelo nosso plano de saúde.

– Fodam-se os interioranos e foda-se a geleia mágica deles. Prefiro ter uma boa prótese feita pelos cinturinos a qualquer coisa que aqueles desgraçados criam em laboratório. Só de usar um desses braços chiques provavelmente você se torna um imbecil – Paj disse. Então acrescentou: – Ah, hum, sem querer ofender, imediato.

– Não ofendeu. Só estou feliz que vamos conseguir ajudá-lo com isso – Holden respondeu.

– Conte para ele a outra parte – Paj disse com um sorriso perverso. Shed corou.

– Eu, ah, ouvi de outros caras que conseguiram essas próteses – Shed começou, sem olhar Holden nos olhos. – Aparentemente, enquanto você está se acostumando com o aparelho, há um período em que ao bater punheta parece que outra pessoa está fazendo isso por você.

Holden deixou o comentário no ar por um instante enquanto as orelhas de Shed ficavam carmesim.

– Bom saber – Holden comentou. – E a necrose?

– Há um pouco de infecção – Shed respondeu. – As larvas estão mantendo sob controle, e na verdade a inflamação é uma coisa boa neste contexto, então não estamos combatendo agressivamente, a menos que comece a se espalhar.

– Ele estará pronto para a próxima viagem? – Holden perguntou.

Pela primeira vez, Paj franziu o cenho.

– Caralho, sim, estarei pronto. Sempre estou pronto. É o que *faço*, senhor.

– Provavelmente – Shed falou. – Depende de como a atadura ficar. Se não estiver pronto para esta viagem, estará para a próxima.

– Nem fodendo – Paj falou. – Posso cuidar do gelo com uma só mão melhor do que metade dos panacas que você tem nesta merda.

– Como eu disse – Holden respondeu, contendo um sorriso –, é bom saber. Siga em frente.

Paj bufou. Shed arrancou outra larva. Holden voltou ao elevador e, desta vez, não hesitou.

A cabine de navegação da *Canterbury* não era feita para impressionar. Os monitores do tamanho de uma parede, que Holden imaginava quando se voluntariou para a marinha, existiam em naves da capital, mas, mesmo lá, eram mais um objeto de design que uma necessidade. Ade estava sentada diante de duas telas que eram só um pouco maiores do que um terminal portátil: nos cantos, gráficos atualizados de eficiência e saída do reator e do motor da nave; à direita, registros brutos eram carregados conforme o sistema os reportava. Ela usava fones de ouvidos pesados, que cobriam as orelhas e mal deixavam o baque surdo da linha do baixo escapar. Se a *Canterbury* tivesse uma anomalia, isso a alertaria. Se houvesse um erro de sistema, isso a alertaria. Se o capitão McDowell deixasse o comando e o convés de controle, isso a alertaria para que ela pudesse desligar a música e parecer ocupada quando ele voltasse. Seu hedonismo mesquinho era só uma das mil coisas que tornava Ade atraente para Holden. Ele caminhou por trás dela, tirou os fones gentilmente dos ouvidos e disse:

– Oi.

Ade sorriu, tocou na tela e deixou os fones repousarem ao redor do pescoço comprido e delgado, como se fosse uma joia tecnológica.

– Imediato James Holden – ela disse com uma formalidade exagerada que se tornava ainda mais aguda pelo pesado sotaque nigeriano. – Em que posso ajudá-lo?

– Sabe, é engraçado você perguntar isso – ele comentou. – Eu estava pensando exatamente em como seria agradável ter alguém na minha cabine quando o terceiro turno terminar. Ter um jantarzinho romântico com a mesma porcaria que estão servindo na cozinha. Escutar um pouco de música.

– Beber um pouco de vinho – ela falou. – Quebrar um pouco o protocolo. A ideia é agradável, mas não estou a fim de sexo esta noite.

– Não estava falando de sexo. Vamos comer um pouco. Conversar.

– *Eu* estava falando de sexo – ela respondeu.

Holden se ajoelhou ao lado da cadeira dela. No terço de gravidade da propulsão atual deles, era perfeitamente confortável. O sorriso de Ade suavizou. A lista de registros soou; ela olhou para a tela, digitou uma liberação e se voltou para o homem a seu lado, que então disse:

– Ade, eu gosto de você. Quero dizer, gosto de verdade da sua companhia. Não entendo por que não podemos passar algum tempo juntos vestidos.

– Holden, querido. Pare com isso, ok?

– Parar com o quê?

– Pare de tentar me tornar sua namorada. Você é um cara legal. Tem uma bunda bonita e é divertido na cama. Não quer dizer que temos um compromisso.

Holden se balançou sobre os calcanhares, sentindo o cenho franzir.

– Ade, para funcionar para mim, precisa ser mais do que isso.

– Mas não é – ela falou, segurando a mão dele. – E tudo bem não ser. Você é o imediato aqui, e eu sou temporária. Outra viagem, talvez duas, e vou embora.

– Também não estou preso a esta nave.

A gargalhada dela era metade carinho e metade descrença.

– Há quanto tempo você está na *Cant*?

– Cinco anos.

– Você não vai a lugar algum – ela comentou. – Está confortável aqui.

– Confortável? – ele disse. – A *Cant* é uma transportadora de gelo de um século de idade. Dá para encontrar um trabalho pior, mas só com muito esforço. Todo mundo aqui ou é incrivelmente subqualificado ou fez muita besteira no último trabalho.

– E você está confortável aqui. – Os olhos dela estavam menos gentis agora. Ade mordeu o lábio, abaixou os olhos para a tela e olhou para cima.

– Eu não merecia isso – ele disse.

– Não merecia mesmo – ela concordou. – Olhe, eu falei que não estava no clima. Estou mal-humorada. Preciso de uma boa noite de sono. Estarei mais gentil amanhã.

– Promete?

– Até farei o jantar para você. Desculpas aceitas?

Ele deslizou para a frente, pressionando os lábios nos dela. Ela o beijou de volta, educadamente no início e então com mais calor. Os dedos dela seguraram o pescoço dele por um momento, e então ela o afastou.

– Você é muito bom nisso. Mas precisa ir agora – Ade falou. – Por causa do dever e tudo mais.

– Certo – ele respondeu, e não se virou para ir embora.

– Jim – ela disse, e o sistema de comunicação da nave foi ativado.

– Holden para a ponte – anunciou o capitão McDowell, a voz compactada e com eco.

Holden respondeu com algo obsceno. Ade riu. Ele se abaixou para beijá-la no rosto e se dirigiu para o elevador central, desejando em silêncio que o capitão McDowell sofresse de furúnculos e humilhação pública pelo momento péssimo que escolhera.

A ponte não era muito maior que os aposentos de Holden e tinha menos da metade do tamanho da cozinha da nave. Exceto pelo monitor levemente exagerado do capitão, necessário por causa da visão falha dele e de sua desconfiança generalizada na cirurgia corretiva, bem que o lugar poderia ser a sala dos fundos de uma empresa de contabilidade. O ar cheirava a produto de limpeza e ao chá de erva-mate excessivamente forte de alguém. McDowell mexeu-se em seu assento quando Holden se aproximou. Então se reclinou no encosto, apontando por sobre o ombro para a estação de comunicação.

– Becca! – McDowell exclamou. – Conte para ele.

Rebecca Byers, a oficial de comunicações de plantão, poderia ser o resultado do cruzamento de um tubarão com um machado. Olhos pretos, feições afiadas, lábios tão finos que poderiam muito bem não existir. A história que circulava a bordo era a de que ela aceitara o emprego para escapar de um processo por matar um ex-marido. Holden gostava dela.

– Sinal de emergência – ela disse. – Captado há duas horas. A verificação do transponder retornou com sinal da *Callisto*. É real.

– Ah – Holden disse. E, então: – Merda. Somos os mais próximos?

– A única nave em alguns milhões de quilômetros.

– Bem. Não estou surpreso – Holden respondeu.

Becca voltou o olhar para o capitão, que estalou as juntas dos dedos e encarou o painel. A luz da tela lhe dava um estranho tom esverdeado.

– Está perto de um asteroide mapeado que não faz parte do Cinturão – McDowell disse.

– Sério? – Holden perguntou descrente. – Será que foram na direção dele? Não há mais nada por aqui em milhões de quilômetros.

– Talvez tenham parado por lá porque alguém tinha que ir ao banheiro. Tudo o que sabemos é que alguns imbecis estão lá fora, disparando um sinal de emergência, e somos os mais próximos. Presumindo...

A lei do sistema solar era inequívoca. Em um meio ambiente tão hostil à vida como o espaço, a ajuda e a boa vontade em relação aos companheiros humanos não eram opcionais. O sinal de emergência, só por existir, obrigava a nave mais próxima a parar e fornecer ajuda – mas isso não significava que a lei era seguida universalmente.

A *Canterbury* estava com carga completa. Bem mais de um milhão de toneladas de gelo foram colocadas gentilmente em movimento durante o mês anterior. Assim como a pequena geleira que esmagara o braço de Paj, seria difícil desacelerar. A tentação de ter uma falha inexplicável nas comunicações, apagar os registros e deixar que o bom deus Darwin assumisse as rédeas estava sempre ali.

Se McDowell tinha realmente a intenção de fazer isso, porém, não deveria ter chamado Holden. Ou fazer a sugestão onde a tripulação pudesse ouvi-lo. Holden entendeu a jogada. O capitão seria aquele que teria deixado para lá, não fosse a presença de Holden. A tripulação respeitaria o capitão por não querer atrapalhar os lucros da nave. E respeitaria Holden por insistir que seguissem as regras. Não importa o que acontecesse, o capitão e Holden seriam igualmente odiados pelo que a lei e a simples decência humana exigiam que fizessem.

– Temos que parar – Holden disse. Então, resoluto: – Pode ser um resgate.

McDowell digitou em seu monitor. A voz de Ade veio do console, tão grave e quente como se estivesse naquele mesmo aposento.

– Capitão?

– Preciso de dados para parar esta banheira – ele disse.

– Senhor?

– Quão difícil é nos colocar ao lado do CA-2216862?

– Vamos parar em um asteroide?

– Eu lhe direi depois que atender minha ordem, navegadora Tukunbo.

– Sim, senhor. – Holden ouviu uma série de cliques. – Se virarmos a nave neste instante e acelerarmos como loucos por quase dois dias, posso nos colocar a 50 mil quilômetros, senhor.

– Defina "acelerar como loucos" – McDowell pediu.

– Precisarei de todos nos assentos antiforça g.

– É claro – McDowell suspirou e coçou a barba mal-arrumada. – E levar o gelo só vai render alguns milhões de dólares em cascos esmagados, se tivermos sorte. Estou ficando velho demais para isso, Holden. De verdade.

– Sim, senhor. O senhor está. E sempre gostei da sua cadeira – Holden comentou.

McDowell fez uma careta e um gesto obsceno. Rebecca bufou aos risos. McDowell se voltou para ela.

– Responda ao sinal dizendo que estamos a caminho. E avise Ceres que vamos nos atrasar. Holden, em que pé está a *Cavaleiro*?

– Nenhum voo na atmosfera até conseguirmos algumas peças, mas funcionará bem para 50 mil quilômetros no vácuo.

– Tem certeza disso?

– Naomi disse. Então é verdade.

McDowell se levantou, alcançando quase 2,15 metros de altura e mais magro do que um adolescente na Terra. Por conta de sua idade e por nunca ter vivido sob a força da gravidade, a aceleração que se aproximava seria o inferno para o velho. Holden sentiu uma pontada de simpatia, mas jamais embaraçaria McDowell expressando o sentimento.

– O negócio é o seguinte, Jim – McDowell disse, a voz baixa de modo que apenas Holden pudesse ouvi-lo. – Nos pediram que parássemos e fizéssemos uma tentativa, mas não temos que sair do nosso caminho, se é que me entende.

– Já teremos parado – Holden respondeu.

McDowell deu um tapinha no ar com as mãos abertas, que lembravam uma aranha. Um dos muitos gestos que os cinturinos desenvolveram para serem perceptíveis quando estivessem usando um traje ambiental.

– Não posso evitar isso – ele disse. – Mas, se encontrar qualquer coisa que pareça estranha, não banque o herói novamente. Só reúna as coisas e venha embora.

– E deixar para a próxima nave que passar por aqui?

– E se manter em segurança – McDowell corrigiu. – É uma ordem. Entendido?

– Entendido – Holden respondeu.

Quando o sistema de comunicação da nave foi ligado e McDowell começou a explicar a situação para a tripulação, Holden imaginou poder ouvir um coro de reclamações subindo pelos conveses. Foi até Rebecca.

– Ok – disse ele. – O que sabemos sobre a nave quebrada?

– Cargueiro leve. Registro marciano. Mostra Eros como porto de origem. Chama-se *Scopuli*...

2

MILLER

O detetive Miller voltou a se sentar na cadeira estofada, sorrindo gentil e encorajador, enquanto rabiscava para encontrar algum sentido na história da garota.

– Então foi só porrada. A sala cheia de fodões, gritando e se engalfinhando – a garota dizia, gesticulando. – Como um número de dança, só que Bomie tinha o jeito de quem não sabia nadica de nada. Sabe como é?

Havelock, parado ao lado da porta, pestanejou duas vezes. O rosto contraído do homem se retorceu de impaciência. Era por isso que Havelock nunca se tornaria detetive sênior. E por ser péssimo no pôquer.

Miller era muito bom no pôquer.

– Sei muito bem – Miller disse. Sua voz assumira o sotaque de um residente dos níveis interiores. Gesticulou com a mão, fazendo o mesmo arco lento que a garota usara. – Bomie não percebeu. Baixou a guarda.

– Baixou a maldita guarda, sim – a garota repetiu, como se Miller tivesse recitado um versículo do Evangelho. Miller assentiu, e a garota assentiu de volta como se fossem dois pássaros fazendo a dança do acasalamento.

A habitação alugada tinha três aposentos – banheiro, cozinha e sala de estar – pintados de creme com manchas escuras. A estrutura de uma cama de armar na sala de estar tinha quebrado e fora consertada tantas vezes que não retraía mais. Nessa proximidade do centro do eixo de rotação de Ceres, aquilo não era tanto resultado da gravidade quanto da massa em movimento. O ar cheirava a cerveja com leveduras e cogumelos. Comida local, então quem quer que tivesse sacudido a garota com força o bastante para quebrar a cama não a pagara o suficiente para o jantar. Ou talvez tivesse, e ela preferisse gastar com heroína, bebidas e comprimidos.

Problema dela, de todo modo.

– E depois? – Miller perguntou.

– Bomie murchou como se perdesse o ar – a garota contou com uma risada alta. – Soluços de bater a cabeça, saca?

– Saquei – Miller respondeu.

– Agora, só fodões novos. Por cima. Estou fora.

– E Bomie?

Os olhos da garota traçaram um caminho lento dos sapatos aos joelhos, chegando ao chapéu *pork pie*. Miller gargalhou. Deu um empurrão leve na cadeira, reclinando-se na gravidade baixa.

– Ele mostra, eu pergunto *que si*? – Miller disse.

– *Como no*? – a garota respondeu. *Por que não*?

O túnel lá fora era branco onde não estava sujo. Dez metros de largura, levemente inclinado para cima em ambas as direções. As luzes brancas de LED não pretendiam imitar a luz do sol. Cerca de meio quilômetro abaixo, alguém colidira com tanta força contra a parede que a pedra nativa ficara à mostra, e ainda não fora consertada. Talvez não fosse. Ali era uma área de escavação profunda, a caminho do centro do eixo de rotação. Turistas nunca vinham para cá.

Havelock tomou o caminho até o veículo deles, saltando alto demais a cada passo. Não costumava frequentar níveis de baixa gravidade, e isso o deixava desajeitado. Miller vivera em Ceres toda a sua vida e, verdade seja dita, o efeito Coriolis a uma altura dessas também podia deixá-lo um pouco instável de vez em quando.

– Então – Havelock começou enquanto digitava o código de destino –, você se divertiu?

– Não sei o que quer dizer – Miller falou.

Os motores elétricos ganharam vida, e o veículo deu uma guinada para a frente dentro do túnel, fazendo guinchar de leve os pneus de espuma macios.

– Ter sua conversa centurina diante de um terráqueo? – Havelock disse. – Não consegui entender metade daquilo.

– Não eram cinturinos deixando o cara da Terra de fora –

Miller comentou. – Era gente pobre deixando o riquinho de fora. E foi meio divertido, agora que você mencionou.

Havelock gargalhou. Era capaz de ser provocado e seguir em frente. Era o que o tornava bom em esportes de equipe: futebol, basquete, política.

Miller não era muito bom em nada disso.

Ceres, a cidade portuária do Cinturão e dos planetas exteriores, gabava-se de ter 250 quilômetros de diâmetro, dezenas de milhares de quilômetros de túneis sobre túneis sobre túneis. Girando a 0,3 g, atraíra as melhores mentes para a Tycho Manufaturas durante meia geração, e os cinturinos ainda eram bem presunçosos sobre isso. Agora Ceres tinha mais de 6 milhões de residentes permanentes e, com as mais de mil naves que atracavam por dia, significava que a população alcançava os 7 milhões.

Platina, ferro e titânio do Cinturão. Água de Saturno, vegetais e carne das grandes estufas mantidas por espelhos em Ganimedes e Europa, orgânicos da Terra e de Marte. Células de energia de Io, Hélio-3 das refinarias em Reia e Jápeto. Um rio de riqueza e poder sem igual na história humana atravessava Ceres. Onde havia comércio nesse nível, também havia crime. Onde havia crime, havia forças de segurança para mantê-lo sob controle. Homens como Miller e Havelock, cujo trabalho era guiar veículos elétricos por rampas amplas, sentir a gravidade falsa da rotação diminuir sob eles, e perguntar a extravagantes prostitutas de baixa renda sobre o que aconteceu na noite em que Bomie Chatterjee parou de recolher o dinheiro da proteção para a Sociedade Ramo Dourado.

O primeiro quartel-general da Star Helix Segurança, força policial e guarnição militar da Estação Ceres, estava no terceiro nível da crosta do asteroide, com 2 quilômetros quadrados e escavado tão fundo na rocha que Miller podia subir cinco andares de seu convés sem deixar os escritórios. Havelock ligou o veículo enquanto Miller seguiu para seu cubículo, fez download da gravação do interrogatório com a garota e escutou o arquivo mais uma vez. Estava no meio da gravação quando seu parceiro chegou caminhando pesadamente.

– Descobriu alguma coisa? – Havelock perguntou.

– Nada de mais – Miller disse. – Bomie foi atacado por um grupo de ladrões locais sem filiação. Acontece de um cara de baixo nível como Bomie contratar pessoas para fingir atacá-lo, para que ele possa derrotá-los como um herói. Melhora sua reputação. Foi o que ela quis dizer quando chamou de número de dança. Os caras que foram atrás dele eram desse calibre, só que, em vez de se transformar em um ninja durão, Bomie fugiu e não voltou.

– E agora?

– E agora nada – Miller falou. – É o que eu não entendo. Alguém pegou a carteira da Ramo Dourado, e não há reembolso. Quero dizer, ok, Bomie é ficha pequena, mas...

– Mas, assim que começarem a pegar os pequenos, haverá menos dinheiro chegando até os grandes – Havelock disse. – Então por que a Ramo Dourado não infligiu algum tipo de punição de gangue?

– Não gosto disso – Miller comentou.

Havelock gargalhou.

– Cinturinos – ele disse. – Uma coisa fica estranha e vocês acham que todo o ecossistema está vindo abaixo. Se a Ramo Dourado está fraca demais para manter seus territórios, é uma coisa boa. Eles são os malvados, lembra?

– Sim, bem... – Miller retrucou. – Diga o que quiser sobre o crime organizado, pelo menos ele é organizado.

Havelock sentou-se na pequena cadeira de plástico ao lado da mesa de Miller e se esticou para assistir à gravação.

– Ok – Havelock falou. – Que diabos é "baixou a guarda"?

– Um termo do boxe – Miller explicou. – É o golpe que você não vê chegar.

O computador interrompeu a gravação e a voz da capitã Shaddid surgiu nos alto-falantes.

– Miller? Você está aí?

– Humm – Havelock falou. – Mau presságio.

– O quê? – a capitã perguntou, a voz afiada. Ela nunca superara muito bem seu preconceito contra Havelock por ser originário dos planetas interiores. Miller ergueu uma mão para silenciar o parceiro.

– Estou aqui, capitã. O que posso fazer por você?

– Encontre-me em meu escritório, por favor.

– Estou a caminho.

Miller se levantou, e Havelock deslizou para a cadeira dele. Não falaram nada. Sabiam que a capitã Shaddid teria pedido que os dois fossem juntos se quisesse que Havelock estivesse lá. Outra razão pela qual o homem jamais se tornaria detetive sênior. Miller o deixou sozinho com a gravação, tentando analisar detalhes como classe, estação, origem e raça. Trabalho de uma vida.

O escritório da capitã Shaddid era decorado em um estilo suave, feminino. Tapeçarias de tecido verdadeiro pendiam nas paredes, e o cheiro de café e canela vinha de um encarte no filtro de ar que custava cerca de um décimo do que os produtos reais teriam custado. Ela usava o uniforme casualmente, o cabelo solto nos ombros, violando os regulamentos da corporação. Se alguém pedisse para Miller descrevê-la, as palavras *camuflagem e mimetismo* viriam à mente. Ela acenou com a cabeça na direção de uma cadeira e ele se sentou.

– O que descobriu? – ela perguntou, mas seu olhar estava na parede atrás dele. Não era uma prova surpresa; ela estava apenas puxando conversa.

– A Ramo Dourado está parecendo a gangue de Sohiro ou a Loca Greiga. Ainda na estação, mas... distraída. Acho que poderia falar assim. Está deixando coisas pequenas passarem. Menos bandidos em campo, menos execuções. Tenho meia dúzia de caras de nível médio que foram silenciados.

Ele conseguiu a atenção dela.

– Morto? – a capitã perguntou. – Um ponta de lança da APE?

Um ponta de lança da Aliança dos Planetas Exteriores era uma assombração constante para a segurança de Ceres. Vivendo da tradição de Al Capone, do Hamas, do IRA e da Facção do Exército Vermelho, a APE era amada pelo povo que ajudava e temida por aqueles que cruzavam seu caminho. Parte movimento social, parte aspirante à nação e parte rede terrorista, faltava-lhe uma consciência institucional. A capitã Shaddid podia não gostar de Havelock porque ele vinha de um poço de gravidade, mas ela trabalhava com ele. A APE o teria colocado em uma câmara de descompressão. Pessoas como Miller só serviam para receber uma bala no crânio, e uma que fosse de plástico. Nada que pudesse gerar estilhaços na rede de dutos.

– Não acho que seja isso – ele disse. – Não tem cheiro de guerra. É... Honestamente, senhora, não sei bem que diabos é. Os números são grandes. Taxas de proteção caindo, jogos ilegais diminuindo. Cooper e Hariri fecharam um prostíbulo de menores de idade que funcionava no nível 6; até onde se sabe, ele não foi reaberto. Há um pouco mais de ações de independentes, mas, fora isso, tudo parece excelente. Só que está esquisito.

Ela assentiu, mas seu olhar voltara para a parede. Ele perdeu o interesse dela tão rápido quanto o conquistara.

– Bem, deixe isso de lado – ela disse. – Tenho algo. Uma empreitada nova. Só para você. Não para Havelock.

Miller cruzou os braços.

– Nova empreitada – ele repetiu devagar. – Isso significa o quê?

– Significa que a Star Helix Segurança aceitou um contrato de serviços separado da tarefa de proteger Ceres e, em meu papel de gerente local da corporação, estou lhe designando para isso.

– Estou demitido? – ele perguntou.

A capitã Shaddid pareceu aflita.

– É um dever adicional – ela disse. – Você ainda terá as

obrigações que tem agora em Ceres. É só um complemento... Olhe, Miller, acho isso uma merda tanto quanto você. Não o estou expulsando da estação. Não estou tirando você do contrato principal. É um favor que alguém lá da Terra está fazendo para um acionista.

– Fazemos favores para acionistas agora? – Miller questionou.

– Você faz, sim – a capitã Shaddid disse. A suavidade se fora, bem como o tom conciliatório. Seus olhos estavam escuros como pedra molhada.

– Certo, então – Miller cedeu. – Acho que faço.

A capitã Shaddid ergueu seu terminal portátil. Miller tateou a lateral do corpo, pegou o próprio terminal e aceitou a transferência de feixe estreito. O que quer que fosse, Shaddid estava mantendo fora da rede geral. Uma nova árvore de arquivos, intitulada "jmao", apareceu na tela do detetive.

– É um caso de filhinha perdida – a capitã Shaddid disse. – Ariadne e Jules-Pierre Mao.

Os nomes deram um estalo nele. Miller pressionou a ponta dos dedos na tela do terminal portátil.

– Mao-Kwikowski Mercantil? – perguntou.

– Esse mesmo.

Miller assobiou baixinho.

Maokwik podia não estar entre as dez principais corporações do Cinturão, mas sem dúvida estava entre as cinquenta. Originalmente, fora uma firma jurídica envolvida no fracasso épico das cidades da nuvem venusiana. Com o dinheiro desse processo que durou décadas, diversificaram e expandiram, em especial no ramo de transporte interplanetário. Agora, a estação corporativa era independente, flutuando entre o Cinturão e os planetas interiores com a majestade régia de um transatlântico nos mares de antigamente. O simples fato de Miller saber tanto sobre eles significava que tinham dinheiro suficiente para comprar e vender homens como ele no livre mercado.

Ele acabara de ser comprado.

– Eles têm base na Lua – a capitã Shaddid explicou. – Todos os direitos e privilégios dos cidadãos da Terra. Mas fazem muitos negócios no setor de transportes por aqui.

– E perderam uma filha?

– Ovelha negra – a capitã contou. – Abandonou a faculdade, envolveu-se com um grupo chamado Fundação Horizonte Distante. Ativistas estudantis.

– Fachada da APE – Miller falou.

– Associados – Shaddid o corrigiu. Miller deixou passar, mas um lampejo de curiosidade o perturbou. Ele se perguntou de que lado a capitã Shaddid ficaria se a APE atacasse. – A família achou que era uma fase. Eles têm dois filhos mais velhos com controle acionário, então, se Julie queria saracotear no vácuo intitulando-se combatente da liberdade, não havia dano real.

– Mas agora querem que a encontremos – Miller disse.

– Querem.

– O que mudou?

– Eles não acham adequado partilhar essa informação.

– Certo.

– Os últimos registros mostram que ela estava empregada na Estação Tycho, mas mantinha um apartamento aqui. Encontrei a partição dela na rede e travei. A senha está em seus arquivos.

– Ok – Miller respondeu. – Qual é minha tarefa?

– Encontrar Julie Mao, detê-la e trazê-la para casa.

– Um sequestro, então.

– Sim.

Miller encarou seu terminal portátil, rolando os arquivos abertos sem olhar bem para eles. Sentia um estranho nó nas entranhas. Trabalhava na segurança de Ceres havia trinta anos e não começara com muitas ilusões naquele lugar. A piada era que Ceres não tinha leis, tinha polícia. Suas mãos não eram mais limpas que as da capitã Shaddid. De vez em quando, pessoas caíam de câmaras de descompressão. De vez em quando, evidências desapareciam dos armários. A questão não era tanto se era certo ou errado, mas se era justificado. Quando se passava a vida em uma bolha de pedra com comida, água e até *ar* trazidos de lugares tão distantes que mal se podia encontrá-los com um telescópio, era necessária certa flexibilidade moral. Mas ele nunca assumira um trabalho que exigisse sequestro antes.

– Algum problema, detetive? – a capitã Shaddid perguntou.

– Não, senhora – ele respondeu. – Cuidarei disso.

– Não leve muito tempo.

– Sim, senhora. Mais alguma coisa?

A dureza dos olhos da capitã Shaddid suavizou, como se colocasse uma máscara. Ela sorriu.

– Está tudo bem com seu parceiro?

– Havelock está bem – Miller disse. – Tê-lo por perto faz as pessoas gostarem mais de mim por contraste. Isso é bom.

A única mudança no sorriso dela foi se tornar meio grau mais genuíno. Nada como um pouco de preconceito compartilhado para criar laços com o chefe. Miller assentiu respeitosamente e saiu.

Sua habitação era no oitavo nível de um túnel residencial com 100 metros de largura e 50 metros de jardins cuidadosamente cultivados atravessando a parte central. O teto abobadado do corredor principal era iluminado por luzes embutidas e pintado de azul – que Havelock assegurava combinar com a cor do céu de verão na Terra. Viver na superfície de um planeta, a massa sugando cada osso e músculo do seu corpo e nada além da gravidade para manter o ar por perto, parecia um caminho rápido para a loucura. O azul era bonito, no entanto.

Algumas pessoas tinham o costume da capitã Shaddid de perfumar o ar. Nem sempre com cheiro de café e canela, é claro. A habitação de Havelock cheirava a pão assado. Outros optavam por odores florais ou semiferomônios. Candace, ex-esposa de

Miller, preferia algo chamado lírio da Terra, que sempre o fazia se lembrar dos níveis de reciclagem de lixo. Nos últimos tempos, ele deixava sua casa com o cheiro vagamente adstringente da estação. Ar reciclado que passara por milhares de pulmões. Água da torneira tão limpa que podia ser usada em laboratório, mas que já recebera mijo, merda, lágrimas e sangue e que receberia tudo de novo. O ciclo de vida em Ceres era tão pequeno que era possível ver a curva. Miller gostava disso.

Ele se serviu de uma dose de uísque envelhecido – um licor nativo de Ceres feito de levedura manipulada –, tirou os sapatos e se acomodou na cama de espuma. Ainda podia ver a cara feia de desaprovação de Candace e ouvir seu suspiro. Deu de ombros, como se pedisse desculpas para a lembrança, e voltou ao trabalho.

Juliette Andromeda Mao. Ele leu o currículo e os registros acadêmicos dela. Talentosa piloto de naves de corrida. Havia uma foto dela aos 18 anos em um traje espacial sob medida, segurando o capacete: uma bela garota com o corpo magro dos cidadãos da Lua e longos cabelos pretos. Sorria como se o universo tivesse lhe dado um beijo. A legenda dizia que ela chegara em primeiro lugar em algo chamado Parrish/Dorn 500J. Miller fez uma pesquisa rápida. Era algum tipo de corrida na qual pessoas bastante ricas se davam ao luxo de competir. A nave de corrida dela, a *Porco Selvagem*, batera o recorde anterior e mantivera a marca por dois anos.

Miller tomou um gole do uísque e se perguntou o que teria acontecido com a garota rica e poderosa – o suficiente para ter uma nave particular – para que acabasse em Ceres. Era um longo caminho entre competir em corridas dispendiosas e ser amarrada como um porco e enviada para casa em um casulo. Ou talvez não fosse um caminho tão longo assim.

– Pobre menina rica – Miller disse para a tela. – Imagino que deva ser um saco ser você.

Ele fechou os arquivos e bebeu em silêncio, sério, encarando o teto vazio. A cadeira em que Candace costumava se sentar e lhe perguntar sobre seu dia estava vazia, mas ele podia vê-la ali. Agora que ela não estava perto dele para fazê-lo falar, era mais fácil respeitar o impulso. Ela se sentia solitária. Ele entendia isso agora. Na imaginação dele, ela revirava os olhos.

Uma hora mais tarde, o sangue já quente com a bebida, ele aqueceu uma tigela de arroz verdadeiro e feijão falso – levedura e fungo podiam imitar qualquer coisa quando se tomava bastante uísque antes –, abriu a porta da habitação e jantou observando o tráfego que se curvava gentilmente. O segundo turno entrava e saía das estações de metrô. As crianças que viviam duas habitações abaixo – uma garota de 8 anos e seu irmão de 4 – encontraram-se com o pai com abraços, gritos, acusações mútuas e lágrimas. O céu azul brilhava com suas luzes refletivas, imutáveis, estáticas, tranquilizadoras. Um pardal voou pelo túnel, pairando de um modo que Havelock assegurava ser impossível na Terra. Miller atirou um feijão falso para o pássaro.

Tentou pensar na garota Mao, mas a verdade era que ele não se importava. Algo estava acontecendo com as famílias do crime organizado em Ceres, e isso o tirava do sério.

Esse problema com Julie Mao era secundário.

3

HOLDEN

Depois de quase dois dias inteiros em alta gravidade, os joelhos, as costas e o pescoço de Holden doíam. Além da cabeça. Droga, e os pés. Ele passou pela escotilha da tripulação da *Cavaleiro* bem quando Naomi subia a escada, vinda do compartimento de carga. Ela sorriu e fez sinal de positivo com o polegar.

– O veículo de transporte está acoplado – ela disse. – O reator está aquecendo. Estamos prontos para partir.

– Que bom.

– Já temos um piloto? – Naomi perguntou.

– Alex Kamal está de plantão hoje, então será nosso homem. Eu meio que queria que Valka estivesse de serviço. Ele não é tão bom piloto quanto Alex, mas é mais silencioso. Minha cabeça dói.

– Gosto de Alex. É efusivo – Naomi disse.

– Não sei o que quer dizer *efusivo*, mas, se significa Alex, isso me deixa cansado.

Holden começou a subir a escada para a área de operações e a cabine do piloto. Na superfície preta brilhante do painel de parede desligado, o reflexo de Naomi sorria em suas costas. Ele não conseguia entender como cinturinos, finos como lápis, recuperavam-se da alta gravidade tão depressa. Décadas de práticas e reproduções seletivas, talvez.

Na sala de operações, Holden prendeu-se ao console de comando, e o material em ruínas do assento ajeitava-se silencioso ao seu corpo. Na meia gravidade em que Ade os colocara para a aproximação final, a espuma era agradável. Ele deixou escapar um pequeno gemido. Os interruptores, plástico e metal feitos para suportar alta gravidade e centenas de anos, estalavam de modo cortante. A *Cavaleiro* respondeu com uma série de indicadores de diagnóstico brilhantes e um zumbido quase subliminar.

Alguns minutos mais tarde, Holden olhou por sobre o painel e viu aparecer o fino cabelo escuro de Alex Kamal, seguido por seu rosto redondo e alegre de um tom marrom profundo que anos de vida a bordo de uma nave não conseguiram descorar. Criado em Marte, Alex era mais encorpado do que um cinturino. Era delgado se comparado a Holden e, mesmo assim, seu traje de voo ficava esticado na linha aumentada da cintura. Alex voara na Marinha Marciana, mas claramente desistira da rotina de exercícios típica do estilo de vida militar.

– Olá, imediato – Alex falou arrastado. A afetação do Velho Oeste, comum a todos aqueles dos Vales de Mariner, irritava Holden. Não havia um caubói na Terra fazia cem anos, e Marte não tinha uma folha de grama que não estivesse sob um domo ou um cavalo que não estivesse em um zoológico. Os Vales de Mariner foram colonizados por indianos, chineses e por um pequeno contingente de texanos. Ao que parecia, o sotaque era contagioso, pois agora todos falavam dessa maneira. – Como vai o velho cavalo de batalha hoje?

– Tranquilo até agora. Precisamos de um plano de voo. Ade vai nos deixar em parada relativa em – ele conferiu o cronômetro – quarenta minutos, então trabalhe rápido. Quero sair, fazer o que tem que ser feito e colocar a *Cant* de volta ao curso para Ceres antes que a nave comece a enferrujar.

– Entendido – Alex respondeu, assumindo a cabine do piloto da *Cavaleiro*.

O fone de ouvido de Holden estalou; a voz de Naomi disse:

– Amos e Shed estão a bordo. Estamos todos prontos aqui embaixo.

– Obrigado. Estou só aguardando os dados de voo do Alex, e estaremos prontos para partir.

A tripulação era a mínima necessária: Holden como comandante, Alex para levá-los até lá e trazê-los de volta, Shed caso houvesse sobreviventes para tratar e, se não houvesse, Naomi e Amos para recolher os equipamentos.

Não demorou muito para Alex dar um retorno.

– Ok, chefe. Será uma viagem de cerca de quatro horas em

voo de chaleira. O uso total de massa é de cerca de 30%, mas estamos com tanque cheio. Tempo total da missão: onze horas.

– Entendido. Obrigado, Alex – Holden falou.

"Voo de chaleira" era uma gíria naval para voar com propulsores de manobra que usam vapor superaquecido para reação em massa. Seria perigoso usar a tocha de fusão da *Cavaleiro* tão perto da *Canterbury* e um desperdício em uma viagem tão curta. Tochas eram motores pré-Epstein e muito menos eficientes.

– Aguardo permissão para deixar o galpão – Holden disse e ligou o comunicador interno para falar com a ponte da *Canterbury*. – Aqui é Holden. A *Cavaleiro* está pronta para voar.

– Ok, Jim, vá em frente – McDowell disse. – Ade está parando a *Cant* agora. Tomem cuidado lá fora. Nossa rota é cara e eu meio que sempre tive uma queda por Naomi.

– Entendido, capitão – Holden respondeu. De volta ao comunicador interno, ele chamou Alex. – Vá em frente e nos tire daqui.

Holden se recostou em sua cadeira e escutou os estalos das manobras finais da *Canterbury*, o aço e os materiais cerâmicos tão altos e agourentos quanto as tábuas de madeira de um navio. Ou as articulações de um terráqueo depois de alta gravidade. Por um momento, Holden sentiu simpatia pela nave.

Eles não estavam parando de verdade, é claro. Nada no espaço jamais parava de verdade; só entrava em uma órbita coincidente com algum outro objeto. Estavam agora seguindo o CA-2216862 em sua alegre viagem milenar ao redor do Sol.

Ade deu luz verde para eles, e Holden esvaziou o hangar e abriu as portas. Alex os levou para fora do convés em cones brancos de vapor superaquecido.

Iriam encontrar a *Scopuli*.

O CA-2216862 era uma rocha de meio quilômetro de comprimento que vagava fora do Cinturão e havia sido atraída pela forte gravidade de Júpiter. Com o tempo, encontrou sua própria órbita lenta ao redor do Sol na vastidão entre Júpiter e o Cinturão, um território vazio até mesmo para o espaço sideral.

A visão da *Scopuli* repousando delicada contra a lateral do asteroide, presa no lugar pela leve gravidade da rocha, causou um arrepio em Holden. Mesmo que a nave estivesse em um voo cego, com todos os instrumentos apagados, as chances de atingir um objeto desses eram infinitamente baixas. Era um obstáculo de meio quilômetro de largura em uma autoestrada de milhões de quilômetros de diâmetro. A *Scopuli* não chegara ali por acidente. Holden alisou os cabelos que eriçaram em sua nuca.

– Alex, mantenha-nos a 2 quilômetros de distância – Holden pediu. – Naomi, o que pode me dizer sobre aquela nave?

– A configuração do casco bate com as informações do registro. Com certeza é a *Scopuli*. A nave não está irradiando sinais eletromagnéticos nem infravermelhos. Só aquele pequeno sinal de emergência. Parece que o reator está desligado. Deve ter sido manual e não por causa de danos, porque não captamos nenhum vazamento radioativo – Naomi relatou.

Holden olhou para as imagens que recebiam dos osciloscópios da *Cavaleiro*, bem como para as que foram criadas com os lasers da *Cavaleiro* sobre o casco da *Scopuli*.

– E quanto àquilo que parece um buraco na lateral?

– Ah – Naomi disse. – A detecção a laser diz que é um buraco na lateral.

Holden franziu o cenho.

– Ok. Vamos ficar um minuto por aqui e verificar mais uma vez a vizinhança. Algo no osciloscópio, Naomi?

– Nada. E os equipamentos na *Cant* podem localizar uma criança jogando pedras na Lua. Becca diz que, neste instante, não há ninguém em um raio de 20 milhões de quilômetros.

Holden tamborilou um ritmo complicado no braço de sua cadeira e soltou as amarras. Sentia-se quente e estendeu o braço para mirar o bocal de circulação de ar mais próximo para seu rosto. Seu couro cabeludo formigava com a evaporação do suor.

Se encontrar qualquer coisa que pareça estranha, não banque o herói novamente. Só reúna as coisas e venha embora. Essas eram as suas ordens. Ele olhava a imagem da *Scopuli*, o buraco na lateral.

– Ok – disse. – Alex, leve-nos para um quarto de quilômetro, e mantenha a posição ali. Iremos até a superfície no veículo de transporte. Ah, e mantenha a tocha aquecida e pronta. Se algo desagradável estiver se escondendo naquela nave, quero ser capaz de fugir o mais rápido possível e derreter qualquer coisa que esteja atrás de nós enquanto caímos fora. Entendido?

– Entendido, chefe. A *Cavaleiro* estará no modo correr-como-uma-lebre até que você diga o contrário – Alex respondeu.

Holden olhou para o console de comando mais uma vez, em busca da luz vermelha piscante de alerta que lhe daria permissão para voltar à *Cant*. Todas continuavam verde-claras. Saiu do assento. Um empurrão na parede com um pé o mandou até a escada, e ele desceu de cabeça com toques gentis nos degraus.

Na área da tripulação, Naomi, Amos e Shed ainda estavam presos em seus assentos. Holden segurou a escada e girou, de modo que a tripulação não parecesse de cabeça para baixo. Eles soltavam seus cintos de segurança.

– Eis a situação. A *Scopuli* tem um buraco, e alguém a deixou flutuando perto desta rocha. Ninguém aparece no osciloscópio, então talvez tenha acontecido há algum tempo e todos partiram. Naomi, você vai dirigir o veículo de transporte, e nós três vamos nos amarrar e pegar uma carona até os destroços. Shed, você ficará com o veículo de transporte a menos que encontremos alguém ferido, o que parece improvável. Amos e eu entraremos na nave pelo buraco e daremos uma olhada em tudo. Se encontrarmos qualquer coisa mesmo que remotamente parecida com uma armadilha, voltaremos para o veículo, Naomi nos levará de volta à *Cavaleiro* e sairemos correndo. Alguma pergunta?

Amos ergueu uma mão carnuda.

– Talvez devêssemos ir armados, imediato. Caso haja algum tipo de pirata espreitando a bordo.

Holden riu.

– Bem, se tiver, a carona foi embora sem eles. Se isso o deixa mais confortável, porém, vá em frente e pegue uma arma.

Se o grande e corpulento mecânico terrestre portasse uma arma, isso faria o próprio Holden se sentir mais seguro, mas não era bom dizer isso. Era melhor que pensassem que o cara no comando estava confiante.

Holden usou sua chave de imediato para abrir o armário de armas, e Amos pegou uma automática de calibre grosso que disparava ciclos de autopropulsão, sem rebote e desenhada para uso em gravidade zero. Disparadores de projéteis antiquados eram mais confiáveis, mas em gravidade nula também eram propulsores portáteis. Uma arma tradicional daria impulso suficiente para alcançar a velocidade de escape de uma rocha do tamanho da CA-2216862.

A tripulação desceu até o compartimento de carga, onde a caixa em formato de ovo com pernas de aranha do veículo de transporte de Naomi aguardava. Cada uma das quatro pernas tinha uma garra manipuladora na ponta e uma variedade de ferramentas de corte e solda acopladas. O par de pernas traseiro podia segurar-se no casco de uma nave ou em outra estrutura para alavancagem, e as duas pernas da frente podiam ser usadas para fazer reparos ou cortar a fuselagem em pedaços portáteis.

– Aprontem-se – Holden disse.

Os membros da equipe ajudaram uns aos outros a colocar e prender os capacetes. Todos conferiram seus próprios trajes e depois os dos demais. Quando a porta do compartimento de carga se abrisse, seria tarde demais para assegurar-se de que todos estavam com os equipamentos bem colocados.

Enquanto Naomi subia no veículo de transporte, Amos, Holden e Shed prendiam as amarras de seus trajes à gaiola de metal da cabine do piloto. Naomi conferiu o veículo e apertou o interruptor para circular a atmosfera do compartimento de carga e abrir as portas. O som dentro do traje de Holden desapareceu, para ficar apenas o assobio do ar e a estática fraca do rádio. O ar tinha um leve cheiro medicinal.

Naomi foi primeiro, levando o veículo de transporte na direção da superfície do asteroide com pequenos jatos de nitrogênio comprimido. A equipe seguia atrás dela, em amarras de 3 metros de comprimento. Enquanto voavam, Holden voltou-se para olhar para a *Cavaleiro*: uma cunha cinza manchada com um motor cônico preso na extremidade mais larga. Como tudo mais que os humanos construíam para viajar no espaço, foi desenhada para ser eficiente, não bonita. Isso sempre deixava Holden um pouco triste. Deveria haver espaço para a estética, mesmo por esses lados.

A *Cavaleiro* parecia flutuar para longe, cada vez menor, enquanto ele não se movia. A ilusão desapareceu quando Holden se virou para olhar o asteroide e sentiu que seguiam em direção a ele. O imediato abriu um canal de comunicação com Naomi, mas ela cantarolava para si mesma enquanto voavam, o que significava que, pelo menos, não estava preocupada. Holden não disse nada, mas deixou o canal aberto para ouvi-la cantarolar.

De perto, a *Scopuli* não parecia tão mal assim. Além do buraco no flanco, não tinha qualquer outro dano. Era claro que não atingira o asteroide; apenas fora deixada perto o bastante para que a microgravidade a puxasse devagar. Enquanto se aproximavam, ele tirou fotos com o capacete e as transmitiu para a *Canterbury*.

Naomi os fez parar a 3 metros do buraco na lateral da *Scopuli*. Amos assobiou no canal de comunicação geral do traje.

– Não foi um torpedo que fez isso, oficial. Foi uma carga de explosivos. Vê como o metal se dobra nas bordas? Foram cargas colocadas direto no casco – Amos comentou.

Além de ser um excelente mecânico, Amos era quem usava explosivos precisos para romper os icebergs que flutuavam ao redor de Saturno e deixá-los em pedaços mais fáceis de manejar. Outro motivo para tê-lo na *Cavaleiro*.

– Então – Holden disse –, nossos amigos aqui da *Scopuli* pararam, deixaram alguém subir no casco e colocar uma carga para rompê-lo, e então abriram o buraco e deixaram todo o ar sair. Isso faz sentido para alguém?

– Não – Naomi respondeu. – Nem um pouco. Ainda quer entrar?

Se encontrar qualquer coisa que pareça estranha, não banque o herói novamente. Só reúna as coisas e venha embora.

Mas o que ele esperava? Era claro que a *Scopuli* não estava funcionando. Era claro que algo dera errado. *Problema* seria não ver alguma coisa estranha.

– Amos – Holden chamou –, fique com a arma em punho, em todo caso. Naomi, consegue aumentar o buraco para nós? Seja cuidadosa. Se alguma coisa parecer errada, leve-nos embora.

Naomi aproximou o veículo, a explosão de nitrogênio não mais do que um sopro branco na noite fria. O maçarico do veículo ganhou vida, vermelho e quente, depois branco e, por fim, azul. No silêncio, os braços do veículo se desdobraram – um movimento como de inseto –, e Naomi começou a cortar. Holden e Amos chegaram à superfície da nave, prendendo-se com botas magnéticas. Holden sentiu a vibração em seus pés quando Naomi puxou um pedaço do casco. No instante seguinte a tocha se apagou, e Naomi soprou as bordas recém-feitas do buraco com o extintor de incêndio do veículo de transporte para esfriá-las. Holden fez sinal de positivo com o polegar para Amos e deixou-se cair muito lento para dentro da *Scopuli*.

A carga de explosivos fora colocada quase exatamente no meio da nave, abrindo um buraco na cozinha. Quando aterrissou e suas botas prenderam-se na parede, Holden sentiu pedaços de comida congelada sob os pés. Não havia corpos à vista.

– Vamos entrar, Amos. Nenhuma tripulação visível ainda – Holden falou pelo comunicador do traje.

Ele se afastou um pouco e, no instante seguinte, Amos se deixou cair ali dentro, a arma na mão direita e uma luz poderosa na esquerda. O feixe branco brincava pelas paredes da cozinha destruída.

– Que caminho primeiro, imediato? – Amos perguntou.

Holden bateu na coxa com uma mão e pensou.

– Engenharia. Quero saber por que o reator está desligado.

Pegaram a escada da tripulação, subindo por ela na direção da popa da nave. Todas as portas de pressão entre os conveses estavam abertas, o que era um mau sinal. Deviam estar todas fechadas por padrão, especialmente se o alarme de perda de atmosfera tivesse soado. Se estavam abertas, significava que não havia sobrado convés com atmosfera na nave. O que significava que não havia sobreviventes. Não era surpresa, mesmo assim parecia uma derrota. Atravessaram rápido a pequena nave e pararam na sala de máquinas. Partes de motor e ferramentas caras ainda estavam no lugar.

– Acho que não foi roubo – Amos comentou.

Holden não disse *Então o que foi?*, mas a pergunta ficou no ar de qualquer modo.

A sala do motor estava muito limpa, fria e morta. Holden esperou enquanto Amos olhava o ambiente, passando pelo menos dez minutos flutuando ao redor do reator.

– Alguém realizou os procedimentos para desligar – Amos explicou. – O reator não foi apagado pela explosão, foi desligado depois. Nenhum dano que eu consiga ver. Não faz sentido. Se todo mundo morreu com o ataque, quem desligou? Se foram piratas, por que não levaram a nave? Ela ainda voa.

– Antes de desligarem a energia, abriram todas as portas de pressão internas da nave. Esvaziaram o ar. Acho que queriam se assegurar de que ninguém estivesse se escondendo – Holden comentou. – Vamos voltar para a sala de operações e ver se conseguimos acessar o computador central. Talvez ele possa nos dizer o que aconteceu.

Flutuaram de volta para a proa e depois para a escada da tripulação, e por fim subiram para o convés de operações. Também estava em bom estado e vazio. A falta de corpos começava a incomodar Holden mais do que se estivessem lá. Ele flutuou até o console do computador principal e clicou em umas teclas para ver se ainda funcionava com alguma energia de reserva. Não funcionava.

– Amos, retire o disco rígido. Levaremos conosco. Vou checar as comunicações e ver se encontro aquele sinal de emergência.

Amos seguiu até o computador e começou a tirar as ferramentas e colocá-las em um anteparo ali perto. Começou a murmurar xingamentos enquanto trabalhava. Não era nem de perto tão charmoso quanto o cantarolar de Naomi, então Holden desligou o canal com Amos enquanto se movia até o console de comunicação. Estava tão morto quanto o restante da nave. Ele encontrou o sinal de emergência.

Ninguém o ativara. Alguma outra coisa os chamara. Holden recuou, franzindo o cenho.

Ele examinou o ambiente, buscando algo fora de lugar. Ali, no convés, atrás do console de comunicação do operador. Uma pequena caixa preta não conectada a nada.

Seu coração deu um salto. Holden chamou Amos.

– Você acha que isto parece uma bomba?

Amos o ignorou. Holden religou o canal de comunicação.

– Amos, você acha que isto parece uma bomba? – Apontou para a caixa no convés.

Amos deixou seu trabalho no computador e flutuou para perto, para olhar. Em um movimento que fez a garganta de Holden se fechar, agarrou a caixa no convés e a ergueu.

– Não. É um transmissor. Vê? – Ele colocou a caixa diante do capacete de Holden. – Tem uma bateria presa. O que isto está fazendo aqui?

– É o sinal de emergência que seguimos. Jesus. O sinal da nave nunca foi acionado. Alguém fez um sinal falso com esse transmissor e prendeu uma bateria nele – Holden disse baixinho, ainda lutando contra o pânico.

– Por que alguém faria isso, imediato? Não faz sentido.

– Faria se houvesse algo nesse transmissor que fosse diferente do padrão – Holden comentou.

– Tipo o quê?

– Tipo um segundo sinal disparado quando alguém o encontrasse – Holden explicou, e mudou seu comunicador para o canal geral. – Ok, meninos e meninas, encontramos algo estranho, vamos dar o fora daqui. Todo mundo de volta à *Cavaleiro*, e tomem muito cuidado quando...

O canal externo de seu rádio ganhou vida, e a voz de McDowell encheu seu capacete.

– Jim? Parece que temos um problema.

4

MILLER

Miller estava no meio da refeição noturna quando o sistema de comunicação em sua habitação tocou. Ele olhou o identificador de chamada: o Sapo Azul. Era um bar no porto que atendia aos constantes milhões de não cidadãos extras de Ceres e que se anunciava como uma réplica quase exata de um famoso bar em Mumbai, na Terra, só com prostitutas licenciadas e drogas legais. Miller deu outra garfada nos feijões de fungos e no arroz cultivado em estufas e considerou se devia aceitar a ligação.

Deveria ter imaginado que isso ia acontecer, pensou.

– O que foi? – perguntou.

Uma tela se abriu. Hasini, o subgerente, era um homem de pele escura com olhos cor de gelo. Seu quase sorriso era resultado de um dano nos nervos. Miller lhe fizera um favor quando Hasini tivera a má ideia de se apiedar de uma prostituta sem licença. Desde então, o detetive e o barman do Sapo Azul trocavam favores. A economia não oficial, cinzenta, da civilização.

– Seu parceiro está aqui de novo – Hasini disse com a batida e o lamento de uma música *bhangra* ao fundo. – Acho que está tendo uma noite ruim. Devo continuar a servi-lo?

– Sim – Miller respondeu. – Deixe-o feliz por... Me dê vinte minutos.

– Ele não quer ficar feliz. Está bem a fim de ter um motivo para ficar infeliz.

– Não deixe que isso aconteça. Logo estarei aí.

Hasini assentiu, sorrindo seu sorriso torto, e encerrou a conexão. Miller olhou sua refeição meio comida, suspirou e jogou os restos no cesto de reciclagem. Colocou uma camisa limpa e hesitou. O Sapo Azul era sempre mais quente do que ele gostaria, e odiava usar jaqueta. Em vez disso, colocou uma pistola compacta de plástico no coldre do tornozelo. Não era muito rápido para um duelo, mas, se chegasse a esse ponto, ele estaria ferrado de qualquer modo.

A Ceres noturna era indistinguível da Ceres diurna. Quando a estação foi inaugurada, havia a mudança entre luzes mais brilhantes e mais fracas, seguindo o ciclo humano tradicional de vinte e quatro horas. O fingimento durou quatro meses, até que o Conselho acabou com ele.

Se estivesse a serviço, Miller seguiria com o veículo elétrico pelos amplos túneis até chegar ao nível do porto. Ficou tentado, mesmo não estando a trabalho, mas uma superstição profundamente arraigada o deteve. O metrô funcionava bem; se pegasse o veículo, seguiria para lá como policial. Miller caminhou até a estação de metrô mais próxima, conferiu o status e sentou-se no banco baixo de pedra. Um homem da idade de Miller e uma garota com não mais do que 3 anos chegaram no minuto seguinte e se sentaram diante dele. A conversa da menina era rápida e sem sentido, como um vazamento de ar, e o pai respondia com grunhidos e acenos de cabeça em momentos mais ou menos apropriados.

Miller e o homem cumprimentaram-se com a cabeça. A garota puxou a manga do pai, exigindo atenção. Miller a fitou – olhos escuros, cabelo claro, pele suave. Já era alta o bastante para ser confundida com uma criança da Terra, os membros mais compridos e mais finos. Sua pele tinha a cor rosada dos bebês cinturinos, que vinha do coquetel farmacêutico que assegurava que seus músculos e ossos crescessem fortes. Miller viu que o pai percebeu sua atenção. O detetive sorriu e apontou com a cabeça para a criança.

– Quantos anos? – perguntou.

– Dois e meio – o pai respondeu.

– Uma boa idade.

O pai deu de ombros, mas sorriu.

– Tem filhos? – perguntou.

– Não – Miller respondeu. – Mas tenho um divórcio dessa mesma idade.

Eles riram juntos, como se fosse engraçado. Na imaginação de Miller, Candace cruzava os braços e afastava o olhar. A brisa com cheiro suave de óleo e ozônio anunciava a chegada do metrô. Miller deixou o pai e a criança seguirem na frente, depois escolheu outro vagão.

Os carros do metrô eram arredondados, feitos para caber nas passagens a vácuo. Não havia janelas. A única vista teria sido a pedra zumbindo a 3 centímetros do veículo. Em vez disso, telas largas mostravam notícias de entretenimento ou de escândalos políticos nos planetas interiores e ofereciam a chance de gastar uma semana de salário em cassinos tão maravilhosos que sua vida pareceria mais interessante pela experiência. Miller deixou as cores brilhantes e vazias dançarem e ignorou o conteúdo. Mentalmente, martelava seu problema, revirando-o de um lado e de outro, sem chegar a procurar de fato uma resposta.

Era um simples exercício mental. Olhar os fatos sem julgá-los: Havelock era um terráqueo. Havelock mais uma vez estava em um bar no porto e em busca de encrenca. Havelock era seu parceiro. Afirmação após afirmação, fato após fato, lado após lado. Não tentava colocá-los em ordem nem criar algum tipo de narrativa; tudo isso viria mais tarde. Agora, listá-los era o suficiente para afastar os casos do dia de sua mente e deixá-lo pronto para a situação imediata. Quando o metrô chegou à estação, ele se sentia centrado, como se tivesse feito o caminho a pé – era como ele teria descrito o momento na época em que tinha alguém para quem descrever as coisas.

O Sapo Azul estava lotado. O calor dos corpos aumentava a temperatura e a poluição do ar artificial da falsa Mumbai. Luzes piscavam e resplandeciam em telões psicodélicos. As mesas eram curvas e onduladas, e a luz de fundo as fazia parecer mais escuras do que simplesmente pretas. A música movia-se no ar como uma presença física, a cada batida um pequeno choque. Hasini, em pé em meio a um grupo de seguranças bombados e garçonetes com pouca roupa, viu Miller e acenou com a cabeça na direção dos fundos. O detetive não fez gesto algum de gratidão, simplesmente deu meia-volta e abriu caminho entre a multidão.

Bares no porto eram sempre voláteis. Miller tomava cuidado para não esbarrar em ninguém. Quando tinha que escolher, preferia cinturinos a pessoas dos planetas interiores, e mulheres a homens. Seu rosto tinha uma leve expressão constante de desculpas.

Havelock estava sentado sozinho, com uma mão grossa em volta de um copo canelado. Quando Miller se sentou ao seu lado, Havelock se voltou para o parceiro, pronto para xingá-lo, com as narinas e os olhos arregalados. Então veio a expressão de surpresa. Depois, algo como uma vergonha mal-humorada.

– Miller – ele falou. Nos túneis lá fora, teria sido um grito; ali, no entanto, o som mal era suficiente para alcançar a cadeira de Miller. – O que está fazendo aqui?

– Não tinha muito o que fazer em casa – Miller disse. – Pensei em começar uma briga.

– Uma boa noite para isso – Havelock comentou.

Era verdade. Mesmo em bares frequentados pelos tipos dos planetas interiores, raramente havia mais do que um terráqueo ou marciano para cada dez pessoas. Observando a multidão, Miller percebeu que os homens e as mulheres baixos e atarracados eram quase um terço.

– Uma nave chegou? – perguntou Miller.

– Sim.

– CNTM?

A Coalizão Naval Terra-Marte com frequência passava por Ceres no caminho para Saturno, Júpiter e para as estações do Cinturão, mas Miller não prestava atenção suficiente na posição relativa dos planetas para saber onde estavam em suas órbitas. Havelock negou com a cabeça.

– Mudança de turno da segurança corporativa de Eros – ele respondeu. – Protogen, acho.

Uma garçonete apareceu ao lado de Miller; tatuagens deslizavam por sua pele e os dentes brilhavam sob a luz negra. Miller aceitou a bebida que ela lhe ofereceu, embora não tivesse pedido nada. Era água com gás.

– Sabe – Miller começou, inclinando-se perto o bastante de Havelock para que seu tom de voz normal o alcançasse –, não importa quantos traseiros você chute, Shaddid ainda não vai gostar de você.

Havelock respondeu encarando Miller, a raiva em seus olhos mal cobrindo a vergonha e a dor.

– É verdade – Miller reforçou.

Havelock se levantou meio cambaleante e dirigiu-se para a porta. Tentava pisar com raiva, mas calculava mal a gravidade do eixo de rotação de Ceres em seu estado de embriaguez. Parecia que estava saltando. Miller, com o copo na mão, deslizou pela multidão no rastro de Havelock, acalmando com um sorriso e um dar de ombros os rostos ofendidos que o parceiro deixava atrás de si.

Os túneis comuns que chegavam perto do porto tinham uma camada de sujeira e graxa de que os purificadores e limpadores adstringentes de ar nunca conseguiam dar conta. Havelock caminhava com ombros curvados e boca apertada, e a raiva irradiava dele como calor. Quando as portas do Sapo Azul se fecharam atrás deles, a barreira interrompeu o som como se alguém tivesse apertado o botão de mudo. O pior do perigo passara.

– Não estou bêbado – Havelock declarou com a voz alta demais.

– Não disse que estava.

– E você... – Havelock prosseguiu, virando-se e cutucando o peito de Miller com um dedo acusador. – Você não é minha babá.

– Isso também é verdade.

Caminharam juntos por uns 250 metros. Sinais de LED brilhantes chamavam a atenção. Bordéis e galerias de tiro, cafés e clubes de poesia, cassinos e espetáculos de luta. O ar cheirava a urina e comida velha. Havelock diminuiu o passo, totalmente desiludido.

– Trabalhei na homicídios em Terrytown – Havelock comentou. – E três anos na área de costumes em L-5. Tem alguma ideia de como era aquilo? Estavam traficando crianças lá, e eu fui um dos três caras que acabou com aquilo. Sou um bom policial.

– Sim, você é.

– Sou muito bom.

– Você é.

Passaram por um noodle bar. Por um hotel-cápsula. Por um terminal público cujo painel mostrava uma série de notícias: PROBLEMAS DE COMUNICAÇÃO ATINGEM A ESTAÇÃO CIENTÍFICA FEBE. NOVO JOGO DE ANDREAS K. ARRECADA 6 BILHÕES DE DÓLARES EM 4 HORAS. SEM ACORDO EM MARTE COM O CONTRATO DE TITÂNIO PARA O CINTURÃO. A tela refletia nos olhos de Havelock, que encarava o vazio.

– Sou um policial muito bom – ele repetiu. No instante seguinte: – Então qual é o problema?

– Não é você – Miller disse. – As pessoas olham para você e não veem Dmitri Havelock, o bom policial. Elas veem a Terra.

– Isso é besteira. Estive oito anos em órbita e em Marte antes de ser mandado para cá. Trabalhei na Terra no máximo seis meses.

– Terra. Marte. Não são tão diferentes – Miller comentou.

– Tente dizer isso para um marciano – Havelock respondeu com uma risada amarga. – Você levará um belo chute no traseiro.

– Eu não quis dizer... Olhe, tenho certeza de que há muitas diferenças. A Terra odeia Marte por ter uma frota melhor. Marte odeia a Terra por ter uma frota maior. Talvez o futebol seja mais legal em gravidade plena; talvez seja pior. Não sei. Só estou dizendo que, para alguém tão distante do Sol, isso não importa. A esta distância, dá para cobrir a Terra e Marte com um polegar. E...

– E eu não pertenço a este lugar – Havelock completou.

A porta do noodle bar atrás deles se abriu e quatro cinturinos em uniformes cinza-esverdeados saíram. Um deles usava o círculo partido da APE na manga da jaqueta. Miller ficou tenso, mas os cinturinos não vieram na direção deles, e Havelock não os notou. Foi por pouco.

– Eu sabia – Havelock falou. – Quando aceitei o contrato da Star Helix, sabia que teria que me esforçar para dar certo. Pensei que seria como nos outros lugares, sabe? É só chegar e deixar as barbas de molho por um tempo, então, quando percebem que você dá conta, o tratam como mais um da equipe. Mas aqui não é assim.

– Não é mesmo – Miller concordou.

Havelock balançou a cabeça, cuspiu e encarou o copo que ainda segurava.

– Acho que acabamos de roubar uns copos do Sapo Azul – Havelock comentou.

– Também estamos em um corredor público com álcool não vedado – Miller completou. – Bem, você está, de qualquer modo. A minha bebida é água com gás.

Havelock gargalhou, mas havia desespero no riso. Quando falou de novo, sua voz era apenas triste.

– Você acha que vim até aqui arrumar briga com pessoas dos planetas interiores para que Shaddid, Ramachandra e todos os outros pensem melhor de mim, não acha?

– Essa ideia me passou pela cabeça.

– Bem, não é verdade – Havelock falou.

– Ok – Miller cedeu. Sabia que era, sim.

Havelock ergueu o copo.

– Vamos devolver? – perguntou.

– Que tal irmos ao Jacinto Notável? – Miller propôs. – Eu pago.

O Jacinto Notável Lounge ficava três níveis acima, longe o bastante para que o tráfego a pé dos níveis do porto fosse mínimo. E era um bar de policiais. Em geral da Star Helix Segurança, mas alguns agentes de forças corporativas menores, como Protogen, Pinkwater e Al Abbiq, também frequentavam o local. Miller tinha quase certeza de que o colapso de seu parceiro fora evitado, contudo, se estivesse errado, era melhor mantê-lo em família.

A decoração era bem ao estilo do Cinturão: mesas e cadeiras dobráveis das naves de antigamente colocadas nas paredes e no teto como se a gravidade pudesse desaparecer a qualquer momento. Espadas-de-são-jorge e jiboias – plantas que funcionavam como elementos básicos dos primeiros purificadores de ar – decoravam as paredes e as colunas. A música era suave o bastante para permitir conversas, alta o suficiente para manter assuntos privados em particular. O primeiro proprietário, Javier Liu, era um engenheiro estrutural de Tycho, que chegara durante a grande rotação e gostara tanto de Ceres que ficou por ali. Seu neto gerenciava o lugar agora. Javier Terceiro estava em pé atrás do bar, conversando com metade da equipe de costumes e exploração. Miller seguiu até uma mesa nos fundos, e no caminho acenava com a cabeça para os homens e mulheres que conhecia. Se no Sapo Azul adotara uma postura cuidadosa e diplomática, aqui optou por um ar de masculinidade. Era fingimento tanto quanto a pose anterior.

– Então – Havelock disse quando Kate, filha de Javier, a quarta geração no mesmo bar, deixou a mesa com os copos do Sapo Azul na bandeja –, o que é essa investigação privada supersecreta na qual Shaddid o colocou? Ou o terráqueo inferior não deve saber?

– É isso que você tem? – Miller perguntou. – Não é nada. Alguns acionistas perderam a filha e querem que eu a encontre e a leve para casa. É um caso de merda.

– Parece mais um caso para eles – Havelock comentou, acenando com a cabeça na direção do pessoal de costumes e exploração.

– A garota não é menor de idade – Miller explicou. – É um sequestro.

– E você está de acordo com isso?

Miller se recostou no assento. A jiboia sobre eles balançava. Havelock esperou, e Miller teve a sensação desconfortável de que o jogo entre eles acabara de virar.

– É meu trabalho.

– Sim, mas estamos falando de uma mulher adulta, certo? Não é como se ela não pudesse voltar para casa se quisesse estar lá. Em vez disso, os pais dela contratam uma empresa de segurança para levá-la para casa, quer ela queira ou não. Não é mais aplicação das leis. Não é sequer evacuação de segurança. É só uma família disfuncional fazendo joguinhos de poder.

Miller lembrou-se da garota magrela ao lado da nave de corrida. Do sorriso aberto.

– Eu falei que era um caso de merda – Miller recordou.

Kate Liu retornou à mesa com uma cerveja local e um copo de uísque na bandeja. Miller ficou feliz com a distração. A cerveja era dele. Leve e saborosa, com o mínimo amargor. Uma ecologia baseada em leveduras e fermentação resultava em bebidas fermentadas sutis.

Havelock estava ocupado com o uísque. Miller tomou isso como um sinal de que ele desistira da cobrança. Nada como estar cercado de caras do trabalho para tirar o charme de perder o controle.

– Ei, Miller! Havelock! – chamou uma voz familiar.

Era Yevgeny Cobb, da homicídios. Miller acenou para ele, e a conversa se voltou para o pessoal daquele setor, que se gabava da resolução de um caso particularmente feio. Descobrir de onde vieram certas toxinas exigiu três meses de trabalho, que acabaram no pagamento integral do seguro para o cadáver da esposa e na deportação para Eros de uma prostituta do mercado negro.

No fim da noite, Havelock ria e contava piadas com o restante do grupo. Se aconteceu de haver um olhar torto ou uma insinuação sutil, ele levou na esportiva.

Miller estava a caminho do balcão para outra rodada quando seu terminal soou. Então, lentamente por todo o bar, cinquenta outros alarmes soaram. O detetive sentiu um nó na barriga quando ele e cada outro agente de segurança ali pegaram seus terminais portáteis.

A capitã Shaddid apareceu na tela. Com seus olhos turvos e cheios de raiva represada, era a imagem de uma mulher poderosa despertada no meio do sono.

– Senhoras e senhores – ela começou. – O que quer que estejam fazendo, larguem tudo e sigam para suas estações para ordens de emergência. Temos um problema.

Ela continuou:

– Há dez minutos, uma mensagem não criptografada e assinada chegou da direção aproximada de Saturno. Não confirmamos como verdadeira, porém a assinatura combina com as chaves da gravação. Coloquei uma trava de segurança nela, mas podemos presumir que algum idiota pode colocá-la na rede, e assim a merda atingiria o ventilador em cinco minutos. Quem estiver perto de um civil que possa escutar isso, desligue agora. Para o restante de vocês, eis o que temos que enfrentar.

Shaddid foi para o lado, tocando na interface do sistema. A tela ficou preta. No momento seguinte, o rosto e os ombros de um homem apareceram. Ele usava um traje de vácuo laranja, sem o capacete. Era um terráqueo, com cerca de 30 anos. Tinha pele clara, olhos azuis, cabelo escuro curto. Mesmo antes que o homem abrisse a boca, Miller viu os sinais de choque e raiva em seus olhos e o jeito como ele projetava a cabeça para a frente. O homem disse:

– Meu nome é James Holden.

5

HOLDEN

Bastaram 10 minutos em 2 *g* para a cabeça de Holden começar a latejar. Mas McDowell pedira que voltassem a toda velocidade. A *Canterbury* estava aquecendo seu motor imenso. Holden não queria perder a carona.

– Jim? Parece que temos um problema.
– Me conte.
– Becca encontrou algo, e é suficientemente estranho para fazer minhas bolas se contraírem. Vamos dar o fora daqui.

– Alex, quanto tempo? – Holden perguntou pela terceira vez em dez minutos.
– Estamos a uma hora de distância. Quer ir no suco? – Alex perguntou.

"Ir no suco" era uma gíria usada pelos pilotos para arranque em alta gravidade, o que nocautearia um homem não medicado. O "suco" era o coquetel de drogas que a cadeira do piloto injetava nele para mantê-lo consciente, alerta e, esperava-se, resistente quando seu corpo passasse a pesar 500 quilos. Holden utilizara o suco em várias ocasiões na marinha, e os efeitos colaterais eram desagradáveis.

– Não, a menos que sejamos obrigados – ele respondeu.

– Estranho como?
– Becca, faça um link com ele. Jim, quero que veja isto.

Holden pegou com a língua um comprimido de analgésico do capacete, e reviu pela quinta vez os dados do sensor de Becca. O ponto no espaço estava a cerca de 200 mil quilômetros da *Canterbury*. Conforme a *Cant* o analisava, a leitura mostrava uma flutuação, uma falsa cor cinza-escuro que gradualmente desenvolvia uma borda quente. Era um pequeno aumento de temperatura, menos de 2 graus. Holden estava surpreso que

Becca tivesse localizado aquilo. Recordou a si mesmo de lhe dar uma avaliação brilhante na próxima vez que ela tentasse uma promoção.

– De onde vem isso? – Holden perguntou.
– Não temos ideia. É só um ponto um pouquinho mais quente do que o fundo – Becca explicou. – Eu diria que é uma nuvem de gás, porque não temos retorno no radar, mas não deveria haver nuvem de gás por aqui. Quero dizer, de onde viria?
– Jim, alguma chance de a Scopuli ter abatido a nave que a abateu? Poderia ser uma nuvem de vapor de uma nave destruída? – McDowell perguntou.
– Não acho possível, senhor. A Scopuli está desarmada. O buraco na lateral foi causado por cargas explosivas, não por torpedos, então não acho que sequer revidaram. Pode ser o local onde a Scopuli tenha vazado, mas...
– Ou talvez não. Volte para cá, Jim. Imediatamente.

– Naomi, tenho uma pergunta difícil para você: o que esquenta devagar, mas não é visto no radar ou na leitura a laser quando é examinado? – Holden questionou.
– Hummm... – Naomi murmurou, dando-se tempo para pensar. – Qualquer coisa que estivesse absorvendo energia do sensor não daria um retorno. Mas poderia ficar mais quente quando perdesse a energia absorvida.

O monitor infravermelho do console de sensores próximo à cadeira de Holden brilhou como o Sol. Alex xingou alto no comunicador geral.

– Estão vendo aquilo? – ele chamou a atenção de todos.
Holden o ignorou e abriu um canal com McDowell.
– Capitão, temos um aumento maciço de infravermelho.
Durante longos segundos, não houve resposta. Quando McDowell apareceu no canal, sua voz estava embargada. Holden nunca ouvira o homem parecer assustado antes.

— Jim, uma nave acaba de aparecer naquele ponto quente. Está irradiando calor como um forno — McDowell disse. — De que inferno essa coisa veio?

Holden começou a responder, mas ouviu a voz de Becca fraca através do fone de ouvido do capitão.

— Não tenho ideia, senhor. Mas é menor do que a assinatura de calor. O radar mostra que é do tamanho de uma fragata — ela observou.

— Com o quê? — McDowell disse. — Invisibilidade? Teletransporte mágico por buraco de minhoca?

— Senhor — Holden falou —, Naomi estava especulando que o calor que notamos pode vir de materiais que absorvem energia. Materiais de camuflagem. O que quer dizer que a nave está se escondendo de propósito. O que quer dizer que suas intenções não são boas.

Como se fosse uma resposta, seis objetos surgiram no radar, ícones amarelos brilhantes que mudaram para a cor laranja quando o sistema identificou sua aceleração. Na *Canterbury*, Becca gritou:

— Objetos rápidos! Temos seis novos contatos de alta velocidade em rota de colisão!

— Minha Nossa Senhora, essa nave disparou torpedos em nós? — McDowell perguntou. — Estão tentando nos abater?

— Sim, senhor — Becca confirmou.

— Tempo para contato?

— Menos de oito minutos, senhor.

McDowell xingou baixinho.

— Encontramos piratas, Jim.

— O que devemos fazer? — Jim perguntou, tentando parecer calmo e profissional.

— Preciso que desligue o rádio e deixe minha tripulação trabalhar. Você está a uma hora de distância, na melhor das hipóteses. Os torpedos estão a oito minutos. McDowell desliga — o capitão encerrou a conversa. O comunicador foi desligado, deixando Holden somente com o assobio baixo da estática.

O comunicador geral explodiu em vozes: Alex exigia que fossem no suco e perseguissem os torpedos até a *Cant*, Naomi tagarelava sobre estratégias para desviar dos mísseis, Amos amaldiçoava a nave camuflada e questionava a origem da tripulação. Shed era o único em silêncio.

– Todo mundo cale a boca! – Holden gritou em seu fone de ouvido. A nave caiu em um silêncio surpreso. – Alex, planeje o curso mais rápido até a *Cant* que não nos mate. Avise quando estiver pronto. Naomi, estabeleça um canal de comunicação a três entre Becca, você e mim. Ajudaremos como for possível. Amos, pode continuar xingando, mas desligue o microfone.

Ele esperou. O relógio corria na direção do impacto.

– A ligação está feita – Naomi anunciou.

Holden podia ouvir dois grupos distintos de barulho de fundo no canal de comunicação.

– Becca, aqui é Jim. Naomi também está neste canal. Diga como podemos ajudar. Naomi estava falando sobre técnicas de desvio...

– Estou fazendo tudo ao meu alcance – Becca falou, sua voz espantosamente calma. – Marcaram a *Cant* com uma mira laser. Estou transmitindo lixo para confundi-los, mas o equipamento deles é muito, muito bom. Se estivessem mais próximos, o próprio laser abriria um buraco no nosso casco.

– E quanto a lixo físico? – Naomi perguntou. – Você pode jogar neve?

Enquanto Naomi e Becca conversavam, Jim abriu um canal privado com Ade.

– Ei, aqui é Jim. Alex está trabalhando em uma solução rápida para que possamos chegar aí antes...

– Antes que os mísseis nos transformem em restos voadores? Boa ideia. Ser tomado por piratas não é um evento que alguém gostaria de perder – Ade falou. Ele podia ouvir o medo por trás do tom zombeteiro.

– Ade, por favor, quero dizer uma coisa...

– Jim, o que você acha? – Naomi perguntou no outro canal.

Holden xingou. Tentou disfarçar:

– Ah, sobre qual parte?

– Usar a *Cavaleiro* para tentar atrair aqueles mísseis – Naomi falou.

– Podemos fazer isso? – ele perguntou.

– Talvez. Você estava ouvindo o que falávamos?

– Ah... Aconteceu uma coisa aqui que desviou minha atenção por um minuto. Conte-me de novo – Holden pediu.

– Tentamos combinar a frequência do difusor de luz que sai da *Cant* e transmiti-la com nossa frequência comum. Talvez os torpedos pensem que somos o alvo em vez deles – Naomi disse, como se falasse com uma criança.

– E então eles nos atingem?

– Pensei em fugirmos enquanto atraímos os torpedos na nossa direção. Então, quando estivermos longe o bastante da *Cant*, desligamos a frequência comum e tentamos nos esconder atrás do asteroide – Naomi sugeriu.

– Não vai funcionar – Holden disse com um suspiro. – Eles seguem as miras laser como orientação geral, mas também têm telescópios que seguem o alvo no percurso. Uma olhada em nós e saberão que não somos o alvo.

– Não vale a tentativa?

– Mesmo se conseguirmos, torpedos projetados para desativar a *Cant* nos transformarão em uma trilha de graxa no vácuo.

– Tudo bem – Naomi disse. – O que mais temos?

– Nada. Garotos muito inteligentes nos laboratórios da marinha já pensaram em tudo o que vamos pensar nos próximos oito minutos – Holden falou. Dizer em voz alta significava admitir para si mesmo.

– Então o que estamos fazendo aqui, Jim? – Naomi perguntou.

– Sete minutos – Becca disse, sua voz ainda assustadoramente calma.

– Vamos deixar acontecer. Talvez possamos resgatar algumas pessoas da nave depois do impacto. Ajudar no controle de danos – Holden falou. – Alex, conseguiu pensar naquele plano?

– Sim, imediato. Queimar o combustível que temos e ir a milhão. Curso de aproximação angular, para que nossa tocha não abra um buraco na *Cant*. Hora de rock'n'roll?

– Sim. Naomi, faça seu pessoal se prender para a alta gravidade – Holden comandou e então abriu o canal com o capitão McDowell. – Capitão, estamos indo com tudo. Tente sobreviver e teremos a *Cavaleiro* como estação para recolher a tripulação ou ajudar no controle de danos.

– Entendido – McDowell disse e encerrou a ligação.

Holden reabriu o canal com Ade.

– Ade, estamos indo com tudo, então não poderei falar, mas deixe o canal aberto para mim, ok? Diga o que está acontecendo. Diabos, cantarole. Cantarolar está bem. Só preciso ouvir que você está bem.

– Ok, Jim – Ade disse. Ela não cantarolou, mas deixou o canal aberto. Ele podia ouvir sua respiração.

Alex começou a contagem no comunicador geral. Holden conferiu os cintos em seu assento e apertou o botão que injetava o suco. Uma dúzia de agulhas entrou em suas costas através das membranas de seu traje. Seu coração estremeceu e presilhas químicas de ferro agarraram seu cérebro. Sua espinha ficou gelada, e seu rosto corou como se estivesse queimado por radiação. Ele bateu com o punho no braço da cadeira. Odiava essa parte, mas a seguinte era pior. No comunicador geral, Alex gritava enquanto as drogas atingiam seu sistema. No convés inferior, os outros recebiam as drogas que os impediriam de morrer mas que os manteriam sedados durante a pior parte.

Alex disse "Um", e Holden passou a pesar 500 quilos. Os nervos no fundo das órbitas oculares gritavam com o peso maciço dos olhos. Seus testículos eram esmagados de encontro às coxas. Ele se concentrava em não engolir a própria língua. Ao seu redor, a nave estalava e gemia. Houve um estrondo desconcertante no convés inferior, mas nada no painel ficou vermelho. O motor de tocha da *Cavaleiro* podia garantir muito impulso, mas ao custo de uma prodigiosa queima de combustível. Se conseguissem salvar a *Cant*, porém, isso não importava.

Por sobre o sangue pulsando em seus ouvidos, Holden podia ouvir a respiração suave de Ade e os sons do teclado dela. Ele gostaria de ter podido dormir com aquele som, mas o suco agia e fervia seu sangue. Estava mais desperto do que nunca.

– Sim, senhor – Ade disse pelo comunicador.

Levou um segundo para Holden perceber que ela estava falando com McDowell. Ele aumentou o volume para escutar o que o capitão dizia.

– ... os suprimentos conectados, força total.

– Estamos com força total, senhor. Se tentarmos ir além, o motor vai arrebentar os suportes – Ade respondeu. McDowell deve ter pedido para ela forçar o Epstein.

– Sra. Tukunbo – McDowell disse –, temos... quatro minutos. Se o motor estourar, não vou cobrar de você.

– Sim, senhor. Conectando os suprimentos. Preparando para força máxima – Ade disse. Holden podia ouvir ao fundo o alarme de aviso de alta gravidade. E depois um clique mais alto quando Ade se prendeu à cadeira. – Suprimentos conectados em três... dois... um... Executar.

A *Canterbury* gemeu tão alto que Holden teve que abaixar o volume do comunicador. A nave reclamou e gritou como uma alma penada por vários segundos, e então houve um estrondo de algo estilhaçando. Holden acionou o visual do exterior, lutando contra o apagão induzido pela gravidade nas extremidades de sua visão. A *Canterbury* estava inteira.

– Ade, o que raios foi isso? – McDowell perguntou com voz arrastada.

– O motor arrebentou um dos suportes. Os suprimentos estão desconectados, senhor – Ade respondeu, sem emendar um "exatamente como eu previa".

– No que isso tudo nos ajudou? – McDowell perguntou.

– Em quase nada. Os torpedos agora estão a 40 quilômetros por segundo e acelerando. Estamos diminuindo para manobrar os propulsores – Ade explicou.

– Merda – McDowell exclamou.

– Eles vão nos atingir, senhor – Ade disse.

– Jim – McDowell chamou, sua voz repentinamente alta no canal direto. – Estamos diminuindo e não há jeito de contornar isso. Clique duas vezes se entendeu.

Jim deu dois cliques no rádio.

– Ok, então agora precisamos pensar em sobreviver após o impacto. Se eles estiverem pensando em nos mutilar antes de subirem a bordo, tirarão nosso motor e nossa frequência comum. Becca está transmitindo um s.o.s. desde que os torpedos foram disparados, mas eu gostaria que você continuasse a gritar se formos calados. Se eles souberem que vocês estão aí fora, é menos provável que joguem alguém da câmara de descompressão. Testemunhas, sabe como é.

Jim deu dois cliques novamente.

– Dê meia-volta, Jim. Esconda-se atrás do asteroide. Peça ajuda. É uma ordem.

Jim deu dois cliques, então assinalou para Alex fazer uma parada total. Em um instante, o gigante sentado em seu peito desapareceu, substituído pela gravidade zero. A transição repentina o teria feito vomitar se suas veias não estivessem cheias de drogas antináusea.

– O que foi? – Alex perguntou.

– Novas ordens – Holden comunicou, os dentes batendo por causa do suco. – Vamos pedir ajuda e negociar a soltura dos prisioneiros depois que os vilões tomarem a *Cant*. Volte correndo para aquele asteroide, já que é o local mais próximo onde podemos nos esconder.

– Entendido, chefe – Alex confirmou. – Eu mataria por um par de armas de raios ou um revólver carregado nesse instante.

– Eu também.

– Acordo os meninos lá embaixo?

– Deixe-os dormir.

– Entendido – Alex disse, e então desligou.

Antes que a força g aumentasse outra vez, Holden ligou o s.o.s. da *Cavaleiro*. O canal com Ade ainda estava aberto; agora que McDowell estava fora da linha, ele podia de novo ouvi-la respirar. Aumentou o volume e acomodou-se nos cintos de segurança, esperando ser esmagado. Alex não o desapontou.

– Um minuto – Ade anunciou, sua voz alta o bastante para ser distorcida pelos alto-falantes de seu capacete. Holden não abaixou o volume. A voz dela estava admiravelmente calma enquanto fazia a contagem regressiva para o impacto.

– Trinta segundos.

Holden estava desesperado para falar, dizer algo reconfortante, fazer afirmações absurdas e falsas juras de amor. O gigante parado em seu peito riu com o estrondo profundo da tocha de fusão deles.

– Dez segundos.

– Prepare-se para desligar o reator e se fingir de morto depois que os torpedos nos acertarem. Se não formos uma ameaça, eles não dispararão contra nós novamente – McDowell disse.

– Cinco – Ade disse.

"Quatro.

"Três.

"Dois.

"Um."

A *Canterbury* estremeceu e o monitor ficou branco. Ade inspirou fundo, mas o som foi cortado quando o rádio pifou. O grito da estática quase rompeu os tímpanos de Holden. Ele abaixou o volume e deu um clique no rádio para Alex.

O arranque baixou repentinamente para toleráveis 2 g e todos os sensores da nave queimaram com a sobrecarga. Uma luz brilhante se acendeu sobre a pequena escotilha da câmara de descompressão.

– Reporte, Alex, reporte! O que aconteceu? – Holden gritou.

– Meu Deus! Eles atacaram com uma arma nuclear. Dispararam uma arma nuclear na *Cant*. – A voz de Alex saiu baixa e atordoada.

– Qual o status da nave? Me dê um relato da *Canterbury*! Tenho zero sensores aqui. Tudo ficou branco de repente!

Houve uma longa pausa antes de Alex falar:

– Também tenho zero sensores aqui, chefe. Mas posso dar o status da *Cant*. Posso vê-la.

– Vê-la? Daqui?

– Sim. Ela é uma nuvem de vapor do tamanho do Monte Olimpo. A nave se foi, chefe. Se foi.

Isso não pode ser verdade, a mente de Holden protestou. Esse tipo de coisa não acontece. Piratas não explodem rebocadores de água. Ninguém ganha com isso. Ninguém é pago. Se alguém quer simplesmente matar cinquenta pessoas, entrar em um restaurante com uma metralhadora é *muito* mais fácil.

Holden queria gritar, berrar que Alex estava errado. Mas tinha que manter a compostura. *Sou o responsável agora.*

– Tudo bem. Nova missão, Alex. Agora testemunhamos um assassinato. Leve-nos até o asteroide, vou preparar uma transmissão. Acorde todo mundo. Eles precisam saber. Vou reiniciar os sensores.

Ele desligou metódico os sensores e os softwares, esperou dois minutos, então religou-os devagar. Suas mãos tremiam. Estava nauseado. Era como se controlasse seu corpo a distância, e ele não sabia quanto disso era o suco e quanto era o choque.

Os sensores voltaram. Como qualquer outra nave que trafegava nas rotas do espaço, a *Cavaleiro* era protegida contra radiação. De outro modo, não era possível ir a qualquer lugar perto do cinturão de radiação imenso de Júpiter. Contudo, Holden duvidava que os projetistas da nave tinham em mente meia dúzia de armas nucleares nas proximidades quando criaram as especificações. Tiveram sorte. O vácuo podia protegê-los do pulso eletromagnético, mas a onda de radiação teria fritado cada sensor da *Cavaleiro*.

Assim que a frequência voltou a funcionar, ele analisou o local onde a *Canterbury* estivera. Não havia nada maior do que uma bola de beisebol. Depois se voltou para a nave que causara aquilo, que voava na direção do Sol, preguiçosamente em 1 *g*. O calor ardia no peito de Holden.

Não estava assustado. Uma raiva psicodélica fazia suas têmporas pulsarem e seus punhos se apertarem até os tendões doerem. Ele ligou os comunicadores e apontou o feixe concentrado na nave em retirada.

– Esta mensagem é para quem quer que tenha ordenado a destruição da *Canterbury*, o rebocador de gelo civil que vocês acabaram de reduzir a pó. Não vão conseguir escapar, seus filhos da puta. Não estou nem aí para as suas razões, só sei que acabaram de matar cinquenta amigos meus. Precisam saber quem eram. Enviarei o nome e a fotografia de todos que morreram naquela nave. Deem uma boa olhada no que fizeram. Pensem nisso enquanto tento descobrir quem são vocês.

Ele fechou o canal de voz, carregou os arquivos do pessoal da *Canterbury* e começou a transmitir os dossiês da tripulação para a outra nave.

– O que está fazendo? – A voz de Naomi veio de trás deles, e não pelos alto-falantes do capacete.

Ela estava parada, sem capacete. O suor fazia seu fino cabelo preto grudar na cabeça e no pescoço. Seu rosto era indecifrável. Holden tirou o capacete.

– Estou mostrando a eles que a *Canterbury* era um lugar de verdade, onde pessoas de verdade viviam. Pessoas com nomes e famílias – ele explicou, o suco fazendo sua voz soar menos estável do que gostaria. – Se há algo parecido com um ser humano dando as ordens naquela nave, espero que isso o assombre até o dia em que ele seja colocado no reciclador por assassinato.

– Não acho que gostaram disso – Naomi apontou para o painel atrás dele.

A nave inimiga apontava sua mira laser para eles. Holden segurou a respiração. Nenhum torpedo foi lançado e, depois de alguns segundos, a nave camuflada desligou o laser e o motor ardeu enquanto partia em alta gravidade. Ele ouviu Naomi soltar um suspiro trêmulo.

– Então a *Canterbury* se foi? – Naomi perguntou.

Holden assentiu.

– Que merda – Amos falou.

Amos e Shed apareceram juntos na escada da tripulação. O rosto de Amos estava manchado de vermelho e branco, e ele abria e fechava suas grandes mãos. Shed caiu de joelhos, batendo com força contra o convés no impulso de 2 *g*. Ele não chorou, só olhou para Holden e disse:

– Acho que Cameron nunca vai conseguir aquele braço. – Então enterrou o rosto entre as mãos e começou a tremer com violência.

– Devagar, Alex. Não precisamos mais correr – Holden disse pelo comunicador. A nave lentamente diminuiu para 1 *g*.

– E agora, capitão? – Naomi perguntou, olhando firme para ele. *Você está no comando agora. Aja de acordo.*

– Minha primeira opção seria fulminá-los, mas, como não temos armas... Vamos segui-los. Ficar de olho neles até descobrir aonde estão indo. Expô-los para todo mundo – Holden respondeu.

– Afirmativo – Amos quase gritou.

– Amos – Naomi chamou-o por sobre o ombro –, leve Shed lá para baixo e coloque-o no assento. Se precisar, dê algo para que ele durma.

– Pode deixar, chefe. – Amos passou o braço forte ao redor da cintura de Shed e o levou para baixo.

Assim que eles saíram, Naomi virou-se para Holden.

– Não, senhor. *Não* vamos perseguir aquela nave. Vamos pedir ajuda, e então vamos aonde quer que a ajuda nos diga para ir.

– Eu... – Holden começou.

– Sim, você está no comando. Isso faz de mim a imediata, e é trabalho do imediato dizer ao capitão quando ele está sendo um idiota. Você está sendo um idiota, senhor. Já tentou incitá-los a nos matar com essa transmissão. Agora quer persegui-los? E, se eles nos deixarem nos aproximar, o que você vai fazer? Vai transmitir outro apelo emocional? – Naomi aproximou-se dele. – Você vai garantir a segurança dos quatro membros que sobraram da sua tripulação. E é tudo o que vai fazer. Quando estivermos em segurança, então poderá sair em sua cruzada, senhor.

Holden soltou os cintos de sua cadeira e ficou em pé. O suco começava a se dissipar, deixando seu corpo cansado e enjoado. Naomi levantou o queixo e não recuou.

– Estou feliz que esteja comigo, Naomi – ele disse. – Vá ver a tripulação. McDowell me deu uma última ordem.

Naomi lhe lançou um olhar crítico; Holden podia ver a desconfiança dela. Ele não se defendeu; apenas esperou que ela se desse por satisfeita. Ela assentiu uma vez e desceu a escada até o convés inferior.

Assim que ela se foi, ele trabalhou metodicamente, montando uma transmissão que incluía todos os dados de sensores da *Canterbury* e da *Cavaleiro*. Alex desceu da cabine do piloto e sentou-se pesadamente na cadeira ao lado.

– Sabe, capitão, estive pensando – ele começou. Sua voz tinha o mesmo tremor pós-suco que a de Holden.

Holden controlou a irritação com a interrupção e disse:
– Sobre o quê?
– A nave camuflada.
Holden deixou o trabalho de lado.
– Diga-me.
– Então, não conheço nenhum pirata que tenha um negócio daqueles.
– Prossiga.
– Na verdade, a única vez que vi uma tecnologia como aquela foi quando eu estava na marinha – Alex contou. – Estávamos trabalhando em naves com coberturas que absorviam energia e dissipadores de calor internos. Era mais uma arma estratégica do que tática. Não dá para esconder um motor ativo, mas, se você colocar a nave em posição e desligar o motor, estocando todo o calor desperdiçado internamente, dá para se esconder muito bem. Se acrescentar uma cobertura que absorve energia, não tem como radares, detectores a laser e sensores o notarem. Além disso, é bem difícil conseguir torpedos nucleares fora dos círculos militares.
– Está dizendo que a Marinha Marciana fez isso?
Alex soltou um suspiro trêmulo.
– Se *nós* tínhamos essa tecnologia, é certo dizer que os terráqueos também trabalhavam nela – ele respondeu.
Olharam um para o outro através do espaço estreito, as implicações mais pesadas do que uma força 10 *g*. Holden tirou da bolsa do seu traje o transmissor e a bateria que recolheram da *Scopuli*. Começou a desmontá-los, procurando um selo ou uma insígnia. Alex observava em um silêncio inédito. O transmissor era genérico; poderia ter vindo da sala de rádio de qualquer nave do sistema solar. A bateria era um bloco cinza anódino. Alex estendeu a mão e Holden entregou-lhe a peça. Alex arrancou a tampa de plástico cinza e pegou a bateria de metal. Sem dizer uma palavra, virou-a de cabeça para baixo, segurando-a na altura do rosto de Holden.

Estampada no metal negro no fundo da bateria havia um número de série que começava com as letras MRPM.
Marinha da República Parlamentar Marciana.

O rádio estava pronto para transmitir com potência máxima. O pacote de dados aguardava o envio. Holden ficou parado diante da câmera, inclinado um pouco para a frente.

– Meu nome é James Holden – ele começou –, e minha nave, a *Canterbury*, acaba de ser destruída por uma nave de guerra com tecnologia de camuflagem e o que parece serem partes marcadas com números de série da Marinha Marciana. Os dados vão a seguir.

6

MILLER

O veículo acelerava pelo túnel, a sirene mascarando o zumbido dos motores. Deixavam para trás civis curiosos e o cheiro dos rolamentos superaquecidos. Miller se inclinava para a frente em seu assento, desejando que o veículo fosse mais rápido. Estavam a 3 níveis e talvez 4 quilômetros do quartel-general.

– Tá... – Havelock disse. – Desculpe, mas perdi algo nessa história.

– O quê? – Miller perguntou.

Ele queria dizer *O que está resmungando?*, mas Havelock pensou que era *O que você perdeu?*

– Um rebocador de água é transformado em vapor a milhões de quilômetros daqui. Por que estamos em alerta máximo? Nossas cisternas durarão meses, mesmo sem racionamento. Há vários outros rebocadores por aí. Qual é a razão da crise?

Miller se virou e fitou o parceiro. A constituição física pequena, atarracada. Os ossos grossos de uma infância passada em gravidade completa. Os terráqueos não entendiam. Se Havelock estivesse no lugar desse tal de James Holden, teria feito a mesma merda estúpida, irresponsável e idiota. Durante um instante, não eram mais agentes de segurança. Não eram mais parceiros. Eram um cinturino e um terráqueo. Miller afastou o olhar antes que Havelock pudesse ver a mudança em seu semblante.

– Aquele cabaço do Holden, sabe? O da transmissão? – Miller falou. – Ele simplesmente declarou guerra contra Marte por nós.

O veículo desviava e balançava, o computador interno ajustando eventuais contratempos no trânsito com meio quilômetro de antecedência. Havelock se ajeitou, segurando o apoio. Chegaram à rampa para o nível seguinte, e os civis a pé abriram caminho para eles.

– Onde você cresceu, talvez a água fosse suja, mas caía do céu – Miller comentou. – O ar podia ser sujo, mas não escapava se suas portas de vedação falhassem. Não é assim por aqui.

– Só que não estamos no rebocador. Não precisamos do gelo. Não estamos sob ameaça – Havelock respondeu.

Miller suspirou, esfregando os olhos com o polegar e os nós dos dedos, até que começou a ver vultos.

– Quando eu estava em homicídios – Miller contou –, teve o caso de um cara que era especialista em gestão de propriedades, ele trabalhava em um contrato da Lua. Alguém queimou metade de sua pele e o jogou pela câmara de descompressão. Acontece que ele era responsável pela manutenção de sessenta habitações no nível 30, um bairro ruim. Ele andava fazendo uns cortes de gastos, não trocava os filtros de ar havia três meses. Mofo crescia em três unidades. Sabe o que descobrimos depois disso?

– O quê? – Havelock perguntou.

– Absolutamente nada, porque paramos de procurar. Algumas pessoas merecem morrer, e ele era uma delas. O cara que aceitou o emprego dele limpou os dutos e trocou os filtros nos prazos. É assim que as coisas funcionam no Cinturão. Alguém que vem para cá e não coloca os sistemas ambientais acima de tudo morre cedo. Todos os que estão aqui são os que se importam.

– Efeito seletivo? – Havelock perguntou. – É sério que você está argumentando a favor do efeito seletivo? Nunca pensei que ouviria esse tipo de merda de você.

– O que é isso?

– Uma merda de propaganda racista – Havelock explicou. – É uma teoria que diz que as diferenças no meio ambiente mudaram tanto os cinturinos que, em vez de serem um bando de magrelos obsessivo-compulsivos, na verdade não são mais humanos.

– Não estou dizendo isso – Miller respondeu, suspeitando que era exatamente o que estava dizendo. – É só que os cinturinos não olham no longo prazo quando alguém ferra com recursos básicos. Aquela água seria o ar, a massa propulsora e o líquido potável para nós no futuro. Não temos senso de humor em relação a uma merda dessas.

O veículo chegou a uma rampa feita com uma grade de ferro. O nível inferior estava bem abaixo deles. Havelock ficou em silêncio.

– Esse tal de Holden não disse que foi Marte. Só que encontraram uma bateria marciana. Você acha que as pessoas vão... declarar guerra? – Havelock questionou. – Só baseadas na foto da bateria que um cara tirou?

– Não temos que nos preocupar com aqueles que esperam para saber a história toda.

Pelo menos não esta noite, Miller pensou. *Assim que o caso se espalhar, veremos onde estamos pisando.*

O quartel-general estava bem cheio. Agentes de segurança estavam parados em grupos, acenando uns para os outros com olhos estreitos e mandíbulas apertadas. Um dos policiais de costumes riu de alguma coisa, um bom humor barulhento, forçado, cheirando a medo. Miller viu a mudança em Havelock enquanto cruzavam a área comum até suas mesas. Havelock fora capaz de ignorar a reação de Miller, considerando-a a de um homem sensível demais. Agora era uma sala inteira. Todo o quartel-general. Quando chegaram às cadeiras, os olhos de Havelock estavam arregalados.

A capitã Shaddid entrou. Seu ar sonolento se fora. O cabelo estava preso para trás, o uniforme impecável e profissional, a voz tão calma quanto a de um cirurgião em um hospital de campanha. Ela subiu na primeira mesa que encontrou, improvisando um púlpito.

– Senhoras e senhores – disse. – Vocês viram a transmissão. Alguma pergunta?

– Quem deixou aquele maldito terráqueo perto de um rádio? – alguém gritou.

Miller viu Havelock rir com a multidão, mas o sorriso não alcançou seus olhos. Shaddid fez cara feia e a multidão se aquietou.

– Eis a situação – ela retomou a fala. – Não temos como controlar essa informação, ela foi transmitida para todos os lugares. Temos cinco pontos na rede interna que estão espelhando isso, e temos que presumir que o público tomou conhecimento da história há dez minutos. Nossa tarefa é conter o tumulto e garantir a integridade da estação perto do porto. Os quartéis-generais 50 e 213 também ajudarão nisso. A autoridade do porto liberou todas as naves com registro dos planetas interiores. Não significa que todas se foram. Ainda precisam reunir as tripulações. Mas isso significa que vão partir.

— E os escritórios do governo? — Miller perguntou, alto o bastante para ser ouvido por todos.

— Não são problema nosso, graças a Deus — Shaddid respondeu. — Eles têm infraestrutura local. As portas de segurança já estão baixadas e trancadas. Separaram-se dos sistemas ambientais principais, então não estamos nem respirando o mesmo ar que eles.

— Bem, isso é um alívio — comentou Yevgeny, da equipe de detetives de homicídios.

— Agora as más notícias — Shaddid prosseguiu. Miller ouviu o silêncio de 150 policiais segurando a respiração. — Temos 80 agentes da APE conhecidos na estação. Estão todos empregados e em situação legal, e vocês sabem que esse é o tipo de coisa pela qual estão esperando. Temos ordem do governador de não fazer nenhuma detenção proativa. Ninguém será preso se não tiver feito nada.

Vozes zangadas se ergueram em coro.

— Quem ele acha que é? — alguém gritou do fundo. Shaddid respondeu ao comentário como um tubarão.

— O governador é quem nos contratou para manter a estação em ordem — Shaddid falou. — Seguiremos as diretrizes dele.

Com a visão periférica, Miller viu Havelock assentir. Ele se perguntava o que o governador pensava sobre a independência dos cinturinos. Talvez não fosse só a APE que estivesse aguardando que algo assim acontecesse. Shaddid prosseguiu, descrevendo a resposta de segurança que tinham permissão de dar. Miller ouviu sem muita atenção, tão perdido em especulações sobre a política por trás da situação que quase não percebeu quando Shaddid chamou seu nome.

– Miller levará a segunda equipe até o nível do porto e cobrirá os setores 13 a 24. Kasagawa, terceira equipe, 25 até 36, e assim por diante. Serão vinte homens por grupo, exceto no de Miller.

– Posso me virar com dezenove – Miller respondeu, e então disse baixinho para Havelock: – Você está fora desta, parceiro. Ter um terráqueo com uma arma lá fora não vai ajudar em nada.

– Sim – Havelock retrucou. – Eu já imaginava.

– Ok – Shaddid encerrou. – Vocês sabem o que fazer. Mexam-se.

Miller reuniu sua tropa de choque. Todos os rostos eram conhecidos, homens e mulheres com quem já trabalhara em seus anos como agente de segurança. Ele os organizou em sua mente com uma eficiência quase automática. Brown e Geldfish tinham experiência com armas e táticas especiais, então liderariam os flancos se fosse necessário controlar a multidão. Aberforth tinha três advertências por violência excessiva desde que seu filho fora preso por tráfico de drogas em Ganimedes, então ela ficaria na reserva; poderia lidar com suas questões de controle de raiva em outro momento. Por todo o quartel-general, ele ouvia os outros comandantes de esquadrão tomando decisões similares.

– Ok, vamos nos preparar – Miller falou.

Eles se afastaram em grupo, dirigindo-se para a área de equipamentos. Miller parou. Havelock continuava recostado em sua mesa, braços cruzados, olhos fixos na distância. Miller estava dividido entre a simpatia pelo homem e a impaciência. Era duro ser da equipe sem poder estar na equipe. Por outro lado, o que ele esperava ao aceitar um contrato no Cinturão? Havelock levantou os olhos, encontrando os de Miller. Assentiram um para o outro. Miller foi o primeiro a se afastar.

A área de equipamentos era parte armazém, parte cofre de banco, projetada por alguém mais preocupado em conservar o espaço do que conseguir pegar as coisas com eficiência. As luzes de LED brancas davam um ar estéril às paredes de mesma cor. A pedra nua ecoava a cada voz e a cada passo. Montes de munição e armas de fogo, sacos de evidência e kits de testes, peças de computadores e uniformes sobressalentes alinhavam-se nas paredes e enchiam a maior parte do espaço interno. O equipamento antimotim estava em uma sala lateral, em armários de aço cinzento com travas eletrônicas de segurança máxima. O equipamento-padrão consistia em escudos de plástico de alto impacto, cassetetes elétricos, caneleiras, colete à prova de balas, proteção de coxas e capacetes reforçados com protetores faciais – tudo projetado para transformar um punhado de agentes de segurança em uma força intimidadora, não humana.

Miller digitou seu código de acesso. As travas destrancaram os armários.

– Bem... Que merda – Miller disse em tom descontraído.

Os armários estavam vazios, as caixas cinzentas com as armaduras tinham desaparecido. Por toda a sala, ele ouviu todos os outros esquadrões gritarem irados. Sistematicamente, Miller abriu cada armário de equipamento antimotim que conseguiu encontrar. Em todos a situação era a mesma. Shaddid apareceu ao seu lado, o rosto pálido de raiva.

– Qual é o plano B? – Miller perguntou.

Shaddid cuspiu no chão e então fechou os olhos. Eles se moviam sob suas pálpebras, como se ela estivesse sonhando. Dois longos suspiros depois, seus olhos se abriram.

– Olhe nos armários da equipe de armas e táticas especiais. Deve haver o suficiente para equipar duas pessoas em cada esquadrão.

– Atiradores de elite? – Miller perguntou.

– Tem ideia melhor, detetive? – Shaddid questionou, inclinando-se na última palavra.

Miller ergueu as mãos em rendição. Tropa de choque significava intimidar e controlar. Tropa de armas e táticas especiais significava matar com a maior eficiência possível. Parece que as ordens deles haviam acabado de mudar.

• • •

Em um dia qualquer, mil naves podiam ser atracadas na Estação Ceres, e a atividade raramente diminuía e nunca parava. Cada setor podia acomodar vinte naves, além do tráfico de humanos e de carga, furgões de transporte, guindastes e empilhadeiras industriais. O esquadrão de Miller era responsável por vinte setores.

O ar fedia a refrigerante e óleo. A gravidade estava pouco acima de 0,3 g, e a rotação da estação dava ao lugar uma sensação de opressão e perigo. Miller não gostava do porto. Ter o vácuo tão perto de seus pés o deixava nervoso. Ao passar pelos trabalhadores portuários e pelas tripulações dos transportes, ele não sabia se fazia cara feia ou se sorria. Estava ali para intimidar as pessoas o suficiente para que se comportassem e também para garantir que tudo ficasse sob controle. Depois dos três primeiros setores, ele optou pelo sorriso. Era o tipo de mentira na qual ele se dava bem.

Eles mal haviam alcançado a junção dos setores 19 e 20 quando ouviram gritos. Miller tirou o terminal portátil do bolso, conectou-o à rede central de vigilância e acessou as câmeras de segurança. Foram necessários poucos segundos para que descobrisse: um grupo de cinquenta ou sessenta civis se estendia por quase todo o túnel, bloqueando o tráfego dos dois lados e agitando armas sobre as cabeças. Facas, porretes. Pelo menos duas pistolas. Punhos erguidos no ar. E, no centro da multidão, um homem imenso sem camisa espancava alguém até a morte.

– É a nossa deixa – Miller falou, fazendo o esquadrão avançar correndo com um aceno de cabeça.

Ainda estava a 100 metros da esquina que os levaria até o coágulo de violência humana quando Miller viu o homem sem camisa atingir a vítima no chão e, logo na sequência, torcer seu pescoço. A cabeça virou de lado, em um ângulo que não deixava dúvidas. Miller reduziu a marcha da equipe até uma caminhada. Prender o assassino enquanto estavam cercados por uma multidão de amigos dele seria difícil o bastante mesmo se fossem discretos.

A situação, extremamente desfavorável, era como sangue se diluindo na água. Miller podia sentir. A multidão estava se dispersando. Para a estação, para as naves. Se mais pessoas começassem a se juntar ao caos... qual caminho seria mais provável? Havia um bordel um nível acima e meio quilômetro sentido antirrotação que recebia os tipos dos planetas interiores. O inspetor tarifário do setor 21 era casado com uma garota da Lua e se gabava disso com mais frequência do que deveria.

Havia alvos demais, Miller pensou enquanto fazia sinal para que seus atiradores de elite se espalhassem. Tentaria argumentar com fogo. Parar aqui, para que ninguém mais fosse morto.

Em sua imaginação, Candace cruzava os braços e dizia: *Qual é o plano B?*

As pessoas na extremidade da multidão fizeram o alarme disparar muito antes que Miller chegasse a uma conclusão. A onda de corpos e ameaças se deslocou. Miller posicionou seu capacete para trás. Homens, mulheres. Peles escuras, claras, marrom-dourado, e todos com a estatura alta e magra dos cinturinos, todos com a raiva irracional e pasma de chimpanzés em guerra.

– Deixe-me abater uns dois deles, senhor – Gelbfish pediu de seu terminal. – Colocar o temor a Deus entre eles.

– Chegaremos lá – Miller respondeu, sorrindo para a multidão raivosa. – Chegaremos lá.

O rosto que ele esperava apareceu na frente da turba. O homem sem camisa, imenso. Sangue cobria suas mãos e salpicava seu rosto. A semente do tumulto.

– Aquele ali? – Gelbfish perguntou, e Miller viu que um minúsculo ponto infravermelho marcava a testa do sem camisa que encarava Miller e os homens de uniforme atrás dele.

– Não – Miller disse. – Isso só vai atiçar os outros.

– Então o que vamos fazer? – Brown questionou.

Era uma pergunta muito boa.

– Senhor – Gelbfish chamou. – O maldito tem uma tatuagem da APE no ombro esquerdo.

– Bem – Miller falou –, se você tem que atirar nele, comece por aí.

Ele deu um passo adiante, conectando seu terminal ao sistema local, substituindo o alerta. Quando falou, sua voz soou nos alto-falantes sobre a cabeça de todos.

– Aqui é o detetive Miller. A menos que queiram ser presos como cúmplices de assassinato, sugiro que se dispersem agora. – Desligou o microfone de seu terminal e falou para o homem sem camisa: – Ei, grandão. Mova um músculo e atiramos em você.

Alguém na multidão arremessou uma chave de fenda; o metal prateado fez um arco baixo no ar, na direção da cabeça de Miller. Ele quase desviou com um passo para o lado, mas a ferramenta atingiu-o bem na orelha. Sua cabeça encheu-se do som profundo de sinos, e sangue escorreu pelo seu pescoço.

– Não atirem – Miller gritou. – Não atirem.

A multidão riu, como se ele estivesse falando com eles. Idiotas. O sem camisa, encorajado, avançou. Os esteroides haviam distendido tanto suas coxas que ele oscilava ao caminhar. Miller ligou mais uma vez o microfone de seu terminal. Enquanto a multidão os via se encarar, não ficava arrebentando coisas. A bagunça não se espalhava. Não ainda.

– Então, parceiro. Você chuta até a morte só pessoas indefesas ou qualquer um pode participar? – Miller perguntou, a voz num tom coloquial, mas que ecoava pelos alto-falantes das docas como um pronunciamento divino.

– Que merda está latindo, cão terráqueo? – o sem camisa perguntou.

– Terra? – Miller riu. – Você acha mesmo que cresci sob um muro de gravidade? Nasci nesta rocha.

– Os interioranos esmagam você, putinha – o sem camisa falou. – Você é o cachorrinho deles.

– Você acha?

– Merda, *velda* – o homem respondeu. *Merda, verdade.* Ele flexionou os peitorais. Miller segurou a vontade de rir.

– Então matar aquela pobre coitada foi para o bem da estação? – Miller questionou. – Para o bem do Cinturão? Não seja estúpido, cara. Estão usando você. Querem que aja como parte de um bando de arruaceiros burros, para que possam ter motivo para fechar este lugar.

– *Schrauben sie sie weibchen* – disse o sem camisa em um alemão gutural, com sotaque cinturino, inclinando-se para a frente.

Segunda vez que sou chamado de putinha, Miller pensou.

– Acertem a rótula dele – Miller mandou.

As pernas do homem sem camisa explodiram em jatos carmesins gêmeos, e ele caiu uivando de dor. Miller passou pelo corpo que se contorcia, caminhando na direção da multidão.

– Estão aceitando ordens deste *pendejo*? – o detetive perguntou. – Me escutem, todos sabemos o que vem por aí. Sabemos que a dança começa agora, tipo pá, certo? Eles foderam *tu água*, e todos sabemos a resposta. Jogá-los de uma câmara de descompressão, certo?

Miller podia ver no rosto deles: primeiro o medo súbito dos atiradores de elite, depois a confusão. Ele pressionou, sem dar tempo para que pensassem direito. Voltou a usar a linguagem dos níveis inferiores, a linguagem da educação, da autoridade.

– Sabem o que Marte quer? Que vocês façam isto. Querem que este pedaço de merda aqui assegure-se de que todos olhem para os cinturinos e pensem que são um bando de psicopatas que destruíram a própria estação. Querem dizer a si mesmos que somos como eles. Bem, não somos. Somos cinturinos e cuidamos de nós e do que é nosso.

Ele puxou um homem da multidão. Não era tão bombado

quanto o sem camisa, mas era grande. Tinha o círculo partido da APE no braço.

– Você – Miller falou. – Quer lutar pelo Cinturão?

– Quero – o homem respondeu.

– Aposto que sim. Ele também queria. – Miller apontou com o polegar para o sem camisa. – Mas agora está aleijado e vai ser condenado por assassinato. Então já perdemos um. Vocês veem? Estão tentando nos virar uns contra os outros. Não podemos deixá-los fazer isso. Cada um que for preso, aleijado ou morto é um a menos que teremos para enfrentar o que vem por aí. E virá logo. Mas não agora. Entendem?

O homem da APE fez uma careta. A multidão se afastou, abrindo espaço. Miller podia sentir como se a corrente contra ele agora mudasse de direção.

– O dia está chegando, *hombre* – o homem da APE falou. – Sabe qual é seu lado?

O tom era de ameaça, mas não havia poder por trás das palavras. Miller inspirou devagar. Estava acabado.

– Sempre do lado dos anjos – o detetive respondeu. – Por que não voltam todos ao trabalho? O espetáculo acabou, e todos temos muito o que fazer.

O impulso fora contido, a multidão se dispersou. Primeiro um e outro saindo pelas extremidades do bando, e então o nó se desfez de uma vez. Cinco minutos depois que Miller chegou, os únicos sinais de que algo acontecera eram o sem camisa choramingando em uma poça do próprio sangue, o ferimento na orelha de Miller e o corpo da mulher que cinquenta cidadãos de bem assistiram ser espancada até a morte. Ela era baixa e usava um traje de voo de uma linha de carga marciana.

Só uma morte. Isso torna a noite boa, Miller pensou com amargura.

Foi até o homem caído. A tatuagem da APE estava manchada de vermelho. Miller se ajoelhou.

– Amigo – ele disse. – Você está preso pelo assassinato daquela senhora ali, quem quer que ela seja. Você não é obrigado a participar de interrogatório sem a presença de um advogado ou representante do sindicato. Se me olhar torto, mandarei você para o espaço. Estamos entendidos?

Pelo olhar do homem, Miller soube que sim.

7
HOLDEN

Holden conseguia tomar café em meia gravidade. Na verdade, ele podia segurar uma caneca sob o nariz e deixar o aroma tomar conta. Tomar goles lentos e não queimar a língua. Beber café era uma das atividades mais difíceis de fazer a transição para a microgravidade, mas em 0,5 g dava certo.

Então ele se sentou e, no silêncio da minúscula cozinha da *Cavaleiro*, tentou com todas as forças pensar no café e na gravidade. Até Alex, em geral tagarela, estava quieto. Amos deixara sua arma imensa na mesa e a encarava com concentração assustadora. Shed dormia. Naomi estava sentada do outro lado do aposento, tomando chá e mantendo um olho no painel de parede perto dela. Ela encaminhara as operações da nave para lá.

Enquanto mantivesse a mente no café, Holden não tinha que pensar no último suspiro de medo de Ade antes de se transformar em vapor brilhante.

Alex estragou tudo ao falar:

– Em algum momento precisamos decidir para onde vamos.

Holden assentiu, tomou um gole do café e fechou os olhos. Seus músculos vibravam como cordas dedilhadas, e sua visão periférica estava salpicada de pontos de luz imaginária. As primeiras pontadas da ressaca pós-suco estavam começando, e seria uma ressaca daquelas. Queria desfrutar esses últimos instantes antes que a dor o atingisse.

– Ele tem razão, Jim – Naomi concordou. – Não podemos voar em uma grande órbita em meia gravidade para sempre.

Holden abriu os olhos. A escuridão por trás de suas pálpebras era brilhante, agitada e levemente enjoativa.

– Não vamos esperar para sempre – ele falou. – Estamos esperando cinquenta minutos, para que a Estação Saturno me ligue de volta e diga o que fazer com a nave. A *Cavaleiro* ainda é propriedade da P&K. Ainda somos empregados. Vocês queriam pedir socorro, eu pedi. Agora estamos aguardando o resultado disso.

— Não deveríamos então voar na direção da Estação Saturno, chefe? — Amos perguntou, dirigindo a questão para Naomi.

Alex bufou.

— Não com o motor da *Cavaleiro*. Mesmo se tivéssemos combustível para essa viagem, o que não temos, não quero me sentar naquela lata de sardinhas pelos próximos três meses. Se vamos para algum lugar, tem que ser o Cinturão ou Júpiter. Estamos praticamente entre os dois.

— Voto que devemos prosseguir para Ceres — Naomi falou. — P&K tem escritório lá. Não conhecemos ninguém no complexo de Júpiter.

Sem abrir os olhos, Holden negou com a cabeça.

— Não, vamos esperar que nos liguem de volta.

Naomi fez um som exasperado. Era engraçado, ele pensou, como era possível ouvir a voz das pessoas no menor dos sons. Uma tossida ou um suspiro. Ou no pequeno engasgar bem antes da morte.

Holden se sentou e abriu os olhos. Colocou com cuidado a caneca de café na mesa, com mãos que começavam a ficar entorpecidas.

— Não quero voar na direção do Sol, para Ceres, porque foi para essa direção que a nave torpedo seguiu, e sua observação sobre persegui-los estava correta, Naomi. Não quero voar para Júpiter, porque só temos combustível para uma viagem e, uma vez que voarmos naquela direção por algum tempo, não poderemos voltar atrás. Estamos sentados aqui, tomando café, porque eu preciso tomar uma decisão, e a P&K tem que opinar nessa decisão. Então vamos esperar por uma resposta, e depois eu decido.

Holden levantou-se devagar e começou a se mover na direção da escada da tripulação.

— Vou deitar alguns minutos, deixar o pior do abalo passar. Se a P&K entrar em contato, me avisem.

• • •

Holden tomou sedativos – pílulas finas e amargas, que deixavam um gosto de pão mofado na boca –, mas não dormiu.

Uma vez, outra e mais outra, McDowell colocou a mão em seu braço e o chamou de Jim. Becca gargalhou e xingou como um marinheiro. Cameron se gabou de suas proezas no gelo.

Ade engasgou.

Holden fizera o circuito Ceres-Saturno na *Canterbury* nove vezes. Duas viagens de ida e volta por ano, por quase cinco anos. A maior parte da tripulação estivera ali o tempo todo. Voar na *Cant* podia ser o fundo do poço, mas significava que não havia outro lugar para ir. As pessoas ficavam e faziam da nave seu lar. Depois das transferências obrigatórias quase constantes na marinha, ele havia gostado da estabilidade. Também fez da nave seu lar.

McDowell dizia algo que ele não conseguia entender. A *Cant* gemia como se estivesse sendo escaldada.

Ade sorria e piscava para ele.

A pior câimbra da história atingiu cada músculo de seu corpo de uma só vez. Holden mordeu o protetor bucal com força, aos gritos. A dor trouxe um esquecimento que era quase um alívio. Sua mente desligou, abafada pelas necessidades do corpo. Felizmente ou não, as drogas começaram a fazer efeito. Seus músculos se soltaram. Seus nervos pararam de berrar, e a consciência retornou como um garoto relutante em voltar para a escola. Sua mandíbula doía quando ele tirou o protetor bucal. Havia marcas de dentes na borracha.

Na fraca luz azul da cabine, ele pensou sobre o tipo de homem que obedecia à ordem de aniquilar uma nave civil.

Ele fizera algumas coisas na marinha que o mantinham acordado durante a noite. Obedecera algumas ordens das quais discordava com veemência. Mas mirar em uma nave civil com cinquenta pessoas a bordo e apertar o botão que lançaria seis armas nucleares era algo que ele teria se recusado a fazer. Se seu comandante insistisse, teria declarado a ordem ilegal e exigido que o imediato assumisse o controle da nave e prendesse o capitão. Teriam que atirar em Holden para afastá-lo do posto das armas.

Conhecia o tipo de pessoas que teria obedecido a ordem, no entanto. Tentava se convencer de que eram sociopatas e animais, do nível de piratas que invadiam naves, quebravam o motor e tiravam o ar delas. Não eram humanos.

Mesmo enquanto nutria seu ódio – a raiva embotada pelas drogas que ofereciam confortos niilistas – Holden não acreditava que essas pessoas fossem idiotas. O incômodo no fundo de sua mente ainda era *Por quê? O que alguém ganharia em detonar um rebocador de gelo? Quem lucrou com isso? Pois sempre tem alguém que lucra.*

Vou encontrar o responsável por isso. Vou encontrar e acabar com a raça dele. Mas, antes de fazer isso, farei com que se explique.

A segunda onda de medicamentos explodiu na corrente sanguínea de Holden. Ele estava quente e mole; suas veias pareciam preenchidas com melado. Um pouco antes de as pílulas o nocautearem, Ade sorriu e piscou.

E explodiu como pó.

O comunicador dele tocou. A voz de Naomi disse:

– Jim, a resposta da P&K finalmente chegou. Quer que eu mande para você?

Holden lutava para encontrar sentido naquelas palavras. Pestanejou. Algo estava errado com seu catre. Com a nave. Aos poucos ele lembrou.

– Jim?

– Não – ele respondeu. – Quero ver na sala de operações, com você. Quanto tempo estive apagado?

– Três horas – ela disse.

– Jesus... Eles não estavam muito preocupados em nos responder, estavam?

Holden rolou para fora de seu catre e limpou a crosta que mantinha seus cílios grudados. Estivera chorando durante o sono. Disse a si mesmo que era resultado da ressaca do suco. A ferida profunda em seu peito era só cartilagem estressada.

O que fizeram nessas três horas que levaram para nos ligar?, ele se perguntou.

Naomi esperava por Holden na estação de comunicação. Na tela diante dela, via-se o rosto de um homem, a imagem congelada no meio de uma palavra. Parecia familiar.

– Esse não é o gerente de operações.

– Não. É o conselheiro legal da P&K na Estação Saturno. Lembra aquele cara que fez o discurso depois da repressão ao furto de suprimentos? – Naomi perguntou. – "Roubar de nós é roubar de vocês." Esse aí.

– Advogado – Holden comentou com uma careta. – Serão más notícias, então.

Naomi reiniciou a mensagem. O advogado voltou a se mexer.

– James Holden, aqui é Wallace Fitz, ligando da Estação Saturno. Recebemos seu pedido de ajuda e o relato do incidente. Também recebemos sua transmissão acusando Marte de destruir a *Canterbury*. Isso foi, para dizer o mínimo, desaconselhável. O representante marciano na Estação Saturno estava no meu escritório menos de cinco minutos depois que sua transmissão foi recebida, e a República Parlamentar Marciana está bem incomodada com o que entende como acusações infundadas de pirataria contra seu governo. Para investigar melhor esse assunto e ajudar a descobrir os reais malfeitores, a MRPM mandou uma de suas naves, a *Donnager*, do sistema de Júpiter para buscá-los. As ordens que P&K dá para vocês são as seguintes: vocês voarão na maior velocidade possível até o sistema de Júpiter. Vão cooperar inteiramente com as instruções dadas pela *Donnager* ou por qualquer oficial da Marinha da República Parlamentar Marciana. Vocês ajudarão a MRPM na investigação sobre a destruição da *Canterbury*. Vocês vão *evitar* qualquer outra transmissão, exceto para nós ou para a *Donnager*. Se não seguirem as instruções da companhia e do governo de Marte, o contrato com a P&K será encerrado e vocês serão considerados na posse ilegal de uma nave auxiliar da P&K. Nós, então, processaremos vocês em toda a extensão da lei. Wallace Fitz desliga.

Holden franziu o cenho para o monitor, então balançou a cabeça.

– Nunca falei que foi Marte quem fez isso.

– Você meio que falou, sim – Naomi respondeu.

– Não disse nada que não fosse inteiramente factual e baseado nos dados que transmiti, e não fiz nenhum tipo de especulação sobre esses fatos.

– Então, o que vamos fazer? – Naomi perguntou.

– Nem fodendo – Amos falou. – Nem *fodendo*.

A cozinha da nave era um espaço pequeno. Os cinco lá dentro a enchiam de modo desconfortável. As paredes laminadas cinzentas mostravam arranhões brilhantes, onde o mofo crescera e fora limpo com micro-ondas e palha de aço. Shed sentava-se com as costas apoiadas na parede, Naomi estava do outro lado da mesa. Alex ficou em pé na porta. Amos começara a caminhar na parte dos fundos – dois passos rápidos e meia-volta – antes que o advogado terminasse a primeira sentença.

– Tampouco estou feliz com isso. Mas é a palavra do escritório central – Holden explicou, apontando para a tela na cozinha da nave. – Não quer dizer que vocês estejam encrencados.

– Não se preocupe com isso, Holden. Ainda acho que você fez a coisa certa – Shed respondeu, passando a mão pelo cabelo loiro fino. – O que acha que os marcianos farão conosco?

– Acho que vão arrancar nossos dedos dos pés até que Holden volte ao rádio e diga que não foram eles – Amos falou. – Que diabos é isso? Eles nos atacaram, e agora devemos *cooperar*? Eles mataram o capitão!

– Amos – Holden o repreendeu.

– Desculpe, Holden. Capitão – Amos se corrigiu. – Mas pelo amor de Deus! Estão nos fodendo aqui e não de um jeito bom. Não vamos seguir essas instruções, vamos?

– Não quero desaparecer em uma nave prisão marciana – Holden disse. – Do meu ponto de vista, temos duas opções: ou seguimos em frente com isso, o que é basicamente nos entregarmos à misericórdia de Marte, ou fugimos, tentamos chegar ao Cinturão e nos escondemos.

– Voto no Cinturão – Naomi falou, os braços cruzados. Amos ergueu a mão, apoiando a moção. Shed lentamente ergueu a dele também.

Alex balançou a cabeça.

– Conheço a *Donnager* – ele falou. – Não é nenhuma navezinha. É o carro-chefe da frota da MRPM em Júpiter. Um quarto de tonelada de más notícias. Já serviu em uma nave desse tamanho?

– Não. Nunca estive em nada maior do que um destróier – Holden respondeu.

– Servi na *Bandon*, com a frota local. Não podíamos ir a lugar algum que aquela nave não pudesse nos encontrar. Tem quatro motores principais, cada um deles maior que esta nossa nave inteira. É projetada para longos períodos em alta gravidade com cada marinheiro a bordo com suco até as orelhas. Não vamos conseguir fugir, senhor. Os sensores dela podem rastrear uma bola de golfe e atingi-la com um torpedo a meio sistema solar de distância.

– Ah, foda-se, senhor – Amos falou, levantando-se. – Esses cabaços marcianos explodiram a *Cant*! Digo que devemos fugir. Pelo menos vamos dificultar para eles.

Naomi colocou a mão no antebraço de Amos, e o mecânico grandalhão parou, balançou a cabeça e se sentou. Fez-se silêncio na cozinha da nave. Holden se perguntava se McDowell em algum momento se viu numa situação do tipo, e o que o velho teria feito.

– Jim, a decisão é sua – Naomi falou, com olhos duros. *Você vai manter os quatro membros restantes de sua tripulação em segurança. E pronto.*

Holden assentiu e tamborilou com os dedos contra os lábios.

– A P&K não vai contar conosco desta vez. Provavelmente não conseguiremos fugir, tampouco quero desaparecer – Holden disse. – Sugiro cairmos fora daqui, mas não em silêncio. Por que não desobedecemos o espírito de uma ordem?

Naomi terminou o trabalho no painel de comunicação, o cabelo agora flutuando ao redor do rosto como uma nuvem escura em gravidade zero.

– Ok, Jim, vou desviar cada watt para a comunicação principal. Ela será alta e clara daqui até Titânia – ela informou.

Holden estendeu a mão para passar pelo cabelo grudado de suor. Em gravidade nula, isso só fez os fios espetarem em todas as direções. Ele fechou o traje de voo e apertou o botão de gravação.

– Aqui é James Holden, anteriormente da *Canterbury*, agora na nave auxiliar *Cavaleiro*. Estamos cooperando com uma investigação sobre quem destruiu a *Canterbury* e, como parte dessa cooperação, concordamos em embarcar em sua nave, a MRPM *Donnager*. Esperamos que isso signifique que não seremos mantidos prisioneiros ou feridos. Qualquer ação nesse sentido só serviria para reforçar a ideia de que a *Canterbury* foi destruída por uma nave marciana. James Holden desliga.

Holden se reclinou para trás.

– Naomi, transmita isso pela banda larga.

– Este é um truque sujo, chefe – Alex comentou. – Vai ser bem difícil fazer a gente desaparecer agora.

– Acredito no ideal de uma sociedade transparente, sr. Kamal – Holden respondeu.

Alex sorriu, tomou impulso e flutuou corredor abaixo. Naomi digitou no painel de comunicação, soltando um pequeno som de satisfação do fundo da garganta.

— Naomi — Holden chamou. Ela se virou, o cabelo flutuando preguiçoso, como se ambos estivessem se afogando. — Se isso der errado, preciso que você... preciso que você...

— Que eu o jogue aos leões — ela completou. — Que eu o culpe por tudo e leve os demais em segurança para a Estação Saturno.

— Sim — Holden falou. — Não banque a heroína.

Ela deixou as palavras pendentes no ar até que a última gota de ironia foi drenada delas.

— Nem passou pela minha cabeça, senhor — ela replicou.

— *Cavaleiro*, aqui é a capitã Teresa Yao, da MRPM *Donnager* — disse a mulher de aparência severa na tela de comunicação. — Mensagem recebida. Por favor, evitem futuras transmissões gerais. Meu navegador enviará informações sobre o curso. Siga-o à risca. Yao desliga.

Alex gargalhou.

— Acho que você a deixou puta — ele disse. — Chegaram as informações do curso, vão nos pegar em treze dias. Tempo para ela remoer tudo isso.

— Treze dias antes que eu seja colocado atrás das grades e tenha agulhas espetadas sob as unhas — Holden suspirou, reclinando-se em seu assento. — Bem, melhor começar nosso voo na direção da prisão e da tortura. Pode travar no curso transmitido, sr. Kamal.

— Entendido, capitão... ah — Alex falou.

— Algum problema?

— Bem, a *Cavaleiro* acaba de fazer a varredura pré-arranque em busca de objetos em rota de colisão — Alex disse. — E temos seis objetos do Cinturão em rota de interceptação.

— Objetos do Cinturão?

– Contatos rápidos, sem sinal de transponder – Alex replicou. – Naves, mas voando às escuras. Vão nos alcançar em cerca de dois dias antes da *Donnager*.

Holden aproximou o monitor. Seis pequenas marcas amarelo-alaranjadas mudando para vermelho. Velocidade máxima.

– Bem... – Holden falou com a tela. – Quem diabos são vocês?

8

MILLER

– A agressão contra o Cinturão é do que a Terra e Marte sobrevivem. Nossa fraqueza é a força deles – disse a mulher mascarada na tela do terminal portátil de Miller. O círculo partido da APE ondulava atrás dela, como algo pintado em uma folha de papel. – Não tenham medo. O único poder deles é o seu medo.

– Bem, isso e uma centena ou mais de espaçonaves armadas – Havelock comentou.

– Pelo que ouvi – Miller falou –, se você bater palmas e disser que acredita, eles não atiram em você.

– Preciso tentar isso uma hora dessas.

– Temos que nos levantar! – A voz da mulher ficava mais estridente. – Temos que assumir nosso destino, antes que ele seja tirado de nós! Lembrem-se da *Canterbury*!

Miller desligou a tela e se reclinou na cadeira. A estação estava no pico da troca de turno, vozes erguendo-se umas sobre as outras enquanto os policiais do turno anterior incentivavam os que chegavam a se apressarem. O cheiro de café fresco competia com a fumaça de cigarro.

– Há vários outros como ela – Havelock disse, acenando com a cabeça na direção da tela apagada do terminal portátil. – Mas essa mulher é minha favorita. Juro que há momentos em que ela está realmente espumando pela boca.

– Quantos arquivos mais? – Miller perguntou. O parceiro deu de ombros.

– Duzentos, trezentos. – Havelock deu uma tragada em seu cigarro. Retomara o hábito de fumar. – Em poucas horas haverá um novo. E não chegam de um único lugar. Algumas vezes são transmitidos por rádio. Aconteceu também de os arquivos aparecerem em partições públicas. Orlan encontrou uns caras em um bar perto do porto distribuindo aqueles pequenos dispositivos de realidade virtual como se fossem panfletos.

– Ela os detém?

– Não – Havelock respondeu, como se não fosse grande coisa.

Uma semana se passara desde que James Holden, autointitulado mártir, anunciara orgulhoso que ele e sua tripulação estavam prestes a falar com alguém da Marinha Marciana em vez de encarar a merda e suas complicações. O vídeo da explosão da *Canterbury* estava por toda parte, e cada *frame* era debatido. Os arquivos de registro que documentavam o incidente eram ou perfeitamente legítimos ou estavam obviamente adulterados. Os torpedos que acabaram com o rebocador eram armas nucleares ou armas piratas padrão que acertaram o motor da nave por engano, ou era tudo uma montagem feita a partir de alguma filmagem antiga para encobrir o que destruíra a *Cant* de verdade.

Os tumultos duraram três dias e foram intermitentes, como fogo capaz de reviver a cada sopro de ar. Os escritórios administrativos precisaram de segurança reforçada para reabrir, mas reabriram. Os portos recuperavam-se lentamente, mas voltariam ao normal. O babaca sem camisa em quem Miller mandara atirar estava na enfermaria da detenção da Star Helix; ele aguardava joelhos novos, fazia protestos contra Miller e preparava-se para o julgamento por assassinato.

Seiscentos metros cúbicos de nitrogênio haviam desaparecido de um armazém no setor 15. Uma prostituta ilegal fora espancada e trancada em uma unidade de armazenamento; assim que acabou de fornecer evidências sobre seus atacantes, ela foi presa. Pegaram dois meninos quebrando câmeras de vigilância no nível 16. Superficialmente, tudo funcionava como sempre.

Só superficialmente.

Quando Miller começou a trabalhar em homicídios, uma das coisas que o chocara foi a calma surreal dos familiares das vítimas. Pessoas que acabaram de perder esposas, maridos, filhos e entes queridos. Pessoas cuja vida acabou de ser marcada pela violência. Em geral, ofereciam bebidas com calma e respondiam às perguntas, fazendo os detetives se sentirem bem-vindos. Um civil que chegasse desavisado poderia entender a situação de modo totalmente errado. Era só no jeito cuidadoso com que se continham e no milissegundo extra de que seus olhos precisavam para focar que Miller podia ver o quão profundo fora o dano.

A Estação Ceres estava se contendo com cuidado. Seus olhos precisavam de um milissegundo a mais para focar. Pessoas de classe média – comerciantes, trabalhadores da manutenção e técnicos de computadores – evitavam-no no metrô do mesmo jeito que criminosos de meia-tigela faziam. As conversas morriam quando Miller se aproximava. No quartel-general, aumentava a sensação de estar sob cerco. Um mês antes, Miller, Havelock, Cobb, Richter e o restante deles eram a mão firme da lei. Agora eram empregados de uma firma de segurança com sede na Terra.

A diferença era sutil, mas profunda. Fazia-o ter vontade de andar mais ereto, de mostrar com seu corpo que era um cinturino, que pertencia àquele lugar. Fazia-o querer reconquistar a confiança das pessoas. Talvez liberar apenas com uma advertência um grupo de garotos que distribuía propaganda em realidade virtual.

Não era uma boa ideia.

– O que temos no quadro? – Miller perguntou.

– Dois arrombamentos que parecem ser do mesmo bando – Havelock comentou. – Aquela briga doméstica da semana passada ainda precisa de um relatório final. Houve um belo assalto ao Consórcio de Importação Nakanesh, mas Shaddid estava falando com Dyson e Patel sobre isso, eles já devem ter ido para lá.

– Então você quer...

Havelock olhou para cima e para fora, para disfarçar o fato de que estava desviando o olhar. Era algo que fazia com mais frequência desde que as coisas foram para o buraco.

– Nós precisamos terminar os relatórios – Havelock falou. – Não só o da briga doméstica. Há quatro ou cinco arquivos que ainda estão abertos porque os dados precisam ser cruzados e conferidos.

– Sim – Miller concordou.

Desde os tumultos, ele observava todos em um bar serem servidos antes de Havelock. Notava como os outros policiais, de Shaddid para baixo, faziam questão de se aproximar e dizer para Miller que *ele* era um dos mocinhos, um tácito pedido de desculpas por deixá-lo com um terráqueo. E via que Havelock também notava.

Isso fazia Miller querer proteger o parceiro, deixar Havelock passar os dias na segurança do trabalho burocrático e do café do quartel-general. Ajudar o homem a fingir que não era odiado pela gravidade na qual crescera.

Tampouco era uma boa ideia.

– E quanto ao seu caso de merda? – Havelock perguntou.

– O quê?

Havelock levantou uma pasta. O caso Julie Mao. A missão de sequestro. O espetáculo à parte. Miller assentiu e esfregou os olhos. Alguém gritou na frente do quartel-general. Alguém deu uma gargalhada.

– Ah, não – Miller respondeu. – Nem toquei nisso.

Havelock sorriu e estendeu a pasta para ele. Miller aceitou o material e o abriu. A garota de 18 anos sorria com dentes perfeitos.

– Não quero sobrecarregá-lo com toda a papelada – Miller falou.

– Ei, não foi você quem me deixou fora dessa. Foi pedido da Shaddid. De qualquer modo, é só trabalho burocrático, nunca ninguém morreu por isso. Deixo você me pagar uma cerveja depois do trabalho se for aliviar sua culpa.

Miller bateu com a pasta no canto da mesa, e o pequeno impacto ajeitou o conteúdo lá dentro.

– Certo – cedeu. – Vou dar seguimento a esta bobagem. Voltarei lá pela hora do almoço. Escreva algo para deixar a chefe feliz.

– Estarei aqui – Havelock respondeu. Então, quando Miller se levantou, emendou: – Ei, olhe. Não queria dizer nada até ter certeza, mas também não quero que você escute de outra pessoa...

– Está tentando uma transferência? – Miller perguntou.

– Sim. Falei com os contratantes da Protogen que passaram por aqui. Disseram que o escritório em Ganimedes está procurando um novo investigador-chefe. E pensei... – Havelock deu de ombros.

– É uma mudança boa – Miller falou.

– Só quero ir para um lugar com céu, mesmo que você o veja através de domos – Havelock explicou. Toda a masculinidade fingida do trabalho policial não conseguiu esconder a melancolia em sua voz.

– É uma mudança boa – Miller repetiu.

A habitação de Juliette Andromeda Mao ficava no nono nível de um túnel de catorze andares perto do porto. O grande "V" invertido com quase meio quilômetro de largura no topo e não mais do que um túnel-padrão na base fora adaptado de uma das doze câmaras de reação de massa dos anos em que o asteroide ainda não tinha a falsa gravidade. Agora, milhares de habitações baratas enterradas nas paredes, centenas em cada nível, levavam direto para a parte de trás, como barracões de armas. Crianças brincavam nas ruas com habitações enfileiradas, gritando e rindo sem motivo. Alguém na base da câmara aproveitava a brisa constante da rotação para empinar uma pipa; o poliéster brilhante em formato de diamante avançava e retrocedia na microturbulência. Miller conferiu seu terminal portátil com os números pintados na parede: 5151-I. O doce lar da pobre garota rica.

Ele digitou em seu dispositivo de desbloqueio, e a porta verde suja abriu.

A habitação inclinava-se para cima dentro do corpo da estação. Três ambientes pequenos: uma sala de estar na frente, um catre em um quarto um pouco maior, e depois uma área cortinada com chuveiro, vaso sanitário e meia pia, tudo dentro da distância entre a mão e o cotovelo. Era um projeto-padrão, que Miller já vira milhares de vezes.

Ele ficou parado por um instante, sem olhar para nada em particular, ouvindo o assobio insistente do reciclador de ar pelo duto. Evitava qualquer julgamento, esperando que o fundo de sua mente formasse uma impressão do lugar e, por meio disso, da garota que vivia aqui.

Espartano era a palavra errada. O lugar era mesmo simples. As únicas decorações eram uma pequena aquarela levemente abstrata do rosto de uma mulher sobre a mesa na sala da frente e um conjunto de condecorações do tamanho de cartas de baralho sobre o catre no quarto. Ele se aproximou para ler a pequena inscrição. Um prêmio formal concedendo a Julie Mao – não Juliette – a faixa roxa pelo Centro de Jiu-jítsu de Ceres. O outro lhe concedia a faixa marrom. As datas tinham dois anos de diferença. Escola durona, então. Miller tocou o espaço vazio onde o prêmio pela faixa preta seria pendurado. Não havia nenhum tipo de afetação – nenhuma estrela cadente estilizada ou imitação de espadas. Apenas um pequeno reconhecimento de que Julie Mao havia feito o que fizera. Ele lhe deu créditos por isso.

O armário tinha duas trocas de roupas, uma de tecido pesado e brim e uma de linho azul com um cachecol de seda. Uma para trabalho, outra para diversão. Era menos do que Miller tinha, e ele dificilmente seria considerado um acumulador de roupas.

Junto com as meias e a roupa íntima, havia um bracelete largo com o círculo partido da APE. Nem um pouco surpreendente em se tratando de uma garota que abrira mão de riqueza e privilégio para viver em um buraco como aquele. A geladeira tinha duas caixinhas de comida estragada e uma garrafa de cerveja.

Miller hesitou, mas pegou a cerveja. Sentou-se na mesa e pegou o terminal portátil da habitação. Como Shaddid dissera, a partição de Julie abriu com a senha de Miller.

A tela de fundo personalizada era uma nave de corrida. A interface também era personalizada com uma iconografia pequena, legível. Comunicação, diversão, trabalho, pessoal. *Elegante*. Essa era a palavra. Não espartana, mas elegante.

Ele passou rápido pelos arquivos profissionais, deixando sua mente fazer uma varredura, assim como fizera com o espaço da habitação. Haveria tempo para rigor mais tarde, e a primeira impressão era em geral mais útil do que uma enciclopédia. Ela tinha vídeos de treinamento de várias naves de transporte de tamanhos diferentes. Alguns arquivos políticos, mas nada que acendesse um sinal vermelho. Um volume digitalizado de poesia de alguns dos primeiros colonos do Cinturão.

Miller passou para a correspondência pessoal. Tudo era mantido tão organizado e controlado como faria qualquer cinturino. As mensagens de entrada eram filtradas para subpastas: Trabalho, Pessoal, Transmissões, Compras. Ele abriu Transmissões. Duzentos ou trezentos *feeds* de notícias, resumos de grupos de discussão, boletins e anúncios. Alguns haviam sido visualizados, mas nada que demonstrasse predileção por qualquer assunto específico. Julie era o tipo de mulher que se sacrificava por uma causa, mas não o tipo que se divertia lendo propaganda. Miller deixou aquilo de lado.

A pasta de Compras era uma lista comprida de mensagens simples de lojas. Alguns recibos, alguns anúncios, alguns pedidos de bens e serviços. Um cancelamento de inscrição de serviço para solteiros baseados no Cinturão chamou sua atenção. Miller procurou outras correspondências correlatas. Julie assinara o serviço de encontros "Baixa gravidade, baixa pressão" em fevereiro do ano anterior e cancelara em junho sem ter usado.

A pasta Pessoal era mais diversificada. Numa estimativa aproximada, havia sessenta ou setenta subpastas classificadas por nome. Algumas eram pessoas: Sascha Lloyd-Navarro, Ehren Michaels. Outras eram notações privadas: Círculo de Treino, APE.

Merdas Melodramáticas.

– Bem, isso pode ser interessante – Miller disse para a habitação vazia.

Cinquenta mensagens datadas de cinco anos atrás, originárias das estações da Mao-Kwikowski Mercantil no Cinturão e na Lua. Ao contrário dos textos políticos, todas as mensagens haviam sido abertas, exceto uma.

Miller tomou um gole da cerveja e olhou as duas mensagens mais novas. A mais recente, ainda não lida, era de JPM. Jules-Pierre Mao, em um palpite. A imediatamente anterior tinha três rascunhos de resposta, nenhum deles enviado. Era de Ariadne. A mãe.

Sempre havia um quê de voyeurismo em ser detetive. Ele achava legal fuçar na vida privada de uma mulher que nem conhecia. Era parte de sua investigação legítima saber que ela era solitária, que os únicos produtos de higiene em seu banheiro eram os dela própria. Que era orgulhosa. Ninguém teria qualquer reclamação a fazer, ou pelo menos nenhuma que tivesse repercussão em seu trabalho, se ele lesse as mensagens particulares na casa dela. Beber a cerveja dela era a coisa mais eticamente suspeita que ele fizera desde que entrara ali.

Mesmo assim, ele hesitou alguns segundos antes de abrir a segunda mensagem.

A tela mudou. Em um equipamento melhor não haveria distinção da tinta e papel, mas o sistema barato de Julie estremecia as linhas mais finas e deixava escapar um brilho suave na borda esquerda. A letra cursiva era delicada e legível, fosse feita com um software de caligrafia bom o bastante para variar formato e largura da linha, fosse escrita à mão mesmo.

Querida,
Espero que esteja tudo bem com você. Eu gostaria que me escrevesse por vontade própria de vez em quando. Sinto que preciso quase implorar para saber como vai minha filha. Sei que essa sua aventura é sobre liberdade e autoconfiança, mas decerto ainda há espaço para ser atenciosa.
Eu queria entrar em contato com você especialmente porque

seu pai está atravessando mais uma de suas fases de fusão, e estamos pensando em vender a Porco Selvagem. Sei que a nave era importante para você, mas suponho que todos desistimos de vê-la competir de novo. Está só acumulando taxas e não há motivos para sermos sentimentais.

Era assinada com as iniciais AM.

Miller pensou naquelas palavras. De algum modo ele esperava que as exortações dos pais dos mais ricos fossem mais sutis. Se você não fizer o que pedimos, tiraremos seus brinquedos. Se não escrever. Se não vier para casa. Se não nos amar.

Miller abriu o primeiro rascunho incompleto.

Mãe, se é isso que você se considera,
Obrigada por jogar mais uma merda no meu dia. Não consigo acreditar no quão egoísta, mesquinha e cruel você é. Não consigo acreditar que você durma à noite ou que alguma vez pensou que eu pudesse.

Miller olhou o resto de relance. O tom parecia coerente. O segundo rascunho de resposta era de dois dias depois.

Mamãe,
Sinto muito que tenhamos nos afastado tanto nos últimos anos. Sei que tem sido difícil para você e para o papai. Espero que possa ver que as decisões que tomei nunca foram para ferir nenhum de vocês.
Sobre a Porco Selvagem, *eu gostaria que reconsiderasse. Foi minha primeira nave, e eu*

A resposta parava ali. Miller se reclinou.

– Aguente firme, menina – ele disse para a Julie imaginária antes de abrir o último rascunho.

Ariadne,
Faça o que tiver que fazer.

Julie

Miller deu uma gargalhada e ergueu a garrafa para a tela, em um brinde. Eles sabiam como atingi-la onde doía, e Julie acusara o golpe. Se algum dia a encontrasse e a levasse de volta, seria um dia ruim para mãe e filha. Para todos eles.

Ele terminou a cerveja, colocou a garrafa no lixo reciclável e abriu a última mensagem. Ele temia conhecer o destino da *Porco Selvagem*, mas era seu trabalho saber o máximo possível.

Julie,
Isto não é uma piada. Não é um dos dramas da sua mãe. Tenho informações sólidas de que o Cinturão está prestes a se tornar um lugar muito inseguro. Quaisquer que sejam nossas diferenças, podemos dar um jeito nisso depois.
PARA SUA PRÓPRIA SEGURANÇA, VOLTE PARA CASA AGORA.

Miller franziu o cenho. O reciclador de ar zumbia. Do lado de fora, crianças assobiavam cada vez mais alto. Ele tocou na tela, fechando a última Merda Melodramática, então a reabriu.

Fora enviada da Lua, duas semanas antes de James Holden e a *Canterbury* trazerem o fantasma da guerra entre Marte e o Cinturão.

Esse espetáculo secundário estava ficando interessante.

9

HOLDEN

– As naves ainda não respondem – Naomi disse, digitando um código no painel de comunicação.

– Não achei que fossem. Mas quero mostrar à *Donnager* que estamos preocupados sobre sermos seguidos. Nesse ponto, o que vale é salvar nossa pele – Holden falou.

A coluna de Naomi estalou quando ela esticou o corpo. Holden pegou uma barra de proteína na caixa em seu colo e jogou-a para ela.

– Coma.

Ela abria a embalagem quando Amos subiu a escada e se jogou no assento ao seu lado. Seu macacão estava tão imundo que brilhava. Assim como com os demais, três dias na nave auxiliar apertada não ajudava na higiene pessoal. Holden estendeu a mão e coçou o próprio cabelo ensebado. A *Cavaleiro* era pequena demais para chuveiros, e as pias para gravidade zero eram pequenas demais para enfiar a cabeça. Amos resolvera o problema capilar raspando a cabeça, agora tinha só um anel de pelos crescendo ao redor da careca. De algum modo, o cabelo de Naomi continuava brilhante e quase nada oleoso. Holden se perguntava como ela conseguia isso.

– Me jogue alguma comida, imediato – Amos disse.

– Capitão – Naomi corrigiu.

Holden jogou uma barra de proteína para ele também. Amos agarrou no ar e ficou observando o pacote longo e fino com desgosto.

– Maldição, chefe, eu daria minha bola esquerda por comida que não parecesse um vibrador – Amos disse, então bateu com a barra contra a de Naomi, em um brinde jocoso.

– Me fale sobre nossa água – Holden pediu.

– Bem, passei o dia rastejando entre os cascos. Apertei tudo o que podia ser apertado; o que não podia, tapei com epóxi, então não tem nenhum vazamento em canto algum.

– Logo o prazo estará vencido, Jim – Naomi disse. – Os sistemas de reciclagem da *Cavaleiro* estão um lixo. Ela não foi feita para processar os restos de cinco pessoas em água potável por duas semanas.

– Posso lidar com prazo vencido. Só temos que aprender a viver com o fedor uns dos outros. Eu estava preocupado com "não há disponibilidade".

– Falando nisso, vou até meu catre para aplicar um pouco mais de desodorante – Amos disse. – Depois de um dia inteiro rastejando nas entranhas da nave, meu cheiro vai me deixar acordado à noite.

Amos engoliu o resto de sua comida e estalou os lábios com prazer simulado, levantou-se do assento e seguiu para a escada da tripulação. Holden deu uma mordida em sua barra. Tinha gosto de cartolina engordurada.

– Como está o Shed? – perguntou. – Ele anda bem quieto.

Naomi franziu o cenho e colocou sua barra meio comida no painel de comunicação.

– Eu queria falar com você sobre isso. Ele não está muito bem, Jim. De todos nós, é o que está com mais dificuldade de encarar... o que aconteceu. Você e Alex vieram da marinha. Foram treinados para lidar com a perda dos companheiros. Amos voa há tanto tempo que esta é a *terceira* nave que ele perde, inacreditável.

– E você é toda feita de ferro fundido e titânio – Holden fingiu brincar.

– Não toda. Oitenta, noventa por cento. No máximo – Naomi respondeu com meio sorriso. – Mas falando sério. Acho que você deveria conversar com ele.

– E dizer o quê? Não sou psiquiatra. A versão da marinha desse discurso envolve dever, sacrifício honrado e vingar os camaradas caídos. Não funciona tão bem quando seus amigos foram assassinados sem motivo aparente e não há chance alguma de fazer algo a respeito.

– Não disse que você tem que resolver o problema dele. Disse que você precisa conversar com ele.

Holden levantou-se de seu assento com uma continência.

– Sim, senhora. – Na escada, fez uma pausa. – Mais uma vez, obrigado, Naomi. Realmente...

– Eu sei. Vá ser capitão – ela respondeu, voltando-se para o painel e ligando a tela de operações da nave. – Continuarei acenando para os vizinhos.

Holden encontrou Shed na pequena enfermaria da *Cavaleiro*. Era realmente uma cabine minúscula. Além de um catre reforçado, dos armários de suprimentos e de meia dúzia de peças de equipamento na parede, havia espaço apenas para um banco preso ao chão por pés magnéticos. Shed estava sentado nele.

– Ei, campeão, se importa se eu entrar? – Holden perguntou. *Eu disse mesmo: "Ei, campeão"?*

Shed deu de ombros e acessou uma tela de inventário no painel da parede, abrindo várias gavetas e encarando os conteúdos. Fingia estar no meio de algo.

– Olhe, Shed, essa coisa com a *Canterbury* pegou todo mundo, e você... – Holden se interrompeu quando Shed virou para ele segurando um tubo de apertar.

– Solução de ácido acético a 3%. Não sabia que tínhamos isso aqui. Na *Cant* acabou, e eu tenho três pacientes com vg que podiam usar. Por que será que colocaram isso na *Cavaleiro*?

– vg? – Foi tudo o que Holden conseguiu pensar em responder.

– Verrugas genitais. Solução de ácido acético é o tratamento para qualquer verruga visível. Queima tudo. Dói como o inferno, mas dá resultado. Não há motivo para manter isso na nave auxiliar. O inventário médico é sempre tão bagunçado.

Holden abriu a boca para falar, não encontrou nada para dizer, então a fechou.

– Temos ácido acético em creme – Shed prosseguiu, a voz cada vez mais estridente –, mas nada para dor. O que você acha que é mais necessário em uma nave auxiliar de resgate? Se tivéssemos encontrado alguém naquela nave abandonada com um caso sério de vg, estaríamos preparados. Um osso quebrado? Que azar. Vai ter que aguentar firme.

– Shed... – Holden tentou interrompê-lo.

– Ah, olhe isto aqui. Nenhum coagulador. Mas para quê? Afinal, não tem como alguém em uma missão de resgate começar a *sangrar*. Encontrar um caso de bolotas vermelhas na virilha, claro, mas sangramento? Sem chance! Quero dizer, temos quatro casos de sífilis na *Cant* neste momento. Uma das doenças mais antigas relatadas, e ainda não conseguimos nos livrar dela. Falo para os caras: "As putas na Estação Saturno transam com todos os rebocadores de gelo do circuito, então use camisinha", mas eles escutam? Não. Então temos casos de sífilis e falta ciprofloxacina.

Holden sentiu a mandíbula escorregar para a frente. Segurou a lateral da escotilha e inclinou-se para dentro do aposento.

– Todo mundo na *Cant* está morto. – Holden destacou cada palavra de forma clara, forte e brutal. – Todo mundo está morto. Ninguém precisa de antibiótico. Ninguém precisa de creme para verruga.

Shed parou de falar, e todo o ar saiu dele, como se tivesse levado um soco. Ele fechou as gavetas e o armário de suprimentos, e desligou a tela de inventário com pequenos movimentos precisos.

– Eu sei. – A voz dele saiu baixa. – Não sou estúpido. Só preciso de um tempo.

– Todos precisamos. Mas estamos presos nesta lata minúscula juntos. Serei honesto: vim aqui embaixo porque Naomi pediu, mas, agora que estou aqui, preciso dizer que você está me assustando até a alma. Não tem problema; sou o capitão e este é meu trabalho. Mas não posso deixar que assuste Alex ou Amos. Temos dez dias até sermos abordados por uma nave de batalha marciana, e isso é assustador o bastante sem que o médico perca a cabeça.

— Não sou médico, sou só um técnico — Shed disse, a voz muito baixa.

— Você é *nosso* médico, ok? Para nós quatro com você nesta nave, você é nosso médico. Se Alex começar a sofrer de episódios de estresse pós-traumático e precisar de remédios para segurar as pontas, ele virá até você. Se estiver aqui embaixo murmurando sobre verrugas, ele vai dar meia-volta e seguir até a cabine e fazer um péssimo trabalho. Quer chorar? Faça isso com todos nós. Sentaremos na cozinha, ficaremos bêbados e choraremos como bebês, mas faremos isso juntos, onde é seguro. Nada mais de se esconder aqui.

Shed assentiu.

— Podemos fazer isso? — ele perguntou.

— Fazer o quê? — Holden perguntou.

— Ficar bêbados e chorar como bebês?

— Claro que sim. Está oficialmente agendado para esta noite. Reporte-se na cozinha às 20 horas, sr. Garvey. Traga uma taça.

Shed ia responder quando o comunicador geral ligou e Naomi chamou:

— Jim, venha até a sala de operações.

Holden segurou o ombro de Shed por um instante e partiu.

Na operações, Naomi estava com a tela de comunicação ligada e falava com Alex em voz baixa. O piloto balançava a cabeça e franzia o cenho. Um mapa reluzia na tela dela.

— O que foi? — Holden perguntou.

— Estamos recebendo um feixe estreito, Jim. Está travado e começou a transmitir há poucos minutos — Naomi respondeu.

— Da *Donnager*? — A nave de guerra marciana era a única coisa que ele podia imaginar que estivesse dentro do alcance de comunicação por laser.

— Não. Do Cinturão — Naomi explicou. — E não de Ceres, Eros ou Pallas. Nenhuma das estações grandes. — Ela apontou para um pequeno ponto na tela. — Está vindo daqui.

– Isso é espaço vazio – Holden falou.

– Não. Alex checou. É o local de um grande projeto de construção no qual Tycho está trabalhando. Não tem muitos detalhes nele, mas o retorno do radar é bem forte.

– Alguma coisa lá fora tem uma matriz de comunicação capaz de colocar em nós um ponto do tamanho do nosso ânus a mais de três unidades astronômicas de distância – Alex comentou.

– Ok, uau, é impressionante. O que o ponto do tamanho do nosso ânus está dizendo? – Holden perguntou.

– Vocês não vão acreditar nisso – Naomi disse, e ligou a reprodução.

Um homem de pele escura e com os pesados ossos faciais de um terráqueo apareceu na tela. O cabelo era grisalho, e o pescoço filamentoso tinha músculos idosos. Ele sorriu e disse:

– Olá, James Holden. Meu nome é Fred Johnson.

Holden apertou o botão de pausa.

– Esse cara parece familiar. Procure o nome dele na base de dados da nave – pediu.

Naomi não se mexeu; só encarou Holden com um olhar de interrogação no rosto.

– O que foi? – ele perguntou.

– Esse é *Frederick Johnson* – ela falou.

– Ok.

– Coronel Frederick Lucius Johnson.

A pausa podia ter sido de um segundo; poderia ter sido uma hora.

– Jesus – foi tudo o que Holden conseguiu pensar em dizer.

No passado, o homem na tela estivera entre os mais condecorados oficiais das forças militares das Nações Unidas, mas acabara como um de seus fracassos mais embaraçosos. Para os cinturinos, ele era o Xerife de Nottingham terráqueo que se transformara em Robin Hood. Para a Terra, ele era o herói que caíra em desgraça.

Fred Johnson ascendera à fama com uma série de capturas de famosos piratas do Cinturão durante um dos períodos de tensão entre Terra e Marte – tensão que parecia aumentar em algumas décadas e depois desaparecer. Sempre que as duas superpotências erguiam os sabres uma para a outra, o crime no Cinturão aumentava. O coronel Johnson – capitão Johnson na época – e sua pequena frota de três fragatas de mísseis destruíram uma dezena de naves piratas e duas bases maiores em dois anos. Na época em que a Coalizão interrompeu as disputas, a pirataria estava realmente *em baixa* no Cinturão, e Fred Johnson era o nome na boca de todo mundo. Ele foi promovido e recebeu o comando da divisão da Marinha da Coalizão, com a tarefa de policiar o Cinturão, onde continuou a servir com distinção.

Até a Estação Anderson.

Era um minúsculo depósito de embarque quase do lado oposto do maior porto no Cinturão, Ceres, e a maioria das pessoas não sabia localizá-lo em um mapa, nem inclusive a maior parte dos cinturinos. Sua importância era como uma estação distribuidora menor de água e ar em um dos trechos mais esparsos do Cinturão. Menos de um milhão de cinturinos eram supridos de ar por Anderson.

Gustav Marconi, um burocrata de carreira da Coalizão na estação, decidiu implementar uma sobretaxa de 3% pelas transferências que passavam pela estação, na esperança de aumentar os lucros. Menos de 5% dos cinturinos viviam com dinheiro contado, então pouco menos de 50 mil cinturinos tinham que passar um dia do mês sem respirar. Só uma pequena porcentagem desses 50 mil tinha margem de manobra em seus sistemas de reciclagem para cobrir essa pequena carência. Desses, só uma pequena porção sentiu que uma revolta armada era o caminho.

Foi por isso que, do um milhão de pessoas afetadas, só 170 cinturinos armaram-se e foram até a estação, tomaram o lugar e atiraram Marconi pela cabine de descompressão. Exigiram uma garantia do governo de que mais nenhuma sobretaxa seria imposta ao preço do ar e da água que passava pela estação.

A Coalizão mandou o coronel Johnson.

Durante o Massacre da Estação Anderson, os cinturinos mantiveram o sistema de câmeras ligado, transmitindo tudo para o sistema solar inteiro. Todo mundo assistiu aos fuzileiros navais da Coalizão lutarem uma longa e horripilante batalha corpo a corpo contra homens que não tinham nada a perder e nenhum motivo para se render. A Coalizão venceu – era uma conclusão inevitável –, mas foram três dias de massacre transmitido. A imagem icônica do vídeo não foi uma cena de batalha, mas a última imagem que as câmeras transmitiram antes de serem desligadas: o coronel Johnson na sala de operações da estação, cercado de cadáveres dos cinturinos que fizeram sua última resistência ali, observando a carnificina com olhar vazio e mãos caídas ao lado do corpo.

As Nações Unidas tentaram dispensar discretamente o coronel Johnson, mas ele era uma figura pública muito conhecida. O vídeo da batalha dominou as redes por semanas, só substituído quando o ex-coronel Johnson fez uma declaração pública desculpando-se pelo massacre e anunciando que a relação entre o Cinturão e os planetas interiores era insustentável e seguia na direção de uma tragédia maior.

Então ele desapareceu. Ficou quase esquecido, uma nota de rodapé na história da carnificina humana, até a revolta da colônia Pallas, quatro anos mais tarde. Dessa vez, os metalúrgicos da refinaria expulsaram o governador da Coalizão. Em vez de uma estação minúscula com 170 rebeldes, era uma das maiores rochas do Cinturão, com mais de 150 mil pessoas. Quando a Coalizão enviou os fuzileiros navais, todos esperavam um banho de sangue.

O coronel Johnson surgiu do nada e instruiu os metalúrgicos; conversou com os comandantes da Coalizão para que segurassem os fuzileiros até que a estação pudesse se entregar pacificamente. Passou mais de um ano negociando com o governador da Coalizão para melhorar as condições de trabalho nas refinarias. E de repente o Carniceiro da Estação Anderson era um herói e um ícone no Cinturão.

Um ícone que irradiava mensagens privadas para a *Cavaleiro*.

Holden apertou o botão do play, e *aquele* Fred Johnson disse:

– Sr. Holden, acho que está sendo usado. Serei direto: estou falando com você como um representante oficial da Aliança dos Planetas Exteriores. Não sei o que ouviu, mas não somos todos um bando de caubóis que se apoia em armas para abrir caminho até a liberdade. Passei os últimos dez anos trabalhando para tornar a vida dos cinturinos melhor sem que *ninguém* levasse um tiro. Acredito nessa ideia tão profundamente que desisti da minha cidadania terráquea quando vim para cá. Digo isso para que saiba o quão envolvido estou. Talvez eu seja a pessoa no sistema solar que menos deseja guerra, e minha voz ecoa nos conselhos da APE. Você deve ter ouvido algumas transmissões que batem os tambores de guerra e exigem vingança contra Marte pelo que aconteceu com sua nave. Falei com cada líder de célula da APE, e nenhum reivindica responsabilidade por isso. Alguém está trabalhando firme para começar uma guerra. Se é Marte, então quando vocês entrarem naquela nave, nunca mais dirão outra palavra em público que não seja alimentada por seus manipuladores marcianos. Não quero pensar que seja Marte. Não consigo ver o que eles ganhariam com essa guerra. Então minha esperança é de que, mesmo depois que a *Donnager* os resgate, você ainda possa ser um ator no que se seguirá. Estou enviando uma palavra-chave. Da próxima vez que transmitir publicamente, use a palavra *ubíqua* na primeira sentença da transmissão para assinalar que não está sendo coagido. Se não usá-la, presumirei que está sob coação. De qualquer modo, quero que saiba que tem amigos no Cinturão. Não sei quem ou o que você era antes, mas sua voz é importante agora. Se quiser usar essa voz para tornar as coisas melhores, farei todo o possível para ajudá-lo. Se for libertado, entre em contato comigo no endereço que segue. Acho que talvez tenhamos muito sobre o que conversar. Johnson desliga.

A tripulação estava sentada na cozinha, bebendo uma garrafa de imitação de tequila que Amos surrupiara de algum lugar. Shed bebia educadamente em um copo pequeno e tentava esconder uma careta a cada gole. Alex e Amos bebiam como marinheiros: um dedo no fundo do copo, engolido de uma vez. Alex tinha o hábito de dizer "Caaara!" depois de cada dose. Amos usava um xingamento diferente a cada vez; já estava quase na 11ª dose e até agora não tinha repetido uma palavra.

Holden olhava para Naomi. Ela rodopiava a tequila no copo e olhava para trás. Ele se pegou questionando que tipo de mistura genética havia produzido as feições dela. Sem dúvida, havia traços africanos e sul-americanos. Seu sobrenome sugeria uma ancestralidade japonesa que mal era visível, com uma leve dobra epicântica. Ela nunca fora bonita de um jeito convencional, mas do ângulo certo era bem impressionante.

Merda, estou mais bêbado do que pensei.

Para disfarçar, ele disse:

– Então...

– Então o coronel Johnson agora liga para você. Você se tornou um homem bem importante – Naomi respondeu.

Amos colocou seu copo na mesa com cuidado exagerado.

– Eu pretendia perguntar sobre isso, senhor. Alguma chance de aceitarmos a oferta de ajuda dele e voltar para o Cinturão? Não sei o que você acha, mas com a nave de guerra marciana na frente e meia dúzia de naves misteriosas atrás, está começando a ficar bem congestionado por aqui.

Alex bufou.

– Está brincando? Se virarmos agora, estaremos praticamente parados quando a *Donnager* nos alcançar. Aquela nave está a toda velocidade para nos pegar antes das naves cinturinas.

Se começarmos a seguir na direção delas, a *Donnie* pode ver isso como um sinal de que mudamos de lado e acabar com todos nós.

– Concordo com o sr. Kamal – Holden falou. – Escolhemos nosso curso e vamos em frente com ele. Não vamos perder de vista as informações do contato de Fred tão cedo. Falando nisso, você apagou a mensagem, certo, Naomi?

– Sim, senhor. Limpei da memória da nave com palha de aço. Os marcianos nunca saberão que ele falou conosco.

Holden assentiu e abriu um pouco mais o zíper do macacão. A cozinha da nave começava a ficar muito quente com cinco pessoas bêbadas nela. Naomi ergueu as sobrancelhas ao ver a camiseta dos velhos tempos dele. Envergonhado, Holden fechou o zíper.

– Aquelas naves não fazem nenhum sentido para mim, chefe – Alex comentou. – Meia dúzia de naves voando em missão camicase com armas nucleares presas nos cascos *podem* fazer um estraguinho em uma nave de guerra como a *Donnie*, mas não muito mais do que isso. Se ela ativar a rede de defesa e montar suas armas, pode criar uma zona de exclusão aérea de mil quilômetros. Até já poderia ter acabado com aquelas seis naves com torpedos, só que eu acho que os marcianos estão tão confusos quanto nós sobre quem elas são.

– As naves sabem que não podem nos alcançar antes da *Donnager* – Holden comentou. – E que não podem enfrentar os marcianos em batalha. Então não sei o que pretendem.

Amos serviu o resto de tequila nos copos de todos e levantou o seu em um brinde.

– Acho que vamos descobrir, porra.

10
MILLER

A capitã Shaddid batia a ponta do dedo anelar contra o polegar quando começava a ficar irritada. Era um som baixo, suave como o andar de um gato, mas desde que Miller percebera esse hábito dela, o ruído parecia mais alto. Silencioso como era aquele escritório, podia tomar todo o ambiente.

– Miller – ela disse, com um sorriso falso. – Estamos todos no limite ultimamente. São tempos difíceis.

– Sim, senhora – ele concordou, abaixando a cabeça como um lateral determinado a abrir caminho pela linha de defesa –, mas acho que isso é importante o bastante para merecer uma atenção...

– É um favor para um acionista – Shaddid falou. – O pai dela estava nervoso. Não há motivo para pensar que ele se referia a Marte explodir a *Canterbury*. As tarifas estão subindo de novo. Houve uma explosão em uma mina nas operações da Lua Vermelha. Eros está com problemas com a produção de leveduras. Não passamos um dia sem que algo aconteça no Cinturão para deixar um papai assustado por sua preciosa florzinha.

– Sim, senhora, mas o momento...

Os dedos dela aceleraram o ritmo. Miller mordeu os lábios. A causa estava perdida.

– Não comece a perseguir conspirações – Shaddid o interrompeu. – Temos um quadro cheio de crimes bastante reais. Política, guerra, intrigas sistema afora feitas por caras malvados dos planetas interiores buscando meios de nos ferrar não são problemas nossos. Só quero um relatório que diga que você está procurando a moça, para que eu possa dar um retorno, e então voltaremos aos nossos trabalhos.

– Sim, senhora.

– Mais alguma coisa?

– Não, senhora.

Shaddid assentiu e voltou a atenção para seu terminal. Miller pegou o chapéu do canto da mesa e saiu da sala. Um dos filtros de ar do quartel-general tinha quebrado durante o fim de semana, e o conserto dava às salas um cheiro reconfortante de plástico e ozônio. Miller sentou-se em sua escrivaninha, entrelaçou os dedos atrás da cabeça e encarou a luminária sobre ele. O nó que sentia em suas entranhas não se soltara. Aquilo era péssimo.

– Não foi bem, então? – Havelock perguntou.

– Poderia ter sido melhor.

– Ela tirou o trabalho?

Miller negou com a cabeça.

– Não, ainda é meu. Ela só quer que eu faça meia-boca.

– Poderia ser pior. Pelo menos você começou a descobrir o que aconteceu. E talvez você possa passar algum tempo depois do expediente trabalhando nisso, só pelo treino, sabe?

– Sim – Miller concordou. – Treino.

Tanto a mesa dele como a de Havelock estavam estranhamente limpas. A barreira de papelada que Havelock criara entre si mesmo e o quartel-general havia erodido, e Miller podia ver nos olhos do parceiro e no jeito como as mãos dele se moviam que o policial em Havelock queria voltar para os túneis. Não sabia dizer se era para provar algo a si mesmo antes que a transferência ocorresse ou se ele só queria arrebentar algumas cabeças. Talvez fossem dois jeitos de dizer a mesma coisa.

Só não se mate antes de dar o fora daqui, Miller pensou. Em voz alta, disse:

– O que temos?

– Loja de equipamentos. Setor 8, nível 3 – Havelock falou. – Denúncia de extorsão.

Miller ficou sentado por um momento, pensando em sua própria relutância como se pertencesse a outra pessoa. Era como se Shaddid tivesse dado a um cão uma única mordida de carne fresca e então o mandasse de volta à ração. A tentação de deixar para lá a loja de equipamentos floresceu, e por um instante ele quase cedeu. Então suspirou, balançou os pés de encontro ao chão e levantou.

– Tudo bem – falou. – Vamos deixar a estação segura para o comércio.

– Palavras pelas quais viver – Havelock comentou, conferindo sua arma. Fazia muito isso recentemente.

A loja era uma franquia de entretenimento. Com luminárias claras, oferecia equipamentos personalizados para ambientes interativos: simuladores de batalhas, jogos exploratórios, sexo. A voz de uma mulher ululava no sistema de som, e parecia algo entre um chamado islâmico para a oração e um orgasmo com um tambor. Metade dos títulos era em híndi com traduções em chinês e espanhol. A outra metade era em inglês com híndi como segundo idioma. O funcionário era pouco mais do que um menino: 16 ou 17 anos, com uma barba preta rala que ele usava como um emblema.

– Posso ajudá-los? – o garoto perguntou, olhando Havelock com um desdém que beirava o desprezo. Havelock pegou a identificação dele, assegurando-se de que o garoto desse uma boa olhada em sua arma ao fazer isso.

– Gostaríamos de falar com... – Miller olhou para o formulário de denúncia na tela do seu terminal – ... Asher Kamamatsu. Ele se encontra?

O gerente era um homem gordo para os padrões cinturinos. Mais alto do que Havelock, tinha gordura na barriga e músculos grossos nos ombros, braços e pescoço. Se Miller olhasse com atenção, veria o garoto de 17 anos que o homem fora sob camadas de tempo e desapontamento, e perceberia que ele era bem parecido com o funcionário na frente da loja. O escritório era quase pequeno demais para os três e estava lotado de caixas empilhadas de softwares pornográficos.

– Você os pegou? – o gerente perguntou.

– Não – Miller respondeu. – Ainda estamos tentando descobrir quem são.

– Maldição, eu já disse. Há imagens deles na câmera na loja. Já dei o maldito nome.

Miller olhou para seu terminal. O suspeito chamava-se Mateo Judd, um estivador com registro criminal medíocre.

– Você acha que foi ele então – Miller falou. – Tudo bem. Vamos pegá-lo e jogá-lo na cadeia. Não há motivos para que tentemos descobrir para quem ele trabalha; não deve ser ninguém que levaria a mal, de qualquer modo. Minha experiência com esses esquemas de proteção diz que o coletor sempre é substituído quando cai. Mas já que você tem certeza de que esse cara é *todo* o problema...

A expressão azeda do gerente revelou que Miller tinha razão. Havelock reclinou-se contra uma pilha de caixas marcadas como сиротливые девушки, e sorriu.

– Por que não nos conta o que ele queria? – Miller questionou.

– Eu já disse para o último policial – o gerente falou.

– Diga para mim.

– Ele estava nos vendendo um seguro privado. Cem por mês, o mesmo que o último cara.

– Último cara? – Havelock perguntou. – Então isso já aconteceu antes?

– Claro – o gerente falou. – Todo mundo tem que pagar algum grupo, você sabe. É o preço para se fazer negócio.

Miller fechou seu terminal, franzindo o cenho.

– Filosófico. Mas, se é o preço para se fazer negócio, por que estamos aqui?

– Porque pensei que vocês... que vocês mantinham essa merda sob controle. Desde que paramos de pagar a Loca, tivemos um lucro decente. Agora está começando tudo de novo.

– Espere aí! – Miller exclamou. – Está me dizendo que Loca Greiga parou de cobrar proteção?

– Isso mesmo. E não só aqui. Metade dos caras que conheço da Ramo simplesmente parou de aparecer. Imaginamos que por fim os policiais tinham feito alguma coisa. Agora estamos com esses cretinos novos, e é a mesma porcaria de novo.

Uma sensação rastejante subiu pelo pescoço de Miller. Ele olhou para Havelock, que balançou a cabeça. O parceiro tampouco tinha ouvido falar daquilo. A Sociedade Ramo Dourado, a gangue de Sohiro, a Loca Greiga: todo o crime organizado de Ceres sofria do mesmo colapso ecológico, e agora algo novo ocupava a lacuna. Podia ser oportunismo. Podia ser outra coisa. Miller quase não queria fazer a próxima pergunta. Havelock pensaria que ele estava paranoico.

– Faz quanto tempo que os caras antigos cobraram proteção pela última vez? – Miller perguntou.

– Não sei. Muito tempo.

– Antes ou depois que Marte detonou aquele rebocador de água?

O gerente dobrou os braços grossos; seus olhos se estreitaram.

– Antes – respondeu. – Talvez um mês ou dois. Isso tem a ver com alguma coisa?

– Só estou tentando fazer a escala temporal correta – Miller respondeu. – O cara novo, esse Mateo. Ele disse quem estava por trás do novo seguro?

– É seu trabalho descobrir isso, certo?

O gerente fechou tanto a cara que Miller imaginou ter ouvido um clique. Sim, Asher Kamamatsu sabia quem o estava extorquindo. Tinha coragem para reclamar sobre isso, mas não o suficiente para apontar o responsável.

Interessante.

– Bem, obrigado pela colaboração – Miller falou, levantando-se. – Informaremos sobre nossas descobertas.

– Fico contente que estejam no caso – o gerente respondeu ao sarcasmo com sarcasmo.

No túnel exterior, Miller parou. A vizinhança era um misto entre o desprezível e o respeitável. Marcas brancas mostravam onde o grafite fora recoberto de tinta. Homens em bicicletas desviavam e viravam, rodas de espuma cantarolando na pedra polida. Miller caminhou devagar, os olhos no teto alto sobre eles até que encontrou a câmera de segurança. Pegou seu terminal, navegando pelos registros que combinavam com o código da câmera e cruzando referências com o código de tempo dos instantâneos da loja. Por um momento, ele clicou nos controles, acelerando as pessoas para a frente e para trás. E ali estava Mateo, saindo da loja. Um sorriso maroto deformava o rosto do homem. Miller congelou a imagem e a melhorou. Havelock, observando por sobre seu ombro, assobiou baixinho.

O círculo partido da APE estava perfeitamente visível na braçadeira do bandido – o mesmo tipo de braçadeira que ele encontrou na habitação de Julie Mao.

Com que tipo de gente você tem andado, menina? Miller pensou. *Você é melhor do que isso. Tem que saber que é melhor do que isso.*

– Ei, parceiro – disse em voz alta. – Acha que pode fazer o relatório dessa entrevista? Preciso fazer uma coisa, e talvez não seja muito esperto levar você comigo. Sem ofensa.

As sobrancelhas de Havelock se arrastaram na direção da linha do cabelo.

– Vai interrogar a APE?

– Balançar algumas árvores, só isso – Miller falou.

Miller pensou que ser um contratado da segurança em um conhecido bar frequentado pela APE seria o suficiente para que fosse notado. Acontece que metade dos rostos que reconheceu na luz fraca do Clube de Cavalheiros John Rock era de cidadãos normais. Mais de um deles era, assim como ele, da Star Helix quando estava em serviço. A música era cinturina pura, sinos suaves acompanhados de cítaras e guitarras, com letras em meia dúzia de idiomas. Ele estava na quarta cerveja, duas horas além do fim do turno e prestes a considerar seu plano uma perda de tempo quando um homem alto e magro se sentou no bar perto dele. As bochechas marcadas pela acne davam uma sensação de dano a um rosto que de outro modo estaria à beira do riso. Não era o primeiro bracelete da APE que ele via naquela noite, mas este era usado com um ar de desafio e autoridade. Miller acenou com a cabeça.

– Ouvi dizer que anda perguntando sobre a APE – o homem falou. – Interessado em se juntar a nós?

Miller sorriu e levantou seu copo, um gesto intencionalmente evasivo.

– Se eu quiser, é com você que preciso falar? – perguntou com o tom de voz descontraído.

– Talvez eu possa ajudar.

– Talvez possa me contar algumas outras coisas, então. – Ele pôs seu terminal sobre o bar de bambu artificial com um clique audível. A foto de Mateo Judd apareceu na tela. O homem da APE franziu o cenho, virando a tela para ver melhor. – Sou realista – Miller continuou. – Quando Chucku Snails oferecia proteção, eu não ia falar com seus homens. Nem quando a Mão assumiu, ou então a Sociedade Ramo Dourado depois dela. Meu trabalho não é impedir que as pessoas descumpram as regras, é manter Ceres estável. Entende o que estou dizendo?

– Não posso dizer que sim – disse o homem com rosto marcado. Seu sotaque o fazia soar mais educado do que Miller esperava. – Quem é este homem?

– O nome dele é Mateo Judd. Está começando um negócio de proteção no setor 8. Dizem que é amparado pela APE.

– As pessoas dizem muitas coisas, detetive. É detetive, não é? Mas você estava discutindo realismo.

– Se a APE está se infiltrando no mercado negro de Ceres, será melhor para todos os envolvidos se pudermos falar um com o outro. Nos comunicar.

O homem riu e devolveu o terminal. O atendente do bar passou por ali, com uma pergunta nos olhos que não era se precisavam de alguma coisa. Não era uma pergunta voltada para Miller.

– Ouvi dizer que há certo nível de corrupção na Star Helix – o homem falou. – Admito que estou impressionado com seus modos diretos. Vou esclarecer. A APE não é uma organização criminosa.

– Sério? Engano meu. Imaginei pelo jeito como matam tantas pessoas...

– Você está me provocando. Nós nos defendemos contra pessoas que estão perpetrando terrorismo econômico contra o Cinturão. Terráqueos. Marcianos. Estamos no ramo de proteção dos cinturinos – o homem explicou. – Inclusive da sua, detetive.

– Terrorismo econômico? – Miller falou. – Isso parece um pouco exagerado.

– Você acha? Os planetas interiores olham para nós como força de trabalho. Eles nos taxam. Dirigem o que fazemos. Reforçam suas leis e ignoram as nossas em nome da estabilidade. No último ano, dobraram as tarifas em Titânia. Cinco mil pessoas em uma bola de gelo orbitam Netuno, a meses de lugar algum. O Sol é só uma estrela brilhante para eles. Acha que estão em posição de conseguir uma reparação? Impediram qualquer cargueiro cinturino de aceitar contratos de Europa. Cobram duas vezes mais de nós para atracarmos em Ganimedes. Não temos permissão nem de *orbitar* na Estação Científica Febe. Não há um cinturino naquele lugar. O que quer que façam ali, não saberemos até que nos vendam a tecnologia daqui a dez anos.

Miller tomou um gole de sua cerveja e acenou com a cabeça para o terminal.

– Então ele não é um dos seus?

– Não. Não é.

Miller assentiu e guardou o terminal no bolso. Era estranho, mas acreditava no homem. Ele não se comportava como um bandido. A bravata não estava ali. A sensação de tentar impressionar o mundo. Não, este homem estava seguro, divertido e, por baixo de tudo, profundamente cansado. Miller conhecia soldados assim, mas não criminosos.

– Mais uma coisa – Miller falou. – Estou procurando alguém.

– Outra investigação?

– Não exatamente. Não. Juliette Andromeda Mao. Conhecida como Julie.

– Eu deveria conhecer o nome?

– Ela é da APE – Miller respondeu, dando de ombros.

– Você conhece todo mundo na Star Helix? – o homem perguntou e, quando Miller não respondeu, acrescentou: – Somos bem maiores do que sua corporação.

– Um bom argumento – Miller falou. – Mas, se puder ficar de ouvidos atentos, eu agradeceria.

– Não acho que esteja na posição de esperar favores.

– Pedir não ofende.

O homem de rosto marcado deu uma gargalhada e colocou uma mão no ombro de Miller.

– Não volte aqui, detetive – disse e se afastou na multidão.

Miller tomou outro gole de sua cerveja, franzindo o cenho. Um sentimento desconfortável de ter dado o passo errado cutucava o fundo de sua mente. Ele tinha certeza de que a APE estava se movimentando em Ceres, capitalizando com a destruição do rebocador de água e com o aumento do medo e do ódio do Cinturão em relação aos planetas interiores. Mas como aquilo se encaixava com o pai de Julie Mao e sua ansiedade suspeitosamente bem cronometrada? Ou com o desaparecimento dos suspeitos de sempre na Estação Ceres? Pensar nisso era como assistir a um vídeo fora de foco. O sentido estava quase ali, mas só quase.

– Muitos pontos – Miller falou. – Mas sem linhas suficientes.

– Desculpe-me? – o atendente do bar perguntou.

– Nada – Miller disse, empurrando a garrafa meio vazia no balcão. – Obrigado.

Em sua habitação, Miller colocou uma música. Um dos cantos líricos de que Candace gostava quando ainda eram jovens e, se não mais esperançosos, ao menos mais alegres em seu fatalismo. Deixou as luzes em meia potência, na esperança de que, se conseguisse relaxar e deixar de lado, mesmo que por poucos minutos, a sensação corrosiva de que perdera algum detalhe crítico, a peça faltante chegasse por conta própria.

Ele meio que esperava que Candace aparecesse em sua mente, suspirando e olhando irritada para ele do jeito que fazia em vida. Em vez disso, pegou-se conversando com Julie Mao. No quase sono do álcool e da exaustão, ele a imaginou sentada na escrivaninha de Havelock. Ela tinha a idade errada, mais jovem do que a mulher real seria. Tinha a idade da garota sorridente da foto. A garota que competia com a *Porco Selvagem* e vencia. Ele tinha a sensação de fazer perguntas para ela, e as respostas dela tinham o poder da revelação. Tudo fazia sentido. Não só a mudança na Sociedade Ramo Dourado e seu próprio caso de sequestro, mas a transferência de Havelock, o rebocador de gelo destruído, a vida e o trabalho do próprio Miller. Ele sonhou com Julie Mao gargalhando e acordou tarde, com dor de cabeça.

Havelock esperava em sua escrivaninha. Seu rosto amplo e curto de terráqueo parecia estranhamente alienígena, mas Miller tentou deixar isso para lá.

– Você parece péssimo – Havelock comentou. – Badalou muito ontem à noite?

– Só fiquei envelhecendo e bebendo cerveja barata – Miller respondeu.

Uma das policiais do esquadrão de costumes gritou algo zangado sobre seus arquivos estarem travados de novo, e um técnico de computadores atravessou o quartel-general como uma barata nervosa. Havelock se inclinou, aproximando-se de Miller, com a expressão grave.

– Sério, Miller – Havelock falou. – Ainda somos parceiros, e... para ser honesto, penso que você é o único amigo que fiz nesta rocha. Você pode confiar em mim. Se há algo que queira me contar, estou aqui.

– Isso é ótimo – Miller falou. – Mas não sei do que está falando. A noite passada foi um fracasso.

– Nada da APE?

– Claro, a APE. Se você balançar um gato morto nesta estação, vai acertar três caras da APE. Só não consegui nenhuma informação boa.

Havelock reclinou-se para trás, lábios apertados e esbranquiçados. O dar de ombros de Miller era uma pergunta, e o terráqueo acenou com a cabeça na direção do quadro. Um novo homicídio encabeçava a lista. Às três da manhã, enquanto Miller tinha conversas no sonho incipiente, alguém invadira a habitação de Mateo Judd e disparara um cartucho de espingarda de gel balístico em seu olho esquerdo.

– Bem – Miller falou –, errei meu palpite.

– Qual? – Havelock perguntou.

– A APE não está se infiltrando entre os criminosos – Miller falou. – Está se infiltrando entre os policiais.

II
HOLDEN

A *Donnager* era feia.

Holden vira fotos e vídeos das antigas marinhas oceânicas da Terra, e mesmo na idade do aço sempre houvera beleza nelas. Compridas e polidas, tinham a aparência de algo que se inclinava contra o vento, uma criatura mal contida pelos arreios. A *Donnager* não tinha nada disso. Como toda nave espacial de voo longo, era feita na configuração "torre comercial": cada convés era um andar da construção, e escadas ou elevadores desciam pelo eixo. O impulso constante tomava o lugar da gravidade.

Mas a *Donnager* parecia mesmo um edifício comercial visto de lado. Quadrado e em blocos, com pequenas projeções bulbosas em locais aparentemente aleatórios. Com quase 500 metros de comprimento, era do tamanho de um edifício de 130 andares. Alex dissera que a nave pesava 250 mil toneladas, e parecia mais pesada. Holden refletiu, não pela primeira vez, sobre quanto o senso estético da humanidade se formara em uma época em que objetos elegantes cortavam o ar. A *Donnager* nunca se moveria em nada mais denso do que gás intergaláctico, então curvas e ângulos eram um desperdício de espaço. O resultado era feio.

Também era intimidadora. Holden a observava em seu assento ao lado de Alex na cabine do piloto da *Cavaleiro* enquanto a imensa nave de guerra emparelhava com eles, assomando-se cada vez mais perto. Ela pareceu parar sobre eles. Uma baía de encaixe se abriu, e da lateral escura e lisa da *Donnager* irrompeu um quadrado de luz vermelha ofuscante. A *Cavaleiro* soou insistente; lembrava-o dos lasers de mira apontados para seu casco. Holden olhou para o ponto em que os canhões de defesa miravam para ele. Não conseguiu encontrá-los.

Quando Alex falou, Holden deu um salto.

– Entendido, *Donnager* – o piloto respondeu. – Já bloqueamos a direção. Vou parar o impulso.

Os últimos vestígios de peso desapareceram. As duas naves

ainda se moviam a centenas de quilômetros por segundo, mas os cursos combinados faziam parecer que estavam paradas.

– Temos permissão de encaixe, capitão. Deixo entrar?

– Parece tarde para uma fuga, sr. Kamal – Holden comentou. Ele imaginou Alex cometendo um erro que a *Donnager* interpretasse como ameaça, e os canhões de defesa atirando algumas centenas de milhares de pedaços de aço revestidos de Teflon na direção deles. – Vá devagar, Alex – ele pediu.

– Dizem que uma dessas pode destruir um planeta – Naomi comentou pelo comunicador. Ela estava na área de operações, no convés de baixo.

– Qualquer um pode destruir um planeta da órbita – Holden respondeu. – Não precisa nem de bombas. É só jogar bigornas pela câmara de descompressão. Aquela coisa lá fora poderia destruir... merda. Qualquer coisa.

Minúsculos toques balançaram a tripulação quando os foguetes de manobra foram ligados. Holden sabia que Alex os estava controlando, mas não podia deixar de lado a sensação de que a *Donnager* os engolia.

A acoplagem levou quase uma hora. Assim que a *Cavaleiro* estava dentro da baía, um braço manipulador imenso a agarrou e a colocou em uma seção vazia do convés. Braçadeiras prenderam a nave; a reverberação da batida metálica do casco da *Cavaleiro* fazia Holden se lembrar das travas magnéticas das celas de contenção.

Os marcianos acionaram um tubo de acoplagem de uma parede, que encaixou na câmara de descompressão da *Cavaleiro*. Holden reuniu a tripulação na porta interna.

– Nada de armas, facas ou algo que possa parecer uma arma – ele avisou. – Eles provavelmente não se importarão com terminais portáteis, mas mantenham-nos desligados só por precaução. Se pedirem, entreguem o terminal sem reclamar. Nossa sobrevivência pode depender de eles pensarem que somos muito complacentes.

– Sim – Amos respondeu. – Os malditos mataram McDowell, mas *nós* temos que nos comportar...

Alex começou a falar, mas Holden o interrompeu.

– Alex, você fez vinte voos com a MRPM. Há algo mais que devemos saber?

– Reitero suas palavras, chefe – Alex disse. – Sim senhor, não senhor, e obedecer imediatamente quando derem uma ordem. Os caras alistados serão bacanas, mas os oficiais tiveram o senso de humor arrancado deles no treinamento.

Holden olhou para sua tripulação minúscula, esperando não os ter matado ao trazê-los ali. Abriu a trava, e eles escorregaram pelo tubo de acoplamento curto em gravidade zero. Quando alcançaram a câmara de descompressão na ponta – compósitos cinza planos e imaculadamente limpos –, todos se empurraram para o chão. As botas magnéticas os seguraram. A câmara de descompressão se fechou e assobiou por vários segundos antes de abrir para uma sala maior, com cerca de uma dúzia de pessoas à espera deles. Holden reconheceu a capitã Teresa Yao. Havia vários outros em uniformes de oficiais da marinha, integrantes da equipe dela; um homem fardado, com um olhar de impaciência velada; e seis fuzileiros navais em armadura de combate pesado, carregando armas de assalto. Os fuzis estavam apontados para ele, então Holden ergueu as mãos.

– Não estamos armados – disse, sorrindo e tentando parecer inofensivo.

Os fuzis não se moveram, mas a capitã Yao deu um passo à frente.

– Bem-vindos a bordo da *Donnager* – ela disse. – Chefe, reviste-os.

O homem fardado seguiu na direção deles e com rapidez e profissionalismo os apalpou de cima a baixo. Fez um sinal de positivo com o polegar para um dos fuzileiros. Os fuzis abaixaram, e Holden se esforçou muito para não suspirar de alívio.

– E agora, capitã? – Holden perguntou, mantendo a voz despreocupada.

Yao analisou Holden criticamente por vários segundos antes de responder. Seu cabelo estava bem preso atrás, uns poucos fios brancos formavam linhas retas. Ao vivo, ele podia ver a suavidade da idade na mandíbula dela e no canto dos olhos. Sua expressão pétrea tinha a mesma arrogância partilhada por todos os capitães navais que ele conhecia. Ele se perguntava o que ela via ao olhar para ele. Resistiu à vontade de arrumar seu cabelo oleoso.

– O chefe Gunderson os acompanhará até seus aposentos e os deixará acomodados – ela respondeu. – Alguém em breve os encontrará para recolher informações.

O chefe Gunderson começou a levá-los da sala quando Yao falou de novo, a voz dura de repente.

– Sr. Holden, se sabe qualquer coisa sobre as seis naves que estão seguindo vocês, fale agora – ela disse. – Demos duas horas de prazo para que mudassem de curso há cerca de uma hora. Até agora não mudaram. Em uma hora, ordenarei que lancem torpedos. Se são seus amigos, você pode poupar-lhes muita dor.

Holden negou enfático com a cabeça.

– Tudo o que sei é que saíram do Cinturão quando você começou a vir ao nosso encontro, capitã – Holden falou. – Não falaram conosco. Nosso palpite é que são cidadãos preocupados do Cinturão, que vieram observar os acontecimentos.

Yao assentiu. Se achava a ideia de testemunhas desconcertante, não demonstrou.

– Leve-os para baixo, chefe – ela disse e deu meia-volta.

O chefe Gunderson deu um assobio suave e apontou para uma de duas portas. A tripulação de Holden o seguiu, os fuzileiros logo na retaguarda. Conforme se moviam pela *Donnager*, Holden pela primeira vez olhava de perto uma nave marciana. Ele nunca servira em uma nave de guerra na Marinha das Nações Unidas, e colocara o pé nelas talvez umas três vezes em sete anos, sempre em doca e em geral para uma festa. Cada centímetro da *Donnager* era apenas um pouco mais acentuado do que qualquer embarcação das Nações Unidas em que ele servira. *Marte realmente constrói essas naves melhor do que nós.*

– Maldição, imediato, eles mantêm mesmo essa merda completamente limpa – Amos disse atrás dele.

– A maior parte da tripulação não tem muito o que fazer em uma viagem longa, Amos – Alex explicou. – Então, quando você não está fazendo nada, você limpa.

– Vê, é por isso que trabalho em rebocadores – Amos comentou. – Entre limpar conveses ou ficar bêbado e foder, já tenho minha preferência.

Enquanto seguiam por um labirinto de corredores, a nave começou uma leve vibração, e a gravidade aos poucos reapareceu. Estavam sob impulso. Holden usou os calcanhares para tocar os controles deslizantes da bota, desligando a força magnética.

Não viram quase ninguém, e os poucos que apareceram moviam-se rápido e falavam pouco, mal olhavam para eles. Com seis naves aproximando-se deles, todos deviam estar em seus postos. Quando a capitã Yao disse que dispararia torpedos em uma hora, não havia um traço de ameaça em sua voz. Era só a constatação de um fato. Para a maioria dos jovens marinheiros na nave, seria talvez a primeira vez que estariam em uma situação de combate real, se chegasse a tanto. Holden não acreditava que chegaria.

Ele se perguntava o que fazer com o fato de que Yao estava preparada para destruir um punhado de naves do Cinturão só porque estavam voando em silêncio e nas proximidades. Sugeria que não hesitariam em destruir um rebocador de água, como a *Cant*, se achassem que havia motivo para tanto.

Gunderson os fez parar diante de uma escotilha com 0Q117 pintada nela. Passou um cartão pela trava e gesticulou para que todos entrassem.

— Melhor do que eu esperava – Shed comentou, parecendo impressionado.

O compartimento era grande para os padrões da nave. Tinha seis assentos de alta gravidade e uma mesa pequena com quatro cadeiras presas ao convés com pés magnéticos. Uma porta aberta em um anteparo mostrava um pequeno compartimento com vaso sanitário e pia. Gunderson e o tenente dos fuzileiros navais seguiram a tripulação para dentro.

— Esta é a cabine de vocês no momento – o chefe falou. – Há um painel de comunicação na parede. Dois membros da equipe do tenente Kelly estarão de guarda do lado de fora. Chame-os, e eles providenciarão qualquer coisa de que precisarem.

— Que tal um pouco de comida? – Amos perguntou.

— Mandaremos alguma coisa. Vocês devem permanecer aqui até serem chamados – Gunderson explicou. – Tenente Kelly, tem algo a acrescentar, senhor?

O tenente dos fuzileiros olhou-os.

— Os homens lá fora estão ali para sua proteção, mas reagirão de forma desagradável se vocês causarem problemas – disse. – Ouviram?

— Em alto e bom som, tenente – Holden falou. – Não se preocupe. Meu pessoal será o grupo de convidados mais fácil de lidar que já tiveram.

Kelly assentiu para Holden com o que parecia gratidão genuína. Era um profissional cumprindo uma tarefa desagradável. Holden simpatizou com ele. Além disso, conhecia fuzileiros o suficiente para saber quão desagradável seria se eles se sentissem desafiados.

Gunderson disse:

— Pode levar o sr. Holden até o compromisso dele, Tenê? Eu gostaria de deixar essas pessoas acomodadas.

Kelly assentiu e segurou o cotovelo de Holden.

— Venha comigo, senhor – ele disse.

— Aonde vou, tenente?

– O tenente Lopez pediu para vê-lo assim que chegasse. Vou levá-lo até ele.

Shed olhou de maneira nervosa do fuzileiro para Holden e então de novo para o fuzileiro. Naomi assentiu. Todos se veriam novamente, Holden disse para si mesmo. Até pensou que talvez fosse verdade.

Kelly levou Holden em um passo apressado pela nave. O rifle não estava mais pronto, mas pendia solto em seu ombro. Ou ele decidira que Holden não causaria problemas, ou que poderia dominá-lo com facilidade se causasse.

– Posso perguntar quem é o tenente Lopez?

– É o cara que pediu para ver você – Kelly respondeu.

Kelly parou diante de uma porta lisa cinzenta, bateu uma vez e levou Holden para dentro de um compartimento pequeno com uma mesa e duas cadeiras de aparência desconfortável. Um homem de cabelo escuro mexia em um gravador. Acenou vagamente com uma mão na direção de uma cadeira. Holden se sentou. A cadeira era ainda menos confortável do que parecia.

– Você pode ir, sr. Kelly – o homem que Holden presumiu ser Lopez falou. Kelly saiu e fechou a porta.

Quando terminou, Lopez se sentou do outro lado da mesa, diante de Holden, e estendeu a mão. Holden o cumprimentou.

– Sou o tenente Lopez. Kelly decerto lhe disse isso. Trabalho para a inteligência naval, e tenho quase certeza de que isso ele não lhe contou. Meu trabalho não é secreto, mas os fuzileiros são treinados para ficarem de bico calado.

Lopez pegou no bolso um pequeno pacote de pastilhas brancas e colocou uma na boca. Não ofereceu para Holden. As pupilas de Lopez se contraíram em pontos minúsculos enquanto ele chupava a pastilha. Drogas de foco. Ele observaria cada tique do rosto de Holden durante o interrogatório. Difícil mentir.

– Primeiro-tenente James R. Holden, de Montana – Lopez disse. Não era uma pergunta.

— Sim, senhor – Holden respondeu do mesmo jeito.

— Sete anos na Marinha das Nações Unidas, último posto no destróier *Zhang Fei*.

— Eu mesmo.

— Seu arquivo diz que foi expulso por agredir um oficial superior – Lopez falou. – Isso é muito clichê, Holden. Você socou o velho? Sério?

— Não. Eu errei. Quebrei a mão em um anteparo.

— Como aconteceu?

— Ele foi mais rápido do que eu esperava – Holden replicou.

— Por que tentou?

— Eu projetei meu autodesprezo nele. Foi um golpe de sorte e acabei machucando a pessoa certa – Holden disse.

— Parece que você pensou no assunto desde então – Lopez comentou, sem tirar as pupilas contraídas do rosto de Holden. – Terapia?

— Muito tempo para refletir na *Canterbury* – Holden respondeu.

Lopez ignorou a abertura óbvia e perguntou:

— O que você percebeu com tanta reflexão?

— A Coalizão pisava no pescoço das pessoas aqui fora há mais de cem anos. Eu não gostava de ser a bota.

— Um simpatizante da APE, então? – Lopez perguntou sem mudar em nada a expressão.

— Não. Não mudei de lado. Parei de jogar. Não renunciei à minha cidadania. Gosto de Montana. Estou aqui porque gosto de voar, e só uma arapuca enferrujada cinturina como a *Canterbury* me contrataria.

Lopez sorriu pela primeira vez.

— Você é um homem excessivamente honesto, sr. Holden.

— Sim.

— Por que afirma que uma nave militar marciana destruiu sua nave?

– Não afirmo. Expliquei tudo na transmissão. Tinha tecnologia disponível apenas nas frotas dos planetas interiores, e eu encontrei uma peça de hardware da MRPM no dispositivo que nos enganou para que parássemos.

– Vamos querer ver isso.

– Com todo prazer.

– Seu arquivo diz que é filho único em uma família cooperativa – Lopez comentou, agindo como se nunca tivesse parado de falar sobre o passado de Holden.

– Sim, cinco pais, três mães.

– Tantos pais para uma única criança – Lopez comentou, desempacotando lentamente outra pastilha. Os marcianos tinham muito espaço para famílias tradicionais.

– A redução de impostos para oito adultos com uma só criança permitiu que eles tivessem 22 acres de uma fazenda decente. Há mais de 30 bilhões de pessoas na Terra. Essa é a área de um parque nacional – Holden falou. – Além disso, a mistura de DNA é legítima. Eles não são pais apenas no nome.

– Como decidiram quem levaria você no ventre?

– Mãe Elise tinha os quadris mais largos.

Lopez colocou a segunda pastilha na boca e a chupou por alguns instantes. Antes que retomasse a fala, o convés balançou. O gravador de vídeo sacudiu em seu braço.

– Lançadores de torpedos? – Holden perguntou. – Parece que aquelas naves do Cinturão não mudaram o curso.

– Algum pensamento sobre isso, sr. Holden?

– Só que vocês parecem bem-dispostos a destruir naves do Cinturão.

– Você nos colocou em uma posição na qual não podemos nos dar ao luxo de parecer fracos. Depois de suas acusações, há muitas pessoas que não nos têm em bom conceito.

Holden deu de ombros. Se o homem queria ver culpa ou remorso em Holden, estava sem sorte. As naves do Cinturão sabiam onde estavam se metendo. E não tinham dado meia-volta. Mesmo assim, algo o incomodava.

– Eles podem odiar vocês com todas as forças – Holden disse –, mas é difícil encontrar suicidas suficientes para tripular seis naves. Talvez pensem que podem fugir dos torpedos.

Lopez não se moveu, seu corpo todo extraordinariamente parado sob o efeito das drogas de foco.

– Nós... – Lopez começou a dizer, e o alarme geral do alojamento soou. Era ensurdecedor no pequeno compartimento de metal.

– Santo Deus, eles *revidaram*? – Holden perguntou.

Lopez sacudiu-se, como um homem que acordava de um devaneio. Levantou e apertou o botão da porta. Um fuzileiro entrou segundos depois.

– Leve o sr. Holden de volta aos aposentos dele – Lopez pediu antes de sair correndo do compartimento.

O fuzileiro apontou o corredor com o cano da arma. Sua expressão era dura.

É tudo muito divertido até que alguém atire de volta, Holden pensou.

Naomi deu um tapinha no assento vazio ao lado dela e sorriu.

– Enfiaram lascas debaixo das suas unhas? – ela perguntou.

– Não, na verdade, ele foi surpreendentemente humano para um sabichão da inteligência naval – Holden replicou. – É claro que estava só se aquecendo. Vocês ouviram alguma coisa sobre as outras naves?

Alex respondeu:

– Não. Mas aquele alarme significa que elas os pegaram de surpresa.

– É insano isso de voar por aí nessas bolhas de metal e tentar fazer buracos uns nos outros – Shed comentou em voz baixa. – Vocês já viram o que faz uma exposição longa à descompressão e ao frio? Arrebenta todos os vasos capilares de seus olhos e pele.

Danos nos tecidos dos pulmões podem causar uma pneumonia maciça, seguida por cicatrizes semelhantes a enfisemas. Quero dizer, se você não morrer.

– Que divertido, doutor. Obrigado – Amos ironizou.

A nave vibrou de repente, em um ritmo sincopado, porém em velocidade ultrarrápida. Alex encarou Holden com olhos arregalados.

– É a rede de defesa se abrindo. Isso significa que os torpedos estão chegando – ele falou. – Melhor se amarrarem bem, crianças. A nave pode começar a fazer algumas manobras violentas.

Todos exceto Holden já estavam presos nos assentos. Ele prendeu os cintos de segurança.

– Que saco. Toda a ação está acontecendo a milhares de quilômetros daqui, e não temos instrumentos para olhar – Alex disse. – Não temos como saber se alguma coisa está passando pelo escudo da *Donnager* até que apareça um buraco no casco.

– Cara, todo mundo está bem divertido hoje – Amos comentou em voz alta.

Os olhos de Shed estavam arregalados e seu rosto, muito pálido. Holden negou com a cabeça.

– Isso não vai acontecer – ele falou. – Esta coisa aqui é imbatível. Quem quer que esteja nessas naves, pode fazer um bom espetáculo, nada além disso.

– Com todo o respeito, capitão – Naomi interveio. – Quem quer que esteja nessas naves já deveria estar morto, mas não está.

Os barulhos distantes do combate continuavam: o ruído ocasional de um disparo de torpedo, a vibração quase constante das armas de defesa em alta velocidade. Holden não percebeu ter caído no sono até que foi chacoalhado por um rugido ensurdecedor. Amos e Alex gritavam. Shed berrava.

– O que aconteceu? – Holden gritou sobre o barulho.

– Fomos atingidos, capitão! – Alex gritou. – Aquilo foi um golpe de torpedo!

A gravidade de repente desapareceu. A *Donnager* parara seus motores. Ou haviam sido destruídos.

Amos ainda gritava "Merda, merda, merda" por cima do barulho, mas pelo menos Shed não berrava mais. Estava sentado no assento, encarando o vazio com olhos arregalados, o rosto sem cor. Holden soltou seu cinto de segurança e avançou na direção do painel de comunicação.

– Jim! – Naomi o chamou. – O que está fazendo?

– Precisamos descobrir o que está acontecendo – Holden respondeu por sobre o ombro.

Quando alcançou a antepara da escotilha, apertou o botão do painel de comunicação. Não houve resposta. Apertou de novo, então começou a socar a escotilha. Ninguém apareceu.

– Onde estão os malditos fuzileiros? – ele perguntou.

As luzes se apagaram e voltaram. E de novo, e de novo, em uma cadência lenta.

– São disparos de armas de indução magnética. Merda. É um combate a curta distância – Alex admirou-se.

Na história da Coalizão, nenhuma nave da capital entrara em batalha tão próxima. Contudo, naquele momento disparavam os grandes canhões da nave, o que significava que o alcance era suficiente para viabilizar uma arma não guiada. Centenas ou mesmo dezenas de quilômetros, em vez de milhares. De algum modo, as naves do Cinturão haviam sobrevivido à barreira de torpedo da *Donnager*.

– Alguém mais acha que esta merda está desesperadamente estranha? – Amos perguntou com um toque de pânico na voz.

A *Donnager* começou a soar como um gongo tocado uma e outra vez por um martelo imenso. Os marcianos respondiam ao fogo.

O disparo de indução magnética que matara Shed nem mesmo fez barulho. Como um truque de mágica, dois buracos redondos perfeitos em cada lado do aposento surgiram em uma linha que cruzou com o assento de Shed. Em um instante o médico estava ali; no seguinte, sua cabeça desaparecera na altura do pomo de adão. O sangue arterial jorrou em uma nuvem vermelha, saltou em duas linhas finas que rodopiaram até os buracos na parede enquanto o ar escapava.

12

MILLER

Havia trinta anos que Miller trabalhava com segurança. Violência e morte eram companhias familiares para ele. Homens, mulheres. Animais. Crianças. Uma vez ele segurara a mão de uma mulher enquanto ela sangrava até a morte. Já matara duas pessoas: ainda podia vê-las se fechasse os olhos e pensasse nisso. Se alguém perguntasse, ele teria dito que não havia muita coisa capaz de abalá-lo.

Nunca, porém, tinha visto uma guerra começar.

O Jacinto Notável Lounge estava na correria da mudança de turno. Homens e mulheres em uniformes de segurança – a maioria deles da Star Helix, mas alguns eram de companhias menores – bebiam seu licor depois do trabalho e descansavam ou faziam viagens até o bufê do desjejum em busca de café, fungos texturizados em molho de açúcar e salsichas compostas de uma parte em mil de carne. Miller mastigava a salsicha e observava a tela na parede. Na imagem, um diretor de relações externas da Star Helix parecia sincero, seu comportamento irradiava calma e certeza enquanto ele explicava como tudo estava indo para o inferno.

– Varreduras preliminares sugerem que a explosão foi resultado de uma tentativa fracassada de conectar um dispositivo nuclear na estação de acoplamento. Funcionários do governo marciano se referem ao incidente só como um "suposto ato terrorista" e se recusam a comentar futuras investigações em curso.

– Mais um – Havelock comentou atrás dele. – Sabe... Algum dia, um desses imbecis vai conseguir seu intento.

Miller se virou no assento e acenou com a cabeça para a cadeira ao lado. Havelock se sentou.

– Vai ser um dia interessante – Miller disse. – Estava prestes a ligar para você.

– Sim, desculpe – seu parceiro falou. – Eu estava meio atrasado.

– Alguma notícia da transferência?

– Não – Havelock respondeu. – Imagino que minha papelada esteja parada em uma mesa em algum lugar no Olimpo. E quanto a você? Alguma notícia da garota do seu projeto especial?

– Ainda não – Miller disse. – Olhe, o motivo pelo qual eu quis que nos encontrássemos antes de ir para o trabalho... preciso tirar uns dois dias, tentar seguir algumas pistas sobre Julie. Com toda essa outra merda acontecendo, Shaddid não quer que eu faça nada além de dar alguns telefonemas.

– Mas você está ignorando essa ordem – Havelock comentou. Não era uma pergunta.

– Tenho uma intuição sobre o caso.

– Como posso ajudar?

– Preciso que me encubra.

– De que forma? – Havelock perguntou. – Não é como se eu pudesse ligar para eles e falar que está doente. Eles têm acesso aos seus registros médicos assim como aos de qualquer um.

– Diga que estou bebendo demais – Miller sugeriu. – Que Candace apareceu. É minha ex-esposa.

Havelock mastigou sua salsicha, com a testa franzida. O terráqueo balançou a cabeça devagar – não era uma recusa, mas o prelúdio de uma pergunta. Miller esperou.

– Você prefere que sua chefe pense que faltou ao trabalho porque seu coração partido o tornou disfuncional a saber que está fazendo o trabalho que ela lhe deu? Não entendo.

Miller lambeu os lábios e inclinou-se para a frente, cotovelos na mesa bege lisa. Alguém rabiscara um desenho no plástico, um círculo partido. E aquele era um bar de policiais.

– Não sei o que estou procurando – Miller confessou. – Há muitas coisas que se encaixam de algum modo, mas não tenho certeza de como. Até que eu saiba mais, preciso ser discreto. Um cara descontar na bebida um lance com a ex não vai fazer o alarme de ninguém disparar.

Havelock balançou a cabeça de novo, desta vez meio em descrença. Se fosse um cinturino, teria feito o gesto com as mãos, para poder ser visto se estivesse em um traje ambiental. Outro das centenas de detalhes que traíam alguém criado no Cinturão. A transmissão no monitor da parede cortou para uma mulher loira em uniforme severo. A diretora de relações externas falava sobre a resposta tática da Marinha Marciana e se a APE estava por trás do vandalismo crescente. Era assim que ela chamava inutilizar um reator de fusão sobrecarregado enquanto preparava uma armadilha para naves: vandalismo.

– Essa merda não faz sentido – Havelock disse e, por um momento, Miller não sabia se ele se referia às ações de guerrilha dos cinturinos, à resposta marciana ou ao favor que pedira. – É sério. Onde está a Terra? Toda essa merda rolando e não ouvimos um pio dela.

– Por que deveríamos? – Miller perguntou. – A coisa é entre Marte e o Cinturão.

– Quando foi a última vez que a Terra deixou algo importante acontecer sem estar no meio? – Havelock questionou e suspirou. – Ok. Você está bêbado demais para aparecer. Sua vida amorosa é uma bagunça. Tentarei encobrir sua ausência.

– Só uns dois dias.

– Tenha certeza de voltar antes que alguém decida que é a oportunidade perfeita para um policial terráqueo morrer num tiroteio aleatório.

– Pode deixar – Miller assegurou-o, levantando-se da mesa. – Cuide-se.

– Não precisa me dizer duas vezes – Havelock falou.

O Centro Ceres de Jiu-jítsu era perto do porto, onde a gravidade da rotação era mais forte. O lugar era um armazém espacial extremamente antigo. Era um cilindro achatado onde fora instalado um piso a partir de um terço do caminho até o fundo. Cavaletes ostentavam varas de vários comprimentos e espadas de bambu, e facas de plástico sem fio para prática pendiam do teto abobadado. A pedra polida ecoava com o grunhido dos homens que treinavam em uma fileira de máquinas de resistência e com o baque suave de uma mulher que batia em um saco pesado nos fundos. Três alunos no tatame central falavam em voz baixa.

Havia fotos enfileiradas na parede dianteira em ambos os lados da porta: soldados de uniforme, agentes de segurança de meia dúzia de corporações cinturinas; não havia muitos tipos dos planetas interiores, mas alguns. Placas comemoravam classificações em competições. Uma página em fonte pequena delineava a história do estúdio.

Uma das alunas gritou e caiu, levando um dos outros para o tatame com ela. O que ficou em pé aplaudiu e os ajudou a levantar. Miller examinou a parede de fotos, esperando ver Julie.

– Posso ajudá-lo?

O homem era meia cabeça mais baixo do que Miller e facilmente duas vezes mais largo. Isso devia fazê-lo parecer um terráqueo, mas algo dizia que era um cinturino. Usava um moletom claro que fazia sua pele parecer ainda mais escura. Seu sorriso era curioso e sereno, como o de um predador bem alimentado. Miller assentiu.

– Detetive Miller – ele se apresentou. – Sou da segurança da estação. Gostaria de informações sobre uma de suas alunas.

– É uma investigação oficial? – o homem perguntou.

– Sim – Miller respondeu. – Temo que sim.

– Então você tem um mandato.

Miller sorriu. O homem sorriu de volta.

– Não damos informações sobre nossos alunos sem um mandato – ele explicou. – Política do estúdio.

– Respeito isso – Miller falou. – Respeito mesmo. É só que... parte desta investigação em particular talvez seja um pouco mais oficial do que outras. A garota não está encrencada, ela não fez nada. Só que tem família na Lua que quer que ela seja encontrada.

– Um sequestro – o homem disse, cruzando os braços. O rosto sereno ficara frio sem movimento aparente.

– Só a parte oficial – Miller explicou. – Posso conseguir um mandato, e podemos fazer a coisa toda pelos canais oficiais. Mas então terei que contar para minha chefe. Quanto mais ela souber, menos espaço tenho para agir.

O homem não reagiu. Seu silêncio era enervante. Miller lutou para não se remexer. A mulher treinando no saco na outra extremidade do estúdio começou uma sequência de golpes, gritando em cada um deles.

– Quem? – o homem perguntou.

– Julie Mao – Miller respondeu. Pela reação do homem, parecia que estava procurando a mãe de Buda. – Acho que ela está com problemas.

– Por que se importa se ela estiver?

– Não tenho resposta para isso – Miller falou. – Só me importo. Se não quer me ajudar, então não ajude.

– E você vai conseguir seu mandato. Fará tudo pelos canais oficiais.

Miller tirou o chapéu, passou a mão comprida e fina pela cabeça e colocou o chapéu no lugar.

– Provavelmente não – disse.

– Deixe-me ver sua identificação – o homem pediu.

Miller pegou seu terminal e deixou o homem confirmar quem ele era. O homem devolveu o equipamento e apontou para uma pequena porta atrás dos sacos. Miller fez o que ele lhe pedia.

O escritório era apertado. Uma pequena mesa laminada com uma esfera macia atrás no lugar da cadeira. Dois bancos que pareciam saídos de um bar. Um arquivo com uma pequena prensa que fedia a ozônio e óleo, na qual decerto eram feitos as placas e os certificados.

– Por que a família a quer? – o homem perguntou, sentando-se na esfera. Tinha a função de cadeira, mas exigia equilíbrio constante. Um lugar para descansar sem descansar de fato.

– Eles acham que ela corre perigo. Pelo menos, foi o que disseram, e ainda não tenho razão para não acreditar neles.

– Que tipo de perigo?

– Não sei – Miller confessou. – Sei que ela estava na estação. Sei que embarcou para Tycho e, depois disso, não tenho mais nada.

– A família quer ela de volta na estação deles?

O homem sabia quem era a família de Julie. Miller guardou a informação sem perder um instante.

– Acho que não – Miller falou. – A última mensagem que ela recebeu deles foi encaminhada da Lua.

– Do fundo do poço. – Do jeito que ele disse, soava como uma doença.

– Estou procurando alguém que saiba onde ela embarcou. Se está em viagem, para onde estava indo e quando planejava voltar para cá. Se está ao alcance de uma arma de raios.

– Não sei nada disso – o homem respondeu.

– Conhece alguém para quem eu possa perguntar?

Ele fez uma pausa.

– Talvez. Verei o que posso fazer.

– Há alguma outra coisa que possa me contar sobre ela?

– Ela começou no estúdio há cinco anos. Estava... zangada quando veio pela primeira vez. Indisciplinada.

– Ela melhorou – Miller comentou. – Faixa marrom, certo?

As sobrancelhas do homem se ergueram.

– Sou policial – Miller explicou. – Descubro coisas.

– Ela melhorou – o professor disse. – Ela foi agredida logo depois que chegou ao Cinturão. Queria garantir que não acontecesse de novo.

– Agredida – Miller repetiu, analisando o tom de voz do homem. – Estuprada?

– Não perguntei. Ela treinava duro, mesmo quando estava

fora da estação. Dá para saber quando as pessoas param de treinar, elas voltam mais fracas. Julie nunca voltou assim.

– Garota durona – Miller comentou. – Bom para ela. Ela tinha amigos? Pessoas com quem lutava?

– Alguns. Nenhum amante que eu conheça, já que essa seria a próxima pergunta.

– Isso é estranho. Uma garota daquelas.

– Daquelas como, detetive?

– Uma garota bonita – Miller falou. – Competente. Inteligente. Dedicada. Quem não gostaria de estar com alguém assim?

– Talvez ela não tivesse encontrado a pessoa certa.

Algo no jeito como ele falou isso dava a impressão de que estava se divertindo. Miller deu de ombros, sentindo-se desconfortável em seu papel.

– Que tipo de trabalho ela fazia? – perguntou.

– Cargueiros leves. Não sei nada sobre cargas em particular. Tinha a impressão de que ela embarcava sempre que havia uma necessidade.

– Nenhuma rota regular, então?

– Era a minha impressão.

– Em quais naves ela trabalhava? Um cargueiro em particular, ou qualquer um que aparecesse? Uma companhia em particular?

– Descobrirei o que puder para você.

– Mensageira da APE? – o detetive perguntou.

– Descobrirei o que puder – o homem repetiu.

O noticiário da tarde era todo sobre Febe. A estação científica ali – aquela onde os cinturinos não tinham permissão nem de atracar – fora atingida. O relato oficial dizia que metade dos habitantes da base estava morta e a outra metade, desaparecida. Ninguém assumira a responsabilidade ainda, mas o senso comum era de que algum grupo cinturino – a APE ou algum outro – enfim conseguira fazer um ato de "vandalismo" com uma contagem de corpos. Miller estava sentado em sua habitação, bebendo enquanto assistia às notícias.

Estava tudo indo para o inferno. Os chamados para a guerra em transmissões piratas da APE. As ações de guerrilha crescentes. Tudo isso. Estava chegando o momento em que Marte não os ignoraria mais. E, quando Marte entrasse em ação, não importava se a Terra seguiria o exemplo. Seria a primeira guerra verdadeira no Cinturão. A catástrofe estava a caminho, e nenhum lado parecia entender quão vulneráveis eles eram. E não havia nada, nem uma maldita coisinha, que ele pudesse fazer para impedir. Não podia nem retardar.

Julie Mao sorria para ele da foto, com a nave de corrida atrás dela. Agredida, o homem dissera. Não havia nada sobre isso nos registros. Podia ter sido um assalto. Podia ter sido algo pior. Miller já conhecera muitas vítimas, e as colocava em três categorias. Na primeira estavam aquelas que fingiam que nada acontecera, ou que o ocorrido não importava; bem mais da metade das pessoas com quem ele falava era assim. Depois havia os profissionais, pessoas que usavam sua vitimização como permissão para agir do jeito que julgavam adequado; a maioria das que não estavam no primeiro grupo era assim.

Talvez 5%, talvez menos, eram aqueles que aguentavam firme, aprendiam a lição e seguiam adiante. As Julie. As pessoas boas.

A campainha de sua porta soou três horas depois do fim de seu turno oficial. Miller se levantou, com menos equilíbrio do que esperava. Contou as garrafas na mesa. Havia mais do que pensava. Hesitou por um instante, dividido entre atender à porta ou jogar as garrafas no reciclador. A porta soou novamente. Foi abri-la. Se fosse alguém do quartel-general, eles esperavam que estivesse bêbado, de qualquer modo. Não havia motivo para desapontá-los.

O rosto era familiar. Face marcada pela acne, controlada. O cara de bracelete da APE do bar. Aquele que matara Mateo Judd.

O policial.

– Boa noite – Miller disse.

– Detetive Miller – o homem marcado respondeu. – Acho que começamos com o pé errado. Esperava que pudéssemos tentar de novo.

– Certo.

– Posso entrar?

– Tento não receber estranhos em casa – Miller falou. – Nem mesmo sei o seu nome.

– Anderson Dawes – o homem marcado respondeu. – Sou o contato da Aliança dos Planetas Exteriores em Ceres. Acho que podemos ajudar um ao outro. Posso entrar?

Miller abriu caminho, e o homem marcado entrou. Dawes analisou a habitação em menos de dois segundos, então se sentou como se as garrafas e o fedor de cerveja velha não fossem dignos de comentário. Amaldiçoando-se em silêncio e desejando uma sobriedade que não sentia, Miller sentou-se diante de seu visitante.

– Preciso de um favor seu – Dawes começou. – Desejo pagar por ele. Não com dinheiro, é claro. Com informação.

– O que quer? – Miller perguntou.

– Pare de procurar Juliette Mao.

– Não é negociável.

– Estou tentando manter a paz, detetive – Dawes falou. – Deveria me ouvir.

Miller se inclinou para a frente, cotovelos apoiados na mesa. O sr. Instrutor de Jiu-jítsu Sereno trabalhava para a APE? O momento da visita de Dawes parecia dizer que sim. Miller considerou essa possibilidade, mas não disse nada.

– Mao trabalhava para nós – Dawes prosseguiu. – Mas acho que já adivinhou isso.

– Mais ou menos. Você sabe onde ela está?

– Não. Estamos procurando por ela. E precisamos ser aqueles que vão encontrá-la. Não você.

Miller balançou a cabeça. Havia uma resposta, a coisa certa a se dizer. Soava no fundo de sua mente. Se ele não estivesse tão alto...

– Você é um *deles*, detetive. Pode ter vivido a vida toda aqui, mas seu salário é pago por uma empresa dos planetas interiores. Não, espere. Não culpo você. Entendo como são as coisas. Estavam contratando, e você precisava de trabalho. Mas... estamos pisando em ovos neste exato instante. A *Canterbury*. Os elementos marginais no Cinturão estão pedindo guerra.

– A Estação Febe.

– Sim, eles nos culparão por isso também. Acrescente uma filha pródiga de uma corporação da Lua...

– Você acha que alguma coisa aconteceu com ela.

– Ela estava na *Scopuli* – Dawes contou e, quando Miller não respondeu de imediato, acrescentou: – O cargueiro que Marte usou como isca quando destruíram a *Canterbury*.

Miller pensou naquilo por um bom tempo antes de assobiar baixinho.

– Não sabemos o que aconteceu – Dawes disse. – Até descobrirmos, não podemos deixá-lo espalhar ainda mais a sujeira. Já está bem imundo.

– E que informação está me oferecendo? – Miller perguntou. – É a troca, certo?

– Direi para você o que descobrirmos. Depois que a encontrarmos – Dawes propôs. Miller gargalhou, e o homem da APE continuou: – É uma oferta generosa, considerando quem você é: empregado da Terra e parceiro de um terráqueo. Algumas pessoas acham que isso é o suficiente para torná-lo inimigo também.

– Mas não você – Miller disse.

– Acho que temos os mesmos objetivos básicos, você e eu. Estabilidade. Segurança. Tempos estranhos pedem alianças estranhas.

– Duas perguntas.

Dawes estendeu os braços, aceitando-as.

– Quem pegou o equipamento antimotim? – Miller questionou.

– Equipamento antimotim?

– Antes da destruição da *Canterbury*, alguém pegou nosso equipamento antimotim. Talvez quisessem soldados armados para controlar a multidão. Talvez não quisessem nossas multidões controladas. Quem pegou? Por quê?

– Não fomos nós – Dawes disse.

– Essa não é uma resposta. Vamos tentar a outra. O que aconteceu com a Sociedade Ramo Dourado?

Dawes pareceu confuso.

– Loca Greiga? – Miller perguntou. – Sohiro?

Dawes abriu a boca e a fechou novamente. Miller jogou sua garrafa de cerveja na recicladora.

– Nada pessoal, amigo – ele comentou –, mas suas técnicas investigativas não estão me impressionando. O que faz você pensar que pode encontrá-la?

– Não é um teste justo – Dawes falou. – Dê-me alguns dias, conseguirei respostas.

– Me procure quando as tiver, então. Tentarei não começar uma guerra generalizada enquanto você faz isso, mas não vou deixar Julie de lado. Pode ir agora.

Dawes se levantou. Parecia amargo.

– Está cometendo um erro – ele disse.

– Não seria o meu primeiro.

Depois que o homem partiu, Miller se sentou à mesa. Fora estúpido. Pior, fora comodista. Embriagando-se até o estado de estupor em vez de fazer seu trabalho. Em vez de encontrar Julie. Mas sabia mais agora. A *Scopuli*. A *Canterbury*. Havia mais linhas entre os pontos.

Ele jogou fora as garrafas, tomou um banho e pegou seu terminal, pesquisando o que havia sobre a nave de Julie. Depois de uma hora, um novo pensamento lhe ocorreu, um medo pequeno, que crescia conforme ele examinava o aparelho. Perto da meia-noite, ligou para a habitação de Havelock.

O parceiro levou dois minutos inteiros para atender. Quando o fez, sua imagem estava descabelada e com olhos turvos.

– Miller?

– Havelock. Você tem dias de férias pendentes?

– Alguns.

– E de licença médica?

– Claro – Havelock falou.

– Tire-os – Miller falou. – Faça isso agora. Deixe o quartel-general. Vá para algum lugar seguro. Algum lugar onde não vão começar a matar terráqueos por besteiras se as coisas derem errado.

– Não entendo. Do que está falando?

– Tive uma visitinha de um agente da APE esta noite. Ele estava tentando me convencer a deixar de lado minha missão de sequestro. Acho... acho que ele está nervoso. Acho que está assustado.

Havelock ficou em silêncio por um instante, enquanto as palavras penetravam em sua mente zonza de sono.

– Jesus! – ele exclamou. – O que assusta a APE?

13

HOLDEN

Holden ficou paralisado, vendo o sangue do pescoço de Shed jorrar e desaparecer como fumaça pelo exaustor. Os sons do combate diminuíram conforme o ar era sugado do aposento. Seus ouvidos latejavam e então doeram como se alguém tivesse acertado picadores de gelo neles. Enquanto lutava com o cinto de segurança do assento, olhou para Alex. O piloto gritava alguma coisa, mas sua voz não era carregada pelo ar rarefeito. Naomi e Amos já haviam saído de seus assentos, saltado e estavam voando pela sala na direção dos dois buracos. Amos tinha uma bandeja de plástico em uma mão. Naomi, um fichário branco. Holden os encarou por meio segundo antes de entender o objetivo. O mundo estreitou, sua visão periférica era só estrelas e escuridão.

Quando conseguiu se soltar, Amos e Naomi já haviam coberto os buracos com os remendos improvisados. O ar que tentava forçar caminho pelas vedações imperfeitas enchia a sala de um apito agudo. A visão de Holden começou a voltar conforme o ar pressurizado aumentava. Estava ofegante, tentando recuperar o fôlego. Alguém aos poucos aumentou o volume da sala e os gritos de Naomi por ajuda se tornaram audíveis.

– Jim, abra o armário de emergência! – ela berrou.

Apontava para um pequeno painel vermelho e amarelo no anteparo perto do assento dele. Anos de treinamento a bordo faziam diferença na falta de oxigênio nos tecidos e na despressurização, e ele puxou o lacre do armário e abriu a porta. Dentro havia um kit branco de primeiros socorros com o antigo símbolo da cruz vermelha, meia dúzia de máscaras de oxigênio e uma sacola lacrada de discos de plástico endurecido presos a uma pistola de cola: era o kit de selagem de emergência. Ele o pegou.

– Só a pistola – Naomi gritou. Ele não tinha certeza se a voz dela soava distante por causa do ar rarefeito ou porque a queda de pressão estourara seus tímpanos.

Holden arrancou a pistola da sacola de remendos e jogou-a para Naomi. Ela passou um fio de cola instantânea ao redor do fichário. Depois jogou a pistola para Amos, que a pegou com um movimento fluido das costas da mão e passou cola ao redor da bandeja. O apito parou, substituído pelo silvo do sistema atmosférico trabalhando para normalizar a pressão. Quinze segundos.

Todos olharam para Shed. Sem o vácuo, seu sangue formava uma esfera vermelha flutuante logo acima do pescoço, como se um desenho animado horrendo substituísse sua cabeça.

– Jesus Cristo, chefe – Amos disse, olhando de Shed para Naomi. Ele travou os dentes com um clique audível e balançou a cabeça. – O que...

– Armas de indução magnética – Alex falou. – Aquelas naves têm canhões elétricos.

– Naves do *Cinturão* com canhões *elétricos*? – Amos perguntou. – Eles montaram uma maldita marinha e ninguém me contou?

– Jim, o corredor lá fora e a cabine do outro lado estão no vácuo – Naomi falou. – A nave está comprometida.

Holden começou a responder, então deu uma boa olhada no fichário que Naomi colara no buraco. Na capa branca lia-se, em letras pretas, PROCEDIMENTOS DE EMERGÊNCIA MRPM. Teve que segurar uma gargalhada que quase certamente soaria maníaca.

– Jim – Naomi o chamou, com voz preocupada.

– Estou bem, Naomi – Holden respondeu, então inspirou fundo. – Quanto tempo esses remendos aguentam?

Naomi deu de ombros, depois juntou o cabelo num rabo de cavalo e o prendeu com um elástico vermelho.

– Mais do que o ar vai durar. Se tudo ao nosso redor está no vácuo, significa que a cabine está usando as reservas de emergência. Nada de reciclagem. Não sei quanto cada aposento tem, mas imagino que dê para umas duas horas.

– Isso meio que faz a gente desejar estar nos malditos trajes, não é? – Amos perguntou.

– Não teria feito diferença – Alex comentou. – Se tivéssemos chegado aqui nos trajes ambientais, eles simplesmente teriam tirado de nós.

– Podiam tentar – Amos falou.

– Bem, se você quiser voltar no tempo e fazer isso, fique à vontade, parceiro.

Naomi soltou um ríspido "Ei", mas nada mais.

Ninguém falava sobre Shed. Estavam se esforçando para não olhar para o corpo. Holden limpou a garganta para chamar a atenção de todos, então flutuou até o assento de Shed, atraindo os olhares para ele. Parou por um momento, para deixar todos darem uma boa olhada no corpo decapitado; pegou um lençol da gaveta sob o assento e o prendeu sobre o cadáver de Shed com os cintos de segurança.

– Shed foi morto. Corremos grande perigo. Discutir não vai estender nem um segundo de nossa vida. – Holden fitou cada membro da tripulação. – O que vai fazer isso?

Ninguém respondeu. Holden dirigiu-se primeiro a Naomi.

– Naomi, o que vai nos manter vivos mais tempo do que temos agora? – perguntou.

– Verei se consigo encontrar mais ar de emergência. A sala é projetada para seis, e somos apenas... somos quatro. Devo conseguir diminuir o fluxo para que dure mais tempo.

– Bom. Obrigado. Alex?

– Se há alguém além de nós aqui, estarão procurando sobreviventes. Vou começar a bater no anteparo. Não vão ouvir no vácuo, mas, se houver cabines com ar, o som viajará pelo metal.

– Bom plano. Me recuso a acreditar que somos os únicos que restaram nesta nave. – Holden se voltou para Amos: – Amos?

– Vou verificar o painel de comunicação. Posso conseguir contato com a ponte, com o controle de danos ou... merda, com *alguma coisa*.

– Obrigado. Adoraria que alguém soubesse que ainda estamos aqui – Holden comentou.

As pessoas se afastaram para começar os trabalhos, enquanto

Holden flutuava no ar próximo a Shed. Naomi começou a arrancar os painéis de acesso dos anteparos. Alex, com as mãos pressionadas contra um assento para manter o equilíbrio, deitou no convés e começou a chutar o anteparo com as botas. A sala vibrava de leve a cada chute. Amos pegou uma ferramenta multiuso de seu bolso e começou a desmontar o painel de comunicação.

Quando Holden teve certeza de que todos estavam ocupados, colocou uma mão no ombro de Shed, logo abaixo da mancha de sangue do lençol.

– Sinto muito – sussurrou para o cadáver. Seus olhos ardiam e ele os pressionou com os polegares.

A unidade de comunicação estava pendurada no anteparo pelos fios quando tocou uma vez, bem alto. Amos gritou e se empurrou com força suficiente para voar até o outro lado da sala. Holden o segurou, machucando o ombro ao tentar conter o impulso de 120 quilos do mecânico terráqueo. O comunicador tocou mais uma vez. Holden soltou Amos e flutuou até o equipamento. Um LED amarelo brilhava perto do botão branco da unidade. Quando Holden apertou o botão, o comunicador ganhou vida com a voz do tenente Kelly.

– Afastem-se da escotilha, vamos entrar – ele disse.

– Agarrem alguma coisa! – Holden gritou para a tripulação, e enrolou um cinto de segurança na mão e no antebraço.

Quando a escotilha se abriu, Holden esperava que todo o ar saísse. Em vez disso, houve um estalo alto e a pressão caiu de leve por um segundo. Lá fora, no corredor, pedaços de plástico grosso vedavam as paredes, criando um tipo de câmara de descompressão. As paredes da nova câmara curvavam-se para fora perigosamente com a pressão do ar, mas aguentavam firme. Dentro daquele ambiente recém-criado, o tenente Kelly e três fuzileiros usavam armadura pesada para vácuo e carregavam armamento suficiente para lutar várias batalhas.

Os fuzileiros entraram rápido na sala, armas a postos, e fecharam a escotilha atrás de si. Um deles jogou uma sacola grande para Holden.

– Cinco trajes de vácuo. Vistam – Kelly falou. Seus olhos se moveram para o lençol ensanguentado que cobria Shed, e depois para os dois remendos improvisados. – Baixa?

– Nosso médico, Shed Garvey – Holden respondeu.

– Sim. Que merda é essa? – Amos perguntou em voz alta. – Quem está lá fora atirando na sua nave chique?

Naomi e Alex não disseram nada, mas começaram a vestir os trajes que tiraram da sacola.

– Não sei – Kelly disse. – Precisamos partir imediatamente. Tive ordens de tirar vocês desta nave em um módulo de fuga. Temos menos de dez minutos para chegar ao convés do hangar, pegar uma nave e sair da área de combate. Vistam-se rápido.

Holden pôs um traje, enquanto as implicações da fuga rodopiavam em sua mente.

– Tenente, a nave está destruída? – ele perguntou.

– Ainda não. Mas estamos sendo abordados.

– Então por que vamos partir?

– Estamos perdendo.

Se Kelly não batia o pé de impaciência enquanto esperava que eles vedassem os trajes, era só porque os fuzileiros tinham as botas magnéticas ligadas, imaginou Holden. Assim que todos fizeram sinal de positivo, Kelly fez uma conferência rápida do rádio em cada traje e se dirigiu para o corredor. Com oito pessoas nele, quatro delas em armaduras poderosas, a minicâmara de descompressão ficou apertada. Kelly tirou uma faca pesada de uma bainha no peito e cortou a barreira de plástico em um movimento rápido. A escotilha atrás deles se fechou com um estrondo, e o ar no corredor desapareceu em uma onda silenciosa de retalhos de plástico. Kelly seguiu pelo corredor com a tripulação lutando para acompanhá-lo.

– Estamos seguindo a toda velocidade para os poços dos elevadores – Kelly explicou pelo link do rádio. – Os elevadores estão trancados por causa do alarme de embarque, mas posso abrir as portas de um deles e flutuaremos para baixo até o hangar. Tudo é muito rápido. Se avistarem intrusos, não parem. Continuem se movendo o tempo todo. Nós cuidaremos dos inimigos. Entendido?

– Entendido, tenente – Holden disse, ofegante. – Por que eles abordaram vocês?

– O Centro de Informação do Comando – Alex falou. – É o Santo Graal. Códigos, implementações, núcleo de computadores, missões. Pegar o CIC de uma nave almirante é o sonho dourado de um estrategista.

– Silêncio – Kelly exigiu. Holden o ignorou.

– Isso significa que eles explodirão o núcleo em vez de deixar que isso aconteça, certo?

– Sim – Alex respondeu. – Operação-padrão para abordagens inimigas. Os fuzileiros protegem a ponte, o CIC e a engenharia. Se algum dos três for tomado, os outros dois são detonados. A nave se transforma em uma estrela em alguns segundos.

– Operação-padrão – Kelly grunhiu. – Aqueles são meus amigos.

– Desculpe, Tenê – Alex respondeu. – Servi na *Bandon*. Não quis fazer pouco-caso.

Eles viraram uma esquina e os poços dos elevadores ficaram à vista. Todos os oito elevadores estavam fechados e travados. As pesadas portas de pressão se fecharam quando a nave foi danificada.

– Gomez, abra o atalho – Kelly orientou. – Mole, Dookie, vigiem os corredores.

Dois fuzileiros se espalharam, observando os corredores pelos visores das armas. O terceiro seguiu para as portas de um dos elevadores e começou a fazer algo complicado nos controles. Holden fez sinal para que sua tripulação se encostasse na parede, fora das linhas de tiro. O convés vibrava um pouco de tempos em tempos. As naves inimigas não deviam estar disparando, não com seus homens a bordo. Devia ser fogo de armas portáteis e explosivos leves. Contudo, enquanto ficavam parados ali no silêncio absoluto do vácuo, tudo o que estava acontecendo causava uma sensação distante e surreal. Holden reconheceu que sua mente não trabalhava como devia. Reação ao trauma. A destruição da *Canterbury*, as mortes de Ade e McDowell. E agora alguém matara Shed em seu catre. Era demais; ele não conseguia processar. Sentia a cena ao seu redor ficando mais e mais distante.

Holden olhou para trás, para Naomi, Alex e Amos. Sua tripulação. Eles o encararam de volta, rosto pálido e fantasmagórico sob a luz verde dos visores dos trajes. Gomez ergueu o punho em triunfo quando a porta de pressão externa se abriu, revelando as portas do elevador. Kelly gesticulou para seus homens.

O que se chamava Mole se virou e começou a andar na direção do elevador quando seu rosto se desintegrou em um jato de pedaços de vidro blindado e sangue. Seu torso armado e o anteparo do corredor ao seu lado explodiram em uma centena de pequenas detonações e nuvens de fumaça. Seu corpo estremeceu e balançou, preso ao chão pelas botas magnéticas.

A sensação de irrealidade de Holden desapareceu com a adrenalina. O fogo que se espalhava pela parede e pelo corpo de Mole era causado por rajadas altamente explosivas de uma arma de fogo rápido. O canal de comunicação se encheu com os gritos dos fuzileiros e da própria tripulação de Holden. À esquerda de Holden, Gomez usou a força aumentada de sua armadura para abrir as portas do elevador, expondo o poço vazio atrás delas.

– Para dentro! – Kelly gritou. – Todo mundo para dentro!

Holden empurrou Naomi para dentro, depois Alex. O último fuzileiro, aquele que Kelly chamara de Dookie, mirou sua arma com carga máxima em algum alvo depois da esquina perto de Holden. Quando ficou sem munição, o fuzileiro apoiou-se em um joelho e ejetou o pente ao mesmo tempo. Quase mais rápido do que Holden conseguiu acompanhar, ele tirou um pente novo da armadura e o encaixou na arma. Estava disparando de novo, menos de dois segundos depois de ter ficado sem munição.

Naomi gritou para Holden entrar no poço do elevador. Uma mão agarrou seu ombro como um torno, arrancou-o da fixação magnética no chão e o atirou pelas portas abertas do elevador.

– Se mate quando eu não estiver de babá – o tenente Kelly vociferou.

Eles foram empurrando as paredes do poço do elevador e desceram voando pelo túnel comprido, em direção à popa da nave. Holden continuou a olhar para a porta aberta que retrocedia na distância atrás deles.

– Dookie não está nos seguindo – disse.

– Ele está cobrindo nossa saída – Kelly respondeu.

– Então é melhor escaparmos – Gomez acrescentou. – Fazer valer a pena.

Kelly, na frente do grupo, agarrou uma saliência na parede do poço e parou bruscamente. Todos os outros fizeram o mesmo.

– Aqui está nossa saída. Gomez, dê uma conferida – Kelly falou. – Holden, o plano é pegar uma das corvetas do hangar.

Aquilo fazia sentido. A classe corveta era uma fragata leve. Era a menor nave da marinha equipada com o Motor Epstein, e servia de escolta da frota. Seria rápida o bastante para viajar para qualquer lugar do sistema solar e escapar da maioria das ameaças. Seu papel secundário era como bombardeiro de torpedo, então também teria armas. Holden acenou com a cabeça de dentro de seu capacete para Kelly e depois gesticulou para que continuasse. Kelly esperou até que Gomez terminasse de abrir as portas do elevador e entrasse no hangar.

– Ok, tenho o cartão de partida e o código de ativação para nos colocar dentro da nave e acioná-la. Seguirei direto para lá, então todos vocês devem grudar no meu traseiro. Assegurem-se de que as botas magnéticas estejam desligadas. Vamos dar impulso na parede e seguir voando, então mirem direito ou perderão a viagem. Todos comigo?

Respostas afirmativas de todos.

– Excelente. Gomez, como está lá fora?

– Problemas, Tenê. Meia dúzia de invasores estão vistoriando as naves no hangar. Armaduras motorizadas, equipamentos de manobra em gravidade zero e armas pesadas. Prontos para combate – Gomez sussurrou. As pessoas sussurravam quando estavam escondidas. Vestido com o traje espacial e cercado de vácuo, Gomez poderia acender fogos de artifício dentro da armadura e ninguém ouviria; mesmo assim ele sussurrava.

– Correremos até a nave e abriremos caminho a tiro – Kelly disse. – Gomez, levarei os civis em dez segundos. Você dará cobertura. Atire e se mexa. Tente fazer com que pensem que você é um pequeno pelotão.

– Está me chamando de pequeno, senhor? – Gomez respondeu. – Seis imbecis mortos a caminho.

Holden, Amos, Alex e Naomi seguiram Kelly para fora do poço do elevador até o hangar e pararam atrás de uma pilha de engradados verde-militar. Holden espiou por sobre a pilha, localizando os invasores. Estavam em dois grupos de três perto da *Cavaleiro*: um grupo caminhava no alto da nave, outro no convés abaixo. A armadura deles era preta e lisa. Holden nunca vira aquele modelo antes.

Kelly apontou para eles e olhou para Holden. Holden assentiu em resposta. O tenente apontou para o outro lado do hangar, para uma fragata baixa preta a cerca de 25 metros de distância, a meio caminho entre eles e a *Cavaleiro*. Ergueu a mão esquerda e começou a fazer a contagem regressiva com os cinco dedos. No dois, o salão reluziu como uma discoteca: Gomez abrira fogo de uma posição a 10 metros de onde estavam. A primeira rajada atingiu dois invasores no alto da *Cavaleiro* e os fez rodopiar em queda. Um instante depois, uma segunda rajada foi disparada a

5 metros de onde Holden vira a primeira. Teria jurado que eram dois homens diferentes.

Kelly dobrou o último dedo da mão, apoiou o pé na parede e empurrou na direção da corveta. Holden esperou por Alex, Amos e Naomi, e seguiu por último. Enquanto estava em movimento, Gomez já atirava de uma nova localização. Um dos invasores no convés apontou uma grande arma na direção do clarão do disparo de Gomez. O fuzileiro marciano e o engradado atrás do qual se protegia desapareceram em fogo e estilhaços.

Estavam no meio do caminho até a corveta. Holden começava a pensar que podiam conseguir quando uma linha de fumaça cruzou o salão, e o tenente Kelly desapareceu em um clarão de luz.

14

MILLER

A *Xinglong* fora destruída de bobeira. Depois do ocorrido, todo mundo soube que ela era uma das milhares de naves de mineração sem importância que iam de rocha em rocha. O Cinturão estava repleto delas: cinco, talvez seis, operações familiares que juntas tinham economizado o suficiente para os pagamentos iniciais e para organizar a atividade. Quando aconteceu, elas estavam com três pagamentos atrasados, e o banco – Participações e Investimentos Consolidados – havia penhorado a nave. O que, segundo o senso comum, era o motivo pelo qual eles haviam desativado o transponder. Só pessoas honestas com uma lata velha enferrujada para chamar de sua tentavam se manter voando.

Se alguém fizesse um pôster do sonho dos cinturinos, a imagem seria a *Xinglong*.

A *Scipio Africanus*, um destróier de patrulha, devia voltar para Marte no fim de uma volta de dois anos pelo Cinturão. As duas naves seguiram para um corpo cometário a algumas centenas de milhares de quilômetros de Quiron para reabastecer a água.

Quando a nave de mineração apareceu no radar, a *Scipio* viu uma nave que seguia em alta velocidade e incógnita mais ou menos em sua direção. Todos os informes oficiais marcianos reportavam que a *Scipio* tentara várias vezes entrar em contato com a outra nave. Todas as transmissões piratas da APE diziam que isso era mentira e que nenhuma estação de escuta no Cinturão ouvira algo assim. Todos concordavam que a *Scipio* acionara seus canhões de defesa e transformara a nave de mineração em um resto resplandecente.

A reação fora tão previsível quanto física elementar. Os marcianos enviaram mais duas dúzias de naves para ajudar a "manter a ordem". Porta-vozes estridentes da APE pediam guerra, e cada vez menos sites e transmissões independentes discordavam deles. O relógio da guerra, grande e implacável, marcava um passo adiante ao início dos combates.

E alguém em Ceres infligira a um cidadão de origem marciana chamado Enrique dos Santos oito ou nove horas de tortura e pregara os restos em um muro perto das obras de recuperação de água do setor 2. Ele só foi identificado pelo terminal que deixaram no chão com a aliança de casamento do homem e uma carteira magra de couro, com seus dados de acesso ao crédito e 30 mil ienes europeus novos. O marciano morto fora afixado na parede com um espigão de mineração de carga única. Cinco horas mais tarde, os recicladores de ar ainda trabalhavam para drenar o cheiro ácido. A equipe forense pegara amostras; estavam prestes a tirar o pobre coitado do muro.

Miller sempre se surpreendia em ver como os mortos pareciam pacíficos. Por piores que fossem as circunstâncias, pareciam dormir, talvez pela calma indolente que vinha no fim. Isso fazia Miller imaginar se, quando sua hora chegasse, conseguiria sentir esse último relaxamento.

– Câmeras de vigilância? – ele perguntou.

– Desligadas há três dias – sua nova parceira disse. – A criançada as arrebentou.

Octavia Muss era originalmente de crimes contra pessoas, ainda na época em que a Star Helix dividira a violência em pequenas especialidades. De lá, ela fora para o esquadrão de estupro. Depois passou alguns meses em crimes contra crianças. Se a mulher ainda tinha alma, estava espremida o bastante para ver através dela. Seus olhos nunca registravam nada além de uma surpresa moderada.

– Sabemos quais crianças?

– Alguns punks lá de cima – ela falou. – Fichados, multados, soltos na vida.

– Deveríamos ir atrás deles – Miller comentou. – Seria interessante saber se alguém os pagou para que destruíssem essas câmeras em particular.

– Aposto que não.

– Então, quem quer que tenha feito isso sabia que essas câmeras estavam quebradas.

– Alguém da manutenção?

– Ou um policial.

Muss estalou os lábios e deu de ombros. Era a terceira geração no Cinturão. Tinha familiares em naves como a que a *Scipio* destruíra. Pele, ossos e cartilagens pendurados diante deles não eram surpresa para ela. Se alguém derrubava um martelo sob impulso, ele caía até o convés. Se o seu governo assassinava seis famílias de mineradores de etnia chinesa, você era pregado na rocha habitada de Ceres com um espigão de liga de titânio de um metro. Olho por olho.

– Isso vai ter consequências – Miller falou, querendo dizer *Isso não é um cadáver, é um quadro de avisos. É um chamado para a guerra.*

– Não vai – Muss discordou. *A guerra está aqui de qualquer modo, com aviso ou não.*

– Sim – Miller falou. – Você está certa. Não vai.

– Quer comunicar o parente mais próximo? Vou dar uma olhada nos vídeos dos arredores. Eles não o feriram aqui ao ar livre, então tiveram que trazê-lo de algum lugar.

– Ok – Miller concordou. – Tenho uma carta de condolências padrão que posso usar. Esposa?

– Não sei – ela falou. – Não olhamos.

De volta ao quartel-general, Miller sentou-se sozinho a sua mesa. Muss já tinha a própria mesa, a duas baias dali e personalizada como ela gostava. A mesa de Havelock fora esvaziada e limpa duas vezes, como se o pessoal da limpeza quisesse tirar o cheiro de terráqueo da boa cadeira cinturina. Miller pegou o arquivo do morto e encontrou o parente mais próximo. Jun-Yee dos Santos: trabalhava em Ganimedes, eram casados havia seis anos, sem filhos. Bem, havia algo do que se alegrar por fim. Se era para morrer, melhor não deixar uma marca.

Ele procurou a carta-padrão, colocou o nome da nova viúva e o endereço de contato. *Cara sra. Dos Santos, sinto muito informar que*, blá-blá-blá. *Seu* (ele selecionou no menu) *marido era um membro valoroso e respeitado da comunidade de Ceres, e asseguro que todos os esforços possíveis serão feitos para descobrir o assassino ou assassinos dela* (Miller mudou isso) *dele e fazê-los responder por isso. Seu...*

Era desumano. Era impessoal, frio e vazio como o vácuo. O pedaço de carne naquela parede fora um homem real, com paixões e temores, assim como qualquer outro. Miller queria entender o que o fato de conseguir ignorar isso tão facilmente dizia sobre ele, mas a verdade é que sabia. Ele mandou a mensagem e tentou não pensar na dor que estava prestes a causar.

O quadro estava lotado. A contagem de incidentes era o dobro da normal. *Esse é o resultado*, ele pensou. Nada de tumultos. Nada de ações militares corpo a corpo ou fuzileiros nos corredores. Só um monte de homicídios não resolvidos.

Então ele se corrigiu: *Esse é o resultado até agora.*

Isso não tornou sua próxima tarefa mais fácil.

Shaddid estava em seu escritório.

– Como posso ajudá-lo? – ela perguntou.

– Preciso requisitar algumas transcrições de interrogatórios – ele respondeu. – Mas é um pouco irregular. Pensei que poderia ser melhor se partisse de você.

Shaddid reclinou-se na cadeira.

– Veremos – ela falou. – Qual é o nosso objetivo?

Miller assentiu, como se fazer isso pudesse conseguir que ela concordasse com ele.

– Jim Holden, o terráqueo da *Canterbury*. Marte deve resgatar o pessoal dele por esses dias, e preciso solicitar a transcrição dos interrogatórios.

– Você tem algum caso que remeta à *Canterbury*?

– Sim. Parece que sim.

– Conte-me – ela ordenou. – Conte-me agora.

– É aquele trabalho secundário, sobre a Julie Mao. Estive investigando...

– Vi seu relatório.

– Então sabe que ela estava ligada à APE. Pelo que descobri, parece que ela estava em um cargueiro que fazia entregas para eles.

– Tem provas disso?

– Foi um cara da APE que me contou.

– Gravado?

– Não – Miller falou. – Foi informal.

– E como isso está ligado a Marinha Marciana destruir a *Canterbury*?

– Julie estava na *Scopuli*, a nave usada como isca para parar a *Canterbury* – Miller explicou. – Nas transmissões, Holden fala sobre encontrar a nave com um sinalizador da Marinha Marciana e nenhuma tripulação.

– E você acha que há alguma coisa lá que possa ajudá-lo?

– Não saberei até checar – Miller disse. – Mas, se Julie não estava naquele cargueiro, então alguém a tirou de lá.

O sorriso de Shaddid não alcançava seus olhos.

– E você gostaria de pedir à Marinha Marciana que por favor entregue tudo o que tem sobre Holden.

– Se ele viu alguma coisa naquela nave, algo que nos dê ideia do que aconteceu com Julie e os outros...

– Você não está pensando direito sobre isso – Shaddid falou. – A Marinha Marciana destruiu a *Canterbury*. Fizeram isso para provocar uma reação do Cinturão, para que tivessem uma desculpa para vir para cima de nós. A única razão pela qual estão "interrogando" os sobreviventes é que ninguém conseguiu chegar até os pobres coitados antes. Holden e sua tripulação estão ou mortos ou tendo a mente analisada por especialistas em interrogatório marcianos neste exato momento.

– Não temos certeza...

– E, mesmo que eu conseguisse uma gravação completa do que disseram enquanto cada unha dos dedos dos pés era arrancada, não seria muito útil para você, Miller. A Marinha Marciana não vai perguntar sobre a *Scopuli*. Eles sabem muito bem o que aconteceu com a tripulação, já que foram eles que colocaram a *Scopuli* ali.

– Essa é a posição oficial da Star Helix? – Miller perguntou.

As palavras mal escaparam de sua boca e ele percebeu que foi um erro. O rosto de Shaddid se fechou como uma luz que se apagava. Ele então percebeu a ameaça implícita que acabara de fazer.

– Só estou apontando a questão da confiabilidade da fonte – Shaddid falou. – Você não vai até um suspeito e pergunta para ele onde acha que você deve procurar. E o resgate de Juliette Mao não é sua prioridade.

– Não estou dizendo isso – Miller retrucou, decepcionado ao ouvir o tom defensivo na própria voz.

– Temos um quadro lotado lá fora que está ficando mais cheio a cada momento. Nossas prioridades são a segurança e a continuidade dos serviços. Se o que está fazendo não tem relação direta com isso, deve se dedicar a coisas melhores.

– Esta guerra...

– Não é assunto seu – Shaddid o interrompeu. – Nosso trabalho é Ceres. Entregue-me um relatório final sobre Juliette Mao, eu o passarei aos canais competentes. Fizemos o possível.

– Não acho...

– Eu acho – Shaddid falou. – Fizemos o possível. Agora, pare de ser uma mocinha, tire o traseiro daqui e vá capturar os vilões. Detetive.

– Sim, capitã – Miller respondeu.

Muss estava sentada à mesa de Miller quando ele voltou; segurava uma xícara que podia tanto ter chá forte como café fraco. Ela fez sinal com a cabeça na direção do monitor do desktop dele. Lá, três cinturinos – dois homens e uma mulher – saíam de um armazém carregando um contêiner de transporte de plástico laranja. Miller ergueu as sobrancelhas.

– Empregados de uma companhia transportadora de gás independente. Nitrogênio, oxigênio. Atmosfera básica. Nada exótico. Parece que mantiveram o pobre coitado em um dos armazéns da companhia. Mandei a equipe forense para lá para ver se encontram algum indício de sangue.

– Bom trabalho – Miller falou.

Muss deu de ombros. *Trabalho adequado*, ela parecia dizer.

– Onde estão os criminosos? – Miller perguntou.

– Embarcaram ontem – ela respondeu. – Os registros do plano de voo mostram que foram para Io.

– Io?

– Central da Coalizão Terra-Marte – Muss explicou. – Quer apostar se vão ou não aparecer por lá?

– Claro – Miller aceitou. – Aposto cinquenta que não vão.

Muss gargalhou de verdade.

– Já coloquei os três nos sistemas de alerta – ela disse. – Em qualquer lugar que desembarcarem, haverá um aviso e um número de rastreamento para o caso Dos Santos.

– Então, caso encerrado – Miller comentou.

– Mais um ponto para os mocinhos – Muss concordou.

O restante do dia foi agitado. Três agressões, duas delas políticas e uma doméstica. Muss e Miller tiraram as três do quadro antes do fim do turno. Haveria mais no dia seguinte.

Depois que saiu do trabalho, Miller parou em um carrinho de comida perto de uma estação de metrô para comprar uma tigela de arroz plantado em tonéis acompanhada de proteína texturizada que lembrava frango *teriyaki*. Ao redor dele, no metrô, cidadãos normais de Ceres liam os jornais e ouviam música. Um casal jovem a meia distância dele reclinava-se um na direção do outro, murmurando e dando risadinhas. Deviam ter uns dezesseis anos. Dezessete. Ele viu o punho do menino se esgueirar por baixo da camiseta da menina. Ela não protestou. Uma mulher de idade, sentada bem diante de Miller, dormia, a cabeça pendendo contra a parede do carro, os roncos quase delicados.

Eram essas pessoas que importavam, Miller disse a si mesmo. Pessoas normais que viviam uma vida simples em uma bolha na rocha cercada pelo vácuo implacável. Se deixassem a estação se transformar em uma zona de tumultos, se permitissem à ordem falhar, todas essas vidas se transformariam em destroços, como um gatinho em um moedor de carne. Garantir que isso não acontecesse era tarefa para pessoas como ele, Muss e até Shaddid.

Então, uma vozinha no fundo de sua mente disse, *por que não é seu trabalho impedir que Marte jogue uma bomba nuclear e destrua Ceres como se fosse um ovo? Qual é a ameaça maior para aquele cara parado ali: algumas prostitutas ilegais ou uma guerra entre o Cinturão e Marte?*

Que mal havia em descobrir o que acontecera com a *Scopuli*?

Mas é claro que ele sabia a resposta para essa pergunta. Ele não poderia julgar quão perigosa era a verdade até que a descobrisse – o que em si era uma boa razão para seguir em frente.

O cara da APE, Anderson Dawes, estava sentado em uma cadeira dobrável de tecido do lado de fora da habitação de Miller, lendo um livro. Era um livro de verdade: páginas muito finas presas no que talvez fosse couro legítimo. Miller vira fotos deles antes; a ideia de tanto peso por um único megabyte de dados lhe parecia decadente.

– Detetive.

– Sr. Dawes.

– Esperava que pudéssemos conversar.

Enquanto entravam juntos, Miller ficou contente de ter limpado o lugar um pouco. Todas as garrafas de cerveja estavam no reciclador. As mesas e os armários estavam espanados. As almofadas nas cadeiras foram reparadas ou trocadas. Enquanto Dawes se sentava, Miller percebeu que fizera o trabalho doméstico antecipando esse encontro. Não notara isso até agora.

Dawes pôs o livro de lado, enfiou a mão no bolso da jaqueta e escorregou um fino dispositivo de gravação pela mesa. Miller o pegou.

– O que vou ver aqui? – ele perguntou.

– Nada que não possa confirmar nos registros – Dawes respondeu.

– Nada fabricado?

– Sim – Dawes respondeu. Seu sorriso não melhorava em nada sua aparência. – Mas não por nós. Você perguntou sobre o equipamento antimotim da polícia. Foi recebido por uma sargento chamada Pauline Trikoloski, para ser enviado para a unidade de serviços especiais 23.

– Serviços especiais 23?

– Sim – Dawes confirmou. – A unidade não existe. Nem a tal Trikoloski. O equipamento foi encaixotado, enviado e entregue em uma doca. O cargueiro no cais no momento em que isso aconteceu era registrado pela Corporação do Gato Preto.

– Gato Preto?

– Você os conhece?

– Importação-exportação, o mesmo que todos os outros. – Miller deu de ombros. – Nós os investigamos como uma fachada possível para Loca Greiga. Nunca conseguimos provas, no entanto.

– Vocês estavam certos.

– Pode provar?

– Não é meu trabalho – Dawes disse. – Mas isto aqui pode interessar a você. Registros de atracação automatizada da nave quando ela partiu e quando chegou a Ganimedes. Estava 3 toneladas mais leve, sem contar o consumo de massa durante a reação. E o tempo do trajeto é maior do que as projeções de mecânica orbital.

– Alguém a interceptou – Miller falou. – Transferiram os equipamentos para outra nave.

– Eis sua resposta – Dawes falou. – Ambas. O equipamento antimotim foi tirado da estação pelo crime organizado. Não há registros para provar isso, mas acho que é seguro presumir que também desembarcaram o pessoal para usar o equipamento.

– Onde?

Dawes ergueu as mãos. Miller assentiu. Estavam fora da estação. Caso encerrado. Outro ponto para os mocinhos.

Maldição.

– Mantive minha parte no nosso acordo – Dawes falou. – Você pediu informações, eu consegui. Agora, vai manter sua parte?

– Deixar de lado a investigação sobre Mao – Miller disse. Não era uma pergunta, e Dawes não agiu como se fosse. O detetive reclinou-se em sua cadeira.

Juliette Andromeda Mao. Herdeira dos planetas interiores que virou entregadora da APE. Piloto de naves de corrida. Faixa marrom, em busca da preta.

– Claro, mas que inferno – ele cedeu. – Não que eu teria enviado ela de volta para casa se a tivesse encontrado.

– Não?

Miller ergueu as mãos em um gesto que significava *É claro que não*.

– Ela é uma boa garota – Miller falou. – Como se sentiria se já fosse crescido e sua mãe ainda a levasse de volta para casa pelas orelhas? Era um trabalho de merda desde o começo.

Dawes sorriu de novo. Desta vez realmente ajudou um pouco.

– Estou feliz em ouvi-lo dizer isso, detetive. Não esquecerei o restante do nosso acordo. Quando a encontrarmos, eu *contarei* para você. Tem minha palavra.

– Agradeço – Miller falou.

Houve um momento de silêncio. Miller não conseguiu definir se era sociável ou constrangedor. Talvez houvesse espaço para ambos. Dawes se levantou, estendeu a mão. Miller aceitou o cumprimento. Dawes partiu. Dois policiais trabalhando em lados distintos. Talvez tivessem algo em comum.

Isso não significava que Miller estivesse desconfortável em mentir para o homem.

Ele abriu o programa de criptografia de seu terminal, acessou o aplicativo de comunicação e começou a falar para a câmera.

– Não nos conhecemos, senhor, mas espero que encontre alguns minutos para me ajudar. Sou o detetive Miller, da Star Helix Segurança. Integro o contrato de segurança em Ceres, e recebi a tarefa de encontrar sua filha. Tenho algumas perguntas.

15

HOLDEN

Holden agarrou Naomi. Lutou para se orientar enquanto ambos rodopiavam pelo hangar sem nada em que se apoiar e nada para impedir o voo. Estavam no meio da sala, sem cobertura.

A explosão arremessara Kelly 5 metros no ar e depois o mandara para a lateral de um caixote, onde ele flutuava agora com uma bota magnética conectada ao contêiner e a outra lutando para se prender no convés. Amos estava caído no chão, a perna presa em um ângulo impossível. Alex estava agachado ao lado dele.

Holden esticou o pescoço, olhando para os atacantes. Ali estava o invasor com o lançador de granada que atingira Kelly, preparando-se para o tiro mortal. *Estamos mortos*, Holden pensou. Naomi fez um gesto obsceno.

O homem com o lançador de granada estremeceu e se dissolveu em um jato de sangue e pequenas detonações.

– Vão para a nave! – Gomez gritou pelo rádio. Sua voz soava desafinada e alta, num grito de dor misturado ao êxtase da batalha.

Holden puxou o tirante de fixação do traje de Naomi.

– O que está...? – ela começou.

– Confie em mim – ele falou, e então colocou o pé no estômago dela, empurrando com força. Ele se chocou contra o chão, enquanto ela rodopiava na direção do teto. Ele ligou as botas magnéticas e puxou o tirante para trazê-la de volta para si.

O salão resplandeceu com o fogo incessante de metralhadora.

– Fique abaixada – Holden pediu, e correu o mais rápido que suas botas magnéticas permitiam na direção de Alex e Amos. O mecânico movia os membros debilmente, então ainda estava vivo. Holden percebeu que ainda segurava a ponta do tirante de Naomi, por isso o prendeu em um gancho do seu traje. Nada mais de ficarem separados.

Holden levantou Amos do chão do convés e verificou sua inércia. O mecânico grunhiu e murmurou alguma obscenidade. Holden prendeu o tirante de Amos ao seu traje. Carregaria a tripulação inteira consigo se fosse preciso. Sem dizer uma palavra,

Alex prendeu seu tirante em Holden e fez um sinal cansado de positivo com o polegar.

– Aquilo foi... Quero dizer, *merda* – Alex disse.

– Sim – Holden respondeu.

– Jim – Naomi chamou. – Olhe!

Holden seguiu o olhar dela. Kelly cambaleava na direção deles. Sua armadura estava visivelmente rachada no lado esquerdo do torso, e fluido hidráulico que vazava de seu traje formava uma trilha de gotas flutuantes atrás dele, mas ele se movia, e na direção da fragata.

– Ok – Holden falou. – Vamos lá.

Os cinco se moveram como um grupo até a nave, cercados por pedaços de caixotes destroçados pela batalha em curso. Uma pontada atingiu o braço de Holden, e a visualização frontal do seu traje informou que selara um pequeno buraco. Ele sentiu algo quente escorrendo pelo bíceps.

Gomez gritava como um louco pelo rádio enquanto corria pela extremidade exterior do hangar, atirando descontroladamente. O revide era constante. Holden viu o fuzileiro ser atingido uma vez e outra; pequenas explosões e nuvens ablativas saíam de seu traje. Depois de um tempo, Holden mal podia acreditar que alguma coisa lá dentro ainda estivesse viva. Entretanto, Gomez atraiu a atenção do inimigo, e Holden e a tripulação conseguiram mancar até a entrada da câmara de descompressão da corveta.

Kelly pegou um pequeno cartão de metal do bolso de sua armadura e com ele abriu a porta externa. Holden puxou o corpo flutuante de Amos para dentro. Naomi, Alex e o fuzileiro ferido entraram em seguida, encarando uns aos outros em descrença chocada enquanto a câmara de descompressão terminava seu trabalho e as portas internas se abriam.

– Não consigo acreditar que nós... – Alex falou; então sua voz falhou.

– Falamos sobre isso depois – Kelly vociferou. – Alex Kamal, você serviu em naves da MRPM. Consegue fazer esta coisa voar?

– Claro, Tenê. – Alex se endireitou. – Por que eu?

– Nosso piloto está lá fora para ser morto. Pegue isto. – Kelly entregou-lhe o cartão de metal. – Os demais, prendam-se aos cintos de segurança. Perdemos muito tempo.

De perto, o dano na armadura de Kelly era ainda mais aparente. Ele tinha ferimentos graves no peito. Nem todo o líquido saindo do traje era fluido hidráulico; definitivamente havia sangue.

– Deixe-me ajudá-lo – Holden falou, estendendo o braço.

– Não me toque – Kelly respondeu com uma raiva que pegou Holden de surpresa. – Vá se prender e cale a maldita boca. Agora.

Holden não discutiu. Soltou os tirantes de seu traje e ajudou Naomi a prender Amos em um dos assentos de alta gravidade. Kelly ficou no convés de cima, mas sua voz chegou pelo comunicador da nave.

– Sr. Kamal, estamos prontos para voar? – ele perguntou.

– Prontos, Tenê. O reator já estava aquecido quando chegamos.

– A *Tachi* estava em modo de espera. É por isso que viemos até ela. Agora vá. Assim que deixarmos o hangar, quero aceleração máxima.

– Entendido – Alex disse.

A gravidade retornou em explosões minúsculas em direções aleatórias, enquanto Alex erguia a nave do convés e a girava na direção da porta do hangar. Holden terminou de prender seus cintos e verificou se Naomi e Amos estavam prontos. O mecânico gemia e segurava a borda do assento com força.

– Ainda está conosco, Amos? – Holden perguntou.

– Pra cacete, capitão.

– Ah, merda, consigo ver Gomez – Alex disse pelo comunicador. – Está caído. Ah, seus malditos bastardos! Eles o estão chutando no chão! Filhos da puta!

A nave parou de se mover, e Alex disse baixinho:

– Tomem isso, imbecis.

A nave vibrou por meio segundo, então parou antes de continuar na direção da escotilha.

– Canhões de defesa? – Holden perguntou.

– Justiça rápida das ruas – Alex grunhiu.

Holden imaginou o que várias centenas de rajadas de aço tungstênio coberto de Teflon numa velocidade de 5 mil metros por segundo fariam em corpos humanos quando Alex pisou fundo no acelerador, o que fez um bando de elefantes mergulhar direto em seu peito.

Holden despertou em gravidade zero. Suas órbitas oculares e seus testículos doíam, o que queria dizer que estavam sob impulso máximo havia algum tempo. O terminal de parede perto dele dizia que por quase meia hora. Naomi se mexia no assento; Amos estava inconsciente, e uma quantidade alarmante de sangue escapava de um furo em seu traje.

– Naomi, verifique Amos – Holden resmungou, a garganta doendo com o esforço. – Alex, reporte.

– A *Donnie* ficou para trás, capitão. Acho que os fuzileiros não aguentaram. Ela se foi – Alex disse em voz baixa.

– E as seis naves atacantes?

– Não vi sinal delas desde a explosão. Acho que tostaram.

Holden assentiu para si mesmo. Era mesmo a justiça rápida das ruas. Invadir uma nave era uma das manobras mais arriscadas no combate espacial. Era basicamente uma corrida entre os invasores até a sala de máquinas e o desejo coletivo daqueles que tinham o dedo no botão de autodestruição. Uma única olhada na capitã Yao e Holden teria dito para eles quem perderia *aquela* corrida.

Mesmo assim. Alguém pensara que valia o risco.

Holden soltou seus cintos de segurança e flutuou até Amos. Naomi abrira o kit de emergência e estava cortando o traje do mecânico com uma tesoura pesada. O buraco tinha sido causado pela extremidade irregular da tíbia quebrada de Amos quando o traje fora empurrado contra o osso a 12 g.

Quando terminou de cortar o traje, Naomi limpou a massa de sangue e gosma na qual a perna de Amos se transformara.

– O que vamos fazer? – Holden perguntou.

Naomi só o encarou, então deu uma gargalhada áspera.

– Não tenho ideia – ela disse.

– Mas você... – Holden começou.

Ela o interrompeu.

– Se ele fosse feito de metal, eu martelaria até deixar tudo reto e então prenderia tudo no lugar – ela falou.

– Eu...

– Mas ele *não* é feito de partes de nave – ela continuou, a voz elevando-se até tornar-se um grito –, então por que você está *me* perguntando o que fazer?

Holden ergueu as mãos em um gesto aplacador.

– Ok, entendi. Vamos apenas parar o sangramento por enquanto, certo?

– Se Alex for morto, você vai me pedir para pilotar a nave também?

Holden começou a responder, mas parou. Ela estava certa. Sempre que ele não sabia o que fazer, apelava para Naomi. Fazia isso havia anos. Ela era inteligente, capaz, em geral imperturbável. Ela se tornara uma muleta, e atravessara o mesmo trauma que ele. Holden a derrubaria se não prestasse atenção, e precisava não fazer isso.

– Você está certa. Cuidarei de Amos – ele disse. – Vá lá em cima ver o Kelly. Vou daqui a poucos minutos.

Naomi o encarou até que sua respiração desacelerasse.

– Ok – ela disse, e seguiu para a escada da tripulação.

Holden pulverizou coagulante na perna de Amos e a envolveu em gaze do kit de primeiros socorros. Então acessou a base de dados da nave no terminal da parede e pesquisou sobre fraturas expostas. Estava lendo com desânimo crescente quando Naomi o chamou.

– Kelly está morto – ela disse, a voz inexpressiva.

O estômago de Holden deu um salto, e ele teve que respirar três vezes para afastar o pânico da voz.

– Ok. Preciso de sua ajuda para ajeitar esse osso. Venha aqui embaixo. Alex? Me dê 0,5 g de impulso enquanto trabalhamos em Amos.

– Alguma direção em particular, capitão? – Alex perguntou.

– Não me importa. Só me dê 0,5 g e fique fora do rádio até que eu avise.

Naomi desceu pela escada enquanto a gravidade começava a aumentar.

– Parece que cada costela do lado esquerdo do corpo de Kelly foi quebrada – ela disse. – O impulso gravitacional deve ter perfurado seus órgãos.

– Ele devia saber que isso aconteceria – Holden comentou.

– Sim.

Era fácil tirar sarro dos fuzileiros quando eles não estavam ouvindo. Nos dias de Holden na marinha, tirar sarro dos fuzileiros era tão natural quanto xingar. Mas quatro fuzileiros haviam morrido para que saíssem da *Donnager*, e três deles tomaram a decisão consciente de fazer isso. Holden prometeu a si mesmo que nunca mais zombaria deles.

– Precisamos endireitar o osso antes de consertá-lo. Segure Amos bem firme, eu puxarei o pé dele. Avise quando o osso voltar ao lugar e estiver alinhado de novo.

Naomi começou a protestar.

– Sei que você não é médica. Só tente dar um palpite – Holden falou.

Foi uma das coisas mais horríveis que Holden já fizera. Amos acordou gritando durante o procedimento. Teve que puxar a perna duas vezes, pois na primeira os ossos não se alinharam e, quando ele soltou, a ponta irregular da tíbia saltou para fora do buraco em um jato de sangue. Felizmente, Amos desmaiou depois disso, e Holden e Naomi conseguiram fazer uma segunda tentativa sem os gritos. Pareceu dar certo. Holden espalhou antissépticos e coagulantes no ferimento. Grampeou o corte e colocou uma bandagem regeneradora sobre ele. Terminou com uma faixa de compressão e um adesivo de antibióticos na coxa do mecânico.

Depois disso, ele despencou no convés e cedeu ao tremor. Naomi sentou-se em um assento e soluçou. Era a primeira vez que Holden a via chorar.

Holden, Alex e Naomi flutuavam em um triângulo solto ao redor do assento onde estava o corpo do tenente Kelly. No andar de baixo, Amos dormia um sono causado por sedativos fortes. A *Tachi* vagava pelo espaço, sem destino em particular. Pela primeira vez em muito tempo, ninguém os seguia.

Holden sabia que os outros dois esperavam por ele. Esperavam ouvir como ele ia salvá-los. Olhavam-no com expectativa. Ele tentava parecer calmo e pensativo. Por dentro, estava em pânico. Não tinha ideia de para onde ir. Não tinha ideia do que fazer. Desde que encontraram a *Scopuli*, todos os lugares que deveriam ser seguros se transformaram em uma armadilha mortal. A *Canterbury*, a *Donnager*. Holden tinha medo de ir para *qualquer lugar*, pois temia que o lugar explodisse logo depois.

Faça alguma coisa, um mentor de uma década antes dizia para seus jovens oficiais. *Não tem que ser a coisa certa, só tem que ser alguma coisa.*

– Alguém vai investigar o que aconteceu com a *Donnager* – Holden falou. – Naves marcianas estão seguindo para aquele ponto enquanto conversamos. Já sabem que a *Tachi* escapou, pois nosso transponder está dedurando nossa sobrevivência para todo o sistema solar.

– Não, não está – Alex o corrigiu.

– Explique-se, sr. Kamal.

– Este é um torpedeiro. Acha que querem um belo sinal de transponder para dedurá-los quando estão perseguindo uma nave inimiga? Não, tem um interruptor acessível na cabine do piloto que diz "transponder desligado". Desativei antes de fugirmos. Somos apenas outro objeto em movimento entre milhares como nós.

Holden ficou em silêncio por dois longos segundos.

– Alex, esta pode ser a melhor coisa que alguém já fez na história do universo – ele falou.

– Mas não podemos pousar, Jim – Naomi falou. – Primeiro, nenhum porto deixará uma nave sem sinal de transponder chegar perto. Segundo, assim que nos reconhecerem visualmente, será difícil esconder que estamos em uma nave de guerra marciana.

– Sim, esse é o lado negativo – Alex concordou.

– Fred Johnson nos deu um endereço de rede para entrar em contato com ele – Holden lembrou. – Acho que a APE pode ser o único grupo que nos deixará pousar esta nave de guerra marciana roubada.

– Não foi roubada – Alex disse. – Agora é um despojo legítimo.

– Sim, você pode usar esse argumento com a MRPM se nos pegarem, mas vamos tentar garantir que não o façam.

– Nossa única opção, então, é esperar o coronel Johnson vir nos pegar? – Alex perguntou.

– Não, eu espero. Vocês dois preparem o tenente Kelly para o funeral. Alex, você foi da MRPM, conhece as tradições. Faça com todas as honras e grave nos registros. Ele morreu para nos tirar daquela nave, e vamos conceder a ele todo o nosso respeito. Assim que pousarmos em algum lugar, enviaremos a gravação completa para o comando da MRPM, para que possam oficializar isso.

Alex assentiu.

– Faremos direito, senhor.

• • •

Fred Johnson respondeu a mensagem dele tão rápido que Holden se perguntou se o homem estava sentado ao lado do terminal, aguardando um contato. A mensagem de Johnson consistia apenas em coordenadas e nas palavras *feixe de luz*. Holden mirou o laser no local específico – era o mesmo de onde Fred enviara sua primeira mensagem –, então se voltou para o microfone e chamou:

– Fred?

As coordenadas indicavam um local a mais de 11 minutos-luz de distância. Holden se preparou para esperar 22 minutos pela resposta. Só para ter o que fazer, mandou a localização para a cabine do piloto e disse a Alex que voasse naquela direção em 1 *g* assim que terminasse com o tenente Kelly.

Vinte minutos depois, o impulso começou, e Naomi subiu a escada. Tirara o traje de vácuo e usava um macacão vermelho marciano que era alguns centímetros curto demais e três vezes mais largo para ela. Seu cabelo e rosto pareciam limpos.

– Podemos ficar com esta nave? Tem um aposento com chuveiro – ela pediu.

– Como foi?

– Cuidamos dele. Tem um compartimento de carga decente lá embaixo, ao lado da engenharia. Nós o colocamos ali até encontrarmos um jeito de mandá-lo para casa. Desliguei o ambiente lá, então ele ficará preservado.

Ela estendeu a mão e colocou um pequeno cubo preto no colo dele.

– Estava em um bolso sob a armadura dele – ela falou.

Holden segurou o objeto. Parecia algum tipo de dispositivo de armazenamento de dados.

– Consegue descobrir o que tem aqui? – ele perguntou.

– Claro. Só me dê um tempo.

– E Amos?

– Pressão sanguínea estável – Naomi disse. – É um bom sinal.

O console de comunicação soou, e Holden pôs a gravação para tocar.

– Jim, as notícias da *Donnager* acabaram de chegar à rede. Admito que fiquei bem surpreso ao ouvi-las – disse a voz de Fred. – O que posso fazer por você?

Holden parou por um momento enquanto preparava mentalmente a resposta. A desconfiança de Fred era palpável, mas ele enviara a Holden uma palavra-chave para usar por esse exato motivo.

– Fred, enquanto nossos inimigos se tornaram *ubíquos*, nossa lista de amigos meio que diminuiu. Na verdade, você é o único que nos restou. Estou em uma nave roubada...

Alex pigarreou.

– Em uma nave que tomamos como *despojo* da MRPM – Holden corrigiu. – Preciso esconder esse fato. Preciso ir para algum lugar onde não vão me abater só por dar as caras. Me ajude a fazer isso.

Meia hora depois a resposta veio.

– Anexei um arquivo de dados em um subcanal – Fred falou. – Aí tem seu novo código de transponder e instruções de como instalá-lo. O código verificará todos os registros. É legítimo. Também tem coordenadas que o levarão a um porto seguro. Encontrarei você lá. Temos muito o que conversar.

– Novo código de transponder? – Naomi perguntou. – Como a APE consegue novos códigos de transponder?

– Invadindo os protocolos de segurança da Coalizão Terra--Marte ou por meio de um espião nos escritórios de registro – Holden explicou. – De qualquer modo, estamos jogando na liga principal agora.

16

MILLER

Miller assistia à transmissão de Marte com o restante da estação. O púlpito estava todo revestido com um tecido preto, o que era um mau sinal. A estrela única e as trinta faixas da bandeira da República Parlamentar Marciana pendiam ao fundo não uma, mas oito vezes. Isso era ainda pior.

– Esse tipo de ataque não é possível sem planejamento cuidadoso – o presidente marciano dizia. – A informação que tentavam roubar teria comprometido a segurança da frota marciana de um jeito profundo e fundamental. Fracassaram, mas ao preço de 2086 vidas marcianas. Essa agressão é algo que o Cinturão vem preparando há anos, no mínimo.

O Cinturão, Miller percebeu. Não a APE – o Cinturão.

– Na semana desde que as primeiras notícias do ataque chegaram, vimos trinta incursões no raio de segurança das naves marcianas e de suas bases, incluindo a Estação Pallas. Se aquelas refinarias fossem perdidas, a economia de Marte poderia sofrer um dano irreversível. Diante de uma força de guerrilha armada e organizada, não temos outra saída senão aplicar um cordão de isolamento nas estações, bases e naves do Cinturão. O Congresso deu novas ordens para todos os elementos navais não envolvidos presentemente em deveres ativos da Coalizão, e nossa esperança é de que nossos irmãos e nossas irmãs da Terra aprovarão manobras conjuntas da Coalizão o mais rápido possível. A nova ordem da Marinha Marciana é garantir a segurança de todos os cidadãos honestos, desmantelar estruturas malignas escondidas no Cinturão e levar justiça aos responsáveis por esses ataques. Fico feliz em dizer que nossas ações iniciais resultaram na destruição de dezoito naves de guerra ilegais e...

Miller desligou a transmissão. Era isso, então. A guerra secreta saíra do armário. Papai Mao estava certo em querer Julie fora dali, mas era tarde demais. Sua querida filha teria de assumir o risco, assim como todo mundo.

No mínimo, teriam início toques de recolher e escoltas pessoais por toda a Estação Ceres. Oficialmente, a estação era neutra. A APE não a controlava nem nada do tipo. E a Star Helix era uma corporação da Terra, sem nenhuma obrigação contratual ou de tratado com Marte. Na melhor das hipóteses, a APE manteria a luta fora da estação. Na pior, ocorreriam mais tumultos em Ceres. Mais mortes.

Não, não era verdade. Na pior das hipóteses, Marte ou a APE fariam uma declaração por atirar uma rocha ou um punhado de ogivas nucleares na estação. Ou por explodir um motor de fusão em uma nave atracada. Se as coisas saíssem do controle, seriam 6 ou 7 milhões de pessoas mortas e o fim de tudo o que Miller conhecia.

Estranho... Aquilo era quase um alívio.

Durante semanas, Miller soube. Todo mundo sabia. Porém, não ocorrera de verdade, então cada conversa, cada piada, cada chance de interação, aceno de cabeça semianônimo ou momento educado de brincadeira no metrô parecia uma fraude. O detetive não podia curar o câncer da guerra, não podia nem mesmo reduzir sua propagação, mas pelo menos podia admitir que estava acontecendo. Miller se espreguiçou, comeu o último pedaço de coalhada fúngica, bebeu o restante de algo que não era muito diferente de café e saiu para manter a paz em tempos de guerra.

Muss o cumprimentou com um aceno de cabeça vago quando ele chegou ao quartel-general. O quadro estava cheio de casos: crimes para serem investigados, documentados e deixados de lado. Duas vezes mais entradas do que no dia anterior.

– Noite ruim – Miller comentou.

– Podia ser pior – Muss respondeu.

– Ah, é?

– A Star Helix podia ser uma corporação marciana. Enquanto a Terra permanecer neutra, não temos que ser realmente a Gestapo.

– E quanto tempo você imagina que isso vá durar?

– Que horas são? – ela perguntou. – Mas vou dizer uma coisa: quando acontecer, preciso fazer uma parada perto do núcleo. Tem um cara lá, da época em que eu era do esquadrão de estupro, que nunca conseguimos pegar.

– Por que esperar? – Miller perguntou. – Podemos ir lá, colocar uma bala na cabeça dele e voltar para o almoço.

– Sim, mas você sabe como é – ela falou. – Tento me manter profissional. De qualquer modo, se fizéssemos isso, teríamos que investigar, e não há espaço no quadro.

Miller sentou-se à mesa. Era só jogar conversa fora. O tipo de papinho inexpressivo que você tem quando seu dia está cheio de prostitutas menores de idade e drogas contaminadas. Mesmo assim, havia tensão no quartel-general. Estava no jeito como as pessoas gargalhavam e também em como se continham. Havia mais coldres visíveis do que o normal, como se mostrar as armas pudesse trazer segurança.

– Você acha que é a APE? – Muss perguntou, com a voz mais baixa agora.

– Que destruiu a *Donnager*, você quer dizer? Quem mais seria? Além do mais, estão levando o crédito por isso.

– Alguns deles estão. Pelo que ouvi, há mais do que uma APE ultimamente. Os caras da velha guarda não sabem porra nenhuma sobre isso tudo. Estão todos se cagando de medo e tentando rastrear as transmissões piratas que reivindicam a autoria.

– O que eles podem fazer? – Miller perguntou. – Você pode calar cada falastrão do Cinturão, mas não vai mudar nada.

– Se há uma cisão na APE, entretanto... – Muss olhou para o quadro.

Se havia uma cisão na APE, o quadro como estava agora não era nada. Miller já vivera duas grandes guerras de gangues. A primeira quando Loca Greiga substituiu e destruiu a Pilotos Arianos, e depois quando a Ramo Dourado se partiu. A APE era maior, mais cruel e mais profissional do que qualquer uma delas. Seria uma guerra civil no Cinturão.

– Pode não acontecer – Miller comentou.

Shaddid saiu de seu escritório e varreu o quartel-general com os olhos. As conversas diminuíram. Ela encontrou o olhar de Miller. Fez um gesto cortante, *Para meu escritório*.

– Você está preso – Muss brincou.

No escritório, Anderson Dawes sentava-se à vontade em uma das cadeiras. Miller sentiu o corpo se contorcer conforme a informação era absorvida. Marte e o Cinturão em conflito aberto e armado. O rosto da APE em Ceres sentado com a capitã da força de segurança.

Então é assim, ele pensou.

– Você está trabalhando no caso Mao – Shaddid disse enquanto se sentava. Miller não foi convidado a se sentar, então segurou as mãos atrás do corpo.

– Você o entregou para mim – ele disse.

– E disse que não era prioridade – ela falou.

– Discordo – Miller respondeu.

Dawes sorriu. Era uma expressão surpreendentemente calorosa, em especial se comparada à de Shaddid.

– Detetive Miller – Dawes disse. – Você não entende o que está acontecendo aqui. Estamos sentados em uma panela de pressão, e você continua a acertando com uma picareta. Precisa parar.

– Você está fora do caso Mao – Shaddid prosseguiu. – Entende isso? Estou tirando-o oficialmente da investigação agora. Qualquer outra investigação que faça daqui para a frente, terei que discipliná-lo por trabalhar fora dos seus casos e utilizar recursos da Star Helix de forma indevida. Vai devolver todos os materiais do caso para mim. Vai apagar qualquer dado que tenha em sua partição pessoal. E fará isso antes do final do turno.

O cérebro de Miller rodopiava, mas o detetive manteve o rosto impassível. Ela estava tirando Julie dele. Não permitiria isso, era fato. Mas não era o primeiro problema.

– Tenho alguns interrogatórios em processo... – ele começou.

– Não, não tem – Shaddid o interrompeu. – Sua cartinha para os pais foi uma violação na política. Qualquer contato com os acionistas deveria passar por mim.

– Está me dizendo que a carta não foi enviada – Miller disse. Queria dizer *Você esteve me vigiando.*

– Não, não foi – Shaddid confirmou. *Sim, estive. O que fará a respeito?*

E não havia nada mais que ele pudesse fazer.

– E as transcrições do interrogatório de James Holden? – Miller perguntou. – Elas foram retiradas antes...

Antes que a *Donnager* fosse destruída, levando consigo a única testemunha viva da *Scopuli* e mergulhando o sistema na guerra? Miller sabia que a pergunta soava como um gemido. A mandíbula de Shaddid tensionou. Ele não ficaria surpreso se ouvisse os dentes dela rangerem. Dawes quebrou o silêncio.

– Acho que podemos tornar isso um pouco mais fácil – ele disse. – Detetive, se estou entendendo-o bem, você acha que nosso objetivo é enterrar o caso. Não é. Mas não é interesse de ninguém que seja a Star Helix quem vai descobrir as respostas que procuramos. Pense nisso. Você pode ser um cinturino, mas está trabalhando em uma corporação da Terra. Bem agora, a Terra é a única grande potência que não está com um remo na água. A única que pode negociar com ambos os lados.

– Então por que eles não iriam querer saber a verdade? – Miller perguntou.

– Esse não é o problema – Dawes explicou. – O problema é que a Star Helix e a Terra não podem parecer ter qualquer envolvimento, de um jeito ou de outro. As mãos delas precisam continuar limpas. E esta questão está fora do seu contrato. Juliette Mao não está em Ceres, e talvez tenha existido uma época em que você simplesmente teria embarcado em uma nave para onde quer que fosse que a tivessem encontrado e feito a abdução...

extradição... extração, como queira chamar. Só que essa época passou. A Star Helix está em Ceres, em parte de Ganimedes e em poucas dúzias de asteroides armazéns. Se for além, estará em território inimigo.

– Mas a APE não – Miller comentou.

– Temos recursos para fazer isso do jeito certo – Dawes confirmou com um aceno de cabeça. – Mao é uma das nossas. A *Scopuli* era uma das nossas.

– E a *Scopuli* foi a isca que destruiu a *Canterbury* – Miller falou. – E a *Canterbury* foi a isca que destruiu a *Donnager*. Então por que seria melhor deixar vocês investigarem algo que vocês mesmos podem ter feito?

– Acha que atacamos a *Canterbury* – Dawes respondeu. – A APE, com suas naves de guerra marciana de última geração?

– Conseguiram atrair a *Donnager* para onde pudesse ser atacada. Não seria possível invadi-la enquanto ela estivesse com a frota.

Dawes pareceu irritadiço.

– Teorias da conspiração, sr. Miller. Se tivéssemos naves de guerra camufladas marcianas, não estaríamos perdendo.

– Vocês têm o suficiente para destruir a *Donnager* com apenas seis naves.

– Não, não temos. Nossa versão da explosão da *Donnager* é um punhado de prospectores carregados com armas nucleares em uma missão suicida. Temos muitos, muitos métodos. O que aconteceu com a *Donnager* não era um deles.

O silêncio foi interrompido apenas pelo zumbido do reciclador de ar. Miller cruzou os braços.

– Não entendo! – ele exclamou. – Se a APE não começou isto, quem foi?

– É o que Juliette Mao e a tripulação da *Scopuli* podem nos dizer – Shaddid respondeu. – Essas são as apostas, Miller. Quem, por que e, pelo amor de Cristo, alguma ideia de como parar isto?

– E você não quer encontrá-los? – Miller perguntou.

– Não quero que *você* os encontre – Dawes respondeu. – Não quando alguém pode fazer melhor.

Miller negou com a cabeça. Estava indo longe demais, sabia disso. Por outro lado, ir longe demais às vezes podia revelar algo.

– Não estou à venda – ele disse.

– Você não tem que estar à *venda* – Shaddid falou. – Não é uma negociação. Não estamos pedindo que nos faça um maldito favor. Sou sua chefe. Estou mandando. Conhece esse verbo? "Mandar".

– Estamos com Holden – Dawes disse.

– O quê? – Miller perguntou ao mesmo tempo que Shaddid informou:

– Você não deve falar isso a ninguém.

Dawes levantou um braço na direção de Shaddid, no jeito físico do Cinturão de dizer para alguém se calar. Para a surpresa de Miller, ela fez o que o homem da APE mandou.

– Estamos com Holden. Ele e sua tripulação não morreram, e, se não estão agora, estão prestes a ficar sob custódia da APE. Entende o que estou dizendo, detetive? Vê aonde quero chegar? Posso fazer esta investigação porque tenho recursos para isso. *Você* não consegue nem descobrir o que aconteceu com seu equipamento antimotim.

Era um tapa na cara. Miller fitou seus sapatos. Faltara com sua palavra com Dawes sobre deixar o caso, e o homem não tocara no assunto até agora. Tinha que dar o crédito para a operação da APE por isso. Além do mais, se Dawes tinha mesmo James Holden, não havia chance de Miller conseguir acesso ao interrogatório.

Quando Shaddid falou, sua voz estava surpreendentemente suave.

– Tivemos três assassinatos ontem. Oito armazéns invadidos, provavelmente pelo mesmo bando. Seis pessoas em enfermarias hospitalares por toda a estação, com os nervos em frangalhos por causa de um lote ruim de pseudo-heroína. A estação inteira está nervosa – ela falou. – Há muita coisa boa que você pode fazer lá fora, Miller. Vá pegar uns bandidos.

– Claro, capitã – Miller cedeu. – Pode apostar.

Muss recostava-se na mesa dele, esperando. Seus braços estavam cruzados; os olhos que o fitavam pareciam tão entediados quanto estavam diante do cadáver de Dos Santos preso no muro.

– Um imbecil novo? – ela perguntou.

– Sim.

– Tudo se ajeita. Dê tempo ao tempo. Peguei um dos assassinatos para nós. Um contador de nível médio da Naobi-Shears teve a cabeça estourada do lado de fora de um bar. Parece divertido.

Miller pegou seu terminal portátil e começou a se inteirar do caso. Mas sua cabeça não estava ali.

– Ei, Muss – ele falou. – Tenho uma pergunta.

– Manda bala.

– O que você faria se tivesse um caso que não quer resolver?

A nova parceira dele franziu o cenho, tombou a cabeça de lado e deu de ombros.

– Entrego para alguém incompetente – ela disse. – Tinha um cara assim lá em crimes contra crianças. Se sabíamos que o bandido era um dos nossos informantes, sempre dávamos o caso para ele. Ninguém jamais teve problema.

– Entendi – Miller concordou.

– Falando nisso, se preciso de alguém para ficar com o parceiro de merda, faço o mesmo – Muss prosseguiu. – Você sabe. Alguém com quem ninguém mais quer trabalhar? Tem mau hálito, uma personalidade intolerável ou o que quer que seja, mas precisa de um parceiro. Então escolho o cara que costumava ser bom, mas que passou por um divórcio. Que começou a exagerar na bebida. O cara que ainda se acha o máximo. Age como tal. Só que seus números não são melhores do que os de ninguém. Dou para ele os casos de merda. Os parceiros de merda.

Miller fechou os olhos. Seu estômago tinha revirado.

– O que você fez? – ele perguntou.

– Para vir trabalhar com você? – Muss perguntou. – Um dos seniores deu em cima de mim e eu disse que não.

– Então você se ferrou.

– Basicamente. Vamos lá, Miller. Você não é idiota – Muss falou. – Você devia saber.

Ele devia saber que era a piada do quartel-general. O cara que costumava ser bom. O que perdera isso.

Não, na verdade não sabia. Ele abriu os olhos. Muss não parecia feliz ou triste, nem satisfeita pela dor dele ou incomodada com isso. Era só trabalho para ela. Os mortos, os feridos. Ela não se importava. Não se importar era como ela suportava o dia.

– Talvez você não devesse ter dito não para ele – Miller comentou.

– Ah, você não é tão mau – Muss respondeu. – E ele tinha cabelo puxado para trás. Odeio cabelo puxado para trás.

– Fico feliz em ouvir isso – Miller falou. – Vamos fazer um pouco de justiça.

– Você está bêbado – o imbecil disse.

– Sou policial – Miller falou, espetando o ar com o dedo. – Não mexa comigo.

– Sei que é policial. Você vem ao meu bar há três anos. Sou eu. Hasini. E você está bêbado, meu amigo. Séria e perigosamente bêbado.

Miller olhou ao redor. Estava de fato no Sapo Azul. Não se lembrava de ter ido, mas, mesmo assim, ali estava. E o imbecil era Hasini no final das contas.

– Eu... – Miller começou, mas perdeu o fio da meada.

– Vamos lá – Hasini falou, passando o braço ao redor dele. – Não é tão longe. Vou levar você para casa.

– Que horas são? – Miller perguntou.

– Tarde.

A palavra tinha uma profundeza em si. *Tarde*. Era tarde. Todas as chances de fazer as coisas direito de algum modo tinham passado por ele. O sistema estava em guerra, e ninguém sabia ao certo por quê. O próprio Miller ia completar 50 anos em junho próximo. Era tarde. Tarde para começar de novo. Tarde para perceber quantos anos passara percorrendo a estrada errada. Hasini conduziu-o na direção do veículo elétrico do bar mantido para ocasiões como esta. O cheiro de óleo quente saía da cozinha.

– Espere – Miller falou.

– Vai vomitar? – Hasini perguntou.

Miller pensou por um momento. Não, era tarde demais para vomitar. Ele cambaleou adiante. Hasini o deitou na parte de trás do veículo e acionou os motores, e com um assobio eles se dirigiram para o corredor. As luzes sobre eles estavam desligadas. O veículo vibrava enquanto passavam de intersecção em intersecção. Ou talvez não. Talvez fosse apenas seu corpo.

– Eu achava que era bom – ele disse. – Sabe, todo esse tempo, eu pensava que pelo menos era bom.

– Você se vira bem – Hasini falou. – Só recebeu uma missão de merda.

– Eu era bom nisto.

– Você se vira bem – Hasini repetiu, como se ao fazer isso tornasse verdade.

Miller deitou-se no assento do veículo. O arco de plástico formado pela roda estava bem na lateral de seu corpo. Doía, mas mexer-se exigia esforço demais. Pensar exigia esforço demais. Fizera isso o dia todo, com Muss ao seu lado. Olhara os dados e materiais sobre Julie. Não tinha nada pelo qual valesse a pena voltar para sua habitação, e nenhum outro lugar para ir.

As luzes entravam e saíam do seu campo de visão. Ele se perguntava se era assim que seria olhar para as estrelas. Nunca vira o céu. A ideia inspirava certa vertigem. Uma sensação de terror pelo infinito que era quase prazerosa.

– Há alguém que possa cuidar de você? – Hasini perguntou quando chegaram à habitação de Miller.

– Ficarei bem. Só... só tive um dia ruim.

– Julie – Hasini falou, assentindo.

– Como sabe sobre Julie? – Miller perguntou.

– Você falou sobre ela a noite toda – Hasini explicou. – É uma garota por quem se apaixonou, certo?

Com uma mão ainda no veículo, Miller franziu o cenho. Julie. Esteve falando sobre Julie. Era esse o ponto. Não seu trabalho. Não sua reputação. Eles lhe tiraram Julie. O caso especial. Aquele que importava.

– Você está apaixonado por ela – Hasini disse.

– Sim, mais ou menos – Miller falou, algo como uma revelação que forçava passagem pelo álcool. – Acho que estou.

– Isso é ruim para você – Hasini respondeu.

17

HOLDEN

A cozinha da *Tachi* tinha fogão, pia e uma mesa para doze pessoas. Também tinha uma cafeteira grande que conseguia fazer 40 xícaras de café em menos de 5 minutos, estivesse a nave em gravidade zero ou sob 5 g. Holden fez uma prece silenciosa de agradecimento pelos inchados orçamentos militares e apertou o botão do café. Teve de se conter para não acariciar a máquina de aço inoxidável enquanto ela fazia ruídos suaves de percolação.

O aroma do café começou a encher o ar, competindo com o cheiro de pão assado ou do que quer que Alex tivesse colocado no forno. Amos saltava em volta da mesa com seu novo gesso, colocando pratos de plástico e bons talheres de metal. Em uma tigela, Naomi misturava algo que tinha o cheiro de alho de um homus bom. Ao observar a tripulação ocupada nessas tarefas domésticas, Holden sentiu tanta paz e segurança que ficou atordoado.

Fugiam há semanas, perseguidos o tempo todo por uma ou outra nave misteriosa. Pela primeira vez desde que a *Canterbury* fora destruída, ninguém sabia onde estavam. Ninguém exigia nada deles. No que dizia respeito ao sistema solar, eram algumas baixas entre milhares da *Donnager*. Uma breve visão da cabeça de Shed desaparecendo como em um terrível passe de mágica o recordou de que havia pelo menos uma baixa em sua tripulação. Mesmo assim, era tão maravilhoso voltar a ser dono do próprio destino que nem o lamento pôde roubar inteiramente essa sensação.

Um *timer* soou, e Alex pegou uma fôrma coberta com um pão fino e achatado. Começou a cortá-lo em fatias, nas quais Naomi passava uma pasta que parecia mesmo homus. Amos colocou-as nos pratos ao redor da mesa. Holden serviu o café fresco nas canecas que tinham o nome da nave na lateral e as distribuiu para os demais. Houve um momento desconcertante quando todos encararam a mesa bem-arrumada sem se mexerem, como se temessem destruir a perfeição do momento.

Amos quebrou o silêncio:

– Estou faminto como um maldito urso! – E sentou-se com um baque. – Alguém pode me passar a pimenta, por favor?

Por vários minutos, ninguém falou; só comeram. Holden deu uma mordida pequena no pão achatado com homus, os sabores fortes deixando-o tonto depois de semanas de barras de proteína sem gosto. Então começou a enfiar a comida na boca tão rápido que suas glândulas salivares se incendiaram em intensa agonia. Ele olhou ao redor da mesa, envergonhado, mas todos devoravam na mesma velocidade que ele, por isso desistiu do decoro e se concentrou na comida. Quando terminou de comer os últimos bocados de seu prato, reclinou-se com um suspiro, esperando fazer a satisfação durar o máximo possível. Alex tomava o café com os olhos fechados. Amos comeu o que restara do homus direto na tigela. Naomi olhou para Holden com ar sonolento, os olhos semicerrados, de um jeito que de repente pareceu sexy pra caramba. Holden reprimiu esse pensamento e levantou a caneca.

– Aos fuzileiros de Kelly. Heróis até o fim, que descansem em paz – disse.

– Aos fuzileiros – todos na mesa repetiram, então brindaram com as canecas e beberam.

Alex ergueu a caneca e disse:

– A Shed.

– Sim, a Shed, e que os imbecis que o mataram queimem no inferno – Amos disse baixinho. – Bem ao lado do maldito que destruiu a *Cant*.

O clima na mesa ficou sombrio. Holden sentiu o momento de paz escapar tão silencioso quanto chegara.

– Então – ele começou. – Falem-me sobre nossa nova nave. Alex?

– É uma beleza, capitão. Corri com ela em 12 *g* por mais de meia hora depois que deixamos a *Donnie*, e ela ronronou como um gatinho o tempo todo. A cadeira do piloto também é confortável.

Holden assentiu.

– Amos? Já teve a oportunidade de ver a sala de máquinas? – perguntou.

– Sim. Impecavelmente limpa. Vai ser uma coisa chata para um macaco cheio de graxa como eu – o mecânico respondeu.

– É ótimo ter algo chato – Holden comentou. – Naomi? O que acha?

Ela sorriu.

– Eu amei. Tem os melhores chuveiros que já vi em uma nave deste tamanho. Além disso, tem uma baia médica surpreendente, com sistema de especialidades computadorizado que sabe como consertar fuzileiros quebrados. Devíamos ter encontrado isso em vez de ter consertado Amos por conta própria.

Amos deu uma batidinha no gesso com o nó do dedo.

– Vocês fizeram um ótimo trabalho, chefe.

Holden olhou para a equipe limpa e passou a mão pelo próprio cabelo, que, pela primeira vez em semanas, não estava coberto de oleosidade.

– Sim, um chuveiro e não ter que consertar pernas quebradas são coisas boas. Algo mais?

Naomi inclinou a cabeça para trás, os olhos movendo-se como se tivesse um checklist mental.

– Temos um tanque cheio de água, os injetores têm pastilhas de combustível suficientes para acionar o motor por trinta anos, e a cozinha está com estoque completo. Você vai ter que sair na mão comigo se planeja devolver esta nave para a marinha. Estou apaixonada.

– É uma navezinha esperta – Holden sorriu. – Teve oportunidade de olhar as armas?

– Duas câmaras de ar e vinte torpedos de longo alcance com ogivas de plasma de alto rendimento – Naomi falou. – Ou pelo menos é o que o manual diz. A nave é carregada pelo lado de fora, então não consigo verificar fisicamente sem subir pelo casco.

– O painel de armas diz a mesma coisa, capitão – Alex comentou. – E está com carga máxima em todos os canhões de defesa. Você sabe, exceto...

Exceto pelos tiros nos homens que mataram Gomez.

– Ah, capitão, quando colocamos Kelly no compartimento de carga, encontramos um engradado grande escrito EAM. Segundo o manual, quer dizer "Equipamento de Ataque Móvel". Parece gíria da marinha para grande caixa de armas – Naomi falou.

– É o kit completo para oito fuzileiros – Alex confirmou.

– Ok – Holden disse. – Então, com uma nave com qualidade Epstein, temos pernas. E, se estão certos sobre as armas carregadas, também temos dentes. A próxima questão é: o que faremos com isso? Estou inclinado a aceitar a oferta de refúgio do coronel Johnson. Alguma ideia?

– Estou totalmente de acordo, capitão – Amos falou. – Sempre achei que os cinturinos ficavam no lado fraco da corda. Acho que serei revolucionário por um tempo.

– Fardo de terráqueo, Amos? – Naomi perguntou com um sorriso.

– Que infernos isso quer dizer?

– Nada, estou só provocando – ela explicou. – Sei que gosta do nosso lado só porque quer roubar nossas mulheres.

Amos sorriu de volta, entrando na brincadeira.

– Bem, vocês têm pernas que não acabam *nunca*.

– Ok, chega disso – Holden falou, levantando a mão. – Então, dois votos para Fred. Mais alguém?

Naomi ergueu a mão.

– Voto no Fred – disse.

– Alex? O que acha? – Holden perguntou.

O piloto marciano reclinou-se na cadeira e coçou a cabeça.

– Não tenho nenhum outro lugar para ir, então ficarei com vocês – ele respondeu. – Só espero que isto não vire outra rodada de alguém nos dizendo o que fazer.

– Não vai virar – Holden garantiu. – Tenho uma nave armada agora. A próxima vez que alguém pensar em me dar ordens, não hesitarei em usá-la.

Depois do jantar, Holden fez uma lenta e detalhada excursão pela nave. Abriu cada porta, olhou em cada armário, ligou cada painel e leu cada letreiro. Ficou parado na engenharia, perto do reator a fusão, e fechou os olhos, acostumando-se com a vibração quase subliminar da nave. Se algo estivesse errado, ele queria sentir em seus ossos antes que qualquer aviso soasse. Parou e tocou em todas as ferramentas na bem abastecida casa de máquinas. Subiu para o convés da tripulação e vagou pelas cabines até encontrar uma da qual gostasse, então bagunçou a cama para mostrar que já estava ocupada. Encontrou alguns macacões que pareciam do seu tamanho e os levou para o armário em seu quarto novo. Tomou um segundo banho e deixou a água quente massagear os nós de três semanas que tinha nas costas. Enquanto voltava para sua cabine, passou os dedos pela parede, sentindo a maciez da espuma retardadora de fogo e da trama antiestilhaçamento sobre as anteparas de aço blindado. Quando chegou à cabine, Alex e Amos estavam arrumando as deles.

– Que cabine Naomi escolheu? – Holden perguntou.

Amos deu de ombros.

– Ela ainda está no convés de operações, brincando com alguma coisa.

Holden decidiu deixar o sono de lado por um tempo e foi até o elevador – *temos um elevador!* – para acessar o local. Naomi estava sentada no chão, e um painel da antepara aberto diante dela parecia cuspir uma centena de pequenas partes e fios em padrões precisos. Ela encarava alguma coisa dentro do compartimento.

– Ei, Naomi, você devia dormir um pouco. No que está trabalhando?

Ela gesticulou de maneira vaga na direção do compartimento.

– Transponder – falou.

Holden se aproximou e sentou-se no chão perto dela.

– Diga-me como ajudar.

Ela lhe entregou seu terminal portátil; as instruções de Fred para mudar o sinal do transponder estavam abertas na tela.

– Está pronto. Já liguei o console na porta de dados do transponder, como ele orienta. Já programei o computador para executar a substituição que ele descreve. O novo código do transponder e os dados de registro da nave estão prontos para entrar. Coloquei o nome novo. Foi Fred quem escolheu?

– Não, fui eu.

– Ah. Tudo bem, então. Mas... – A voz dela sumiu, e Naomi acenou na direção do transponder.

– Qual é o problema? – Holden perguntou.

– Jim, eles fazem estas coisas para não serem manipuladas. A versão civil deste dispositivo funde-se em uma massa sólida de silício se acha que está sendo violada. Quem sabe o que pode fazer a versão militar, à prova de falhas? Será que derruba o eixo magnético do reator? Ou nos transforma em uma supernova?

Naomi voltou a olhar para o capitão.

– Tenho tudo pronto para iniciar, mas não acho que devemos girar a chave – ela disse. – Não sabemos as consequências da falha.

Holden se levantou e foi até o console do computador. Um programa que Naomi chamara Trans01 esperava para ser executado. Ele hesitou por um segundo, então pressionou o botão de executar. A nave não foi vaporizada.

– Acho que Fred nos quer vivos – ele comentou.

Naomi deitou-se com um suspiro barulhento e comprido.

– É por isso que nunca poderei estar no comando – ela falou.

– Não gosta de tomar decisões difíceis com informações incompletas?

– Mais do que isso: não sou uma irresponsável suicida – ela respondeu, e devagar começou a remontar o transponder.

Holden apertou o botão do sistema de comunicação na parede.

– Bem, tripulação, bem-vindos a bordo do rebocador de gás *Rocinante*.

– O que significa esse nome? – Naomi perguntou, depois que ele soltou o botão do comunicador.

– Significa que precisamos encontrar alguns moinhos de vento – Holden disse por sobre o ombro, enquanto dirigia-se ao elevador.

A Tycho Manufatura e Projetos de Engenharia foi uma das primeiras grandes corporações a se mudar para o Cinturão. Nos primeiros dias da expansão, os engenheiros e uma frota de naves da Tycho capturaram um pequeno cometa e o estacionaram em órbita estável como um ponto de reabastecimento de água, décadas antes que naves como a *Canterbury* começassem a trazer gelo dos campos quase ilimitados dos anéis de Saturno. Fora a mais complexa e difícil façanha da engenharia em larga escala que a humanidade conquistara até então.

Como um extra, a Tycho construiu motores de reação em massa dentro das rochas de Ceres e Eros e passou mais de uma década ensinando os asteroides a girar. Pretendiam criar uma rede de cidades flutuantes na alta atmosfera de Vênus, antes que os direitos de desenvolvimento fossem parar em um labirinto de processos que agora entrava na oitava década. Houve alguma discussão sobre elevadores espaciais para Marte e para a Terra, mas nada sólido saiu daí. Se alguém tivesse dinheiro e um projeto de engenharia impossível que precisava ser feito no Cinturão, era só contratar a Tycho.

A Estação Tycho, o quartel-general da companhia no Cinturão, era uma obra imensa em formato anelar construída ao redor de uma esfera com meio quilômetro de diâmetro e não mais do que 65 milhões de metros cúbicos de fabricação e espaço de armazenamento. Os dois anéis-habitação em contrarrotação que circulavam a esfera tinham espaço suficiente para 15 mil trabalhadores e suas famílias. O topo da esfera manufaturada era adornado com meia dúzia de braços mecânicos que pareciam capazes de partir ao meio um rebocador grande. A parte de baixo da esfera tinha projeções bulbosas de 50 metros de diâmetro que abrigavam um reator de fusão do tipo usado nas naves da capital, além de um sistema de motor que tornava a estação a maior plataforma de construção móvel no sistema solar. Cada compartimento dentro dos imensos anéis era construído em um sistema giratório que permitia que as câmaras se reorientassem para o impulso gravitacional quando os anéis paravam de girar, e a estação voava para o próximo local de trabalho.

Holden sabia tudo isso. Mesmo assim, a primeira vista da estação lhe tirou o fôlego. Não era só o tamanho. Era a ideia de que quatro gerações das pessoas mais inteligentes do sistema solar viveram e trabalharam ali enquanto ajudavam a humanidade a chegar até os planetas exteriores quase por pura força de vontade.

Amos comentou:

– Parece um insetão.

Holden começou a protestar, mas de algum modo a estação parecia um tipo de aranha gigante: um corpo gordo e bulboso e pernas que brotavam do alto da cabeça.

– Esqueçam a estação, olhem para *aquele* monstro – Alex apontou.

A nave em construção ofuscava a estação. Os sensores de detecção a laser informavam que a nave tinha mais de 2 quilômetros de comprimento e 500 metros de largura. Arredondada e atarracada, parecia uma bituca de cigarro feita de aço. As estruturas de vigas expunham compartimentos internos e maquinário em vários estágios de construção, mas o motor parecia pronto, e o casco fora montado sobre a proa. O nome *Nauvoo* estava pintado em imensas letras brancas.

– Então os mórmons vão dirigir essa coisa até Tau Ceti, é? – Amos terminou a pergunta com um longo assobio. – Cretinos corajosos. Não há garantia de nenhum planeta que valha um centavo na outra ponta dessa viagem de cem anos.

– Eles têm certeza – Holden respondeu. – É impossível um idiota conseguir dinheiro para construir uma nave daquelas. Eu, por exemplo, não desejo a eles nada além de sorte.

– Eles conquistarão as estrelas – Naomi falou. – Como não invejar isso?

– Seus bisnetos talvez conquistem *uma* estrela, se não morrerem todos de fome orbitando uma rocha inútil – Amos comentou. – Não há grandiosidade nisso.

Ele apontou para a matriz de comunicação imensa que se projetava do flanco da *Nauvoo*.

– Quer apostar que foi daí que saiu nossa mensagem em um feixe do tamanho de um ânus?

Alex assentiu.

– Se quiser mandar mensagens particulares para alguns anos-luz de distância, precisa ter um feixe de muita coerência. Eles devem ter abaixado o volume para não abrir um rombo em nós.

Holden levantou-se da cadeira do copiloto e passou por Amos.

– Alex, veja se vão nos deixar pousar.

O pouso foi surpreendentemente fácil. O controle da estação os dirigiu até uma área de atracação na lateral da esfera e permaneceu na linha, guiando-os para dentro, até que Alex conectou o tubo de atracação à porta da câmara de descompressão. Em nenhum momento a torre de controle apontou que tinham armamentos demais para um veículo de transporte e nenhum tanque para carregamento de gás comprimido. A torre os fez atracar e então desejou um bom-dia.

Holden vestiu seu traje atmosférico e deu um pulo no compartimento de carga. Depois se juntou aos demais na porta interna da câmara de descompressão da *Rocinante*, com uma mochila grande.

– Coloquem os trajes ambientais, esse agora é o procedimento-padrão para esta tripulação sempre que formos a algum lugar novo. E peguem um conjunto destes. – Ele tirou pistolas e embalagens de cartuchos da mochila. – Se quiserem, podem esconder no bolso ou na mochila, mas deixarei a minha à vista.

Naomi franziu o cenho para ele.

– Parece um pouco... agressivo, não?

– Estou cansado de ser chutado por aí – Holden explicou. – A *Roci* é um bom começo rumo à independência, e estou levando uma pecinha dela comigo. Chame de amuleto da sorte.

– De acordo – Amos falou, e prendeu uma das armas na coxa.

Alex colocou a sua no bolso do traje de voo. Naomi torceu o nariz e recusou a última arma. Holden a guardou de volta na mochila, levou a tripulação para dentro da câmara de descompressão da *Rocinante* e a acionou. Um homem mais velho, de pele escura e constituição robusta, esperava do outro lado. Enquanto entravam, ele sorria.

– Bem-vindos à Estação Tycho – disse o carniceiro da Estação Anderson. – Podem me chamar de Fred.

ND
MILLER

A destruição da *Donnager* atingiu Ceres como um martelo batendo em um gongo. As notícias estavam entupidas de imagens de telescópios de alta potência da batalha, a maior parte, senão todas, falsificadas. Os boatos no Cinturão fervilhavam com especulações sobre uma frota secreta da APE. As seis naves que derrubaram a nave principal de Marte eram saudadas como heróis e mártires. Slogans como *Fizemos uma vez e podemos fazer de novo* e *Derrube algumas rochas* surgiam até mesmo em situações aparentemente inócuas.

A *Canterbury* acabara com a complacência do Cinturão, mas a *Donnager* fizera algo pior: acabara com o medo. Os cinturinos tinham uma súbita, decisiva e inesperada vitória. Tudo parecia possível, e a esperança os seduzia.

A situação teria assustado Miller ainda mais se ele estivesse sóbrio.

O alarme de Miller tocava havia dez minutos. O zumbido irritante assumia tons diferentes quando ele ouvia o alarme por bastante tempo. Era um aumento constante de tom, a percussão latejante que vibrava por baixo, até a música suave escondida sob o toque de trombeta. Ilusões. Alucinações auditivas. A voz no redemoinho.

A garrafa de bourbon falso fúngico da noite anterior estava na mesinha de cabeceira onde em geral ficava a garrafa de água. Ainda tinha uns dois dedos no fundo. Miller ponderou sobre o tom marrom suave do líquido e a sensação que ele causaria em sua língua.

A beleza em perder as ilusões, ele pensou, era que você parava de fingir. Todos esses anos que dissera para si mesmo que era respeitado, que era bom em seu trabalho, que todos os sacrifícios que fizera eram por uma razão, despencaram e o deixaram com o conhecimento claro, imaculado, de que era um alcoólatra funcional que afastara tudo o que tinha de bom em sua vida para dar lugar à anestesia. Shaddid achava que ele era uma piada.

Muss pensava que ele era o preço a ser pago por não dormir com alguém de quem não gostava. O único que poderia ter algum respeito por ele no fim das contas era Havelock, o terráqueo. Era uma constatação tranquila, a seu modo. Ele podia parar de se esforçar para manter as aparências. Ficar na cama com o zumbido do alarme nos ouvidos era apenas viver de acordo com as expectativas. Não havia vergonha nisso.

Mesmo assim, tinha trabalho a ser feito. Ele estendeu a mão e desligou o alarme. Um pouco antes que o barulho parasse, ouviu nele uma voz suave, mas insistente. Voz de mulher. Ele não sabia o que ela dizia. Uma vez que estava dentro de sua mente, porém, ela teria outra chance mais tarde.

Ele se levantou da cama, tomou alguns analgésicos e gel reidratante, caminhou até o chuveiro e gastou o estoque de um dia e meio de água quente apenas parado ali, observando as pernas ficarem vermelhas. Vestiu o último conjunto de roupas limpas. O desjejum foi uma barra de levedura prensada e uva adoçada. Jogou o bourbon que estava na mesinha de cabeceira no reciclador sem terminar a garrafa, só para provar a si mesmo que ainda era capaz.

Muss o aguardava em sua mesa. Ergueu os olhos quando ele se sentou.

– O laboratório ainda não mandou os resultados do caso de estupro da menina da 18 – ela disse. – Prometeram entregar até a hora do almoço.

– Veremos – Miller respondeu.

– Tenho uma possível testemunha. Uma garota que estava com a vítima mais cedo, naquela noite. O depoimento dela diz que ela partiu antes que qualquer coisa acontecesse, mas as câmeras de segurança não confirmam isso.

– Quer que eu esteja no interrogatório? – Miller perguntou.

– Ainda não. Aviso se eu precisar fazer algum teatrinho.

– Justo.

Miller não olhou enquanto ela se afastava. Depois de um longo momento encarando o nada, ele abriu sua pasta no disco rígido, reviu o que ainda precisava ser feito e começou a colocar as coisas em ordem.

Enquanto trabalhava, sua mente repassava pela milionésima vez a longa e humilhante reunião com Shaddid e Dawes. *Estamos com Holden,* Dawes disse. *Você não consegue descobrir nem o que aconteceu com seu equipamento antimotim.* Miller cutucava as palavras como uma língua no vão de um dente perdido. Parecia verdade. De novo.

Mesmo assim, podia ser bobagem. Podia ser uma história inventada apenas para fazê-lo se sentir diminuído. Afinal, não havia provas de que Holden e sua tripulação tinham sobrevivido. Que prova poderia haver? A *Donnager* se fora e, com ela, todos os registros. Seria necessário que uma nave tivesse conseguido sair. Ou uma nave de resgate ou uma das naves de escolta marciana. Não era possível que uma nave tivesse saído de lá e não fosse o assunto preferido em cada canal de notícia e transmissão pirata desde então. Não dava para manter algo assim em segredo.

Claro que era possível. Só não seria fácil. Ele olhou de soslaio e viu que o quartel-general estava vazio. Agora: como *seria possível* esconder uma nave sobrevivente?

Miller pegou um mapa de navegação barato que comprara havia cinco anos – acontecera na época um caso de contrabando – e marcou a data e a posição da destruição da *Donnager*. Qualquer coisa que voasse sem impulso Epstein ainda estaria por ali, e as naves de guerra marcianas teriam capturado ou explodido com a radiação de fundo. Então, se Dawes não estava falando besteira, isso significava um motor Epstein. Com um bom motor, era possível chegar a Ceres em menos de um mês. O que significava três semanas para a segurança.

Ele olhou os dados por quase dez minutos, mas o passo seguinte não chegou. Então deixou aquilo de lado, pegou um pouco de café e a entrevista que ele e Muss haviam feito com um grumete cinturino. O rosto do homem era comprido, cadavérico e sutilmente cruel. A gravação não o focara bem, então a imagem ficava dançando. Muss perguntou ao homem o que ele vira, e Miller inclinou-se para a frente para ler as respostas transcritas, conferindo palavras reconhecidas de maneira incorreta. Trinta segundos depois, o grumete disse *puta safada* e na transcrição aparecia como *puta amarrada*. Miller corrigiu o texto, mas o fundo de sua mente continuava trabalhando.

Em um dia útil, cerca de oitocentas ou novecentas naves chegavam a Ceres. Podia dizer mil, por segurança. Com dois dias de margem no início e no fim da marca de três semanas, ficava com apenas 4 mil entradas. Uma chatice, claro, mas não impossível. Ganimedes seria a coisa chata. Por causa de sua agricultura, haveria centenas de transportes por dia ali. Mesmo assim, não seria o dobro da carga de trabalho. Eros. Tycho. Pallas. Quantas naves atracavam em Pallas por dia?

Ele perdeu quase dois minutos da gravação. Começou mais uma vez, forçando-se a prestar atenção, mas desistiu meia hora depois.

Os dez portos mais movimentados, com dois dias de margem antes e depois da chegada estimada de uma nave com motor Epstein saída do local e na data em que a *Donnager* foi destruída, totalizavam em torno de 28 mil registros de atracagem. Mas ele podia reduzir isso a 17 mil se excluísse estações e portos dirigidos explicitamente por militares marcianos e estações de pesquisa com todos ou quase todos os habitantes vindos dos planetas interiores. Então, se fingisse ser estúpido o bastante para fazer isso, quanto tempo levaria para conferir na mão todos os registros dos portos? Uns 118 dias, se não comesse nem dormisse. Se não fizesse nada além de trabalhar durante dez horas por dia, ele conseguiria checar essa lista em menos de um ano. Um pouco menos.

Só que não. Havia maneiras de reduzir a lista. Ele procurava apenas naves com motor Epstein. A maior parte do tráfego de qualquer porto seria local. Naves com motor a tocha eram guiadas por mineradores e mensageiros de curta distância. A economia do voo espacial tornava poucas naves relativamente grandes a melhor opção para viagens longas. Pensando de modo conservador, isso diminuía o resultado em três quartos, e ele estava de volta à estimativa próxima de 4 mil naves. Mesmo assim, seriam centenas de horas de trabalho. Se pudesse pensar em algum outro filtro que lhe deixasse apenas suspeitos prováveis, contudo... Por exemplo, se a nave não tivesse apresentado um plano de voo antes da destruição da *Donnager*.

A interface de pedido dos registros dos portos era antiga, desconfortável e sutilmente diferente de Eros para Ganimedes, deste para Pallas, e assim por diante. Miller anexou os pedidos de informação a sete casos distintos, incluindo um caso não resolvido de um mês no qual era só consultor. Registros de portos eram públicos e abertos, então ele não precisava de seu status de detetive para esconder sua ações. Com sorte, o monitoramento de Shaddid não se estenderia ao fato de ele xeretar registros públicos sem importância. Mesmo se fosse esse o caso, ele conseguiria as respostas antes que ela o pegasse.

Se ele não tentasse, jamais saberia se ainda lhe restava alguma sorte. Além disso, não havia muito a perder.

Quando a conexão com o laboratório se abriu em seu terminal, ele quase deu um pulo. A técnica era uma mulher de cabelos grisalhos com um rosto estranhamente jovem.

– Miller? Muss está com você?

– Não – o detetive respondeu. – Ela está em um interrogatório.

Ele tinha quase certeza de que fora isso que ela dissera que ia fazer. A técnica deu de ombros.

– Bem, o sistema dela não está respondendo. Quero relatar que temos um resultado positivo para o caso de estupro que vocês nos mandaram. Não foi o namorado, foi o chefe dela.

Miller assentiu.

– Você coloca no arquivo para o mandato? – ele pediu.

– Sim – ela falou. – Já está lá.

Miller abriu o arquivo: A STAR HELIX, EM NOME DA ESTAÇÃO CERES, AUTORIZA E ORDENA A PRISÃO DE IMMANUEL CORVUS DOWD, COMO PARTE DO JULGAMENTO DO INCIDENTE DE SEGURANÇA CCS-4949231. A assinatura digital do juiz estava listada em verde. Ele sentiu um lento sorriso surgir nos lábios.

– Obrigado – disse.

Na saída do quartel-general, um dos caras do esquadrão de costumes perguntou aonde ele ia. Miller respondeu que ia almoçar.

Os escritórios do Grupo de Contabilidade Arranha ficavam na parte agradável do bairro governamental, no setor 7. Não era um dos locais habituais de Miller, mas o mandato servia para a estação toda. Miller foi até a secretária, na recepção – uma cinturina de boa aparência com um desenho de explosão estrelar bordado no avental –, e explicou que precisava falar com Immanuel Corvus Dowd. A pele marrom-escura da secretária ganhou um tom cinzento. Miller se afastou, sem bloquear a saída, mas mantendo proximidade.

Vinte minutos mais tarde, um homem mais velho em um bom terno veio pela porta dianteira, parou na frente de Miller e o olhou de cima a baixo.

– Detetive Miller? – o homem perguntou.

– Você deve ser o advogado de Dowd – Miller disse animado.

– Sou, e gostaria de...

– Sério – Miller o interrompeu. – Devemos fazer isto agora.

O escritório era limpo e espaçoso, com paredes iluminadas azuis que resplandeciam por dentro. Dowd estava sentado em sua mesa. Era jovem o bastante para ainda parecer arrogante, mas velho o suficiente para estar assustado. Miller assentiu para ele.

– Você é Immanuel Corvus Dowd? – perguntou.

– Antes que continue, detetive – o advogado disse –, meu cliente está envolvido em negociações de nível muito alto. A base de clientes dele inclui algumas das pessoas mais importantes do esforço de guerra. Antes que faça qualquer acusação, deve estar ciente de que posso e pedirei para revisar tudo o que fez, e, se houver um só erro, você será responsabilizado.

– Sr. Dowd – Miller começou. – O que estou prestes a fazer é literalmente o único ponto brilhante do meu dia. Se puder me acompanhar sem resistir à prisão, ficaria grato de verdade.

– Harry? – Dowd fitou seu advogado. Sua voz falhou um pouco.

O advogado negou com a cabeça.

De volta ao veículo da polícia, Miller fez uma longa pausa. Dowd, algemado no banco de trás, onde era visto por todos que passavam, estava em silêncio. Miller pegou seu terminal portátil, anotou a hora da prisão, as objeções do advogado e alguns outros comentários de menor importância. Uma mulher jovem com um vestido profissional de linho creme hesitava na porta da contabilidade. Miller não a reconheceu; ela não era a que estava envolvida no caso de estupro, ou pelo menos não aquela com quem ele estivera. O rosto dela tinha a calma inexpressiva de uma lutadora. O detetive esticou o pescoço para ver Dowd humilhado e paralisado. O olhar da mulher cruzou com o de Miller. Ela assentiu uma vez. *Obrigada.*

Ele assentiu em resposta. *Só estou fazendo meu trabalho.*

Ela voltou para dentro.

Duas horas mais tarde, Miller terminou o último relatório e mandou Dowd para trás das grades.

Três horas e meia mais tarde, a primeira solicitação de registro de atracação chegou.

Cinco horas depois, o governo de Ceres caiu.

Apesar de lotado, o quartel-general estava em silêncio. Detetives e investigadores juniores, patrulheiros e o pessoal interno, os mais altos e os mais baixos, todos se reuniram diante de Shaddid. Ela estava em pé no púlpito, o cabelo preso atrás da cabeça. Usava o uniforme da Star Helix, porém a insígnia fora removida. Sua voz tremulava.

– Vocês todos já devem ter ouvido, mas a partir de agora é oficial. As Nações Unidas, respondendo aos pedidos de Marte, retiram-se da supervisão e... proteção da Estação Ceres. Esta é uma transição pacífica. Não é um golpe. Vou dizer mais uma vez. Não é um golpe. A Terra está saindo daqui, não estamos mandando-a embora.

– Isso é besteira, senhora – alguém gritou.

Shaddid ergueu a mão.

– Há muita conversa fiada – ela continuou. – Não quero ouvir nenhuma delas vinda de vocês. O governo fará o anúncio oficial no início do próximo turno, e então teremos mais detalhes. Até que nos digam o contrário, o contrato da Star Helix está de pé. Um governo provisório está sendo formado por membros do comércio local e representantes dos sindicatos. Ainda somos a lei em Ceres, e espero que vocês se comportem de maneira adequada. Vocês estarão aqui para seus turnos. Estarão aqui na hora. Agirão profissionalmente e dentro do escopo da nossa prática-padrão.

Miller olhou para Muss. O cabelo de sua parceira ainda estava despenteado pelo travesseiro. Ambos haviam sido chamados no meio da noite.

– Alguma pergunta? – Shaddid perguntou em uma voz que alertava que não deveria haver nenhuma.

Quem vai pagar a Star Helix?, Miller pensou. *Quais leis estamos defendendo? O que a Terra sabe para sair de fininho do maior porto no Cinturão?*

Quem vai negociar nosso tratado de paz agora?

Muss, vendo o olhar de Miller, sorriu.

– Acho que estamos acabados – Miller disse.

– Tinha que acontecer – Muss concordou. – É melhor eu ir. Tenho que fazer uma parada.

– Perto do núcleo?

Muss não respondeu, porque não precisava. Ceres não tinha leis, tinha polícia. Miller voltou para sua habitação. A estação zumbia, e a rocha sob ele vibrava com as incontáveis presilhas de atracagem e núcleos de reatores, metrôs, recicladores e pneumática industrial. A rocha estava viva, e ele esquecera os pequenos sinais que provavam isso. Seis milhões de pessoas viviam aqui, respiravam este ar. Menos do que em uma cidade mediana na Terra. Ele se perguntava se eram dispensáveis.

Isso tinha ido tão longe que os planetas interiores estavam dispostos a perder uma estação importante? Parecia que a Terra abandonava Ceres. A APE interferiria, quisessem ou não. O vácuo de poder era grande demais. Então Marte chamaria de golpe da APE. Então... então o quê? Essa era a pergunta que não queria calar. Bombas atômicas os transformariam em pó? Não conseguia acreditar nisso. Havia muito dinheiro envolvido. As taxas de atracagem sozinhas eram o suficiente para abastecer a economia de uma pequena nação. E, por mais que Miller odiasse admitir, Shaddid e Dawes estavam certos. Ceres sob contrato da Terra era a melhor esperança para uma paz negociada.

Havia alguém na Terra que não *queria* aquela paz? Alguém ou alguma coisa poderosa o bastante para fazer a burocracia glacial das Nações Unidas tomar uma atitude?

– O que estou procurando, Julie? – ele questionou o espaço vazio. – O que você viu lá fora que vale Marte e o Cinturão acabarem um com o outro?

A estação zumbia, um som constante e baixo suave demais para que ele ouvisse as vozes lá dentro.

Muss não foi trabalhar na manhã seguinte, mas havia uma mensagem no sistema dele dizendo que ela chegaria atrasada. "Limpeza" era a única explicação dela.

Só de olhar, nada mudara no quartel-general. As mesmas pessoas estavam nos mesmos lugares fazendo as mesmas coisas. Não, aquilo não era verdade. A energia era outra. As pessoas sorriam, gargalhavam, faziam palhaçadas. Era uma pressão maníaca, de pânico, através de uma máscara fina de normalidade. Não iria durar.

Eles eram tudo o que separava Ceres da anarquia. Eram a lei. A sobrevivência de 6 milhões de pessoas contra alguns malvados idiotas forçando a abertura de todas as câmaras de descompressão ou envenenando os recicladores repousava sobre umas 30 mil pessoas. Pessoas como ele. Talvez ele devesse ter se mobilizado, se preparado para a ocasião, como o restante deles. A verdade era que a ideia o cansava.

Shaddid apareceu e deu um tapinha em seu ombro. Ele suspirou, levantou-se da cadeira e a seguiu. Dawes estava mais uma vez no escritório dela, parecendo abalado e com privação de sono. Miller cumprimentou-o com um aceno de cabeça. Shaddid cruzou os braços, seus olhos mais suaves e menos acusadores do que costumavam ser.

– Isto vai ser difícil – ela disse. – Estamos encarando algo mais complicado do que qualquer coisa que fizemos antes. Preciso de uma equipe na qual possa confiar minha vida. Circunstâncias extraordinárias. Você entende?

– Sim – o detetive respondeu. – Entendo. Vou parar de beber, vou me recompor.

– Miller, você não é uma má pessoa. Houve uma época em que era um policial muito bom. Mas não confio em você, e não temos tempo para recomeçar – Shaddid falou, a voz mais próxima da gentileza do que ele jamais ouvira. – Está despedido.

19

HOLDEN

Fred estava parado em pé, mão estendida, um sorriso caloroso e aberto no rosto amplo. Não havia guardas com fuzis atrás dele. Holden apertou a mão de Fred e começou a gargalhar. Fred sorriu e pareceu confuso, mas manteve o aperto de mão, esperando que Holden explicasse o que era tão engraçado.

– Sinto muito, mas você não tem ideia do quanto isso é agradável – Holden falou. – É literalmente a primeira vez em mais de um mês que saio de uma nave sem que ela exploda atrás de mim.

Fred também começou a gargalhar, uma risada honesta que parecia se originar de algum lugar de sua barriga. Depois de um momento, o homem disse:

– Você está bem seguro aqui. Estamos na estação mais protegida dos planetas exteriores.

– Porque vocês são da APE? – Holden perguntou.

Fred negou com a cabeça.

– Não. Fazemos contribuições para campanhas de políticos na Terra e em Marte em quantidades que fariam um Hilton corar – ele explicou. – Se alguém nos explodir, metade da assembleia das Nações Unidas e todo o Congresso marciano vão urrar por sangue. É o problema com a política: seus inimigos com frequência são seus aliados, e vice-versa.

Fred gesticulou para uma porta atrás de si e fez sinal para que todos o seguissem. A caminhada era curta, mas no meio do caminho a gravidade reapareceu, causando um solavanco desorientador. Holden tropeçou. Fred pareceu contrariado.

– Sinto muito. Devia ter avisado sobre isso. A gravidade é nula no cubo central. Mover-se na gravidade rotacional do anel pode ser estranho na primeira vez.

– Estou bem – Holden falou. O breve sorriso de Naomi podia ser apenas sua imaginação.

No instante seguinte, a porta do elevador se abriu em um amplo corredor acarpetado com paredes verde-claras. Tinha o cheiro reconfortante de purificadores de ar e cola de carpete fresca. Holden não ficaria surpreso em descobrir que sentiam o perfume de "estação espacial nova" no ar. As portas no fim do corredor eram feitas de madeira falsa, só distinguível da verdadeira porque ninguém tinha tanto dinheiro assim. Entre toda a sua tripulação, Holden tinha quase certeza de que era o único que crescera em uma casa com móveis e acessórios de madeira de verdade. Amos crescera em Baltimore. Não se via uma árvore lá havia mais de um século.

Holden tirou o capacete e se virou para dizer à tripulação que fizesse o mesmo, mas todos já tinham se adiantado. Amos olhava o corredor de cima a baixo e assobiava.

– Belos aposentos, Fred – ele comentou.

– Sigam-me, levarei vocês para que se acomodem – Fred respondeu, guiando-os pelo corredor. Enquanto caminhavam, ele contou: – A Estação Tycho foi submetida a uma série de reformas ao longo dos últimos cem anos, como podem imaginar, mas o básico não mudou muito. Era um projeto brilhante para começar; Malthus Tycho era um engenheiro genial. Brendon, seu neto, dirige a companhia agora. Ele não está na estação no momento. Foi até a Lua negociar o próximo grande contrato.

Holden comentou:

– Parece que você já tem muito com o que se preocupar, com aquele monstro estacionado lá fora. E, você sabe, uma guerra a caminho.

Um grupo de pessoas vestidas com macacões de várias cores passou por eles, conversando animadas. O corredor era tão largo que ninguém teve que desviar. Fred gesticulou para eles enquanto passavam.

– O primeiro turno acabou de terminar, então é hora do rush – ele explicou. – Na verdade, é hora de começar a angariar novos trabalhos. A *Nauvoo* está quase pronta. Os colonizadores vão embarcar nela em seis meses. É preciso sempre ter o projeto seguinte na fila. A Tycho gasta 11 milhões de dólares das Nações

Unidas por dia de operação, tenha lucrado naquele dia ou não. É uma conta grande para pagar. E a guerra... bem, esperamos que seja temporária.

– E agora está aceitando refugiados. Isso não vai ajudar – Holden comentou.

Fred riu.

– Mais quatro pessoas não vão nos levar à falência tão depressa.

Holden parou, obrigando os outros a parar logo atrás de si. Vários passos depois, Fred percebeu e se virou com um ar confuso.

– Você está se esquivando – Holden falou. – Exceto por uma nave de guerra marciana que vale uns 2 bilhões de dólares, não temos nada de valor. Todo mundo pensa que estamos mortos. Qualquer acesso às nossas contas bancárias estragaria isso, e não vivo em um universo em que o investimento de um generoso papai é feito puramente pela bondade do coração. Então, ou você nos diz por que está assumindo o risco de nos aceitar aqui, ou voltamos para nossa nave e tentamos a vida na pirataria.

– Vão nos chamar de flagelo da frota mercante marciana – Amos grunhiu em algum lugar atrás dele. Parecia gostar da ideia.

Fred levantou as mãos. Havia dureza em seus olhos, mas também respeito divertido.

– Nada dissimulado, você tem minha palavra – ele garantiu. – Vocês estão armados, e a segurança da estação permitirá que levem as armas para onde quiserem. Só esse fato devia garantir que não estou planejando nenhum jogo sujo. Mas deixe-me acomodá-los antes que esta conversa se estenda demais.

Holden não se mexeu. Outro grupo de trabalhadores seguia pelo corredor, observando a cena com curiosidade enquanto passavam. Alguém entre eles gritou:

– Tudo bem, Fred?

Fred assentiu e acenou para eles com impaciência.

– Vamos sair do corredor pelo menos.

– Não vamos desfazer as malas até termos algumas respostas – Holden replicou.

– Tudo bem. Estamos quase lá – Fred disse e então os guiou em um passo um pouco mais acelerado. Ele parou em um pequeno anexo na parede do corredor, onde se viam duas portas. Passou um cartão que abriu uma delas e levou os quatro até uma grande suíte presidencial com uma sala de estar espaçosa e muitos assentos.

– O banheiro fica naquela porta à esquerda. O quarto, na porta à direita. Há até mesmo uma pequena cozinha ali. – Fred apontava para cada coisa ao citá-la.

Holden sentou-se em uma poltrona de couro falso marrom e reclinou-se. Um controle remoto estava em um bolso no apoio de braço. Ele imaginou que aquilo controlasse a tela impressionantemente grande que tomava quase uma parede inteira. Naomi e Amos sentaram-se em um sofá que fazia conjunto com a poltrona, e Alex largou-se sobre um sofá menor com uma bela cor contrastante.

– Estão confortáveis? – Fred perguntou, puxando uma cadeira da mesa de jantar de seis lugares e sentando-se diante de Holden.

– Está tudo certo – Holden respondeu na defensiva. – Minha nave tem uma cafeteira excelente.

– Imagino que subornos não vão funcionar. Mas vocês estão confortáveis? Temos duas suítes reservadas para vocês, ambas com este desenho básico, embora a outra tenha dois quartos. Não tinha certeza dos... ah... arranjos para dormir... – Fred deixou a frase morrer, constrangido.

– Não se preocupe, chefe, você pode dividir a cama comigo – Amos disse, com uma piscadela para Naomi.

Ela sorriu discretamente.

– Ok, Fred, estamos acomodados – ela falou. – Agora responda às perguntas do capitão.

Fred assentiu, levantou-se e pigarreou. Parecia revisar algo. Quando falou, a fachada de conversa informal se fora. Sua voz carregava uma autoridade sombria.

– A guerra entre o Cinturão e Marte é suicida. Se cada rocha do Cinturão estivesse armada, mesmo assim não poderíamos competir com a Marinha Marciana. Podemos matar alguns com truques e missões camicase. Marte pode se sentir forçado a jogar uma bomba nuclear em uma das nossas estações para provar um ponto. Podemos amarrar foguetes químicos em umas duas centenas de rochas do tamanho de beliches e fazer chover o Armagedom sobre as cidades marcianas com domos.

Fred fez uma pausa, como se procurasse as palavras, então se sentou de novo.

– Todos os tambores de guerra ignoram isso. É o elefante na sala. Qualquer um que não viva em uma nave espacial é estruturalmente vulnerável. Tycho, Eros, Pallas, Ceres... estações não podem escapar de mísseis. Com todos os cidadãos do inimigo vivendo no fundo de imensos poços de gravidade, não temos nem que mirar muito bem. Einstein estava certo. Lutaremos a próxima guerra com rochas. Entretanto, o Cinturão tem rochas que transformarão Marte em um mar de metal fundido. Neste momento, todos estão se comportando e atirando apenas em naves. Muito cavalheiresco. Cedo ou tarde, porém, um lado ou outro será pressionado a tomar alguma medida desesperada.

Holden inclinou-se para a frente, a superfície escorregadia de seu traje ambiental fazendo um chiado vergonhoso na poltrona de couro texturizado. Ninguém riu.

– Concordo. O que nós temos a ver com isso? – ele perguntou.

– Sangue demais já foi derramado – Fred respondeu.

Shed.

Holden estremeceu com a lembrança, mas não disse nada.

– A *Canterbury* – Fred prosseguiu. – A *Donnager*. As pessoas não vão esquecer essas naves e a perda de milhares de vidas inocentes.

— Parece que você acabou de excluir as únicas duas opções, chefe — Alex comentou. — Nada de guerra, nada de paz.

— Há uma terceira alternativa. A sociedade civilizada tem outra maneira de lidar com situações assim — Fred falou. — Um julgamento criminal.

Amos quase engasgou com o ar. Holden teve que lutar para não sorrir para si mesmo.

— Está falando sério? — Amos perguntou. — E como vai colocar uma maldita nave camuflada marciana em um julgamento? Vamos interrogar todas as naves camufladas sobre seus paradeiros, conferir os álibis?

Fred levantou uma mão.

— Parem de pensar na destruição da *Canterbury* como um ato de guerra. Foi um crime. Neste momento, as pessoas estão exagerando, mas logo vão esfriar a cabeça, então os dois lados vão ver aonde essa estrada leva e vão procurar outra saída. Haverá um momento quando quem se mantiver são poderá investigar os acontecimentos, negociar a jurisdição e então atribuir a culpa a algum partido ou partidos com os quais os dois lados concordem. Um julgamento. É a única saída que não envolve milhões de mortos e o colapso da infraestrutura humana.

Holden deu de ombros, um gesto mal visível sob o traje ambiental.

— Então vai acabar em julgamento. Isso ainda não responde minha pergunta.

Fred apontou para Holden, e depois para cada membro da equipe.

— Vocês são o ás na manga. São as quatro únicas testemunhas oculares da destruição das *duas* naves. Quando o julgamento chegar, precisarei de vocês e de seus depoimentos. Já tenho influência devido aos meus pactos políticos, mas vocês podem me garantir um assento na mesa. Será todo um novo conjunto de tratados entre o Cinturão e os planetas interiores. Podemos fazer em meses o que sonhamos fazer há décadas.

– E quer usar nosso valor como testemunhas para forçar caminho nesse processo, para garantir que esses tratados saiam do jeito que você quer – Holden resumiu.

– Sim. Estou disposto a lhes oferecer proteção, abrigo e acesso irrestrito à minha estação pelo tempo que for necessário, até chegarmos lá.

Holden deu um suspiro longo e profundo, levantou-se e começou a tirar seu traje.

– Sim, tudo bem. Isso é egoísta o bastante para que eu possa acreditar – ele disse. – Vamos nos acomodar.

Naomi cantava no *karaoke*. Só pensar naquilo já fazia a cabeça de Holden girar. Naomi. *Karaoke*. Mesmo considerando tudo o que acontecera com eles no último mês, Naomi em um palco, com um microfone em uma mão e algum tipo de martíni magenta na outra, berrando com raiva um hino punk cinturino dos Moldy Filters, era a coisa mais estranha que ele já vira. Ela terminou com aplausos e algumas vaias, cambaleou para fora do palco e despencou no banco diante dele.

Naomi ergueu seu copo, derrubando uma boa metade na mesa, e engoliu o restante de uma vez só.

– O que achou? – Naomi perguntou, acenando para o garçom lhe trazer outra bebida.

– Foi horrível – Holden respondeu.

– Não, de verdade.

– Foi realmente uma das interpretações mais terríveis de uma das canções mais horríveis que já ouvi.

Naomi balançou a cabeça e soprou uma framboesa nele, exasperada. Quando o garçom trouxe um segundo martíni de cor viva, ela se atrapalhou com seu cabelo escuro, que caía no rosto, impedindo todas as suas tentativas de beber. Por fim segurou o cabelo e o prendeu sobre a cabeça em um coque.

– Você não entende – ela comentou. – A música é *feita* para ser horrível. Esse é o ponto.

– Então foi a melhor versão dessa música que já ouvi – Holden falou.

– Claro que sim! – Naomi olhou ao redor do bar. – Onde estão Amos e Alex?

– Amos encontrou o que sem dúvida é a prostituta mais cara do universo. Alex está lá atrás, jogando dardos. Ele fez algumas afirmações sobre a superioridade marciana nesse jogo. Imagino que vão matá-lo e jogá-lo pela câmara de descompressão.

Um homem estava no palco agora, cantando algum tipo de balada vietnamita. Enquanto tomava sua bebida, Naomi observava o cantor, então disse:

– Talvez devêssemos salvá-lo.

– Qual deles?

– Alex. Por que Amos precisaria ser salvo?

– Porque tenho quase certeza de que ele disse para a prostituta cara que era para colocar na conta do Fred.

– Vamos organizar uma missão de resgate; não podemos salvar os dois. – Naomi tomou o restante do seu coquetel. – Preciso de mais combustível de resgate antes.

Ela começou a acenar para o garçom de novo, mas Holden estendeu o braço, segurou a mão dela e a colocou na mesa.

– Em vez disso, acho que devemos tomar um ar – ele falou.

Um rubor de raiva tão intensa quanto breve iluminou o rosto dela. Naomi puxou a mão.

– Vai você tomar um ar. Acabei de ter duas naves e um punhado de amigos explodidos, e passei três semanas sem fazer nada voando para cá. Então, não. Vou tomar outro drinque e depois cantar outra música. O público me ama – Naomi falou.

– E quanto à missão de resgate?

— Causa perdida. Amos será morto por prostitutas do espaço, mas pelo menos morrerá do jeito que viveu.

Naomi levantou-se da mesa, pegou o martíni no bar e se dirigiu para o palco do *karaoke*. Holden a observou, terminou o uísque que estava embalando havia duas horas e ficou em pé.

Por um instante, teve uma visão dos dois cambaleando até o quarto juntos e caindo na cama. Ele teria se odiado na manhã seguinte, mas teria feito mesmo assim. Naomi olhava para ele do palco, e ele percebeu que a encarava. Deu um pequeno aceno e se encaminhou para a porta, com apenas os fantasmas – Ade, capitão McDowell, Gomez, Kelly e Shed – para lhe fazer companhia.

A suíte era confortável, imensa e deprimente. Ele se deitou na cama e, em menos de cinco minutos, levantou-se e saiu de novo pela porta. Caminhou por meia hora pelo corredor, buscando as grandes intersecções que levavam para as outras partes do anel. Encontrou uma loja de eletrônicos, uma casa de chá e o que, em uma inspeção mais de perto, descobriu ser um bordel bem caro. Declinou o vídeo do menu de serviços que o rapaz da recepção lhe ofereceu e saiu vagando, perguntando-se se Amos estaria em algum lugar lá dentro.

Estava no meio de um corredor que nunca vira antes quando um grupo de garotas adolescentes passou por ele. Pelo rosto, não pareciam ter mais de 14 anos, mas já eram tão altas quanto ele. Elas ficaram em silêncio enquanto ele passava, irromperam em gargalhadas quando ele se afastou e depois saíram correndo. Tycho era uma cidade; de repente, ele se sentiu como um estrangeiro, incerto de aonde ir ou do que fazer.

Não foi surpresa quando parou suas andanças e descobriu que estava no elevador para a área de acoplamento. Apertou o botão e entrou no elevador, lembrando-se de ligar as botas magnéticas a tempo de evitar ser erguido do chão quando a gravidade foi torcida e desapareceu.

Ainda que só tivesse a nave havia três semanas, voltar para a *Rocinante* era como voltar para casa. Com toques gentis na escada da quilha, ele subiu até a cabine do piloto. Sentou na cadeira do copiloto, prendeu o cinto de segurança e fechou os olhos.

A nave estava silenciosa. Com o reator desligado e sem ninguém a bordo, nada se movia. O tubo de acoplagem flexível, que conectava a *Roci* à estação, transmitia pouca vibração à nave. Holden podia fechar os olhos, relaxar sob o cinto de segurança e se desconectar de tudo ao seu redor.

Seria pacífico se as fracas luzes fantasmagóricas não mostrassem Ade piscando e explodindo como poeira cada vez que ele fechava os olhos. A voz no fundo de sua mente era a de McDowell enquanto tentava salvar a nave até o último segundo. Holden se perguntava se eles o assombrariam pelo resto da vida, aparecendo toda vez que tinha um momento de silêncio.

Ele se lembrava dos veteranos dos seus tempos de marinha. Caras grisalhos, que serviam a vida toda, e podiam dormir sonoramente enquanto os companheiros, a 2 metros de distância, jogavam partidas barulhentas de pôquer ou assistiam a vídeos com o volume no máximo. Naquela época, ele presumia que isso era um comportamento adquirido, o corpo se adaptando para conseguir descanso suficiente em um ambiente que nunca ficava de fato inativo. Agora ele se perguntava se aqueles veteranos preferiam o ruído constante, uma maneira de manter os amigos perdidos a distância. Era provável que nunca mais dormissem depois que chegavam em casa, aposentados. Holden abriu os olhos e observou uma pequena luz de aviso verde piscar no console do piloto.

Era a única luz no ambiente e não iluminava nada. Mas o acende e apaga lento era de algum modo reconfortante. Uma pulsação tranquila da nave.

Ele disse a si mesmo que Fred tinha razão; um julgamento era a coisa certa. Só que ele queria aquela nave camuflada na mira das armas de Alex. Queria que aquela tripulação desconhecida vivesse o terrível momento em que todas as contramedidas falhavam, com os torpedos a segundos do impacto, quando não havia nada que pudesse detê-los.

Queria que eles tivessem o último suspiro de medo que ouvira pelo microfone de Ade.

Por um tempo, ele substituiu os fantasmas em sua cabeça por fantasias sangrentas de vingança. Quando elas pararam de funcionar, ele flutuou de volta ao convés da tripulação, prendeu-se em sua cama e tentou dormir. A *Rocinante* cantava uma canção de ninar de recicladores de ar e silêncio.

20

MILLER

Miller estava sentado em um café aberto, o túnel amplo acima dele. A grama crescia alta e pálida nas áreas comuns, e o teto brilhava o espectro total de branco. A Estação Ceres estava sem rumo. A mecânica orbital e a inércia a mantinham fisicamente onde sempre estivera, mas as histórias sobre ela haviam mudado. Os pontos de defesa eram os mesmos. Assim como a força de tensão das portas de segurança do porto. A única perda era o escudo efêmero do status político, e isso era tudo.

Miller se inclinou para a frente e bebeu seu café.

Adolescentes brincavam nas áreas comuns. Ele pensava neles como adolescentes, embora se lembrasse de se achar adulto nessa idade. Quinze, dezesseis anos. Usavam braceletes da APE. Os meninos falavam alto, vozes zangadas sobre tirania e liberdade. Garotas observavam os meninos se pavonearem. A antiga história animal: era sempre a mesma, fosse em uma rocha rodopiante cercada pelo vácuo, fosse em uma reserva de chimpanzés do tamanho de um selo na Terra. Mesmo no Cinturão, a juventude trazia a invulnerabilidade, a imoralidade, a convicção inabalável de que as coisas seriam diferentes. As leis da física podiam dar um tempo, os mísseis nunca atingiriam o alvo, o ar nunca escaparia para o nada. Talvez para as outras pessoas – as naves de combate remendadas da APE, os rebocadores de água, as naves armadas marcianas, a *Scopuli*, a *Canterbury*, a *Donnager*, a centena de outras naves destruídas em pequenas ações desde que o sistema se transformara em um campo de batalha –, mas não para eles. Quando a juventude era sortuda o bastante para sobreviver ao otimismo, tudo o que Miller tinha era um pouco de medo, um pouco de inveja e a imensa sensação da fragilidade da vida. Mas ele tinha três meses de salário da companhia na conta e muito tempo livre, e o café não estava ruim.

– Precisa de alguma coisa, senhor? – o garçom perguntou. Ele não parecia mais velho do que os jovens no jardim. Miller negou com a cabeça.

Cinco dias se passaram desde que a Star Helix encerrou seu contrato. O governador de Ceres fugiu em um transporte antes que as notícias ficassem descontroladas. A Aliança dos Planetas Exteriores anunciou a inclusão de Ceres entre os bens imóveis sob controle oficial da organização; ninguém contestou. Miller passara embriagado o primeiro dia de desemprego, mas sua bebedeira foi estranhamente *pro forma*. Ele se refugiou na garrafa porque era familiar, porque era o que alguém fazia quando perdia a carreira que o definia.

No segundo dia, enfrentou a ressaca. No terceiro, ficou entediado. Por toda a estação, as forças de segurança faziam o tipo de exibição que ele esperava: manutenção preventiva da paz. Os poucos comícios e protestos políticos acabaram rápido e com dureza, e os cidadãos de Ceres não se importaram muito. Seus olhos estavam nos monitores, na guerra. Alguns habitantes locais que tiveram a cabeça arrebentada e foram jogados na prisão sem acusações eram um aviso prévio. E Miller não era pessoalmente responsável por nada daquilo.

No quarto dia, ele conferiu seu terminal portátil e descobriu que 80% dos pedidos de registro de atracação haviam sido enviados antes que Shaddid cortasse seu acesso. Mais de mil entradas, uma das quais podia ser a única pista remanescente para Julie Mao. Até agora, nenhuma arma nuclear marciana estava a caminho de Ceres. Nenhuma exigência de rendição. Nenhuma força de invasão. Tudo isso podia mudar em um instante; até que acontecesse, porém, Miller tomava café e auditava gravações de naves, cerca de uma a cada quinze minutos. Miller imaginava que, se Holden estivesse na última nave do registro, ele o encontraria em seis semanas.

A *Adrianopole*, uma nave mineradora de terceira geração, atracara em Pallas na janela de chegada. Miller conferiu o registro público, mais uma vez frustrado em ver como havia pouca informação ali se comparada às bases de dados de segurança.

Propriedade de Strego Anthony Abramowitz. Oito citações por manutenções precárias, banida de Eros e Ceres por ser considerada perigosa para o porto. Qualquer hora dessas causaria um acidente idiota, mas o plano de voo parecia legítimo, e a história da nave era completa o bastante para não soar recém-inventada. Miller apagou a entrada.

A *Filha da Puta Malvadona* era um cargueiro que fazia o triângulo entre Lua, Ganimedes e o Cinturão. Propriedade da Corporação VTC, da Lua. Uma consulta às bases públicas de Ganimedes mostrou que a nave deixara o porto no tempo marcado e não se incomodara em apresentar um plano de voo. Miller tocou na tela com a unha. Não era como ele voaria se precisasse ser discreto. Qualquer um com autoridade poderia investigar a nave só por diversão. Ele apagou a entrada.

Seu terminal soou. Uma nova mensagem. Miller acessou-a. Uma das garotas nas áreas comuns gritou, e as outras gargalharam. Um pardal passou voando, suas asas zumbindo na brisa constante dos recicladores.

Havelock parecia melhor do que quando estava em Ceres. Mais feliz. As olheiras haviam desaparecido, e o formato de seu rosto suavizara sutilmente, como se precisasse provar que o Cinturão mudara seus ossos e que agora voltava à forma natural.

– Miller! – a gravação disse. – Ouvi falar sobre a Terra deixar Ceres um pouco antes de receber sua mensagem. Que azar. Sinto muito que Shaddid despediu você. Cá entre nós, ela é uma idiota pomposa. O boato que ouvi é de que a Terra está fazendo o possível para ficar fora da guerra, inclusive vai desistir de qualquer estação que possa ser alvo de discórdia. Você sabe como é. Se tem um pit bull de um lado e um rottweiler do outro, a primeira coisa a fazer é soltar o bife.

Miller gargalhou.

– Assinei com a Protogen. A empresa é grande, tipo exército privado, essa besteira. Mas o pagamento está de acordo com seus delírios de grandeza. O contrato era para Ganimedes, mas com esta merda toda agora quem sabe o que vai ser? Então, a Protogen tem uma base de treinamento no Cinturão. Nunca tinha ouvido falar nisso, mas parece que é um belo ginásio. Sei que estão contratando, e eu ficaria feliz em indicar você. Se quiser, é só dizer, que boto você em contato com o recrutador, para tirá-lo dessa rocha maldita.

Havelock sorriu.

– Cuide-se, parceiro – o terráqueo disse. – Manterei contato.

Protogen. Pinkwater. Al Abbiq. Pequenas empresas de segurança que as grandes companhias transorbitais contratavam quando precisam de exércitos privados e forças mercenárias. AnnaSec tinha o contrato de segurança de Pallas havia anos, mas sua sede era em Marte. A APE devia ter vagas abertas, mas provavelmente não o contrataria.

Havia anos que não precisava procurar trabalho. Presumia que essa batalha em particular já estava além dele, que morreria trabalhando no contrato de segurança da Estação Ceres. Agora que os acontecimentos o fizeram ser expulso, ele tinha uma sensação estranha de estar flutuando. Como o intervalo entre levar um golpe e sentir a dor. Precisava encontrar outro trabalho. Precisava fazer mais do que mandar um par de mensagens para seus antigos parceiros. Havia agências de emprego. Havia bares em Ceres que contratavam ex-policiais como segurança. Havia mercados cinzentos que aceitariam qualquer um capaz de lhes dar uma aparência de legalidade.

A última coisa que fazia sentido era ficar sentado ali, admirando as meninas no parque e perseguindo pistas em um caso que jamais devia ter levado adiante.

A *Dagon* entrara em Ceres só um pouco antes da janela de chegada. Era propriedade do Coletivo Glapion – uma fachada da APE, ele tinha certeza. Aquilo era uma pista. Só que o plano de voo fora colocado no sistema apenas algumas horas antes da explosão da

Donnager, e o registro de saída de Io parecia sólido. Miller mudou para um arquivo no qual mantinha as naves que mereciam uma segunda análise.

A *Rocinante*, de propriedade de Silencieux Courant Investimentos, da Lua, era um rebocador de gás que pousara em Tycho algumas horas depois do final da janela de chegada. A Silencieux Courant era uma empresa de porte médio sem vínculos óbvios com a APE, e o plano de voo de Pallas era plausível. Miller colocou a unha sobre a tecla de apagar, mas parou. Recostou-se na cadeira.

Por que um rebocador de gás iria de Pallas a Tycho? Ambas as estações eram *consumidoras* de gás. Voar de um consumidor para o outro, sem pegar um suprimento no meio do caminho, era um bom jeito de não cobrir as taxas de atracagem. Ele requisitou o plano de voo que levara a *Rocinante* até Pallas, de onde quer que tenha vindo, e recostou-se para esperar. Se os registros estavam armazenados nos servidores de Ceres, a requisição não demoraria mais do que um ou dois minutos. A barra de notificação, porém, estimava uma hora e meia, o que significava que a requisição fora enviada para os sistemas de atracagem em Pallas. Não estavam no backup local.

Miller coçou o queixo; cinco dias sem se barbear quase deram início a uma barba de verdade. Ele sentiu um sorriso se abrir em seu rosto. Buscara a definição de *Rocinante*: significava literalmente "não mais um cavalo de trabalho", e a primeira entrada era como nome do pangaré de Dom Quixote.

– É você, Holden? – Miller disse para a tela. – Está combatendo moinhos de vento?

– Senhor? – O garçom veio até ele, mas Miller o dispensou com um aceno.

Havia centenas de entradas que ainda precisavam ser vistas, e pelo menos dezenas na pasta de segunda checagem. Miller as ignorou, encarando a entrada de Tycho, como se por força de vontade pudesse fazer mais informações aparecerem na tela. Então, lentamente, abriu a mensagem de Havelock, clicou no botão de resposta e olhou para o minúsculo ponto preto da câmera do terminal.

– Oi, parceiro – ele disse. – Obrigado pela oferta. Vou pensar nela, mas tem algumas coisas nas quais preciso trabalhar antes de sair daqui. Você sabe como é. Mas, se puder me fazer um favor... Preciso ficar de olho em uma nave, e só tenho as bases de dados públicas para trabalhar. Além disso, Ceres pode estar em guerra contra Marte agora. Quem sabe? De qualquer modo, se puder colocar um aviso nível 1 em qualquer plano de voo para ela e me avisar se alguma coisa aparecer... Pagarei uma bebida para você uma hora dessas.

Ele fez uma pausa. Tinha que haver algo mais a dizer.

– Cuide-se também, parceiro.

Revisou a mensagem. Na tela, ele parecia cansado, o sorriso um pouco falso, a voz um pouco mais aguda do que soava em sua cabeça. Mas dizia o que precisava ser dito. Enviou.

Era a isso que ele fora reduzido. Acesso cortado, arma de trabalho confiscada – embora ainda tivesse duas em sua habitação –, dinheiro escoando pelo ralo. Tinha que driblar, pedir favores para coisas que teriam sido rotina, burlar o sistema para obter a mínima informação. Ele fora um policial, e o transformaram em um rato. *Mesmo assim*, ele pensou, recostando-se em sua cadeira, *é um belo trabalho para um rato*.

O som da detonação veio na direção da rotação, depois as vozes se ergueram em raiva. Os adolescentes nas áreas comuns pararam as brincadeirinhas de mão e olharam para lá. Miller se levantou. Havia fumaça, mas não conseguia ver chamas. A brisa desapareceu enquanto os purificadores de ar da estação puxavam o fluxo para sugar material particulado, evitando que os sensores achassem que havia risco de princípio de incêndio. Três disparos de arma soaram em sucessão rápida, e as vozes se uniram em um coro áspero. Miller não entendia o que diziam, mas o ritmo lhe contava tudo o que precisava saber. Não era um desastre, um incêndio, uma rachadura. Apenas um tumulto.

Os adolescentes seguiram na direção da agitação. Miller segurou uma das meninas pelo cotovelo. Não devia ter mais de 16 anos, os olhos quase pretos, o rosto com o formato perfeito de coração.

– Não vá para lá – ele disse. – Reúna seus amigos e sigam na outra direção.

A garota olhou para ele, a mão em seu braço, a agitação distante.

– Vocês não podem ajudar – ele disse.

Ela puxou o braço.

– Podemos tentar! *Podría intentar*, sabe – ela falou. *Você também podia.*

– Já tentei – Miller retrucou.

Guardou o terminal na bolsa enquanto se afastava. Atrás dele, os sons do tumulto cresciam. Mas ele imaginava que a polícia podia dar conta daquilo.

Nas catorze horas seguintes, o sistema de rede reportou cinco tumultos na estação e algum dano estrutural de menor importância. Alguém de quem Miller nunca ouvira falar anunciou um toque de recolher em três fases; pessoas fora de sua habitação por mais de duas horas antes ou depois dos turnos de trabalho estariam sujeitas à prisão. Quem quer que estivesse no comando do espetáculo agora achava que prender 6 milhões de pessoas criaria estabilidade e paz. Ele se perguntava o que Shaddid pensava daquilo.

Fora de Ceres, as coisas pioravam. O laboratório de astronomia profunda em Tritão fora ocupado por um grupo de mineradores simpatizantes da APE. Eles ligaram a matriz do sistema e divulgaram a localização de cada nave marciana, junto com imagens de alta definição da superfície de Marte, mostrando até banhistas que faziam topless nos parques sob as cúpulas. A história era que uma saraivada de armas nucleares estava a caminho da estação, que seria reduzida a pó brilhante em uma semana. Era como se uma lesma terrestre fosse cada vez mais rápido conforme as companhias da Terra – e da Lua – voltavam para o poço de gravidade. Não todas, nem mesmo metade delas, mas era o bastante para mandar a mensagem terráquea: *Não conte conosco*. Marte apelava por solidariedade; o Cinturão apelava por justiça ou, com mais frequência, dizia para o local de nascimento da humanidade ir se foder.

A situação ainda não saíra do controle, mas estava piorando. Mais alguns poucos incidentes e não importaria quem tinha começado. Não importaria quais eram as apostas. Marte sabia que o Cinturão não venceria, e o Cinturão sabia que não tinha nada a perder. Era uma receita para mortes em uma escala que a humanidade nunca vira.

E, assim como em relação a Ceres, não havia muito o que Miller pudesse fazer a esse respeito. Mas podia encontrar James Holden, descobrir o que acontecera com a *Scopuli*, seguir as pistas até Julie Mao. Ele era um detetive. Era o que fazia.

Enquanto arrumava sua habitação, jogando fora detritos recolhidos que se multiplicaram ao longo de décadas como uma crosta, ele conversava com Julie. Tentava explicar por que desistira de tudo para encontrá-la. Depois da descoberta da *Rocinante*, ele dificilmente evitaria a palavra *quixotesco*.

Sua Julie imaginária gargalhava ou ficava tocada. Ela achava que ele era um homenzinho triste e patético, já que rastreá-la era a coisa mais perto de um propósito de vida que conseguiu encontrar. Taxou-o como um instrumento de seus pais. Chorou e o abraçou. Sentou-se com ele em uma sala de observação quase inimaginável para ver as estrelas.

Ele colocou tudo o que tinha em uma mochila. Duas trocas de roupas, seus papéis, seu terminal portátil. Uma foto de Candace, de dias mais felizes. Todas as cópias impressas do caso, que fizera antes que Shaddid limpasse sua partição, incluindo três fotos de Julie. Pensou que tudo pelo que passara deveria ter lhe rendido mais coisas, e mudou de ideia. Provavelmente era isso mesmo.

Ele passou um último dia ignorando o toque de recolher, fazendo rondas pela estação, dizendo adeus para as poucas pessoas das quais achava que sentiria falta ou que poderiam sentir falta dele. Para sua surpresa, Muss, com quem se encontrou em um bar tenso e desconfortável de policiais, chegou a chorar e lhe abraçou tão forte que suas costelas doeram.

Ele reservou uma passagem em um transporte para Tycho. O catre lhe custou um quarto de suas economias. Ocorreu-lhe, não pela primeira vez, que tinha que encontrar Julie muito rápido ou procurar um emprego para sustentá-lo durante a investigação. Mas isso ainda não ocorrera, e o universo não estava estável o suficiente para tornar um plano a longo prazo algo mais do que uma piada amarga.

Como se fosse para provar isso, seu terminal portátil soou enquanto ele estava na fila de embarque do transporte.

– Ei, parceiro. – Era Havelock. – Sabe aquele favor que me pediu? Tenho uma informação: sua encomenda acaba de inserir um plano de voo para Eros. Envio anexos os dados de acesso público. Eu conseguiria coisa melhor, mas esses caras da Protogen são jogo duro. Mencionei você para a recrutadora e ela pareceu interessada, então me diga o que acha, certo? Falamos em breve.

Eros.

Que bom.

Miller assentiu para a mulher atrás dele, saiu da fila e caminhou até o quiosque. Quando abriu a tela, estavam fazendo a última chamada para o embarque no transporte para Tycho. Miller devolveu seu bilhete, conseguiu um reembolso nominal e gastou um terço do que ainda tinha em conta para comprar uma passagem para Eros. Mesmo assim, podia ter sido pior. Ele podia ter recebido a notícia quando já estivesse voando. Tinha que começar a pensar nisso como sorte, não azar.

A confirmação da passagem chegou com um toque que parecia o som suave de um triângulo.

– Espero estar certo sobre isso – ele disse para Julie. – Se Holden não estiver lá, vou me sentir um completo idiota.

Na mente dele, ela sorriu pesarosa.

A vida é um risco, ela respondeu.

21

HOLDEN

Naves eram pequenas. O espaço era sempre um prêmio, e até em um monstro como a *Donnager* os corredores e compartimentos ficavam lotados e desconfortáveis. Na *Rocinante*, os únicos aposentos nos quais Holden conseguia esticar os braços sem tocar as duas paredes eram a cozinha e o compartimento de carga. Ninguém que voava como meio de vida era claustrofóbico, mas até o mais endurecido minerador do Cinturão podia reconhecer a tensão crescente por ficar trancado em uma nave. Era a antiga resposta estressante do animal preso, o reconhecimento subconsciente de que não havia lugar algum para ir que não pudesse ser visto de onde já se estava. Desembarcar de uma nave, no porto, causava a liberação repentina, e por vezes vertiginosa, da tensão.

Com frequência isso tomava a forma de uma bebedeira.

Como todo marinheiro profissional, Holden já terminara longos voos embebedando-se até o estupor. Mais de uma vez ele vagara até o bordel e só partira quando o jogaram para fora com a conta zerada, a virilha dolorida e a próstata seca como o deserto do Saara. Então, quando Amos entrou cambaleando no quarto depois de três dias na estação, Holden sabia exatamente como o grande mecânico se sentia.

Holden e Alex dividiam o sofá e assistiam ao noticiário. Dois pretensos especialistas discutiam as ações do Cinturão, usando palavras como *criminoso*, *terrorista* e *sabotagem*. Os marcianos eram "mantenedores da paz". Era um canal de notícias marciano. Amos bufou e se largou no sofá. Holden tirou o som da tela.

– Seu desembarque foi bom, marinheiro? – Holden perguntou com um sorriso.

– Nunca mais vou beber – Amos grunhiu.

– Naomi foi buscar comida naquele lugar que vende sushi – Alex comentou. – Um belo peixe cru enrolado em alga falsa.

Amos grunhiu de novo.

– Seja legal, Alex – Holden comentou. – Deixe o fígado do homem morrer em paz.

A porta da suíte se abriu, e Naomi entrou carregando uma pilha alta de caixas brancas.

– A comida chegou – ela anunciou.

Alex abriu todas as caixas e começou a distribuir pequenos pratos descartáveis em volta da mesa.

– Você sempre traz rolinhos de salmão quando é sua vez de buscar comida. Que falta de imaginação – Holden comentou enquanto começava a se servir.

– Gosto de salmão – Naomi replicou.

O aposento ficou em silêncio enquanto eles comiam; os únicos sons eram os estalidos dos hashis de plástico e o ruído molhado de coisas sendo mergulhadas no wasabi e no shoyu. Quando a comida acabou, Holden enxugou os olhos, úmidos pelo calor que o tempero picante causara no nariz dele, e se reclinou na cadeira.

Amos usou um dos hashis para coçar sob o gesso em sua perna.

– Vocês fizeram um trabalho muito bom neste conserto aqui – ele comentou. – É a parte do meu corpo que menos dói no momento.

Naomi pegou o controle remoto do apoio de braço de Holden e aumentou o volume. Começou a mudar de um canal para o outro. Alex fechou os olhos e se esticou na poltrona de dois lugares, cruzando os dedos das mãos sobre a barriga e suspirando contente. Holden sentiu uma irritação repentina e irracional por sua tripulação estar tão confortável.

– Todos já mamaram bastante nas tetas do Fred? – ele perguntou. – Acho que eu já.

– Que diabos você está falando? – Amos balançou a cabeça. – Mal comecei.

– Quero dizer – Holden explicou –, quanto tempo vamos ficar curtindo em Tycho, bebendo, fodendo e comendo sushi às custas do Fred?

– O máximo possível? – Alex respondeu.

– Você tem um plano melhor? – Naomi perguntou.

– Não tenho um plano, mas quero voltar à ação. Quando chegamos aqui, estávamos cheios de raiva e sonhos de vingança justa. Bastaram uns boquetes e umas ressacas, e é como se nada tivesse acontecido.

– Vingança meio que exige alguém contra quem nos vingar, capitão – Alex falou. – Caso não tenha notado, isso está em falta no estoque.

– Aquela nave ainda está lá fora, em algum lugar. As pessoas que ordenaram o ataque também estão – Holden disse.

– Então – Alex respondeu lentamente –, vamos sair e ficar voando em espiral até darmos de cara com eles?

Naomi riu e jogou um sachê de molho de soja nele.

– Não sei direito o que fazer – Holden admitiu. – Mas me deixa doido que as pessoas que destruíram nossa nave continuem fazendo o que quer que estejam fazendo enquanto ficamos sentados aqui.

– Chegamos há três dias – Naomi falou. – Merecemos uma cama confortável, comida decente e uma chance de relaxar. Não nos faça nos sentir mal por isso.

– Além do mais, Fred disse que vai levar aqueles malditos para julgamento – Amos completou.

– Se houver um julgamento – Holden replicou. – *Se*. Não acontecerá em meses, talvez nem em anos. E, mesmo aí, Fred estará de olho nos tratados. Anistia pode ser outra moeda de troca, não?

– Você concordou bem rápido com os termos deles, Jim – Naomi comentou. – Mudou de ideia?

– Se Fred quer depoimentos em troca de nos deixar botar a vida em ordem e descansar, o preço foi barato. Não significa que acho que um julgamento vá consertar tudo, ou que quero ser deixado de lado até que ele aconteça.

Ele gesticulou na direção do sofá de couro falso e da tela imensa na parede ao lado deles.

— Além disso, isto aqui pode ser uma prisão. É uma bela prisão, mas, enquanto Fred controla a carteira, ele é nosso dono. Não se enganem.

A testa de Naomi se enrugou; seus olhos ficaram sérios.

— Qual é a alternativa, senhor? — ela perguntou. — Partir?

Holden cruzou os braços. Sua mente se voltou para tudo o que dissera, como se estivesse ouvindo pela primeira vez. Dizer as coisas em voz alta realmente as deixava mais claras.

— Acho que devemos procurar trabalho — ele sugeriu. — Temos uma boa nave. Mais importante, temos uma nave sorrateira. E rápida. Podemos viajar sem transponder se necessário. Muita gente vai precisar transportar coisas de um lugar para o outro com uma guerra começando. Vai nos dar algo para fazer enquanto esperamos o julgamento de Fred, e é um jeito de colocarmos dinheiro nos nossos bolsos e deixarmos o desemprego. E, enquanto voamos de um lado para o outro, podemos ficar de olhos e ouvidos abertos. Nunca se sabe o que vamos encontrar. Falando sério, quanto tempo vocês aguentam ser ratos de estação?

Houve um momento de silêncio.

— Eu topo ser rato de estação por mais uma... semana? — Amos comentou.

— Não seria uma má ideia, capitão — Alex concordou.

— A decisão é sua, capitão — Naomi disse. — Estou com você, e gosto da ideia de voltar a ganhar meu próprio dinheiro. Só espero que não esteja com pressa. Eu gostaria de aproveitar mais uns dias de descanso.

Holden bateu palmas e se levantou de um salto.

— Sem pressa — falou. — Ter um plano faz toda a diferença. É mais fácil desfrutar o tempo de folga quando sei que vai acabar.

Alex e Amos se levantaram juntos e seguiram para a porta. Alex ganhara alguns dólares jogando dardos, e agora ele e Amos estavam no processo de transformá-los em ainda mais dinheiro nas mesas de carteado.

– Não espere por nós, chefe – Amos falou para Naomi. – Acho que estou com sorte hoje.

Os dois partiram, e Holden foi para o pequeno canto da cozinha fazer café. Naomi o seguiu.

– Mais uma coisa – ela disse.

Holden abriu o pacote de café selado a vácuo e o cheiro forte tomou conta do aposento.

– Diga – ele falou.

– Fred está cuidando dos preparativos para o corpo de Kelly. Ele o manterá aqui até ir a público sobre nossa sobrevivência. Então ele o enviará para Marte.

Holden colocou água na cafeteira e ligou a máquina, que começou a fazer sons suaves.

– Ótimo. O tenente Kelly merece todo o respeito e toda a dignidade da nossa parte.

– Fico pensando naquele cubo de dados que estava com ele. Não consegui acessá-lo. Tem algum tipo de supercriptografia militar que faz minha cabeça doer. Então...

– O quê? – Holden franziu o cenho.

– Quero entregá-lo a Fred. Conheço o risco. Não temos ideia do que há ali, e, apesar de seu charme e de sua hospitalidade, Fred ainda é da APE. Mas ele também era um militar das Nações Unidas de alta patente. E tem um pessoal muito bom aqui na estação. Talvez consiga acessar.

Holden pensou por um momento, então assentiu.

– Ok. Deixe-me pensar sobre isso. Também quero saber o que Yao tentava tirar na nave, mas...

– É...

Os dois compartilharam um silêncio camarada enquanto o café era coado. Quando ficou pronto, Holden serviu duas canecas e passou uma para Naomi.

– Capitão – ela começou, então fez uma pausa. – Jim. Tenho sido uma imediata mala sem alça até agora. Estive estressada e assustada além da conta quase 80% do tempo.

– Mas escondeu isso muito bem – Holden replicou.

Naomi fez um sinal com a cabeça, discordando do elogio.

– De qualquer modo, fui insistente sobre algumas coisas que provavelmente não deveria ter sido.

– Não foi nada de mais.

– Deixe-me terminar – ela pediu. – Quero que saiba que acho que fez um excelente trabalho nos mantendo vivos. Você nos manteve focados nos problemas que podíamos resolver em vez de nos deixar cair em depressão. Manteve todo mundo em órbita ao seu redor. Nem todos conseguem fazer isso; sei que eu não conseguiria, e precisávamos daquela estabilidade.

Holden sentiu uma pontada de orgulho. Não esperava, nem acreditava naquilo, mas sentiu-se bem do mesmo jeito.

– Obrigado – Holden falou.

– Não posso falar por Amos e Alex, mas pretendo ficar nessa até o fim. Você não é o capitão só porque McDowell está morto. É o *nosso* capitão, até onde me diz respeito. Só queria que soubesse.

Ela baixou o olhar, corando como se tivesse acabado de confessar algo. Talvez tivesse.

– Tentarei não estragar tudo – ele falou.

– Fico feliz, senhor.

O escritório de Fred Johnson era como seu ocupante: grande, intimidador e cheio de coisas que precisavam ser feitas. A sala tinha facilmente 2,5 metros quadrados, tornando-a maior do que qualquer compartimento da *Rocinante*. Sua mesa era feita de madeira de verdade que aparentava centenas de anos de idade e tinha cheiro de óleo de limão. Holden sentou-se em uma cadeira que era apenas um pouco mais baixa do que a de Fred, e olhou para os montes de pastas de arquivos e papéis que cobriam cada superfície plana.

Fred o recebera e então passara dez minutos ao telefone. O que quer que estivesse falando, parecia técnico. Holden presumiu que era relacionado à imensa nave geracional lá fora. Não o incomodava ser ignorado por alguns minutos, já que a parede de Fred era toda coberta por uma tela curva de alta definição que fingia ser uma janela. Mostrava uma vista espetacular da *Nauvoo* passando enquanto a estação girava. Fred estragou a cena ao desligar o telefone.

– Desculpe-me por isso – ele falou. – O sistema de processamento atmosférico tem sido um pesadelo desde o primeiro dia. Se a ideia é viajar por cem anos ou mais, e o único ar é o que tiver armazenado na nave, a tolerância de perda é... mais rigorosa que o normal. Às vezes é difícil mostrar a importância dos pequenos detalhes aos empreiteiros.

– Estava desfrutando a vista. – Holden gesticulou para a tela.

– Começo a me perguntar se seremos capazes de terminar no prazo.

– Por quê?

Fred suspirou e reclinou-se na cadeira, fazendo-a chiar.

– Por causa da guerra entre Marte e o Cinturão.

– Falta de material?

– Não só isso. As transmissões piratas que afirmam falar em nome da APE estão a mil. Mineradores do Cinturão com lança-torpedos caseiros estão atirando em naves de guerra marcianas. São eliminados em resposta, mas cada um daqueles torpedos mata alguns marcianos.

– O que significa que Marte vai começar a atirar antes.

Fred assentiu, levantou-se e começou a andar pela sala.

– E até cidadãos honestos, em negócios legítimos, começaram a ficar preocupados em sair de casa – ele prosseguiu. – Tivemos mais de uma dúzia de embarques atrasados este mês, e tenho medo de que os atrasos se transformem em cancelamentos.

– Sabe, estive pensando na mesma coisa – Holden falou.

Fred agiu como se não tivesse ouvido.

– Já estive em uma ponte numa situação dessas – Fred continuou. – Quando uma nave não identificada vem na sua direção, e não há outra saída... Ninguém quer apertar o botão. Eu via a nave ficar cada vez maior no radar enquanto meu dedo estava no gatilho. Lembro de implorar para que parassem.

Holden não disse nada. Também já vivera isso. Não havia o que dizer. Fred deixou o silêncio no ar por um momento, então balançou a cabeça e se endireitou.

– Preciso pedir um favor a você – Fred disse.

– Pode pedir o que quiser, Fred. Afinal, pagou por tanto – Holden respondeu.

– Preciso da sua nave emprestada.

– A *Roci*? – Holden questionou. – Por quê?

– Preciso trazer uma coisa para cá, e preciso de um transporte que consiga passar despercebido pelo piquete de naves marcianas se for necessário.

– Definitivamente a *Rocinante* é a nave certa, então. Mas isso não responde minha pergunta: por quê?

Fred deu as costas para Holden e olhou a tela. A ponta da *Nauvoo* acabava de sair de vista. O cenário voltou a ser o fundo negro salpicado de estrelas de sempre.

– Preciso pegar alguém em Eros – ele falou. – Alguém importante. Tenho pessoas que podem fazer isso, mas as únicas naves que temos são cargueiros leves e uns dois serviços de transporte pequenos. Nada que possa fazer a viagem rápido o bastante ou ter esperança de fugir se der algum problema.

– Essa pessoa tem um nome? Quero dizer, você fica dizendo que não quer lutar, mas outra coisa que a minha nave tem, e outras daqui não, são armas. Tenho certeza de que a APE tem uma lista inteira de coisas que deseja explodir.

– Você não acredita em mim.

– Não.

Fred se virou e segurou o encosto de sua cadeira. Os nós de seus dedos embranqueceram. Holden se perguntou se tinha ido longe demais.

– Olhe – Holden contemporizou –, você tem um lindo discurso sobre paz, julgamentos e tudo mais. Repudia as transmissões piratas. Tem uma bela estação, cheia de boas pessoas. Tenho todos os motivos para acreditar que você é o que diz ser. Mas estamos aqui há três dias, e na primeira vez que me fala sobre seus planos você pede minha nave emprestada para uma missão secreta. Sinto muito. Se sou parte disso, quero acesso completo; nada de segredos. Mesmo que eu acreditasse plenamente que você só tem boas intenções, o que não é o caso, ainda não engoliria essa besteira de capa e espada.

Fred o encarou por alguns segundos, então deu a volta na cadeira e se sentou. Holden percebeu que tamborilava nervoso os dedos na coxa e se obrigou a parar. Os olhos de Fred foram até a mão de Holden e voltaram. Continuou a encará-lo.

Holden limpou a garganta.

– Olhe, sei que você é o alfa da matilha aqui. Mesmo se eu não conhecesse seu histórico, a sua pessoa já me assustaria bastante, então não sinta necessidade de provar isso. Porém, não importa quão assustado eu esteja, não vou ceder.

O esperado riso de Fred não veio. Holden tentou engolir em seco discretamente.

– Aposto que todo capitão com quem você voou o achava um tremendo mala sem alça – Fred comentou, por fim.

– Acredito que meus registros refletem isso – Holden disse, tentando esconder o alívio.

– Preciso trazer de Eros um homem chamado Lionel Polanski.

– A viagem de ida e volta é só uma semana, se nos apressarmos – Holden falou, fazendo as contas de cabeça.

– O fato de Lionel não existir complica a missão.

– Ok, agora estou confuso – Holden admitiu.

— Você queria fazer parte disso? — Fred retrucou, as palavras com uma ferocidade tranquila. — Agora faz. Lionel Polanski existe apenas no papel, e possui as coisas que o sr. Tycho não quer possuir. Inclusive uma nave de entregas chamada *Scopuli*.

Holden inclinou-se para a frente em sua cadeira, o rosto inflamado.

— Agora você tem toda a minha atenção — ele falou.

— O inexistente proprietário da *Scopuli* se hospedou em um cortiço em um dos níveis imundos de Eros. Só agora recebemos a mensagem. Temos que trabalhar com o pressuposto de que quem quer que esteja naquele quarto tem conhecimento íntimo de nossa operação, precisa de ajuda e não pode pedir por ela abertamente.

— Posso partir em uma hora — Holden disse sem fôlego.

Fred levantou as mãos em um gesto que era surpreendentemente cinturino para um homem da Terra.

— Quando isso se transformou na *sua* partida? — Fred perguntou.

— Não vou emprestar minha nave, mas posso alugá-la. Na verdade, minha tripulação e eu estávamos falando sobre aceitar trabalhos. Contrate-nos. Desconte o que for justo pelos serviços que já nos prestou.

— Não — Fred falou. — Preciso de vocês.

— Não é verdade — Holden respondeu. — Você precisa dos nossos depoimentos. E não vamos ficar sentados aqui por um ano ou dois esperando a sanidade reinar. Todos faremos depoimentos em vídeos, assinaremos todos os documentos que quiser para comprovar a autenticidade, mas vamos partir em busca de trabalho de um jeito ou de outro. Você bem que podia aproveitar isso.

— Não — Fred falou. — Vocês são valiosos demais para arriscarem a própria vida.

— E se eu incluir o cubo de dados que a capitã da *Donnager* estava tentando tirar da nave?

O silêncio voltou, agora diferente. Holden pressionou:

– Olhe, você precisa de uma nave como a *Roci*. Eu tenho uma. Você precisa de uma tripulação para ela. Também tenho isso. E você está tão curioso em saber o que há no cubo quanto eu.

– Não gosto do risco.

– Sua outra opção é nos jogar na prisão e comandar a nave. Há riscos nisso também.

Fred gargalhou. Holden se sentiu relaxar.

– Você ainda tem o mesmo problema que o trouxe aqui – Fred lembrou. – A *Rocinante* parece uma nave de guerra, não importa o que o transponder diga.

Holden levantou de um salto e pegou uma folha de papel na mesa de Fred. Começou a rabiscar com uma caneta que tirou de um conjunto decorativo.

– Estive pensando nisso. Você tem instalações fabris completas aqui. E supostamente somos um rebocador leve de gás. – Ele começou a fazer um esboço grosseiro da nave. – Podemos soldar uma série de tanques de armazenamento de gás comprimido vazios no casco. Vamos usá-los para esconder os tubos, repintar a nave toda. Soldar algumas projeções para mudar o perfil do casco e nos esconder de softwares de reconhecimento de naves. Vai ficar horrível e estragar a aerodinâmica, mas não chegaremos perto de atmosfera tão cedo. Vai parecer exatamente o que é: algo que um bando de cinturinos montou às pressas.

Ele entregou o papel para Fred, que começou a rir com vontade, tanto do desenho terrível como do absurdo da coisa toda.

– Você seria uma surpresa e tanto para um pirata – ele comentou. – Se eu aceitar seu plano, você e sua tripulação gravarão os depoimentos e serão contratados como fornecedores independentes para tarefas como a ida a Eros, e voltarão sob minhas ordens, quando começarem as negociações de paz.

– Sim.

– Quero ter vantagem sobre qualquer oferta que receber. Nenhum contrato sem minha contraoferta.

Holden estendeu a mão, Fred a apertou.

– Foi bom fazer negócio com você, Fred.

Enquanto Holden deixava o escritório, Fred já estava no comunicador com o pessoal da casa de máquinas. Holden pegou seu terminal portátil e chamou Naomi.

– Pois não? – ela atendeu a chamada.

– Arrume os garotos. Nós vamos para Eros.

22

MILLER

O transporte de pessoas para Eros era pequeno, barato e lotado. Os recicladores de ar tinham o cheiro de plástico e resina dos modelos industriais de longa duração que Miller associava a armazéns e depósitos de combustível. As luzes eram de led barato pintadas com um tom rosa que devia embelezar a pele, mas que, em vez disso, fazia todo mundo parecer bife malpassado. Não havia cabines, só fila após fila de assentos de fórmica laminada e duas paredes longas com cinco catres empilhados, nos quais os passageiros podiam se revezar. Miller nunca estivera em um transporte popular antes, porém sabia como funcionava. Se houvesse uma briga, a tripulação da nave lançaria gás de efeito moral na cabine, nocautearia todo mundo e colocaria os envolvidos atrás das grades. O bar estava sempre aberto, e as bebidas eram baratas. Não muito tempo atrás, Miller teria achado aquilo atraente.

Em vez disso, sentou-se em um dos bancos compridos, com o terminal portátil ligado. Ele lia o arquivo que refizera do caso de Julie. A foto dela, orgulhosa e sorridente, diante da *Porco Selvagem*, as datas e os registros, o treinamento de jiu-jítsu. Parecia pouco, considerando a importância que aquela mulher adquirira em sua vida.

Uma pequena transmissão de notícias corria na lateral esquerda do terminal. A guerra entre Marte e o Cinturão se intensificava, incidente após incidente, mas a separação da Estação Ceres era a notícia principal. A Terra era criticada por comentaristas marcianos por não se unir ao planeta interior parceiro, ou pelo menos por não entregar o contrato de segurança de Ceres para Marte. A reação desordenada do Cinturão ia desde o prazer em ver a influência da Terra se reduzir ao poço de gravidade até o pânico estridente diante da perda da neutralidade de Ceres, passando por teorias da conspiração que diziam que a Terra fomentava a guerra para seus próprios fins.

Miller guardava seu julgamento para si.

— Sempre penso nos bancos de igreja.

Miller ergueu os olhos. O homem sentado ao lado dele tinha quase sua idade; a mesma franja de cabelo grisalho, a barriga suave. O sorriso do homem disse a Miller que o cara era um missionário, vagando no vácuo para salvar almas. Ou talvez fosse o crachá com o nome e a Bíblia.

— Estou falando desses assentos — o missionário explicou. — Eles sempre me fazem pensar em ir à igreja, pelo jeito como são alinhados, fileira após fileira. Só que, em vez de um púlpito, temos catres.

— Nossa Senhora do Bom Sono — Miller falou, sabendo que estava dando corda para a conversa, mas incapaz de se controlar. O missionário riu.

— Algo assim — ele disse. — Você frequenta a igreja?

— Não vou há anos — Miller confessou. — Era metodista, quando frequentava. Que tipo você vende?

O missionário ergueu as mãos em um gesto de inofensividade que remontava às planícies africanas no Pleistoceno. *Não tenho arma; não busco briga.*

— Estou voltando para Eros de uma conferência na Lua — ele contou. — Meus dias de proselitismo ficaram para trás há muito tempo.

— Não acho que chegam a acabar — Miller falou.

— Não acabam. Não oficialmente. Mas, depois de algumas décadas, você percebe que não há diferença real entre tentar e não tentar. Ainda viajo. Ainda converso com as pessoas. Algumas vezes falamos sobre Jesus Cristo. Algumas vezes falamos sobre culinária. Não é preciso muito esforço da minha parte com uma pessoa que está pronta para aceitar Cristo. E, se ela não está, intimidá-la não vai ajudar em nada. Então, por que tentar?

— As pessoas falam sobre a guerra? — Miller perguntou.

— Com frequência — o missionário respondeu.

— Alguém vê sentido nela?

– Não. Não acredito que a guerra faça sentido. É uma loucura que está na nossa natureza. Às vezes ela persiste; outras, desaparece.

– Parece uma doença.

– A herpes simples das espécies? – o missionário perguntou com uma gargalhada. – Suponho que haja maneiras piores de pensar sobre isso. Temo que, enquanto formos humanos, a guerra estará conosco.

Miller olhou para aquele rosto largo e redondo.

– Enquanto formos humanos? – ele repetiu.

– Alguns de nós acreditam que, em algum momento, todos vamos nos tornar anjos – o missionário comentou.

– Não os metodistas.

– Mesmo eles, em algum momento – o homem o corrigiu. – Mas provavelmente não serão os primeiros. E o que traz você à Nossa Senhora do Bom Sono?

Miller suspirou, recostando-se de novo no assento duro. Duas fileiras adiante, uma mulher jovem gritou para dois meninos pararem de pular nos bancos e foi ignorada. Um homem atrás deles tossiu. Miller inspirou fundo e deixou o ar sair devagar.

– Eu era policial em Ceres – ele disse.

– Ah. Mudança de contrato.

– Isso – Miller confirmou.

– Aceitou um trabalho em Eros, então?

– Estou mais à procura de um velho amigo. – Então, para sua própria surpresa, continuou: – Nasci em Ceres. Vivi lá minha vida toda. Esta é a... quinta? Sim, quinta vez que saio da estação.

– Planeja voltar?

– Não – Miller respondeu. Soou mais seguro do que imaginava. – Não, acho que essa parte da minha vida está encerrada.

– Deve ser doloroso – o missionário comentou.

Miller fez uma pausa para deixar o comentário assentar. O homem estava certo; deveria ter sido doloroso. Tudo o que ele tinha se fora: seu trabalho, sua comunidade. Ele nem era mais um policial, apesar da pistola na bagagem. Ele nunca mais comeria no carrinho de comida indiana na extremidade do setor 9. A recepcionista do quartel-general nunca mais acenaria com a cabeça cumprimentando-o enquanto ele seguia para a mesa dele. Nada mais de noites no bar com colegas, nada mais de histórias sem graça de batidas policiais que ficaram estranhas, nada mais de crianças empinando pipa nos túneis altos. Ele se analisou como um médico em busca de uma inflamação. Doía aqui? Ele sentia a perda ali?

Não, não sentia. Havia apenas uma sensação de alívio tão profunda que se aproximava da alegria.

– Desculpe – o missionário falou, confuso. – Eu disse alguma coisa engraçada?

Eros tinha uma população de 1,5 milhão de pessoas, um pouco mais do que Ceres tinha de visitantes em qualquer momento. Com a forma aproximada de uma batata, tinha sido muito mais difícil rotacioná-lo, e sua velocidade de superfície era consideravelmente mais alta do que a de Ceres no mesmo g interno. Antigos estaleiros se projetavam do asteroide, grandes teias de aranha de malhas de aço e carbono cravejado de luzes de advertência e conjuntos de sensores para repelir qualquer nave que pudesse se aproximar demais. As cavernas internas de Eros foram o local de nascimento do Cinturão. Do minério bruto para os fornos de fundição, daí para as plataformas de recozimento e depois para as estruturas dos rebocadores de água, recolhedores de gás e naves mineradoras. Eros fora o porto de chegada da primeira geração da expansão da humanidade. Ali, o próprio Sol era só uma estrela brilhante entre bilhões de outras.

A economia do Cinturão seguira em frente. A Estação Ceres proporcionou docas mais modernas, mais suporte industrial, mais pessoas. O negócio de transportes se transferira para Ceres, enquanto Eros continuara como um centro de construção e reparo de naves. Os resultados foram tão previsíveis quanto a física. Em Ceres, um período grande no cais significava perda de dinheiro, e a estrutura das taxas de ancoragem refletia isso. Em Eros, uma nave podia esperar semanas ou meses sem impedir o fluxo do tráfego. Se uma tripulação queria um lugar para relaxar, para esticar as pernas, afastar-se uns dos outros por um tempo, Eros era o porto ideal. E, com as taxas de ancoragem mais baixas, a Estação Eros encontrou outras maneiras de tirar dinheiro dos visitantes: cassinos, bordéis, galerias de tiro. Vícios em todas as formas comerciais encontravam um lar em Eros, e a economia local florescia como um fungo alimentado pelos desejos dos cinturinos.

Uma feliz coincidência da mecânica orbital colocou Miller em Eros com meio dia de antecedência da *Rocinante*. Ele caminhou pelos cassinos baratos, pelos bares de ópio e clubes de sexo, pelas áreas de espetáculos de luta, onde homens e mulheres fingiam bater uns nos outros até deixá-los inconscientes, para delírio das multidões. Miller imaginava Julie ao seu lado, o sorriso malicioso dela combinando com o dele, enquanto o detetive lia o grande cartaz animado: RANDOLPH MAK, DETENTOR DO TÍTULO DE CAMPEÃO DE LUTA LIVRE DO CINTURÃO POR SEIS ANOS, CONTRA O MARCIANO KIVRIN CARMICHAEL, EM UM CONFRONTO ATÉ A MORTE!

Claro que não está nada combinado, Julie dizia secamente em sua imaginação.

Eu me pergunto qual dos dois vai vencer, ele pensou, e a imaginou gargalhando.

Ele parou em um carrinho de noodle, onde um cone com massa de ovos e molho preto fumegante custava dois ienes novos, quando uma mão segurou seu ombro.

– Detetive Miller – uma voz familiar disse. – Acho que está fora de sua jurisdição.

– Ora, inspetor Sematimba – Miller respondeu. – Ainda estou vivo. Um dia desses, você vai matar alguém de susto, aparecendo assim.

Sematimba riu. Era um homem alto, mesmo entre os cinturinos, com a pele mais escura que Miller já vira. Anos antes, Sematimba e Miller haviam trabalhado juntos em um caso particularmente feio. Um contrabandista com uma carga de eufóricos de grife rompera com seu fornecedor. Três pessoas em Ceres foram pegas no fogo cruzado, e o contrabandista fugira para Eros. A tradicional competitividade e estreiteza de espírito das forças de segurança das duas estações quase deixaram o bandido escapar. Só Miller e Sematimba foram capazes de coordenar a ação por fora dos canais corporativos.

– O que traz você ao umbigo do Cinturão, à glória e ao poder que é Eros? – Sematimba perguntou, recostando-se em um corrimão fino de aço e gesticulando para abarcar o túnel.

– Estou seguindo uma pista – Miller falou.

– Não há nada de bom aqui – Sematimba disse. – Desde que a Protogen caiu fora, as coisas vão de mal a pior.

Miller sugou um noodle.

– De quem é o novo contrato? – ele perguntou.

– CPM – Sematimba respondeu.

– Nunca ouvi falar.

– *Carne Por la Machina.* – Sematimba fez uma careta que simulava masculinidade exagerada. Bateu no peito e rosnou, então deixou a imitação de lado e balançou a cabeça. – Uma nova corporação da Lua. Composta em geral de cinturinos. Todos fingem ser barra-pesada, mas em geral são amadores. Muita fanfarronice, nada de coragem. A Protogen vinha dos planetas interiores, e isso era um problema, mas eles eram bem sérios. Arrebentavam cabeças, porém mantinham a paz. Esses imbecis novos são o maior bando de ladrões para o qual já trabalhei. Não acho que o Conselho do governador vai renovar o contrato. Finja que eu não contei isso a você, mas é verdade.

– Tenho um antigo parceiro que assinou com a Protogen – Miller comentou.

– Eles não são maus – Sematimba falou. – Quase desejei ir com eles depois do divórcio, sabe?

– Por que não foi? – Miller perguntou.

– Você sabe como é. Sou daqui.

– Sei... – Miller concordou.

– Você não sabia quem está mandando nesta brincadeira? Então não está aqui em busca de trabalho.

– Não – Miller disse. – Estou em um período sabático. Viajando um pouco por conta própria.

– Tem dinheiro para isso?

– Na verdade, não. Mas não me importo de viver com pouco. Por um tempo, você sabe. Ouviu algo sobre uma tal de Juliette Mao? Ela atende por Julie.

Sematimba negou com a cabeça.

– Mao-Kwikowski Mercantil – Miller prosseguiu. – Saiu do poço e se tornou nativa. APE. Era um caso de sequestro.

– Era?

Miller se recostou. Sua Julie imaginária ergueu as sobrancelhas.

– O caso mudou um pouco desde que comecei a trabalhar nele – Miller falou. – Pode estar conectado com algo meio grande.

– De quão grande estamos falando? – Sematimba perguntou. Todos os traços de jocosidade desapareceram de seu rosto. Estava em modo policial agora. Qualquer um, exceto Miller, teria achado intimidante a expressão vazia, quase zangada do homem.

– A guerra – Miller falou.

Sematimba cruzou os braços.

– Piada sem graça – comentou.

– Não é piada.

– Eu nos considero amigos, meu velho – Sematimba disse. – Mas não quero problemas por aqui. As coisas já estão bagunçadas.

– Tentarei me manter discreto.

Sematimba assentiu. Mais adiante no túnel, um alarme soou. Só o de segurança, não o dítono ensurdecedor do alerta ambiental. Sematimba olhou para o túnel, como se ao apertar os olhos pudesse ver através do amontoado de pessoas, bicicletas e carrinhos de comida.

– É melhor eu dar uma olhada – ele disse com ar resignado. – Alguns dos meus companheiros oficiais da paz devem ter quebrado janelas por diversão.

– Que ótimo fazer parte de uma equipe assim – Miller brincou.

– Como você poderia saber? – Sematimba respondeu com um sorriso. – Já sabe: se precisar de alguma coisa...

– Você também – Miller falou e observou o policial desaparecer no mar de caos e humanidade.

Era um homem grande, mas algo o fazia parecer menor enquanto passava pela surdez universal das multidões ao som do alarme. *Uma pedra no oceano*, Miller lembrou-se da frase. Uma estrela entre milhões.

Miller conferiu as horas, então acessou os registros públicos de atracagem. A *Rocinante* aparecia com status "no horário". O cais de atracagem estava listado. Miller comeu o restante dos seus noodles, jogou o cone de isopor com uma camada fina de molho preto no reciclador público, procurou o banheiro masculino mais próximo e, quando terminou, seguiu para o nível dos cassinos.

A arquitetura de Eros mudara desde sua fundação. Antigamente era como Ceres – túneis que se entrecruzavam como uma teia e conduziam para as conexões mais largas –, mas se adaptara ao fluxo do dinheiro: agora todos os caminhos levavam ao nível do cassino. Se quisesse ir a qualquer lugar, você passava pela ampla barriga da baleia de luzes e cartazes. Pôquer, *blackjack*, tanques altos cheios de trutas premiadas prontas para serem pegas e evisceradas, jogos mecânicos, jogos eletrônicos, corridas de grilo, dados, jogos de habilidade manipulados. Luzes piscantes, palhaços de néon dançantes e telas de vídeo de propaganda explodiam nos olhos. Risadas artificiais altas, apitos e sinos alegres asseguravam-lhe o melhor momento da sua vida. Tudo isso enquanto o cheiro de milhares de pessoas comprimidas em um espaço muito pequeno competia com o de carne artificial temperada demais dos carrinhos que seguiam pelos corredores. A ganância e o desenho dos cassinos transformaram Eros em um corredor de gado arquitetônico.

Era exatamente do que Miller precisava.

A estação de metrô que vinha do porto tinha seis portas largas que davam para o pavimento do cassino. Miller aceitou uma bebida de uma mulher de aparência cansada que usava fio dental e fazia topless, e encontrou um lugar onde havia uma tela para fingir assistir e que lhe permitia ver todas as seis portas. A tripulação da *Rocinante* não tinha escolha senão sair por uma delas. Ele conferiu seu terminal portátil. Os registros de atracagem mostravam que a nave chegara dez minutos antes. Miller fingiu tomar sua bebida e se preparou para esperar.

23

HOLDEN

O nível do cassino de Eros era um ataque completo aos sentidos. Holden odiava aquilo.

– Adoro este lugar – Amos comentou, sorrindo.

Holden abriu caminho por um grupo de jogadores bêbados de meia-idade que riam e gritavam, até um pequeno espaço aberto perto de uma fila de terminais de parede pré-pagos.

– Amos – ele chamou –, vamos para um nível menos turístico, então vigie a retaguarda. O cortiço que estamos procurando fica em um bairro barra-pesada.

Amos assentiu.

– Entendido, capitão.

Naomi, Alex e Amos protegeram Holden da visão dos transeuntes, e o capitão levou a mão até as costas para ajustar a pistola presa desconfortavelmente em sua cintura. Os policiais em Eros eram bem nervosos com pessoas andando por aí com armas, mas não havia como ir até "Lionel Polanski" desarmado. Amos e Alex também levavam suas armas, embora Amos mantivesse a sua no bolso direito da jaqueta e jamais tirasse a mão de lá. Só Naomi se recusara a andar armada.

Holden levou o grupo na direção das escadas rolantes mais próximas. Por último ia Amos, que dava um olhar ocasional para trás. Os cassinos de Eros se estendiam por três níveis aparentemente sem fim; mesmo movendo-se o mais rápido possível, eles levaram quase meia hora para se afastar do barulho e das multidões. O primeiro nível acima era um bairro residencial, estranhamente tranquilo e limpo depois do caos e do ruído do cassino. Holden sentou-se na beirada de uma jardineira com um belo conjunto de samambaias e recuperou o fôlego.

– Estou com você, capitão. Cinco minutos naquele lugar me deu dor de cabeça – Naomi disse, e sentou-se ao lado dele.

– Estão brincando comigo? – Amos perguntou. – Eu gostaria que tivéssemos mais tempo. Alex e eu depenamos o pessoal nas mesas de carteado em Tycho. Imagino que sairíamos daqui milionários.

– Com certeza! – Alex brincou e socou o grande mecânico no ombro.

– Bem, se essa história do Polanski não der em nada, vocês têm minha permissão para nos enriquecer nas mesas de carteado. Vou esperá-los na nave – Holden comentou.

O sistema de metrôs terminava no primeiro nível do cassino e não recomeçava até o nível em que estavam agora. Era possível optar por não gastar seu dinheiro nas mesas, mas eles se asseguravam de puni-lo por isso. Assim que a tripulação subiu em um vagão e começou a viagem até o cortiço de Lionel, Amos sentou-se perto de Holden.

– Alguém está nos seguindo, capitão – ele disse em tom despreocupado. – Não tive certeza até que ele subiu uns dois vagões depois do nosso. Estava atrás de nós nos cassinos também.

Holden suspirou e colocou o rosto nas mãos.

– Ok, qual a aparência dele? – ele perguntou.

– Cinturino. Uns 50 anos, talvez 40 com muita milhagem. Camisa branca e calça escura. Chapéu ridículo.

– Policial?

– Ah, sim. Mas nenhum coldre que eu tenha visto – Amos respondeu.

– Tudo bem. Fique de olho nele, mas não precisamos nos preocupar demais. Não estamos fazendo nada ilegal aqui – Holden comentou.

– Quer dizer, nada além de chegar na nossa nave marciana roubada, senhor? – Naomi ironizou.

– Você quer dizer nosso rebocador de gás *perfeitamente legítimo* e que todos os papéis e dados de registro confirmam ser *perfeitamente legítimo*? – Holden respondeu com um sorrisinho. – Sim, bem, se tivessem notado isso, teriam nos detido no cais, e não nos seguido por aí.

Uma tela de propaganda na parede mostrava uma vista estonteante de nuvens multicoloridas rasgadas por relâmpagos, encorajando Holden a fazer uma viagem aos incríveis resorts sob domos em Titã. Ele nunca estivera em Titã. De repente, ficou com muita vontade de ir lá. A ideia de algumas semanas sem hora para acordar, comendo em bons restaurantes, deitado em uma rede só observando a atmosfera tempestuosa e colorida de Titã era uma visão do paraíso. Mas que inferno! Em sua fantasia, ele viu Naomi se aproximar de sua rede com dois drinques enfeitados com frutas nas mãos.

A Naomi de verdade arruinou a imagem ao falar:

– É a nossa estação.

– Amos, observe nosso amigo, veja se ele sai do vagão conosco – Holden disse enquanto se levantava e seguia para a porta.

Depois que saíram e deram uma dúzia de passos pelo corredor, Amos lhe sussurrou "Sim". *Merda*. Bem, definitivamente alguém os seguia, mas não havia motivo algum para não seguir adiante e conferir a história de Lionel. Fred não lhes pedira para fazer nada com quem quer que estivesse fingindo ser o proprietário da *Scopuli*. Eles não podiam ser presos apenas por bater em uma porta. Holden assobiou uma melodia alta e garbosa enquanto caminhava, para fazer a sua tripulação e quem quer que os estivesse seguindo saber que ele não estava preocupado com nada.

Parou quando viu o cortiço.

Era sombrio e sujo, exatamente o tipo de lugar onde as pessoas eram atacadas ou coisa pior. Luzes queimadas criavam cantos escuros, e não havia um turista à vista. Ele se virou para dar a Alex e Amos olhares significativos, e Amos mexeu a mão no bolso. Alex levou a mão para dentro do casaco.

O lobby era em grande parte um espaço vazio, com um par de sofás em um extremo, perto de uma mesa coberta com revistas. Uma mulher mais velha, de aparência sonolenta, sentava-se sozinha ali, lendo. Havia elevadores na parede do outro lado, perto de uma porta com uma placa em que se lia "Escadas". O balcão de check-in ficava no meio do lobby, e, em vez de um recepcionista humano, havia um terminal com tela sensível ao toque por meio do qual os hóspedes pagavam pelos quartos.

Holden parou perto do balcão e deu meia-volta para olhar a mulher no sofá. Ela tinha cabelos grisalhos, mas boas feições e um porte atlético. Em um cortiço daqueles, isso provavelmente significava que era uma prostituta quase no fim de sua vida profissional. Ela ignorou o olhar.

– Nosso amigo ainda está conosco? – Holden perguntou baixinho.

– Parou em algum lugar lá fora. Deve estar vigiando a porta – Amos respondeu.

Holden assentiu e apertou o botão de consulta na tela do check-in. Um menu simples enviaria uma mensagem para o quarto de Lionel Polanski, mas Holden saiu do sistema. Sabiam que Lionel ainda estava hospedado ali, e Fred lhe dera o número do quarto. Se fosse alguém tramando alguma coisa, não havia motivo para dar um aviso antes que Holden batesse à porta.

– Ok, ele ainda está aqui. Vamos... – Holden disse, mas parou quando viu a mulher do sofá parada bem atrás de Alex. Ele não tinha ouvido nem visto a aproximação dela.

– Vocês precisam vir comigo – ela falou com voz dura. – Caminhem até as escadas lentamente, fiquem pelo menos três metros diante de mim o tempo todo. Agora.

– Você é policial? – Holden perguntou, sem se mover.

– Sou a pessoa com a arma – ela disse, e uma pequena arma apareceu em sua mão direita como mágica. Ela apontou para a cabeça de Alex. – Façam o que eu digo.

A arma dela era pequena, de plástico, e tinha algum tipo de bateria. Amos tirou sua pesada arma de plasma para fora e a mirou no rosto da mulher.

– A minha é maior – ele disse.

– Amos, não... – Foi tudo o que Naomi teve tempo de dizer

antes que as portas da escada se abrissem e meia dúzia de homens e mulheres com armas automáticas compactas entrasse na sala, gritando para eles soltarem as suas.

Holden começou a erguer as mãos quando um deles abriu fogo. A arma disparava tão rápido que soava como se alguém estivesse rasgando papel; era impossível ouvir os tiros separados. Amos se jogou no chão. Uma série de buracos de bala retalhou o peito da mulher do sofá, e ela caiu de costas com um barulho suave.

Holden agarrou Naomi pela mão e a arrastou para trás do balcão de check-in. Alguém do outro grupo gritava "Cessar fogo! Cessar fogo!", mas Amos já revidava, deitado no chão. Um grito de dor e um xingamento disseram a Holden que provavelmente ele atingira alguém. Amos rolou de lado até o balcão, bem a tempo de evitar uma rajada de plasma que arrebentou o piso e a parede e fez o balcão estremecer.

Holden estendeu a mão para pegar sua arma, mas a mira se prendeu em sua cintura. Ele puxou, rasgando sua roupa de baixo, e rastejou de joelhos até a ponta do balcão. Olhou para fora. Alex estava deitado no chão do outro lado de um dos sofás, arma empunhada e rosto branco. Enquanto Holden olhava, uma rajada de tiros atingiu o sofá, explodindo o enchimento e fazendo uma linha de buracos no encosto não mais do que 20 centímetros acima da cabeça de Alex. O piloto posicionou a pistola no canto do sofá e disparou às cegas meia dúzia de tiros, ao mesmo tempo que gritava.

– Malditos imbecis! – Amos xingou, então rolou e disparou mais duas rajadas e rolou de volta, antes que o fogo do inimigo recomeçasse.

– Onde eles estão? – Holden gritou a pergunta.

– Dois estão caídos, os outros estão nas escadas! – Amos gritou de volta, por sobre o som dos tiros.

Como se viesse do nada, uma explosão de rajadas ricocheteou no chão perto do joelho de Holden.

– Merda, estamos sendo flanqueados! – Amos gritou, então foi mais para trás do balcão, para longe dos tiros.

Holden se arrastou para o outro lado do balcão e espiou.

Alguém se movia baixo e rápido na direção da entrada do cortiço. Holden se inclinou para além do balcão e disparou uns dois tiros nessa pessoa, mas três armas abriram fogo das escadarias e o forçaram a voltar para trás.

– Alex, alguém está se movendo para a entrada! – Holden gritou a plenos pulmões, esperando que o piloto fosse capaz de executar um disparo antes que todos fossem destroçados pelo fogo cruzado.

Uma pistola disparou três vezes na entrada. Holden arriscou dar uma olhada. O cara que os seguia, que usava o chapéu engraçado, estava agachado na porta com uma arma na mão; o homem que os flanqueava com uma metralhadora estava caído aos seus pés. Em vez de olhar para eles, o cara apontava a arma para as escadas.

– Ninguém atira no cara de chapéu! – Holden berrou e voltou para a extremidade do balcão.

Amos apoiou as costas no balcão e tirou o cartucho de sua arma. Enquanto remexia os bolsos em busca de outro, comentou:

– O cara deve ser policial.

– Ainda mais importante: *não* atirem em nenhum policial. – Holden então disparou alguns tiros na direção da escada.

Naomi, que passara o tiroteio todo no chão, com os braços sobre a cabeça, disse:

– Todos eles podem ser policiais.

Holden deu mais alguns disparos e balançou a cabeça.

– Policiais não carregam metralhadoras portáteis, que dá para esconder fácil, nem fazem emboscadas em escadarias. Chamamos esses tipos de esquadrões da morte – ele comentou, embora a maior parte de suas palavras fosse engolida por uma barreira de disparos das escadarias. Depois disso vieram alguns segundos de silêncio.

Holden se inclinou a tempo de ver a porta da escadaria se fechar.

– Acho que estão fugindo. – Ainda assim, manteve a arma apontada para a porta. – Deve haver alguma outra saída. Amos, fique de olho naquela porta. Se ela se abrir, comece a atirar. – Deu um tapinha no ombro de Naomi. – Fique abaixada.

Holden se levantou de trás do agora destruído balcão de check-in. O tampo da mesa fora despedaçado, e a pedra embaixo estava visível. Holden levantou sua arma, as mãos abertas. O homem de chapéu se levantou, olhou para o cadáver aos seus pés, e então ergueu os olhos quando Holden se aproximou.

– Obrigado. Meu nome é Jim Holden. Quem é você?

O homem não falou por um segundo. Quando o fez, sua voz era calma, quase cansada.

– Os policiais chegarão logo. Preciso fazer uma ligação ou vamos todos ser presos.

– Você não é policial? – Holden perguntou.

O outro homem riu; era um som amargo, curto, mas com algum humor de verdade por trás. Aparentemente Holden dissera algo engraçado.

– Não. Meu nome é Miller.

24

MILLER

Miller olhou o homem morto – o homem que ele acabara de matar – e tentou sentir alguma coisa. O pico de adrenalina ainda aumentava seus batimentos cardíacos. Havia o sentimento de surpresa que vinha de entrar em um tiroteio inesperado. Fora isso, no entanto, sua mente iniciara o longo hábito da análise. Uma mulher na sala principal, para que Holden e sua tripulação não pudessem ver nada muito ameaçador. Um bando de brutamontes com os dedos nos gatilhos para apoiá-la. Aquilo correra bem.

Foi um esforço impetuoso. A emboscada tinha sido organizada por pessoas que não sabiam o que estavam fazendo ou que não tiveram muito tempo ou recursos para fazer direito. Do contrário, Holden e seus três companheiros teriam sido levados ou até mortos. E Miller também.

Os quatro sobreviventes da *Canterbury* estavam em pé entre os restos do tiroteio, como novatos em sua primeira missão. Miller sentia sua mente dar meio passo atrás enquanto ele vislumbrava tudo sem observar nada em particular. Holden era menor do que ele imaginara com base nas transmissões de vídeo. Não era de surpreender, afinal, ele era terráqueo. O homem tinha as feições típicas de quem era péssimo em fingir.

– Obrigado. Meu nome é Jim Holden. Quem é você?

Miller pensou em seis respostas diferentes e deixou todas de lado. Um dos outros – um homem grande, robusto, com a cabeça careca – caminhava pela sala, os olhos sem foco, assim como os de Miller. Dos quatro parceiros de Holden, era o único que já estivera em um tiroteio de verdade antes.

– Os policiais chegarão logo. Preciso fazer uma ligação ou vamos todos ser presos.

O outro homem – mais magro, mais alto, parecia do leste indiano – se esconderá atrás de um sofá. Estava agachado agora, os olhos arregalados e tomados de pânico. Holden tinha o mesmo olhar, mas fazia um bom trabalho em manter o controle. O fardo da liderança, Miller pensou.

– Você não é policial?

Miller riu.

– Não – respondeu. – Meu nome é Miller.

– Ok – a mulher falou. – Essas pessoas acabaram de tentar nos matar. Por que fizeram isso?

Holden deu meio passo na direção da voz dela, mesmo antes de olhá-la. O rosto dela estava corado, os lábios apertados e pálidos. Sua feição mostrava uma mistura racial distante que era incomum até mesmo no caldeirão étnico que era o Cinturão. Suas mãos não tremiam. O grandão tinha mais experiência, mas Miller achou que a mulher tinha instintos melhores.

– Sim – Miller falou. – Percebi.

Ele pegou seu terminal portátil e abriu um canal com Sematimba. O policial aceitou a chamada alguns segundos depois.

– Sema – Miller começou. – Peço sinceras desculpas por isso, mas sabe quando eu disse que ia me manter discreto?

– Siiim...? – o policial local respondeu.

– Não rolou. Eu fui encontrar um amigo...

– Encontrar um amigo – Sematimba repetiu. Miller podia imaginar os braços cruzados do homem, mesmo que não aparecesse na tela.

– E dei de cara com um bando de turistas no lugar errado, na hora errada. A coisa toda saiu do controle.

– Onde você está? – Sematimba perguntou. Miller deu o nível da estação e o endereço. Houve uma longa pausa enquanto Sematimba consultava algum software de comunicação interna ao qual Miller já tivera acesso um dia. O suspiro do homem foi ruidoso. – Não vejo nada. Houve disparos?

Miller olhou o caos e a ruína ao redor deles. Era para cerca de mil alertas diferentes terem soado quando a primeira arma atirou. A segurança deveria ter vindo com tudo até eles.

– Alguns – ele disse.

— Estranho — Sematimba comentou. — Fique aí. Estou a caminho.

— Ok — Miller disse e desligou.

— Então, quem era esse? — Holden perguntou.

— A polícia de verdade — Miller respondeu. — Logo estarão aqui. Vai ficar tudo bem.

Vai ficar tudo bem. Ocorreu-lhe que ele estava tratando a situação como se ainda estivesse do lado de lá, uma parte da engrenagem. Isso não era mais verdade, e fingir o contrário poderia ter consequências.

— Ele estava nos seguindo — a mulher contou para Holden. Depois voltou-se para Miller. — Você estava nos seguindo.

— Estava mesmo — Miller confirmou. Ele não achou que pareceu um lamento, mas o cara grande balançou a cabeça.

— Foi o chapéu — o grandão disse. — Destacou-se dos demais.

Miller tirou o chapéu e pensou sobre isso. É claro que fora o grandão quem o notara. Os outros três eram amadores competentes, e Miller sabia que Holden passara um tempo na Marinha das Nações Unidas. Mas o ex-detetive apostaria até dinheiro que os antecedentes do grandalhão seriam uma leitura interessante.

— Por que estava nos seguindo? — Holden perguntou. — Quero dizer, foi ótimo que você atirou nas pessoas que atiravam em nós, mas gostaria de saber isso.

— Queria falar com vocês — Miller respondeu. — Estou procurando uma pessoa.

Houve uma pausa. Holden sorriu.

— Alguém em particular? — perguntou.

— Um membro da tripulação da *Scopuli* — Miller explicou.

— Da *Scopuli*? — Holden repetiu. Ia lançar um olhar para a mulher quando se deteve. Havia algo ali. A *Scopuli* significava algo para aquelas pessoas além do que Miller vira nas notícias.

— Não havia ninguém lá quando chegamos — a mulher falou.

– Que merda – o cara trêmulo atrás do sofá disse. Era a primeira coisa que falava desde o fim do tiroteio, e repetiu a frase cinco ou seis vezes em sucessão rápida.

– E quanto a vocês? – Miller perguntou. – A *Donnager* explodiu e mandou vocês para Tycho. Agora estão aqui. Do que se trata essa história toda?

– Como sabe disso? – Holden falou.

– É meu trabalho – Miller respondeu. – Bem, costumava ser.

A resposta não pareceu satisfazer o terráqueo. O grandão se posicionou atrás de Holden, sua expressão era enigmática e amigável: não havia problema nenhum, a menos que houvesse um problema, e aí talvez haja um monte de problemas. Miller assentiu, meio para o cara grande meio para si mesmo.

– Meu contato na APE me disse que vocês não morreram na *Donnager* – Miller explicou.

– Ele simplesmente *contou* isso para você? – a mulher perguntou, contendo a indignação na voz.

– Ele estava tentando provar um argumento – Miller respondeu. – De qualquer forma, foi a partir disso que cheguei aqui. E em cerca de dez minutos vou me assegurar de que a segurança de Eros não jogue vocês todos, nem a mim, em um buraco. Então, se há alguma coisa que queiram me contar... o que estão fazendo aqui, por exemplo, a hora é agora.

O silêncio era interrompido apenas pelo som dos recicladores de ar trabalhando para limpar a fumaça e o pó do tiroteio. O cara trêmulo se levantou. Algo no jeito como ficou em pé parecia militar. Ex-alguma coisa, Miller presumiu, mas não pessoal de solo. Marinha, talvez; marciana, se fosse chutar. Tinha o mesmo sotaque de algumas pessoas de lá.

– Ah, que se foda, capitão – o grandão disse. – Ele atirou no cara do flanco por nós. Ele pode ser um imbecil, mas por mim tudo bem.

– Obrigado, Amos – Holden falou. Miller arquivou isso. O

grandão era Amos. Holden colocou as mãos nas costas, guardando a arma na cintura.

– Também estamos procurando uma pessoa – ele contou. – Provavelmente alguém da *Scopuli*. Íamos verificar o quarto quando todo mundo decidiu atirar em nós.

– Aqui? – Miller perguntou. Algo parecido com uma emoção fez cócegas em suas veias. Não era esperança, mas pavor. – Alguém da *Scopuli* está neste cortiço, agora?

– Achamos que sim – Holden confirmou.

Miller olhou para a porta da frente do cortiço. Uma pequena e curiosa multidão começava a se reunir no túnel. Braços cruzados, olhares nervosos. Ele sabia como se sentiam. Sematimba e seus policiais estavam a caminho. Os atiradores que atacaram Holden e sua tripulação não pareciam organizar outro ataque tão cedo, mas isso não significava que tinham partido. Haveria outra tentativa. Eles podiam ter recuado até uma posição melhor para esperar que Holden avançasse.

Mas e se Julie estivesse ali bem agora? Como ele poderia ter nadado tanto para morrer na praia? Para sua surpresa, ainda empunhava a arma. Aquilo era não profissional. Devia ter colocado no coldre. Além dele, o único que ainda tinha a arma em punho era o marciano. Miller balançou a cabeça. Que desleixo. Tinha que prestar mais atenção.

Mesmo assim, ainda tinha mais de meio cartucho na pistola.

– Que quarto? – ele perguntou.

Os corredores do cortiço eram estreitos e escuros. As paredes tinham o brilho impermeável das tintas de armazém, e o carpete era uma trama de carbono-silicato que desgastaria mais lentamente do que pedra. Miller e Holden iam na frente, seguidos pela mulher e pelo marciano – Naomi e Alex eram o nome deles – e, por fim, por Amos, que a todo instante olhava para trás. Miller se perguntava se alguém, além dele e de Amos, sabia como manter os outros em segurança. Holden parecia saber a resposta e estar irritado com isso; e continuava avançando na frente.

As portas dos quartos eram de fibra de vidro laminado, todas iguais, finas o bastante para serem derrubadas com facilidade. Miller chutara uma centena delas em sua carreira. Algumas poucas aqui e ali eram decoradas por moradores de longa data – uma pintura de flores vermelhas improváveis, um quadro branco com uma caneta presa por uma cordinha, uma reprodução barata de um desenho obsceno cujo desfecho era o fulgor ofuscante de uma acrobacia aérea infinita.

Era um pesadelo tático. Se as forças da emboscada saíssem das portas na frente e atrás deles, todos os cinco seriam massacrados em segundos. Mas nenhum plasma foi disparado, e a única porta que se abriu despejou um homem magro, de barba comprida, olhos imperfeitos e boca frouxa. Miller lhe acenou com a cabeça enquanto passavam, e o homem acenou de volta, provavelmente mais surpreso por alguém ter notado sua presença do que pelas armas que empunhavam. Holden parou.

– É aqui – ele mumurou. – Este é o quarto.

Miller assentiu. Os outros se aproximaram, Amos se deixou ficar para trás, os olhos no corredor. Miller analisou a porta. Seria fácil derrubá-la com um chute. Um golpe forte logo acima da fechadura. Então ele entraria abaixado para a esquerda, Amos em pé e para a direita. Gostaria que Havelock estivesse ali. Táticas eram mais simples para pessoas que treinavam juntas. Fez sinal para que Amos se aproximasse.

Holden bateu à porta.

– O que está...? – Miller sussurrou feroz, mas Holden o ignorou.

– Olá? – Holden chamou. – Tem alguém aí?

Miller ficou tenso. Nada aconteceu. Nenhuma voz, nenhum disparo. Nada. Holden parecia à vontade com o risco que assumira. Pela expressão no rosto de Naomi, Miller percebeu que não era a primeira vez que ele fazia as coisas assim.

– Quer abrir? – Amos perguntou.

– Meio que quero – Miller disse no mesmo momento em que Holden falou:

– Sim, derrube-a.

Amos olhou de um para o outro e não se moveu até que Holden fez um sinal de cabeça para ele. Então Amos passou por eles, abriu a porta com um chute e cambaleou para trás, xingando.

– Você está bem? – Miller perguntou.

O grandão assentiu uma vez com um sorriso pálido.

– Estou. É que arrebentei minha perna há pouco tempo. Acabei de tirar o gesso. Me esqueço disso – ele contou.

Miller se voltou para o quarto. Lá dentro estava escuro como uma caverna. Nenhuma luz se acendeu, nem mesmo um brilho fraco de monitores e aparelhos sensoriais. Miller entrou, pistola em punho. Holden vinha logo atrás. O chão fazia um barulho de cascalho sob seus pés, e havia um cheiro estranho adstringente que Miller associava a telas quebradas. Por trás havia outro cheiro, muito menos agradável. Resolveu não pensar nisso.

– Olá? – Miller perguntou. – Tem alguém aqui?

– Acenda as luzes – Naomi disse. Miller ouviu Holden apalpar o painel de parede, mas nenhuma luz se acendeu.

– Não estão funcionando – Holden falou.

O lusco-fusco do corredor não ajudava em nada. Miller manteve a arma firme na mão direita, pronta para esvaziá-la na direção do brilho de outra arma se alguém abrisse fogo na escuridão. Com a mão esquerda, pegou o terminal portátil, clicou na luz de fundo e abriu uma tela em branco. O quarto ficou monocromático. Ao lado dele, Holden fez o mesmo.

Uma cama apertada estava de encontro a uma parede, e havia uma bandeja estreita ao lado dela. A cama estava bagunçada como se fosse remanescente de uma noite de sono ruim. Um armário estava aberto, vazio. A forma corpulenta de um traje de vácuo estava caído no chão como um manequim sem cabeça.

Um antigo console de entretenimento pendia na parede em frente à cama; a tela fora destruída por meia dúzia de golpes. A parede estava amassada onde pancadas quebraram as arandelas de LED que estavam faltando. Outro terminal portátil aumentou a iluminação, e depois outro. Sinais de cor começaram a aparecer no quarto: o dourado barato das paredes, o verde dos lençóis e cobertores. Embaixo da cama, algo brilhou. Um terminal portátil de modelo mais antigo. Miller se abaixou enquanto os outros entravam.

– Merda – Amos disse.

– Ninguém toca em nada – Holden avisou. – Ponto-final. Em nada mesmo.

Era a coisa mais sensata que Miller ouvira o homem dizer.

– Alguém esteve numa puta briga – Amos murmurou.

– Não – Miller discordou.

Tinha sido vandalismo, talvez. Mas não uma luta. Miller pegou um saco de evidência fino do bolso e o colocou na mão como uma luva antes de pegar o terminal do chão; virou o plástico sobre ele e fechou a vedação.

– Isso é... sangue? – Naomi perguntou, apontando para o colchão de espuma barato. Havia listras úmidas no lençol e travesseiro, não maiores do que a largura de um dedo, mas escuras. Escuras demais até para sangue.

– Não é – Miller respondeu, guardando o terminal do bolso.

O fluido marcava uma trilha fina até o banheiro. Miller ergueu a mão, empurrando os outros para trás enquanto seguia na direção da porta entreaberta. Dentro do banheiro, o cheiro desagradável era muito mais forte. Algo profundo, orgânico e íntimo. Estrume em uma estufa, o cheiro após o sexo ou um matadouro. Todos eles. O vaso sanitário era de aço escovado, o mesmo modelo usado nas prisões. A pia combinava. O LED sobre ela e o que estava no teto haviam sido destruídos. Sob a luz de seu terminal, como o brilho de uma única vela, tentáculos negros seguiam do chuveiro até as luzes destruídas, dobravam-se e ramificavam-se como folhas esqueléticas.

No chuveiro, Juliette Andromeda Mao estava morta.

Seus olhos estavam fechados, o que era uma misericórdia. Ela cortara o cabelo em um estilo diferente do que usava nas fotos que Miller vira, e isso mudava o formato de seu rosto, mas ela era inconfundível. Estava nua e mal parecia humana. Espirais de crescimento complexo saíam de sua boca, ouvidos e vulva. Em suas costelas e coluna cresceram esporões, como facas que esticavam a pele clara, prestes a irromperem. Tubos estendiam-se de suas costas e garganta, subindo pelas paredes atrás dela. Uma gosma marrom-escura vazara dela, enchendo a área do chuveiro em quase 3 centímetros de altura. Miller sentou-se em silêncio, desejando que a cena diante de si não fosse verdade, forçando-se a despertar.

O que fizeram com você?, ele pensou. *Ah, menina. O que foi que aconteceu?*

– Oh, meu Deus – Naomi disse atrás dele.

– Não toquem em nada – o ex-detetive mandou. – Saiam do quarto. Esperem no corredor. Agora.

A luz no quarto ao lado desapareceu quando os terminais portáteis saíram. As sombras retorcidas por um instante deram ao corpo dela a ilusão de movimento. Miller esperou, mas nenhuma respiração ergueu a caixa torácica dobrada. Nenhuma faísca tocou suas pálpebras. Não havia nada. Ele se ergueu, conferindo com cuidado os punhos de sua camisa e seus sapatos, e saiu para o corredor.

Todos tinham visto. Ele podia dizer pela expressão deles que todos tinham visto. E sabiam tanto quanto ele o que era aquilo. Gentilmente, ele fechou a porta destruída e esperou por Sematimba. Não demorou muito.

Cinco homens da polícia em armadura antimotim e espingardas abriram caminho pelo corredor. Miller adiantou-se para encontrá-los, e sua postura funcionou melhor do que um distintivo. Pôde ver que eles relaxaram. Sematimba vinha atrás.

– Miller? Que raios é isto? – ele disse. – Pensei que ia me esperar.

– Não saí daqui – Miller respondeu. – Estes são os civis de que falei. Os caras mortos lá embaixo saltaram sobre eles no lobby.

– Por quê? – Sematimba quis saber.

– Quem sabe? – Miller respondeu. – Talvez quisessem pegá-los para pedir resgate. Mas esse não é o problema.

As sobrancelhas de Sematimba se ergueram.

– Os quatro cadáveres lá embaixo não são o problema?

Miller fez sinal com a cabeça na direção do corredor e disse:

– No quarto 51. É a garota que eu estava procurando.

A expressão de Sematimba suavizou.

– Sinto muito – ele disse.

– Não é nada – Miller falou. Não podia aceitar simpatia. Não podia aceitar ser confortado. Um toque gentil o abalaria, então se manteve firme. – Mas você vai querer chamar o legista.

– Está ruim, então?

– Você não tem ideia – Miller disse. – Ouça, Sema. Isto está além da minha compreensão. Sério! Os caras lá embaixo com armas? Eles devem estar ligados com sua força de segurança, senão os alarmes teriam soado ao primeiro tiro. Você sabe que esse é o padrão. Eles estavam esperando estes quatro. Está vendo o cara atarracado, de cabelo escuro? É James Holden. Ele nem deveria estar vivo.

– O Holden que começou a guerra? – Sematimba perguntou.

– Esse mesmo – Miller confirmou. – Isto é sério. Muito sério. E você sabe o que dizem sobre o que acontece com quem está na chuva, não sabe?

Sematimba olhou para o corredor. Assentiu.

– Deixe-me ajudá-lo – Sematimba pediu, mas Miller negou com a cabeça.

– Fui longe demais. Melhor me esquecer. O que aconteceu foi que você recebeu uma ligação e achou o lugar. Você não me conhece, não os conhece, não tem ideia do que aconteceu aqui. A outra opção é vir comigo e se molhar junto. A escolha é sua.

– Você não deixa a estação sem me avisar, ok?

– Ok – Miller concordou.

– Posso viver com isso – Sematimba disse. Então, no momento seguinte: – Aquele é mesmo Holden?

– Chame o legista – Miller falou. – Confie em mim.

25

HOLDEN

Miller gesticulou para Holden e se dirigiu para o elevador sem esperar para ver se alguém o seguia. A presunção irritou Holden, mas ele foi mesmo assim.

– Então estávamos em um tiroteio no qual matamos pelo menos três pessoas e agora simplesmente vamos embora? Sem interrogatórios ou depoimentos? Como é possível? – Holden perguntou.

– Cortesia profissional – Miller respondeu, e Holden não soube dizer se o outro estava brincando.

A porta do elevador se abriu com um golpe abafado, e Holden e os demais seguiram Miller para dentro. Naomi estava mais perto do painel, então estendeu o braço para apertar o botão para o lobby, mas sua mão tremia tanto que teve que parar e fechá-la. Depois de um suspiro profundo, ela estendeu o dedo agora firme e apertou o botão.

– Isso é besteira. Ser um ex-policial não lhe dá licença para entrar em tiroteios – Holden disse para as costas de Miller.

Miller não se moveu, mas pareceu encolher um pouco. Sua respiração era pesada, mas não forçada. Sua pele parecia mais cinzenta do que antes.

– Sematimba sabe o resultado. Metade de seu trabalho é saber quando olhar para o outro lado. Além disso, prometi que não deixaríamos a estação sem avisá-lo.

– Foda-se – Amos exclamou. – Não faça promessas por nós, cara.

O elevador parou e abriu para a cena sangrenta do tiroteio. Uma dúzia de policiais estava na sala. Miller assentiu para eles, que devolveram o aceno. Levou a tripulação para fora, até o corredor, então deu meia-volta.

– Podemos resolver isso mais tarde – Miller falou. – Neste momento, vamos encontrar um lugar onde possamos conversar.

Holden concordou com um dar de ombros.

– Você paga.

Miller seguiu pelo corredor em direção à estação de metrô.

Foram atrás dele, mas Naomi colocou a mão no ombro de Holden e o retardou um pouco. Quando Miller estava longe o bastante para não os ouvir, ela disse:

– Ele a conhecia.

– Quem conhecia quem?

– Ele – Naomi falou, acenando com a cabeça na direção de Miller – conhecia ela. – Entortou a cabeça na direção da cena do crime atrás deles.

– Como você sabe? – Holden perguntou.

– Ele não esperava encontrá-la lá, mas sabia quem ela era. Vê-la daquele jeito foi um choque.

– Hum, não percebi nada disso. Ele me parecia muito senhor de si o tempo todo.

– Não, eles eram amigos ou algo assim. Ele está com problemas em lidar com isso, então talvez não seja bom pressioná-lo demais agora – ela sugeriu. – Podemos precisar dele.

O quarto de hotel que Miller conseguiu era só um pouco melhor do que aquele onde encontraram o corpo. Alex imediatamente seguiu para o banheiro e trancou a porta. O barulho da água correndo na pia não era alto o bastante para encobrir o vômito do piloto.

Holden se sentou na cama estreita, sobre o edredom sujo que a cobria, obrigando Miller a pegar uma cadeira de aparência desconfortável, a única do quarto. Naomi sentou-se ao lado de Holden na cama, mas Amos ficou em pé, andando de um lado para o outro como um animal nervoso.

– Então, fale – Holden disse para Miller.

– Vamos esperar que o resto da gangue termine o que tem que fazer – Miller respondeu, indicando o banheiro com a cabeça.

Alex saiu alguns instantes depois, o rosto recém-lavado ainda branco.

– Você está bem, Alex? – Naomi perguntou baixinho.

– Cem por cento, imediata – Alex respondeu, sentou-se no chão e colocou a cabeça entre as mãos.

Holden encarou Miller e esperou. O homem mais velho continuou sentado, brincando com o chapéu por um minuto, então o jogou na mesa de plástico barato apoiada na parede.

– Você sabia que Julie estava naquele quarto. Como? – Miller perguntou.

– Nem sequer sabíamos que o nome dela era Julie – Holden respondeu. – Só que era alguém da *Scopuli*.

– Você precisa me contar como sabia disso – Miller falou, uma intensidade assustadora nos olhos.

Holden parou por uns segundos. Miller matara alguém que tentara matá-los, e isso certamente era um ponto positivo para que o considerassem um amigo, mas Holden não tinha certeza sobre entregar Fred e seu grupo por tão pouco. Hesitou, então ficou no meio-termo.

– O proprietário fictício da *Scopuli* se hospedou naquele cortiço – ele contou. – Fazia sentido que fosse um membro da equipe desfraldando uma bandeira.

Miller assentiu e questionou:

– Quem lhe contou isso?

– Não fico confortável em revelar essa informação. Acreditávamos que a informação era correta – Holden respondeu. – A *Scopuli* foi a isca que alguém usou para destruir a *Canterbury*. Achamos que alguém da *Scopuli* poderia nos dizer por que todo mundo fica tentando nos matar.

Miller exclamou "Merda!", reclinou-se na cadeira e encarou o teto.

– Você estava procurando Julie. Esperava que estivéssemos procurando por ela também. Que soubéssemos de algo – Naomi falou, sem fazer uma pergunta.

– Sim – Miller confirmou.

Era a vez de Holden perguntar o porquê.

– Os pais enviaram um contrato para Ceres, para encontrá-la e mandá-la de volta para casa. Era o meu caso – Miller falou.

– Você trabalha para a segurança de Ceres?

– Não mais.

– Então o que está fazendo aqui? – Holden questionou.

– A família dela estava ligada a algo – Miller explicou. – Eu simplesmente odeio um mistério.

– E como você sabia que tinha mais coisa nessa história que uma garota perdida?

Conversar com Miller era como escavar no granito com um cinzel de borracha. O ex-detetive sorriu sem humor.

– Eles me demitiram por procurar demais.

Holden tomou a decisão consciente de não se irritar com as respostas vazias de Miller.

– Hora de falar sobre o esquadrão da morte no cortiço.

– Sim, sério, que merda foi aquela? – Amos exclamou, enfim parando de caminhar.

Alex levantou a cabeça das mãos e olhou com interesse pela primeira vez. Até Naomi se inclinou para a frente, sentando-se na borda da cama.

– Não tenho ideia – Miller respondeu. – Mas alguém sabia que vocês viriam.

– Sim, obrigado pelo brilhante trabalho policial – Amos bufou. – Não tínhamos como imaginar isso por nossa conta.

Holden o ignorou.

– Só que eles não sabiam o motivo, senão já teriam ido ao quarto de Julie e conseguido o que queriam.

– Isso significa que Fred está comprometido? – Naomi perguntou.

– Fred? – Miller repetiu.

– Ou talvez alguém descobriu a coisa do Polanski também, mas não tinha o número do quarto – Holden refletiu.

– Mas por que sair com armas em punho daquele jeito? –

Amos não se conformava. – Não faz sentido atirar em nós.

– *Aquilo* foi um engano – Miller disse. – Já vi acontecer. Amos sacou a arma e alguém do outro lado exagerou na reação. Eles estavam gritando "cessar-fogo" até que vocês começaram a revidar.

Holden começou a contar com os dedos.

– Então alguém descobre que viemos para Eros, e que isso estava relacionado com a *Scopuli*. Até sabiam qual era o cortiço, mas não o quarto.

– Eles tampouco sabiam sobre Lionel Polanski – Naomi falou. – Ou bastaria que olhassem no balcão, assim como fizemos.

– Certo. Então eles esperam nossa chegada e têm um esquadrão de homens armados prontos para cair em cima de nós. Mas tudo vai para a merda e vira um tiroteio no lobby. Eles com certeza *não* viram você chegar, detetive, então não são oniscientes.

– Certo – Miller concordou. – A coisa toda foi planejada de última hora. A ideia era pegar vocês e descobrir o que procuravam. Se tivessem mais tempo, teriam revistado o cortiço. Podia levar dois ou três dias, mas dava para fazer. Se não fizeram, foi porque acharam mais fácil pegar vocês.

Holden assentiu.

– Sim. Mas isso significa que eles já tinham equipes aqui. Para mim, aqueles caras não pareciam habitantes locais.

Miller pareceu desconcertado.

– Agora que você comentou, também não acho que devam ser daqui – ele concordou.

– Quem quer que sejam, eles já têm equipes de atiradores em Eros e podem reagrupá-los quando observarem uma oportunidade de nos pegar – Holden falou.

– E têm ligação suficiente com a segurança, já que participaram de um tiroteio e ninguém veio – Miller comentou. – A polícia não sabia que alguma coisa tinha acontecido até eu ligar para eles.

Holden inclinou a cabeça para o lado e disse:

– Merda, precisamos sair daqui.

– Esperem um minuto – Alex disse em voz alta. – Só esperem um maldito minuto. Como é que ninguém está falando sobre o *show de horror mutante* naquele banheiro? Eu fui o único que viu aquilo?

– Sim. Jesus, o que era aquilo? – Amos falou baixinho.

Miller colocou a mão no bolso do casaco e pegou o saco de evidência com o terminal portátil de Julie.

– Algum de vocês mexe com tecnologia? – ele perguntou. – Talvez possamos descobrir.

– Acho que consigo acessar – Naomi falou. – Mas de jeito nenhum vou encostar nessa coisa até saber o que aquilo fez com ela e se não é contagioso. Não vou brincar com a sorte manipulando uma coisa que ela tocou.

– Você não precisa tocar. Deixe o saco vedado. Use-o através do plástico. A tela sensível ao toque ainda deve funcionar.

Naomi parou por um instante, então estendeu a mão e pegou o saco.

– Me dê um minuto. – E começou a trabalhar.

Miller reclinou-se de novo na cadeira, soltando outro suspiro profundo.

– Você conhecia Julie antes disso? – Holden retomou a conversa. – Naomi acha que você ficou abalado por encontrá-la morta daquele jeito.

Miller negou com a cabeça lentamente.

– Em casos assim, é impossível não entrar na vida de quem quer que seja. Você sabe: coisas pessoais. Ler o e-mail dela. Conversar com pessoas que a conheciam. Ver fotos.

Miller parou de falar e coçou os olhos com os polegares. Holden não o pressionou, mas ele voltou a falar.

– Julie era uma boa moça – Miller parecia confessar alguma coisa. – Ela pilotava uma nave de corrida. Eu só... eu queria encontrá-la viva.

– Precisa de uma senha. – Naomi ergueu o terminal. – Eu

poderia acessar o hardware, mas teria que abrir o equipamento.

Miller estendeu a mão e disse:

– Deixe-me tentar.

Naomi entregou o terminal, ele digitou alguns caracteres na tela e devolveu o dispositivo.

– *Porco Selvagem* – Naomi leu. – O que é isso?

– É uma nave – Miller respondeu.

– Ele está falando com a gente? – Amos perguntou, apontando o queixo para Miller. – Porque não tem mais ninguém aqui, mas juro que metade do tempo não sei sobre que diabos ele está falando.

– Desculpem – Miller falou. – Estive trabalhando meio que sozinho. Isso cria maus hábitos.

Naomi deu de ombros e voltou à tarefa, enquanto Holden e Miller olhavam por sobre os ombros dela.

– Ela tem muita coisa aqui – Naomi comentou. – Por onde começar?

Miller apontou para um arquivo de texto intitulado "notas" na área de trabalho do terminal.

– Comece por aqui – ele falou. – Ela é obsessiva por guardar as coisas nas pastas certas. Se deixou isto na área de trabalho, significa que não tinha certeza de onde colocar.

Naomi clicou no documento para abri-lo. O arquivo se expandiu em uma coleção mais ou menos organizada de textos que pareciam entradas de um diário.

Antes de mais nada, controle-se. O pânico não ajuda em nada. Nunca. Respire fundo, entenda a situação, faça os movimentos certos. O medo é o assassino da mente. Rá. Nerd.

Prós da cápsula espacial:
Não tem reator, só baterias. Radiação muito baixa.
Suprimentos para oito.

Muita massa para reação.

Contras da cápsula espacial:
Nada de Epstein, nada de tocha.
O comunicador não foi desabilitado, mas fisicamente removido (ficaram paranoicos que alguma informação pudesse vazar, amigos?).

Destino mais próximo é Eros. Era para lá que estávamos indo? Talvez fôssemos para algum outro lugar? Nesta lata velha, seria uma viagem lenta. Outro destino acrescentaria sete semanas à viagem. Eros então.

Estou com o vírus de Febe, não tem como evitar. Não tenho certeza de como o peguei, mas aquela merda marrom estava por todo lado. É anaeróbico, devo ter tocado em algo. Resolva o problema, não importa como.

Dormi por TRÊS SEMANAS. *Não levantei nem para fazer xixi. O que isso significa?*

Estou tão fodida.

Coisas que você precisa lembrar:

*BA834024112
*Radiação mata. Não há reator nesta cápsula espacial, mas mantenha as luzes apagadas. Não tire o traje ambiental. Aquele vídeo estúpido diz que essa coisa come radiação. Não a alimente.
*Envie um sinal. Consiga ajuda. Você trabalha para as pessoas mais inteligentes do sistema. Elas vão pensar em algo.
*Fique longe das pessoas. Não espalhe o vírus. Não estou tossin-

*do a gosma marrom ainda. Não tenho ideia de quando começa. *Fique longe dos caras maus – como se eu soubesse quem são. Tudo bem. Fique longe de todo mundo. Devo ficar incógnita. Humm, que tal usar o nome Polanski?*

Maldição. Consigo sentir. Estou quente o tempo todo e estou faminta. Não coma. Não alimente a coisa. Alimentar um resfriado, matar uma gripe de fome? Caso contrário? Eros está a um dia de distância, e então a ajuda estará a caminho. Continue lutando.

Cheguei a Eros. Estou segura. Mandei um sinal. Espero que o escritório central esteja atento. Minha cabeça dói. Algo está acontecendo nas minhas costas. Uma protuberância sobre meus rins. A carne se transformou em gosma. Será que vou virar um traje cheio de geleia?

Estou doente. Coisas saem das minhas costas e aquela coisa marrom vaza por todo lado. Tenho que tirar o traje. Se alguém ler isto, não deixe ninguém tocar na coisa marrom. Queime meu corpo. Estou queimando.

Naomi abaixou o terminal, mas ninguém falou nada. Por fim, Holden disse:

– Vírus de Febe. Alguém sabe o que é?

– Havia uma estação científica em Febe – Miller comentou. – Um lugar dos planetas interiores onde nenhum cinturino podia entrar. Foi atingido. Muitas pessoas morreram, mas...

– Ela diz que estava em uma cápsula espacial – Naomi falou.

– A *Scopuli* não tinha uma.

– Devia haver outra nave, da qual ela conseguiu a cápsula espacial – Alex supôs.

– Certo – Holden concordou. – Eles vão para outra nave, são

infectados com esse vírus de Febe, e o restante da tripulação... não sei. Morre?

– Ela escapa, sem perceber que está infectada até que está na cápsula espacial – Naomi prossegue. – Ela chega aqui, manda um aviso para Fred e morre naquele banheiro de cortiço por causa da infecção.

– Mas não virou gosma – Holden disse. – Só uma coisa muito feia... Aqueles tubos e esporões ósseos. Que tipo de doença faz aquilo?

A questão ficou no ar. Mais uma vez caíram em silêncio. Holden sabia que todos pensavam a mesma coisa. Não tinham tocado em nada no cortiço. Significava que estavam a salvo? Ou tinham pegado o vírus de Febe, o que quer que aquilo fosse? Contudo, ela dissera que era anaeróbico. Holden tinha quase certeza de que isso significava que não era transmissível pelo ar. Quase certeza.

– Para onde vamos agora, Jim? – Naomi perguntou.

– Que tal Vênus? – Holden sugeriu, sua voz mais alta e mais forte do que esperava. – Nada interessante acontece em Vênus.

– Estou falando sério – Naomi retrucou.

– Ok. Sério. Acho que Miller conta essa história para o amigo policial, e então todos caímos fora desta rocha. Deve ser uma arma biológica, não? Alguém a rouba de um laboratório marciano, coloca essa merda em um domo e um mês depois todo humano da cidade está morto.

Amos interrompeu com um grunhido.

– Há alguns furos nesse roteiro, capitão – Amos comentou. – O que essa merda tem a ver com destruir a *Cant* e a *Donnager*?

Holden fitou Naomi nos olhos e disse:

– Temos um lugar para procurar agora, não temos?

– Sim, senhor – ela confirmou. – BA834024112. É o nome de uma rocha.

– O que você acha que tem lá? – Alex perguntou.

– Se fosse apostar, diria que é a nave de onde ela roubou a tal cápsula espacial – Holden respondeu.

– Faz sentido – Naomi concordou. – Toda rocha no Cinturão é mapeada. Se quer esconder alguma coisa, coloque-a em órbita estável perto de uma delas e sempre poderá encontrá-la depois.

Miller se voltou para Holden, o rosto ainda mais deformado.

– Se vocês vão até lá, quero ir junto – ele disse.

– Por quê? – Holden perguntou. – Sem ofensa, mas você encontrou a garota. Seu trabalho acabou, certo?

Miller olhou para ele, os lábios uma linha fina.

– Novo caso – Miller respondeu. – Agora quero saber quem a matou.

26

MILLER

– Seu amigo policial colocou uma ordem de bloqueio na minha nave – Holden disse. Parecia ultrajado.

O restaurante do hotel estava lotado. Prostitutas do último turno misturavam-se aos turistas e homens de negócio do turno seguinte no bufê barato iluminado de rosa. O piloto e o cara grandão – Alex e Amos – disputavam o último pãozinho. Naomi estava sentada ao lado de Holden, com braços cruzados e uma xícara de café ruim já quase frio diante dela.

– Nós matamos algumas pessoas – Miller falou com gentileza.

– Achei que tinha conseguido nos livrar disso com seu aperto de mão secreto da polícia – Holden comentou. – Por que minha nave está bloqueada?

– Lembra quando Sematimba disse que não deveríamos deixar a estação sem falar com ele? – Miller perguntou.

– Lembro que você fez algum tipo de acordo – Holden respondeu. – Não me lembro de ter concordado com ele.

– Olhe, ele vai nos manter aqui até se assegurar de que não vai ser demitido por nos deixar partir. Ele vai tirar o bloqueio assim que tiver certeza de que o dele não está na reta. Então será que podemos falar sobre a parte na qual eu alugo uma vaga na sua nave?

Jim Holden e sua imediata trocaram um olhar, uma dessas minúsculas formas de comunicação humana que dizia mais do que palavras. Miller não conhecia nenhum dos dois bem o bastante para decodificar aquilo, mas imaginou que estavam céticos.

Tinham motivo para tanto. Miller conferira seu saldo bancário antes de chamá-los. Tinha o bastante para outra noite no hotel ou para um bom jantar, mas não para ambos. E estava gastando em um café da manhã barato, do qual Holden e sua tripulação não precisavam e o qual provavelmente não estavam desfrutando, para comprar boa vontade.

– Preciso ter muita, muita certeza de que entendo a situação aqui – Holden disse enquanto o grandão, Amos, retornava e se sentava ao seu lado com um pãozinho. – Está dizendo que, a menos que eu deixe você viajar na minha nave, seu amigo vai nos manter aqui? Porque isso é chantagem.

– Extorsão – Amos o corrigiu.

– O quê? – Holden perguntou.

– Não é chantagem – Naomi explicou. – Seria se ele ameaçasse expor informações que não queremos que sejam conhecidas. Se é só uma ameaça, é extorsão.

– E não estou dizendo nada disso – Miller falou. – Correr livre pela estação enquanto a investigação acontece não é problema. Deixar a jurisdição é outra coisa. Não posso mantê-lo aqui, assim como não posso deixá-lo ir. Estou só em busca de uma carona quando você for.

– Por quê? – Holden questionou.

– Porque você vai para o asteroide de Julie – Miller respondeu.

– Aposto que não há um porto lá – Holden comentou. – Você planeja ir para algum lugar depois?

– Não sou muito bom com planos. Ainda não tive um que tenha se concretizado.

– Sei como é... – Amos disse. – Já fomos por uns dezoito caminhos diferentes desde que entramos nessa.

Holden cruzou as mãos sobre a mesa, um dedo tamborilando um ritmo complicado no tampo de concreto com textura de madeira. Não era um bom sinal.

– Você parece um... bem, um velho zangado e amargo, na verdade. Mas trabalhei em rebocadores de água nos últimos cinco anos. Quer dizer que você se encaixa no tipo.

– Mas...? – Miller deixou a palavra pender no ar.

– Mas levei muito tiro recentemente, e as metralhadoras de ontem foram a coisa menos letal com as quais tive que lidar – Holden explicou. – Não vou deixar entrar na minha nave alguém em quem eu não confiaria minha vida, e não conheço você de verdade.

– Posso conseguir dinheiro – Miller disse. Sentiu a barriga se contorcer. – Se é dinheiro, posso arrumar.

– Não estamos negociando preço – Holden falou.

– Como assim "conseguir dinheiro"? – Naomi disse, estreitando os olhos. – Você não tem dinheiro agora?

– Estou meio apertado – Miller respondeu. – É temporário.

– Você tem algum tipo de salário? – Naomi quis saber.

– É mais como uma estratégia – Miller falou. – Há algumas extorsões independentes no cais. Sempre há, em qualquer porto. Jogos ilegais. Lutas. Coisas assim. Na maior parte delas, é tudo acertado nos bastidores. É como você suborna policiais sem de fato subornar policiais.

– Esse é seu plano? – Holden disse com incredulidade na voz. – Buscar alguns subornos policiais?

Do outro lado do restaurante, uma prostituta em um vestido de noite vermelho bocejou prodigiosamente; o cara na mesa com ela franziu o cenho.

– Não – Miller respondeu, relutante. – Eu dobro as apostas. Um policial entra no jogo, eu dobro a aposta no que ele apostar. Conheço a maior parte dos policiais. A casa sabe, pois está subornando o cara. As apostas dobradas costumam deixar os novatos nervosos porque estão jogando sem licença.

Mesmo enquanto falava, Miller sabia quão fraca era a desculpa. Alex, o piloto, chegou e se sentou ao lado de Miller. Seu café tinha um cheiro forte e ácido.

– Qual é o lance? – Alex perguntou.

– Não tem lance – Holden respondeu. – Não havia antes e ainda não há.

– Funciona melhor do que você pensa – Miller falou brincalhão, e quatro terminais portáteis soaram ao mesmo tempo.

Holden e Naomi trocaram outro olhar menos cúmplice e pegaram seus aparelhos. Amos e Alex já estavam com os seus. Miller viu a borda vermelha e verde que significava ou uma mensagem prioritária ou um cartão antecipado de Natal. Houve um momento de silêncio durante a leitura, então Amos assobiou baixinho.

– Fase três? – Naomi perguntou.

– Não gosto nem um pouco disso – Alex comentou.

– Posso perguntar o que foi? – Miller disse.

Holden deslizou seu terminal pela mesa. A mensagem era um simples texto, codificado de Tycho.

PEGAMOS ESPIÃO NA ESTAÇÃO TYCHO.
A PRESENÇA E O DESTINO DE VOCÊS VAZARAM PARA PESSOAS DESCONHECIDAS EM EROS. TOMEM CUIDADO.

– Um pouco tarde para isso – Miller falou.
– Continue lendo – Holden pediu.

O CÓDIGO DE CRIPTOGRAFIA DO ESPIÃO PERMITIU INTERCEPTAR A TRANSMISSÃO DO SUBSINAL A PARTIR DE EROS HÁ CINCO HORAS. SEGUE MENSAGEM INTERCEPTADA: HOLDEN ESCAPOU, MAS A AMOSTRA DA CARGA FOI RECUPERADA. REPITO: AMOSTRA RECUPERADA. SEGUIREMOS PARA A FASE TRÊS.

– Alguma ideia do que isso significa? – Holden perguntou.

– Não – Miller respondeu, devolvendo o terminal. – Exceto... se a amostra da carga for o corpo de Julie.

– Acho que podemos presumir que é – Holden concordou.

Miller tamborilou com as pontas dos dedos no tampo da mesa, copiando inconsciente o ritmo de Holden, sua mente trabalhando nas combinações.

– Essa coisa... A arma biológica ou o que quer que seja – Miller pensava em voz alta. – Estavam enviando isso para cá. Agora está aqui. Ok. Então não há razão para atacar Eros. Aqui não é tão importante para a guerra quando comparado a Ceres, Ganimedes ou ao estaleiro de Calisto. E, se você quer acabar com Eros, há maneiras bem mais fáceis: é só explodir uma bomba de fusão na superfície e a estação vai quebrar como um ovo.

– Eros não é uma base militar, mas é um centro de transporte – Naomi falou. – E, ao contrário de Ceres, não está sob controle da APE.

– Vão tirá-la daqui, então – Holden concluiu. – Estão tirando a amostra para infectar qualquer que seja o alvo original e, uma vez que estejam fora de Eros, não será possível detê-los.

Miller negou com a cabeça. Algo nessa lógica estava errado. Faltava alguma peça. Sua Julie imaginária apareceu do outro lado da sala, mas seus olhos estavam escuros, e filamentos escuros escorriam pelas bochechas como lágrimas.

O que é isto que estou vendo, Julie?, ele pensou. *Há alguma coisa aqui, mas não sei o que é.*

A vibração era leve, pequena, mais sutil do que o solavanco da frenagem do carro do metrô. Alguns pratos balançaram; a xícara de café de Naomi dançou em uma série de círculos concêntricos. Todos no hotel caíram em silêncio ao sentir o terror súbito de milhares de pessoas que, de repente e ao mesmo tempo, ficaram cientes de sua fragilidade.

– O... kay! – Amos falou. – Que diabos foi isso?

E as sirenes de emergência começaram a soar.

– A fase três deve ser outra coisa – Miller comentou por sobre o barulho.

O sistema de sonorização era ruim por natureza. Os consoles e alto-falantes deveriam estar posicionados ou a 1 metro de distância uns dos outros ou tão distantes que ficavam fora do alcance da audição. Por não seguirem esse critério, cada palavra que soava deles reverberava em um falso eco. Por causa disso, a voz do sistema de transmissão de emergência enunciava com cuidado as palavras, de maneira bem separada.

– Atenção, por favor. A Estação Eros está em bloqueio de emergência. Sigam imediatamente para o nível do cassino para confinamento de segurança radiológica. Cooperem com todo o pessoal de emergência. Atenção, por favor. A Estação Eros está em bloqueio de emergência...

Era um ciclo que continuaria se ninguém codificasse uma substituição, até que cada homem, mulher, criança, animal e inseto da estação estivesse reduzido a pó e umidade. Era um cenário de pesadelo, e Miller fez o que uma vida inteira em rochas pressurizadas o treinara para fazer: levantou-se da mesa, foi para o corredor e dirigiu-se para as passagens mais amplas, já entupidas de corpos. Holden e sua tripulação estavam colados nele.

– Foi uma explosão – Alex disse. – No mínimo, um motor de nave. Talvez uma arma nuclear.

– Eles vão destruir a estação – Holden falou. Havia uma espécie de admiração em sua voz. – Nunca pensei que sentiria falta da parte em que explodiam as minhas naves. Mas agora são estações.

– A estação não rompeu – Miller disse.

– Tem certeza disso? – Naomi perguntou.

– Consigo ouvir vocês – Miller comentou. – Isso significa que temos ar.

– Há câmaras de pressão – Holden lembrou. – Se a estação fosse perfurada e as travas, fechadas...

Uma mulher se chocou com força contra o ombro de Miller para abrir caminho. Se não fossem muito cuidadosos, poderiam causar uma debandada. Era medo demais e pouco espaço. Ainda não ocorrera, mas o movimento impaciente da multidão, vibrando como moléculas de água prestes a ferver, deixava Miller muito desconfortável.

– Isto não é uma nave, é uma estação – Miller prosseguiu. – Estamos na rocha. Qualquer coisa grande o bastante para atingir as partes da estação com atmosfera quebraria o lugar como a um ovo. Um grande ovo pressurizado.

As pessoas estavam paradas em um túnel cheio. Precisariam de um controle de multidão, e logo. Pela primeira vez desde que deixara Ceres, Miller desejou ter um distintivo. Alguém forçou passagem pelo lado de Amos, então recuou quando o grandão rosnou.

– Além disso, é um perigo radioativo – Miller completou. – Você não precisa de perda de ar para matar todo mundo na estação. É só queimar alguns quadrilhões de nêutrons sobressalentes do carbono no lugar, e não haverá problema algum com o suprimento de oxigênio.

– Que divertido – Amos ironizou.

– Estações são construídas dentro de rochas por um motivo – Naomi lembrou. – Não é tão fácil forçar a radiação através de tantos metros de pedra.

– Certa vez eu passei um mês em um abrigo radioativo – Alex disse enquanto abriam caminho pela aglomeração apertada. – A nave em que eu estava teve uma queda no confinamento magnético. As interrupções automáticas falharam, e o reator continuou funcionando por quase um segundo. Derreteu a sala de máquinas. Matou cinco pessoas da tripulação no convés de cima antes que soubéssemos que havia um problema, e foram necessários três dias para descolar os corpos do convés derretido para o enterro. O restante de nós, 18 pessoas, ficamos em um abrigo por 36 dias enquanto esperávamos um rebocador vir nos buscar.

– Parece ótimo – Holden comentou.

– No fim, seis se casaram e o resto de nós nunca mais falou um com o outro – Alex disse.

Alguém gritou à frente deles. Não era um grito de alarme ou de raiva. Era frustração. Medo. Exatamente as coisas que Miller não queria ouvir.

– Talvez esse não seja nosso maior problema – Miller começou a dizer, mas, antes que pudesse explicar, uma voz o interrompeu, superando o ciclo da mensagem de emergência:

– Atenção, todo mundo! Somos a segurança de Eros, *que no*? Temos uma emergência. Vocês devem fazer o que mandarmos, assim ninguém vai se machucar.

Por enquanto, Miller pensou.

– Eis as regras – uma nova voz falou. – O próximo imbecil que empurrar alguém vai levar um tiro. Mexam-se de modo ordenado. Primeira prioridade: ordenado. Segunda prioridade: *mexam-se*! Vão, vão, vão!

A princípio, nada aconteceu. O nó de corpos humanos estava apertado o suficiente para que nem o controle de multidão mais linha-dura conseguisse soltá-lo rapidamente. Mesmo assim, um minuto depois, Miller viu algumas cabeças muito na frente dele no túnel começarem a se mexer, e então a se afastar. O ar no túnel estava denso, e o cheiro de plástico quente dos recicladores de ar sobre suas cabeças chegou até ele quando o grupo se dispersou. A respiração de Miller ficou mais fácil.

– Eles têm bons abrigos? – uma mulher atrás deles perguntou para o companheiro, e então foi levada pela correnteza. Naomi puxou a manga de Miller.

– Eles têm? – ela perguntou.

– Devem ter, sim – Miller respondeu. – O suficiente para talvez 250 mil pessoas, e funcionários essenciais e equipes médicas teriam prioridade.

– E o resto? – Amos questionou.

– Se sobrevivessem ao evento – Holden comentou –, os funcionários da estação salvariam o máximo de pessoas possível.

– Ah – Amos falou. E então: – Bem, que se foda. Vamos para a *Roci*, certo?

– Ah, sim, claro – Holden respondeu.

Diante deles, a multidão bagunçada daquele túnel se mesclava com outro fluxo de pessoas, de um nível inferior. Cinco homens de pescoço grosso e trajes antimotim acenavam para as pessoas seguirem em frente. Dois deles apontavam armas para as pessoas. Miller estava mais do que meio tentado a ir até lá e estapear os pequenos idiotas. Apontar armas para pessoas era uma péssima maneira de evitar o pânico. Além disso, um dos homens da segurança era grande demais para seu traje, os fechos de velcro na barriga abriam como dois amantes no momento da separação.

Miller olhou para o chão e diminuiu os passos, o fundo de sua mente repentina e poderosamente ocupado. Um dos policiais agitava a arma sobre a multidão. O outro – o gordo – ria e dizia algo em coreano.

O que Sematimba dissera sobre a nova força de segurança? Muita fanfarronice, pouca coragem. Uma nova corporação da Lua. Cinturinos em grande parte. Corruptos.

O nome. Eles tinham um nome. CPM. *Carne Por la Machina*. Carne para a máquina. Um dos policiais abaixou sua arma, tirou o capacete e coçou violentamente atrás de uma orelha. Tinha cabelo crespo preto, pescoço tatuado e uma cicatriz que ia de uma pálpebra até a junta da mandíbula.

Miller o conhecia. Há um ano e meio, ele o prendera por agressão e extorsão. E o equipamento – armadura, cassetetes, armas de choque – também parecia assombrosamente familiar. Dawes estava errado. No fim das contas, Miller conseguira encontrar o próprio equipamento.

O que quer que isso fosse, estava acontecendo desde muito antes de a *Canterbury* receber o sinal de perigo da *Scopuli*. Muito antes de Julie desaparecer. E colocar um grupo de bandidos da Estação Ceres usando equipamento roubado de lá a cargo do controle de multidão em Eros era parte do plano. A fase três.

Ah, ele pensou. *Bem. Isso pode ser bom.*

Miller deslizou para o lado, deixando que o máximo possível de corpos preenchessem o espaço entre ele e o terrorista vestido de policial.

– Desçam até o nível do cassino – um dos terroristas gritou por sobre a multidão. – Levaremos todos para os abrigos antirradiação depois, mas antes vocês precisam chegar ao nível do cassino!

Holden e sua tripulação não notaram nada estranho. Conversavam entre si, criando estratégias para chegar à nave, discutindo o que fazer depois que estivessem nela, especulando sobre quem poderia ter atacado a estação e para onde o corpo retorcido e infectado de Julie Mao seria levado. Miller lutou contra o impulso de interrompê-los. Precisava ficar calmo, pensar direito. Não podiam chamar atenção. Ele precisava do momento certo.

O corredor fez uma curva e ficou mais largo. A pressão de corpos suavizou um pouco. Miller esperou uma área sem controle de multidão, um lugar em que nenhum dos falsos seguranças pudesse vê-los. Segurou Holden pelo cotovelo.

– Não vá – ele disse.

ise
HOLDEN

– O que quer dizer com "não vá"? – Holden perguntou, soltando o cotovelo da mão de Miller. – Alguém acabou de bombardear a estação. Esta situação toda ficou maior que nossa capacidade de resposta. Se não conseguirmos chegar à *Roci*, seguiremos as instruções oficiais até que possamos sair daqui.

Miller deu um passo para trás e levantou as mãos; estava claramente fazendo o máximo possível para não parecer ameaçador, o que só serviu para irritar Holden ainda mais. Atrás dele, a tropa de choque guiava as pessoas pelos corredores na direção dos cassinos. O ar ecoava com as vozes eletronicamente amplificadas da polícia dirigindo a multidão e com o zumbido dos cidadãos ansiosos. Acima de tudo isso, o sistema de sonorização dizia para todos permanecerem calmos e cooperarem com o pessoal de emergência.

– Vê aquele brutamontes ali com equipamento antimotim da polícia? – Miller falou. – O nome dele é Gabby Smalls. Ele supervisiona uma parte do esquema de proteção mafiosa da Ramo Dourado em Ceres. De vez em quando espanca alguém, e suspeito que jogou mais de uma pessoa pelas câmaras de descompressão.

Holden olhou para o cara: ombros largos, barriga grande. Agora que Miller dissera, havia algo naquele homem que não parecia certo para um policial.

– Não entendo – Holden falou.

– Há alguns meses, quando você começou um monte de revoltas ao dizer que Marte explodira seu rebocador de água, descobrimos...

– Eu nunca disse...

– ... *descobrimos* que a maior parte do equipamento antimotim de Ceres tinha sumido. Alguns meses antes disso, vários fortões do submundo desapareceram. Acabei de descobrir onde as duas coisas estão.

Miller apontou para o equipamento antimotim de Gabby Smalls.

– Por isso eu não iria para onde ele está mandando as pessoas – o ex-detetive disse. – Não iria mesmo.

Um pequeno grupo de pessoas esbarrou neles ao passar.

– Então para onde? – Naomi perguntou.

– Se a escolha é radiação ou mafiosos, prefiro ir com os mafiosos – Alex deu sua opinião, assentindo enfático para Naomi.

Miller pegou seu terminal portátil e o levantou para que todos pudessem ver a tela.

– Não recebi nenhum aviso de radiação – ele disse. – O que quer que tenha acontecido lá fora não é um perigo neste nível. Pelo menos não neste momento. Então vamos nos acalmar e tomar uma decisão inteligente.

Holden deu as costas para Miller e fez sinal para Naomi. Ele a puxou de lado e disse baixinho:

– Ainda acho que devemos voltar para a nave e dar o fora. Melhor arriscar passar por esses mafiosos.

– Se não há perigo de radiação, então eu concordo – ela disse com um aceno de cabeça.

– Discordo. – Miller nem tentou fingir que não estava escutando. – Para isso, teríamos que caminhar pelos três níveis dos cassinos, cheios de equipamento antimotim e bandidos. Eles vão nos mandar entrar em um dos cassinos para nossa própria proteção. Quando nos recusarmos, seremos espancados até perdermos a consciência e jogados lá dentro do mesmo jeito. Para nossa própria proteção.

Outro grande grupo de pessoas saía de um corredor lateral, dirigindo-se para a presença reconfortante da polícia e para as brilhantes luzes dos cassinos. Holden achou difícil não seguir a multidão. Um homem com duas malas enormes trombou com Naomi, quase a jogando no chão. Holden segurou a mão dela.

– Qual é a alternativa? – perguntou para Miller.

Miller olhou para a frente e para trás no corredor, parecendo medir o fluxo de pessoas. Acenou com a cabeça na direção de uma escotilha listrada de amarelo e preto no fim de um pequeno corredor de manutenção.

– Ali – ele disse. – Está marcado como alta voltagem, então os caras que estiverem procurando retardatários não vão olhar ali. Não é o tipo de lugar onde os cidadãos se escondem.

– Você consegue abrir rápido aquela porta? – Holden perguntou para Amos.

– Posso arrombá-la?

– Se for preciso.

– Então, claro – Amos confirmou.

Ele começou a abrir caminho pela multidão até a escotilha de manutenção. Na porta, pegou sua ferramenta multiuso e arrancou a proteção de plástico barato do leitor de cartão. Depois de torcer alguns fios, a escotilha se abriu com um assobio hidráulico.

– Ta-dá – Amos brincou. – O leitor não funciona mais, então qualquer um consegue entrar.

– Vamos nos preocupar com isso quando acontecer – Miller replicou e os conduziu pelo corredor mal iluminado.

O corredor de serviço era cheio de cabos elétricos presos com amarras de plástico. Os cabos estendiam-se pela luz vermelha fraca por 9 ou 12 metros antes de desaparecerem na escuridão. A luz vinha de LEDs colocados em suportes de metal que brotavam da parede a cada 1,5 metro mais ou menos, para manter os cabos presos no alto. Naomi teve que se abaixar para entrar, sua estatura uns 4 centímetros maior do que o teto. Ela apoiou as costas na parede e se abaixou, firmando-se nos quadris.

– Era de se esperar que fizessem corredores de manutenção altos o bastante para que cinturinos trabalhassem neles – ela comentou, irritada.

Holden tocou a parede quase com reverência, passando o dedo sobre o número de identificação do corredor escavado na pedra.

– Os cinturinos que construíram este lugar não eram altos – ele disse. – Essas são algumas das linhas de transmissão principais. Este túnel remonta à primeira colônia no Cinturão. As pessoas que o escavaram cresceram na gravidade.

Miller, que também teve que abaixar a cabeça, sentou-se no chão com um grunhido e os joelhos estalando.

– A lição de história vai ter que ficar para mais tarde – ele falou. – Precisamos pensar em um jeito de escapar desta rocha.

Amos, que estudava os feixes de cabo intensamente, comentou:

– Se alguém encontrar um ponto desgastado, não toque. Uma coisa grossa dessas tem uns 2 milhões de volts. Basta um choque para derreter qualquer merda em um piscar de olhos.

Alex sentou-se perto de Naomi e fez uma careta quando seu traseiro atingiu o chão de pedra frio.

– Você sabe que, se decidirem fechar a estação, podem bombear todo o ar para fora destes corredores de manutenção – ele disse.

– Eu sei – Holden respondeu. – É um esconderijo de merda e desconfortável. Agora tem minha permissão de não tocar mais nesse assunto.

Ele se abaixou diante de Miller e falou:

– Ok, detetive. E agora?

– Agora – Miller respondeu –, vamos esperar a segurança passar por nós, e depois tentaremos chegar ao cais. É fácil evitar as pessoas nos abrigos, pois são mais profundos. O difícil vai ser passar pelos níveis dos cassinos.

– Não vamos nos mover por estas passagens de manutenção? – Alex perguntou.

Amos negou com a cabeça.

– Sem um mapa, não. Se você se perder aqui, está encrencado.

Ignorando-os, Holden falou:

– Ok, então vamos esperar que todos sigam para os abrigos antirradiação e depois partimos.

Miller assentiu para ele. Os dois homens se encararam por um momento. O ar entre eles pareceu adensar, e o silêncio ganhava significado. Miller deu de ombros como se sua jaqueta coçasse.

– Por que um bando de mafiosos de Ceres está levando todo mundo para os abrigos antirradiação se não há real perigo de radiação? – Holden questionou por fim. – E por que os policiais de Eros estão permitindo?

– Boas perguntas – Miller falou.

– Se estavam usando esses brutamontes, isso ajuda a explicar por que a tentativa de sequestro no cortiço deu tão errado. Eles não parecem profissionais.

– Não são mesmo – Miller concordou. – Esta não é a área de atuação normal deles.

– Vocês dois podem ficar quietos? – Naomi pediu.

Ficaram em silêncio por quase um minuto.

– Seria realmente estúpido dar uma olhada no que está acontecendo, não seria? – Holden perguntou.

– Sim. Não importa o que esteja acontecendo naqueles abrigos, é lá onde vão estar todos os guardas e patrulhas – Miller disse.

– É... – Holden cedeu.

– Capitão – Naomi chamou, um aviso em sua voz.

– Mesmo assim – Holden prosseguiu, falando com Miller –, não é você que odeia um mistério?

– Pois é – Miller respondeu com um sorrisinho. – E você, meu amigo, é um intrometido maldito.

– É o que dizem.

– Porra – Naomi disse baixinho.

– O que foi, chefe? – Amos perguntou.

– Esses dois simplesmente estragaram nosso plano de fuga – Naomi respondeu. Então disse para Holden: – Vocês dois vão fazer muito mal um ao outro e, por extensão, a nós.

– Não – Holden replicou. – Vocês não vão junto. Você fica aqui com Amos e Alex. Nos dê – ele olhou para seu terminal portátil – três horas para dar uma olhada e voltar. Se não estivermos aqui nesse prazo...

– Deixamos vocês com os gângsteres e nós três conseguiremos empregos em Tycho e viveremos felizes para sempre – Naomi completou.

– Isso mesmo – Holden disse com um sorriso. – Não banque a heroína.

– Nem passou pela minha cabeça, senhor.

Holden se abaixou nas sombras do lado de fora da escotilha de manutenção e observou enquanto os mafiosos de Ceres vestidos de tropa de choque da polícia guiavam os cidadãos de Eros em grupos pequenos. O sistema de sonorização continuava a afirmar a possibilidade de perigo radioativo e exortava os cidadãos e visitantes de Eros a cooperar com as equipes de emergência. Holden escolheu um grupo para seguir e estava pronto para se mover quando Miller colocou a mão em seu ombro.

– Espere – Miller falou. – Quero fazer uma ligação.

Ele digitou rapidamente um número em seu terminal portátil e, depois de alguns momentos, uma tela cinza com a mensagem "REDE INDISPONÍVEL" apareceu.

– Os telefones estão desligados? – Holden perguntou.

– É a primeira coisa que eu faria – Miller respondeu.

– Entendo – Holden disse, embora não entendesse de verdade.

– Bem, acho que somos apenas você e eu – Miller prosseguiu. Então tirou o pente de sua arma e começou a recarregá-lo com cartuchos que pegou no bolso do casaco.

Embora tivesse passado por tiroteios suficientes na vida, Holden pegou sua arma e conferiu o pente também. Já o recarregara após o embate no cortiço e estava pronto. Ele remontou a arma e a guardou na cintura da calça, nas costas. Miller, ele notou, manteve a sua empunhada, segurando-a perto da coxa, de modo que o casaco cobrisse quase tudo.

Não foi difícil seguir os grupos pela estação, na direção das seções interiores, onde ficavam os abrigos antirradiação. Enquanto continuassem se movendo na mesma direção da multidão, ninguém repararia neles. Holden fez uma anotação mental das muitas intersecções de corredores vigiadas por homens da tropa de choque. Seria muito mais difícil voltar.

Quando o grupo que estavam seguindo enfim parou do lado de fora de uma grande porta de metal marcada com o antigo símbolo da radiação, Holden e Miller se esgueiraram para o lado e se esconderam atrás de uma jardineira cheia de samambaias e com um par de árvores raquíticas. Holden observou os falsos policiais da tropa de choque mandarem todos para dentro do abrigo e então trancarem a porta com uma passada de cartão. Todos partiram, com exceção de um, que ficou de guarda do lado de fora da porta.

Miller sussurrou:

– Vamos pedir para ele nos deixar entrar.

– Tive uma ideia – Holden respondeu, então se levantou e começou a caminhar na direção do guarda. Miller ficou para trás, só observando.

– Ei, idiota, você deveria estar em um abrigo ou no cassino. Volte para seu grupo – o guarda mandou, com a mão na coronha da arma.

Holden levantou as mãos de forma aplacadora, sorriu e continuou andando.

– Perdi meu grupo. Ele se misturou em algum lugar. Não sou daqui, sabe – ele disse.

O guarda apontou o corredor com o cassetete na mão esquerda.

– Vá por aquele lado até chegar às rampas – ele indicou.

Miller apareceu praticamente do nada no corredor mal iluminado e apontou a arma para a cabeça do guarda. Soltou a trava de segurança com um clique audível.

– Que tal se nos juntarmos ao grupo que já está lá dentro? – ele perguntou. – Abra a porta.

O guarda olhou para Miller com o canto do olho, sem virar a cabeça. Suas mãos se levantaram, e ele soltou o cassetete.

– Não faça isso, cara – o falso policial falou.

– Acho que ele vai fazer de qualquer jeito – Holden comentou. – Deveria obedecer. Ele não é uma pessoa muito legal.

Miller empurrou o cano da arma contra a cabeça do guarda e disse:

– Sabe o que costumávamos chamar de "acéfalo" lá no quartel-general? É quando um tiro na cabeça arrebenta todo o cérebro dentro do crânio. Em geral acontece quando uma arma é disparada na cabeça da vítima bem aqui. Como o gás não tem para onde ir, estoura o cérebro pelo orifício de saída.

– Disseram para não abrir esta porta depois que fosse trancada, cara – o guarda falava tão rápido que juntou todas as palavras. – Foram bem sérios a respeito disso.

– É a última vez que peço – Miller ameaçou. – Na próxima, vou usar o cartão que tirar do seu corpo.

Holden virou o guarda de frente para a porta e pegou a pistola no coldre do homem. Esperava que as ameaças de Miller fossem apenas ameaças. Suspeitava que não.

– Abra a porta, e prometo deixarmos você ir – Holden falou para o guarda.

O guarda assentiu e se aproximou da porta, passou o cartão na fechadura e digitou um número no teclado. A pesada porta a pressão se abriu. A sala estava ainda mais escura do que o corredor. Algumas luzes de emergência de LED brilhavam em um tom vermelho taciturno. Na iluminação fraca, Holden conseguiu ver dezenas... *centenas* de corpos espalhados no chão, imóveis.

– Estão mortos? – Holden perguntou.

– Não sei nada sobre... – o guarda começou a dizer, mas Miller o interrompeu.

– Você vai na frente – o ex-detetive falou, empurrando o guarda para dentro da sala.

– Espere – Holden pediu. – Não acho que seja uma boa ideia simplesmente entrar aí.

Três coisas aconteceram ao mesmo tempo: o guarda deu quatro passos adiante e caiu no chão; Miller espirrou uma vez, alto, e então começou a oscilar, como se estivesse bêbado; e dos terminais portáteis de Holden e Miller soou um zumbido elétrico raivoso.

Miller cambaleou para trás e disse:

– A porta...

Holden apertou o botão e a porta se fechou.

– Gás. – Miller tossiu. – Tem gás ali dentro.

Enquanto o ex-policial se apoiava na parede do corredor e tossia, Holden pegou seu terminal para desligar o zumbido. O alarme intermitente em sua tela não era alerta de contaminação do ar, mas o conhecido símbolo de três folhas apontando para dentro: radiação. Enquanto observava, o símbolo, que devia estar branco, mudou de um laranja vivo para vermelho-escuro.

Miller também olhava seu terminal com uma expressão indecifrável.

– Fomos contaminados – Holden falou.

– Eu nunca vi o detector ativar, na verdade – Miller disse, a voz rouca e fraca depois que a tosse melhorou. – O que significa quando a coisa é vermelha?

– Significa que estaremos sangrando pelo reto em cerca de seis horas – Holden disse. – Temos que ir para a nave. Lá tem os remédios de que precisamos.

– O que... *inferno*... está acontecendo? – Miller balbuciou.

Holden agarrou Miller pelo braço e o levou de volta pelo corredor na direção das rampas. A pele de Holden estava quente e coçava. Ele não sabia se era queimadura de radiação ou uma reação psicossomática. Com a quantidade de radiação que acabara de receber, ainda bem que tinha esperma estocado em Montana e em Europa.

Pensar naquilo fez suas bolas coçarem.

– Eles bombardearam a estação – Holden disse. – Ora, talvez

apenas tenham *fingido* que a bombardearam. Então arrastaram todo mundo lá para baixo e jogaram todos nos abrigos antirradiação, que por dentro estavam radioativos. O gás manteve todo mundo quieto.

– Há maneiras mais fáceis de matar pessoas – Miller comentou, sua respiração saindo entrecortada enquanto corriam pelo corredor.

– Então tem que haver algo mais nisso – Holden falou. – O vírus, certo? O que matou aquela garota. Ele... se alimentava de radiação.

– Incubadoras – Miller concordou com um aceno de cabeça.

Chegaram a uma das rampas para os níveis inferiores, porém um grupo de cidadãos guiados por dois policiais falsos vinha na direção deles. Holden agarrou Miller e o puxou para o lado, onde puderam se esconder nas sombras de uma loja de noodles fechada.

– Então eles os infectaram, certo? – Holden sussurrou, esperando que o grupo passasse. – Talvez remédios de radiação falsos com o vírus neles. Talvez aquela gosma marrom estivesse espalhada no chão. Ou seja, o que quer que estivesse naquela garota, Julie...

Ele parou de falar quando Miller se afastou, seguindo na direção do grupo, que acabara de subir a rampa.

– Oficial – Miller chamou um dos policiais falsos.

Os dois brutamontes pararam, e um deles perguntou:

– Você é...?

Miller atirou na garganta dele, bem embaixo da viseira do capacete. Então girou suavemente e atirou no outro guarda na parte interna da coxa, logo abaixo da virilha. Quando o homem caiu de costas, gritando de dor, Miller foi até ele e atirou de novo, desta vez no pescoço.

Alguns cidadãos começaram a gritar. Miller apontou a arma para eles, e todos ficaram quietos.

– Desçam um nível ou dois e encontrem algum lugar para se esconderem – ele orientou. – Não cooperem com estes homens, mesmo que estejam vestidos como policiais. Eles não têm boas intenções. Vão.

Os cidadãos hesitaram, mas depois saíram correndo. Miller pegou alguns cartuchos do bolso e repôs os que disparara. Holden começou a falar, mas Miller o interrompeu.

– Atire na garganta se puder. Geralmente, a viseira e a armadura de peito não cobrem essa área. Se o pescoço estiver coberto, atire dentro da coxa. A armadura é fina nessa área, por questões de mobilidade. A maioria cai com um tiro.

Holden assentiu, como se tudo aquilo fizesse sentido.

– Ok – Holden falou. – Vamos voltar para a nave antes que sangremos até a morte, certo? Nada mais de atirar nas pessoas se pudermos evitar – sua voz soou mais calma do que ele próprio.

Miller encaixou o pente de volta na arma e a engatilhou.

– Acho que ainda vamos ter que atirar em muita gente antes de tudo isto acabar – ele disse. – Mas, claro. Prioridades.

28

MILLER

A primeira vez que Miller matou alguém foi em seu terceiro ano trabalhando na área de segurança. Tinha 22 anos, era recém-casado e falava em ter filhos. Era o novato na empresa, por isso pegava sempre os piores trabalhos: patrulhar níveis tão altos que o efeito Coriolis o deixava enjoado, atender chamados de distúrbios domésticos em habitações não maiores do que um armário de depósito, ficar de guarda na cela dos bêbados, para evitar que predadores estuprassem os inconscientes... os trotes normais. Ele sabia o que esperar. Achava que podia lidar com isso.

A chamada viera de um restaurante ilegal quase no centro da rocha. Com menos de um décimo da força *g*, a gravidade era pouco mais do que uma sugestão, e sua orelha interna tinha ficado confusa e irritada pela mudança na rotação. Se pensasse nisso, ainda podia ouvir as vozes alteradas, muito rápidas e atropelando as palavras. O cheiro de queijo ilegal. A fina névoa de fumaça da grelha elétrica barata.

Aconteceu muito rápido. O bandido saíra da habitação com uma arma em uma mão, arrastando uma mulher pelo cabelo com a outra. O parceiro de Miller, um policial com dez anos de profissão chamado Carson, gritara o aviso. O bandido se virara, sacudindo o braço que segurava a arma como um dublê em um vídeo.

Durante todo o treinamento, os instrutores diziam que ninguém sabia o que fazer até que o momento chegasse. Matar outro ser humano era difícil, algumas pessoas não conseguiam. A arma do bandido apareceu; o atirador derrubou a mulher e gritou. Acontece que, pelo menos para Miller, não foi nada difícil.

Depois do ocorrido, ele passou por aconselhamento psicológico obrigatório. Chorou. Sofreu com pesadelos, tremores e todas as coisas que os policiais sofrem em silêncio e sobre as quais não falam. Mas, mesmo então, parecia acontecer a distância, como se ele estivesse bêbado demais e observasse a si mesmo vomitar. Era apenas uma reação física. Era só esperar passar.

O importante era que ele sabia a resposta para aquela pergunta: sim, se precisasse, ele poderia tirar uma vida.

Contudo, agora, caminhando pelos corredores de Eros, essa ideia começou a alegrá-lo. Tirar a vida daquele pobre coitado naquele primeiro tiroteio parecera a triste necessidade do trabalho. O prazer em matar não existira até Julie; e não era bem um prazer, mas uma breve interrupção da dor.

Ele mantinha a arma abaixada. Holden começou a descer a rampa e Miller o seguiu, deixando o terráqueo tomar a dianteira. Holden caminhava mais rápido do que ele e com o condicionamento não comentado de alguém que vivera em diversas gravidades. Miller tinha a sensação de que deixara Holden nervoso, e lamentava aquilo um pouco. Não tivera a intenção. Além disso, realmente precisava embarcar na nave de Holden se quisesse descobrir os segredos de Julie.

Aliás, precisava não morrer dos efeitos da radiação nas próximas horas. Esse parecia um motivo melhor do que provavelmente era.

– Ok – Holden falou mais abaixo na rampa. – Precisamos voltar para o esconderijo, e há muitos guardas entre nós e Naomi que ficarão bem confusos ao verem dois caras andando na direção errada.

– Isso é um problema – Miller concordou.

– Alguma ideia?

Miller franziu o cenho e analisou o chão. O piso de Eros era diferente do de Ceres. Ali, era laminado com manchas douradas.

– O metrô não deve estar funcionando – o ex-detetive refletiu. – Mesmo se estiver, deve estar em modo de bloqueio, só pararia no ponto do cassino. Não é uma opção.

– E os corredores de manutenção?

– Só se encontrarmos um que passe de um nível para o outro – Miller respondeu. – Pode ser um pouco complicado, mas parece uma aposta melhor do que abrir caminho atirando em uns vinte imbecis com armaduras. Quanto tempo temos antes que seus amigos partam?

Holden olhou o terminal portátil. O alarme de radiação ainda estava vermelho-escuro. Miller se perguntou quanto tempo o sistema precisaria para reiniciar.

– Um pouco mais de duas horas – Holden respondeu. – Não deve ser um problema.

– Vamos ver o que conseguimos achar – Miller falou.

Os corredores mais próximos dos abrigos antirradiação – que agora também poderiam ser chamados de armadilhas mortais ou incubadoras – estavam vazios. As passagens amplas, construídas para acomodar os antigos equipamentos de construção que escavaram Eros até tornar o lugar uma habitação humana, estavam lúgubres, e só se ouviam os passos de Holden e Miller e o zumbido dos recicladores de ar. Miller não percebera que os avisos de emergência tinham parado, mas a ausência deles agora parecia ameaçadora.

Se fosse Ceres, ele saberia aonde ir, aonde tudo levava, como se mover graciosamente de um nível para o outro. Em Eros, tudo o que ele tinha era um palpite. Não era tão mau.

Ele notou que estavam demorando muito, e pior: não falavam sobre isso; nenhum dos dois falava. Estavam andando mais lentos do que o normal. Não estava no limiar da consciência, mas Miller sabia que o corpo deles começava a sentir os danos da radiação. Não ficaria melhor.

– Ok – Holden disse. – Em algum lugar por aqui deve ter uma escotilha de manutenção.

– Podíamos tentar a estação de metrô – Miller sugeriu. – Os carros seguem no vácuo, mas pode haver um túnel de serviço em paralelo.

– Você acha que fecharam o metrô como parte da grande batida policial?

– Provavelmente – Miller respondeu.

– Ei! Vocês dois! Que diabos acham que estão fazendo aqui?

Miller olhou por sobre o ombro. Dois homens com equipamento antimotim acenavam para eles de modo ameaçador.

Holden sussurrou alguma coisa mordaz. Miller estreitou os olhos.

O fato era que esses homens eram amadores. O começo de uma ideia se agitou no fundo da mente de Miller enquanto ele os observava se aproximarem. Matá-los e pegar o equipamento não funcionaria. Não havia nada melhor que queimaduras e sangue para deixar claro que algo ocorrera. Porém...

– Miller – Holden advertiu.

– Sim – Miller respondeu. – Eu sei.

– Perguntei que diabos vocês dois estão fazendo aqui? – um dos homens da segurança disse. – A estação está bloqueada. Todo mundo deve ir para o nível dos cassinos ou até os abrigos antirradiação.

– Estamos procurando um jeito de... ah... chegar ao nível do cassino – Holden explicou, sorrindo e parecendo inofensivo. – Não somos daqui e...

O guarda que estava mais perto enfiou a coronha de seu fuzil na perna de Holden, que cambaleou e caiu. Miller atirou no guarda bem abaixo do visor do capacete, então se voltou para o que ainda estava em pé, boquiaberto.

– Você é Mikey Ko, certo? – Miller perguntou.

O rosto do homem ficou pálido, mas ele assentiu. Holden gemeu e se levantou.

– Detetive Miller – Miller se apresentou. – Prendi você em Ceres há uns quatro anos. Você ficou um pouco contente demais em um bar. No Tappan, eu acho. Se lembro bem, bateu em uma garota com um taco de sinuca, não foi isso?

– Ah, ei! – o homem falou com um sorriso assustado. – Sim, eu me lembro de você. Como vai?

– Bem e mal – Miller respondeu. – Sabe como é... Dê sua arma ao terráqueo.

Ko olhou de Miller para Holden e depois de volta para Miller, umedecendo os lábios e analisando suas alternativas. Miller negou com a cabeça.

– É sério – Miller falou. – Dê sua arma para ele.

– Claro, sim. Sem problema.

Esse era o tipo de homem que tinha matado Julie, Miller pensou. Estúpido. Míope. Um homem nascido com um senso raso de oportunidade no lugar da alma. A Julie mental de Miller balançou a cabeça em desgosto e dó, e o ex-detetive se perguntou se ela se referia ao bandido que estendia o fuzil para Holden ou ao próprio Miller. Talvez ambos.

– Qual é o lance aqui, Mikey? – Miller perguntou.

– Do que está falando? – o guarda perguntou, bancando o estúpido, como quando estava na sala de interrogatório. Ganhando tempo. Refazendo o velho roteiro de policial e bandido, como se ainda fizesse sentido. Como se tudo não tivesse mudado. Miller ficou surpreso com o aperto que sentiu na garganta. Não sabia por que estava lá.

– O trabalho – ele disse. – Qual é o trabalho?

– Não sei do que...

– Ei – Miller o interrompeu gentilmente. – Acabei de matar seu comparsa.

– É o terceiro que ele derruba hoje – Holden se intrometeu. – Eu vi.

Miller podia ver nos olhos do homem: a astúcia, a adaptação, a mudança de uma estratégia para outra. Era velho, familiar e previsível como água corrente.

– É só um trabalho – Ko falou. – Nos chamaram há um ano, como se estivessem preparando uma coisa grande, entende? Mas ninguém sabe o que é. Então, há poucos meses, começaram a trazer os caras para cá e nos treinaram como se fôssemos policiais.

– Quem estava treinando vocês? – Miller perguntou.

– Os últimos caras. Aqueles que trabalharam no contrato antes de nós – Ko respondeu.

– A Protogen?

– Algo assim, é – ele disse. – Então eles foram embora e nós assumimos. Só trabalho braçal, sabe. Um pouco de contrabando.

– Contrabando de quê?

– Todo tipo de coisa – Ko explicou. Ele começava a se sentir seguro e demonstrava isso no jeito como se colocava e falava. – Equipamento de vigilância, matrizes de comunicação, servidores parrudos com seus próprios softwares sabichões embutidos. Equipamento científico também. Coisas para checar a água, o ar e tudo mais. E esses robôs antigos de acesso remoto que costumavam ser usados em escavações no vácuo. Todo tipo de merda.

– Para onde essas coisas iam? – Holden perguntou.

– Para cá. – Ko gesticulou para o ar, para a pedra, para a estação. – Está tudo aqui. Levaram meses instalando tudo. E depois, durante semanas, nada.

– Como assim, nada? – Miller perguntou.

– Nada, nada. Toda essa trabalheira e então ficamos por aí de papo para o ar.

Algo dera errado. O vírus de Febe não chegara ao destino. Então Julie aparecera, Miller pensou, e o jogo tivera uma reviravolta. Ele mais uma vez viu a imagem dela no banheiro do cortiço: os tentáculos compridos do que quer que fosse se espalhando, os esporões ósseos pressionando sua pele, a espuma negra filamentosa vazando de seus olhos.

– O pagamento é bom, no entanto – Ko comentou filosoficamente. – E foi muito bom tirar um tempo de folga.

Miller assentiu. Inclinou-se para mais perto de Ko, enfiando o cano de sua arma na abertura da armadura na barriga dele, e atirou.

– Que diabos! – Holden disse enquanto Miller guardava a arma no bolso da jaqueta.

– O que achou que ia acontecer? – Miller questionou, agachando-se ao lado do homem baleado. – Ele não pretendia nos deixar ir.

— Sim, ok — Holden falou. — Mas...

— Ajude-me a levantá-lo. — Miller passou um braço por trás dos ombros de Ko. O bandido estremeceu quando foi erguido.

— O quê?

— Segure-o do outro lado — Miller explicou. — O homem precisa de cuidados médicos, certo?

— Hum, sim — Holden concordou.

— Então o segure do outro lado.

Não estavam tão longe dos abrigos antirradiação quanto Miller esperava, o que tinha pontos positivos e negativos. Pelo lado bom, Ko ainda estava vivo e gritava. As chances seriam melhores então do que se ele estivesse lúcido, o que seria o pior dos cenários. Conforme se aproximavam do primeiro grupo de guardas, o balbucio de Ko pareceu sem sentido o bastante para funcionar.

— Ei! — Miller gritou. — Precisamos de ajuda aqui!

No alto da rampa, quatro guardas olharam um para o outro e começaram a se aproximar deles, a curiosidade vencendo os procedimentos básicos de operação. Holden respirava com dificuldade; Miller também. Ko não era tão pesado. Isso era um mau sinal.

— Que diabos é isso? — um dos guardas perguntou.

— Tem um monte de gente escondida lá atrás — Miller falou. — Um grupo de resistência. Achei que vocês iam limpar este nível.

— Não era nosso trabalho — o cara respondeu. — Estamos só nos certificando de que o pessoal do cassino chegue aos abrigos.

— Bem, alguém errou feio — Miller replicou. — Vocês têm um transporte?

Os guardas olharam uns para os outros de novo.

— Podemos pedir um — o cara mais atrás disse.

— Não se incomodem — Miller disse. — Preciso que vão atrás dos atiradores.

— Espere um minuto — o primeiro cara falou. — Quem diabos é você exatamente?

— Um dos instaladores da Protogen — Holden respondeu. —

Estamos substituindo os sensores que falharam. Este cara estava nos ajudando.

– Não estava sabendo disso – o líder falou.

Miller enfiou um dedo sob a armadura de Ko e torceu. Ko estremeceu e tentou se afastar dele.

– Fale com seu chefe sobre isso quando for a hora – Miller respondeu. – Vamos. Precisamos levar este imbecil ao médico.

– Espere aí! – o primeiro guarda chamou.

Miller suspirou. Eles eram em quatro. Se jogasse Ko no chão e saltasse para se proteger... Mas não havia muito onde se proteger. E quem saberia o que Holden faria?

– Onde estão os atiradores? – o guarda perguntou.

Miller se conteve para não sorrir.

– Há uma habitação a menos de 300 metros antirrotação – Miller falou. – O corpo do outro está lá. Não tem como errar.

Miller se virou para descer a rampa. Atrás dele, os guardas conversavam entre si, discutindo o que fazer, quem chamar, quem mandar para investigar.

– Você é completamente insano – Holden disse sobre o choro semiconsciente de Ko.

Talvez ele estivesse certo.

Quando alguém deixa de ser humano?, Miller se perguntou. Devia haver um momento, alguma decisão tomada que marcasse: antes disso, você era uma pessoa e depois, outra. Caminhando pelos níveis de Eros, com o corpo ensanguentado de Ko pendurado entre ele e Holden, Miller refletia. Provavelmente estava morrendo pelos efeitos da radiação. Abrira caminho por meia dúzia de homens que só o deixaram passar porque estavam acostumados a serem temidos, e Miller não tinha medo deles. Matara três pessoas nas últimas duas horas. Quatro, se contasse Ko. Provavelmente era seguro dizer quatro.

A parte analítica de sua mente, a voz baixa e tranquila que

cultivara por anos, observava-o se mover e rever todas as suas decisões. Tudo o que fizera tinha todo o sentido no momento. Atirar em Ko. Atirar nos outros três. Deixar a segurança do esconderijo da tripulação para investigar a evacuação. Emocionalmente, fora óbvio no momento. Foi só quando considerou a situação vendo pelo olhar de outra pessoa que tudo lhe pareceu perigoso. Se tivesse visto Muss, Havelock ou Sematimba fazendo aquilo, não teria levado mais de um minuto para achar que tinham enlouquecido. Uma vez que era com ele, levara mais tempo para notar. Mas Holden estava certo. Em algum momento da história, ele se perdera.

Ele queria pensar que fora em sua busca por Julie, quando descobriu o corpo, quando reconheceu que não fora capaz de salvá-la, mas era só porque parecia um momento sentimental. A verdade era que, de todas as suas decisões anteriores a isso – deixar Ceres para começar uma caçada louca por Julie, afogar sua carreira na bebida, continuar a ser um policial por um dia sequer depois daquela primeira morte que causara tantos anos antes –, nenhuma parecia fazer sentido quando analisada de modo objetivo. Ele perdera o casamento com uma mulher que amara no passado. Vivia enterrado no pior que a humanidade tinha a oferecer. Aprendera em primeira mão que era capaz de matar outro ser humano. Em nenhum momento podia dizer que até determinado ponto fora um homem são, inteiro, e que, depois disso, não fora mais.

Talvez fosse um processo cumulativo, como fumar. Um cigarro não fazia muita coisa. Cinco não faziam muito mais. Cada emoção que ele bloqueara, cada contato humano que rejeitara, cada amor, amizade e momento de compaixão para o qual virara as costas o afastaram um grau de si mesmo. Até agora, fora capaz de matar impunemente. De encarar sua morte iminente com uma negação que lhe permitia fazer planos e tomar atitudes.

Em sua mente, Julie Mao inclinava a cabeça, atenta a seus

pensamentos. Em sua mente, ela o abraçava, o corpo contra o dele de um jeito que era mais reconfortante do que erótico. Ela o consolava. E perdoava.

Era por isso que procurara por ela. Julie se tornara a parte dele capaz de sentimentos humanos. O símbolo do que ele poderia ter sido. Não havia motivo para pensar que sua Julie imaginária tinha alguma coisa em comum com a mulher real. Encontrá-la teria sido uma decepção para ambos.

Ele tinha que acreditar nisso, do mesmo jeito que tinha que acreditar em tudo o que o afastara do amor antes.

Holden parou. O corpo, agora cadáver, de Ko bateu em Miller e o fez voltar a si.

– O que foi? – o ex-detetive perguntou.

Holden acenou com a cabeça para o painel diante deles. Miller olhou sem compreender, então o reconheceu. Tinham conseguido. Estavam de volta ao esconderijo.

– Você está bem? – Holden perguntou.

– Sim – Miller respondeu. – Só viajando na maionese. Desculpe.

Ele soltou Ko, e o bandido caiu no chão com um baque triste. O braço de Miller estava dormente. Ele o sacudiu, mas o formigamento não parou. Uma onda de vertigem e náusea o atravessou. *Sintomas*, ele pensou.

– Como estamos no tempo? – Miller perguntou.

– Passamos um pouco do prazo. Cinco minutos. Vai dar tudo certo – Holden disse e abriu a porta.

No espaço além da porta, onde Naomi, Alex e Amos deveriam estar, não havia ninguém.

– Merda! – Holden exclamou.

29

HOLDEN

– Merda! – Holden exclamou. – Eles nos deixaram.

Não. *Ela o* deixara. Naomi dissera que faria isso, mas, ao ser confrontado com a realidade do fato, Holden percebeu que nunca acreditara. Porém, ali estava a prova: o espaço vazio onde ela deveria estar. O coração dele disparou e sua garganta apertou; a respiração vinha com dificuldade. O mal-estar que sentia em suas entranhas devia ser desespero, ou então era seu cólon que se desprendera. Ele ia morrer sentado do lado de fora de um hotel barato em Eros porque Naomi fizera exatamente o que dissera que faria. O que ele lhe ordenara fazer. Seu ressentimento se recusava a ouvir a razão.

– Estamos mortos – ele disse, e se sentou na borda de uma jardineira com samambaias plantadas.

– Quanto tempo nos resta? – Miller perguntou, olhando para os dois lados do corredor enquanto mexia em sua arma.

– Não tenho ideia. – Holden fez um gesto vago na direção do símbolo vermelho piscando em seu terminal. – Acho que ainda faltam horas antes de começarmos a realmente sentir os efeitos, mas não sei. Deus, gostaria que Shed estivesse aqui.

– Shed?

– Um amigo – Holden falou, sem vontade de explicar mais. – Um bom técnico médico.

– Ligue para ela – Miller sugeriu.

Holden olhou seu terminal e digitou alguma coisa na tela.

– A rede ainda não funciona – disse.

– Tudo bem – Miller falou. – Vamos para a sua nave. Quem sabe ainda está na doca?

– Eles terão partido. Naomi vai manter a tripulação viva. Ela me avisou, mas eu...

– Vamos mesmo assim – Miller insistiu. Ele alternava o peso do corpo de um pé para o outro enquanto olhava para o corredor.

– Miller – Holden começou a falar, mas se interrompeu. O ex-detetive estava claramente no limite, e já atirara em quatro pessoas. Holden estava cada vez mais assustado com ele. Como se lesse sua mente, Miller se aproximou, 2 metros de altura assomando-se diante de onde estava sentado. Miller sorriu com tristeza, os olhos irritantemente gentis. Holden quase preferia que estivessem ameaçadores.

– Do meu ponto de vista, temos três alternativas – Miller disse. – Primeira, descobrimos se sua nave ainda está na doca, tomamos os remédios de que precisamos e continuamos vivos. Segunda, tentamos chegar à nave e, no meio do caminho, encontramos um bando de mafiosos; então morremos gloriosamente com uma rajada de balas. Terceiro, ficamos sentados aqui até vazarmos pelos olhos e pela bunda.

Holden não respondeu, só encarou o policial e franziu o cenho.

– Gosto mais das duas primeiras do que da última – Miller prosseguiu. Sua voz parecia um pedido de desculpas. – Que tal vir comigo?

Holden deu uma gargalhada antes que pudesse se conter, mas Miller não pareceu ofendido.

– Claro – Holden concordou. – Só precisava sentir pena de mim mesmo por um minuto. Vamos lá, vamos ser mortos pela máfia.

Disse isso com muito mais bravata do que sentia. A verdade era que não queria morrer. Mesmo durante o tempo que passou na marinha, a ideia de morrer no cumprimento do dever sempre lhe parecera distante e irreal. *Sua* nave nunca seria destruída e, se fosse, *ele* conseguiria chegar a uma nave de fuga. O universo sem ele não fazia sentido algum. Assumira riscos, vira outras pessoas morrerem. Mesmo pessoas que ele amava. Agora, pela primeira vez, sua própria morte era tangível.

Ele olhou para o policial. Conhecia o homem havia menos de um dia, não confiava nele e não tinha certeza se gostava dele. E era com ele que morreria. Holden deu de ombros e se levantou, tirando a arma da cintura. Sob o pânico e o medo, havia uma profunda sensação de calma. Esperava que durasse.

– Você primeiro – Holden falou. – Se sobrevivermos, lembre-me de ligar para minhas mães.

Os cassinos eram um barril de pólvora prestes a explodir. Se as varreduras de evacuação tivessem sido mesmo que moderadamente bem-sucedidas, haveria cerca de 1 milhão ou mais de pessoas espremidas em três níveis da estação. Homens de aparência durona e equipamentos antimotim moviam-se pela multidão; mantinham todos assustados e mandavam que ficassem parados até serem levados aos abrigos antirradiação. De vez em quando, um grupo de cidadãos era levado. Saber o que ia acontecer com eles fez o estômago de Holden queimar. Queria gritar para todos que os policiais eram falsos, que estavam matando pessoas. Porém, um motim com tanta gente em um espaço tão confinado seria um massacre. Talvez fosse inevitável, mas não seria ele a começar uma revolta.

Outra pessoa começou.

Holden ouviu vozes elevadas, o ruído irritado da multidão seguido pela voz eletronicamente amplificada de alguém com capacete antimotim que berrava para as pessoas recuarem. Então um tiro, uma pausa breve, e uma saraivada. As pessoas gritavam. A multidão ao redor de Holden e Miller seguia em duas direções opostas: algumas pessoas corriam na direção do conflito, muitas mais se afastavam dele. Holden ficou preso na correnteza de corpos; Miller estendeu o braço e agarrou a parte de trás de sua camisa, gritando para Holden ficar por perto.

A uns 12 metros dali, em uma área externa de um café cercada com uma grade de ferro preto, uma dúzia de cidadãos encurralara um dos bandidos da máfia. Ele recuava e, com a arma na mão, gritava para que se afastassem. As pessoas continuavam avançando, os rostos selvagens com o frenesi embriagante da violência da turba.

O bandido da máfia disparou uma vez, e um corpo pequeno cambaleou para a frente e caiu no chão aos pés do malfeitor.

Holden não pôde ver se era um menino ou uma menina, mas não parecia ter mais do que 13 ou 14 anos. O bandido avançou diante da pequena figura aos seus pés e mais uma vez apontou a arma para as pessoas.

Foi demais.

Holden se pegou correndo na direção do bandido, arma em punho e gritando para as pessoas saírem do caminho. Quando estava a 7 metros de distância, a multidão abriu espaço suficiente para que ele começasse a atirar. Metade dos tiros foi às cegas e acertou as paredes e o balcão da cafeteria; um deles lançou uma pilha de pratos de cerâmica no ar. Mas alguns disparos acertaram o bandido, fazendo-o cambalear para trás.

Holden saltou a cerca de metal na altura do seu peito e parou de supetão a uns 3 metros do policial falso e sua vítima. Disparou uma última vez, e então o pente travou na posição de aberto para que ele soubesse que estava vazio.

O bandido não caiu. Ele se endireitou, olhou para o próprio torso, levantou os olhos e apontou a arma para o rosto de Holden, que teve tempo de contar três balas que acertaram a pesada armadura antimotim no peito do bandido. *Morrer gloriosamente com uma rajada de balas*, ele pensou.

O bandido disse:

– Filho da puta estúp... – E sua cabeça foi lançada para trás com um jato vermelho. Ele despencou no chão.

– É para mirar no pescoço, lembra? – Miller falou por trás de Holden. – A armadura do peito é grossa demais para uma pistola atravessar.

De repente tonto, Holden dobrou o corpo, com falta de ar. Sentia gosto de limão no fundo da garganta, e engoliu em seco duas vezes para se impedir de vomitar. Tinha medo de que tudo estivesse coberto de sangue e conteúdos estomacais. Não precisava ver aquilo.

– Obrigado – agradeceu, ofegante, virando a cabeça para Miller.

Miller só assentiu vagamente na direção dele, então caminhou até o guarda e o cutucou com o pé. Holden se levantou e olhou ao redor, esperando que a onda inevitável de vingativos agentes da máfia estourasse sobre eles. Não viu ninguém. Miller e ele estavam parados em uma ilha tranquila de calma em meio ao Armagedom. Ao redor dos dois, tentáculos de violência chicoteavam em alta velocidade: pessoas corriam em todas as direções; os capangas da máfia gritavam com as vozes amplificadas e pontuavam as ameaças com tiros periódicos. Mas eram apenas centenas deles, e havia muitos milhares de civis zangados e em pânico. Miller gesticulou para o caos.

– É isso o que acontece – ele falou. – Dê equipamento para um bando de brutamontes, e eles vão achar que sabem o que estão fazendo.

Holden se agachou ao lado da criança morta. Era um menino, talvez de 13 anos, feições asiáticas e cabelo preto. Seu peito tinha uma ferida aberta, por onde o sangue escorria em vez de jorrar. Não tinha pulso que Holden pudesse sentir. Mesmo assim ergueu o menino, procurando um lugar para colocá-lo.

– Ele está morto – Miller falou enquanto repunha a munição em seu pente.

– Vá para o inferno. Não sabemos com certeza. Se pudermos levá-lo para a nave, talvez...

Miller balançou a cabeça. Tinha uma expressão triste mas distante no rosto enquanto olhava a criança nos braços de Holden.

– Ele levou um tiro de calibre alto em seu centro de massa – Miller disse. – Ele se foi.

– Merda – Holden falou.

– Continue dizendo isso.

Uma placa de néon brilhante piscava sobre o corredor que levava dos níveis dos cassinos até as rampas que seguiam para as docas. OBRIGADO PELO JOGO, ela dizia. E VOCÊ É SEMPRE UM VENCEDOR EM EROS. Embaixo da placa, duas fileiras de homens em armadura de combate pesado bloqueavam o caminho. Podiam ter desistido do controle da multidão nos cassinos, mas não deixariam ninguém ir embora.

Holden e Miller estavam agachados atrás de um carrinho de café tombado a 100 metros dos soldados. Enquanto observavam, mais ou menos uma dúzia de pessoas saiu em disparada na direção dos guardas e foi sumariamente abatida pelas metralhadoras, caindo no convés ao lado daqueles que tentaram antes.

– Contei 34 mafiosos – Miller falou. – Quantos você consegue derrubar?

Holden virou para olhá-lo com surpresa, mas o rosto de Miller lhe mostrou que o ex-policial estava brincando.

– Brincadeiras à parte, como passaremos por eles? – Holden perguntou.

– Trinta homens com metralhadoras e linha de visão clara. Nenhum tipo de cobertura em 20 metros, mais ou menos – Miller ponderou. – Não tem como passar por ali.

30

MILLER

Eles se sentaram no chão com as costas apoiadas em uma parede formada por máquinas de pachinko que ninguém estava usando. Dali, observavam o fluxo e o refluxo da violência ao redor como se fosse um jogo de futebol. O chapéu de Miller pendia sobre seu joelho dobrado. Ele sentiu a vibração contra suas costas quando uma das máquinas terminou a jogada-demo. As luzes brilhavam e resplandeciam. Ao lado dele, Holden respirava pesado, como se tivesse acabado de completar uma corrida. Para além de onde estavam, em uma cena que parecia saída de um quadro de Hieronymus Bosch, os níveis dos cassinos de Eros se preparavam para a morte.

O momento do tumulto passara por ora. Homens e mulheres se reuniam em pequenos grupos. Guardas que caminhavam entre eles ameaçavam e espalhavam qualquer aglomeração que ficasse muito grande ou indisciplinada. Alguma coisa queimava com rapidez suficiente para que os purificadores de ar não dessem conta do cheiro de plástico derretido. A *bhangra* usada como música ambiente se misturava com choros, gritos e lamentos de desespero. Algum idiota gritava para um dos pseudopoliciais: era advogado; estava registrando tudo aquilo em vídeo; quem quer que fosse responsável estaria encrencado. Miller observou um bando de pessoas rodearem o confronto. O cara com equipamento antimotim ouviu, assentiu e deu um tiro na rótula do advogado. A multidão se dispersou, exceto por uma mulher, esposa ou namorada da vítima, que se curvou sobre ele aos berros. Na privacidade da cabeça de Miller, tudo se desfez lentamente.

Miller estava ciente de ter duas mentes dentro de si. Uma era aquela com a qual estava acostumado, a qual lhe era familiar. Aquela que pensava sobre o que aconteceria quando ele saísse dali, qual o próximo passo para conectar os pontos entre as estações de Febe, de Ceres, e de Eros e Juliette Mao, como encaminhar o caso. Aquela versão analisava a multidão do mesmo jeito que ele teria feito com uma cena de crime, esperando que algum detalhe ou alguma mudança chamasse sua atenção. Algo que o mandasse para a direção certa na resolução do mistério. Era a parte míope e idiota dele, que, incapaz de conceber sua própria extinção, pensava que certamente, *certamente*, haveria um depois.

O outro Miller era diferente. Mais silencioso. Triste, talvez, porém em paz. Ele lera um poema havia uns anos chamado "O ser-morto", e não tinha entendido o título até agora. O nó no meio de sua psique se soltara. Havia libertado toda a energia que concentrara para manter as coisas – Ceres, seu casamento, sua carreira, ele mesmo. Atirara e matara mais homens no dia anterior do que em toda a sua carreira como policial. Começara – só começara – a perceber que havia mesmo se apaixonado pelo objeto de sua busca depois de saber com certeza que a perdera. Vira de maneira inequívoca que o caos que lutara para manter ao longo de sua vida era mais forte, mais amplo e mais poderoso do que ele jamais seria. Nenhum compromisso que assumisse seria suficiente. O ser-morto crescia em Miller, e o florescimento sombrio não exigia esforço algum. Era um alívio, um relaxamento, um longo e lento exalar após décadas segurando a respiração.

Estava arruinado, mas tudo bem, pois estava morrendo.

– Ei – Holden chamou. Sua voz estava mais forte do que Miller esperava.

– Sim?

– Você via *Misko e Marisko* quando era criança?

Miller franziu o cenho.

– O programa infantil? – perguntou.

– Aquele com cinco dinossauros e o cara malvado que usava um chapelão rosa. – Holden começou a cantarolar uma melodia alegre e boba. Miller fechou os olhos e o acompanhou. No passado, a música tinha letra; agora era só uma série de subidas e descidas, melodias que iam e vinham em escala maior, com cada dissonância de acordo com a nota que a seguia.

– Acho que sim – Miller respondeu, e os dois chegaram ao fim da música.

– Eu amava aquele programa. Devia ter 8 ou 9 anos na última vez que vi – Holden comentou. – Engraçado como essas coisas grudam na gente.

– É verdade – Miller concordou. Ele tossiu, virou a cabeça e cuspiu uma coisa vermelha. – Como você está?

– Acho que estou bem – Holden falou. Então, no momento seguinte, acrescentou: – Desde que não me levante.

– Está com náuseas?

– Sim, um pouco.

– Eu também.

– O que é isto? – Holden perguntou. – Quero dizer, qual o objetivo disto tudo? Por que estão *fazendo* isto?

Era uma boa pergunta. Massacrar Eros – massacrar qualquer estação no Cinturão – era uma tarefa bem fácil. Qualquer um com habilidades de primeiro ano de mecânica orbital podia achar um jeito de arremessar uma rocha grande e rápida o bastante para arrebentar a estação. Com tanto esforço empreendido, a Protogen podia cortar o suprimento de ar, acrescentar drogas nele ou fazer o que diabos quisesse. O que estava acontecendo não era assassinato. Não era sequer genocídio.

Além disso, havia todo o equipamento de observação: câmeras, matrizes de comunicação, sensores de água e de ar. Havia apenas dois motivos para esse tipo de tranqueira. Ou os babacas malucos da Protogen gostavam de observar pessoas morrendo ou...

– Eles não sabem – Miller falou.

– O quê?

Ele se virou para encarar Holden. O primeiro Miller, o detetive, o otimista, aquele que precisava saber, estava no comando agora. O ser-morto não lutava, porque, é claro, era incapaz de fazer isso; não lutava contra nada. Miller ergueu a mão, como se estivesse dando uma palestra para um novato.

– Eles não sabem o que é tudo isto ou pelo menos não sabem o que vai acontecer. Isto não foi construído para ser uma câmara de tortura. Tudo é monitorado, certo? Sensores de água e de ar. É uma placa de Petri. Eles não sabem o que aquela merda que matou Julie faz, e é com isto aqui que vão descobrir.

Holden franziu o cenho.

– Eles não têm laboratórios? Lugares onde possam injetar essa merda em um animal ou algo assim? Porque isto aqui parece um pouco bagunçado para um projeto experimental.

– Talvez precisem de uma amostra tamanho família – Miller sugeriu. – Ou talvez não seja pelas pessoas. Talvez seja o que acontece na estação.

– Que ideia animadora – Holden comentou.

A Julie Mao na mente de Miller afastou uma mecha de cabelo dos olhos. Ela franzia o cenho. Parecia pensativa, interessada, preocupada. Tudo fazia sentido. Era como um daqueles problemas de mecânica orbital nos quais cada dificuldade e desvio pareciam aleatórios, até que todas as variáveis se encaixavam, e o que era inexplicável se tornava inevitável. Julie sorriu para ele. A Julie de antigamente, como ele a imaginava. O Miller que não se resignava com a morte sorriu de volta. Então ela se foi, e a mente dele se voltou para o barulho das máquinas de *pachinko* e para o uivo baixo e demoníaco das multidões.

Outro grupo – vinte homens que andavam abaixados, como *linebackers* – correu na direção dos mercenários que protegiam a entrada do porto. Os atiradores mais uma vez abateram todos.

– Se tivéssemos gente suficiente, poderíamos entrar – Holden disse depois que o som das metralhadoras desapareceu. – Eles não conseguiriam matar todos nós.

– É para isso que servem os capangas na patrulha – Miller explicou. – Para garantir que ninguém possa organizar um ataque grande o bastante. Manter a dissidência.

– Mas, se fosse uma turba, quero dizer uma turba bem grande, daria...

– Talvez – Miller concordou. Algo em seu peito estalou de um jeito que não fazia no minuto anterior. Ele respirou lenta e profundamente, e o estalo aconteceu de novo. Podia sentir no fundo de seu pulmão esquerdo.

– Pelo menos Naomi escapou – Holden disse.

– Isso é bom.

– Ela é incrível. Nunca colocaria Amos e Alex em perigo se pudesse evitar. Quero dizer, ela é séria. Profissional. Forte, sabe? Quero dizer, ela é realmente, realmente...

– Bonita também – Miller falou. – Um lindo cabelo. Adorei os olhos.

– Não, não era o que eu queria dizer – Holden respondeu.

– Não acha que ela é uma mulher bonita?

– Ela é minha imediata – Holden falou.

– Zona proibida, entendi.

Holden suspirou.

– Ela escapou, né? – Holden perguntou.

– Quase certeza.

Ficaram em silêncio. Um dos guardas da linha de defesa tossiu, levantou-se e saiu mancando de volta para o cassino, deixando um rastro de sangue de um buraco nas costelas. A *bhangra* deu lugar a um *medley afropop* com uma voz baixa e sensual que cantava em idiomas desconhecidos por Miller.

– Ela esperaria por nós – Holden falou. – Não acha que ela esperaria por nós?

– Quase certeza – o ser-morto de Miller disse, sem se preocupar muito se era ou não mentira. Ele pensou nisso por um longo instante, então se virou para encarar Holden de novo. – Só para você saber, não estou exatamente no meu melhor neste momento.

– Ok.

– Tudo bem.

As luzes laranja brilhantes do bloqueio na estação de metrô naquele nível mudaram para verde. Miller endireitou-se, interessado. Suas costas estavam grudentas, mas devia ser só suor. Outras pessoas também notaram a mudança. Como uma correnteza em um tanque de água, a atenção da multidão próxima passou do bloqueio de mercenários no caminho em direção ao porto para as portas de aço escovado da estação de metrô.

As portas se abriram, e os primeiros zumbis apareceram. Homens e mulheres, com olhos vidrados e músculos lentos, cambaleavam pelas portas abertas. Miller vira um documentário sobre febre hemorrágica como parte de seu treinamento na Estação Ceres. Os movimentos deles eram os mesmos: apáticos, guiados, autônomos. Como cães raivosos cuja mente já tinha sido dominada pela doença.

– Ei. – Miller pôs a mão no ombro de Holden. – Começou.

Um homem mais velho, com roupas da equipe de emergência, aproximou-se dos cambaleantes recém-chegados. Suas mãos estavam estendidas, como se pudesse encurralá-los pela simples força de vontade. O primeiro zumbi do grupo se virou com olhos vazios na direção dele e vomitou um jato de gosma marrom muito familiar.

– Olhe – Holden disse.

– Eu vi.

– Não, *olhe*!

Em todo o nível do cassino, as luzes das estações de metrô estavam destravando. As portas se abriam. As pessoas sãs avançavam na direção das estações abertas e da promessa implícita e vazia de fuga, fugindo dos homens e das mulheres mortos que caminhavam na direção deles.

– Zumbis vomitantes – Miller falou.

– Dos abrigos antirradiação – Holden completou. – Aquela coisa, o organismo, vai mais rápido na radiação, certo? É por isso que a tal garota estava tão neurótica com as luzes e o traje de vácuo.

– O nome dela era Julie. E, sim, aquelas incubadoras eram para isso. Bem aqui na estação. – Miller suspirou e pensou em se levantar. – No final das contas, talvez não morramos de envenenamento por radiação.

– Por que simplesmente não bombear esta merda no ar? – Holden perguntou.

– O vírus é anaeróbico, lembra? – Miller explicou. – Oxigênio demais o mata.

O cara com roupa da emergência e coberto de vômito ainda tentava tratar os zumbis cambaleantes como se fossem pacientes. Como se ainda fossem humanos. Havia manchas da gosma marrom nas roupas das pessoas, nas paredes. As portas do metrô se abriram de novo, e Miller viu meia dúzia de pessoas entrarem em um trem coberto de meleca marrom. A multidão se agitou, incerta do que fazer, a mente do grupo já além do ponto de ruptura.

Um policial antimotim avançou e começou a pulverizar os zumbis com tiros. Os ferimentos de entrada e de saída do disparo derramavam voltas finas de filamento escuro, e os zumbis caíam. Miller riu mesmo antes de saber o que era engraçado. Holden olhou para ele.

– Eles não sabiam – Miller falou. – Os encrenqueiros com equipamento antimotim... Não vão tirá-los desta. São carne para a máquina, assim como o restante de nós.

Holden fez um pequeno som de aprovação. Miller assentiu, mas algo incomodava o fundo de sua mente. Os bandidos de Ceres nas armaduras roubadas seriam sacrificados. Isso não significava todo mundo. Ele se inclinou para a frente.

A passagem em forma de arco que levava para o porto ainda estava aberta. Soldados mercenários em formação mantinham as armas em punho. De algum modo, pareciam mais disciplinados agora do que antes. Miller observou enquanto o cara no fundo, com uma insígnia extra na armadura, rosnou no microfone.

Miller pensou que a esperança morrera. Achava que tinha perdido todas as suas chances. Então, do nada, a esperança se ergueu do túmulo.

– Levante-se – Miller disse.

– O quê?

– Levante-se. Eles vão retroceder.

– Quem?

Miller fez sinal com a cabeça para os mercenários.

– Eles sabiam – ele disse. – Olhe para eles. Não estão apavorados. Não estão confusos. Estavam esperando por isso.

– E você acha que vão recuar?

– Não vão ficar por aqui. Levante-se.

Quase como se tivesse dado a ordem para si mesmo, Miller gemeu e lutou para ficar em pé. Seus joelhos e coluna doíam muito. O estalo em seu pulmão piorava. Sua barriga fazia um ruído suave, complicado, que teria sido preocupante sob outras circunstâncias. Assim que começou a se mexer, pôde sentir a extensão do dano: sua pele ainda não doía, mas já tinha o suave pressentimento de dor, como o espaço entre uma queimadura séria e as bolhas que se seguiam. Se ele sobrevivesse, seria dolorido.

Se ele sobrevivesse, *tudo* seria dolorido.

Seu ser-morto o cutucou. O sentimento de desprendimento, de alívio, de *repouso*, parecia algo precioso que se perdia. Sua mente tagarela, ocupada, maquinal continuava remoendo, remoendo; enquanto isso, o centro suave e ferido da alma de Miller o instava a fazer uma pausa, a sentar-se de novo, a deixar os problemas para lá.

– O que estamos procurando? – Holden disse. Ele se levantou. Um vaso sanguíneo no olho esquerdo do homem estourara, e o branco da esclera adquiria um tom vermelho vivo, carnoso.

O que estamos procurando?, seu ser-morto ecoou.

– Eles vão recuar – Miller respondeu à primeira questão. – Nós os seguiremos. Só temos que ficar fora de alcance, para que ninguém da retaguarda pense em atirar em nós.

– Não vai dar no mesmo? Quero dizer, assim que eles se forem, todo mundo neste lugar não vai seguir para o porto?

– Espero que sim – Miller concordou. – Então vamos tentar nos esgueirar antes da turba. Olhe. Ali.

Não era muito. Apenas uma mudança na postura dos mercenários, uma alteração no centro de gravidade coletivo. Miller tossiu. Doeu mais do que deveria.

O que estamos procurando?, seu ser-morto perguntou de novo, a voz mais insistente. *Uma resposta? Justiça? Outra chance para o universo chutar nossas bolas? O que há nesta passagem em forma de arco que não há no pente de sua arma, em uma versão mais rápida, mais limpa, menos dolorida?*

O capitão mercenário deu um casual passo para trás e seguiu pelo corredor externo e fora de vista. Julie Mao estava sentada naquele lugar, observando o mafioso. Ela olhou para Miller e acenou.

– Ainda não – Miller falou.

– Quando?

A voz de Holden surpreendeu Miller. A Julie em sua mente desapareceu, e ele estava de volta ao mundo real.

– Daqui a pouco – Miller respondeu.

Ele devia avisar o cara. Era o justo. Se você vai para um lugar ruim, o mínimo que devia fazer é contar ao seu parceiro. Miller limpou a garganta. Aquilo doeu também.

É possível que eu esteja alucinando ou me tornando suicida. Você pode ter que atirar em mim.

Holden o fitou. As máquinas de *pachinko* os iluminavam em tons azuis e verdes, e apitaram em deleite artificial.

– O que foi? – Holden perguntou.

– Nada. Só me equilibrando – Miller respondeu.

Uma mulher gritou. Miller olhou para trás e a viu, já coberta da gosma marrom grudenta, empurrar um zumbi vomitante. Na passagem em arco, os mercenários recuavam silenciosos pelo corredor.

– Vamos – Miller falou.

Holden e ele seguiram na direção do arco. Miller colocou seu chapéu. Vozes altas, gritos, o som fluido e baixo de pessoas ficando muito doentes. Os purificadores de ar falhavam, o ar adquiria um cheiro profundo e pungente de caldo de carne e ácido. Miller sentia como se tivesse uma pedra no sapato, mas tinha quase certeza de que, se olhasse, seria apenas um ponto avermelhado onde sua pele começava a romper.

Ninguém atirou neles. Ninguém mandou que parassem.

Na passagem em forma de arco, Miller levou Holden até a parede, então inclinou a cabeça ao virar a esquina. Levou um quarto de segundo para saber que o corredor comprido e amplo estava vazio. Os mercenários haviam terminado sua missão e abandonado Eros ao seu destino. Era uma oportunidade única. O caminho estava livre.

Última chance, ele pensou. Podia tanto ser a última chance para viver como para morrer.

– Miller?

– Sim – ele disse. – Parece bom. Vamos, antes que todos tenham a mesma ideia.

31

HOLDEN

Algo se movia no intestino de Holden. Ele ignorou a sensação e manteve os olhos nas costas de Miller. O magro detetive seguia pelo corredor em direção ao porto, e às vezes parava nos cruzamentos para espiar e evitar encrencas antes de virar a esquina. Miller se tornara uma máquina. Tudo o que Holden podia fazer era tentar se manter por perto.

Sempre na mesma distância à frente, estavam os mercenários que guardavam a saída do cassino. Quando os mafiosos se moviam, Miller se movia. Quando eles diminuíam o passo, ele diminuía o passo. Apesar de seguirem para o porto, provavelmente abririam fogo se achassem que algum cidadão estava se aproximando demais. Com certeza, abateriam qualquer um que aparecesse em seu caminho. Já tinham atirado em duas pessoas que correram até eles, ambos vomitavam gosma marrom. *De onde diabos esses zumbis vomitantes vieram tão rápido?*

– De onde diabos esses zumbis vomitantes vieram tão rápido? – ele perguntou para as costas de Miller.

O detetive deu de ombros, ainda empunhando a pistola com a mão direita.

– Não acho que aquela merda que saiu de Julie era o bastante para infectar a estação toda – Miller respondeu sem diminuir o passo. – Acho que estes zumbis foram o primeiro lote. Aqueles que eles incubaram antes para conseguir gosma suficiente para infectar os abrigos.

Fazia sentido. E, quando a porção controlada do experimento já tivesse se ferrado, era simplesmente solta na população. Até as pessoas descobrirem o que estava acontecendo, metade delas já estaria infectada. Era só questão de tempo.

Eles pararam em um cruzamento de corredores, observando enquanto 100 metros adiante o líder do grupo mercenário falava no rádio. Holden estava sem ar e tentava recuperar o fôlego quando o grupo recomeçou a andar, e Miller o seguiu. Ele estendeu a mão e pegou no cinto do detetive, deixando-se arrastar.

Onde o magro cinturino guardaria essa reserva de energia?

O detetive parou. Seu rosto estava inexpressivo.

– Estão discutindo – Miller falou.

– Quê?

– O líder do grupo e alguns homens. Estão discutindo sobre alguma coisa – Miller respondeu.

– E daí? – Holden perguntou e tossiu algo úmido na mão. Ele a secou na parte de trás da calça, sem nem ver se era sangue. *Por favor, diga que não é sangue.*

Miller deu de ombros de novo.

– Não acho que são todos do mesmo time aqui – ele disse.

O grupo mercenário virou para outro corredor e Miller o seguiu, arrastando Holden. Estes eram os níveis exteriores, cheios de armazéns, espaços de reparação naval e depósitos de suprimentos, onde na maior parte do tempo não havia muito trânsito de pedestres. O corredor ecoava como um mausoléu com os passos deles. Adiante, o grupo de mercenários virou mais uma vez; antes que Miller e Holden pudessem chegar ao cruzamento, uma figura solitária surgiu diante deles.

Ele não parecia estar armado, então Miller se aproximou com cuidado, estendendo o braço para trás e soltando impacientemente a mão de Holden do seu cinto. Assim que ficou livre, Miller levantou a mão esquerda em um gesto tipicamente policial.

– Este é um lugar perigoso para ficar andando, senhor – ele disse.

O homem estava a menos de 15 metros e começou a se aproximar deles com um solavanco. Vestia um smoking barato, com a camisa de babados e uma gravata-borboleta vermelho vivo. Um pé estava calçado com um sapato reluzente, o outro estava só com uma meia vermelha. Gosma marrom escorria do canto de sua boca e manchava a frente da camisa branca.

– Merda – Miller disse e ergueu a arma.

Holden agarrou seu braço e o puxou para trás.

– Ele é inocente – Holden disse. A visão do homem machucado e infectado fazia seus olhos arderem. – Ele é inocente.

– Ele continua se aproximando – Miller falou.

– Então ande mais rápido – Holden respondeu. – Se você atirar em mais alguém sem a minha permissão, não entra na minha nave. Entendeu?

– Acredite em mim, morrer é a melhor coisa que poderia acontecer com este cara hoje – Miller afirmou. – Você não está fazendo nenhum favor para ele.

– Não é você quem decide isso – Holden replicou, sua voz beirando a raiva.

Miller começou a argumentar, mas Holden levantou a mão e o interrompeu:

– Você quer viajar na *Roci*? Então eu que mando nas coisas aqui. Sem perguntas, sem baboseiras.

O sorriso irônico de Miller se transformou em um sorriso de verdade.

– Sim, senhor – ele disse. – Nossos mercenários estão ficando muito à nossa frente. – E apontou para o corredor.

Miller voltou a caminhar em seu passo firme e maquinal. Holden não se virou, mas por muito tempo pôde ouvir o homem em quem Miller quase atirara chorando no corredor atrás deles. Para cobrir os sons, que provavelmente só existiam em sua mente, uma vez que já tinha virado em duas esquinas, ele começou a cantarolar o tema de *Misko e Marisko* de novo.

A mãe Elise, que ficava em casa cuidando do pequeno Holden, sempre lhe trazia algo para comer enquanto ele assistia ao programa, e então se sentava ao lado do filho, com a mão em sua cabeça, acariciando seus cabelos. Ela gargalhava com as excentricidades do dinossauro ainda mais do que ele. Em um Halloween, ela fez um chapelão rosa para que Holden pudesse se fantasiar do malvado Conde Mungo. Por que aquele cara tentava capturar os dinossauros, afinal? Nunca ficara claro. Talvez ele simplesmente gostasse de dinossauros. Uma vez ele usou um raio encolhedor e...

Holden se chocou contra as costas de Miller. O detetive parara de repente e agora se movia depressa para a lateral do corredor, abaixando-se para se manter escondido nas sombras. Holden o imitou. Trinta metros adiante, o grupo de mercenários ficara muito maior e se dividira em duas facções.

– Muita gente está tendo um dia ruim hoje – Miller comentou.

Holden assentiu e secou algo úmido de seu rosto. Era sangue. Não achava que tivesse batido o nariz com tanta força nas costas de Miller, e tinha a suspeita de que o sangramento não pararia sozinho. As membranas mucosas estavam ficando frágeis. Não era parte da queimadura da radiação? Ele rasgou uma tira de tecido da camisa e a enfiou nas fossas nasais enquanto observava a cena no fim do corredor.

Havia dois grupos claros, e pareciam engajados em algum tipo de discussão acalorada. Normalmente, isso não seria problema. Holden não se preocupava com a vida social de mercenários. Mas esses mercenários, que agora eram quase cem, estavam bem armados e bloqueavam o corredor que levava para a nave. Isso fazia valer a pena observar a discussão.

– Acho que nem todo mundo da Protogen foi embora – Miller disse baixinho, apontando para um dos dois grupos. – Aqueles caras à direita não parecem a equipe local.

Holden olhou para o grupo e assentiu. Sem dúvida eram soldados com aparência mais profissional; a armadura caía bem neles. O outro grupo parecia formado em grande parte por caras vestidos em armaduras antimotim da polícia, e só alguns homens tinham armadura de combate.

– Quer adivinhar sobre o que é a discussão? – Miller perguntou.

– *Ei, podemos pegar uma carona com vocês?* – Holden zombou com um sotaque de Ceres. – *Ah, não, precisamos de vocês aqui para, ah, ficarem de olho nas coisas. Prometemos que estarão* completamente *seguros e que não há risco* algum *de virarem zumbis vomitantes.*

Ele conseguiu arrancar uma risada de Miller. Então o corredor explodiu em uma rajada de balas. Os dois lados da discussão disparavam armas automáticas à queima-roupa. O barulho era ensurdecedor. Homens gritavam e eram arremessados no ar, espalhando sangue e partes de corpos no corredor e uns nos outros. Holden deitou-se no chão, mas continuou vendo o tiroteio.

Depois dos disparos iniciais, os sobreviventes dos dois grupos começaram a recuar em direções opostas, ainda atirando. O chão no cruzamento dos corredores estava coberto de corpos. Holden estimava que vinte ou mais homens morreram naquele primeiro segundo de luta. O som de disparos ficava mais distante conforme os dois grupos atiravam um no outro seguindo pelo corredor.

No meio do cruzamento, um dos corpos no chão de repente se mexeu e levantou a cabeça. Mesmo antes de o homem ferido conseguir se levantar, já se via o buraco de bala no meio da viseira, e ele caiu de costas no chão de uma vez por todas.

– Onde está sua nave? – Miller perguntou.

– O elevador está no final deste corredor – Holden respondeu.

Miller cuspiu no chão o que parecia ser um catarro sanguinolento.

– E o corredor que o cruza parece agora uma zona de guerra, com exércitos armados atacando de ambos os lados – o detetive comentou. – Acho que podemos tentar passar correndo por eles.

– Temos outra opção? – Holden respondeu.

Miller olhou para seu terminal portátil.

– Estamos 53 minutos atrasados em relação ao prazo de Naomi – ele observou. – Quanto tempo quer perder?

– Olhe, nunca fui muito bom em matemática – Holden começou a dizer. – Mas acho que há pelo menos uns quarenta caras em qualquer direção por aquele outro corredor. Um corredor que tem no máximo três, talvez 3 metros e meio de largura. O que significa que teremos oitenta caras a 3 metros de nos acertar. Mesmo se tivermos sorte vamos levar muitos tiros e morrer. Melhor pensar em um plano B.

Como se para sublinhar seu argumento, uma nova rajada de tiros irrompeu do outro lado do corredor, arrancando pedaços do isolamento de borracha da parede e triturando os corpos caídos.

– Eles ainda estão se retirando – Miller disse. – Esses tiros vêm de mais longe. Acho que podemos esperar que saiam. Quero dizer, se conseguirmos.

Os trapos que Holden enfiara no nariz não fizeram parar o sangramento; tinham só o represado. Ele podia sentir um fluxo constante descendo pelo fundo da garganta, o que deixava seu estômago pesado de náusea. Miller tinha razão. A essa altura, esperar que os mafiosos fossem embora era desperdiçar o resto de capacidade que tinham.

– Maldição! Gostaria de poder ligar e ver se Naomi ainda está aqui – Holden disse, olhando para o aviso de "rede indisponível" que piscava em seu terminal.

– Xiu – Miller sussurrou, colocando um dedo nos lábios. Ele apontou para o corredor, na direção de onde vieram; agora Holden pôde ouvir passos pesados se aproximando.

– Convidados atrasados para a festa – Miller comentou, e Holden assentiu. Os dois homens deram meia-volta, apontaram as armas para o corredor e aguardaram.

Um grupo de quatro homens em armaduras antimotim da polícia dobrou a esquina. Não estavam com armas em punho, e dois deles não tinham capacetes. Aparentemente não ouviram as novas hostilidades. Holden esperou que Miller atirasse e, quando isso não aconteceu, virou-se para olhá-lo. Miller o encarava.

– Não estou com roupas muito quentes – Miller comentou, quase como se estivesse se desculpando. Holden levou meio segundo para entender o que ele queria dizer.

Holden lhe deu permissão atirando primeiro. Mirou um dos

bandidos da máfia sem capacete e atirou no rosto dele, então continuou a disparar no grupo até que esvaziou o pente e sua arma travou. Miller começou a disparar um segundo depois do primeiro tiro de Holden e também atirou até ficar sem munição. Quando tudo acabou, todos os quatro bandidos estavam caídos de cara no corredor. Holden soltou o ar devagar, o que se transformou em um suspiro, e então se sentou no chão.

Miller caminhou até os homens caídos e cutucou cada um deles com o pé enquanto recarregava o pente de sua arma. Holden não se incomodou em recarregar a dele. Estava cansado de tiroteios. Colocou a pistola vazia no bolso e foi se juntar ao policial. Ajoelhou ali e começou a tirar a armadura menos danificada que conseguiu achar. Miller ergueu uma sobrancelha, mas não se mexeu para ajudar.

– Estamos tentando dar o fora daqui – Holden disse, engolindo o gosto de vômito e sangue na garganta, enquanto tirava a armadura do peito e das costas do primeiro homem. – Talvez nos ajude se vestirmos essa coisa.

– Pode ser – Miller disse com um aceno de cabeça, e se ajoelhou para ajudar a tirar a armadura do segundo homem.

Holden vestiu a armadura do morto, lutando para acreditar que a mancha rosada nas costas não era parte do cérebro do homem. Abrir os fechos era cansativo. Seus dedos estavam adormecidos e desajeitados. Pegou a armadura da coxa, mas a deixou de lado. Teria que correr rápido. Miller terminara de vestir a sua e pegou um dos capacetes não danificados. Holden encontrou um com um amassado apenas e colocou na cabeça. Parecia gorduroso por dentro, e ele estava feliz de não sentir cheiros. Suspeitava que o ocupante prévio não se banhava com frequência.

Miller mexeu na lateral de seu capacete até conseguir ligar o rádio. A voz do ex-policial ecoou no instante seguinte pelos minúsculos alto-falantes:

– Ei, estamos seguindo pelo corredor! Não atirem! Estamos quase chegando!

Tampando o microfone com o dedo, ele se voltou para Holden e disse:

– Bem, talvez um lado não atire em nós no fim das contas.

Eles continuaram pelo corredor e pararam 10 metros antes do cruzamento. Holden contou até três e correu o máximo que pôde. Era desconcertante de tão lento; suas pernas pareciam chumbadas. Como se estivesse correndo em uma piscina de água. Como se estivesse em um pesadelo. Podia ouvir Miller logo atrás, a batida dos sapatos no chão de concreto, a respiração ofegante.

Então ouviu o som de tiros. Não podia dizer se o plano de Miller funcionara. Não podia dizer de que lado os tiros vinham. Eram constantes, ensurdecedores e começaram no instante em que ele entrou no cruzamento. Quando estava a 3 metros do outro lado, abaixou a cabeça e saltou para a frente. Na gravidade leve de Eros, ele parecia voar, e estava quase do outro lado quando uma rajada de balas o atingiu na armadura, bem acima das costelas, e o jogou contra a parede do corredor com um estalo de ranger a espinha. Ele se arrastou pelo restante do caminho enquanto as balas continuavam a passar perto de suas pernas, e uma delas atravessou a parte carnuda de sua panturrilha.

Miller tropeçou nele, voando alguns metros mais adiante e caindo com um baque. Holden se arrastou até seu lado.

– Está vivo?

Miller assentiu.

– Levei um tiro. Meu braço está quebrado. Vamos em frente – falou, ofegante.

Holden ficou em pé. Sua perna esquerda parecia em chamas conforme o músculo da panturrilha apertava o ferimento. Ele puxou Miller e o apoiou contra seu corpo enquanto mancava até o elevador. O braço esquerdo do detetive balançava na lateral do corpo, como se não tivesse ossos, e o sangue escorria de sua mão.

Holden apertou o botão para chamar o elevador, e Miller e ele se apoiaram um no outro enquanto esperavam. Holden cantarolava o tema de *Misko e Marisko* para si e, depois de alguns segundos, Miller começou a acompanhá-lo.

Holden apertou o botão para o atracadouro da *Rocinante*. Esperava que o elevador parasse diante da porta cinza da câmara de descompressão trancada, sem nenhuma nave além dela. Seria quando ele finalmente teria permissão para cair no chão e morrer. Imaginava esse momento, quando seus esforços poderiam acabar com um alívio que o teria surpreendido se ele ainda fosse capaz de se surpreender. Miller se soltou dele e escorregou pela parede do elevador, deixando uma trilha de sangue no metal brilhante e caindo desmontado no chão. Os olhos do homem estavam fechados. Era quase como se estivesse adormecido. Holden observava o peito do detetive subir e descer em respirações entrecortadas, doloridas, que ficavam mais suaves e mais superficiais.

Holden o invejava, mas tinha que ver a porta da câmara de descompressão fechada antes que pudesse deitar. Começava a se irritar com a demora do elevador.

O elevador parou e suas portas se abriram com uma campainha alegre.

Amos estava parado na câmara de descompressão do outro lado, um fuzil em cada mão e dois cinturões de pentes pendurados nos ombros. Olhou para Holden de cima a baixo, então para Miller e de novo para Holden.

– Caramba, capitão, você está um lixo!

32
MILLER

A mente de Miller retornava lentamente, com vários falsos inícios. Em seus sonhos, ele montava um quebra-cabeça cujas peças mudavam de forma sem parar; cada vez que ele estava prestes a juntar todas as partes, o sonho recomeçava. A primeira coisa da qual ficou ciente foi a dor na parte baixa das costas, depois sentiu o peso dos braços e das pernas e, por fim, a náusea. Quanto mais próximo estava da consciência, mais procurava adiá-la. Dedos imaginários tentavam completar o quebra-cabeça. Antes que ele conseguisse terminar, seus olhos se abriram.

Não podia mover a cabeça. Havia algo em seu pescoço: um maço grosso de tubos escuros que saía dele e ultrapassava os limites da visão. Miller tentou levantar os braços para empurrar a coisa vampiresca e invasora, mas não conseguiu.

O vírus me pegou, ele pensou com um arrepio de medo. *Estou infectado.*

A mulher apareceu à sua esquerda. Ele ficou surpreso que não fosse Julie. Uma pele de um tom marrom profundo, olhos escuros com apenas um traço de epicanto. Ela lhe sorriu. O cabelo escuro caía sobre um lado de seu rosto.

Cair. Havia um *cair*. Havia gravidade. Estavam sob impulso. Isso parecia muito importante, mas ele não sabia por quê.

– Ei, detetive – Naomi falou. – Bem-vindo de volta.

Onde estou?, ele tentou perguntar. Sua garganta parecia sólida. Lotada como uma estação de metrô com gente demais.

– Não tente levantar, falar ou qualquer coisa – ela disse. – Você ficou inconsciente por 36 horas. A boa notícia é que temos uma enfermaria com sistema de especialistas de grau militar e suprimentos para quinze soldados marcianos. Acho que gastamos metade do que tínhamos em você e no capitão.

O capitão. Holden. Era aquilo. Eles estavam em uma luta. Havia um corredor e pessoas atirando. Alguém ficara doente. Ele se lembrava de uma mulher, coberta de vômito marrom, com olhos vazios, contudo não sabia se era parte de um pesadelo.

Naomi ainda falava. Algo sobre ondas de plasma completas e danos celulares. Ele tentou erguer a mão, estender o braço na direção dela, mas uma tira o mantinha preso. A dor nas costas era nos rins, e ele se perguntou o que exatamente era filtrado para fora de seu sangue. Miller fechou os olhos e adormeceu antes que pudesse decidir se devia descansar.

Nenhum sonho o perturbou dessa vez. Ele despertou quando alguma coisa se mexeu em sua garganta, passou por sua laringe e foi retirada. Sem abrir os olhos, ele rolou de lado, tossiu, vomitou e deitou de barriga para cima de novo.

Quando acordou, respirava por conta própria. Sua garganta parecia machucada e dolorida, mas suas mãos não estavam mais amarradas. Tubos de drenagem saíam de sua barriga e da lateral do corpo, e havia um cateter do tamanho de um lápis em seu pênis. Nada que doesse demais, então ele presumiu que estava sob efeito de vários narcóticos. Suas roupas haviam sumido, sua decência preservada apenas por um lençol de papel fino e um gesso que mantinha seu braço esquerdo rígido e imóvel. Alguém deixara seu chapéu na cama ao lado.

O local, agora que ele conseguia ver, parecia uma enfermaria de uma transmissão de entretenimento de alto nível. Não era um hospital; era a ideia em preto e prata foscos do que um hospital deveria ser. Os monitores ficavam suspensos no ar em armações complexas, reportando sua pressão sanguínea, concentrações de ácido nucleico, oxigenação, balanço de fluidos. Havia duas contagens regressivas ativas: uma para a próxima rodada de autofágicos e a outra para os analgésicos. Do outro lado da ilha, em outra estação, as estatísticas de Holden mostravam mais ou menos o mesmo.

Holden parecia um fantasma. Sua pele estava pálida e a esclera estava vermelha, com centenas de pequenas hemorragias. Seu rosto estava inchado pelos esteroides.

– Oi – Miller falou.

Holden ergueu a mão, acenando de modo gentil.

– Conseguimos – Miller continuou. Sua voz parecia arrastada por um beco pelos tornozelos.

– Sim – Holden concordou.

– Aquilo foi feio.

– Sim.

Miller assentiu com a cabeça, o que exigiu toda a energia que tinha. Ele se recostou e, se não dormiu, pelo menos ficou inconsciente. Um pouco antes de sua mente escorregar para o esquecimento, ele sorriu. Conseguira. Estava na nave de Holden. E descobririam o que quer que Julie deixara para trás, para eles.

Vozes o despertaram.

– Talvez você não devesse, então.

Era a mulher. Naomi. Parte de Miller a amaldiçoou por perturbá-lo, mas havia um burburinho na voz dela – não medo ou raiva, mas algo perto disso o bastante para ser interessante. Ele não se mexeu, nem mesmo fez todo o caminho de volta à consciência. Mas escutou.

– Não tenho escolha – Holden disse. Ele parecia cheio de catarro, como alguém que precisasse tossir. – O que aconteceu em Eros... botou tudo em perspectiva. Estive guardando muita coisa.

– Capitão...

– Não, me escute. Quando eu estava lá, pensando que tudo o que me restava era meia hora de jogos fraudados de *pachinko* e então a morte, soube quais eram meus arrependimentos. Sabe? Senti todas as coisas que eu gostaria de ter feito e nunca tive coragem. Agora que sei, não posso simplesmente ignorar. Não posso fingir que não existe.

– Capitão – Naomi repetiu, e o zumbido em sua voz ficou mais forte.

Não diga nada, pobre coitado, Miller pensou.

– Estou apaixonado por você, Naomi – Holden falou.

A pausa não durou mais do que um segundo.

– Não, senhor – ela disse. – Não está.

– Estou. Sei o que está pensando. Que passei por essa grande experiência traumática e estou seguindo o manual de reafirmar a vida e fazer conexões, e talvez alguma coisa seja parte disso. Mas tem que acreditar que sei como me sinto. Quando eu estava lá, sabia que o que mais queria era voltar para você.

– Capitão, há quanto tempo servimos juntos?

– O quê? Não sei exatamente...

– Uma estimativa.

– Oito viagens e meia dão quase cinco anos – Holden falou. Miller podia ouvir a confusão na voz dele.

– Tudo bem. E, nesse tempo, quantas mulheres da tripulação já compartilharam do seu catre?

– Isso importa?

– Só um pouco.

– Algumas.

– Mais do que uma dúzia?

– Não – ele disse, mas não soou seguro.

– Vamos supor que foram dez – Naomi prosseguiu.

– Ok. Mas isto é diferente. Não estou falando em ter um pequeno romance a bordo para passar o tempo. Desde que...

Miller imaginou a mulher levantando a mão, pegando a de Holden ou talvez simplesmente encarando-o. Algo interrompera o fluxo das palavras.

– Sabe quando me apaixonei por você, senhor?

Tristeza. Era essa a tensão na voz dela. Tristeza. Desapontamento. Arrependimento.

– Quando... quando você...

– Posso dizer o dia – Naomi falou. – Você estava na sétima semana daquela primeira viagem. Eu ainda estava irritada que um terráqueo tivesse vindo de fora e tomado minha vaga como imediata. Não gostei muito de você no começo. Você era muito charmoso, muito bonito e estava confortável demais na minha cadeira. Mas teve um jogo de pôquer na sala de máquinas. Você, eu, aqueles dois garotos da Lua que eram da engenharia e Kamala Trask. Lembra-se de Trask?

– Ela era técnica em comunicação. Aquela que...

– Tinha a constituição de uma geladeira? O rosto de um filhote de buldogue?

– Lembro-me dela.

– Ela tinha a maior queda por você. Costumava chorar até dormir à noite durante toda a viagem. Ela não estava naquele jogo porque gostava de pôquer. Ela só queria respirar um pouco do mesmo ar que você. E todo mundo sabia. Você, inclusive. Durante aquela noite, observei tudo, e você nenhuma vez deu em cima dela. Nunca deu motivo algum para ela pensar que tinha alguma chance com você. Mesmo assim, você a tratou com respeito. Aquela foi a primeira vez que pensei que você poderia ser um imediato decente, e foi a primeira vez que desejei poder ser a garota no seu catre no final do turno.

– Por causa de Trask?

– Por isso e porque você tem um belo traseiro, senhor. Meu ponto é que voamos juntos por mais de quatro anos. E eu teria ficado com você em qualquer um desses dias se tivesse me pedido.

– Eu não sabia – Holden disse. Ele parecia um pouco sufocado.

– Você não pediu. Você sempre voltava os olhos para outro lugar. Honestamente, acho que você não se sente atraído por mulheres cinturinas. Até a *Cant*... Até que ficamos só nós cinco. Eu o vi olhando para mim. Sei exatamente o que esses olhares significam, porque passei quatro anos do outro lado deles. Mas só chamei sua atenção quando eu era a única fêmea a bordo, e isso não é bom o bastante para mim.

– Eu não sei...

– Não, senhor, não sabe. Esse é o ponto. Eu vi você seduzir um monte de mulheres, e sei como faz isso. Você fica fixado nela, fica excitado por ela. Então convence a si mesmo de que vocês dois têm algum tipo de conexão especial e, quando você acredita, ela em geral pensa que é verdade também. Aí vocês dormem juntos por um tempo, e a conexão fica um pouco abalada. Um ou outro diz algo sobre limites profissionais e sobre o que é apropriado, ou começa a se preocupar com o que a tripulação vai pensar, e a coisa toda esfria. Depois de tudo, elas ainda gostam de você. Todas elas. Você faz isso tudo tão bem que elas nem sentem que têm que odiá-lo por isso.

– Não é verdade.

– É, sim. Até você entender que não precisa amar todo mundo que leva para a cama, nunca vou saber se você me ama ou se simplesmente quer transar comigo. E não vou dormir com você até que *você* saiba a diferença. A aposta vencedora não é no amor.

– Eu estava só...

– Se você quer dormir comigo – Naomi o interrompeu –, seja honesto. Me respeite o suficiente para isso, está bem?

Miller tossiu. Não pretendia nem mesmo percebera que estava prestes a tossir. Sua barriga ficou tensa, a garganta travada, e ele tossiu de um jeito úmido e profundo. Uma vez que começou, foi difícil parar. Ele se sentou, os olhos lacrimejando pelo esforço. Holden estava deitado em sua cama. Naomi sentou-se na cama ao lado da dele, sorrindo como se não houvesse nada a ser escutado. Os monitores de Holden mostravam batimento cardíaco e pressão sanguínea elevados. Miller só conseguiu desejar que o pobre coitado não tivesse uma ereção com o cateter ainda inserido.

– Ei, detetive – Naomi disse. – Como está se sentindo?

Miller assentiu.

– Já estive pior – ele respondeu. Depois corrigiu: – Não, não estive. Mas estou bem. Quão ruim foi?

– Vocês dois estavam mortos – Naomi contou. – Sério, tivemos que substituir os filtros de triagem mais de uma vez. O sistema especialista mantinha os dois em cuidados paliativos e enchendo-os de morfina.

Ela disse isso de modo despreocupado, mas ele acreditou nela. Miller tentou se sentar. Seu corpo parecia terrivelmente pesado, mas ele não sabia se era pela fraqueza ou pelo impulso da nave. Holden estava em silêncio, com a mandíbula apertada. Miller fingiu não perceber.

– Estimativas a longo prazo?

– Vocês precisarão ser examinados para novos cânceres todo mês pelo resto da vida. O capitão passou por um implante onde a tireoide costumava ficar, já que a verdadeira estava bem detonada. Tivemos que tirar mais de meio metro do seu intestino delgado, que não parava de sangrar. Vocês dois terão hematomas com facilidade por um tempo. Se quiserem filhos, espero que tenham esperma guardado em algum banco, pois seus soldadinhos agora têm duas cabeças.

Miller riu. Seus monitores piscaram em modo de alarme e então pararam.

– Parece que você recebeu treinamento como técnica médica – ele comentou.

– Não. Engenharia. Mas lia os impressos todos os dias e peguei o jargão. Eu gostaria que Shed estivesse aqui. – Ela parecia triste.

Era a segunda vez que alguém mencionava Shed. Havia uma história ali, mas Miller deixou quieto.

– O cabelo vai cair? – ele perguntou.

– Talvez – Naomi respondeu. – O sistema injetou em vocês as drogas que em tese impedem isso, mas, se os folículos morrem, eles morrem.

– O bom é que ainda tenho meu chapéu. E quanto a Eros?

O falso tom despreocupado de Naomi falhou.

– Está destruída – Holden disse em sua cama, voltando-se para olhar para Miller. – Acho que fomos a última nave a partir. A estação não responde chamadas, e todos os sistemas automáticos a colocaram em quarentena.

– Naves de resgate? – Miller perguntou e tossiu de novo. Sua garganta ainda doía.

– Não... – Naomi respondeu. – Havia um milhão e meio de pessoas na estação. Ninguém tem os recursos para montar esse tipo de operação de resgate.

– Afinal, há uma guerra em curso – Holden comentou.

O sistema da nave diminuía as luzes para a noite. Miller deitou-se na cama. O sistema especialista mudara o regime de tratamento para uma nova fase e, nas últimas três horas, Miller alternara entre picos de febre e tremores de bater os dentes. Seus dentes e as unhas das mãos e dos pés doíam. Dormir não era uma opção, por isso ele deitou no escuro e tentou se recompor.

Ele se perguntava o que seus antigos parceiros – Havelock e Muss – teriam achado de seu comportamento em Eros. Tentava imaginá-los em seu lugar. Miller matara pessoas a sangue-frio. Eros era uma caixa mortal. Quando os protetores da lei o queriam morto, a lei deixava de valer. E alguns daqueles imbecis tinham matado Julie.

Então... Assassinato por vingança. Ele realmente se rebaixara a matar por vingança? Era um pensamento triste. Tentou imaginar Julie sentada ao lado dele, do jeito que Naomi fizera com Holden. Era como se ela estivesse esperando o convite. Julie Mao, que ele nunca conhecera de verdade. Ela levantou a mão cumprimentando-o.

E quanto a nós?, ele perguntou para ela, encarando aqueles olhos escuros e irreais. *Amo você ou só quero tanto amar você que sou incapaz de notar a diferença?*

– Ei, Miller – Holden chamou, e Julie desapareceu. – Está acordado?

– Sim, não consigo dormir.

– Nem eu.

Ficaram em silêncio por um momento. O sistema especialista

zumbia. O braço esquerdo de Miller coçava sob o gesso enquanto o tecido passava por outra seção de reconstrução forçada.

– Você está bem? – Miller perguntou.

– Por que eu não estaria? – Holden disse cortante.

– Você matou aquele cara – Miller falou. – Lá na estação. Atirou nele. Quero dizer, sei que atirou em caras antes daquilo. Lá no cortiço. Mas naquele momento você realmente atirou em alguém no rosto.

– Sim. Fiz isso.

– Está bem com isso?

– Claro – Holden disse, rápido demais.

Os recicladores de ar zumbiam, e a braçadeira medidora de pressão arterial no braço bom de Miller apertava como uma mão. Holden não falou, mas, quando Miller apertou os olhos, pôde ver a pressão sanguínea dele elevada e o aumento na atividade cerebral.

– Eles sempre nos fazem tirar um tempo de folga – Miller comentou.

– O quê?

– Quando atiramos em alguém. Tenha morrido ou não, eles sempre nos fazem tirar uma licença. Entregamos nossa arma e falamos com um psicólogo.

– Burocratas – Holden comentou.

– Eles têm motivo – Miller disse. – Atirar em alguém transforma algo em você. Matar alguém... é ainda pior. Não importa quem começou ou se você não teve escolha. Ou talvez isso faça uma pequena diferença. Mas não faz o problema deixar de existir.

– Parece que você superou, no entanto.

– Talvez – Miller disse. – Sabe tudo o que eu disse antes sobre como se mata alguém? Sobre como deixá-los vivos não era fazer-lhes um favor? Sinto que tenha dito.

– Acha que estava errado?

– Sei que não estava. Mesmo assim, ainda sinto que tenha dito.

– Ok.

– Jesus. Olhe, estou dizendo que é bom que isso incomode você. É bom que não deixe de reviver a cena. A parte em que isso o assombra um pouco parece ruim, mas é assim que tem que ser.

Holden ficou em silêncio por um momento. Quando voltou a falar, sua voz estava cinza como pedra.

– Matei gente antes, você sabe. Mas eram pontos no radar. Eu...

– Não é a mesma coisa, é? – Miller perguntou.

– Não, não é – Holden confirmou. – Essa sensação vai embora?

Às vezes, Miller pensou.

– Não – ele respondeu em voz alta. – Não se você ainda tiver uma alma.

– Ok. Obrigado.

– Mais uma coisa.

– Sim?

– Sei que não é da minha conta, mas eu não a deixaria ir embora assim. Então você não entende de sexo, amor e mulheres. Isso só quer dizer que você nasceu com um pau. E essa garota, a Naomi, parece valer um pouco de esforço. Entende?

– Sim – Holden respondeu. E completou: – Podemos nunca mais falar disso?

– Claro.

A nave rangeu e a gravidade mudou um grau à direita de Miller. Correção de curso. Nada de interessante. Miller fechou os olhos e tentou se obrigar a dormir. Sua mente estava cheia de homens mortos, Julie e sexo. Havia algo que Holden dissera sobre a guerra que era importante, porém ele não conseguia fazer as peças se encaixarem. Elas continuavam mudando de forma. Miller suspirou, mudou o peso do corpo, mas bloqueou um dos tubos de drenagem, por isso teve que voltar à posição original para fazer o alarme parar.

Quando a braçadeira medidora de pressão foi acionada de novo, era Julie abraçando-o, puxando o corpo dele para tão perto de si que seus lábios roçaram em sua orelha. Os olhos de Miller se abriram, sua mente vendo tanto a garota imaginária como os monitores na frente dos quais ela teria ficado se realmente estivesse ali.

Também amo você, ela disse, *e vou tomar conta de você*.

Ele sorriu e viu os números mudarem conforme seu coração acelerava.

33

HOLDEN

Por mais cinco dias, Holden e Miller ficaram de repouso na enfermaria, enquanto o sistema solar pegava fogo ao redor deles. Os relatos da destruição de Eros iam de um colapso ecológico maciço causado pela escassez de suprimentos por causa da guerra, passando por um ataque marciano encoberto, até um acidente com uma arma biológica em um laboratório secreto no Cinturão. Análises dos planetas interiores diziam que a APE e terroristas como eles por fim mostraram quão perigosos podiam ser para populações civis inocentes. O Cinturão culpava Marte, as equipes de manutenção de Eros ou a APE por não impedirem o ocorrido.

E então um grupo de fragatas marcianas bloqueou Pallas, uma revolta em Ganimedes terminou com dezesseis mortos e o novo governador de Ceres anunciou que confiscaria todas as naves com registro marciano atracadas na estação. As ameaças e acusações, todas ajustadas ao ruído humano constante dos tambores de guerra, prosseguiram. Eros fora uma tragédia e um crime, mas chegara a um fim, e novos perigos surgiam em cada canto do espaço humano.

Holden desligou as notícias, remexeu-se em seu catre e tentou acordar Miller encarando-o. Não funcionou. A exposição à radiação maciça não lhe dera superpoderes. Miller começou a roncar.

Holden se sentou, testando a gravidade. Menos de 0,25 g. Então Alex não estava acelerando. Naomi dava tempo para ele e Miller se recuperarem antes de chegarem ao misterioso e mágico asteroide de Julie.

Merda.

Naomi.

As últimas visitas dela à enfermaria foram estranhas. Ela nunca trouxe à tona a declaração romântica fracassada dele, mas Holden podia sentir uma barreira entre os dois agora que o enchia de pesar. Cada vez que ela deixava a sala, Miller afastava o olhar e suspirava, o que só piorava tudo.

Contudo, não podia evitá-la para sempre, não importava quanto ele se sentisse um idiota. Holden passou o pé pela beirada da cama e o apoiou no chão. Suas pernas estavam fracas, mas não bambas. A dor na sola dos pés era um pouco menor do que praticamente em todo o resto de seu corpo. Ele se levantou, uma mão ainda na cama, e testou o equilíbrio. Vacilou, mas permaneceu em pé. Dois passos lhe asseguraram que era possível caminhar na gravidade leve. A intravenosa estava em seu braço, presa a uma bolsa com algum líquido azul-claro. Não tinha ideia do que era, mas, depois da descrição de Naomi do quão perto da morte ele chegara, imaginou que devia ser importante. Pegou a bolsa do gancho na parede e a segurou com a mão esquerda. A sala cheirava a antisséptico e diarreia. Estava feliz em sair dali.

– Aonde você vai? – Miller perguntou com a voz grogue.

– Sair. – A lembrança repentina e visceral de ter 15 anos arrebatou Holden.

– Ok – Miller disse e virou de lado.

A escotilha da enfermaria estava a 4 metros da escadaria central, e Holden cobriu a distância com um passo lento e cuidadoso. Seu sapato de papel fazia um ruído sussurrante de arranhado no chão de metal coberto de tecido. A escada o derrotou. Embora a área de operações estivesse apenas um convés acima, a subida de 3 metros era tão impossível quanto se fosse de mil. Holden apertou o botão para chamar o elevador. O elevador subiu com um gemido elétrico e, alguns segundos depois, a escotilha se abriu. Holden tentou entrar nele, mas só conseguiu uma espécie de queda em câmera lenta que terminou com ele segurando a escada e ajoelhado na plataforma do elevador. Ele segurou o elevador, puxou o corpo para ficar em pé e seguiu viagem até o convés de cima, com o que esperava ser uma pose menos abatida e mais digna de um capitão.

– Caramba, capitão, você *ainda* está um lixo – Amos disse assim que o elevador parou. O mecânico estava esparramado em duas cadeiras na estação dos sensores e mastigava ruidosamente o que parecia uma tira de couro.

– Você fica repetindo isso.

– É porque continua sendo verdade.

– Amos, você não tem trabalho para fazer? – Naomi perguntou. Ela estava sentada em uma das estações de computadores, observando algo que piscava na tela. Não levantou os olhos quando Holden entrou no convés. Era um mau sinal.

– Não. É a nave mais chata na qual já trabalhei, chefe. Não quebra, não vaza, não tem nem um barulho irritante que eu possa consertar – Amos respondeu enquanto sugava o resto de seu lanche e lambia os lábios.

– Sempre há algo para limpar – Naomi disse e digitou algo na tela diante dela. Amos olhou dela para Holden e de volta para ela.

– Ah, isso me lembra de algo. É melhor eu ir até a sala de máquinas e olhar aquela... coisa que eu pretendia olhar! – Amos se levantou. – Licença, capitão.

Ele se espremeu para passar por Holden, saltou para dentro do elevador e seguiu para o extremo da nave. A escotilha do convés se fechou atrás dele.

– Oi – Holden disse para Naomi assim que Amos se foi.

– Oi – ela respondeu sem se virar. Isso não era bom tampouco.

Quando ela mandou Amos embora, Holden imaginou que ela quisesse conversar. Não parecia ser o caso. Holden suspirou e seguiu até ela. Despencou na cadeira ao lado da imediata, as pernas trêmulas como se tivesse corrido 1 quilômetro em vez de apenas caminhado uns vinte passos. Naomi soltara o cabelo, que escondia seu rosto. Holden quis afastar as mechas, mas ficou com medo de ela quebrar seu cotovelo com um golpe de kung fu cinturino.

– Naomi... – ele começou, mas ela o ignorou e apertou um botão no painel. O rosto de Fred apareceu no monitor diante dela.

– É o Fred? – Ele não conseguiu pensar em nada mais idiota para dizer.

– Você devia ver isto. Chegou de Tycho há umas duas horas pelo feixe estreito, depois que mandei para eles uma atualização da nossa situação.

Naomi apertou o botão de reprodução e o rosto de Fred ganhou vida.

– Naomi, parece que seus rapazes passaram por um sufoco e tanto. O ar está cheio de conversas sobre o bloqueio da estação e a suposta explosão nuclear. Ninguém sabe o que fazer. Mantenha-nos informados. Enquanto isso, conseguimos acessar o cubo de dados que vocês deixaram aqui. Não acho que ajude muito, no entanto. Parece um conjunto de dados dos sensores da *Donnager*, em geral dados eletromagnéticos. Tentamos encontrar mensagens ocultas, mas os mais inteligentes do meu pessoal não conseguiram achar nada. Estou passando os dados para você. Me diga se conseguir encontrar alguma coisa. Tycho desliga.

A tela ficou em branco.

– O que parecem ser os dados? – Holden perguntou.

– Exatamente o que o homem disse – Naomi comentou. – Dados dos sensores eletromagnéticos da *Donnager* durante a perseguição das seis naves e durante a batalha em si. Remexi nos dados puros, procurando alguma coisa escondida, mas não encontrei nadica de nada. Até pedi para a *Roci* analisar os dados nas últimas duas horas, em busca de padrões. A nave tem um software realmente muito bom para esse tipo de coisa. Até agora, porém, foi sem sucesso.

Ela digitou na tela e os dados brutos começaram a passar mais rápido do que Holden podia acompanhar. Em uma janela menor dentro da tela grande, o software de reconhecimento de padrão da *Rocinante* trabalhava para encontrar alguma coisa. Holden observou por um minuto, mas seus olhos logo perderam o foco.

– O tenente Kelly morreu por esses dados – ele comentou. – Ele abandonou a nave enquanto seus companheiros ainda estavam lutando. Fuzileiros não fazem isso a menos que seja importante.

Naomi deu de ombros e apontou a tela com resignação.

– Era isso que estava no cubo – ela disse. – Talvez haja alguma coisa esteganográfica, mas não tenho outro conjunto de dados para comparar.

Holden começou a bater na coxa, a dor e o fracasso romântico esquecidos por ora.

– Suponhamos que esses dados sejam tudo o que existe, que não há nada escondido. O que essa informação significaria para a Marinha Marciana?

Naomi se recostou na cadeira e fechou os olhos, pensativa, um dedo torcendo um cacho de cabelos perto da têmpora.

– Em geral são dados eletromagnéticos, por isso tem muita coisa sobre assinatura de motor. A radiação do motor é o melhor jeito de rastrear outras naves. Então isso diz onde cada nave estava durante a batalha. Dados táticos?

– Talvez – Holden comentou. – Seria importante o bastante para mandar Kelly sair com isso?

Naomi inspirou fundo e soltou o ar devagar.

– Acho que não – ela disse.

– Eu também não acho.

Algo cutucava o fundo de sua mente consciente, pedindo para sair.

– O que foi toda aquela coisa do Amos? – ele perguntou.

– O quê?

– Quando chegamos à nave, ele estava na câmara de descompressão com duas armas – Holden explicou.

– Tivemos alguns problemas no nosso retorno para a nave.

– Problemas com quem? – Holden perguntou.

Desta vez, Naomi sorriu de verdade.

– Uns malvadões não queriam que tirássemos o bloqueio da *Roci*. Amos conversou com eles sobre isso. Você não acha que estávamos *esperando* por vocês, acha, senhor?

Havia um sorriso na voz dela? Uma sugestão de timidez? Flerte? Ele se conteve para não sorrir.

— O que a *Roci* diz sobre os dados quando você roda o programa? — Holden perguntou.

— Aqui. — Naomi tocou em algo no painel. A tela começou a mostrar longas listas de dados em texto. — Muitos dados eletromagnéticos e de espectro de luz, alguns de vazamento de partes avariadas...

Holden gritou. Naomi olhou para ele.

— Sou mesmo um idiota — ele exclamou.

— De acordo. Pode ser mais claro?

Holden tocou a tela e começou a rolar os dados para cima e para baixo. Ele tocou em uma lista extensa de números e letras e se recostou com um sorriso.

— Aí está. É isso — ele disse.

— É isso o quê?

— A estrutura do casco não é o único padrão de reconhecimento. É mais acurado, mas também é o que tem o intervalo mais curto e — ele gesticulou ao redor, para a *Rocinante* — é mais fácil de disfarçar. O segundo melhor método é a assinatura de motor. Não dá para mascarar a radiação e o padrão de calor. E são fáceis de localizar mesmo a uma distância longa.

Holden virou a tela próxima de sua cadeira e abriu a base de dados das naves amigas e inimigas, então a ligou aos dados na tela de Naomi.

— Essa é a mensagem, Naomi. Está dizendo a Marte quem destruiu a *Donnager* ao mostrar qual era a assinatura do motor.

— Então por que não dizer simplesmente "tal e tal nos destruíram" em um arquivo de texto de leitura fácil? — Naomi perguntou, um franzido cético na testa.

Holden se reclinou para a frente e fez uma pausa. Abriu a boca, fechou-a e recostou-se de novo com um suspiro.

– Não sei.

Uma escotilha se abriu com um gemido hidráulico. Naomi olhou para além de Holden, até a escadaria, e disse:

– Miller está subindo.

Holden se virou para ver o detetive terminar a lenta subida do convés da enfermaria. Parecia uma galinha depenada, a pele rosa-acinzentada marcada por arrepios. Sua camisola de papel ficava lamentável com o chapéu.

– A nave tem um elevador – Holden disse.

– Eu gostaria de ter sabido disso antes – Miller respondeu e se arrastou até o convés de operações sem fôlego. – Já chegamos?

– Estamos tentando resolver um mistério – Holden disse.

– Odeio mistérios. – Miller obrigou-se a ficar em pé e a caminhar até uma cadeira.

– Então resolva este para nós. Você descobre quem matou alguém. Não pode prendê-lo, então envia a informação para seu parceiro. Só que, em vez de mandar o nome do bandido, você manda todas as pistas. Por quê?

Miller tossiu e coçou o queixo. Seus olhos estavam fixos em algo, como se estivesse lendo uma tela que Holden não conseguia ver.

– Porque não acredito em mim mesmo. Quero que meu parceiro chegue à mesma conclusão que eu sem que eu o influencie. Dou os pontos e vejo o que aparece quando ele os liga.

– Principalmente se a resposta errada tiver consequências – Naomi comentou.

– Ninguém quer estragar uma acusação de assassinato – Miller disse, assentindo. – Não parece profissional.

O painel de Holden apitou.

– Merda, sei por que estavam sendo cuidadosos – ele disse depois de ler a tela. – A *Roci* acha que eram motores de cruzadores leves padrão, construídos pelos Estaleiros Bush.

– Eram naves da Terra? – Naomi perguntou. – Mas não estavam voando com cor alguma e... filhos da *puta*!

Era a primeira vez que Holden a ouvia xingar, e ele entendeu o motivo. Se naves de operação secreta das Nações Unidas destruíram a *Donnager*, isso significava que a Terra estava por trás da coisa toda. Talvez até tivesse destruído a *Canterbury* para começo de conversa. Isso significava que naves de guerra marcianas estavam matando cinturinos sem motivo. Cinturinos como Naomi.

Holden acionou o painel de comunicação e abriu a transmissão geral. Miller prendeu o fôlego.

– Esse botão que você acabou de apertar não faz o que eu estou pensando, faz? – ele perguntou.

– Vou terminar a missão de Kelly por ele – Holden disse.

– Não tenho ideia de quem diabos seja Kelly – Miller falou. – Mas, por favor, me diga que a missão dele não era transmitir esses dados para o sistema solar inteiro.

– As pessoas precisam saber o que está acontecendo – Holden argumentou.

– Precisam, é verdade. Porém, talvez nós precisemos saber que infernos está acontecendo antes de sair contando para todo mundo – Miller respondeu, e toda a fraqueza sumiu de sua voz. – Quão ingênuo você é?

– Ei – Holden exclamou, mas Miller falou mais alto.

– Você encontrou uma bateria marciana, certo? Aí contou para todo mundo no sistema solar e com isso teve início a maior guerra da história humana. Só que acontece que talvez os marcianos não tenham deixado a bateria lá. Então, um bando de naves misteriosas destrói a *Donnager*, e Marte culpa o Cinturão, só que, maldição, o Cinturão nem sabia que era capaz de destruir um cruzador de batalha marciano.

Holden abriu a boca, mas Miller agarrou uma cápsula de café que Amos deixara no console e a jogou na cabeça do outro.

– Deixe-me terminar! Agora você descobre alguns dados que implicam a Terra. A primeira coisa que você faz é fofocar para o universo, de modo que Marte e o Cinturão arrastem a Terra para esta coisa, tornando a maior guerra de todos os tempos ainda maior. Está vendo um padrão aqui?

– Sim – Naomi disse.

– O que você acha que vai acontecer? – Miller perguntou. – É assim que essas pessoas trabalham! Elas fazem a *Canterbury* parecer coisa de Marte. Não era. Fazem a *Donnager* parecer coisa do Cinturão. Não era. Agora parece que toda a maldita coisa é da Terra? Siga o padrão. Provavelmente não é! Você nunca, *nunca* faz esse tipo de acusação até vislumbrar o quadro todo. Você olha. Você escuta. Você se cala, pelo amor de Deus. E, quando você sabe, *então* pode fechar o caso.

O detetive se recostou, claramente exausto. Estava suando. O convés ficou em silêncio.

– Acabou? – Holden perguntou.

Miller assentiu, respirando pesado.

– Acho que posso ter exagerado em alguma coisa.

– Não acusei ninguém de fazer nada – Holden disse. – Não estou investigando um caso, só coloquei os dados à disposição. Agora não é um segredo. Estão fazendo alguma coisa em Eros, e não querem que nada interrompa isso. Com Marte e o Cinturão atirando um no outro, todo mundo com recursos para ajudar está ocupado em algum outro lugar.

– E você quer arrastar a Terra para o meio disso – Miller comentou.

– Talvez – Holden concordou. – Mas os assassinos *usaram* essas naves que foram construídas, pelo menos em parte, em estaleiros orbitais da Terra. Talvez alguém olhe para isso. E *esse* é o ponto. Se todo mundo sabe tudo, nada fica em segredo.

– Sim, bem – Miller disse. Holden o ignorou.

– Em algum momento, alguém vai descobrir o quadro todo. Esse tipo de coisa exige segredo para funcionar, então expor todos os segredos os fere no fim. É o único jeito de isso parar de modo permanente.

Miller suspirou, assentiu para si mesmo, tirou o chapéu e coçou a cabeça.

– Eu simplesmente os atiraria pela câmara de descompressão – Miller comentou.

O BA834024112 era um asteroide bem besta. Não tinha nem 30 metros de comprimento, e há muito fora vistoriado e considerado sem utilidade nem recursos minerais. Existia nos registros só para avisar as naves a não irem até lá. Julie o deixara preso a uma riqueza medida em bilhões quando fugiu na pequena cápsula para Eros.

De perto, a nave que destruíra a *Scopuli* e sequestrara a tripulação parecia um tubarão: era comprida, esbelta e inteira preta, quase impossível de se ver contra a escuridão do espaço a olho nu. Suas curvas defletoras de radar lhe conferiam uma aparência aerodinâmica quase sempre ausente nas naves espaciais. Causava arrepios em Holden, mas era bonita.

– Puta que pariu – Amos xingou baixinho enquanto a tripulação se amontoava na cabine do piloto da *Rocinante* para olhar para fora.

– A *Roci* nem consegue vê-la, capitão – Alex comentou. – Estou apontando nossos sensores laser nela, e tudo o que vejo é um ponto levemente mais quente no asteroide.

– Como o que Becca viu um pouco antes de a *Cant* ser destruída – Naomi lembrou.

– A cápsula espacial dessa nave foi lançada, então imagino que seja a mesma que alguém deixou presa a uma rocha – Alex acrescentou. – Caso haja mais de uma.

Holden tamborilou com os dedos no recosto da cadeira de Alex por um momento, enquanto flutuava sobre a cabeça do piloto.

– Provavelmente está cheia de zumbis vomitantes – Holden falou por fim.

– Quer ir lá ver? – Miller perguntou.
– Ah, sim – Holden respondeu.

34

MILLER

O traje ambiental era melhor do que aqueles com os quais Miller estava acostumado. Ele só dera algumas voltas fora durante seus anos em Ceres, e o equipamento da Star Helix já era velho naquela época; as junções corrugadas grossas, unidades de suprimento de ar separadas, luvas que deixavam as mãos 30 graus mais frias do que o resto do corpo. Os trajes da *Rocinante* eram militares e novos, não mais volumosos do que o equipamento antimotim, com um suporte de vida integrado que provavelmente manteria os dedos aquecidos até depois que a mão fosse arrancada fora. Miller flutuou, uma mão na alça da câmara de descompressão, e flexionou os dedos, observando o padrão de pele de tubarão das juntas dos dedos.

Não parecia de verdade.

– Tudo bem, Alex – Holden disse. – Estamos em posição. Pode acoplar a *Roci*.

Uma vibração retumbante e profunda os sacudiu. Naomi apoiou a mão na parede curva da câmara de descompressão para se equilibrar. Amos deu uns passos à frente para se firmar, o fuzil automático inerte em suas mãos. Quando ele dobrou o pescoço, Miller ouviu as vértebras estalarem pelo rádio. Era o único jeito de ouvir isso; já estavam no vácuo.

– Ok, capitão – Alex disse. – Consegui acoplar. A segunda verificação de segurança-padrão não está funcionando, então me dê um segundo... para...

– Problemas? – Holden perguntou.

– Consegui. Consegui. Tenho uma conexão – Alex disse. Então, no momento seguinte: – Ah, é! Parece que não há muito o que respirar por lá.

– Detectou alguma coisa? – Holden perguntou.

– Nada. Apenas vácuo – Alex falou. – Ambas as portas de bloqueio estão abertas.

– Tudo bem, pessoal – Holden disse. – Fiquem de olho no suprimento de ar. Vamos lá.

Miller inspirou fundo. A luz externa da câmara de descompressão passou de vermelho para verde. Holden abriu a escotilha e Amos avançou, o capitão logo atrás dele. Miller acenou para Naomi com a cabeça. *Primeiro as damas.*

O pórtico de conexão era reforçado, pronto para desviar lasers inimigos ou retardar plasmas. Amos aterrissou na outra nave enquanto a escotilha da *Rocinante* fechava-se atrás deles. Miller teve um momento de vertigem, a nave diante dele mudando repentinamente de *acima* para *embaixo* em sua percepção, como se estivesse caindo em algo.

– Você está bem? – Naomi perguntou.

Miller assentiu, e Amos passou pela escotilha da outra nave. Um a um, eles entraram.

A nave estava morta. As luzes que saíam dos trajes ambientais interagiam com as curvas suaves, quase aerodinâmicas, das anteparas, das paredes acolchoadas e dos armários cinzentos. Um armário tinha a porta curvada, como se alguém ou alguma coisa tivesse forçado sua saída por dentro. Amos abriu-o devagar. Sob circunstâncias normais, o vácuo completo seria garantia suficiente de que nada estaria prestes a pular sobre eles. Na situação atual, Miller imaginou que isso era só uma aposta.

– O lugar inteiro está desligado – Holden disse.

– Pode haver backups na sala de máquinas – Amos falou.

– Ou seja, do outro lado da nave a partir daqui – Holden comentou.

– Basicamente.

– Vamos ser cuidadosos – Holden disse.

– Vou para operações – Naomi falou. – Se há algo funcionando sem bateria, eu posso...

– Não, você não vai – Holden a interrompeu. – Não vamos separar o grupo até descobrirmos o que estamos procurando. Ficaremos juntos.

Amos foi na frente, afundando na escuridão. Holden estava

logo atrás. Miller os seguiu. Não podia dizer, pela linguagem corporal de Naomi, se ela estava irritada ou aliviada.

A cozinha estava vazia, mas havia sinais de luta aqui e ali. Uma cadeira com a perna dobrada. Um risco comprido e irregular na parede, onde algo afiado arranhara a pintura. Dois buracos de bala no alto de uma antepara onde um tiro passara ao largo. Miller agarrou uma das mesas e a virou lentamente.

– Miller – Holden chamou. – Você vem?

– Veja isto – Miller disse.

A mancha escura era cor de âmbar, escamosa e brilhante como vidro sob um feixe de luz. Holden se aproximou.

– Vômito de zumbi? – Holden sugeriu.

– Acho que sim.

– Bem, acho que estamos na nave certa. Se é que há algo de certo nisso.

Os alojamentos da tripulação estavam silenciosos e vazios. Entraram em cada um deles, mas não havia marcas pessoais – nenhum terminal ou foto, nenhuma pista do nome dos homens e mulheres que viveram, respiraram e provavelmente morreram naquela nave. Até a cabine do capitão era identificável apenas por um catre um pouco mais largo e um cofre trancado.

Havia um compartimento central imenso, tão alto e largo quanto o casco da *Rocinante*, onde a escuridão fora dominada por doze cilindros enormes incrustados em passadiços estreitos e andaimes. Miller viu a expressão de Naomi endurecer.

– O que são? – o ex-detetive perguntou.

– Tubos de torpedos – ela disse.

– Tubos de *torpedos*? – ele repetiu. – *Jesus Cristo*, quantos estão levando? Um milhão?

– Doze – ela o corrigiu. – Apenas doze.

– Detonadores de potência máxima – Amos disse. – Construídos basicamente para acabar logo no primeiro tiro com o que quer que esteja na mira.

– Tipo a *Donnager*? – Miller perguntou.

Holden se virou para trás para olhá-lo; o brilho de seu display de visor iluminava sua feição.

– Ou a *Canterbury* – ele disse.

Os quatro passaram em silêncio pelos largos tubos escuros.

Nas oficinas mecânica e de fabricação, os sinais de violência eram ainda mais pronunciados. Havia sangue no chão e nas paredes, com faixas de resina dourada transparente que antes haviam sido vômito. Um uniforme estava amontoado no chão. O tecido fora amassado e embebido em algo antes que o frio do espaço o congelasse. Hábitos formados em anos caminhando por cenas de crime colocaram uma porção de pequenas coisas nos lugares: o padrão dos riscos no chão e nas portas do elevador, os respingos de sangue e vômito, as pegadas. Tudo aquilo contava uma história.

– Estão na engenharia – Miller disse.

– Quem? – Holden perguntou.

– A tripulação. Quem quer que estivesse na nave. Todos, exceto ela – ele disse, apontando para uma pegada parcial que seguia na direção do elevador. – Dá para ver como as pegadas dela estão sobre todo o resto. E ali, onde ela pisou naquele sangue, já estava seco. Lascou em vez de manchar.

– Como sabe que era uma garota? – Holden questionou.

– Porque era Julie – Miller respondeu.

– Bem, quem quer que esteja aqui, está no vácuo há muito tempo – Amos comentou. – Querem dar uma olhada?

Ninguém disse sim, mas todos flutuaram em frente. A escotilha estava aberta. Se a escuridão além dela parecia mais sólida, mais ameaçadora, mais *pessoal* do que o restante da nave morta, era só a imaginação de Miller pregando peças. Ele hesitou, tentando evocar a imagem de Julie, contudo ela não apareceu.

Flutuar no convés da engenharia era como mergulhar em uma caverna. Miller viu as outras lanternas iluminarem paredes e painéis, procurando controles em funcionamento ou que pudessem ser ligados. Ele mirou seu próprio feixe de luz no meio da sala, e a escuridão o engoliu.

– Encontrei baterias, capitão – Amos disse. – E... parece que o reator foi desligado. De propósito.

– Acha que consegue reativar?

– Preciso fazer uns diagnósticos – Amos respondeu. – Pode haver um motivo pelo qual desligaram, e não quero descobrir do pior jeito.

– Bem pensado.

– Mas posso pelo menos conseguir... um pouco... vamos lá, seu cretino.

Luzes branco-azuladas se acenderam por todo o convés. O brilho súbito cegou Miller por meio segundo. Sua visão retornou com uma sensação de confusão crescente. Naomi engasgou, e Holden gritou. Algo no fundo da mente de Miller também começou a gritar, mas ele se obrigou a ficar em silêncio. Era apenas uma cena de crime. Eram apenas corpos.

Só que não eram.

O reator estava diante dele, quieto e morto. Ao redor, uma camada de carne humana. Ele conseguia ver braços, mãos com dedos tão abertos que doía só de olhar. A longa serpente de uma coluna encurvada, costelas saindo para fora de uma perna como um inseto perverso. Miller tentou encontrar algum sentido naquilo que via. Já encontrara homens eviscerados antes. Sabia que a corda comprida enrolada à esquerda da coisa eram intestinos. Podia ver onde o intestino delgado se alargava para se tornar o cólon. A forma familiar de um crânio olhava para ele.

Porém, entre a anatomia familiar da morte e desmembramento, havia outras coisas: conchas de náutilos, vastas faixas de filamentos pretos suaves, uma extensão clara de algo que podia ter sido uma pele com uma abertura múltipla como uma guelra, um membro meio formado que aparentava ser tanto de um inseto como de um feto, sem ser nenhum dos dois. A carne congelada, morta, que cercava o reator com uma cor laranja. A tripulação da nave camuflada. Talvez inclusive da *Scopuli*.

Todos exceto Julie.

– Então... – Amos comentou. – Talvez eu leve um pouco mais de tempo do que pensei, capitão.

– Tudo bem – Holden respondeu. Sua voz no rádio soava trêmula. – Você não precisa fazer nada.

– Não tem problema. Desde que nada dessa coisa doida tenha quebrado a contenção, o reator deve funcionar bem.

– Você não se incomoda de ficar perto... disso? – Holden perguntou.

– Honestamente, capitão, não estou pensando no assunto. Me dê vinte minutos. Eu direi se conseguiremos energia ou se teremos que fazer uma ligação a partir da *Roci*.

– Ok – Holden concordou. Então, com a voz mais firme: – Ok, mas não toque em nada dessa coisa.

– Não pretendia – Amos falou.

Eles flutuaram de volta para a escotilha, Holden, Naomi e Miller por último.

– Foi isso... – Naomi falou, então tossiu e recomeçou: – Foi isso que aconteceu em Eros?

– Provavelmente – Miller respondeu.

– Amos – Holden chamou. – Você tem energia suficiente na bateria para ligar os computadores?

Houve uma pausa. Miller respirou fundo, e o cheiro de plástico e ozônio do sistema de ar do traje encheu seu nariz.

– Acho que sim – Amos falou sem muita certeza. – Mas, se conseguirmos ligar o reator primeiro...

– Ligue os computadores.

– Você que manda, capitão – Amos respondeu. – Em cinco minutos.

Em silêncio, flutuaram para cima – e para trás – até a câmara de descompressão e seguiram até o convés de operações. Miller ficou para trás, observando como a trajetória de Holden o mantinha perto de Naomi e, logo depois, distante dela.

Ao mesmo tempo protetor e arisco, Miller pensou. Péssima combinação.

Julie esperava perto da câmara de descompressão. Não no início, é claro. Miller deslizou de volta para a câmara, sua mente remoendo tudo o que vira, como se fosse um caso. Um caso normal. Seu olhar vagou na direção do armário quebrado. Não havia traje ali. Por um instante, estava de volta a Eros, no apartamento onde Julie morrera. Havia um traje ambiental lá. Então Julie estava com ele, saindo do armário.

O que você estava fazendo aí?, Miller pensou.

– Sem celas – disse.

– O quê? – Holden perguntou.

– Só fiz uma observação – Miller respondeu. – Naves não têm celas. Não são feitas para levar prisioneiros.

Holden soltou um longo grunhido de concordância.

– Isso faz a gente pensar nos planos que tinham para a tripulação da *Scopuli* – Naomi comentou. O tom da voz dela indicava que ela não queria nem pensar.

– Não acho que planejaram – Miller falou devagar. – Essa coisa toda... eles estavam improvisando.

– Improvisando? – Naomi repetiu.

– A nave levava alguma coisa infecciosa ou algo assim sem contenção suficiente para impedir que se espalhasse. Fizeram prisioneiros sem uma cela para mantê-los. Estavam lidando com os problemas conforme surgiam.

– Ou tiveram que se apressar – Holden disse. – Algo aconteceu que os fez se apressarem. Mas o que fizeram em Eros deve ter levado meses para ser planejado. Talvez anos. Ou será que aconteceu alguma coisa no último minuto?

– Seria interessante saber o quê – Miller comentou.

Comparado ao restante da nave, o convés de operações parecia pacífico. Normal. Os computadores terminaram seus diagnósticos, as telas acenderam plácidas. Naomi foi até uma delas, segurando o encosto da cadeira com uma mão para que o toque gentil de seus dedos na tela não a empurrasse para trás.

– Farei o que puder aqui – ela disse. – Vocês podem checar a ponte.

Houve uma pausa tensa.

– Vou ficar bem – Naomi disse.

– Tudo bem. Sei que ficará... eu... vamos, Miller – Holden chamou.

Miller deixou o capitão flutuar na frente, até a ponte. As telas mostravam diagnósticos tão padronizados que Miller os reconheceu. Era um espaço mais amplo do que ele imaginara, com cinco estações com assentos de alta gravidade personalizados para o corpo de outras pessoas. Holden se prendeu em um deles. Miller deu uma volta lenta ao redor do convés. Nada parecia fora de lugar ali – não havia sangue, cadeiras quebradas ou estofamentos rasgados. Quando aconteceu, a luta fora lá embaixo, perto do reator. Ainda não tinha certeza do que isso significava. Sentou-se no que, em um projeto-padrão, teria sido uma estação de segurança, e abriu um canal privativo com Holden.

– Está procurando algo em particular?

– Dossiês. Relatórios – Holden disse com brevidade. – Qualquer coisa útil. Você?

– Quero ver a gravação dos monitores internos.

– Espera encontrar o quê?

– O que Julie encontrou – Miller respondeu.

A segurança presumia que qualquer um sentado no console tinha acesso às transmissões dos níveis inferiores. Foi necessária meia hora para analisar a estrutura de comando e a interface de busca. Assim que Miller terminou, não foi difícil. A data marcava o registro listado na transmissão como o dia em que a *Scopuli* desapareceu. A câmera de segurança da área subsequente à câmara de descompressão mostra a tripulação – cinturinos, em grande parte – sendo escoltada. Os captores estavam em armaduras, os visores abaixados. Miller se perguntou se pretendiam guardar segredo de suas identidades. Isso quase teria sugerido que planejavam manter a tripulação viva. Ou talvez estivessem apenas desconfiados de alguma resistência de última hora. A tripulação da *Scopuli* não usava traje ambiental nem armadura. Dois deles sequer usavam uniformes.

Julie usava.

Era estranho vê-la se mexer. Com uma sensação de deslocamento, Miller percebeu que nunca a vira realmente se mover. Todas as imagens que tinha em seu arquivo em Ceres eram estáticas. Agora ali estava ela, flutuando com os compatriotas de escolha, o cabelo longe dos olhos, a mandíbula tensa. Parecia muito pequena cercada pela tripulação e pelos homens em armaduras. A garotinha rica que dera as costas para o dinheiro e o status para estar com os oprimidos do Cinturão. A garota que dissera para a mãe vender a *Porco Selvagem* – a nave que ela amava – em vez de ceder à chantagem emocional. Em movimento, ela parecia um pouco diferente da versão imaginária que ele criara – o jeito como empurrava os ombros para trás, o hábito de esticar os dedos do pé na direção do chão, mesmo em gravidade nula –, mas a imagem básica era igual. Ele sentia como se estivesse preenchendo os espaços em branco com novos detalhes, em vez de reimaginar a mulher.

Os guardas disseram alguma coisa – o áudio da transmissão de segurança estava no vácuo – e a tripulação da *Scopuli* pareceu horrorizada. Então, de modo hesitante, o capitão começou a tirar o uniforme. Estavam desnudando os prisioneiros. Miller balançou a cabeça.

– Péssima ideia.

– O quê? – Holden perguntou.

– Nada. Desculpe.

Julie não se mexeu. Um dos guardas foi na direção dela, as pernas apoiadas na parede. Julie, que passara por um estupro talvez, ou algo tão ruim quanto. Que estudara jiu-jítsu para se sentir segura depois disso. Talvez eles achassem que ela estava apenas sendo modesta. Talvez tivessem medo de que ela estivesse escondendo uma arma debaixo das roupas. De qualquer modo, tentaram forçar a barra. Um dos guardas a empurrou, e ela se agarrou ao braço dele como se sua vida dependesse disso. Miller fez uma careta quando o cotovelo do homem dobrou para o lado errado, mas também sorriu.

Essa é minha garota, ele pensou. *Dê a eles uma lição.*

E ela deu. Por quase quarenta segundos, a área contígua à câmara de descompressão virara um campo de batalha. Até alguns membros intimidados da tripulação da *Scopuli* tentaram se juntar à luta. Mas então Julie não viu um homem de ombros grossos saltar por trás dela. Miller sentiu quando a mão enluvada martelou a têmpora de Julie. Ela não desmaiou, mas ficou grogue. Os homens armados tiraram as roupas dela com eficiência fria e, quando viram que não havia armas ou dispositivos de comunicação, entregaram-lhe um macacão e a trancaram no armário. Os outros foram levados para dentro da nave. Miller buscou as marcas de tempo correspondentes e trocou de transmissão.

Os prisioneiros foram levados para a cozinha e amarrados às mesas. Um dos guardas passou um minuto ou um pouco mais falando; entretanto, com o visor abaixado, as únicas pistas que Miller conseguiu do conteúdo do sermão foram as reações da equipe: olhos arregalados de descrença, confusão, ultraje e medo. O guarda podia ter dito qualquer coisa.

Miller começou a avançar. Algumas horas, e mais algumas. A nave estava sob arranque, e os prisioneiros sentavam-se de verdade nas mesas, em vez de flutuarem perto delas. Miller passou para outras partes da nave. O armário de Julie ainda estava trancado. Se não soubesse, teria presumido que ela estava morta.

Avançou mais um pouco.

Depois de 132 horas, a tripulação da *Scopuli* tomou coragem. Miller percebeu em seus corpos mesmo antes que a violência começasse. Já vira rebeliões em celas antes, e os prisioneiros tinham o mesmo olhar taciturno-porém-animado. A transmissão mostrou o pedaço da parede na qual ele vira os buracos de bala. Não estavam ali ainda. Estariam em breve. Um homem entrou em cena com uma bandeja de comida.

É agora, Miller pensou.

A luta foi curta e brutal. Os prisioneiros não tinham a menor chance. Miller viu quando arrastaram um deles – um homem de cabelo loiro-claro – até a câmara de descompressão e o jogaram de lá. Os outros foram presos com correntes pesadas. Alguns choravam. Alguns gritavam. Miller avançou.

Tinha que estar em algum lugar. O momento quando aquilo – o que quer que fosse – se soltou. Entretanto, ou ocorrera em algum dos alojamentos não monitorados da tripulação ou estivera ali desde o início. Quase exatamente 160 horas depois que Julie fora presa no armário, um homem com macacão branco, olhos vidrados e postura vacilante saíra dos alojamentos da tripulação e vomitou em um dos guardas.

– Merda! – Amos exclamou.

Miller tinha saltado de sua cadeira antes de saber o que aconteceu. Holden também estava de pé.

– Amos? – Holden o chamou. – Fale comigo.

– Espere – Amos disse. – Sim, está tudo ok, capitão. Só que esses malditos arrancaram um monte de blindagem do reator. Ele já está ligado, mas recebi um pouco mais de radiação do que gostaria.

– Volte para a *Roci* – Holden falou.

Miller se apoiou contra a parede, empurrando-se de volta às estações de controle.

– Sem ofensa, senhor, mas não estou tipo prestes a mijar sangue ou algo divertido assim – Amos respondeu. – Fiquei mais surpreso do que qualquer outra coisa. Se eu sentir alguma coceira, volto para nossa nave, mas posso conseguir alguma atmosfera para nós na casa de máquinas se me der um pouco mais de tempo.

Miller observou o rosto de Holden enquanto o homem decidia o que fazer: podia dar uma ordem ou podia deixar para lá.

– Ok, Amos. Mas, se começar a ficar tonto ou qualquer coisa assim, e eu quero dizer *qualquer coisa*, você vai para a enfermaria.

– Sim, sim – Amos concordou.

– Alex, fique de olho na transmissão biomédica de Amos daqui para a frente. Avise se notar algum problema. – Holden falou no canal geral.

– Entendido – veio o sotaque preguiçoso de Alex.

– Encontrou alguma coisa? – Holden perguntou para Miller no canal privativo.

– Nada inesperado – Miller respondeu. – E você?

– Sim, na verdade. Dê uma olhada.

Miller empurrou-se até a tela na qual Holden trabalhava. Holden se empurrou de volta para a estação e começou a carregar as transmissões.

– Estava pensando que alguém tinha que ter ficado por último – Holden explicou. – Quero dizer, alguém ficou doente por último quando tudo enlouqueceu. Então analisei o diretório para ver que atividade estava acontecendo antes que o sistema fosse desligado.

– E?

– Há um monte de atividades que aparentemente ocorreram uns dois dias antes que o sistema desligasse, e nada por 48 horas inteiras. Então um pequeno pico. Um monte de arquivos acessados e diagnósticos do sistema. Ou seja, alguém destruiu os códigos de substituição para acabar com a atmosfera.

– Foi Julie, então.

– Era o que eu estava pensando – Holden disse. – Mas uma das transmissões que ela acessou era... Merda, onde está? Estava bem... Ah, aqui. Veja isto.

A tela piscou, os controles entraram em modo de espera, e um emblema verde e dourado, em alta definição, apareceu. O logo corporativo da Protogen, com um slogan que Miller nunca vira. *Primeiro. Mais rápido. Mais longe.*

– Qual a data do arquivo? – Miller perguntou.

– O arquivo original foi criado há dois anos – Holden disse. – Esta cópia foi salva há oito meses.

O emblema desapareceu, e um homem de rosto agradável, sentado a uma mesa, tomou seu lugar. Tinha cabelo escuro, com apenas alguns fios grisalhos nas têmporas, e lábios que pareciam feitos para sorrir. Ele assentiu para a câmera. O sorriso não chegava aos olhos, que eram vazios como os de um tubarão.

Sociopata, Miller pensou.

Os lábios do homem começaram a se mover sem produzir som. Holden disse "merda" e apertou um botão para transmitir o áudio para os trajes deles. Retornou o vídeo ao início.

– Sr. Dresden – o homem disse. – Eu gostaria de agradecê-lo e aos membros do Conselho por gastar seu tempo para revisar esta informação. Seu apoio, tanto financeiro como de outros tipos, tem sido absolutamente essencial para as descobertas incríveis que fizemos neste projeto. Enquanto minha equipe tem sido a ponta da lança, o comprometimento incansável da Protogen ao avanço da ciência tornou nosso trabalho possível. Cavalheiros, serei franco. A protomolécula de Febe excedeu todas as nossas expectativas. Acredito que representa um avanço tecnológico capaz de virar o jogo. Sei que esses tipos de apresentações corporativas são propensas à hipérbole. Por favor, entendam que pensei nisso cuidadosamente e escolhi minhas palavras: a Protogen pode se tornar a entidade mais importante e poderosa na história da raça humana. Porém, isso exigirá iniciativa, ambição e uma ação ousada.

– Ele está falando em matar pessoas – Miller disse.

– Já viu isso antes? – Holden perguntou.

Miller negou com a cabeça. A transmissão mudou. O homem desapareceu, e uma animação tomou seu lugar. Uma representação gráfica do sistema solar. Órbitas marcadas em faixas largas de várias cores mostravam o plano das elípticas. A câmera virtual rodopiou para além dos planetas interiores, onde o sr. Dresden e os membros do Conselho deviam estar, e seguiu na direção dos gigantes gasosos.

– Para aqueles do Conselho que não estão familiarizados com o projeto, há oito anos foi feito o primeiro pouso tripulado em Febe – o sociopata contou.

A animação deu um zoom na direção de Saturno, anéis e planetas passando por um triunfo do design gráfico sobre a precisão.

– Por ser uma pequena lua de gelo, presumia-se que Febe serviria para extração de água, assim como os próprios anéis. O governo marciano encomendou uma pesquisa científica mais por um sentido de completude burocrática do que pela expectativa de ganhos econômicos. Amostras do núcleo foram retiradas e, quando encontraram anomalias no silicato, a Protogen foi abordada para atuar como copatrocinadora em uma instalação de pesquisa de longo prazo.

A própria lua – Febe – encheu o quadro, virando lentamente para mostrar todos os seus lados, como uma prostituta em um bordel barato. Era uma massa informe marcada por crateras, indistinguível de milhares de outros asteroides e planetesimais que Miller já vira.

– Dada a órbita extraelíptica de Febe – o sociopata prosseguiu –, uma teoria era de que essa lua era um corpo originado do Cinturão de Kuiper que fora capturado por Saturno quando passou pelo sistema solar. A existência de estruturas de silício complexas dentro do gelo interior, junto com a sugestão de estruturas resistentes a impacto dentro da arquitetura do próprio corpo, forçaram-nos a reavaliar isso. Usando análises de propriedade da Protogen ainda não compartilhadas com a equipe marciana, determinamos, sem qualquer sombra de dúvida, que o que vocês estão vendo agora não é um planetesimal naturalmente formado, mas uma arma. Especificamente, uma arma projetada para transportar sua carga pelas profundezas do espaço interplanetário e entregá-la em segurança na Terra há 2,3 bilhões anos, quando a própria vida estava em seus estágios iniciais. E a carga, senhores, é esta.

A tela mudou para um gráfico que Miller não conseguiu analisar. Parecia a descrição médica de um vírus, porém com estruturas amplas e espiraladas que eram ao mesmo tempo belas e improváveis.

— A protomolécula chamou nossa atenção no início por sua habilidade em manter a estrutura primária em uma ampla variedade de condições por meio de mudanças secundárias e terciárias. Também mostrava uma afinidade com estruturas de carbono e silício. Sua atividade sugeria que não era um ser vivo, mas um conjunto de instruções flutuantes projetadas para se adaptar e guiar outros sistemas replicantes. Experimentos em animais sugerem que seus efeitos não são exclusivos de replicadores simples, mas são, de fato, escalonáveis.

— Testes em animais — Miller repetiu. — O que é isso? Inocularam essa coisa em um gato?

— A implicação inicial disso — o sociopata continuou — é que uma biosfera maior existe, da qual nosso sistema solar é apenas uma parte, e que a protomolécula é um artefato desse meio ambiente. Apenas isso, acredito que devem concordar, revolucionaria o entendimento humano do universo. Deixe-me assegurar uma coisa a vocês: isso não é nada. Se um acidente da mecânica orbital não tivesse capturado Febe, a vida como a conhecemos não existiria no tempo presente. Mas outra coisa existiria. E a vida celular mais antiga da Terra teria sido sequestrada. Reprogramada ao longo das várias linhagens contendo dentro de si a estrutura da protomolécula da qual falamos.

O sociopata reapareceu. Pela primeira vez, linhas de sorriso apareciam ao redor de seus olhos, como uma paródia de si mesmas. Miller sentiu um ódio visceral crescer em suas entranhas, e se conhecia o suficiente para reconhecer o motivo daquilo: medo.

– A Protogen está na posição de tomar posse sozinha não só da primeira tecnologia de origem genuinamente extraterrestre como também de um mecanismo pré-fabricado para manipulação de sistemas vivos e das primeiras pistas sobre a natureza de uma biosfera maior: eu a chamaria de *galáctica*. Dirigido por mãos humanas, as aplicações disso são ilimitadas. Acredito que a oportunidade que se abre não apenas para nós mas para a vida em si é mais profunda e transformadora do que qualquer coisa que aconteceu antes. Mais do que isso, o controle dessa tecnologia representará a base de todo o poder político e econômico daqui em diante. Peço que considerem os detalhes técnicos descritos no anexo. Entender rapidamente a programação, o mecanismo e a intenção da protomolécula, assim como suas aplicações diretas em seres humanos, marcará a diferença entre a Protogen liderar o futuro ou ser deixada para trás. Peço ação imediata e decisiva para assumir controle exclusivo da protomolécula e assim avançarmos em um teste de larga escala. Obrigado por seu tempo e sua atenção.

O sociopata sorriu de novo, e o logo da corporação reapareceu. *Primeiro. Mais rápido. Mais longe.* O coração de Miller estava acelerado.

– Ok. Tudo bem – ele disse. – Puta que *pariu*.

– Protogen, protomolécula – Holden falou. – Eles não tinham ideia do que ela fazia, mas colocaram sua marca nela como se a tivessem criado. Encontraram uma arma alienígena, e tudo em que conseguiram pensar foi no registro da patente.

– Há motivo para pensar que esses garotos estão bem impressionados consigo mesmos – Miller respondeu com um aceno de cabeça.

– Agora, não sou cientista nem nada do tipo – Holden comentou –, mas me parece que pegar um *supervírus alienígena* e soltá-lo em uma estação espacial não é uma boa ideia.

– Faz dois anos – Miller disse. – Fizeram testes. Fizeram... não sei que diabos fizeram nesse meio-tempo. Mas decidiram por Eros. E todo mundo sabe o que aconteceu em Eros. O outro lado fez isso. Nenhuma pesquisa ou naves de resgate porque estão lutando um contra o outro ou protegendo alguma coisa. A guerra é uma distração.

– E o que a Protogen está fazendo?

– Meu palpite é que estão vendo o que o brinquedinho deles faz quando você o leva para dar uma volta – Miller respondeu.

Ficaram em silêncio por um longo momento. Holden falou primeiro.

– Então você pega uma empresa que parece não ter nenhuma consciência institucional e que tem contratos governamentais de pesquisa suficientes para ser quase uma filial privada dos militares. Quão longe eles irão pelo Santo Graal?

– Primeiro, mais rápido, mais longe – Miller replicou.

– Exato.

– Rapazes – Naomi chamou –, vocês deviam vir aqui. Acho que encontrei uma coisa.

35

HOLDEN

– Encontrei os registros de comunicação – Naomi disse enquanto Holden e Miller flutuavam até ela.

Holden pôs uma mão no ombro dela e a retirou em seguida, e odiou ter recuado. Uma semana antes, ela não teria se importado com um gesto tão simples de afeto, e ele não teria medo da reação dela. Ele lamentava a nova distância entre os dois só um pouco menos do que lamentava não tocar no assunto. Queria dizer aquilo para ela. Em vez disso, falou:

– Tem algo interessante?

Ela tocou na tela e acessou o registro.

– Eles eram rígidos com relação à disciplina nas comunicações – ela disse, apontando a longa lista de datas e horários. – Nada acontecia fora do rádio, tudo estava no feixe estreito. E tudo em sentido duplo, várias frases em um código óbvio.

A boca de Miller se moveu dentro do capacete. Holden tocou em sua viseira. Miller revirou os olhos de desgosto e então mudou o link de comunicação para o canal geral.

– Desculpem. Não passo muito tempo em trajes como este – ele disse. – O que temos de interessante?

– Pouca coisa. A última comunicação, porém, não estava em código. – Ela clicou na última linha da lista.

ESTAÇÃO TOT

*TRIPULAÇÃO DEGENERANDO. PROJEÇÃO DE **100%** DE BAIXAS. MATERIAIS PROTEGIDOS. ESTABILIZANDO CURSO E VELOCIDADE. VETOR DE DADOS A SEGUIR. PERIGO EXTREMO DE CONTAMINAÇÃO PARA EQUIPES POSTERIORES.*

CAPITÃO HIGGINS

Holden leu várias vezes. Imaginava o capitão Higgins assistindo à infecção que se espalhava por sua tripulação, incapaz de detê-la. Seu pessoal vomitando por toda a caixa de metal selada a vácuo, mesmo uma molécula da substância em sua pele praticamente uma sentença de morte. Tentáculos cobertos de filamentos pretos saindo dos olhos e da boca. E aquela... meleca que cobria o reator. Ele se deixou estremecer, grato por Miller não poder vê-lo através do traje atmosférico.

– Então o tal de Higgins percebeu que sua tripulação estava se transformando em zumbis vomitantes e mandou uma última mensagem para os chefes, certo? – Miller perguntou, interrompendo o devaneio de Holden. – O que é esse vetor de dados de que ele fala?

– Ele sabia que todos iam morrer logo mais, então disse para seu pessoal como recuperar a nave – Holden respondeu.

– Mas eles não recuperaram, porque a nave está aqui, porque Julie assumiu o controle e voou para outro lugar – Miller comentou. – O que significa que estão procurando por ela, certo?

Holden ignorou aquilo e pôs de novo a mão no ombro de Naomi, com o que esperava ser uma descontração sociável.

– Temos as mensagens em feixe estreito e o vetor de informação – ele disse. – Tudo estava indo para o mesmo lugar?

– Mais ou menos – ela disse, gesticulando com a mão direita. – Não para o mesmo lugar exato, mas parecem ser pontos no Cinturão. Baseado nas mudanças na direção e no tempo do envio, foram para um ponto no Cinturão que estava em movimento, mas não em órbita estável.

– Uma nave, então?

Naomi assentiu.

– Provavelmente – ela falou. – Estive procurando localizações. Não encontrei nada no registro que pareça provável. Nenhuma estação ou rocha habitadas. Uma nave faria sentido. Mas...

Holden esperou que Naomi completasse a frase, porém Miller se inclinou, impaciente.

– Mas o quê? – ele perguntou.

– Mas como eles sabiam onde estaria? – ela respondeu. –

Não tenho comunicações de entrada no registro. Se uma nave se movia aleatoriamente no Cinturão, como eles sabiam para onde mandar a mensagem?

Holden apertou o ombro dela com suavidade o bastante para que ela nem sentisse sob o pesado traje ambiental. Então tirou a mão e se permitiu flutuar até o teto.

– Decerto não é aleatório – ele disse. – Eles tinham algum tipo de mapa de onde essa coisa estaria na hora em que mandassem o laser de comunicação. Pode ser uma das naves camufladas.

Naomi virou a cadeira para olhá-lo.

– Pode ser uma estação – ela sugeriu.

– É o laboratório – Miller interrompeu. – Estão fazendo um experimento em Eros, precisam dos jalecos brancos por perto.

– Naomi – Holden chamou. – Materiais protegidos. Há um cofre no alojamento do capitão que ainda está trancado. Acha que consegue abrir?

Naomi deu de ombros.

– Não sei – ela disse. – Talvez. Amos deve conseguir arrebentar com os explosivos que encontramos naquela grande caixa de armas.

Holden gargalhou.

– Bem – ele comentou –, já que provavelmente está cheio de frasquinhos com terríveis vírus alienígenas, vou descartar a opção da explosão.

Naomi fechou o registro de comunicação e abriu um menu dos sistemas gerais da nave.

– Posso dar uma olhada e ver se o computador tem acesso ao cofre, para tentar abri-lo – ela sugeriu. – Pode levar algum tempo.

– Faça o que for possível – Holden pediu. – Vamos parar de incomodá-la.

Holden se empurrou em direção ao teto, até a escotilha do compartimento de operações, então se empurrou através dela e pelo corredor além. Alguns momentos depois, Miller o seguiu. O detetive fixou os pés no convés com as botas magnéticas e encarou Holden, esperando.

Holden flutuou pelo convés até ele.

– O que acha? – Holden perguntou. – A Protogen está por trás de tudo? Ou é outra daquelas coisas que parecem ser, mas não são?

Miller ficou em silêncio por quase dois segundos.

– Isso tem cheiro de coisa de verdade – Miller falou. Soava quase relutante.

Amos empurrou-se pela escada da tripulação, arrastando consigo uma grande caixa de metal.

– Ei, capitão – ele disse. – Achei uma caixa inteira de pastilhas de combustível para o reator na casa de máquinas. Seria bom levarmos isso conosco.

– Bom trabalho – Holden falou, levantando uma mão para pedir que Miller esperasse. – Vá em frente e leve isso para a *Roci*. Também preciso que trabalhe em um plano para destruir esta nave.

– Espere. O quê? – Amos exclamou. – Esta coisa vale um zilhão de dólares, capitão. É uma nave camuflada com mísseis! A APE venderia a própria avó por uma coisa dessas. E seis tubos ainda têm mísseis dentro. Detonadores de potência máxima. Dá para acabar com uma pequena lua com um desses. Esqueça as vovós, a APE prostituiria suas filhas por este material. Por que diabos vamos destruir isso?

Holden o encarou sem acreditar no que ouvia.

– Você se esqueceu do que tem na sala da engenharia?

– Ora, capitão! – Amos bufou. – Aquela merda está congelada. Algumas horas com um maçarico e posso cortar e arremessar tudo pela câmara de descompressão. Muito fácil.

A imagem mental de Amos cortando os corpos derretidos da antiga tripulação da nave com um maçarico de plasma e então arremessando alegremente os pedaços pela câmara de descompressão fez Holden quase nausear. A habilidade do enorme mecânico de ignorar qualquer coisa que não quisesse notar devia ser útil enquanto ele se arrastava em compartimentos de motores apertados e engraxados. Sua capacidade de dar de ombros para a mutilação horrível de várias dúzias de pessoas ameaçava transformar o nojo de Holden em raiva.

– Esquecendo a bagunça e a possibilidade muito real de infecção por aquilo que *causou* a bagunça – ele disse –, também há o fato de que alguém está desesperado atrás desta nave muito cara e camuflada, e até agora *Alex não conseguiu encontrar a tal nave que está procurando esta nave aqui.*

Ele parou de falar e assentiu para Amos, enquanto o mecânico pensava naquilo. Holden podia ver o rosto largo do colega juntando as peças em sua cabeça. *Encontramos uma nave camuflada. Outras pessoas estão procurando pela nave camuflada. Não podemos ver as outras pessoas que estão procurando por ela.*

Merda.

O rosto de Amos ficou pálido.

– Certo – ele concordou. – Acertarei o reator para derreter a nave. – Olhou para a hora no display do braço de seu traje. – Bosta, já ficamos tempo demais aqui. Melhor dar o fora.

– É melhor mesmo – Miller concordou.

Naomi era boa. *Muito* boa. Holden descobrira isso quando assinara com a *Canterbury*, e, ao longo dos anos, acrescentara essa informação à sua lista de fatos, junto com *o espaço é frio* e *a direção da gravidade é para baixo*. Quando alguma coisa parava de funcionar no rebocador de água, ele pedia para Naomi consertar e nunca mais pensava no assunto. Algumas vezes ela afirmava não ser capaz de arrumar alguma coisa, mas era sempre uma tática de negociação. Uma conversa rápida levaria a um pedido de peças sobressalentes ou um tripulante adicional contratado no porto seguinte, e tudo estaria resolvido. Não havia problema que envolvesse eletrônica ou partes de nave espacial que ela não pudesse resolver.

– Não consigo abrir o cofre – ela informou.

Ela flutuou para perto do cofre no alojamento do capitão, um pé apoiado levemente contra o catre para estabilizar-se enquanto gesticulava. Holden estava em pé, com as botas magnéticas ligadas. Miller estava na escotilha que dava para o corredor.

– De que você precisa? – Holden perguntou.

– Se não quiser que eu arrebente ou corte isto, não tenho como abrir.

Holden negou com a cabeça, mas Naomi não viu ou o ignorou.

– O cofre é projetado para abrir quando um padrão muito específico de campos magnéticos é acionado na placa de metal da frente – ela explicou. – Alguém tem uma chave desenhada para isso, mas essa chave não está na nave.

– Está na estação – Miller disse. – Ele não enviaria o cofre para lá se eles não pudessem abri-lo.

Holden encarou a parede do cofre por um momento, os dedos tamborilando a antepara ao lado.

– Se arrombarmos, quais as chances de ser uma armadilha? – ele perguntou.

– Enormes, capitão – Amos falou. Ele escutava a conversa da área dos torpedos enquanto acessava o pequeno reator de fusão que acionava um dos seis torpedos remanescentes até ficar em nível crítico. Trabalhar no reator principal da nave era perigoso demais com a proteção arrancada.

– Naomi, quero aquele cofre e as anotações de pesquisa e amostras que ele contém – Holden falou.

– Você não sabe o que tem ali dentro – Miller comentou, então riu. – Bem, é claro que é isso que tem lá. Mas não vai adiantar se explodirmos tudo ou, pior, se algum estilhaço revestido de gosma fizer um buraco nos nossos belos trajes.

– Vou levar o cofre. – Holden pegou um pedaço de giz do bolso e desenhou uma linha ao redor do cofre na antepara. –

Naomi, faça um buraco pequeno na antepara e veja se há algo que nos impeça de arrancar essa coisa inteira e levá-la conosco.

– Teremos que arrancar metade da parede.

– Ok.

Naomi franziu o cenho, mas acabou dando de ombros e sorrindo.

– Tudo bem, então – ela disse. – Está pensando em levar para o pessoal do Fred?

Miller riu de novo, um riso seco e sem humor que deixou Holden apreensivo. O detetive assistira ao vídeo da luta de Julie Mao com seus captores sem parar enquanto esperava que Naomi e Amos terminassem seus trabalhos. Isso deu a Holden a sensação inquietante de que Miller estava armazenando a filmagem em sua cabeça. Combustível para algo que planejava fazer depois.

– Marte lhes devolveria a vida em troca disso – Miller falou. – Ouvi dizer que Marte é gentil com pessoas ricas.

– Bota riqueza nisso – Amos brincou com um grunhido enquanto trabalhava em alguma coisa lá embaixo. – Eles fariam estátuas de nós.

– Temos um acordo com Fred de que ele tem vantagem sobre qualquer contrato que nos ofereçam – Holden disse. – É claro, isto não é exatamente um contrato...

Naomi sorriu e piscou para Holden.

– Então o que vai ser, senhor? – ela perguntou, a voz levemente zombeteira. – Heróis da APE? Bilionários marcianos? Começar nossa própria empresa de biotecnologia? O que estamos fazendo aqui?

Holden se afastou do cofre e seguiu na direção da câmara de descompressão e do maçarico que ficava ali com outras ferramentas.

– Ainda não sei – ele disse. – Mas sem dúvida é muito bom voltar a ter escolhas.

• • •

Amos apertou o botão mais uma vez. Nenhuma estrela nova brilhou na escuridão. Os sensores de radiação e infravermelho continuaram em silêncio.

– Não deveria rolar uma explosão? – Holden perguntou.

– Maldição. Sim – Amos disse, então apertou o botão preto em sua mão pela terceira vez. – Isso não é uma ciência exata ou algo do tipo. Aqueles motores dos mísseis são bem simples, só um reator sem uma das paredes. Não dá para prever exatamente...

– Não é ciência de foguetes – Holden disse com uma gargalhada.

– Como é? – Amos perguntou, pronto para se zangar se estivesse sendo zombado.

– Você sabe, "não é ciência de foguetes" – Holden explicou. – Quer dizer "não é tão difícil". Você é um cientista de foguetes, Amos. De verdade. Trabalha com reatores de fusão e motores de naves estrelares para viver. Há duzentos anos, as pessoas fariam filas para entregar seus filhos em troca do seu conhecimento.

– Mas que mer... – Amos começou a falar, mas parou quando um novo sol ardeu do lado de fora da janela do piloto e logo depois desapareceu. – Viu? Eu disse que daria certo.

– Nunca duvidei disso – Holden respondeu, então deu um tapinha em um dos ombros carnudos de Amos e desceu pela escada da tripulação.

– Que diabos foi aquilo? – Amos perguntou para ninguém em particular, enquanto Holden se afastava.

Holden seguiu para o convés de operações. A cadeira de Naomi estava vazia. Ele ordenara que ela fosse dormir um pouco. Amarrado nos ganchos fixados no convés, estava o cofre da nave camuflada. Parecia maior depois de arrancado da parede. Preto e imponentemente sólido. O tipo de recipiente no qual alguém guardaria o fim do sistema solar.

Holden flutuou até o cofre e disse baixinho:

– Abre-te, sésamo.

O cofre o ignorou, mas a escotilha do convés se abriu e Miller empurrou-se para dentro do compartimento. Seu traje ambiental fora trocado por um macacão azul com cheiro de guardado e o sempre presente chapéu. Havia algo em seu olhar que deixava Holden ainda mais desconfortável. Ainda mais do que o normal.

– Oi – Holden disse.

Miller apenas acenou com a cabeça e empurrou-se até uma das estações de trabalho, então se prendeu em uma das cadeiras.

– Já temos nosso destino? – ele perguntou.

– Não. Pedi para Alex calcular os números para um par de possibilidades, mas ainda não decidi.

– Viu alguma coisa das notícias? – o detetive perguntou.

Holden negou com a cabeça e seguiu para uma cadeira do outro lado do compartimento. Algo no rosto de Miller gelava seu sangue.

– Não – ele respondeu. – O que aconteceu?

– Você não dá respostas evasivas. Admiro isso, acho.

– Conte logo – Holden pediu.

– Não, falo sério. Muitas pessoas afirmam um monte de coisas. "A família é o mais importante", mas vão atrás de uma prostituta de cinquenta dólares no dia do pagamento. "O país primeiro", mas sonegam impostos. Você não. Você diz que todo mundo devia saber tudo e, por Deus, cumpre sua palavra.

Miller esperou que ele dissesse alguma coisa, mas Holden não sabia o que responder. Esse discurso parecia algo que o detetive preparara com antecedência. Era melhor deixá-lo terminar.

– Eis que Marte descobre que talvez a Terra esteja construindo naves por fora, aquelas sem bandeira. Algumas delas podem ter destruído uma nave com bandeira marciana. Aposto que Marte vai entrar em contato para verificar. Quero dizer, a Coalizão Naval Terra-Marte é uma grande hegemonia feliz. Imagine, policiar em conjunto o sistema solar por quase cem anos. Os oficiais comandantes praticamente dormem juntos. Então deve ser um engano, certo?

– Ok – Holden falou, aguardando.

– Aí Marte entra em contato – Miller disse. – Quero dizer, não tenho certeza, mas aposto que é como começa. Uma ligação de um figurão de Marte para algum figurão da Terra.

– Parece razoável – Holden falou.

– O que você acha que a Terra responde?

– Não sei.

Miller clicou em uma das telas e acessou um arquivo com seu nome, datado de menos de uma hora antes. Uma gravação de um vídeo de uma agência de notícias marciana, que mostra o céu noturno através de um domo de Marte. Listras e flashes enchem o céu. A legenda na parte inferior da tela dizia que as naves da Terra em órbita ao redor de Marte dispararam de repente e sem aviso aos colegas marcianos. As listras no céu são mísseis. Os flashes são naves destruídas.

Um clarão imenso transforma a noite marciana em dia por alguns segundos, e o rastreamento diz que o radar da Estação Deimos foi destruído.

Holden se sentou e assistiu ao vídeo do fim do sistema solar em cores vivas e com comentários de especialistas. Ficou esperando que as listras de luzes começassem a descer até o próprio planeta, para que os domos se esfacelassem sob o fogo nuclear, mas parecia que alguém implantara medidas restritivas, e a batalha permaneceu no céu.

Não ficaria assim para sempre.

– Está me dizendo que causei isso – Holden falou. – Que, se eu não tivesse transmitido aqueles dados, aquelas naves e aquelas pessoas ainda estariam vivas.

– Isso mesmo. E que, se o plano dos caras malvados era impedir as pessoas de observarem Eros, deu certo.

36

MILLER

Histórias da guerra não paravam de chegar. Miller assistia a cinco noticiários ao mesmo tempo, em telas que enchiam seu terminal. Marte estava chocado, espantado, hesitante. A guerra entre Marte e o Cinturão – o maior e mais perigoso conflito da história da humanidade – de repente se tornou um espetáculo secundário. A reação dos especialistas das forças de segurança da Terra percorria um espectro que ia da discussão calma e racional da defesa preventiva até denúncias raivosas de Marte como um bando de estupradores de filhotinhos de animais. O ataque a Deimos transformara a lua em um anel de cascalho que se espalhava lentamente em sua órbita antiga, uma mancha no céu marciano; com isso, o jogo mudava de novo.

Miller assistiu por dez horas, e viu o ataque se transformar em um bloqueio. A Marinha Marciana, espalhada pelo sistema solar, voltava para casa a toda velocidade. As transmissões da APE chamavam de vitória, e talvez alguém acreditasse nisso. As imagens vinham das naves, dos conjuntos de sensores. Eram de naves destruídas, com as laterais abertas por explosões de grande energia, girando em seus túmulos orbitais irregulares. Era de enfermarias como a da *Roci* cheias de garotos e garotas com metade da sua idade, sangrando, queimados, morrendo. A cada ciclo de transmissão, uma nova filmagem chegava, novos detalhes da morte e da carnificina. A cada novo clipe, Miller se reclinava para a frente, com a mão na boca, esperando que chegasse a notícia do evento que assinalaria o fim de tudo.

Mas esse evento ainda não tinha ocorrido, e cada hora que passava trazia outra ponta de esperança de que talvez, talvez, não fosse acontecer.

– Ei – Amos chamou. – Você não dormiu?

Miller levantou o olhar, o pescoço rígido. Ainda com vincos avermelhados do travesseiro na bochecha e na testa, o mecânico estava parado na porta aberta da cabine de Miller.

– O quê? – Miller perguntou. – Ah, não. Fiquei... assistindo.

– Alguma rocha foi jogada?

– Não. Ainda é tudo no nível orbital ou mais alto.

– Que tipo de apocalipse meia-boca estão tentando causar? – Amos brincou.

– Eles só precisam de um pouco mais de tempo. Isso é novidade para eles.

O mecânico balançou a cabeça, mas Miller pôde ver alívio sobre o desapontamento fingido. Enquanto os domos ainda estivessem em pé em Marte, enquanto a biosfera crítica da Terra não fosse diretamente ameaçada, a humanidade não estaria destruída. Miller se perguntou qual era a expectativa no Cinturão, se as pessoas lá haviam se convencido de que os rudes bolsões ecológicos dos asteroides pudessem sustentar a vida indefinidamente.

– Quer uma cerveja? – Amos perguntou.

– Vai tomar cerveja no café da manhã?

– Pensei que fosse o seu jantar – Amos sugeriu.

O homem estava certo. Miller precisava dormir. Não conseguira tirar mais do que uma soneca desde que destruíram a nave camuflada, e foram instantes atormentados por sonhos estranhos. Ele bocejou ao pensar em bocejar, mas a tensão em suas entranhas lhe dizia que era mais provável que passasse o dia assistindo às transmissões do que descansando.

– Na verdade, é um segundo café da manhã – Miller respondeu.

– Quer uma cerveja no café da manhã? – Amos perguntou.

– Claro.

Caminhar pela *Rocinante* parecia irreal. O zumbido baixo dos recicladores, a suavidade do ar. A jornada até a nave de Julie era uma névoa de medicação para dor e doença. O tempo em Eros, antes disso, era um pesadelo que não ia embora. Caminhar pelos corredores vazios e funcionais, o peso da gravidade prendendo-o com gentileza ao chão, e uma chance pequena de alguém tentar matá-lo, pareciam suspeitos. Quando ele imaginava Julie caminhando ao seu lado, não era tão ruim.

Enquanto comia, seu terminal apitava, o lembrete automático para outra transfusão de sangue. Levantou-se, arrumou o chapéu e seguiu em frente para que as agulhas e os injetores a pressão fizessem seu trabalho. Quando Miller chegou, o capitão já estava lá, conectado a uma estação.

Holden parecia ter dormido, mas sem qualidade de sono. Não havia as olheiras escuras sob seus olhos, como as que Miller tinha, porém seus ombros estavam tensos e sua testa, a ponto de franzir. Miller se perguntou se fora um pouco duro demais com o cara. *Eu disse* podia ser uma mensagem importante, contudo o peso da morte de inocentes e do caos do fracasso da civilização também podia ser demais para um homem carregar.

Ou talvez ainda estivesse se lamentando por causa de Naomi.

Holden levantou a mão que não estava presa ao equipamento médico.

– Bom dia – Miller disse.

– Oi.

– Já decidiu para onde vamos?

– Ainda não.

– Está cada vez mais difícil chegar a Marte – Miller disse, ajustando-se ao abraço familiar da estação médica. – Se é para lá que pretende ir, é melhor fazer isso logo.

– Enquanto ainda existe Marte, quer dizer?

– Por exemplo – Miller concordou.

As agulhas saíram gentilmente das armações articuladas. Miller olhou para cima, tentando não ficar tenso enquanto elas forçavam seu caminho para dentro de suas veias. Houve um momento em que ele sentiu uma picada, então uma dor chata, lenta, e depois dormência. A tela acima dele anunciava o estado de seu corpo para médicos que observavam jovens soldados morrerem quilômetros acima do Monte Olimpo.

– Acha que vão parar? – Holden perguntou. – Quero dizer, a Terra tem que fazer isso porque a Protogen é dona de alguns generais, senadores ou algo assim, certo? Tudo isso é porque eles querem ser os únicos a ter essa coisa. Se Marte também tiver, a Protogen não tem motivo para lutar.

Miller pestanejou. Antes que pudesse escolher sua resposta – *Eles tentariam eliminar Marte* ou *A coisa já foi longe demais para isso* ou *Como pode ser tão ingênuo, capitão?* – Holden prosseguiu:

– Foda-se. Tenho os arquivos. Vou transmiti-los.

A resposta de Miller foi tão fácil quanto um reflexo.

– Não, não vai.

Holden levantou o corpo, nuvens tempestuosas em sua expressão.

– Fico contente que tenha uma diferença razoável de opinião – ele disse –, mas esta ainda é minha nave. Você é um passageiro.

– É verdade – Miller concordou. – Mas você já passou por maus bocados atirando em pessoas, e terá que atirar em mim antes de enviar essa coisa.

– Eu o *quê*?

O sangue novo que fluiu para dentro do sistema de Miller parecia água gelada escorrendo em direção ao seu coração. Os monitores médicos mudaram para um novo padrão, contando as células anômalas conforme elas chegavam aos filtros da máquina.

– Você vai ter que atirar em mim – Miller disse mais devagar desta vez. – Por duas vezes você teve a escolha de arrasar ou não o sistema solar, e em ambas você ferrou com tudo. Não quero vê-lo dar o golpe final.

– Acho que você está com uma ideia errada da influência que o segundo em comando de um rebocador de água de longa distância tem. Sim, há uma guerra. E, sim, eu estava lá quando tudo começou. Mas o Cinturão odeia os planetas interiores desde muito antes de a *Cant* ser atacada.

– Você conseguiu dividir os planetas interiores também – Miller comentou.

Holden inclinou a cabeça.

– A Terra sempre odiou Marte – Holden disse como se estivesse relatando que a água era molhada. – Quando eu estava na marinha, fazíamos projeções para isso. Planos de batalha se Terra e Marte realmente chegassem a tanto. A Terra sempre perdia. A menos que atacasse primeiro, com força e sem parar, a Terra perderia, simples assim.

Talvez fosse a distância. Talvez uma falha de imaginação. Miller nunca percebera divisão entre os planetas interiores.

– É sério isso? – ele perguntou.

– Eles são a colônia, mas têm todos os melhores brinquedos, e todo mundo sabe disso – Holden contou. – Tudo o que está acontecendo agora já vem sendo construído há um século. Sem isso, a guerra não aconteceria.

– Essa é sua defesa? "A pólvora não é minha; eu só acendi o fósforo"?

– Não estou me defendendo – Holden falou. Sua pressão sanguínea e batimentos cardíacos estavam aumentando.

– Já passei por isso – Miller comentou. – Deixe-me apenas perguntar: por que acha que desta vez será diferente?

As agulhas no braço de Miller pareciam esquentar a ponto de se tornarem dolorosas. Ele se perguntou se isso era normal, se cada transfusão de sangue seria do mesmo jeito.

– Desta vez *é* diferente – Holden disse. – Toda a merda que está acontecendo é o que ocorre quando você tem informações incompletas. Em primeiro lugar, Marte e o Cinturão não teriam ido um atrás do outro se todo mundo soubesse o que sabemos. Terra e Marte não estariam atirando um no outro se todo mundo soubesse que a luta estava sendo orquestrada. O problema não é que as pessoas sabem demais; é que elas não sabem o bastante.

Algo sibilou, e Miller sentiu uma onda de relaxamento químico tomar conta dele. Ressentiu-se disso, mas não dava para tirar as drogas agora.

– Você não pode simplesmente jogar informação nas pessoas

– Miller falou. – Você tem que saber o que ela *significa*. O que está *acontecendo*. Cuidei de um caso em Ceres. Uma garotinha foi morta. Nas primeiras dezoito horas, tínhamos certeza de que o pai fizera aquilo. Ele era um criminoso. Um bêbado. Foi o último a vê-la respirando. Todos os sinais clássicos. Na 19ª hora, recebemos uma dica. Acontece que o pai devia muito dinheiro para um dos sindicatos locais. De repente, as coisas ficaram mais complicadas. Tínhamos mais suspeitos. Se eu tivesse transmitido tudo o que sabia, acha que o pai ainda estaria vivo quando a dica chegou? Ou alguém teria juntado os pontos e feito o óbvio.

A estação médica de Miller sibilou. Mais um câncer. Ele ignorou. O ciclo de Holden estava quase acabando. O tom corado em suas bochechas denunciava tanto o sangue novo e saudável em seu corpo como seu estado emocional.

– É o mesmo *éthos* deles – Holden comentou.

– De quem?

– Da Protogen. Vocês podem estar em lados diferentes, mas estão jogando o mesmo jogo. Se todo mundo dissesse o que eles sabiam, nada disso teria acontecido. Se o primeiro laboratório de tecnologia de Febe, que viu algo estranho, tivesse ido até o sistema e falado: "Ei, pessoal! Olhem que coisa esquisita", nada disso teria acontecido.

– Sim – Miller falou. – Porque contar para todo mundo de um vírus alienígena mortal é um belo jeito de manter a calma e a ordem.

– Miller – Holden começou –, não quero assustá-lo, mas há um vírus alienígena. E ele é mortal.

O ex-detetive balançou a cabeça e sorriu como se Holden tivesse dito algo engraçado.

– Bem, talvez não tenha como eu apontar uma arma para você e obrigá-lo a fazer a coisa certa. Mas posso perguntar uma coisa?

– Tudo bem – Holden respondeu.

Miller se recostou. As drogas deixavam seus olhos pesados.

– O que acontece depois? – Miller perguntou.

Houve uma longa pausa. Outro assobio do sistema médico. Outra enxurrada fria pelas maltratadas veias de Miller.

– O que acontece? – Holden repetiu.

Ocorreu a Miller que devia ter sido mais específico. Ele forçou seus olhos a reabrirem.

– Você transmite tudo o que temos. O que acha que acontece depois disso?

– A guerra para. As pessoas vão atrás da Protogen.

– Há alguns furos nisso, mas tudo bem. E o que acontece depois disso?

Holden ficou em silêncio por alguns segundos.

– As pessoas vão atrás do vírus de Febe – ele respondeu.

– Começam a fazer experimentos. Começam a lutar por isso. Se essa bostinha é tão valiosa quanto a Protogen pensa, você não vai conseguir parar a guerra. O máximo que vai conseguir fazer é mudá-la.

Holden franziu o cenho, linhas zangadas nos cantos da boca e dos olhos. Miller observou a pequena peça de idealismo do homem morrer, e lamentou que aquilo lhe trouxesse alegria.

– E o que acontece se formos para Marte? – Miller prosseguiu, com a voz baixa. – Trocamos a protomolécula por mais dinheiro do que qualquer um de nós jamais viu. Ou talvez eles simplesmente atirem em nós. Marte vence a guerra contra a Terra. E contra o Cinturão. Ou você vai até a APE, que é a melhor esperança de o Cinturão ter sua independência, mas são um bando de fanáticos loucos, metade deles pensa que pode realmente se sustentar sem a Terra. E, confie em mim, eles provavelmente vão atirar em você também. Ou pode contar tudo para todo mundo e fingir que, não importa o que aconteça, suas mãos estão limpas.

– Há uma coisa certa a fazer – Holden disse.

– Você não tem uma coisa certa, amigo – Miller o corrigiu. – Você tem um prato cheio de coisas talvez um pouco menos erradas.

A transfusão de sangue de Holden acabara. O capitão arrancou as agulhas do braço e deixou os tentáculos metálicos se retraírem. Enquanto abaixava a manga da camisa, a expressão carregada se suavizou.

– As pessoas têm o direito de saber o que está acontecendo – Holden disse. – Seus argumentos se resumem a você achar que as pessoas não são inteligentes o bastante para descobrir como usar bem as informações.

– Alguém usou alguma coisa que você transmitiu como algo além de uma desculpa para atirar em alguém de quem já não gostava? Dar um novo motivo não vai impedi-los de matar uns aos outros – Miller falou. – Você começou essas guerras, capitão. Não quer dizer que vai acabar com elas. Mas tem que tentar.

– E como eu faria isso? – Holden perguntou. O incômodo em sua voz podia ser raiva. Ou talvez uma súplica.

Alguma coisa na barriga de Miller se mexeu, algum órgão inflamado se acalmando o suficiente para deslizar de volta ao lugar. Não percebera que a coisa parecia fora de lugar até que de repente sentiu que tudo estava certo de novo.

– Pergunte a si mesmo *o que acontece* – Miller sugeriu. – E imagine o que Naomi faria no seu lugar.

Holden deu uma gargalhada.

– É assim que você toma suas decisões?

Miller deixou os olhos se fecharem. Juliette Mao estava ali, sentada no sofá do antigo apartamento dela em Ceres. Lutando com a tripulação da nave camuflada até ser imobilizada. Arrebentada pelo vírus alienígena no chão do chuveiro.

– Algo do tipo – Miller confessou.

O relato de Ceres, uma ruptura na competição usual dos releases de imprensa, chegou naquela noite. O Conselho de governo da APE anunciou que um esquema de espiões marcianos fora erradicado. A transmissão em vídeo mostrava os corpos flutuando do lado de fora de uma câmara de descompressão industrial que parecia estar nos antigos conveses do setor 6. A distância, as vítimas pareciam quase pacíficas. A transmissão cortou para a chefe de segurança. A capitã Shaddid parecia mais velha. Mais dura.

– Lamentamos a necessidade desta ação – ela disse para todos em toda parte. – Mas, na causa da liberdade, não pode haver concessões.

É o que está por vir, Miller pensou, esfregando a mão no queixo. *Massacres, depois de tudo. Cortar mais cem cabeças apenas, depois outras mil, então 10 mil cabeças mais, e enfim estaremos livres.*

Um alerta suave tocou e, no momento seguinte, a gravidade mudou alguns graus para a esquerda de Miller. Mudança de curso. Holden tomara uma decisão.

Encontrou o capitão sozinho encarando um monitor na sala de operações. O brilho iluminava seu rosto por baixo, lançando sombras em seus olhos. O capitão também parecia mais velho.

– Fez a transmissão? – Miller perguntou.

– Não. Somos apenas uma nave. Se contarmos para todo mundo o que essa coisa é e que estamos com ela, seremos destruídos antes da Protogen.

– Provavelmente verdade – Miller concordou, sentando em uma estação vazia com um grunhido. A articulação do assento se deslocou um pouco. – Estamos indo a algum lugar.

– Não confio neles com isso – Holden falou. – Não confio em dar este cofre a nenhum deles.

– Provavelmente esperto.

– Vou para a Estação Tycho. Há alguém lá em quem... confio.

– Confia?

– Não desconfio ativamente.

– Naomi acha que é a coisa certa a fazer?

– Não sei. Não perguntei para ela. Mas acredito que sim.

— Uma decisão quase acertada – Miller comentou.

Holden ergueu os olhos do monitor pela primeira vez e perguntou:

— Você sabe qual é a decisão certa?

— Sim.

— Qual é?

— Enviar esse cofre em um longo curso de colisão com o Sol e de alguma maneira garantir que ninguém nunca, jamais volte a Eros ou a Febe – Miller falou. – Fingir que isso tudo nunca aconteceu.

— Por que não estamos fazendo isso?

Miller assentiu devagar.

— Como jogar fora o Santo Graal?

37

HOLDEN

Alex deixou a *Rocinante* viajando a 0,75 *g* durante duas horas enquanto a tripulação preparava e comia o jantar. Voltou para 3 *g* quando o intervalo acabou; nesse meio-tempo, Holden desfrutou ficar em pé com as suas próprias pernas sob algo não muito diferente da gravidade da Terra. Era um pouco pesado para Naomi e Miller, mas nenhum dos dois reclamou. Ambos entendiam a necessidade da pressa.

Uma vez que a gravidade saíra do esmagamento da alta aceleração, a tripulação inteira se reuniu em silêncio na cozinha e começou a preparar o jantar. Naomi misturava ovos falsos e queijo falso. Amos cozinhava massa de tomate e o restante dos cogumelos frescos em um molho vermelho que realmente cheirava como o verdadeiro. Alex, que estava de serviço, transmitiu as operações da nave para um painel na cozinha e sentou-se à mesa ao lado, espalhando a falsa massa de queijo e o molho vermelho em um macarrão achatado, na esperança de que o resultado se aproximasse de uma lasanha. Holden ficou encarregado do forno e passou o tempo de preparo da lasanha assando pedaços congelados de massa até se transformarem em pão. O cheiro no ambiente não era muito diferente do de comida de verdade.

Miller seguira a tripulação até a cozinha e parecia desconfortável em pedir algo para fazer. Em vez disso, arrumou a mesa, sentou-se e ficou observando. Não evitava os olhos de Holden, mas não saía do caminho dele para chamar sua atenção. Por acordo tácito mútuo, ninguém ligou o canal de notícias. Holden tinha certeza de que todo mundo correria para ver o estado atual da guerra assim que o jantar acabasse, mas por ora todos trabalhavam em um silêncio amigável.

Quando o preparo acabou, Holden deixou de lado a tarefa dos pães e passou a tirar e pôr no forno travessas cheias de lasanha cozida. Naomi sentou-se ao lado de Alex e começou uma conversa em voz baixa com ele sobre algo que vira na tela de operações. Holden dividia seu tempo entre observá-la e observar a lasanha.

Ela riu de algo que Alex disse e, de maneira inconsciente, torceu uma mexa de cabelo no dedo. Holden sentiu um nó na barriga.

Com o canto dos olhos, viu Miller encarando-o. Quando o fitou, o detetive já desviara o olhar, porém havia um sinal de sorriso em seu rosto. Naomi riu mais uma vez. Tinha uma mão no braço de Alex. O piloto estava corado e falava o mais rápido que seu sotaque marciano permitia. Pareciam amigos. Aquilo ao mesmo tempo deixava Holden feliz e enciumado. Ele se perguntava se Naomi algum dia voltaria a ser sua amiga.

Ela o pegou olhando e lhe deu uma piscadela cúmplice que provavelmente teria feito muito sentido se ele conseguisse ouvir o que Alex estava dizendo. Holden sorriu e piscou de volta, grato por ter sido incluído no momento. Um som crepitante dentro do forno chamou sua atenção. A lasanha começava a borbulhar e a escorrer pelas bordas das travessas.

Ele colocou as luvas de forno e abriu a porta.

– A sopa está pronta – ele disse, puxando a primeira travessa e colocando-a na mesa.

– Essa sopa é bem feia – Amos brincou.

– Ah, sim – Holden concordou. – É só algo que minha mãe Tamara costumava dizer quando terminava de cozinhar. Não tenho certeza de onde a expressão veio.

– Uma de suas *três* mães cozinhava? Que tradicional – Naomi disse com um sorriso.

– Bem, ela dividia essa tarefa com Caesar, um de meus pais.

Naomi lhe lançou um sorriso genuíno dessa vez.

– Deve ser muito legal – ela disse. – Uma família grande assim.

– Era mesmo – ele respondeu. Teve uma visão do fogo nuclear destruindo a fazenda em Montana na qual crescera, sua família transformada em cinzas. Se isso acontecesse, tinha certeza de que Miller estaria ali para dizer que a culpa era dele. Não sabia se ainda seria capaz de argumentar.

Enquanto comiam, Holden sentiu a tensão do ambiente se

soltar aos poucos. Amos arrotou alto e reagiu ao coro de protestos repetindo o feito mais alto ainda. Alex contou novamente a piada que fizera Naomi rir. Mesmo Miller entrou no clima e contou uma longa e cada vez mais improvável história sobre uma operação do mercado negro de queijo que terminou em um tiroteio com nove australianos nus em um bordel ilegal. Ao final da história, Naomi ria tanto que babou na camisa, e Amos ficava repetindo "Nem fodendo!" como um mantra.

A história era bem divertida, e o jeito seco do detetive de contá-la combinava bem, mas Holden só ouvia pela metade. Observava sua tripulação, via a tensão saindo de seus rostos e ombros. Amos e ele eram da Terra, embora achasse que Amos esquecera sua terra natal na primeira vez que embarcou. Alex era de Marte e claramente ainda amava seu planeta. Um erro grave de algum lado, e ambos os planetas poderiam virar entulho radioativo até o fim do jantar. Nesse momento, porém, eram só amigos compartilhando uma refeição. Aquilo parecia certo. Era pelo que Holden tinha que continuar lutando.

– Eu me lembro daquela escassez de queijo por todo o Cinturão – Naomi disse quando Miller terminou o relato. – Foi sua culpa?

– Sim, bem, se eles só estivessem passando o queijo sorrateiramente pelos auditores do governo, não haveria problema – Miller explicou. – Mas tinham o hábito de atirar em outros contrabandistas de queijo. Chamou a atenção da polícia. Mau negócio.

– Por causa do maldito *queijo*? – Amos perguntou, jogando o garfo no prato com um ruído seco. – Está falando sério? Quero dizer, drogas, jogo ou algo assim. Mas queijo?

– Jogo é legal na maioria dos lugares – Miller falou. – E um químico que largou o curso pode fazer qualquer droga que você quiser no banheiro. Não há controle de suprimento.

– Queijo de verdade vem da Terra ou de Marte – Naomi acrescentou. – E, depois que acrescentam os custos de envio mais 50% de taxas da Coalizão, chega a custar mais do que pastilhas de combustível.

– Nós acabamos com 130 quilos de Cheddar Vermont no depósito de evidências – Miller contou. – O valor que aquilo teria nas ruas provavelmente compraria uma nave. No fim do dia já tinha desaparecido. Anotamos como perdido por deterioração. Ninguém disse nada, uma vez que todo mundo foi para casa com um pedaço.

O detetive se recostou em sua cadeira com um olhar distante no rosto.

– Meu Deus, era um queijo muito bom – comentou com um sorriso.

– Sim, bem, essa coisa falsa tem gosto de merda – Amos disse, e acrescentou rápido para Naomi: – Sem ofensa, chefe, você fez um bom trabalho batendo a massa. Mas ainda é estranho para mim brigar por queijo.

– Foi por isso que destruíram Eros – Naomi falou.

Miller assentiu, mas não disse nada.

– Por que acha isso? – Amos perguntou.

– Há quanto tempo você voa? – Naomi perguntou.

– Não sei – Amos respondeu, os lábios apertados enquanto fazia a conta mental. – Uns 25, talvez?

– Já voou com muitos cinturinos, certo?

– Sim – Amos falou. – Não há companheiros de tripulação melhores do que os cinturinos. Exceto eu, é claro.

– Você voa conosco há 25 anos, então você, como nós, aprendeu o patoá. Aposto que consegue pedir uma cerveja e uma puta em qualquer estação do Cinturão. Ora, se você fosse um pouco mais alto e muito mais magro, poderia passar por um de nós agora.

Amos sorriu, aceitando aquilo como elogio.

– Mas você ainda não nos entende – Naomi falou. – Não de verdade. Ninguém que cresceu ao ar livre pode entender. E é por isso que eles acham que podem matar um milhão e meio de nós para entender o que aquele vírus faz.

– Ei, espere aí – Alex interrompeu. – Está falando sério? Você acha que interiorano e exteriorano se veem como diferentes?

– É claro que sim – Miller falou. – Somos altos demais, magros demais, nossa cabeça parece grande demais e nossas juntas, muito ossudas.

Holden percebeu que Naomi olhava para ele com uma expressão especulativa. *Gosto da sua cabeça*, Holden pensou, mas a radiação com certeza não lhe dera telepatia, porque a expressão dela não mudou.

– Nós praticamente temos um idioma próprio agora – Miller continuou. – Já viu um terráqueo tentando pedir informações nas partes mais profundas?

– *Tu corre giro, pow, Schlauch tu caminho acima and ido* – Naomi disse com um pesado sotaque cinturino.

– Suba no sentido da rotação até a estação de metrô, que isso o levará de volta para as docas – Amos falou. – O que tem de difícil nisso?

– Eu tive um parceiro que não entendia essa linguagem nem depois de dois anos em Ceres – Miller contou. – E Havelock não era estúpido. Ele só não era... *dali*.

Holden os escutava conversar enquanto empurrava massa fria pelo prato com um pedaço de pão.

– Ok, entendemos – ele disse. – Vocês são estranhos. Mas matar um milhão e meio de pessoas por conta de algumas diferenças de esqueleto e de gírias...

– As pessoas foram jogadas em fornos por muito menos do que isso desde que inventaram os fornos – Miller comentou. – Se isso o faz se sentir melhor, a maioria de nós acha vocês achatados e microcefálicos.

Alex balançou a cabeça.

– Para mim, faz um pingo de sentido soltar aquele vírus, mesmo que você odeie pessoalmente cada indivíduo de Eros. Quem sabe o que aquela coisa fará?

Naomi caminhou até a pia da cozinha e lavou as mãos, e o barulho da água escorrendo chamou a atenção de todos.

– Estive pensando nisso – ela disse, então se virou e secou as mãos em uma toalha. – No objetivo, quero dizer.

Miller começou a falar, mas Holden o calou com um gesto rápido e esperou que Naomi continuasse.

– Estive pensando nisso como em um problema de computação – ela retomou. – Se o vírus, ou nanomáquina ou protomolécula ou o que seja, foi projetado, tinha um propósito, certo?

– Sem dúvida – Holden concordou.

– E parece que está tentando fazer alguma coisa... alguma coisa complexa. Não tem sentido todo esse trabalho só para matar pessoas. Essas mudanças que a coisa faz parecem intencionais, só que... incompletas, para mim.

– Entendo o que quer dizer – Holden disse. Alex e Amos assentiram, mas ficaram em silêncio.

– Então talvez a questão seja que a protomolécula ainda não é inteligente o bastante. Você pode comprimir muitos dados em algo bem pequeno, mas, a menos que seja um computador quântico, o processamento exige espaço. O jeito mais fácil de processar em máquinas pequenas é por meio da distribuição. Talvez a protomolécula não tenha terminado seu trabalho porque não é inteligente o bastante para isso. Ainda.

– Não há o bastante delas – Alex falou.

– Certo – Naomi disse, jogando a toalha de papel em um lixo sob a pia. – Então você dá bastante biomassa para que ela possa trabalhar, e vê qual é o objetivo final dela.

– Segundo o cara no vídeo, o objetivo dela é sequestrar a vida na Terra e nos eliminar – Miller comentou.

– Por isso Eros é perfeita – Holden disse. – Muita biomassa em um tubo de teste selado a vácuo. Se o negócio sair do controle, sempre há uma guerra em andamento. Várias naves e mísseis nucleares podem ser usados para transformar Eros em cacos se a ameaça parecer real. Nada para nos fazer esquecer nossas diferenças como a entrada de um novo jogador na partida.

– Uau – Amos falou. – Isso é muito, muito foda.

– Ok. Mas, ainda que seja isso mesmo o que aconteceu – Holden continuou –, não consigo acreditar que haja tanta gente má em um só lugar para fazer isso. Essa não é uma operação de um homem só. É o trabalho de dezenas, talvez centenas, de pessoas muito espertas. A Protogen sai por aí recrutando todo Stálin e Jack Estripador em potencial que vê pela frente?

– Eu me assegurarei de perguntar isso ao sr. Dresden – Miller disse com uma expressão indecifrável no rosto –, quando enfim nos encontrarmos.

Os anéis habitacionais de Tycho giravam serenos ao redor do inchado globo-fábrica em gravidade zero no centro. Os imensos braços mecânicos de construção que brotavam do topo estavam manipulando enormes peças do casco até a lateral da *Nauvoo*. Ao olhar a estação pelas telas da sala de operações enquanto Alex terminava os procedimentos para atracar, Holden sentiu algo como alívio. Até agora, Tycho era o único lugar onde ninguém tentara atirar neles, explodi-los ou vomitar gosma neles, o que praticamente tornava a estação um lar.

Holden olhou para o cofre de pesquisa preso em segurança no convés e desejou que trazer aquilo não representasse uma sentença de morte para todos na estação.

Como se fosse sua deixa, Miller se empurrou através da escotilha do convés e flutuou até o cofre. Deu um olhar significativo para Holden.

– Não diga nada. Já estou pensando nisso – Holden disse.

Miller deu de ombros e seguiu até a estação de operações.

– Que grande – ele disse, acenando na direção da *Nauvoo* na tela de Holden.

– Uma nave geracional – Holden explicou. – Algo assim nos dará as estrelas.

– Ou uma morte solitária em uma longa viagem para lugar nenhum – Miller replicou.

– Sabe – Holden disse –, a versão de algumas espécies sobre a grande aventura galáctica é atirar projéteis cheios de vírus em seus vizinhos. Acho que a nossa é muito mais nobre em comparação.

Miller pareceu pensar no assunto, assentiu e observou a Estação Tycho crescer no monitor enquanto se aproximavam. O detetive mantinha uma mão no console, fazendo os microajustes necessários para ficar parado mesmo quando as manobras do piloto causavam inesperadas explosões de gravidade neles, vindas de todas as direções. Holden estava preso em sua cadeira. Mesmo concentrado, ele não conseguia lidar tão bem assim com a gravidade zero e os arranques intermitentes. Seu cérebro não podia ser treinado para esquecer os vinte e tantos anos que passara com a gravidade como uma constante.

Naomi estava certa. Era tão fácil ver os cinturinos como alienígenas. Ora, se lhes dessem tempo para desenvolver um estoque e um sistema de reciclagem de oxigênio implantável realmente eficiente, e com isso continuar reduzindo os trajes ambientais ao mínimo necessário para o calor, seria possível encontrar cinturinos que passassem mais tempo fora de suas naves e estações do que dentro.

Talvez por isso sejam taxados no nível da subsistência. O pássaro estava fora da gaiola, mas, se ele pudesse esticar demais as asas, poderia esquecer a quem pertencia.

– Você confia nesse Fred? – Miller perguntou.

– Meio que sim – Holden respondeu. – Ele nos tratou bem da última vez, quando todo o resto do universo nos queria mortos ou presos.

– Ele é da APE, certo?

– Sim – Holden falou. – Mas acho que da APE verdadeira. Não os caubóis que querem duelar com os interioranos. E não aqueles malucos no rádio convocando para a guerra. Fred é político.

– E quanto àqueles que mantêm Ceres na linha?

– Não sei – Holden disse. – Não os conheço. Mas Fred é a nossa melhor cartada. A menos errada.

– Muito bem – Miller cedeu. – Não encontraremos uma solução política para a Protogen, você sabe.

– Sei – Holden respondeu, e começou a soltar o cinto de segurança enquanto a *Roci* deslizava em seu ancoradouro com uma série de batidas metálicas. – Mas Fred não é *só* um político.

Fred estava sentado à sua grande escrivaninha de madeira, lendo as anotações que Holden escrevera sobre Eros, a busca por Julie e a descoberta da nave camuflada. Miller sentou-se diante dele, observando Fred como um entomologista via uma nova espécie de inseto, adivinhando se ele ia ou não picá-lo. Holden estava um pouco mais distante, à direita de Fred, tentando não olhar para o relógio em seu terminal portátil. Na tela imensa atrás da escrivaninha, a *Nauvoo* vagava como os ossos de metal de algum leviatã morto e em decomposição. Holden podia ver os minúsculos pontos brilhantes de luz azul onde os trabalhadores usavam soldas no casco e na estrutura. Para ocupar-se, começou a contá-los.

Chegara a 43 quando uma pequena cápsula de transporte apareceu em seu campo de visão, levando uma carga de vigas de aço em um par de pesados braços mecânicos, então voou na direção da nave geracional parcialmente construída. A cápsula encolheu até virar um ponto não maior do que a ponta de uma caneta, e parou. De repente, na mente de Holden, a *Nauvoo* deixou de ser uma nave relativamente próxima deles para se tornar uma nave muito distante. Aquilo lhe causou uma espécie de vertigem.

Seu terminal portátil soou quase no mesmo instante que o de Miller. Holden nem olhou para ele; só encostou na tela para que o alarme parasse. Já conhecia a rotina. Pegou uma pequena garrafa, tirou duas pílulas azuis dela e as engoliu a seco. Podia ouvir Miller pegando as pílulas da garrafa dele. O sistema médico especialista da nave despedia-se deles toda semana com um aviso de que, se não tomassem os remédios na hora, teriam uma morte horrível. Ele tomou os remédios. Tomaria pelo resto da vida. Perder alguns só significava que esse resto de vida não seria muito longo.

Fred terminou de ler e jogou o terminal portátil na mesa. Então esfregou os olhos com a palma das mãos por vários segundos. Para Holden, ele parecia mais velho do que da última vez em que se viram.

– Tenho que lhe dizer, Jim: não tenho ideia do que fazer com isto – disse, por fim.

Miller olhou para Holden e formou com a boca a palavra *Jim*, com uma interrogação no rosto. Holden o ignorou.

– Você leu o que Naomi acrescentou no final? – Holden perguntou.

– A parte sobre nanovírus em rede para aumentar o poder de processamento?

– Sim, essa parte – Holden falou. – Faz sentido, Fred.

Fred riu sem humor e bateu com um dedo em seu terminal.

– Isso... – começou. – Isso só faz sentido para um psicopata. Ninguém em sã consciência faria uma coisa dessas. Não importa o que acham que podem conseguir com isso.

Miller pigarreou.

– Tem algo a acrescentar, sr. Muller? – Fred perguntou.

– Miller – o detetive o corrigiu. – Sim. Primeiro, e com todo o respeito, não se engane. Genocídio é coisa da velha guarda. Segundo, os fatos não estão em questão. A Protogen infectou a estação de Eros com uma doença alienígena letal, e estão gravando os resultados. O motivo não importa. Precisamos detê-los.

– E – Holden completou – achamos que podemos rastrear a estação de observação deles.

Fred recostou-se na cadeira, o que fez o couro falso e a estrutura de metal rangerem sob seu peso mesmo em 0,33 g.

– Detê-los como? – ele perguntou. Fred sabia. Só queria ouvir alguém dizer em voz alta. Miller entrou no jogo.

– Eu diria que nós devemos voar até a estação e atirar neles.

– Quem é "nós"? – Fred perguntou.

– Há um monte de cabeças quentes da APE querendo atirar na Terra ou em Marte – Holden comentou. – Em vez disso, vamos dar uns caras malvados de verdade em quem podem atirar.

Fred assentiu de um jeito que não significava que tivesse concordado com alguma coisa.

– E sua amostra? O cofre do capitão? – Fred perguntou.

– Isso é meu – Holden respondeu. – Sem negociações a esse respeito.

Fred riu de novo, embora houvesse certo humor desta vez. Miller pestanejou, surpreso, e escondeu um sorriso.

– Por que eu concordaria com isso? – Fred questionou.

Holden ergueu o queixo e sorriu.

– E se eu dissesse para você que escondi o cofre em um planetesimal cheio de armadilhas, com plutônio suficiente para arrebentar qualquer um que toque em seus átomos componentes mesmo se conseguissem encontrá-lo? – ele falou.

Fred o encarou por um momento.

– Mas você não fez isso.

– Bem, não – Holden confessou. – Mas eu poderia dizer a você que fiz.

– Você é honesto demais – Fred comentou.

– E você não pode confiar em ninguém além de mim com algo dessa importância. Já sabe o que pretendo fazer com o cofre. É por isso que, até que possamos concordar com algo melhor, você vai deixá-lo comigo.

Fred assentiu.

– Sim, acho que vou.

38

MILLER

O convés de observação estava virado para a *Nauvoo*, enquanto a gigante era montada lentamente. Miller sentava-se na beira de um sofá macio, os dedos cruzados sobre os joelhos, e contemplava a imensa vista da construção. Depois do tempo na nave de Holden e, antes disso, em Eros, com o velho estilo de arquitetura fechada, uma vista tão ampla parecia artificial. O convés em si era mais largo do que a *Rocinante* e decorado com samambaias suaves e heras esculpidas. Os recicladores de ar eram estranhos de tão silenciosos, e, embora a gravidade da rotação fosse quase a mesma de Ceres, o efeito Coriolis parecia sutilmente errado.

Ele passara a vida toda no Cinturão e nunca estivera em nenhum lugar que fosse projetado com tanto cuidado para a demonstração elegante de riqueza e poder. Era agradável desde que não pensasse muito no assunto.

Ele não era o único atraído pelos espaços abertos de Tycho. Algumas dezenas de trabalhadores da estação sentavam-se em grupos ou caminhavam juntos. Uma hora antes, Amos e Alex tinham passado por lá, absortos na própria conversa, então ele não ficou inteiramente surpreso quando, ao se levantar e caminhar de volta para as docas, viu Naomi sozinha com uma tigela de comida esfriando em uma bandeja ao seu lado. Seu olhar estava fixo em seu terminal portátil.

– Oi – ele cumprimentou.

Naomi levantou os olhos, reconheceu-o e sorriu distraída.

– Oi – ela respondeu.

Miller acenou com a cabeça na direção do terminal portátil e sinalizou uma questão.

– Dados de comunicação daquela nave – ela disse. Era sempre *aquela nave*, ele notou. Do mesmo jeito que as pessoas chamavam uma cena de crime particularmente horrenda de *aquele lugar*. – Está tudo em feixe estreito, então pensei que não seria tão difícil triangular. Mas...

– Não foi bem assim?

Naomi ergueu as sobrancelhas e suspirou.

– Estive traçando órbitas – ela disse. – Nada se encaixa. Talvez houvesse drones de retransmissão, no entanto. Alvos móveis que o sistema da nave calibrou para enviar a mensagem para a estação atual. Ou outro drone, e então outra estação, ou quem sabe?

– Algum dado saindo de Eros?

– Suponho que sim – Naomi falou –, mas não sei se seria mais fácil de entender do que isto.

– Seus amigos da APE não podem fazer alguma coisa? – Miller perguntou. – Eles têm mais poder de processamento do que um desses terminais portáteis. Provavelmente têm um mapa melhor de atividade do Cinturão também.

– Provavelmente – ela disse.

Ele não sabia dizer se ela não confiava no tal de Fred para quem Holden os entregara ou se só precisava sentir que a investigação ainda era dela. Pensou em lhe dizer para deixar aquilo de lado por um tempo, para deixar outros cuidarem disso, mas não achava que tinha autoridade moral para cutucá-la daquele jeito.

– O que foi? – Naomi perguntou com um sorriso incerto nos lábios.

Miller pestanejou.

– Você estava meio que rindo – Naomi explicou. – Não acho que já o vi rir antes. Quero dizer, não quando algo era engraçado.

– Estava apenas pensando em algo que um parceiro me disse sobre deixar casos para lá quando você era tirado deles.

– O que ele disse?

– Era como dar meia cagada – Miller falou.

– Tem jeito com as palavras, esse aí.

– Ele era bacana para um terráqueo – Miller disse, e algo cutucou o fundo de sua mente. Logo depois: – Ah, Deus. Pode ser que eu tenha algo.

• • •

Havelock o encontrou em um site criptografado hospedado em um cluster de servidores em Ganimedes. A latência os impedia de ter algo parecido com uma conversa em tempo real. Era mais como trocar anotações, mas foi o suficiente. A espera deixava Miller ansioso. Sentou-se com seu terminal ajustado para atualizar a cada três segundos.

– Gostaria de mais alguma coisa? – a mulher perguntou. – Outro bourbon?

– Seria ótimo – Miller respondeu e conferiu para ver se Havelock já respondera. Ainda não.

Como o convés de observação, o bar tinha vista para a *Nauvoo*, embora de um ângulo levemente diferente. A grande nave parecia ter a proa mais curta, e arcos de energia iluminavam onde uma camada de cerâmica fora recozida. Um bando de fanáticos religiosos pretendia embarcar naquela nave imensa, naquele pequeno mundo autossustentável, e lançar-se na escuridão entre as estrelas. Gerações viveriam e morreriam naquele transporte; se, no fim da jornada, fossem alucinadamente sortudos de encontrar um planeta no qual valesse a pena viver, as pessoas que estariam ali nunca teriam conhecido a Terra, Marte ou o Cinturão. Já seriam alienígenas. E se fossem recebidos pelo que quer que tenha produzido a protomolécula? O que aconteceria?

Todos morreriam como Julie morreu?

Havia vida lá fora. Tinham prova disso agora. E a prova vinha na forma de uma arma. O que isso lhes dizia? Exceto que talvez os mórmons mereciam uma pequena advertência sobre o que estavam reservando para seus bisnetos.

Riu sozinho quando percebeu que era exatamente o que Holden diria.

O bourbon chegou no mesmo momento em que seu terminal portátil soou. O arquivo de vídeo tinha uma criptografia em camadas que levou quase um minuto para ser descompactada. Aquele fato sozinho era um bom sinal.

O arquivo abriu, e Havelock sorriu para a tela. Estava em melhor forma do que em Ceres, evidenciado pelo formato de sua mandíbula. Sua pele estava mais escura, mas Miller não sabia se era cosmético ou se seu antigo parceiro estivera desfrutando da falsa luz solar por puro deleite. Não importava. Fazia o terráqueo parecer abastado e saudável.

– Ei, cara – Havelock falou. – Bom ter notícias suas. Depois do que aconteceu com Shaddid e a APE, eu tinha medo de que estivéssemos em lados opostos agora. Estou contente que tenha se mandado antes que a merda atingisse o ventilador. Sim, ainda estou com a Protogen, e tenho que dizer para você: esses caras são meio assustadores. Quero dizer, já trabalhei em contratos de segurança antes e sei bem quando alguém é extremista. Esses caras não são policiais, são tropas. Entende o que quero dizer? Oficialmente, não sei nada sobre uma estação no Cinturão, mas sabe como é. Sou da Terra. Tem um monte desses caras que me enchem o saco sobre Ceres. Que eu trabalhava com os cabeças de vácuo. Esse tipo de bobagem. Mas, do jeito que as coisas são aqui, é melhor ficar de bem com os caras maus. É esse o tipo de trabalho.

Havia um pedido de desculpas em sua expressão. Miller entendia. Trabalhar em algumas corporações era como ir para a prisão. Você adotava os pontos de vista das pessoas ao seu redor. Um cinturino poderia ser contratado, mas jamais seria parte do grupo. Como em Ceres, só que apontado na outra direção. Se Havelock tinha que fazer amizade com um grupo de mercenários dos planetas interiores que passavam as noites chutando cinturinos para fora de bares, então era o que ele devia fazer.

Mas fazer amigos não significava que fosse um deles.

– Agora, extraoficialmente: sim, há uma estação de operação secreta no Cinturão. Não sei se chama Tot, mas pode ser. Algum tipo de laboratório de pesquisa e desenvolvimento bem assustador. Equipe de ciência de ponta, mas não é um lugar grande. Acho que *discreta* seria a palavra. Muitas defesas automatizadas, sem uma equipe de solo maciça. Não preciso nem dizer que vazar as coordenadas significa um pé na minha bunda. Então limpe o arquivo quando acabar, e não vamos nos falar de novo por muito, muito tempo.

O arquivo de dados era pequeno: três linhas de texto simples de notações orbitais. Miller salvou o arquivo em seu terminal portátil e o apagou do servidor em Ganimedes. O bourbon ainda estava ali ao lado, e ele o bebeu com um gole só. O calor em seu peito podia ser resultado do álcool ou da vitória.

Ele ligou a câmera do terminal portátil.

– Obrigado. Fico devendo uma. Aqui vai parte do pagamento. O que aconteceu em Eros? Protogen foi parte daquilo, e parte importante. Se tiver a chance de encerrar o contrato com eles, faça isso. E, se tentarem enviá-lo para a estação de operações secretas, não vá.

Miller franziu o cenho. A triste verdade era que Havelock provavelmente fora o último parceiro de verdade que tivera. O único que o encarava de igual para igual. O tipo de detetive que Miller se imaginava ser.

– Cuide-se, parceiro – ele disse antes de encerrar o arquivo, criptografá-lo e enviá-lo. Tinha uma sensação no fundo da alma de que nunca mais falaria com Havelock.

Miller fez um pedido de conexão com Holden. A tela se encheu com o rosto aberto, charmoso e vagamente inocente do capitão.

– Miller. Tudo certo? – Holden cumprimentou.

– Sim, ótimo. Mas preciso falar com seu amigo Fred. Pode arranjar isso?

Holden franziu o cenho ao mesmo tempo que assentiu.

– Claro. O que foi?

– Sei onde fica a Estação Tot – Miller contou.

– O quê?!

Miller assentiu.

– Onde diabos conseguiu esse dado?

Miller sorriu.

– Se eu lhe der essa informação e ela vazar, um bom homem será morto – o ex-detetive falou. – Vê como funciona?

O pensamento atingiu Miller enquanto ele, Holden e Naomi esperavam por Fred: conhecia uma enorme quantidade de tipos dos planetas interiores que lutavam contra os planetas interiores. Ou, pelo menos, que não lutavam a favor dos planetas interiores. Fred, em tese um membro de alta patente da APE. Havelock. Três quartos da tripulação da *Rocinante*. Juliette Mao.

Não era o que ele teria esperado. Mas talvez isso fosse uma visão limitada da coisa. Ele via a situação do mesmo modo que Shaddid e a Protogen. Havia dois lados lutando – isso era verdade –, mas não eram os planetas interiores contra o Cinturão; eram pessoas que achavam uma boa ideia matar aqueles que pareciam ou agiam de modo diferente contra pessoas que não achavam isso.

Ou talvez essa fosse uma análise tosca também. Porque, se tivesse a chance de colocar os cientistas da Protogen, o Conselho de diretores e quem quer que fosse esse pedaço de estrume do Dresden dentro de uma câmara de descompressão, Miller sabia que agonizaria sobre isso por talvez meio segundo antes de arremessar todos eles no vácuo. Não se colocava do lado dos anjos.

– Sr. Miller. Em que posso ajudá-lo?

Fred. O terráqueo da APE. Ele usava uma camisa azul e uma bela calça. Poderia ter sido arquiteto ou um administrador de médio escalão em uma série de corporações boas e respeitáveis. Miller tentou imaginá-lo coordenando uma batalha.

– Se você me convencer de que realmente tem o que é preciso para destruir a estação da Protogen, conto onde ela está – Miller falou.

As sobrancelhas de Fred se ergueram um milímetro.

– Venham ao meu escritório – Fred disse.

Miller o seguiu. Holden e Naomi foram atrás. Quando as portas se fecharam atrás deles, Fred foi o primeiro a falar.

– Não tenho muita certeza do que você quer de mim. Não tenho costume de tornar meus planos de batalha de conhecimento público.

– Estamos falando sobre invadir uma estação – Miller respondeu. – Algo com defesas muito boas e talvez mais naves como aquela que destruiu a *Canterbury*. Não pretendo desrespeitá-lo, mas é uma tarefa bem difícil para um bando de amadores como a APE.

– Ei, Miller? – Holden falou. O ex-detetive levantou uma mão, interrompendo-o.

– Posso lhe dar a localização da Estação Tot – Miller continuou. – Mas, se eu fizer isso e você não tiver a pegada para levar até o fim, então um monte de gente morre e nada se resolve. Não estou a fim disso.

Fred inclinou a cabeça, como um cão que ouve um som desconhecido. Naomi e Holden trocaram um olhar que Miller não conseguiu analisar.

– Isto é uma guerra – Miller disse, entusiasmando-se com o assunto. – Eu trabalhei com a APE antes e, francamente, vocês são muito melhores naquela merda de guerrilha localizada do que em coordenar uma coisa de verdade. Metade das pessoas que afirma falar por vocês são malucos que por acaso têm um rádio por perto. Vejo que vocês têm bastante dinheiro. Vejo que você tem um belo escritório. O que não vejo, o que preciso ver, é que você tem o necessário para acabar com esses cretinos. Tomar uma estação não é um jogo. Não me importa quantas simulações vocês fizeram. Isto agora é de verdade. Se vou ajudá-lo, preciso saber se pode lidar com isso.

Houve um longo silêncio.

– Miller? – Naomi falou. – Você sabe quem o Fred é, certo?

– O porta-voz da APE em Tycho – Miller disse. – Isso não quer dizer muita coisa para mim.

– Ele é Fred *Johnson* – Holden falou.

As sobrancelhas de Fred se ergueram outro milímetro. Miller franziu o cenho e cruzou os braços.

– Coronel Frederick Lucius Johnson – Naomi esclareceu.

Miller pestanejou.

– O Carniceiro da Estação Anderson? – ele perguntou.

– O próprio – Fred disse. – Estive falando com o Conselho central da APE. Tenho uma nave cargueiro com tropas mais do que suficientes para tomar a estação. O apoio aéreo é um bombardeiro de torpedo marciano de última geração.

– A *Roci*? – Miller perguntou.

– A *Rocinante* – Fred concordou. – Embora você possa não acreditar, eu realmente sei o que estou fazendo.

Miller olhou para os próprios pés, depois para Holden.

– *Aquele* Fred Johnson? – perguntou.

– Achei que você soubesse – Holden respondeu.

– Bem. Não sabia. Me sinto como o último dos idiotas – Miller comentou.

– Vai passar – Fred falou. – Mais alguma coisa que gostaria de exigir?

– Não – Miller disse. Porém mudou de ideia. – Sim. Quero ser parte do ataque de solo. Quando pegarmos a equipe da estação, quero estar lá.

– Tem certeza? – Fred perguntou. – "Tomar uma estação não é um jogo." O que faz você pensar que tem o que é necessário?

Miller deu de ombros.

– Uma coisa que é necessária são as coordenadas – Miller comentou. – E sou eu quem as tem.

Fred riu.

– Sr. Miller, se deseja ir até aquela estação e encarar o que quer que esteja esperando para matar você junto com o restante de nós, não ficarei em seu caminho.

– Obrigado – Miller agradeceu. Pegou seu terminal portátil e enviou o arquivo de texto com as coordenadas para Fred. – Aí estão.

Minha fonte é sólida, mas não está trabalhando com dados de fonte primária. Devemos confirmar antes de nos comprometermos.

— Não sou um amador — o coronel Fred Johnson respondeu, olhando o arquivo.

Miller assentiu, arrumou seu chapéu e saiu da sala. Naomi e Holden foram em seguida. Quando chegaram ao corredor público, amplo e limpo, Miller olhou para a direita e encontrou os olhos de Holden.

— De verdade, achei que você soubesse — Holden disse.

Oito dias depois, a mensagem chegou. A nave cargueiro *Guy Molinari* chegara, cheia de soldados da APE. As coordenadas de Havelock foram verificadas. Certamente havia algo lá, que parecia coletar os dados em feixe estreito emitidos de Eros. Se Miller queria fazer parte disso, era hora de se mexer.

Ele se sentou em seu alojamento na *Rocinante* pela que provavelmente seria a última vez. Percebeu, com uma pequena pontada tanto de surpresa como de lamento, que sentiria falta daquele lugar. Holden, apesar de todos os seus defeitos e reclamações de Miller, era um cara decente. Sem noção e só meio ciente disso, mas Miller podia pensar em mais de uma pessoa que se encaixava nesse perfil. Sentiria falta do sotaque estranho e afetado de Alex, e da obscenidade casual de Amos. Iria se perguntar se e como Naomi acertaria as pontas com seu capitão.

Partir era um lembrete de coisas que ele já sabia: que ele não tinha certeza do que viria a seguir, que não tinha muito dinheiro e que, embora estivesse certo de poder voltar da Estação Tot, onde iria e como partiria de lá seria um improviso. Talvez houvesse outra nave na qual pudesse trabalhar. Talvez conseguisse um contrato e economizasse algum dinheiro para cobrir suas novas despesas médicas.

Ele conferiu o pente de sua arma. Empacotou suas poucas roupas na pequena mochila que trouxera no transporte de Ceres. Tudo o que possuía ainda cabia ali.

Desligou as luzes e seguiu pelo pequeno corredor na direção da escadaria-elevador. Holden estava na cozinha, contraindo-se nervoso. O pavor da batalha que se aproximava já era visível no canto dos olhos do homem.

– Bem – Miller disse –, aqui vamos nós, hein?

– Pois é – Holden respondeu.

– Foi uma viagem dos diabos – Miller comentou. – Não posso dizer que foi 100% agradável, mas...

– Pois é.

– Diga para os demais que eu disse adeus – Miller pediu.

– Farei isso – Holden respondeu. Quando Miller passou por ele na direção do elevador, o capitão completou: – Se sobrevivermos a isto, onde nos encontramos?

Miller se virou.

– Não entendi.

– Sei que não. Olhe, confio em Fred ou não estaria aqui. Acho que ele é honrado e fará a coisa certa por nós. Isso não significa que eu confie na APE como um todo. Depois que essa coisa acabar, quero toda a tripulação junta de novo. Só para o caso de precisarmos sair correndo.

Algo doloroso aconteceu sob o esterno de Miller. Não uma dor aguda, só uma dor súbita. Sua garganta ficou embargada. Ele tossiu para limpá-la.

– Assim que garantirmos a tomada da estação, entro em contato – Miller respondeu.

– Ok, mas não demore muito. Se a Estação Tot tiver um bordel em funcionamento, precisarei de ajuda para arrastar Amos de lá.

Miller abriu a boca, fechou-a, e tentou novamente.

– Pode deixar, capitão – disse, forçando descontração na voz.

– Tome cuidado – Holden recomendou.

Miller partiu, parando na passagem entre a nave e a estação até ter certeza de que já não chorava mais, e então seguiu para a nave cargueiro e para o ataque.

39

HOLDEN

A *Rocinante* deslocava-se pelo espaço como uma coisa morta, chacoalhando em seus três eixos. Com o reator desligado e todo o ar da cabine exalado, ela não irradiava calor nem ruído eletromagnético. Se a velocidade em direção à Estação Tot não fosse significativamente mais rápida do que o tiro de um fuzil, a nave seria indistinguível das rochas do Cinturão. Quase meio milhão de quilômetros atrás, a *Guy Molinari* gritava a inocência da *Roci* para qualquer um que quisesse ouvir e disparava seus motores em uma desaceleração longa e lenta.

Com o rádio desligado, Holden não podia ouvir o que a outra nave estava emitindo, mas ele ajudara a escrever o aviso, então o texto ecoava em sua cabeça do mesmo jeito. *Aviso! Uma detonação acidental na nave cargueiro* Guy Molinari *rompeu um grande contêiner de carga. Aviso para todas as naves no caminho: o contêiner está viajando em alta velocidade, sem controle independente. Aviso!*

Houve certa discussão sobre não transmitir nada. Como Tot era secreta, a segurança local usava apenas sensores passivos. Perscrutar todas as direções com radares ou sensores laser deixaria a estação visível como uma árvore de Natal. Era possível que, com o reator desligado, a *Rocinante* pudesse se esgueirar até a estação de forma despercebida. Mas Fred considerou que, se fossem localizados de alguma maneira, seria suspeito o bastante para quase garantir um contra-ataque imediato. Então, em vez de ir em silêncio, decidiram ir com muito barulho e contar com a ajuda da confusão.

Com sorte, os sistemas de segurança da Estação Tot os encontrariam e veriam que eram de fato um grande pedaço de metal voando em vetor imutável e sem suporte de vida aparente, e os ignorariam de modo que conseguissem se aproximar. De longe, os sistemas de defesa da estação poderiam ser demais para a *Roci*. De perto, porém, a pequena nave manobrável poderia disparar por toda a estação e cortá-la em pedaços. Tudo o que a narrativa que inventaram precisava fazer era ganhar tempo enquanto as equipes de segurança da estação tentavam descobrir o que estava acontecendo.

Fred e, por extensão, todo mundo na missão apostavam que a estação não abriria fogo até ter absoluta certeza de que estava sob ataque. A Protogen tivera muito problema para esconder seu laboratório de pesquisa no Cinturão. Assim que disparasse o primeiro míssil, seu anonimato estaria perdido para sempre. Com a guerra em andamento, os monitores captariam as trilhas das tochas de fusão e se perguntariam o que estava acontecendo. Disparar uma arma seria o último recurso da Estação Tot.

Teoricamente.

Sentado sozinho na minúscula bolha de ar contida em seu capacete, Holden sabia que, se estivessem errados, ele nunca chegaria a perceber. A *Roci* voava às cegas. Todo contato por rádio estava cortado. Alex tinha um relógio mecânico com uma face que brilhava no escuro e um cronograma memorizado segundo a segundo. Não podiam vencer Tot em alta tecnologia, então voavam com a menor tecnologia possível. Se errassem o palpite e a estação atirasse neles, a *Roci* seria vaporizada sem aviso. Certa vez, Holden saíra com uma budista que dizia que a morte era nada mais que um estado diferente do ser, e o que as pessoas temiam era o desconhecido por trás dessa transição. A morte sem aviso era preferível, pois removia todo o medo.

Ele sentia que agora estava contra-argumentando.

Para manter a mente ocupada, Holden repassou o plano mais uma vez. Quando estivessem perto o bastante para praticamente cuspir na Estação Tot, Alex ligaria o reator e faria uma manobra de frenagem em quase 10 *g*. A *Guy Molinari* começaria a espalhar estática de rádio e laser desorganizado para a estação, a fim de confundir o sistema de alvo pelos poucos momentos que a *Roci* precisaria para iniciar um vetor de ataque. A *Roci* se ocuparia das defesas da estação, desabilitando qualquer coisa que pudesse acertar a

Molinari, enquanto a nave cargueiro se moveria para romper a cobertura da estação e liberar as tropas de ataque.

Havia vários furos nesse plano.

Se a estação decidisse atirar mais cedo, só por acaso, a *Roci* poderia ser destruída antes que a luta começasse. Se o sistema de alvo da estação conseguisse bloquear a estática e o laser desorganizado da *Molinari*, a estação poderia começar a atirar antes que a *Roci* estivesse em posição. Mesmo se tudo funcionasse perfeitamente, ainda havia a equipe de assalto, que abriria caminho dentro da estação e lutaria corredor por corredor até o centro nervoso para assumir o controle. Até os melhores fuzileiros dos planetas interiores odiavam ações de invasão, e tinham motivo para isso. Mover-se por corredores de metal desconhecidos, sem cobertura, enquanto o inimigo os emboscava em cada cruzamento, era uma boa maneira de um monte de gente morrer. Em simulações de treinamento, quando estava na Marinha das Nações Unidas, Holden nunca vira fuzileiros conseguirem um resultado melhor do que 60% de baixas. E esses fuzileiros agora não eram dos planetas interiores com anos de treinamento e equipamentos de última geração; eram caubóis da APE com equipamentos que conseguiram reunir de última hora.

Mas nem aquilo era o que realmente preocupava Holden.

O que o preocupava de verdade era a área grande e levemente mais quente que o espaço que ficava poucas dezenas de metros acima da Estação Tot. A *Molinari* a localizara e os advertira, antes de cortar a comunicação. Como já tinham visto naves camufladas antes, todos na *Roci* sabiam o que era aquilo.

Atacar Tot já era ruim o bastante, mesmo de perto, onde a estação perdia a maior parte das vantagens que tinha. Por isso, Holden não estava nem um pouco ansioso de ter também que se esquivar de torpedos de uma fragata de mísseis. Alex lhe assegurara que, se chegassem perto o bastante da estação, poderiam impedir que a fragata atirasse neles por medo de danificar Tot, e que a melhor manobrabilidade da *Roci* seria mais do que páreo para a nave maior e mais bem armada. As fragatas camufladas eram uma arma estratégica, ele dissera, não uma arma tática. Holden pensou: *Então por que eles têm uma ali?*, mas preferiu não perguntar.

O capitão mexeu-se para olhar o pulso, então bufou de frustração no meio da escuridão que era o convés de operação. Seu traje estava desligado, tanto cronômetros como luzes. O único sistema em funcionamento era o circulador de ar, e era estritamente mecânico. Se algo desse defeito, ele não veria as luzinhas de aviso; apenas sufocaria e morreria.

Olhou ao redor da sala escura e perguntou:

– E aí, quanto tempo mais?

Como se fosse uma resposta, luzes começaram a cintilar na cabine. Houve uma explosão de estática em seu capacete; então ouviu a voz arrastada de Alex:

– Comunicação interna ligada.

Holden começou a ligar os interruptores para trazer de volta o restante dos sistemas.

– Reator – ele disse.

– Dois minutos – Amos respondeu da sala de máquinas.

– Computador central.

– Trinta segundos para reiniciar – Naomi disse, e acenou para ele do outro lado do convés de operações. As luzes eram suficientes para que vissem um ao outro.

– Armas?

Alex riu de um jeito que parecia alegria genuína pelo comunicador.

– As armas estão quase ajustadas – ele disse. – Assim que Naomi me der o computador de mira, estaremos mais do que prontos para a ação.

Ouvir todos a postos depois da longa e silenciosa escuridão o acalmou. Ser capaz de olhar para o outro lado da sala e ver

Naomi concentrada em suas tarefas aliviou um pavor que ele nem percebera sentir.

– A mira deve estar ativa agora – Naomi disse.

– Entendido – Alex respondeu. – Telescópios ativos. Radar ativo. Sensores laser ativos... Merda, Naomi, está vendo isso?

– Sim – Naomi confirmou. – Capitão, estamos captando a assinatura do motor da nave camuflada. Estão se ativando também.

– Esperávamos isso – Holden falou. – Todos continuem no plano.

– Um minuto – Amos disse.

Holden ligou seu console e acessou o painel tático. No telescópio, a Estação Tot se transformava em um círculo lento enquanto o ponto levemente mais quente sobre ela ficava quente o bastante para delinear um esboço de casco.

– Alex, aquilo não se parece com a última fragata que vimos – Holden comentou. – A *Roci* já reconheceu a nave?

– Ainda não, capitão, mas está trabalhando nisso.

– Trinta segundos – Amos falou.

– Estou recebendo emissões dos sensores laser da estação – Naomi disse. – Vibrações da transmissão.

Holden assistiu em sua tela enquanto Naomi tentava parear o comprimento de onda que a estação usava para localizá-los, e começou a emitir um sinal para a estação com a matriz de comunicação deles, para confundir os retornos.

– Quinze segundos – Amos falou.

– Ok, cinto de segurança, crianças – Alex disse. – Aí vem o suco.

Mesmo antes que Alex terminasse de falar, Holden sentiu uma dúzia de alfinetadas enquanto sua cadeira bombeava as drogas para mantê-lo vivo durante a desaceleração que se aproximava. Sua pele ficou rígida e quente, suas bolas se encolheram para dentro de seu corpo. Alex parecia falar em câmera lenta.

– Cinco... quatro... três... dois...

Ele nunca disse *um*. O motor da *Roci* pisava nos freios a 10 *g*, e mil quilos despencaram no peito de Holden e rugiram como um gigante rindo. Holden achou que podia mesmo sentir seus pulmões raspando o interior da caixa torácica enquanto seu peito fazia o possível para entrar em colapso. Mas a cadeira o puxou de volta em um abraço suave, cheio de gel, e as drogas mantiveram seu coração e seu cérebro funcionando. Ele não apagou. Estaria bem desperto e lúcido para o caso de a manobra em alta gravidade o matar.

Seu capacete se encheu com o som de murmúrios e respirações difíceis, e só alguns deles eram seus. Amos conseguiu soltar meio xingamento antes que sua mandíbula se fechasse. Holden não conseguia ouvir a *Roci* estremecer com o esforço da mudança de curso, mas conseguia sentir a vibração no assento. Era uma nave durona. Mais durona do que qualquer um deles. Estariam todos mortos antes que a nave estivesse sobre *g* suficiente para ser danificada.

Quando o alívio chegou, veio tão de repente que Holden quase vomitou. As drogas em seu sistema impediram isso. Ele respirou fundo e a cartilagem de seu esterno estalou dolorosamente quando voltou ao lugar.

– Check-in – ele murmurou. Sua mandíbula doía.

– Matriz de comunicação na mira – Alex respondeu de imediato. As matrizes de comunicação e de mira da Estação Tot eram os primeiros itens na prioridade de alvos.

– Tudo verde – Amos disse do convés de baixo.

– Senhor – Naomi falou com uma advertência na voz.

– Merda, eu já vi – Alex disse.

Holden pediu que seu console espelhasse o de Naomi para poder ver o que ela olhava. Na tela dela, a *Roci* descobrira por que não conseguia identificar a nave camuflada.

Eram duas naves, e não uma fragata de mísseis grande e desajeitada da qual poderiam desviar e destruir a curta distância. Não, isso teria sido fácil demais. Aquelas eram duas naves muito menores, paradas bem perto uma da outra para enganar os sensores inimigos. E agora ambas ligavam seus motores e se separavam.

Ok, Holden pensou. *Novo plano.*

– Alex, chame a atenção delas – ele disse. – Elas não podem ir atrás da *Molinari*.

– Entendido – Alex respondeu. – Vou fazer um disparo.

Holden sentiu a *Roci* estremecer quando Alex lançou um torpedo em uma das naves. As naves menores rapidamente mudaram de velocidade e direção, e o torpedo foi disparado às pressas e em ângulo ruim. Não acertaria um alvo, mas agora a *Roci* estaria na mira de todos como uma ameaça. Então tivera algum êxito.

As duas naves dispararam em direções opostas em velocidade máxima, espalhando interferências e vibração de laser para trás enquanto se afastavam. O torpedo vacilou em sua trajetória e foi embora em uma direção aleatória.

– Naomi, Alex, alguma ideia do que estamos encarando aqui? – Holden perguntou.

– A *Roci* ainda não as reconheceu, senhor – Naomi respondeu.

– Elas têm um novo projeto de casco – Alex falou junto com ela. – Voam como interceptores rápidos. Acho que um ou dois torpedos dentro de cada, e uma metralhadora carregada.

Mais rápidos e mais manobráveis do que a *Roci*, mas só eram capazes de atirar em uma direção.

– Alex, dê a volta para... – A ordem de Holden foi interrompida quando a *Rocinante* estremeceu e foi jogada de lado, arremessando o capitão de encontro ao cinto de segurança com uma força capaz de quebrar suas costelas.

– Fomos atingidos! – Amos e Alex gritaram ao mesmo tempo.

– A estação atirou em nós com algum tipo pesado de canhão de Gauss – Naomi comentou.

– Danos – Holden pediu.

– Atravessou direto, capitão – Amos disse. – Pegou a cozinha e a casa de máquinas. As luzes de emergência amarelas acenderam, nada que vá nos matar.

Nada que vá nos matar era uma coisa boa, mas Holden sentiu uma pontada de tristeza por sua cafeteira.

– Alex – Holden chamou. – Esqueça as naves pequenas e destrua aquela matriz de comunicação.

– Entendido! – Alex mudou o curso e manobrou a *Roci* para o lado, para mirar seu torpedo na estação.

– Naomi, assim que o primeiro daqueles combatentes se posicionar para o ataque, jogue o laser comunicador bem na cara, com força total, e comece a enviar interferências.

– Sim, senhor – ela respondeu. Talvez o laser fosse suficiente para atrapalhar os sistemas de mira deles por alguns segundos.

– A estação está abrindo os sistemas de proteção – Alex comentou. – Vai ser uma rajada.

Holden parou de espelhar a tela de Naomi para ver a de Alex. Seu painel se encheu com milhares de bolas de luz que se moviam rapidamente, com a Estação Tot girando no fundo. O computador de ameaça da *Roci* delineava o ponto de entrada do disparo do canhão de defesa com luzes brilhantes no display do visor de Alex. Movia-se impossivelmente rápido, mas, com uma sobreposição brilhante do sistema a cada rodada, pelo menos o piloto podia ver de onde o fogo vinha e em que direção viajava. Alex reagia à informação de ameaça com habilidade consumada, desviando dos disparos com movimentos rápidos, quase aleatórios, que obrigavam a mira automática dos canhões de defesa a se ajustarem a todo instante.

Para Holden, aquilo parecia um jogo. Bolhas de luz incrivelmente rápidas voavam da estação espacial em correntes, como colares de pérola compridos e finos. A nave movia-se sem parar; encontrava espaços entre os fios e desviava para uma nova brecha antes que os raios pudessem reagir e atingi-la. Mas Holden sabia o que cada bolha de luz representava: um pedaço de aço-tungstênio recoberto de Teflon com um núcleo de urânio empobrecido viajando a milhares de metros por segundo. Se Alex perdesse o jogo, eles saberiam no momento em que a *Rocinante* fosse feita em pedaços.

Holden quase morreu de susto quando Amos falou:

– Merda, capitão. Temos um vazamento em algum lugar. Três mostradores de propulsores de manobra estão perdendo pressão de água. Vou remendar.

– Entendido, Amos. Seja rápido – Holden pediu.

– Arrume tudo aí embaixo, Amos – Naomi disse.

Amos só bufou.

Em seu console, Holden observava a Estação Tot ficar cada vez maior no telescópio. Em algum lugar atrás deles, as duas naves de combate provavelmente se aproximavam. Esse pensamento fez a nuca de Holden se arrepiar, mas ele tentou manter o foco. A *Roci* não tinha torpedos suficientes para Alex disparar em sequência na estação àquela distância e esperar que um deles atravessasse a linha de defesa. Alex tinha que levá-los para mais perto, de modo que os canhões não pudessem abater os torpedos.

Um destaque azul apareceu no display do visor, cercando uma parte do núcleo central da estação. A porção iluminada se expandiu em uma subtela menor. Holden podia ver os pratos e as antenas que compunham a matriz de comunicação e mira.

– Vou disparar outro – Alex disse, e a *Roci* vibrou quando o segundo torpedo foi disparado.

Preso ao cinto de segurança, Holden sacudiu com violência na cadeira, e foi jogado de volta ao assento quando Alex conduziu a *Roci* em uma série de manobras súbitas e então acelerou para escapar do último disparo do canhão de defesa. Holden viu em sua tela o ponto vermelho do míssil deles disparar em direção à estação e acertar a matriz de comunicação. Um clarão tomou conta de sua tela por um segundo e desapareceu. Quase imediatamente, o fogo do canhão de defesa parou.

– Bom trab... – Holden foi interrompido pelo grito de Naomi:

– Acabamos com o primeiro maldito! Agora faltam as duas naves!

Holden voltou a espelhar a tela dela e viu o sistema de ameaça rastreando as duas naves combatentes e dois objetos muito menores e muito mais rápidos que se moviam na direção da *Roci* em rota de colisão.

– Alex! – Holden exclamou.

– Já vi, chefe. Modo defensivo.

Holden recostou-se em sua cadeira com um baque enquanto Alex abusava da velocidade. O barulho constante do motor parecia gaguejar, e Holden percebeu que estava sentindo os disparos constantes dos canhões de defesa da *Roci* enquanto tentavam abater os mísseis que os perseguiam.

– Que merda – Amos falou quase em tom de conversa.

– Onde você está? – Holden perguntou e mudou sua tela para a câmera do traje de Amos.

O mecânico estava em um espaço apertado pouco iluminado cheio de conduítes e canos. Isso significava que ele estava entre os cascos interno e externo. Diante dele, um pedaço de cano estragado parecia um osso partido. Um maçarico estava aceso nas proximidades. A nave balançou com violência, jogando o mecânico de um lado para o outro no espaço apertado. Alex gritou no comunicador.

– Os mísseis não nos acertaram! – ele exclamou.

– Fale para o Alex parar de jogar a nave de um lado para o outro – Amos pediu. – Fica difícil usar minhas ferramentas.

– Amos, volte para seu assento de alta gravidade! – Naomi mandou.

– Desculpe, chefe – Amos respondeu com um grunhido enquanto arrancava uma extremidade do cano quebrado. – Se eu não consertar isto e perdermos pressão, Alex não vai ser capaz de virar a estibordo. Aposto que isso vai nos foder.

– Continue trabalhando, Amos – Holden disse, apesar dos protestos de Naomi. – Mas aguente firme. A chacoalhada vai piorar.

– Entendido – Amos respondeu.

Holden mudou para o display do visor de Alex.

– Holden – Naomi chamou. Havia medo na voz dela. – Amos vai acabar...

– Ele está fazendo o trabalho dele, imediata. Faça o seu. Alex, temos que derrubar esses dois lá fora antes que a *Molinari* chegue. Intercepte um e acabe com a raça dele.

– Entendido, capitão – Alex respondeu. – Vou atrás do cretino número dois. Aceito ajuda com o cretino número um.

– O cretino um é prioridade da Naomi – Holden falou. – Faça o possível para mantê-lo longe da nossa retaguarda enquanto destruímos o amigo dele.

– Entendido – Naomi disse com voz embargada.

Holden mudou para a câmera do capacete de Amos, mas o mecânico parecia estar se saindo bem. Cortava o cano danificado com o maçarico; um pedaço de cano de reserva flutuava ali perto.

– Prenda esse cano, Amos – Holden falou.

– Com todo o respeito, capitão – Amos respondeu –, mas os padrões de segurança podem ir para a puta que os pariu. Vou fazer isso o mais rápido possível e dar o fora daqui.

Holden hesitou. Se Alex tivesse que fazer uma correção de curso, o cano flutuante se transformaria em um projétil maciço o bastante para matar Amos ou quebrar a *Roci*. *É Amos*, Holden disse para si mesmo. *Ele sabe o que faz.*

Holden mudou para a tela de Naomi enquanto ela despejava tudo o que o sistema de comunicação tinha no pequeno interceptor, tentando cegá-lo com luz e estática de rádio. Então ele voltou para seu visor tático. A *Roci* e a nave número dois voavam uma em direção à outra em velocidades suicidas. Assim que passaram do ponto em que um disparo de torpedo não podia ser evitado, a nave número dois lançou seus dois mísseis. Alex mirou nos dois alvos que se movimentavam rapidamente com o canhão de defesa e manteve a rota de colisão, mas não lançou mísseis.

– Alex, por que não estamos atirando? – Holden perguntou.

– Vou abater esses torpedos, então me aproximar e deixar o canhão de defesa terminar o trabalho – o piloto respondeu.

– Por quê?

– Temos só alguns torpedos e nenhum reabastecimento. Não vale a pena desperdiçá-los nesses imbecis.

Os torpedos que se aproximavam fizeram um arco na direção do visor de Holden, e ele sentiu o canhão de defesa da *Roci* abatê-los.

– Alex – o capitão chamou. – Nós não pagamos por esta nave. Sinta-se livre para usá-la como for. Se morrermos porque você economizou munição, vou colocar uma reprimenda no seu arquivo permanente.

– Bem, se é o que você quer... – Alex comentou. Então: – Disparar.

O ponto vermelho do torpedo saiu em disparada na direção da segunda nave. Os mísseis que se aproximavam deles estavam cada vez mais próximos, até que um sumiu do visor.

Alex disse "Merda" em uma voz inexpressiva, então a *Rocinante* foi jogada para o lado com tanta força que Holden quebrou o nariz dentro do capacete. Luzes amarelas de emergência começaram a girar em todas as anteparas; como a nave estava sem ar, Holden felizmente não podia ouvir as sirenes que tentavam soar. Seu visor tático falhou, apagou e religou depois de um segundo. Quando voltou, todos os três torpedos, assim como a segunda nave, tinham desaparecido. A nave número um continuava a pressionar pela popa.

– Danos! – Holden gritou, esperando que o sistema de comunicação ainda funcionasse.

– Danos maiores no casco externo – Naomi respondeu. – Quatro propulsores de manobra se foram. Um canhão de defesa não responde. Também perdemos o estoque de oxigênio, e a câmara de descompressão da tripulação parece destruída.

– Como é que estamos vivos? – Holden perguntou enquanto olhava o relatório de danos e depois a câmera do traje de Amos.

– O torpedo não nos atingiu – Alex explicou. – O canhão o pegou, mas foi muito perto. A ogiva detonou e fez um bom estrago na *Roci*.

Não parecia que Amos estava se mexendo. Holden gritou:

– Amos! Relato!

– Sim, sim, ainda aqui, capitão. Só me arrumando caso sejamos atingidos desse jeito de novo. Acho que quebrei uma costela na estrutura do casco, mas estou bem preso. Ainda bem que não perdi tempo com aquele cano.

Holden não se deu ao trabalho de responder. Voltou para o visor tático e observou a aproximação rápida da primeira nave. Ela já tinha disparado seus torpedos, mas naquela distância curta ainda era possível abatê-los com o canhão.

– Alex, você consegue dar meia-volta e acabar com aquela nave? – ele perguntou.

– Estou trabalhando nisso. Não tenho muita capacidade de manobra – Alex respondeu, e a *Roci* começou a girar com uma série de solavancos.

Holden acessou o telescópio e deu zoom na nave que se aproximava. De perto, a ponta do canhão parecia ser tão grande quanto um corredor em Ceres, e Holden tinha a impressão de que estava apontada diretamente para ele.

– Alex – ele alertou.

– Estou tentando, chefe, mas a *Roci* está ferida.

O canhão da nave inimiga foi ativado, preparando-se para disparar.

– Alex, destrua aquilo. Destrua, *destrua, destrua*.

– Disparar – o piloto disse, e a *Rocinante* estremeceu.

O console de Holden automaticamente o tirou da vista do telescópio e o mandou de volta para o ponto de vista tático. O torpedo da *Roci* voou na direção do inimigo quase no mesmo instante em que a outra nave abriu fogo com seu canhão. O visor mostrou os ciclos de disparo como pequenos pontos vermelhos movendo-se rápido demais para seguir.

– Seremos ating... – ele gritou, e a *Rocinante* se desfez ao seu redor.

Holden voltou a si.

O interior da nave estava cheio de detritos flutuantes e aparas de metal superaquecido que pareciam um chuveiro de faíscas em câmera lenta. Sem ar, eles saíam das paredes e flutuavam, esfriando lentamente, como vaga-lumes preguiçosos. Ele tinha uma lembrança imprecisa de um canto de um monitor de parede se soltar e bater em três anteparas, como se fosse a jogada de bilhar mais elaborada do mundo, que terminava acertando o capitão bem abaixo do esterno. Ele olhou para baixo e o pedaço do monitor flutuava a poucos centímetros diante dele, mas não havia buraco em seu traje. Suas entranhas doíam.

A cadeira do console de operações perto de Naomi tinha um buraco; um gel verde vazava devagar, formando pequenas bolas que flutuavam na gravidade zero. Holden olhou para o buraco na cadeira e para o buraco igual na antepara do outro lado da sala, e percebeu que a rajada devia ter passado a centímetros da perna de Naomi. Um arrepio percorreu seu corpo, nauseando-o.

– Que diabos foi isso? – Amos perguntou baixinho. – Que tal se nunca mais fizermos algo do tipo?

– Alex? – Holden chamou.

– Ainda estou aqui, capitão – o piloto respondeu, sua voz estranhamente calma.

– Meu painel morreu – Holden disse. – Destruímos o filho da puta?

– Sim, capitão, está morto. Cerca de meia dúzia de seus disparos atingiram a *Roci*. Parece que nos atravessaram de proa a popa. Aquelas correias antifragmentação nas anteparas dão mesmo conta de segurar os estilhaços, não é?

A voz de Alex tinha começado a tremer. Ele queria dizer *Devíamos estar todos mortos*.

– Abra um canal de comunicação com Fred, Naomi – Holden pediu.

Ela não se mexeu.

– Naomi?

– Certo. Fred – ela disse e clicou em sua tela.

O capacete de Holden ficou cheio de estática por um segundo e depois com a voz de Fred.

– A *Guy Molinari* está aqui. Estou feliz que estejam vivos.

– Entendido. Comece seu ataque. Avise quando pudermos nos arrastar até uma das docas da estação.

– Entendido. Encontraremos um bom lugar para vocês aterrissarem. Fred desliga.

Holden soltou a trava rápida de seu cinto de segurança e flutuou com o corpo mole na direção do teto.

Ok, Miller. Sua vez.

40

MILLER

– Ei, Pampaw – o garoto no assento de alta gravidade à direita de Miller disse. – Prenda bem, você e bang, hein?

A armadura de combate do garoto era cinza-esverdeado, com lacres de pressão articulados nas juntas e listras no peitoral, onde uma faca ou uma flecha tinha riscado o acabamento. A máscara facial escondia um garoto de uns 15 anos. Os gestos de suas mãos indicavam uma infância passada em trajes de vácuo, e seu discurso era puro dialeto do Cinturão.

– Sim – Miller respondeu, erguendo o braço. – Vi alguma ação nos últimos tempos. Vou ficar bem.

– Bem está bem quando é bem – o garoto falou. – Mas segure a *foca* e *neto* passe o ar por você, ei?

Ninguém em Marte ou na Terra tem a mínima ideia do que você está dizendo, Miller pensou. *Merda, metade das pessoas em Ceres ficaria envergonhada de um sotaque tão pesado. Não é de estranhar que não se importem em matar você.*

– Me parece bom – Miller disse. – Você vai na frente, e eu tentarei impedir que você leve um tiro nas costas.

O garoto sorriu. Miller tinha visto milhares como ele: garotos no auge da adolescência, passando pela fase normal de assumir riscos e impressionar garotas, mas que ao mesmo tempo viviam no Cinturão, onde um erro significava a morte. Tinha visto milhares assim. Tinha prendido centenas. Tinha assistido a algumas dúzias terminarem em sacos de materiais perigosos.

Inclinou-se para a frente para olhar as longas filas de assentos de alta gravidade que lotavam as entranhas da *Guy Molinari*. A estimativa grosseira de Miller dava entre noventa e cem deles. Então, até o jantar, havia boas chances de mais de duas dúzias deles serem mortos.

– Qual é seu nome, garoto?

– Diogo.

– Miller. – Estendeu a mão para o garoto apertar. A armadura de batalha marciana de alta qualidade que Miller pegara na

Rocinante permitia que seus dedos se flexionassem muito mais do que os do menino.

A verdade era que Miller não estava em forma para a invasão. Ainda tinha ondas ocasionais e inexplicáveis de náusea, e seu braço doía sempre que o nível de medicação em seu sangue baixava. Mas ele sabia usar uma arma e provavelmente sabia mais de luta corredor a corredor do que 90% dos saltadores de rocha da APE e caçadores de minério, como Diogo, que estavam ali. Teria que ser o suficiente.

O sistema de comunicação da nave estalou.

– Aqui é Fred. Tivemos notícias do apoio aéreo. Estaremos prontos para invadir em dez minutos. As conferências finais começam agora, pessoal.

Miller recostou-se em seu assento. Os estalidos e a vibração de uma centena de armaduras, uma centena de armas brancas, uma centena de armas de ataque, invadiram o ar. Ele estivera por conta própria por tempo suficiente; não desejava que fosse assim de novo.

Em poucos minutos, a aceleração viria. O coquetel de drogas para alta gravidade era mantido no limite incerto, já que sairiam direto dos assentos para a batalha. Não havia sentido manter a força de invasão mais dopada do que o necessário.

Julie sentou-se perto da parede ao lado dele, o cabelo ondulando ao redor dela como se estivesse submersa em água. Ele imaginava a luz brincando em seu rosto. O retrato da jovem piloto de naves de corrida como uma sereia. Ela sorriu com a ideia, e Miller sorriu de volta. Julie teria estado ali, ele sabia. Junto com Diogo, Fred e todos os demais integrantes da milícia da APE, patriotas do vácuo; ela teria estado no assento de alta gravidade com uma armadura emprestada, dirigindo-se para a estação para ser morta por um bem maior. Miller sabia que ele não teria feito isso. Não antes dela. Então, em certo sentido, ele tomara o lugar dela. Ele se tornara Julie.

Eles conseguiram, ela disse, ou talvez só tenha pensado. Se o ataque de solo estava mantido, isso queria dizer que a *Rocinante* sobrevivera – ou pelo menos se sustentara o suficiente para abater as defesas da estação. Miller assentiu e deixou-se sentir um momento de prazer com a ideia; então o impulso da gravidade o empurrou de encontro ao assento com tanta força que sua consciência vacilou, e o ambiente ao redor dele esmaeceu. Ele sentiu quando a frenagem do motor começou, todos os assentos de alta gravidade girando para encarar a nova orientação. As agulhas entraram na carne de Miller. Algo profundo e barulhento aconteceu. A *Guy Molinari* soava como um sino gigantesco. A frenagem aumentou. O mundo foi jogado com força para a esquerda, o assento balançando pela última vez enquanto a nave de ataque pareava com a rotação da estação.

Alguém gritava para ele:

– Vá, vá, vá!

Miller ergueu seu fuzil, deu um tapinha na arma presa em sua coxa e juntou-se ao aglomerado de corpos que seguia para a saída. Sentia falta de seu chapéu.

O corredor de serviço no qual irromperam era estreito e escuro. Os diagramas nos quais os engenheiros de Tycho trabalharam sugeriam que não haveria resistência real até que alcançassem as partes tripuladas da estação. Aquilo foi um palpite equivocado. Miller tropeçou em outros soldados da APE a tempo de ver um laser automático de defesa cortar a primeira fila ao meio.

– Equipe 3! Armas de gás! – Fred exclamou nos ouvidos de todos eles, e meia dúzia de explosões de grossa fumaça branca antilaser encheu o ar próximo. Na vez seguinte que os lasers de defesa dispararam, as paredes brilharam com uma iridescência louca e a fumaça do plástico queimado encheu o ar, mas ninguém morreu. Miller seguiu adiante e subiu em uma rampa de metal vermelha. Uma carga explosiva ardeu e uma porta de serviço se abriu.

Os corredores da Estação Tot eram amplos e espaçosos. Havia longos trechos de hera plantada em espirais cuidadosamente tratadas, e nichos a cada poucos metros revelavam bonsais iluminados com bom gosto. A suavidade do branco puro da luz do sol fazia o lugar parecer um spa ou a residência particular de um homem rico. O chão era acarpetado.

O painel do visor da armadura de Miller piscou, marcando o caminho que a invasão deveria percorrer. O coração do ex-detetive acelerou até um fluxo rápido e constante, mas sua mente parecia continuar tranquila. No primeiro cruzamento, uma dúzia de homens com uniformes de segurança da Protogen tinham montado uma barreira antimotim. As tropas da APE recuaram, usando a curva do teto como proteção. O fogo de cobertura vinha na altura dos joelhos.

As granadas eram perfeitamente redondas, sem furo nem mesmo onde o pino fora arrancado. Elas não rolavam tão bem no suave carpete industrial como teriam feito na pedra ou no azulejo, então uma a cada três explodia antes de atingir a barreira. O abalo era como ser atingido na orelha por um martelo; os corredores estreitos e fechados canalizavam a explosão de volta para eles quase tanto quanto para o inimigo. Mesmo assim, a barreira antimotim se desfez, e os homens da segurança da Protogen recuaram.

Enquanto avançavam, Miller ouvia seus novos e temporários compatriotas gritarem com o primeiro sabor da vitória. O som era abafado, como se estivessem muito distantes. Talvez seus fones de ouvido não tivessem atenuado a explosão tanto quanto deveriam. Fazer o resto da invasão com os tímpanos estourados não seria fácil.

De repente, a voz de Fred soou bem clara.

– Não avancem! Esperem!

Foi quase o bastante. A força de solo da APE hesitou; as ordens de Fred serviram como uma coleira. Aquela não era uma tropa. Eles não eram nem policiais. Eram uma milícia cinturina irregular; disciplina e respeito pela autoridade não lhes eram naturais. Reduziram a velocidade. Seguiam cuidadosos. Por isso, ao virarem a esquina não caíram na armadilha.

O corredor seguinte era comprido e reto, levando – o painel do visor sugeria – a uma rampa que subia para o centro de controle. Parecia vazia, mas, a um terço do caminho até o horizonte em curva, o carpete começou a voar em tufos irregulares. Um dos garotos ao lado de Miller grunhiu e caiu.

– Estão arremessando rajadas de estilhaços baixos pela curva – Fred disse nos ouvidos de todos eles. – Cuidado com o ricochete. Fiquem abaixados e façam exatamente o que eu disser.

A calma na voz do terráqueo teve mais efeito do que os gritos anteriores. Miller achou que estava imaginando, mas também parecia um tom de voz mais profundo. Uma certeza. O Carniceiro da Estação Anderson estava fazendo o que sabia fazer melhor: liderava suas tropas contra táticas e estratégias que ele ajudara a criar quando ainda estava do lado inimigo.

As forças da APE avançavam lentas, subindo um nível, então o seguinte, depois o próximo. O ar estava nebuloso com a fumaça e os painéis arrancados. Os corredores largos abriam-se em praças e quarteirões amplos, tão arejados quanto pátios de prisão, com as forças da Protogen nas torres de guarda. Os corredores laterais estavam trancados; a segurança local tentava encaminhá-los para situações nas quais poderiam ser pegos em fogo cruzado.

Não funcionou. A APE forçou a abertura das portas, abrigando-se em belas salas de exibição, algo entre salões de leitura e complexos fabris. Por duas vezes, civis desarmados, ainda no trabalho, apesar da invasão em curso, atacaram em resposta. Os garotos da APE acabaram com eles. Parte da mente de Miller – a parte que ainda era policial, não soldado – se contraiu com aquilo. Eram civis. Matá-los era ruim na melhor das hipóteses. Mas então Julie sussurrou no fundo de sua mente, *Ninguém é inocente*, e ele teve que concordar.

O centro de operações ficava a um terço do caminho para a fonte de gravidade leve da estação, e era mais bem defendido do que qualquer coisa que Miller vira até então. Ele e outros cinco, dirigidos pela voz onisciente de Fred, abrigaram-se em um corredor estreito de serviço, mantendo um fogo constante de cobertura no corredor principal, em direção à área de operações, e garantindo que nenhum contra-ataque da Protogen ficasse sem resposta. Miller verificou seu fuzil e se surpreendeu com quanta munição restava.

– Ei, Pampaw – o garoto ao lado dele disse, e Miller sorriu, reconhecendo a voz de Diogo atrás da máscara facial. – Que dia, hein?

– Já vi piores – Miller respondeu, então fez uma pausa. Tentou coçar o cotovelo machucado, mas as placas da blindagem impediam que isso acontecesse num nível satisfatório.

– *Beccas tu?* – Diogo perguntou.

– Não, estou bem. É só que... este lugar. Não entendo. Parece um spa, e é construído como uma prisão.

As mãos do garoto se ergueram em uma interrogação. Miller balançou o punho em resposta, pensando nas ideias enquanto falava.

– Ele é todo feito com linhas de visão longas e passagens laterais trancadas – Miller disse. – Se eu fosse construir um lugar assim, eu...

O ar cantou e Diogo despencou, a cabeça jogada para trás enquanto ele caía. Miller gritou e girou. Atrás deles, no corredor lateral, duas figuras em uniformes de segurança da Protogen se abaixaram para se proteger. Algo assobiou no ar no ouvido esquerdo de Miller. Outra coisa ricocheteou no peitoral de sua armadura marciana elegante, como um golpe de martelo. Ele nem pensou em erguer seu fuzil; a arma apenas estava ali, disparando de volta como uma extensão de sua vontade. Os outros três soldados da APE voltaram para ajudar.

— Voltem — Miller rosnou. — Mantenham os malditos olhos no corredor principal! Eu *cuido* disso.

Estúpido, Miller disse para si mesmo, *estúpido deixá-los vir atrás de nós. Estúpido parar e falar no meio de um fogo cruzado*. Ele devia ter sabido, e, agora, porque ele perdera o foco, o menino estava...

Rindo?

Diogo se sentou, ergueu seu próprio fuzil e salpicou o corredor lateral com rajadas. Cambaleou para ficar em pé, então comemorou como uma criança que acabara de andar de montanha-russa. Uma faixa larga de gosma branca se estendia de sua clavícula até o lado direito de sua máscara facial. Atrás dela, Diogo sorria. Miller balançou a cabeça.

— Por que diabos estão usando rajadas de repressão de multidões? — ele perguntou tanto para si como para o garoto. — Acham que isso é um motim?

— Equipes avançando — Fred disse no ouvido de Miller. — Preparem-se. Estão chegando em cinco. Quatro. Três. Dois. Vão!

Nós não sabemos no que estamos nos metendo aqui, Miller pensou enquanto se juntava à arrancada no corredor, forçando-se em direção ao alvo final do ataque. Uma rampa larga levava a um conjunto de portas de segurança folheadas de madeira. Algo detonou atrás delas, mas Miller manteve a cabeça baixa e não olhou para trás. A pressão de corpos se acotovelando com suas armaduras remendadas ficava cada vez maior, e Miller tropeçou em algo macio: um corpo em uniforme da Protogen.

— Nos dê espaço! — uma mulher na frente gritou. Miller correu na direção dela, atravessando a multidão de soldados da APE com ombradas e cotoveladas. A mulher gritava de novo quando ele a alcançou.

— Qual é o problema? — Miller quis saber.

— Não consigo cortar esta merda com todos esses imbecis me

empurrando. – Ela mostrou um maçarico já com a ponta brilhando branca.

Miller assentiu e deslizou seu fuzil para o suporte em suas costas. Agarrou dois dos ombros mais próximos, sacudiu o homem até ser notado e então entrelaçou seus cotovelos com os deles.

– Vamos dar aos técnicos um pouco de espaço – Miller disse.

Juntos avançaram em direção aos próprios homens, afastando-os. *Quantas batalhas, através da história, desmoronaram em momentos como este?*, ele se perguntou. *A vitória praticamente entregue até que forças aliadas começaram a tropeçar umas nas outras.* O maçarico ganhou vida atrás dele. Mesmo com armadura, sentiu o calor pressionar suas costas como uma mão.

Na extremidade da multidão, armas automáticas disparavam e engasgavam.

– Como está indo aí? – Miller gritou por sobre o ombro.

A mulher não respondeu. Horas pareceram se passar, embora não tivesse sido mais do que cinco minutos. O nevoeiro de metal quente e plástico desintegrado encheu o ar.

O maçarico apagou com um estalo. Por sobre o ombro, Miller viu a antepara balançar e se deslocar. A técnica colocou um conector de cartão fino no espaço entre as placas, ativou-o e se afastou. A estação ao redor deles gemeu enquanto um novo conjunto de pressões e tensões remodelava o metal. A antepara se abriu.

– Vamos – Miller chamou.

Ele abaixou a cabeça e avançou pela nova passagem, subindo por uma rampa acarpetada e para dentro do centro de operações. Uma dúzia de homens e mulheres ergueu os olhos de suas estações de trabalho, os olhos arregalados de medo.

– Vocês estão presos! – Miller gritou enquanto os soldados da APE se espalhavam à sua volta. – Bem, não estão, mas... merda. Levantem as mãos e se afastem dos controles!

Um dos homens – alto como um cinturino, mas de constituição sólida como um homem da gravidade completa – suspirou. Ele usava um bom terno, de linho e seda crua, sem as linhas e dobras que indicavam ser alfaiataria por computador.

– Façam o que dizem – o terno de linho recomendou aos colegas. Parecia irritado, mas não assustado.

Os olhos de Miller se estreitaram.

– Sr. Dresden?

O homem de terno levantou uma sobrancelha cuidadosamente desenhada, fez uma pausa e assentiu.

– Estive procurando por você – Miller falou.

Fred caminhava pelo centro de operações como se pertencesse ao lugar. Com uma endireitada dos ombros e um ajuste de alguns graus na postura, o engenheiro-chefe da Estação Tycho deixara o lugar aos cuidados do coronel. Cada detalhe dali era captado com um piscar de olhos, então Fred assentiu para um dos técnicos seniores da APE.

– Tudo trancado, senhor – o técnico disse. – A estação é sua.

Miller raramente esteve presente para testemunhar o momento de absolvição de outro homem. Era uma coisa tão rara, tão completamente privada, que se aproximava do espiritual. Havia décadas, aquele homem – porém mais jovem, mais em forma e com o cabelo não tão grisalho – tomara uma estação espacial, afundando até os joelhos no sangue e na morte de cinturinos. Agora Miller via o relaxamento quase imperceptível da mandíbula de Fred, a abertura em seu peito que significava que o fardo se fora. Talvez não tivesse ido de vez, mas estava quase lá. Era mais do que a maioria das pessoas conseguia na vida.

Ele se perguntou como se sentiria se um dia tivesse a mesma chance.

– Miller? – Fred o chamou. – Ouvi dizer que está com alguém com quem gostaríamos de conversar.

Dresden levantou de sua cadeira, ignorando as pistolas e os fuzis, como se não apontassem para ele.

– Coronel Johnson – Dresden falou. – Eu devia imaginar que um homem de seu calibre estaria por trás disso. Meu nome é Dresden.

Entregou a Fred um cartão de visitas preto-fosco. Fred o pegou como que por reflexo, sem nem olhar para ele.

– Você é o responsável por isto?

Dresden lhe deu um sorriso frio e olhou ao redor antes de responder.

– Eu diria que você é responsável por pelo menos uma parte disto – Dresden comentou. – Você acabou de matar pessoas que apenas faziam seu trabalho. Mas talvez possamos dispensar o apontamento de dedo moral e ir direto ao que realmente importa?

O sorriso de Fred alcançou todo o caminho até seus olhos.

– O quê, exatamente?

– Termos de negociação – Dresden respondeu. – Você é um homem experiente. Entende que sua vitória aqui o coloca em uma posição insustentável. A Protogen é uma das corporações mais poderosas da Terra. A APE a atacou, e quanto mais tempo você ficar aqui, piores serão as represálias.

– É mesmo?

– É claro que sim – Dresden falou, ignorando o tom de voz de Fred com um aceno de mão. Miller balançou a cabeça; o homem realmente não entendia o que estava acontecendo. – Você fez seus reféns. Bem, aqui estamos. Podemos esperar até que a Terra envie algumas dezenas de naves de batalha e negocie enquanto você assume o risco, ou podemos acabar com isso agora.

– Está me perguntando... quanto dinheiro quero para pegar meu pessoal e sair daqui – Fred falou.

– Se é dinheiro o que quer. – Dresden deu de ombros. – Armas. Legislações. Suprimentos médicos. O que for preciso para acertar sua guerrinha e acabar com isso o quanto antes.

– Eu sei o que você fez em Eros – Fred disse calmamente.

Dresden riu. O som fez a pele de Miller se arrepiar.

– Sr. Johnson. *Ninguém* sabe o que fizemos em Eros – Dresden falou. – E cada minuto que perco neste joguinho com você é um minuto que deixo de usar de modo mais produtivo em outro lugar. Eu lhe garanto: você está em uma posição de barganha melhor agora do que jamais voltará a estar. Não há motivo para continuar com isso.

– E o que está oferecendo?

Dresden abriu as mãos.

– Qualquer coisa que quiser, junto com anistia. Desde que dê o fora daqui e nos deixe voltar ao nosso trabalho. Nós dois ganhamos com isso.

Fred deu uma gargalhada. Era melancólica.

– Deixe-me ver se entendi... Você me dará todos os reinos da Terra se eu me prostar em adoração a você?

Dresden inclinou a cabeça.

– Não entendi a referência.

41

HOLDEN

A *Rocinante* atracou em Tot com os últimos suspiros de seus propulsores de manobra. Holden sentiu as travas de ancoragem da estação agarrarem o casco com um baque, e a gravidade voltou a ser apenas 0,33 g. A detonação próxima da ogiva de plasma arrebentara a porta exterior da câmara de descompressão da tripulação e inundara a câmara com gás superaquecido, derretendo-a e lacrando-a. Isso significava que teriam que usar a câmara de descompressão de carga na popa da nave e caminhar no espaço até a estação.

Não era um problema, pois ainda usavam os trajes atmosféricos. A *Roci* tinha mais buracos agora do que o sistema de circulação de ar podia manter, e o suprimento de oxigênio da nave fora mandado para o espaço na mesma explosão que destruíra a câmara de descompressão.

Alex desceu da cabine do piloto, o rosto escondido pelo capacete, a barriga inconfundível mesmo com o traje atmosférico. Naomi terminou de trancar sua estação de trabalho e de desligar a nave, então se juntou a Holden e os três desceram pela escada da tripulação até a popa da nave. Amos, que os esperava ali, prendia um kit de atividade extraveicular em seu traje e carregava-o com nitrogênio comprimido do tanque de armazenamento. O mecânico assegurara a Holden que o kit de manobra de atividade extraveicular tinha impulso suficiente para superar a rotação da estação e levá-los até uma câmara de descompressão.

Ninguém falou. Holden esperava brincadeiras. Ele esperava querer brincar. Mas a *Roci* danificada parecia pedir silêncio. Talvez temor.

O capitão recostou-se na antepara do compartimento de cargas e fechou os olhos. Os únicos sons que podia ouvir eram o assobio constante do suprimento de ar e a estática fraca do comunicador. Não conseguia cheirar nada com o nariz quebrado e cheio de sangue coagulado, e em sua boca sentia gosto de cobre. Mesmo assim, não conseguia tirar o sorriso da cara.

Eles venceram. Haviam voado até a Protogen, encarado tudo o que os caras maus tinham para jogar neles, e quebraram o nariz *deles*. Naquele momento, a APE invadia a estação deles e atirava nas pessoas que ajudaram a destruir Eros.

Holden decidiu que tudo bem não sentir remorso por eles. A complexidade moral da situação ultrapassara sua capacidade de processá-la, então, em vez disso, ele relaxou no brilho morno da vitória.

O comunicador chiou.

– Pronto para partir – Amos disse.

Holden assentiu e, lembrando que ainda estava com o traje atmosférico, disse:

– Prendam-se todos.

Alex, Naomi e ele puxaram amarras de seus trajes e as prenderam no peito largo de Amos. Amos abriu a câmara de descompressão de carga e saiu pela porta com lufadas de gás. Foram imediatamente arremessados para longe da nave pela rotação da estação, mas Amos rapidamente assumiu o controle e voou na direção da câmara de descompressão de emergência de Tot.

Conforme Amos passava voando pela *Roci*, Holden analisou o exterior da nave e tentou catalogar os reparos necessários. Havia uma dúzia de orifícios tanto na proa como na popa, que correspondiam a buracos por todo o interior da nave. As rajadas do canhão de Gauss que as naves interceptoras dispararam provavelmente não tinham diminuído de velocidade de maneira considerável em seu caminho até a *Roci*. A tripulação tivera sorte de nenhum dos tiros ter encontrado o reator.

Também havia um entalhe imenso na falsa superestrutura que fazia a nave parecer um cargueiro de gás comprimido. Holden sabia que aquilo devia fazer par com um dano igualmente feio no casco exterior blindado, mas que não se estendia ao casco interno, ou a nave teria se partido ao meio.

Com o dano na câmara de descompressão e a perda total dos tanques de armazenamento de oxigênio e dos sistemas de reciclagem, seriam milhões de dólares em reparos e semanas em doca seca, presumindo que conseguissem chegar a uma doca seca em algum lugar.

Talvez a *Molinari* pudesse rebocá-los.

Amos piscou as luzes de emergência do kit de atividade extraveicular três vezes, a porta da câmara de descompressão de emergência da estação se abriu. Ele voou para dentro, onde quatro cinturinos em armadura de combate aguardavam.

Assim que a câmara terminou o ciclo de descompressão, Holden tirou seu capacete e tocou o nariz. Parecia estar o dobro do tamanho normal e latejava a cada batida de seu coração.

Naomi estendeu o braço e segurou o rosto dele, os polegares em cada lado de seu nariz, o toque surpreendentemente gentil. Ela virou a cabeça dele para os dois lados, examinando o ferimento, e a soltou.

– Vai ficar torto sem uma cirurgia estética – ela disse. – Mas você era bonito demais antes. Isso dará um pouco de charme ao seu rosto.

Holden sentiu um sorriso lento brotar, mas, antes que pudesse responder, um dos homens da APE começou a falar.

– Vimos a luta, *hermano*. Vocês realmente arrasaram lá.

– Obrigado – Alex respondeu. – Como estão as coisas aqui?

O soldado com mais estrelas em sua insígnia da APE disse:

– Menos resistência do que esperado, mas a segurança da Protogen lutou por cada centímetro da propriedade. Uns cabeças de ovos até vieram nos atacar. Tivemos que atirar em alguns.

Ele apontou para a porta interna da câmara de descompressão.

– Fred está na área de operações. Quer vocês lá, *pronto*.

– Mostre o caminho – Holden respondeu, seu nariz entupido transformando a frase em "mostrocamino".

– Como está a perna, capitão? – Amos perguntou enquanto caminhavam pelo corredor comprido da estação. Holden percebeu que se esquecera do tiro na coxa que o deixara manco.

– Não dói, mas o músculo não flexiona muito – ele respondeu. – E a sua?

Amos sorriu e olhou para a perna que ainda coxeava por causa da fratura sofrida na *Donnager* havia meses.

– Nada de mais – ele disse. – Se não matou, não conta.

Holden ia responder, mas se deteve quando o grupo virou uma esquina e deu de cara com um matadouro. Claramente seguiam o caminho da equipe de ataque, porque o chão do corredor estava coberto de corpos, e as paredes tinham buracos de bala e marcas de queimadura. Para seu alívio, Holden viu muito mais corpos em armaduras de segurança da Protogen do que com os trajes da APE. Mas a quantidade de cinturinos mortos era suficiente para fazer seu estômago virar. Quando ele passou por um corpo com jaleco de laboratório, teve que se conter para não cuspir no chão. Os caras da segurança podiam ter tomado a decisão equivocada de trabalhar para a equipe errada, mas os cientistas na estação haviam matado 1,5 milhão de pessoas só para ver o que aconteceria. A morte deles não era o bastante para satisfazer Holden.

Algo chamou sua atenção e o fez parar. Caída ao lado do cientista morto estava o que parecia ser uma faca de cozinha.

– Hum – Holden comentou. – Ele não atacou vocês com isso, atacou?

– Sim. Louco, não? – disse um dos soldados. – Já ouvi isso de levar faca para um tiroteio, mas...

– O centro de operações está logo à frente – o soldado de patente mais alta interrompeu. – O general os espera.

Holden entrou no centro de operações da estação e viu Fred, Miller e um bando de soldados da APE junto com um estranho vestido com roupas de aparência cara. Uma fileira de técnicos e integrantes da equipe de operações em uniforme da Protogen era levada embora algemada. A sala estava coberta do chão ao teto por telas e monitores; a maioria mostrava textos de dados tão depressa que não dava para ler.

— Deixe-me ver se entendi — Fred estava dizendo. — Você me dará todos os reinos da Terra se eu me prostrar em adoração a você?

— Não entendi a referência — o estranho respondeu.

O que quer que fossem dizer na sequência foi interrompido quando Miller percebeu a presença de Holden e avisou Fred com um tapinha no ombro. Holden podia jurar que o detetive lhe dera um sorriso caloroso, embora seu rosto sisudo tornasse difícil afirmar.

— Jim. — Fred gesticulou para que ele se aproximasse. Estava lendo um cartão de visitas preto-fosco. — Conheça Antony Dresden, vice-presidente executivo do setor de pesquisa biológica da Protogen e arquiteto do projeto Eros.

O imbecil de terno realmente estendeu a mão como se fosse cumprimentar alguém. Holden o ignorou.

— Fred — ele disse. — Baixas?

— Incrivelmente poucas.

— Metade da segurança usava armas não letais — Miller contou. — Controle de motins, rajadas entorpecedoras, coisas assim.

Holden assentiu, então balançou a cabeça e franziu o cenho.

— Vi um monte de corpos da segurança da Protogen no corredor. Por que tantos caras e não dar armas para que pudessem repelir invasores?

— Boa pergunta — Miller concordou.

Dresden riu.

— É o que eu quero dizer, sr. Johnson — Dresden falou. Voltou-se para Holden. — Jim? Bem, então, Jim. O fato de não entender as necessidades de segurança desta estação revela que você não tem ideia de com o que se envolveu. E acho que sabe disso tanto quanto eu. Como estava dizendo para Fred, aqui...

— Antony, você devia calar essa sua maldita boca — Holden o interrompeu, surpreso com a onda súbita de raiva. Dresden pareceu desapontado.

O cretino não tinha o direito de estar confortável nem condescendente. Holden o queria apavorado, implorando pela própria vida, e não escondendo sarcasmo com um sotaque culto.

– Amos, se ele falar comigo de novo sem permissão, quebre a cara dele.

– Com prazer, capitão – Amos respondeu e deu um passo adiante.

Dresden sorriu para a ameaça desajeitada, mas não disse mais nada.

– O que sabemos? – Holden perguntou, dirigindo a questão para Fred.

– Sabemos que os dados de Eros estão vindo para cá, e sabemos que esse monte de estrume está no comando. Saberemos mais assim que desmontarmos este lugar.

Holden se virou para fitar Dresden novamente, e observou a boa aparência de sangue azul europeu, o físico esculpido com ginástica, o corte de cabelo caro. Mesmo agora, cercado por homens armados, Dresden parecia estar no comando. Holden podia imaginá-lo olhando para seu relógio e se perguntando quanto mais de seu precioso tempo essa invasãozinha tomaria.

– Preciso perguntar algo para ele – o capitão falou.

Fred assentiu.

– Você merece.

– Por quê? – Holden perguntou. – Quero saber o porquê.

O sorriso de Dresden era quase piedoso, e ele colocou as mãos nos bolsos com a descontração de um homem que conversa sobre esportes em um bar nas docas.

– "Por que" é uma questão muito grande – Dresden disse. – Porque Deus quis desse jeito, pode ser? Ou talvez queira ser mais específico.

– Por que Eros?

– Bem, Jim...

– Você pode me chamar de capitão Holden. Sou o cara que encontrou sua nave perdida, então vi o vídeo de Febe. Sei o que é a protomolécula.

– Verdade? – Dresden falou, seu sorriso um pouco mais genuíno. – Tenho que agradecê-lo por nos entregar o agente viral em Eros. Perder a *Anubis* atrasaria nosso cronograma em meses. Encontrar o corpo infectado já na estação foi uma bênção divina.

Eu sabia. Eu sabia, Holden pensou. Em voz alta, disse apenas:

– Por quê?

– Você sabe o que é o agente – Dresden afirmou com espanto na voz pela primeira vez desde que Holden entrara na sala. – Não sei o que mais posso lhe dizer. Essa é a coisa mais importante que já aconteceu à raça humana. É ao mesmo tempo a prova de que não estamos sozinhos no universo e nossa passagem para além das limitações que nos prendem em nossas pequenas bolhas de rocha e ar.

– Você não respondeu à minha pergunta – Holden disse, odiando o tom quase cômico que o nariz quebrado dava à sua voz quando queria parecer ameaçador. – Quero saber *por que* matou um milhão e meio de pessoas.

Fred pigarreou, mas não interrompeu. Dresden olhou de Holden para o coronel, então para Holden novamente.

– Respondi *sim*, capitão. Um milhão e meio de pessoas é peixe pequeno. Estamos trabalhando em algo muito maior do que isso. – Dresden foi até uma cadeira e se sentou, ajeitando a calça enquanto cruzava as pernas, para não amassar o tecido. – Conhece Gêngis Khan?

– Quem? – Holden e Fred perguntaram quase ao mesmo tempo. Miller só encarou Dresden com uma expressão interrogativa, batendo com o cano de sua pistola contra sua coxa blindada.

– Gêngis Khan. Alguns historiadores afirmam que Gêngis Khan matou ou deslocou um quarto da população humana total da Terra durante sua conquista – Dresden explicou. – Fez isso para conquistar um império que se esfacelaria logo após sua morte. Na escala de hoje, isso significaria matar quase 10 bilhões de pessoas com o intuito de afetar uma geração. Uma geração e meia. Eros não é nem mesmo um erro de arredondamento em comparação.

– Você realmente não se importa com Eros – Fred comentou baixinho.

– Ao contrário de Khan, não vamos construir um império breve. Sei o que estão pensando, que estamos tentando nos engrandecer. Agarrar o poder.

– E não? – Holden falou.

– É claro que queremos – a voz de Dresden era cortante. – Mas essa ideia é pequena demais. Construir o maior império da humanidade é como construir o maior formigueiro do mundo: insignificante. Há uma civilização lá fora que criou a protomolécula e a lançou para nós há mais de 2 bilhões de anos. Já eram deuses naquele ponto. O que se tornaram desde então, com outros 2 bilhões de anos de avanço?

Com um medo crescente, Holden ouvia Dresden falar. Esse discurso tinha o ar de algo já dito antes. Talvez muitas vezes. E funcionara. Convencera pessoas poderosas. Era por isso que a Protogen tinha as naves camufladas dos estaleiros da Terra e apoio aparentemente sem limites por trás do pano.

– Temos uma quantidade terrível de coisas para fazer para recuperar o atraso, cavalheiros – Dresden dizia. – Mas felizmente temos a ferramenta que nosso inimigo usaria para fazer isso.

– Recuperar o atraso? – um soldado à esquerda de Holden repetiu.

Dresden assentiu para o homem e sorriu.

– A protomolécula pode alterar o organismo hospedeiro no nível molecular, ou seja, pode criar uma mudança genética imediata. Não só DNA, mas qualquer replicador estável. Mas é só uma máquina. Não pensa. Segue instruções. Se aprendermos agora como alterar essa programação, então nos tornaremos arquitetos dessa mudança.

Holden o interrompeu:

– Se o plano era acabar com a vida na Terra e substituí-la pelo que quer que os criadores da protomolécula queriam, por que soltá-la?

– Excelente pergunta! – Dresden levantou um dedo como um professor de faculdade prestes a dar uma palestra. – A protomolécula não vem com manual de instruções. De fato, ainda não tínhamos sido capazes de vê-la rodar seu programa. A molécula exige massa significativa antes de desenvolver força de processamento suficiente para cumprir suas diretrizes, quaisquer que sejam elas.

Dresden apontou para as telas cobertas de dados ao redor deles.

– Estamos observando-a agir. Queremos ver o que ela pretende fazer. Como vai fazer. Com sorte, nesse ínterim, vamos aprender como mudar o programa.

– Você poderia ter feito isso em um tanque de bactérias – Holden comentou.

– Não estou interessado em refazer bactérias – Dresden respondeu.

– Você é um filho da puta insano – Amos xingou e deu outro passo na direção de Dresden. Holden colocou uma mão no ombro do grande mecânico.

– Então – Holden retomou. – Você descobre como o vírus funciona, e depois?

– Depois *tudo*. Cinturinos que podem trabalhar do lado de fora de uma nave sem usar trajes. Humanos capazes de dormir por centenas de anos, o tempo de as naves colonizadoras voarem até as estrelas. Não estar mais presos aos milhões de anos de evolução dentro de uma atmosfera de pressão em 1 *g*, escravos do oxigênio e da água. Nesse novo cenário, nós decidimos o que queremos ser e nos reprogramamos para tal. É o que a protomolécula oferece.

Dresden levantou-se, como se tivesse terminado seu discurso, o rosto brilhando com o impulso de um profeta.

– O que estamos fazendo é o melhor e a única esperança da sobrevivência humana. Quando sairmos daqui, teremos nos tornado *deuses*.

– E se não sairmos? – Fred perguntou. Ele soou pensativo.

– Eles já nos lançaram uma arma do juízo final uma vez – Dresden falou.

A sala ficou em silêncio. Holden sentiu sua certeza falhar. Odiava tudo no argumento de Dresden, mas não via outra linha de raciocínio. Sabia em seus ossos que alguma coisa estava terrivelmente errada, mas não conseguia encontrar as palavras.

A voz de Naomi o despertou.

– Isso os convenceu? – ela perguntou.

– Perdão? – Dresden disse.

– Os cientistas. Os técnicos. Todo mundo de quem você precisava para botar seu plano em prática. Eles tiveram que fazer isso com as próprias mãos. Tiveram que ver o vídeo das pessoas morrendo por toda a Eros. Tiveram que projetar aquelas câmaras radioativas de assassinato. Então, a menos que você tenha convocado cada assassino em série do sistema solar e os tenha mandado para um programa de pós-graduação, como conseguiu convencer a todos?

– Modificamos nossa equipe de cientistas para remover restrições éticas.

Meia dúzia de pistas se encaixou na cabeça de Holden.

– Sociopatas – ele disse. – Você os transformou em sociopatas.

– Sociopatas altamente funcionais – Dresden emendou com um aceno de cabeça. Parecia satisfeito em explicar. – E extremamente curiosos. Enquanto os abastecermos com problemas que despertem seu interesse e recursos ilimitados, eles ficarão bem contentes.

– E uma grande equipe de segurança armada com equipamentos antimotim caso deixem de ficar – Fred comentou.

– Sim, há problemas ocasionais – Dresden confirmou. Olhou ao redor, um leve franzir de cenho enrugava sua testa. –

Eu sei, vocês acham isso monstruoso. Mas estou salvando a raça humana. Estou dando as estrelas para a humanidade. Vocês desaprovam? Tudo bem. Deixem-me perguntar uma coisa. Podem salvar Eros? Neste instante, quero dizer.

– Não – Fred disse. – Mas podemos...

– Desperdice esses dados – Dresden o interrompeu – e você terá garantido que cada homem, mulher e criança que morreu em Eros perdeu a vida por nada.

Mais uma vez a sala ficou em silêncio. Fred franzia o cenho e mantinha os braços cruzados. Holden entendia a batalha na mente do homem. Tudo o que Dresden dissera era repulsivo, lúgubre e tinha muito de verdade.

– Ou – Dresden continuou – podemos negociar um preço. Vocês seguem seu caminho e eu posso...

– Ok. Já chega – Miller falou pela primeira vez desde que Dresden começara a argumentar.

Holden olhou para o detetive. Sua expressão vazia se tornara pétrea. Ele não batia mais com o cano da pistola contra a perna.

Ah, merda.

42

MILLER

Dresden não esperava por essa. Mesmo quando o ex-detetive levantou a pistola, os olhos do homem não registraram a ameaça. Tudo o que viu foi Miller com um objeto na mão que por acaso era uma arma. Um cão saberia que tinha que ter medo, mas não Dresden.

– Miller! – Holden gritou a uma grande distância. – Não!

Puxar o gatilho foi simples. Um clique suave, o salto do metal contra sua mão enluvada, então mais duas vezes. A cabeça de Dresden recuou, explodindo vermelha. O sangue respingou em um telão, obscurecendo os dados. Miller se aproximou, disparou mais duas vezes no peito de Dresden, pensou por um momento e guardou a pistola.

A sala ficou em silêncio. Os soldados da APE olhavam uns para os outros ou para Miller, surpresos com a violência súbita, mesmo depois da pressão da invasão. Naomi e Amos olhavam para Holden, e o capitão encarava o cadáver. O rosto machucado de Holden era claro como uma máscara: fúria, ultraje, talvez até mesmo desespero. Miller entendia aquilo. Fazer a coisa óbvia não era natural para Holden. Houvera um tempo em que não era tão fácil para Miller também.

Só Fred não vacilou ou pareceu nervoso. O coronel não sorriu ou franziu o cenho nem desviou o olhar.

– Que diabos foi isso? – Holden disse através do nariz ensanguentado. – Você atirou nele a sangue-frio!

– Sim – Miller respondeu.

Holden balançou a cabeça.

– E quanto a um julgamento? E quanto à justiça? Você simplesmente decide, e é assim que acontece?

– Sou um policial – Miller disse, surpreso com o tom de desculpa em sua voz.

– E por acaso ainda é humano?

– Tudo bem, cavalheiros! – Fred falou, sua voz ressoando no silêncio. – O espetáculo acabou. Vamos voltar ao trabalho. Quero a equipe de descriptografia aqui. Temos prisioneiros para evacuar e uma estação para vasculhar.

Holden olhou de Fred para Miller e depois para o ainda moribundo Dresden. A mandíbula do capitão estava contraída de raiva.

– Ei, Miller – Holden chamou.

– Sim? – Miller disse com suavidade. Sabia o que estava por vir.

– Pegue outra carona para casa – o chefe da *Rocinante* disse, então deu meia-volta e saiu da sala, seguido por sua tripulação. Miller os observou partir. O arrependimento bateu de leve em seu coração, mas não havia nada a ser feito. A antepara quebrada pareceu engoli-los. Miller se virou para Fred.

– Posso pegar uma carona?

– Está usando nossas cores – Fred falou. – Levaremos você para Tycho.

– Muito obrigado – Miller respondeu. E emendou: – Você sabe que tinha que ser feito.

Fred não respondeu. Não havia nada a ser dito.

A Estação Tot estava ferida, mas não morta. Não ainda. A notícia da tripulação sociopata se espalhou rápido, e as forças da APE levaram a advertência a sério. A fase de ocupação e controle do ataque durou quarenta horas, em vez das vinte que durariam com prisioneiros normais. Com humanos. Miller fez o possível para controlar os detidos.

Os jovens da APE eram bem-intencionados, mas a maioria deles nunca trabalhara com populações cativas antes. Não sabiam como algemar alguém no punho e no cotovelo, para que o bandido não pudesse levantar as mãos e estrangulá-los. Não sabiam como prender alguém com um pedaço de corda ao redor do pescoço, de modo que o prisioneiro não se enforcasse, por acidente ou de propósito. Metade deles nem sabia como espancar alguém. Miller sabia tudo isso como um jogo do qual participara desde a infância. Em cinco horas, encontrou vinte lâminas escondidas só na equipe de cientistas. Ele dificilmente tinha que pensar no que fazer.

Uma segunda leva de naves chegou: transportadoras de pessoal que pareciam prontas para despejar o ar no vácuo se você cuspisse nelas, traineiras selvagens já desmantelando a blindagem e a superestrutura da estação, naves de suprimentos encaixotando e empacotando os preciosos equipamentos e saqueando farmácias e bancos de alimentos. Quando a notícia do ataque chegasse à Terra, a estação já teria sido despida até sobrar só o esqueleto, e seu pessoal estaria escondido em celas de prisões ilegais por todo o Cinturão.

A Protogen saberia antes, é claro. Tinham postos avançados muito mais próximos do que os planetas interiores. Havia um cálculo de tempo de resposta e possíveis ganhos. Era a matemática da pirataria e da guerra. Miller sabia, mas não deixou que isso o preocupasse. Eram decisões que Fred e seus adidos deveriam tomar. Miller tomara iniciativas mais do que suficientes por um dia.

Pós-humano.

Era uma palavra que surgia na mídia a cada cinco ou seis anos, e significava coisas diferentes a cada vez. Hormônios reconstrutores neurais? Pós-humano. Robôs sexuais com pseudointeligência embutida? Pós-humano. Roteamento de rede auto-otimizado? Pós-humano. Era uma palavra de textos publicitários, sem fôlego e vazia, que só dizia a Miller que quem a usava tinha uma imaginação bastante limitada sobre o que os humanos eram realmente capazes de fazer.

Agora, enquanto escoltava uma dúzia de cativos em uniforme da Protogen para um transporte atracado que se dirigia Deus sabe para onde, a palavra adquiria um novo significado.

Você ainda é humano?

Pós-humano significava, em termos literais, o que você era quando deixava de ser humano. Protomolécula de lado, Protogen de lado, Dresden e suas fantasias hipócritas de Mengele e

Gêngis Khan de lado, Miller achava que talvez sempre tivesse estado além da curva. Talvez fosse pós-humano havia anos.

O ponto de equilíbrio chegou quarenta horas mais tarde, e era hora de partir. A APE desnudara a estação, e era o momento de dar o fora antes que alguém aparecesse com ideias de vingança. Miller sentou-se no assento de alta gravidade; as anfetaminas faziam seu sangue dançar e sua mente deslizar para dentro e para fora de uma psicose de esgotamento. O impulso da gravidade era como um travesseiro sobre seu rosto. Estava vagamente ciente de que chorava. Aquilo não significava nada.

Na névoa da mente de Miller, Dresden falava de novo, despejando promessas e mentiras, meias verdades e visões. Miller podia ver as próprias palavras como uma fumaça escura, aglomerando-se até formar o filamento preto da protomolécula. Os fios já alcançavam Holden, Amos, Naomi. Ele tentava encontrar sua arma, impedir aquilo, tomar a atitude óbvia. Seu desespero o acordou, e ele se lembrou de que já tinha vencido.

Julie estava sentada ao seu lado, a mão fria contra a testa dele. Seu sorriso era gentil, compreensivo. Clemente.

Durma, ela recomendou, e a mente dele caiu no escuro profundo.

– Ei, Pampaw – Diogo disse. – Acima e fora, *sabez*?

Era a décima manhã de Miller em Tycho, e a sétima cozinhando no calor do apartamento minúsculo de Diogo. Ele podia dizer pelo zumbido na voz do garoto que seria uma das últimas. Peixe e visita começam a cheirar mal depois de três dias. Ele saiu da cama, passou os dedos pelo cabelo e assentiu. Diogo tirou a roupa e se arrastou para a cama sem falar. Ele fedia a álcool e maconha barata cultivada em banheiras.

O terminal portátil de Miller lhe dizia que o segundo turno terminara havia duas horas, e que o terceiro turno já estava na metade da manhã. Ele guardou suas coisas na mala, desligou as luzes do quarto de Diogo, que já roncava, e seguiu para os chuveiros públicos para gastar alguns de seus créditos restantes tentando parecer menos sem-teto.

A agradável surpresa de seu retorno para a Estação Tycho foi o aumento de dinheiro em sua conta. A APE, o que significava Fred Johnson, o pagara pelo tempo passado em Tot. Ele não pedira, e havia uma parte dele que gostaria de devolver o pagamento. Se tivesse alternativa, ele teria devolvido. Já que não era o caso, tentou esticar os fundos o máximo que pôde e apreciar a ironia: a capitã Shaddid e ele estavam na mesma folha de pagamento no fim das contas.

Nos primeiros dias após seu retorno a Tycho, Miller esperava ver o ataque a Tot nos noticiários. CORPORAÇÃO DA TERRA PERDE ESTAÇÃO DE PESQUISA PARA CINTURINOS ENLOUQUECIDOS, ou algo do tipo. Ele deveria procurar um emprego ou um lugar para dormir que não fosse caridade. Pretendia fazer isso. Mas as horas pareciam se dissolver enquanto ele ficava sentado no bar ou na sala de estar, assistindo aos telões só por mais alguns minutos.

A Marinha Marciana sofrera uma série de ataques vexatórios dos cinturinos. Meia tonelada de cascalho superacelerado obrigara duas de suas naves de batalha a mudar de curso. Houve desaceleração na recolha de água nos anéis de Saturno, o que significava ou uma greve ilegal, e portanto traidora, ou a resposta natural ao aumento das necessidades de segurança. Duas operações de mineração de propriedade da Terra haviam sido atacadas ou por Marte ou pela APE. Quatrocentas pessoas estavam mortas. O bloqueio da Terra a Marte entrava no terceiro mês. Uma coalizão de cientistas e especialistas em terraformação afirmava que os processos em cascata estavam em perigo e que, embora a guerra acabasse em um ano ou dois, a perda de suprimentos faria o esforço de terraformação retroceder gerações. Todo mundo culpava todo mundo por Eros. A Estação Tot não existia.

Mas ela existia.

Com a maior parte da Marinha Marciana ainda nos planetas exteriores, o cerco da Terra era frágil. E o tempo estava ficando curto. Ou os marcianos voltavam para casa e tentavam encarar as naves da Terra – um pouco mais antigas, um pouco mais lentas, porém mais numerosas – ou iam direto para o planeta em si. A Terra ainda era a fonte de mil coisas que não cresciam em nenhuma outra parte do sistema, mas, se alguém estivesse infeliz, convencido ou desesperado, não levaria muito para começarem a jogar rochas nos poços de gravidade.

Tudo isso como distração.

Havia uma piada antiga, Miller não lembrava onde a escutara. Uma garota no funeral do próprio pai conheceu um cara realmente bonito. Conversaram, flertaram, mas ele foi embora antes que ela pegasse o contato dele. A garota não sabia como encontrar o cara.

Então, uma semana mais tarde, ela matou a mãe.

Risadas.

Era a lógica da Protogen, de Dresden, de Tot. *Eis o problema*, eles diziam para si mesmos, *e eis a solução*. Que a solução estivesse afogada em sangue inocente era tão trivial quanto a tipografia na qual os relatórios eram impressos. Eles estavam desconectados da humanidade. Desligaram os grupos de células em seus cérebros que tornavam a vida sagrada. Ou valiosa. Ou digna de ser salva. Isso lhes custara toda e qualquer conexão humana.

Engraçado quão familiar aquilo soava.

O cara que entrou no bar e cumprimentou Miller era um dos amigos de Diogo. Tinha 20 anos de idade, talvez um pouco menos. Um veterano da Estação Tot, assim como Miller. Não se lembrava do nome do garoto, mas o via com frequência suficiente para saber que a postura dele estava diferente do normal. Tensa. Miller tirou o som da transmissão de notícias de seu terminal e se aproximou do jovem.

– Ei – ele cumprimentou.

O garoto levantou um olhar penetrante. Seu rosto estava tenso, mas uma tranquilidade suave, intencional, tentava mascarar isso. Era só o velhote do Diogo. Aquele, todo mundo em Tot sabia, que matara o maior imbecil do universo. Aquilo valera alguns pontos para Miller, por isso o garoto sorriu e acenou com a cabeça na direção da banqueta ao seu lado.

– Tudo bem fodido, não é? – Miller comentou.

– Você não sabe a metade – o garoto falou. Tinha um sotaque controlado. Cinturino, pela estatura dele, mas estudado. Um técnico, provavelmente. O garoto pediu uma bebida, e o garçom lhe ofereceu um copo com um fluido claro tão volátil que Miller o observou evaporar. O garoto bebeu de um gole só.

– Não funciona – Miller falou.

O garoto ergueu os olhos. Miller deu de ombros.

– Dizem que beber ajuda, mas não ajuda – Miller explicou.

– Não?

– Não. Às vezes sexo ajuda, se você tiver uma garota com quem conversar depois. Ou praticar tiro. Malhar, talvez. O álcool não o faz se sentir melhor. Só faz com que se sinta menos preocupado em se sentir mal.

O garoto riu e balançou a cabeça. Estava prestes a falar, então Miller recostou-se e deixou que o silêncio fizesse o trabalho por ele. Imaginou que o garoto tivesse matado alguém, provavelmente em Tot, e isso o estava torturando. Mas, em vez de contar a história, o garoto pegou o terminal de Miller, digitou alguns códigos locais e o devolveu. Um imenso menu de transmissões apareceu: vídeo, áudio, pressão de ar e conteúdo, dados radiológicos. Miller precisou de meio segundo para entender o que estava vendo. Eles tinham invadido a criptografia das transmissões de Eros.

Miller olhava a protomolécula em ação. Via o cadáver de Juliette Andromeda Mao em larga escala. Por um instante, imaginou Julie tremular ao seu lado.

– Se você já duvidou se fez a coisa certa em atirar naquele cara – o garoto disse –, olhe para isso.

Miller abriu uma transmissão. Um corredor comprido, largo o bastante para vinte pessoas caminharem lado a lado. O chão estava úmido e ondulava como a superfície de um canal. Algo pequeno rolava desajeitado pela gosma. Quando Miller aproximou a imagem, viu que era um torso humano – caixa torácica, coluna, coisas compridas que deviam ser os intestinos e agora eram longas tiras pretas de protomolécula – avançando com o toco de um braço. Não tinha cabeça. A barra de saída da transmissão mostrava que havia som, e Miller aumentou o volume. O sibilo alto, estúpido, o fez pensar em crianças com problemas mentais cantando para si mesmas.

– É tudo assim – o garoto disse. – A estação inteira rastejando com... merdas assim.

– O que isso está fazendo?

– Construindo alguma coisa – o garoto disse, e estremeceu. – Eu achei que você devia ver.

– Ah, é? – Miller falou, seu olhar preso na tela. – O que foi que eu fiz contra você?

O garoto riu.

– Todo mundo acha que você é um herói por matar aquele cara – o jovem disse. – Todo mundo acha que deveríamos jogar todos os prisioneiros de Tot pela câmara de descompressão.

Provavelmente deveríamos, Miller pensou, *se não conseguirmos torná-los humanos novamente.* Ele mudou de transmissão. Era no nível do cassino onde Holden e ele estiveram, ou uma seção muito parecida. Uma teia de algo similar a ossos ligava o teto ao chão. Coisas pretas, como anelídeos de um metro de comprimento, deslizavam para cima, entre os ossos. O som era baixo, como as gravações que ele ouvira de surfe na praia. Trocou de transmissão de novo. Agora via o porto, cujas anteparas estavam fechadas e incrustadas com imensas conchas em espiral que pareciam se mexer.

– Todo mundo acha que você é um maldito herói – o garoto reafirmou; desta vez, aquilo tocou um pouco o ex-detetive. Miller balançou a cabeça.

– Que nada – ele disse. – Sou só um cara que costumava ser policial.

Por que entrar em um tiroteio e invadir uma estação inimiga cheia de pessoas e sistemas automáticos prontos para matá-lo parecia menos assustador do que falar com pessoas com quem você viajou durante semanas?

Porque era.

Era o terceiro turno, e o bar na plataforma de observação estava pronto para imitar a noite. O ar tinha cheiro de algo esfumaçado que não era fumaça. Um piano e um baixo duelavam preguiçosos enquanto a voz de um homem lamentava em árabe. Luzes fracas brilhavam na base das mesas, lançando sombras suaves pelos rostos e corpos, enfatizando as pernas, barrigas e os peitos dos clientes. Os estaleiros do outro lado das janelas estavam movimentados, como sempre. Se fosse lá perto, poderia ver a *Rocinante*, ainda recuperando-se de seus ferimentos. Não só ainda estava viva como ficava mais forte.

Amos e Naomi estavam em uma mesa no canto. Nenhum sinal de Alex. Nenhum sinal de Holden. Aquilo tornava mais fácil. Não fácil, mas possível. Ele caminhou na direção deles. Naomi o viu primeiro, e Miller leu o desconforto em sua expressão, disfarçado tão rápido quanto apareceu. Amos se virou para ver o que causara aquela reação nela, e os cantos de seus olhos e boca não se curvaram em uma carranca nem em um sorriso. Miller coçou o braço, embora não sentisse coceira.

– Oi – ele disse. – Posso pagar uma rodada para vocês?

O silêncio durou um segundo a mais do que deveria, então Naomi forçou um sorriso.

– Claro. Só uma. Temos que fazer... aquela coisa. Para o capitão.

– Ah, sim – Amos confirmou, mentindo ainda mais desajeitadamente do que Naomi, tornando sua percepção do fato como parte da mensagem. – A coisa. É importante.

Miller se sentou, levantou a mão para o garçom vê-lo e, quando o homem assentiu, inclinou-se com os cotovelos na mesa. Era a versão sentada do agachamento de um lutador, dobrado para a frente, com os braços protegendo lugares sensíveis no pescoço e barriga. Era a postura de quem esperava ser ferido.

O garçom veio e trouxe cervejas para todos. Miller pagou por elas com dinheiro da APE e tomou um gole.

– Como está a nave? – perguntou, por fim.

– Está se acertando – Naomi respondeu. – Eles causaram um dano e tanto nela.

– Ela ainda voa – Amos comentou. – É durona.

– Isso é bom. Quando... – Miller tropeçou nas palavras e teve que recomeçar. – Quando vocês pretendem partir?

– Quando o capitão mandar. – Amos deu de ombros. – Já estamos herméticos, então podemos ir amanhã, se ele encontrar algum lugar para onde queira ir.

– E se Fred nos deixar – Naomi disse, e logo depois sorriu como se desejasse ter ficado quieta.

– Isso é um problema? – Miller perguntou. – A APE está pressionando Holden?

– É só algo em que venho pensando – Naomi respondeu. – Não é nada. Olhe, obrigada pela bebida, Miller. Mas realmente acho melhor irmos embora.

Miller inspirou fundo e deixou o ar sair devagar.

– Sim – ele disse. – Ok.

– Vá na frente – Amos falou para Naomi. – Já alcanço você.

Naomi deu um olhar confuso para o homenzarrão, mas Amos só lhe devolveu um sorriso. Deve ter significado algo.

– Ok – Naomi concordou. – Não demore muito, ok? Temos aquela coisa.

— Para o capitão — Amos disse. — Não se preocupe.

Naomi se levantou e foi embora. Seu esforço para não olhar por sobre o ombro era visível. Miller encarou Amos. As luzes davam ao mecânico uma aparência levemente demoníaca.

— Naomi é uma boa pessoa — Amos disse. — Gosto dela, sabe? Como uma irmã caçula, só que inteligente, e com quem eu transaria se ela quisesse. Entende?

— Sim — Miller respondeu. — Gosto dela também.

— Ela não é como nós. — Amos perdera o tom caloroso e bem-humorado.

— É por isso que gosto dela — Miller falou. Era a coisa certa a se dizer. Amos assentiu.

— O negócio é o seguinte. No que diz respeito ao capitão, você está na merda.

As bolhas onde a cerveja tocava o copo brilhavam brancas na luz fraca. Miller deu um quarto de volta no copo, observando-o de perto.

— Por que matei alguém que precisava ser morto? — Miller perguntou. A amargura em sua voz não era surpresa, mas era mais profunda do que ele pretendia. Amos não ouviu ou não se importou.

— Porque você tem esse costume — Amos respondeu. — O capitão não é assim. Matar pessoas sem conversar primeiro o deixa doido. Você fez muito disso em Eros, mas... você sabe.

— Sei — Miller falou.

— A Estação Tot não era Eros. O próximo lugar para onde vamos tampouco é Eros. Holden não quer você por perto.

— E o restante de vocês? — Miller perguntou.

— Também não queremos você por perto — Amos confirmou. Sua voz não era dura nem gentil. Era como se falasse do calibre de uma parte de máquina. Estava falando sobre qualquer coisa. As palavras atingiram Miller no estômago, bem onde ele esperava. Não podia ter impedido.

– A questão é a seguinte – Amos prosseguiu. – Você e eu somos muito parecidos. Estamos por aí. Sei o que sou. E, vou lhe dizer, meu compasso moral é torto. Algumas coisas eram diferentes na minha infância. Eu podia ter sido um desses bandidos em Tot. Sei disso. O capitão não seria. Não está nele. Ninguém é mais justo que ele. E quando o capitão diz que você está fora, é assim que tem que ser, porque, do jeito que eu vejo, provavelmente ele está certo. Com certeza ele tem mais chance de estar certo do que eu.

– Ok – Miller falou.

– Sim – Amos disse. Terminou sua cerveja. Terminou a de Naomi. Depois foi embora, deixando Miller sozinho, com as entranhas vazias.

Lá fora, a *Nauvoo* espalhava um conjunto brilhante de sensores, testando alguma coisa ou apenas se exibindo. Miller esperou.

Ao lado dele, Julie Mao se reclinou na mesa, bem onde Amos estivera.

Então, ela disse, *parece que somos apenas você e eu agora.*

– Parece que sim – ele respondeu.

43

HOLDEN

Uma operária da Tycho de avental azul e máscara de solda fechava o buraco de uma das anteparas da cozinha da nave. Holden observava, protegendo os olhos com a mão do brilho azul áspero da solda. Quando a placa de aço estava presa no lugar, a soldadora tirou a máscara para conferir o rebordo. Ela tinha olhos azuis, uma boca pequena em formato de coração no rosto de duende e os cabelos ruivos presos em um coque. O nome dela era Sam, e ela era a líder da equipe do projeto de reparo da *Rocinante*. Amos a perseguia havia duas semanas sem sucesso. Holden estava satisfeito, pois a duende acabou se revelando uma das melhores mecânicas que ele já conhecera, e odiava que ela se concentrasse em qualquer outra coisa que não sua nave.

– Está perfeito – ele lhe disse enquanto ela passava a mão sobre o metal que esfriava.

– Está ok. – Ela deu de ombros. – Vamos lixar isto bem, pintar direitinho, e você jamais saberá que sua nave teve um dodói. – Ela tinha uma voz surpreendentemente profunda que contrastava com sua aparência e com o hábito de usar frases infantis de modo zombeteiro. Holden achava que a aparência dela, combinada com sua escolha profissional, levara muita gente a subestimá-la no passado. Ele não queria cometer esse erro.

– Você fez um trabalho incrível, Sam – ele falou. Holden imaginava que Sam era diminutivo de alguma coisa, mas nunca perguntou, e ela também nunca lhe contou. – Digo sempre a Fred quão felizes estamos por você estar a cargo deste trabalho.

– Talvez eu consiga uma estrela dourada no meu próximo boletim – ela disse enquanto colocava a solda de lado e se levantava.

Holden tentou pensar em algo para responder, mas não conseguiu.

– Desculpe – ela disse, virando o rosto para ele. – Fico feliz pelos seus elogios ao chefe. Para ser honesta, tem sido bem divertido trabalhar na sua garotinha. É uma bela nave. A surra que ela levou teria feito qualquer uma das nossas em pedaços.

— Chegamos perto disso, mesmo para nós — Holden respondeu.

Sam assentiu e começou a guardar o restante de suas ferramentas. Enquanto ela trabalhava, Naomi desceu a escada da tripulação, vinda dos conveses superiores, seu avental cinza cheio de equipamentos de eletricista.

— Como estão as coisas lá em cima? — Holden perguntou.

— Noventa por cento — Naomi disse enquanto cruzava a cozinha até a geladeira e pegava uma garrafa de suco. — Ou quase isso. — Ela jogou outra garrafa para Sam, que a pegou no ar.

— Naomi. — Sam ergueu a garrafa em um brinde brincalhão antes de tomar metade em um gole só.

— Sammy — a imediata respondeu com um sorriso.

As duas se deram bem desde o primeiro minuto, e agora Naomi passava muito de seu tempo livre com Sam e o pessoal da Tycho. Holden odiava admitir, mas sentia falta de ser o único integrante do círculo social de Naomi. Quando ele admitia isso para si mesmo, como agora, se sentia um crápula.

— Golgo *comp* no *rec*, hoje à noite? — Sam perguntou depois de engolir a outra metade de sua bebida.

— Não acha que aqueles idiotas do C7 já estão cansados de ficarem na mão? — Naomi respondeu. Para Holden, parecia que falavam em código.

— Podemos jogar o primeiro — Sam disse. — Prendê-lo bem antes de jogarmos o martelo e acabarmos com eles.

— Parece uma boa — Naomi concordou. Jogou a garrafa vazia no cesto de reciclagem e voltou para a escada. — Vejo você às oito, então. — Deu um pequeno aceno para Holden. — Até mais tarde, capitão.

— Quanto tempo, você acha? — Holden perguntou para as costas de Sam enquanto ela terminava de guardar as ferramentas.

Sam deu de ombros.

— Uns dois dias, talvez, para deixá-la perfeita. Ela talvez conseguisse voar agora, se você não se preocupar com coisas não essenciais e estética.

– Obrigado, mais uma vez. – Holden estendeu a mão para Sam quando ela se virou. Ela aceitou o cumprimento, a palma da mão cheia de calos e o aperto firme. – Espero que limpem o chão com aqueles imbecis da C7.

Ela lhe deu um sorriso predatório.

– Não tenha dúvidas disso.

Por meio de Fred Johnson, a APE providenciara alojamentos na estação para a tripulação durante o conserto da *Roci*. Nas últimas semanas, Holden quase começara a se sentir em casa em sua cabine. Tycho tinha dinheiro, e parecia gastar muito com os empregados. Holden tinha três aposentos para si, incluindo um banheiro e uma pequena cozinha em um canto da sala de estar. Na maioria das estações, você tinha que ser governador para ter esse tipo de luxo. Holden tinha a impressão de que este era o padrão dos gerentes em Tycho.

Ele jogou o macacão encardido no cesto de roupa e começou a preparar um café antes de seguir para sua ducha privativa. Um banho todas as noites depois do trabalho: outro luxo quase impensável. Seria fácil distrair-se. Começar a pensar neste período de reparo da nave e na tranquila vida doméstica como normalidade, e não um interlúdio. Holden não podia deixar isso acontecer.

O ataque da Terra a Marte enchia os noticiários. Os domos de Marte ainda estavam em pé, mas duas chuvas de meteoros haviam crivado as amplas encostas do Monte Olimpo. A Terra afirmava que eram restos de Deimos; Marte dizia que era uma ameaça intencional e uma provocação. Naves marcianas que estavam nos gigantes gasosos viajavam a toda velocidade para os planetas interiores. Cada dia, cada hora tornavam mais próximo o momento em que a Terra teria que resolver ou aniquilar Marte ou recuar. A retórica da APE parecia ser construída para garantir que fossem mortos pelo vencedor desse embate. Holden apenas ajudara Fred no que a Terra veria como o maior ato de pirataria da história do Cinturão.

E 1,5 milhão de pessoas estavam morrendo nesse instante em Eros. Holden pensou na transmissão de vídeo que vira, e as imagens do que estava acontecendo na estação o faziam estremecer mesmo sob o calor do banho.

Ah, e alienígenas. Alienígenas que tentaram dominar a Terra 2 bilhões de anos antes e falharam porque Saturno se intrometeu. *Não podemos esquecer os alienígenas*. Seu cérebro ainda não descobrira um jeito de processar isso, então continuava fingindo que não era verdade.

Holden pegou uma toalha e ligou a tela de parede na sala de estar enquanto se secava. O ar estava repleto com os cheiros concorrentes do café: da umidade do banho e do suave odor de grama e flores que Tycho lançava em todas as residências. Holden tentou assistir às notícias, mas era especulação sobre a guerra, sem nenhuma informação nova. Ele mudou para um programa de competição com regras incompreensíveis e participantes psicologicamente frívolos. Passou para outra transmissão, que reconheceu como comédia porque os atores paravam e assentiam onde esperavam que houvesse risadas.

Quando sua mandíbula começou a doer, ele percebeu que estava apertando os dentes. Desligou a tela e jogou o controle remoto na cama no aposento ao lado. Enrolou a toalha na cintura, serviu-se de uma caneca de café e se jogou no sofá bem na hora em que a campainha da porta tocou.

– Quem é? – ele gritou com toda a força dos pulmões. Ninguém respondeu. O isolamento de Tycho era bom. Foi até a porta, arrumando a toalha com o máximo de cuidado ao longo do caminho, e a abriu.

Era Miller. Estava vestido com um terno amarrotado cinza que provavelmente comprara em Ceres, e andava de um lado para o outro com aquele chapéu estúpido.

– Holden, oi... – ele começou, mas Holden o interrompeu.

– Que diabos você quer? – Holden falou. – Está *mesmo* parado aí fora de chapéu na mão?

Miller sorriu e colocou o chapéu na cabeça.

– Sabe, sempre me perguntei o que as pessoas queriam dizer com isso, "de chapéu na mão".

– Agora você sabe – Holden respondeu.

– Tem um minuto? – Miller pediu.

Holden esperou um pouco, encarando o magro detetive, mas logo desistiu. Devia pesar 20 quilos a mais do que Miller, porém era impossível ser intimidador quando a outra pessoa era 30 centímetros mais alta do que você.

– Ok, entre – ele disse, e se dirigiu para o quarto. – Deixe-me vestir alguma coisa. Tem café ali.

Holden não esperou uma resposta; simplesmente fechou a porta do quarto e sentou-se na cama. Miller e ele não trocaram mais do que uma dúzia de palavras desde que voltaram a Tycho. Sabia que não podia deixar por isso mesmo, por mais que gostasse da ideia. Devia a Miller pelo menos a conversa na qual lhe diria para dar o fora.

Holden vestiu uma calça de algodão aconchegante e um pulôver, passou a mão pelos cabelos úmidos e voltou para a sala de estar. Miller estava sentado no sofá com uma caneca fumegante entre as mãos.

– Café gostoso – o detetive disse.

– Então, vamos ouvir o que você tem a dizer – Holden respondeu, sentando em uma cadeira diante do ex-detetive.

Miller tomou um gole de café e começou:

– Bem...

– Quero dizer, esta é a conversa na qual você me diz que estava certo em atirar em um homem desarmado no rosto, e que sou ingênuo demais para perceber isso. Certo?

– Na verdade...

– Eu tinha avisado – Holden falou, surpreso em sentir o calor que subia para seu rosto –, nada mais daquela merda de juiz, júri e execução ou você podia encontrar outra carona para casa, e você fez mesmo assim.

– Sim.

A simples afirmativa desarmou Holden.

– Por quê?

Miller tomou outro gole de café e abaixou a caneca. Estendeu o braço e tirou o chapéu, jogando-o ao lado no sofá, então recostou-se.

– Ele ia se safar.

– Como é que é? – Holden respondeu. – Você perdeu a parte em que ele confessou tudo?

– Não foi uma confissão. Ele estava se gabando. Era intocável e sabia disso. Dinheiro demais. Poder demais.

– Isso é bobagem. Ninguém mata um milhão e meio de pessoas e consegue se safar.

– As pessoas se safam de coisas o tempo todo. Culpados como o demônio, mas algo interfere. Evidências. Política. Tive uma parceira por um tempo, chamada Muss. Quando a Terra deixou Ceres...

– Pare – Holden o interrompeu. – Não me importo. Não quero ouvir outra de suas histórias sobre como ser um policial o torna mais esperto, profundo e capaz de encarar a verdade sobre a humanidade. Até onde vi, tudo o que isso fez foi estragar você. Ok?

– Sim, ok.

– Dresden e seus amigos da Protogen achavam que podiam escolher quem vivia e quem morria. Isso lhe parece familiar? E não me diga que é diferente desta vez, porque todo mundo diz isso o tempo todo. E não é.

– Não foi vingança – Miller disse, com um pouco de fervor demais.

– Ah, sério? Não tem nada a ver com a garota no cortiço? Julie Mao?

– Capturá-lo tinha. Matá-lo...

Miller suspirou e assentiu para si mesmo, então se levantou e abriu a porta. Parou antes de sair e se virou, uma dor verdadeira em seu rosto.

– Ele estava nos convencendo – Miller disse. – Sabe todo aquele papo sobre conquistar as estrelas e nos proteger do que quer que tivesse jogado aquela coisa na Terra? Eu estava começando a achar que talvez ele devesse continuar com aquilo. Talvez as coisas fossem grandes demais para certo ou errado. Não estou dizendo que ele me convenceu. Mas ele me fez pensar talvez, sabe? Só talvez.

– E por isso você atirou nele.

– Atirei.

Holden suspirou, recostou-se na parede próxima à porta aberta, os braços cruzados.

– Amos chama você de justo – Miller falou. – Sabia disso?

– Amos acha que é um cara mau, porque fez coisas das quais se envergonha – Holden disse. – Ele nem sempre confia em si mesmo, mas o fato de ele se importar me diz que ele não é um cara mau.

– Sim... – Miller começou, mas Holden o interrompeu.

– Ele é o tipo de pessoa que olha para a própria alma e quer limpar as manchas que vê – ele disse. – Já você só dá de ombros.

– Dresden era...

– Isso não é sobre Dresden. É sobre você – Holden falou. – Não confio em você perto das pessoas com as quais me importo.

Holden encarou Miller, esperando que ele respondesse, mas o policial apenas assentiu triste, colocou seu chapéu e se afastou pelo corredor gentilmente curvado. Ele não olhou para trás.

Holden entrou e tentou relaxar, mas sentia-se agitado e nervoso. Nunca teria saído de Eros sem a ajuda de Miller. Não havia dúvida sobre isso: mandá-lo embora parecia errado. Incompleto.

A verdade era que Miller fazia sua nuca se arrepiar cada vez que compartilhavam um ambiente. O policial era como um cão imprevisível que podia tanto lamber sua mão como morder sua perna.

Holden pensou em ligar para Fred e avisá-lo. Em vez disso, ligou para Naomi.

– Oi – ela respondeu no segundo toque. Holden podia ouvir a alegria frenética, movida a álcool, de um bar ao fundo.

– Naomi. – Ele fez uma pausa, tentando pensar em alguma desculpa por ter ligado. Quando não conseguiu pensar em nada, disse: – Miller acabou de sair daqui.

– Sim, ele encurralou Amos e eu um tempo atrás. O que ele queria?

– Não sei. – Holden suspirou. – Dizer adeus, talvez.

– O que você está fazendo? – Naomi perguntou. – Quer beber alguma coisa?

– Quero, sim.

Holden não reconheceu o bar no início. Depois de pedir um uísque a um garçom profissionalmente amigável, percebeu que era o mesmo lugar onde vira Naomi cantar uma música punk cinturina no *karaoke*, no que parecia ter sido décadas antes. Ela circulava por ali e apareceu diante dele no mesmo momento em que sua bebida chegou. O garçom lançou a ela um sorriso questionador.

– Ah, não – Naomi disse depressa, acenando as mãos para ele. – Já bebi bastante esta noite. Só um pouco de água, obrigada.

Enquanto o garçom se afastava, Holden perguntou:

– Como foi seu, ah... O que é exatamente Golgo? E como foi?

– Um jogo que disputam aqui – Naomi disse, então pegou o copo de água que o garçom ofereceu e bebeu metade de uma só vez. – É como uma mistura de dardos com futebol. Nunca tinha jogado antes, mas sou muito boa. Vencemos.

– Que ótimo – Holden falou. – Obrigado por ter vindo. Sei que é tarde, mas essa coisa com o Miller me deixou meio puto.

– Ele quer que você o absolva, eu acho.

– Porque sou "justo" – Holden disse com um riso sarcástico.

– Você é – Naomi afirmou sem ironia. – Quero dizer, é um termo carregado, mas você é o mais perto disso do que qualquer outra pessoa que conheci.

– Ferrei com tudo – Holden deixou escapar antes que pudesse se impedir. – Todo mundo que tentou nos ajudar, ou a quem tentamos ajudar, morreu espetacularmente. Essa coisa toda da maldita guerra. E o capitão McDowell, Becca e Ade. E Shed... – Ele teve que parar e engolir um nó súbito na garganta.

Naomi só assentiu, então estendeu o braço pela mesa e pegou a mão dele entre as suas.

– Preciso de uma vitória, Naomi – ele prosseguiu. – Preciso fazer algo que faça a diferença. Destino, carma, Deus ou sei lá o quê me jogou no meio desta coisa toda. Preciso saber que estou fazendo a diferença.

Naomi sorriu para ele e apertou sua mão.

– Você é fofo quando está sendo nobre – ela falou. – Mas precisa olhar tudo isso mais a distância.

– Você está me zoando.

– Estou – ela disse. – Quer ir para casa comigo?

– Eu... – Holden começou a falar, então parou e a encarou, procurando uma piada. Naomi ainda sorria para ele, nada nos olhos além de calor e um toque de malícia. Enquanto ele observava, um cacho do cabelo dela caiu sobre os olhos, e ela o afastou do rosto sem desviar o olhar dele. – Espere, o quê? Pensei que você...

– Eu avisei para você não falar que me ama para me levar para a cama – ela disse. – Mas também contei que teria ido para sua cabine a qualquer momento nos últimos quatro anos, bastasse você pedir. Não acho que estava sendo sutil e meio que cansei de esperar.

Holden recostou-se no banco e tentou se lembrar de respirar. O sorriso de Naomi mudou para malícia pura agora, e uma sobrancelha se levantou.

– Você está bem, marinheiro? – ela perguntou.

– Pensei que estivesse me evitando – ele respondeu assim que foi capaz de falar. – É esse o seu jeito de me dar uma vitória?

– Não me insulte – ela disse, embora não houvesse traço de raiva em sua voz. – Mas esperei semanas até você tomar coragem, e a nave está quase pronta. Isso significa que você provavelmente vai se oferecer para fazer algo bem estúpido, e desta vez a sorte talvez não esteja do nosso lado.

– Bem...

– Se isso acontecer sem darmos *uma* chance a nós, vou ser uma pessoa muito infeliz.

– Naomi, eu...

– É muito simples, Jim. – Ela alcançou a mão dele e a puxou em sua direção. Depois se inclinou por sobre a mesa até que seu rosto estivesse quase tocando o dele. – É uma questão de sim ou não.

– *Sim*.

44

MILLER

Miller estava sentado sozinho, olhando pelas amplas janelas de observação sem enxergar a vista. O uísque de cultura fúngica, apoiado na mesa baixa preta ao lado dele, permanecia no mesmo nível no copo desde que fora trazido. Não era bem uma bebida. Era uma permissão para se sentar. Sempre havia um punhado de vagabundos, mesmo em Ceres. Homens e mulheres cuja sorte acabara. Nenhum lugar para ir, ninguém para quem pedir favores. Nenhuma conexão com a vasta rede da humanidade. Ele sempre sentira um tipo de simpatia por eles, sua tribo espiritual.

Agora ele fazia parte dessa tribo desconectada.

Algo brilhante apareceu no casco da grande nave geracional – um conjunto de soldas prendendo algum tipo de rede intrincada de conexões sutis, talvez. Depois da *Nauvoo*, aninhado na atividade constante como a de uma colmeia da Estação Tycho, estava o arco de meio grau da *Rocinante*, o lar que ele tivera um dia. Ele conhecia a história de Moisés vendo a terra prometida na qual jamais entraria. Miller se perguntava como o velho profeta teria se sentido se tivesse podido entrar por um momento – um dia, uma semana, um ano – e depois fosse expulso de volta para o deserto. Seria mais gentil nunca ter deixado o deserto. Mais seguro.

Ao lado dele, Juliette Mao observava-o do canto de sua mente escavado para ela.

Eu devia ter salvado você, ele pensava. *Devia ter encontrado você. Descoberto a verdade.*

E não descobriu?

Ele sorriu para ela, que lhe retribuiu o sorriso, tão exausta e cansada quanto ele. Porque é claro que ele descobrira. Ele a encontrara, encontrara quem a matara. Holden estava certo: ele se vingara. Fez tudo o que prometera que faria. Só que nada disso o salvara.

– Posso lhe trazer alguma coisa?

Por meio segundo, Miller pensou que Julie tivesse dito aquilo. A garçonete abriu a boca para repetir a pergunta antes que ele negasse com a cabeça. Ela não podia. E, mesmo se ela fosse capaz, ele não poderia se dar a esse luxo.

Você sabia que não ia durar, Julie falou. *Holden, a tripulação. Você sabia que não pertencia àquele lugar. Você pertence a mim.*

Uma descarga de adrenalina acelerou seu coração cansado. Ele olhou ao redor, em busca dela, mas Julie se fora. A reação "lutar ou fugir" gerada dentro dele não tinha espaço para alucinações. Ainda assim... *Você pertence a mim.*

Ele se perguntou quantas pessoas conhecera que haviam escolhido aquele caminho. Policiais tinham a tradição de se suicidarem com um tiro na boca desde muito antes de a humanidade sair dos poços de gravidade. Ali estava ele, sem lar, sem amigos, com mais sangue nas mãos no último mês do que em toda a sua carreira. O psiquiatra da polícia em Ceres chamava isso de ideação suicida, em sua apresentação anual para as equipes de segurança. Algo para se estar atento, como piolhos genitais ou colesterol alto. Nada de mais se você fosse cuidadoso.

Então ele seria cuidadoso. Por um tempo. Para ver onde aquilo daria.

Miller se levantou, hesitou por três segundos, então pegou seu bourbon e bebeu de um só gole. Coragem líquida, chamavam, e parecia funcionar. Ele pegou seu terminal portátil, fez um pedido de conexão e tentou se recompor. Ainda não chegara lá. E, se pretendia viver, precisava de um emprego.

— *Sabez nichts,* Pampaw — Diogo disse.

O garoto usava uma camisa xadrez e calças cortadas de um jeito tão jovem quanto feio; em sua vida pregressa, Miller o teria descrito como novo demais para saber qualquer coisa útil. Agora Miller esperava. Se alguma coisa podia arrancar uma perspectiva de Diogo, seria a promessa de Miller arrumar um lugar próprio para morar. O silêncio se arrastava. Miller se obrigava a não falar, por medo de implorar.

– Bem... – Diogo disse cauteloso. – Bem. Há um *hombre* que pode ajudar. Apenas braço e olho.

– Trabalho na guarda de segurança está ótimo para mim – Miller respondeu. – Qualquer coisa que pague as contas.

– *Il conversa á do*. Ouvir o que for dito.

– Agradeço qualquer coisa que possa fazer – Miller respondeu e fez um gesto na direção da cama. – Você se importa se eu...?

– *Mi cama es su cama* – Diogo falou. Miller se deitou.

Diogo entrou no pequeno chuveiro, e o som da água contra a carne superou o ruído do circulador de ar. Miller não vivia em circunstâncias físicas tão íntimas com alguém desde o casamento, mesmo considerando seu tempo na nave. Ainda assim, não se atrevia a chamar Diogo de amigo.

As oportunidades eram menores em Tycho do que ele esperava, e ele não tinha muitas referências. As poucas pessoas que o conheciam provavelmente não falariam em seu nome. Mas decerto haveria alguma coisa. Tudo o que precisava era de um jeito de se refazer, de recomeçar e ser alguém diferente do que fora.

Presumindo, é claro, que a Terra ou Marte – qualquer um que chegasse ao topo da guerra – não varresse a APE e todas as estações leais a ela do espaço. E que a protomolécula não escapasse de Eros e massacrasse um planeta. Ou uma estação. Ou ele. Teve um arrepio momentâneo ao lembrar que ainda havia uma amostra da coisa a bordo da *Roci*. Se algo acontecesse com aquilo, Holden, Naomi, Alex e Amos poderiam se juntar a Julie muito antes de Miller.

Ele tentou se convencer de que aquilo não era mais problema seu. Mesmo assim, esperava que ficassem bem. Queria que todos ficassem bem, mesmo se ele não ficasse.

– Ei, Pampaw – Diogo disse enquanto abria a porta para o corredor público. – Está sabendo que Eros começou a falar?

Miller se ergueu em um cotovelo.

– *Sí* – Diogo confirmou. – O que quer que aquela merda seja, começou a transmitir. Tem até palavras e merdas assim. Tenho uma transmissão. Quer ouvir?

Não, Miller pensou. *Não, eu vi aqueles corredores. O que aconteceu com aquelas pessoas quase aconteceu comigo. Não quero ter nada a ver com aquela abominação.*

– Claro – ele respondeu.

Diogo procurou em seu próprio terminal portátil e digitou alguma coisa. O terminal de Miller soou quando recebeu uma nova rota de transmissão.

– *Chicá perdída* em operações misturou um monte disso com *bhangra* – Diogo falou, fazendo um movimento de dança com os quadris. – Coisa pesada, hein?

Diogo e os outros membros irregulares da APE que invadiram a valiosíssima estação de pesquisa encararam uma das mais poderosas e cruéis corporações na história do poder e da crueldade. E agora faziam música com os gritos dos moribundos. Dos mortos. Dançavam isso em clubes baratos. *É assim que deve ser*, Miller pensou, *quando se é jovem e desalmado.*

Mas não. Não era justo. Diogo era um bom garoto. Era apenas ingênuo. O universo cuidaria disso com um pouco de tempo.

– Coisa pesada – Miller concordou. Diogo sorriu.

A transmissão estava pausada. Miller apagou as luzes e deixou que a pequena cama aguentasse seu peso contra a pressão da coluna. Ele não queria ouvir. Não queria saber. Mas precisava.

No início, o som não era nada: gritos elétricos e uma estática vibrante descontrolada. Música, talvez em algum lugar no fundo. Um coro de violas, em um crescendo longo e distante. Então, tão distinto como se alguém falasse em um microfone, uma voz.

– Coelhos e hamsters. Ecologicamente desestabilizadores, redondos e azuis como raios de luar. Agosto.

Quase certeza de que não era uma pessoa de verdade. Os sistemas de computadores em Eros podiam gerar um grande número de vozes e dialetos perfeitamente convincentes. Vozes de homens, de mulheres, de crianças. E quantos milhares de horas de dados estariam nos computadores e nos armazenamentos de despejos por toda a estação?

Outra vibração eletrônica, como tentilhões voltando-se contra si mesmos. Uma nova voz, desta vez feminina e suave, com um pulsar latejando por detrás.

– Paciente reclama de batimentos acelerados e suores noturnos. O início dos sintomas é relatado como tendo sido há três meses, mas com um histórico...

A voz desapareceu e a pulsação aumentou. Como um velho com buracos de queijo suíço no cérebro, o sistema complexo que fora Eros estava morrendo, mudando, perdendo o juízo. E como a Protogen conectara tudo para transmitir som, Miller podia ouvir a estação ruindo.

– Eu não disse para ele, eu não disse para ele, eu não disse para ele. O nascer do sol. Eu nunca vi o nascer do sol.

Miller fechou os olhos e deslizou para o sono, apaziguado por Eros. Conforme sua consciência desaparecia, ele imaginava um corpo na cama ao seu lado, quente, vivo e respirando lentamente junto com o aumento e a diminuição da estática.

O gerente era um homem magro, espigado, com a franja penteada para cima como uma onda que nunca se quebrava. O escritório se curvava ao redor deles, zumbindo em momentos estranhos, quando a infraestrutura – água, ar, energia – de Tycho interferia nele. Um negócio construído entre dutos, improvisado e barato. O mais baixo dos baixos.

– Sinto muito – o gerente disse.

Miller sentiu suas entranhas apertarem e afundarem. De todas as humilhações que o universo lhe reservara, essa ele não previra. Isso o deixava zangado.

– Acha que não dou conta? – ele perguntou, mantendo a voz suave.

– Não é isso – o homem espigado respondeu. – É que... Olhe, cá entre nós, estamos procurando um qualquer, entende? O irmão mais novo idiota de alguém poderia guardar este armazém. Você tem toda essa experiência... Por que precisaríamos de protocolos de controle de revoltas? Ou procedimentos de investigação? Quero dizer, veja bem. Este trabalho não vem nem com uma arma.

– Não me importo – Miller falou. – Preciso de serviço.

O homem espigado suspirou e deu de ombros do jeito exagerado dos cinturinos.

– Você precisa de outro serviço – ele respondeu.

Miller tentou não rir, com medo de que parecesse desespero. Encarou a parede de plástico barato atrás do gerente até que o cara começou a ficar desconfortável. Era uma armadilha. Ele tinha experiência demais para começar de novo. Sabia demais, então não podia voltar atrás e retomar tudo do zero.

– Tudo bem – ele disse por fim.

O gerente do outro lado da mesa soltou a respiração, então teve a boa graça de parecer envergonhado.

– Posso perguntar uma coisa? – o homem espigado falou. – Por que deixou seu antigo emprego?

– Ceres mudou de mãos. – Miller colocou o chapéu. – Eu não estava na equipe nova. E isso foi tudo.

– Ceres?

O gerente pareceu confuso, o que, por sua vez, confundiu Miller. Ele olhou para seu terminal portátil. Estava em seu histórico de trabalho, do jeito que ele apresentara. O gerente não podia não ter visto.

– Era onde eu estava – Miller falou.

– Para a coisa da polícia. Mas eu estava falando do último trabalho. Quero dizer, ando por aí, entendo por que não colocar o trabalho com a APE no currículo, mas você tinha que imaginar que todos nós sabemos que você fez parte da coisa... você sabe, com a estação. E tudo mais.

– Você acha que eu estava trabalhando para a APE – Miller falou.

O homem espigado pestanejou.

– Você estava – ele disse.

No fim das contas, era verdade.

Nada mudara no escritório de Fred Johnson, e tudo mudara. Os móveis, o cheiro do ar, a sensação de o lugar ser algo entre uma sala de reuniões e um centro de controle e comando. A nave geracional do lado de fora da janela podia estar 0,5% mais perto da conclusão, mas não era isso. As apostas do jogo tinham mudado: e o que antes era uma guerra tornara-se outra coisa. Algo maior. Brilhava nos olhos de Fred e pesava em seus ombros.

– Podemos usar um homem com suas habilidades – Fred concordou. – São sempre as coisas em pequena escala que enganam. Como revistar alguém. Esse tipo de coisa. A segurança de Tycho pode lidar com isso, mas, assim que estivermos fora da nossa estação e a caminho da estação de alguém, nem tanto.

– Isso é algo que você pretende fazer com mais frequência? – Miller perguntou, tentando manter o tom de brincadeira casual. Fred não respondeu. Por um instante, Julie ficou em pé ao lado do general. Miller viu os dois refletidos nas telas: o homem pensativo, o fantasma divertido. Talvez o ex-detetive estivesse errado desde o início, e a divisão entre o Cinturão e os planetas interiores fosse algo além da política e da gestão dos recursos. Ele sabia tão bem quanto qualquer um que o Cinturão oferecia uma vida mais dura, mais perigosa do que a Terra ou Marte proporcionavam. Mesmo assim, o Cinturão atraíra essas pessoas – as melhores pessoas – para fora dos poços de gravidade da humanidade, para atirarem-se na escuridão.

O impulso de explorar, de abrir horizontes, de deixar o lar. Ir o mais longe possível no universo. Agora que a Protogen e Eros ofereciam a chance de transformar os homens em deuses, de recriar a humanidade em seres que poderiam ir além de esperanças e sonhos meramente mundanos, ocorria a Miller quão difícil devia ser para homens como Fred dar as costas a essa tentação.

– Você matou Dresden – Fred falou. – Isso é um problema.

– Era necessário.

– Não tenho certeza disso – Fred respondeu, mas sua voz era cuidadosa. Testando.

Miller sorriu um pouco triste.

– Por isso mesmo era necessário – reafirmou.

A risadinha grave disse a Miller que Fred o entendia. Quando o general se virou para observá-lo, seu olhar era firme.

– Quando chegarmos à mesa de negociação, alguém terá que responder por isso. Você matou um homem indefeso.

– Matei – Miller falou.

– Quando chegar o momento, você será o primeiro bife que vou entregar aos leões. Não vou protegê-lo.

– Não estou pedindo isso – Miller falou.

– Mesmo que isso signifique ser um cinturino, ex-policial, em uma prisão da Terra?

Era um eufemismo, e ambos sabiam. *Você pertence a mim*, Julie dissera. O que importava, então, como ele chegaria lá?

– Não tenho remorsos – ele disse e, meio segundo mais tarde, ficou chocado em descobrir que era quase verdade. – Se houver um júri que queira me questionar sobre qualquer coisa, responderei por isso. Estou procurando trabalho, não proteção.

Fred sentou-se em sua cadeira, os olhos apertados e pensativos. Miller inclinou-se para a frente em seu assento.

– Você me deixa em uma posição difícil – Fred comentou. – Está dizendo todas as coisas certas. Mas tenho dificuldade em acreditar que você as siga. Mantê-lo na folha de pagamento seria arriscado. Poderia prejudicar minha posição nas negociações de paz.

— É um risco — Miller concordou. — Mas estive em Eros e na Estação Tot. Voei na *Rocinante* com Holden e sua tripulação. Quando se trata da análise da protomolécula e de como nos metemos nesta enrascada, não há ninguém mais capaz de lhe dar informação. Você pode argumentar que eu sabia demais. Que eu era valioso demais para partir.

— Ou perigoso demais.

— Claro. Ou isso.

Houve um momento de silêncio. Na *Nauvoo*, um grupo de luzes brilhou em um teste de padronagem dourada e verde e se apagou.

— Consultor de segurança — Fred falou. — Independente. Não lhe darei uma patente.

Sou sujo demais para a APE, Miller pensou com uma aura de diversão.

— Se vier com um catre, aceito — ele respondeu.

Era só até a guerra acabar. Depois disso, ele seria carne para a máquina. Tudo bem. Fred recostou-se. Sua cadeira assobiou suavemente para chegar à nova posição.

— Certo — Fred disse. — Eis sua primeira tarefa. Quero sua análise. Qual é meu maior problema?

— Contenção — Miller respondeu.

— Acha que não posso manter a informação sobre a Estação Tot e a protomolécula em sigilo?

— É claro que não pode — Miller falou. — Primeiro que muita gente já sabe. Segundo que uma dessas pessoas é Holden; se ele já não está transmitindo a coisa toda nas frequências disponíveis, logo o fará. Além disso, você não pode fazer um acordo de paz sem explicar que diabos está acontecendo. Cedo ou tarde, isso vai estourar.

— E o que você aconselha?

Por um instante, Miller estava de volta à escuridão, ouvindo os sons desconexos da estação moribunda. A voz dos mortos chegando até ele através do vácuo.

– Defenda Eros – ele disse. – Todos os lados vão querer amostras da protomolécula. Fechar o acesso é o único jeito de garantir um lugar nessa mesa.

Fred riu.

– Bela ideia – o coronel falou. – Mas como propõe que defendamos algo do tamanho da Estação Eros se a Terra e Marte lançarem suas marinhas contra nós?

Era uma boa pergunta. Miller sentiu uma pontada de tristeza. Embora Julie Mao, sua Julie, estivesse morta, parecia desleal dizer isso.

– Então você tem que se livrar dela – ele respondeu.

– E como eu faria isso? – Fred perguntou. – Mesmo se enchêssemos a coisa com bombas nucleares, como teríamos certeza de que nenhum pedacinho dela conseguiria chegar a uma colônia ou até um poço? Explodir aquilo seria como lançar um dente-de-leão ao vento.

Miller nunca vira um dente-de-leão, mas entendia o problema. Mesmo a menor porção da gosma que tomava conta de Eros poderia ser o suficiente para recomeçar todo o experimento maligno. E a gosma se alimentava de radiação; assim, cozinhar a estação poderia apressar a coisa em seu caminho oculto em vez de acabar com ela. Para ter certeza de que a protomolécula de Eros nunca se espalharia, precisavam desfazer tudo na estação ao nível dos átomos constituintes.

– Ah – Miller disse.

– Ah?

– Sim. Você não vai gostar disso.

– Experimente.

– Ok. Você perguntou. Você manda Eros para o Sol.

– Para o Sol – Fred repetiu. – Tem ideia de quanta massa estamos falando aqui?

Miller acenou com a cabeça na direção da vastidão ampla e limpa da janela, para a construção quilômetros além dela. Para a *Nauvoo*.

– Aquela coisa tem motores enormes – Miller disse. – Mande algumas naves rápidas para a estação, para garantir que ninguém entre lá antes de você chegar. Leve a *Nauvoo* até Eros. Empurre-a na direção do Sol.

O olhar de Fred se voltou para dentro enquanto ele planejava, calculava.

– Temos que ter certeza de que ninguém a alcance até que atinja a coroa solar. Será difícil, mas Terra e Marte estão ambas tão interessadas em impedir a outra de conseguir a coisa quanto em consegui-las elas mesmas.

Desculpe, não dava para fazer melhor, Julie, ele pensou. *Mas vai ser um funeral e tanto.*

A respiração de Fred ficou mais lenta e profunda, e seu olhar cintilava como se estivesse lendo algo no ar que só ele conseguia ver. Miller não interrompeu, mesmo quando o silêncio ficou pesado. Quase um minuto depois, Fred soltou um suspiro curto e ruidoso.

– Os mórmons vão ficar putos da vida – ele comentou.

45

HOLDEN

Naomi falava dormindo. Era uma entre várias coisas que Holden não sabia sobre ela até esta noite. Embora tivessem dormido em assentos de alta gravidade a alguns metros de distância um do outro em várias ocasiões, ele nunca a ouvira falar. Agora, com o rosto dela contra o peito desnudo dele, Holden podia sentir seus lábios se moverem e as emanações pontuadas de suas palavras. Não conseguia ouvir o que ela dizia.

Ela também tinha uma cicatriz nas costas, logo acima da nádega esquerda. Tinha mais de 7 centímetros de comprimento e as bordas irregulares e ondulantes que vinham de um rasgado, em vez de um corte. Naomi nunca fora esfaqueada em uma briga de bar, então devia ter ocorrido no trabalho. Talvez estivesse subindo em algum espaço apertado na sala de máquinas quando a nave manobrou de repente. Um cirurgião plástico competente poderia tornar aquilo invisível em uma consulta. Que ela não se incomodava e claramente não se importava era outra coisa que descobrira sobre ela esta noite.

Ela parou de murmurar, apertou os lábios algumas vezes e disse:

– Sede.

Holden deslizou por debaixo dela e seguiu para a cozinha, sabendo que esta era a afabilidade que sempre acompanhava uma nova amante. Pelas próximas semanas, ele não seria capaz de se impedir de realizar todos os caprichos que Naomi pudesse ter. Era um comportamento que alguns homens carregavam no nível genético, seu DNA querendo garantir que a primeira vez não era apenas um acaso.

O quarto dela era posicionado de um jeito diferente do dele, e a falta de familiaridade o deixava desajeitado no escuro. Ele remexeu nas coisas por alguns minutos na pequena cozinha, procurando um copo. No tempo que levou para encontrar, encher de água e voltar para o quarto, Naomi estava sentada na cama. O lençol estava amontoado em seu colo. A visão dela seminua à luz fraca do quarto lhe causou uma súbita e embaraçosa ereção.

Naomi passou os olhos pelo corpo dele, pausando na área central, depois no copo de água e perguntou:

– É para mim?

Holden não sabia a que ela se referia, por isso simplesmente respondeu:

– Sim.

– Está dormindo?

Naomi repousava a cabeça na barriga dele. A respiração dela era lenta e profunda, mas, para surpresa de Holden, ela respondeu:

– Não.

– Podemos conversar?

Ela rolou de lado e ajeitou-se até que seu rosto ficou ao lado do dele no travesseiro. Seu cabelo caía por sobre os olhos, e Holden estendeu a mão e afastou as mechas com um movimento que parecia tão íntimo e exclusivo que ele teve que engolir um nó na garganta.

– Você está prestes a ficar sério comigo? – ela perguntou, os olhos semicerrados.

– Sim, estou – ele respondeu e beijou sua testa.

– Meu último relacionamento foi há mais de um ano – ela falou. – Sou uma monogâmica compulsiva, então, no que me diz respeito, este é um acordo de exclusividade até que um de nós decida o contrário. Desde que eu receba um aviso prévio de que você decidiu encerrar o acordo, não haverá ressentimentos. Estou aberta à ideia de que isso pode ser mais do que sexo, mas, pela minha experiência, isso vai acontecer por conta própria, se for para acontecer. Tenho óvulos guardados em Europa e na Lua, se isso importa para você.

Ela se apoiou no cotovelo, o rosto pairando sobre o dele.

– Cobri todas as bases? – ela perguntou.

– Não – ele respondeu. – Mas concordo com as condições.

Ela se deitou de costas e soltou um suspiro comprido e satisfeito.

– Ótimo.

Holden queria abraçá-la, porém sentia-se tão quente e grudento de suor, que apenas estendeu o braço e segurou a mão dela. Queria dizer-lhe que aquilo significava algo, que já era mais do que sexo para ele, mas todas as palavras que rondaram sua cabeça soavam falsas e piegas.

– Obrigado – ele acabou falando, mas ela já ressonava baixinho.

Eles fizeram sexo de novo pela manhã. Depois de uma longa noite de pouco sono, acabou sendo bem mais esforço do que alívio para Holden, mas havia um prazer nisso também, como se menos do que sexo alucinante de algum modo significasse algo diferente, mais divertido e mais gentil, do que já tinham feito juntos. Depois, Holden foi até a cozinha, fez café e levou para a cama em uma bandeja. Beberam sem conversar, um pouco da timidez que evitaram na noite anterior aparecia agora sob a luz artificial da manhã dos LEDs do quarto.

Naomi colocou a xícara de café vazia de volta na bandeja e tocou o calombo no nariz recentemente quebrado dele.

– Está muito feio? – Holden perguntou.

– Não – ela respondeu. – Você era perfeito demais antes. Isso o torna mais substancial.

Holden gargalhou.

– Parece a palavra que você usaria para descrever um gordo ou um professor de história.

Naomi sorriu e tocou de leve o peito dele com a ponta dos dedos. Não era uma tentativa de excitá-lo, apenas a exploração que vinha quando a saciedade tirara o sexo da equação. Holden tentou se lembrar da última vez que a sanidade fria após o sexo fora tão confortável, mas talvez nunca tivesse sido assim. Ele estava planejando passar o resto do dia na cama de Naomi, fazendo uma relação mental de restaurantes na estação que entregavam comida, quando seu terminal começou a tocar na mesa de cabeceira.

– Maldição – ele disse.

– Você não precisa atender – Naomi respondeu, e moveu suas explorações para a barriga dele.

– Você prestou atenção nos acontecimentos dos últimos dois meses, certo? – Holden perguntou. – A menos que tenham chamado o número errado, provavelmente é alguma merda do tipo "fim do sistema solar" e teremos cinco minutos para evacuar a estação.

Naomi beijou as costelas dele, o que ao mesmo tempo fez cócegas e o fez questionar suas suposições sobre seu próprio período refratário.

– Isso não tem a menor graça – ela disse.

Holden suspirou e pegou o terminal da mesa. O nome de Fred piscou enquanto tocava mais uma vez.

– É o Fred – ele explicou.

Naomi parou de beijá-lo e se sentou.

– Devem ser mesmo más notícias.

Holden clicou na tela para aceitar a ligação e disse:

– Fred.

– Jim. Venha me ver assim que possível. É importante.

– Ok – Holden respondeu. – Estarei aí em meia hora.

Ele encerrou a ligação e jogou o terminal portátil do outro lado do quarto em uma pilha de roupas que deixara no pé da cama.

– Vou tomar um banho e depois vou ver o que Fred quer – ele disse, puxando os lençóis e se levantando.

– Devo ir junto? – Naomi perguntou.

– Está brincando? Nunca mais a deixarei longe da minha vista.

— Não me assuste — Naomi respondeu, mas sorria quando disse isso.

A primeira surpresa desagradável foi Miller sentado no escritório de Fred quando chegaram. Holden assentiu uma vez para o ex-detetive, então disse para Fred:

— Aqui estamos. O que aconteceu?

Fred gesticulou para que se sentassem e, quando se acomodaram, explicou:

— Estivemos conversando sobre o que fazer com relação a Eros.

Holden deu de ombros.

— Ok. O que foi?

— Miller acha que alguém tentará aterrissar ali para obter amostras da protomolécula.

— Não tenho problemas em acreditar que alguém seria tão estúpido — Holden concordou com um aceno de cabeça.

Fred se levantou e clicou em algo em sua mesa. As telas que normalmente mostravam a vista da construção da *Nauvoo* do lado de fora de repente mudaram para um mapa 2-D do sistema solar, luzes minúsculas de cores diferentes marcando posições das frotas. Um enxame zangado de pontos verdes cercava Marte. Holden presumiu que o verde indicava naves da Terra. Havia um monte de pontos amarelos e vermelhos no Cinturão e nos planetas exteriores. Os vermelhos deviam ser Marte, então.

— Belo mapa — Holden comentou. — Atualizado?

— Razoavelmente — Fred respondeu. Com alguns poucos toques na mesa, ele aproximou a cena em uma parte do Cinturão. Um caroço em forma de batata com o rótulo de Eros encheu o meio da tela. Dois minúsculos pontos verdes seguiam naquela direção a vários metros de distância.

— Essa é *Charles Lyell*, uma embarcação científica da Terra, seguindo na direção de Eros a toda velocidade. Está acompanhada pelo que achamos ser uma nave-escolta classe Phantom.

– A prima da *Roci* na Marinha das Nações Unidas – Holden comentou.

– Bem, a classe Phantom é um modelo mais antigo, e em geral relegada às tarefas de escolta na retaguarda, mas ainda mais do que páreo para qualquer transporte que a APE possa mandar rápido para lá – Fred respondeu.

– Exatamente o tipo de nave para escoltar naves científicas, no entanto – Holden comentou. – Como chegaram aí tão rápido? E por que só duas delas?

Fred afastou o mapa, até que se tornou uma vista distante do sistema solar inteiro outra vez.

– Golpe de sorte. A *Lyell* estava voltando para a Terra depois de mapear um asteroide que não é do Cinturão quando desviou o curso para Eros. Estava perto quando ninguém mais estava. A Terra deve ter visto uma chance de pegar uma amostra enquanto todo mundo estava imaginando o que fazer.

Holden olhou para Naomi, contudo o rosto dela era impenetrável. Miller o encarava como um entomologista tentando descobrir exatamente onde colocar o alfinete.

– Então eles sabem? – Holden perguntou. – Sobre a Protogen e Eros?

– Presumimos que sim – Fred respondeu.

– Quer que os afastemos? Quero dizer, acho que posso, mas só funcionará até que a Terra possa retraçar as rotas de mais algumas naves para lá. Não seremos capazes de ganhar muito tempo.

Fred sorriu.

– Não precisamos de muito – ele falou. – Temos um plano.

Holden assentiu, esperando para ouvir, mas Fred sentou-se e recostou-se em sua cadeira. Miller se levantou e mudou a vista da tela para um close-up da superfície de Eros.

Agora vamos descobrir por que Fred está mantendo o chacal por perto, Holden pensou.

Miller apontou para a imagem de Eros.

– Eros é uma estação antiga. Muita redundância. Muitos buracos na superfície, em geral pequenas câmaras de descompressão de manutenção – o ex-detetive explicou. – As grandes docas estão em cinco grupos principais ao redor da estação. Pretendemos mandar seis cargueiros de suprimentos para Eros, além da *Rocinante*. A *Roci* evita que a embarcação científica pouse, e os cargueiros protegem a estação, um em cada grupo de atracagem.

– Vai mandar pessoas para lá? – Holden perguntou.

– Não para a estação em si – Miller respondeu. – Só sobre ela. Trabalho de superfície. De qualquer modo, o sexto cargueiro evacua as tripulações uma vez que os outros estão atracados. Cada cargueiro abandonado terá duas dúzias de ogivas de fusão de alto rendimento conectadas a detectores de proximidade de naves. Qualquer coisa que tentar atracar nas docas causará uma explosão gerada pela fusão de algumas centenas de megatons. Deve ser o suficiente para cuidar de naves em aproximação; mesmo que isso não aconteça, as docas estarão lotadas demais para pousar.

Naomi limpou a garganta.

– Ah, as Nações Unidas e Marte têm esquadras de bombardeiros. Descobrirão como atravessar nossas armadilhas.

– Se houver tempo suficiente – Fred concordou.

Miller prosseguiu como se não tivesse sido interrompido.

– As bombas são apenas a segunda linha de dissuasão. A *Rocinante* é a primeira. Estamos tentando ganhar tempo para o pessoal do Fred preparar a *Nauvoo*.

– A *Nauvoo*? – Holden perguntou e, meio segundo depois, Naomi assobiou baixinho. Miller acenou com a cabeça para ela quase como se estivesse aceitando aplausos.

– O lançamento da *Nauvoo* em um curso parabólico longo, ganhando rapidez. A nave atingirá Eros com a velocidade e no ângulo calculado para empurrar a rocha na direção do Sol. Um conjunto de bombas também. Entre a energia do impacto e as ogivas de fusão, imaginamos que a superfície de Eros estará quente e radioativa o bastante para cozinhar qualquer coisa que tente pousar até que seja tarde demais – Miller terminou, então se sentou novamente. Levantou os olhos, como se esperasse as reações.

– Essa ideia foi sua? – Holden perguntou.

– A parte da *Nauvoo* foi. Mas não sabíamos sobre a *Lyell* quando falamos disso pela primeira vez. A coisa da armadilha é meio que improvisação. Acho que dará certo, no entanto. Ganharemos tempo suficiente.

– Concordo – Holden disse. – Precisamos manter Eros fora das mãos de qualquer um, e não consigo pensar em um jeito melhor de fazer isso. Estamos dentro. Afugentaremos a nave científica enquanto vocês fazem sua parte.

Fred inclinou-se para a frente em sua cadeira com um rangido e disse:

– Tinha certeza de que você toparia. Miller estava mais cético.

– Jogar um milhão de pessoas no Sol parecia algo que você poderia se recusar a fazer – o detetive falou com um sorriso sem graça.

– Não sobrou nada humano naquela estação. Qual sua parte nisso tudo? Virou um burocrata agora?

Aquilo soou mais desagradável do que ele pretendia, mas Miller não pareceu ofendido.

– Eu coordenarei a segurança.

– Segurança? Por que precisaremos de segurança?

Miller sorriu. Como em todos os seus sorrisos, parecia que ele estava ouvindo uma boa piada em um funeral.

– Caso algo escape pela câmara de descompressão e tente pegar uma carona – ele falou.

Holden franziu o cenho.

– Não gosto de pensar que essas coisas podem ficar por aí no vácuo. Não gosto nem um pouco dessa ideia – disse o capitão.

– Uma vez que aumentarmos a temperatura da superfície de Eros para agradáveis e balsâmicos 10 mil graus, acho que não importará muito – Miller comentou. – Até lá, é melhor estar seguro.

Holden pegou-se desejando partilhar da confiança do detetive.

– Quais as chances de o impacto e as detonações simplesmente partirem Eros em um milhão de pedaços e espalharem todos eles pelo sistema solar? – Naomi perguntou.

– Fred reuniu alguns de seus melhores engenheiros para calcular tudo, até a última casa decimal, para assegurar que isso não ocorra – Miller respondeu. – Tycho ajudou a construir Eros. Eles têm as plantas da estação.

– Então – Fred falou –, vamos tratar da última parte do negócio.

Holden esperou.

– Você ainda tem a protomolécula – Fred prosseguiu.

Holden assentiu e disse:

– E?

– E – Fred falou – da última vez que enviamos você a uma missão, sua nave quase foi destruída. Depois que Eros for detonada, será a única amostra confirmada por aí, além da que ainda pode estar em Febe. Não vejo razão para você mantê-la. Quero que a deixe aqui em Tycho quando partir.

Holden se levantou, balançando a cabeça.

– Gosto de você, Fred, mas não vou entregar essa coisa para ninguém que possa vê-la como moeda de barganha.

– Não acho que você tenha muita... – Fred começou a falar, mas Holden ergueu um dedo e o interrompeu. Enquanto Fred o encarava surpreso, ele pegou seu terminal e abriu o canal da tripulação.

– Alex, Amos, algum de você está na nave?

– Estou aqui – Amos respondeu um segundo mais tarde. – Terminando algumas...

– Tranque tudo – Holden falou. – Neste instante. Sele tudo. Se eu não o chamar em uma hora, ou se outra pessoa além de mim tentar embarcar, deixe a doca e saia de Tycho o mais rápido possível. Você escolhe a direção. Atire para abrir caminho se precisar. Entendeu?

— Alto e claro, capitão — Amos falou. Se Holden tivesse lhe pedido uma xícara de café, ele teria respondido exatamente do mesmo jeito.

Fred ainda o encarava com incredulidade.

— Não force essa questão, Fred — Holden disse.

— Se acha que pode me ameaçar, está enganado — Fred respondeu, sua voz inexpressiva e assustadora.

Miller riu.

— Algo engraçado? — Fred perguntou.

— Isso não foi uma ameaça — Miller respondeu.

— Não? Como você chamaria?

— Um relato preciso do mundo — Miller disse. Esticou-se lentamente enquanto falava. — Se Alex estivesse a bordo, ele poderia pensar que o capitão estava tentando intimidar alguém e talvez recuasse no último minuto. Mas Amos? Amos vai atirar para abrir caminho sem dúvida alguma, mesmo que isso signifique morrer com a nave.

Fred fez uma careta e Miller balançou a cabeça.

— Não é um blefe — Miller assegurou. — Não pague para ver.

Os olhos de Fred se estreitaram, e Holden se perguntou se enfim fora longe demais com o homem. Ele decerto não seria a primeira pessoa em quem Fred Johnson ordenaria atirar. E Miller e ele estavam parados bem ao lado do Carniceiro. O desequilibrado detetive provavelmente atiraria em Holden ao primeiro sinal de que alguém tivesse achado a ideia boa. A confiança de Holden em Fred ficou abalada pelo fato de Miller estar ali.

O que tornou ainda mais surpreendente o fato de Miller salvá-lo.

— Olhe — o detetive disse —, o fato é que Holden é a melhor pessoa para carregar essa merda por aí até você decidir o que fazer com ela.

– Fale-me sobre isso – Fred pediu, a voz ainda contraída pela raiva.

– Assim que Eros explodir, a *Roci* e Holden estarão com os deles na reta. Alguém pode ficar bravo o bastante para bombardeá-los só por princípios gerais.

– E como isso faz com que a amostra fique mais segura com ele? – Fred perguntou, mas Holden entendeu o ponto de vista de Miller.

– Eles podem ficar menos inclinados a me explodir se eu contar que tenho a amostra e todas as anotações da Protogen – o capitão falou.

– Isso não deixará a amostra mais segura – Miller prosseguiu –, mas tornará a missão mais provável de dar certo. E esse é o ponto, certo? Além disso, ele é um idealista. Ofereça a Holden o peso dele em ouro e ele ficará ofendido por você tentar suborná-lo.

Naomi riu. Miller olhou para ela com um sorrisinho compartilhado no canto da boca, então se voltou para Fred.

– Está dizendo que ele é de confiança e eu não? – Fred perguntou.

– Eu estava pensando mais na tripulação – Miller falou. – Holden tem um grupo pequeno, que segue à risca o que ele diz. Acham que ele é justo, então eles também são.

– Meu pessoal me segue – Fred comentou.

O sorriso de Miller era cansado e inatacável.

– Há muita gente na APE – ele respondeu.

– Os riscos são grandes demais – Fred disse.

– Se o que você quer é segurança, meio que escolheu a carreira errada – Miller falou. – Não estou dizendo que é um grande plano. Só que você não tem outro melhor.

Os olhos semicerrados de Fred brilharam meio de frustração, meio de raiva. Sua mandíbula rangeu em silêncio por um momento antes que ele falasse:

– Capitão Holden? Estou desapontado com sua falta de confiança depois de tudo o que fiz por você e pelos seus.

– Se a raça humana ainda existir daqui a um mês, pedirei desculpas – Holden respondeu.

– Leve sua tripulação para Eros antes que eu mude de ideia.

Holden se levantou, assentiu para Fred e partiu. Naomi caminhava ao seu lado.

– Uau, essa foi por pouco – ela disse baixinho.

Assim que deixaram o escritório, Holden comentou:

– Achei que Fred estava a meio segundo de ordenar a Miller que atirasse em mim.

– Miller está do nosso lado. Você ainda não entendeu isso?

46

MILLER

Miller sabia que sofreria as consequências quando ficara ao lado de Holden contra seu novo patrão. Para começar, sua posição com Fred e a APE era tênue, e salientar que Holden e sua tripulação não só eram mais dedicados como também mais confiáveis do que o pessoal de Fred não era algo a se fazer quando se queria conquistar espaço. O fato de que era verdade só tornava tudo pior.

Ele esperava algum tipo de troco. Seria ingenuidade não esperar.

— *Levantem-se, homens de Deus, como um povo unido* — os resistentes cantavam. — *Tragam os dias da irmandade e acabem com a noite de erros...*

Miller tirou o chapéu e passou os dedos pelos cabelos ralos. Não ia ser um bom dia.

O interior da *Nauvoo* mostrava um cenário mais bagunçado e em processo do que o casco sugeria. Os projetistas haviam criado uma nave imensa, de 2 quilômetros de comprimento. Os grandes níveis empilhavam-se uns sobre os outros; vigas de liga leve integravam-se ao que deviam ser campos pastorais. A estrutura copiava as maiores catedrais da Terra e de Marte, erguendo-se no espaço vazio e dando ao mesmo tempo estabilidade de gravidade de impulso e glória a Deus. Ainda eram ossos de metal e substrato agrícolas inventados, mas Miller podia ver em que tudo aquilo daria.

Uma nave geracional era uma declaração de ambição primordial e fé absoluta. Os mórmons sabiam disso. Acreditavam nisso. Construíram uma nave que era uma oração, devoção e celebração, tudo ao mesmo tempo. A *Nauvoo* seria o maior templo que a humanidade já construíra. Ela pastorearia sua tripulação pelos abismos intransponíveis do espaço interestelar, a melhor esperança da humanidade de alcançar as estrelas.

Ou pelo menos teria sido, não fosse por ele.

— Quer que a gente jogue bombas de gás neles, Pampaw? — Diogo perguntou.

Miller analisou os manifestantes. Em um palpite, diria que havia duzentos deles acorrentados uns aos outros pelos caminhos de acesso e dutos de engenharia. Os elevadores de transporte e os braços mecânicos industriais estavam ociosos, seus monitores apagados, as baterias em curto.

– Sim, provavelmente sim – Miller suspirou.

A equipe de segurança – sua equipe de segurança – era de menos de três dúzias. Homens e mulheres unidos mais pelos braceletes da APE do que pelo treinamento, experiência, lealdade ou política. Se os mórmons resolvessem apelar para a violência, seria um banho de sangue. Se tivessem vestido trajes ambientais, o protesto duraria horas. Dias possivelmente. Em vez disso, Diogo deu o sinal, e três minutos mais tarde quatro pequenos cometas foram arremessados em arco no espaço em gravidade zero, deixando um rastro de fluido não newtoniano-alfa e tetraidrocanabinol.

Era o dispositivo de controle de multidões mais gentil e suave do arsenal. Alguns dos manifestantes com pulmões comprometidos poderiam ficar encrencados, mas em meia hora todos estariam relaxados até quase o estupor e altos como uma pipa. Miller nunca tinha usado esses dois compostos juntos em Ceres. Se tentassem estocar esse tipo de coisa lá, teria sido roubado para festas no escritório. Ele tentou tirar algum conforto desse pensamento. Como se compensasse as vidas de sonho e trabalho que ele estava destruindo.

Ao lado dele, Diogo riu.

Foram necessárias três horas para fazer a varredura primária na nave, e outras cinco para caçar todos os passageiros clandestinos escondidos em dutos e salas seguras, esperando para revelar sua presença no último instante e sabotar a missão. Enquanto eram levados aos prantos para fora da nave, Miller se perguntava se acabara de salvar a vida deles. Se tudo o que fizera da vida servira para ajudar Fred Johnson a decidir entre mandar um punhado de inocentes morrer com a *Nauvoo* ou tirar Eros de perto dos planetas interiores, não era tão mal.

Assim que Miller deu a ordem, a equipe de técnicos da APE entrou em ação, religando os braços mecânicos e elevadores de transporte, consertando as centenas de pequenos atos de sabotagem que impediriam os motores da *Nauvoo* de funcionar, limpando equipamentos que queriam salvar. Miller observou os elevadores industriais grandes o bastante para comportar uma família de cinco pessoas movendo caixa após caixa, tirando para fora coisas que haviam sido recentemente colocadas lá dentro. As docas estavam tão ocupadas quanto as de Ceres no meio do turno. Miller esperava ver seus companheiros vagando entre os estivadores e elevadores, mantendo o que era considerado paz.

Em momentos de tranquilidade, ele ajustava seu terminal portátil para receber a transmissão de Eros. Quando era criança, havia uma artista performática que ia de um lugar a outro – Jila Sorormaya era o nome dela. Ele lembrava que ela corrompia intencionalmente dispositivos de armazenamento de dados e então colocava o fluxo de dados em seu kit de música. Ela se meteu em confusão quando um código proprietário do software do dispositivo de armazenamento se incorporou à sua música e foi publicado. Miller não era sofisticado. Para ele era só outra artista maluca que, se arrumasse um emprego de verdade, ia fazer do universo um lugar melhor.

Ouvindo a transmissão de Eros – Rádio Eros Livre, ele a chamava –, o ex-detetive pensava que talvez tivesse sido um pouco duro demais com a velha Jila. Os gritos e as vibrações cruzadas, o fluxo de ruído vazio pontuado por vozes, eram misteriosos e atraentes. Assim como a sequência de dados roubados, era a música da corrupção.

... asciugare il pus e che possano sentirsi meglio...

... ja minä nousivat kuolleista ja halventaa kohtalo pakottaa minut ja siskoni...

... faça o que tiver que...

Ele escutava a transmissão por horas e separava vozes. Certa vez, a coisa toda se agitou, os sons iam e voltavam como uma peça de equipamento prestes a falhar. Só depois que acabou que Miller se perguntou se os momentos de silêncio eram código Morse. Ele se recostou na antepara; a massa esmagadora da *Nauvoo* elevava-se acima dele. A nave só estava meio nascida e já fora marcada para o sacrifício. Julie estava sentada ao lado dele, olhando para cima. Seu cabelo flutuava ao redor do rosto; seus olhos nunca paravam de sorrir. Qualquer que fosse o truque de sua imaginação que impedia que sua Juliette Andromeda Mao voltasse como cadáver, ele agradecia.

Teria sido uma coisa e tanto, não é?, ela disse. *Voar pelo vácuo sem traje. Dormir cem anos e acordar na luz de um sol diferente.*

– Devia ter atirado antes naquele maldito – Miller disse em voz alta.

Ele teria nos dado as estrelas.

Uma nova voz irrompeu. Uma voz humana, trêmula de raiva.

– Anticristo!

Miller pestanejou, voltando à realidade, e desligou a transmissão de Eros. Um transporte de prisioneiros seguia lentamente pela doca, uma dúzia de técnicos mórmons amarrados em suas correntes de retenção. Um deles era um jovem com o rosto marcado de espinhas e com ódio no olhar. Ele encarava Miller.

– Você é o anticristo, uma desculpa vil para um ser humano! Deus reconhece você! Ele se *lembrará* de você!

Miller tirou o chapéu enquanto os prisioneiros passavam por ele.

– As estrelas estão melhores sem nós – ele disse bem baixinho, de modo que mais ninguém além de Julie pôde ouvir.

Uma dúzia de rebocadores voava na frente da *Nauvoo*, a rede de amarras nanotubulares invisíveis ao longe. Tudo o que Miller via era o grande colosso, assim como uma parte da Estação Tycho, enquanto as anteparas ajeitavam-se nas armações, rangiam e começavam a se mover. As chamas dos motores dos rebocadores iluminavam o espaço interior da estação, tremeluzindo em seus afazeres perfeitamente coreografados como luzes de Natal, e um tremor quase subliminar atravessou a estrutura mais profunda de Tycho. Em oito horas, a *Nauvoo* estaria longe o bastante para que os imensos motores pudessem ganhar vida sem colocar a estação em perigo com sua coluna de escape. Poderia demorar mais de duas semanas até chegar a Eros.

Miller cairia fora dali em oitenta horas.

– Ei, Pampaw – Diogo cumprimentou. – Tudo ok?

– Sim – Miller disse com um suspiro. – Estou pronto. Reúna todo mundo.

O garoto sorriu. Nas horas desde que confiscaram a *Nauvoo*, Diogo acrescentara decorações de plástico brilhante em três de seus dentes dianteiros. Aquilo parecia ser bastante significativo na cultura jovem da Estação Tycho, e representava proeza, possivelmente sexual. Miller sentiu um momento de alívio por não estar mais dividindo a casa com o garoto.

Agora que ele gerenciava as operações de segurança para a APE, a natureza irregular do grupo lhe era mais evidente do que nunca. Houve uma época em que pensava que a APE poderia derrotar a Terra ou Marte no caso de uma guerra de verdade. Sem dúvida, tinham mais dinheiro e recursos do que ele imaginava. E tinham Fred Johnson. Tinham Ceres agora, pelo tempo que conseguissem mantê-la. Invadiram a Estação Tot e venceram.

Ainda assim, os mesmos garotos que participaram do ataque também trabalharam no controle da revolta na *Nauvoo*, e mais da metade deles estaria nas naves demolidoras quando partissem para Eros. Era algo que Havelock jamais entenderia. Era algo que Holden jamais entenderia. Talvez ninguém que vivera com a certeza e o suporte de uma atmosfera natural poderia aceitar completamente o poder e a fragilidade de uma sociedade baseada em fazer o que precisava ser feito, em ser rápida e flexível, do jeito que a APE era. Em ser articulada.

Se Fred não conseguisse construir um tratado de paz, a APE nunca venceria contra a disciplina e a unidade da marinha de um planeta interior. Mas tampouco perderia. A guerra jamais teria um fim.

Bem, o que era a história se não isso?

E de que modo alcançar as estrelas mudaria as coisas?

Enquanto seguia para seu apartamento, Miller iniciou um pedido de ligação em seu terminal portátil. Fred Johnson apareceu; parecia cansado, mas alerta.

– Miller – ele falou.

– Estamos nos preparando para embarcar assim que sair a ordem.

– Está sendo carregada agora – Fred respondeu. – Material cindível suficiente para manter a superfície de Eros inacessível durante anos. Tome cuidado com isso. Se um dos nossos garotos descer para fumar no lugar errado, não seremos capazes de substituir as minas. Não a tempo.

Nada de *vocês todos estarão mortos*. As armas eram preciosas, não as pessoas.

– Sim, tomarei cuidado – Miller falou.

– A *Rocinante* já está a caminho.

Não era algo que Miller precisasse saber, então havia algum outro motivo para Fred mencionar isso. Seu tom de voz cuidadosamente neutro fazia parecer uma acusação. A única amostra controlada da protomolécula deixara a esfera de influência de Fred.

– Estaremos lá para encontrá-la com tempo suficiente para manter qualquer um longe de Eros – Miller falou. – Não será um problema.

Na tela minúscula, era difícil dizer quão genuíno era o sorriso de Fred.

– Espero que seus amigos estejam mesmo prontos para isso – ele comentou.

Miller sentiu algo estranho. Um pequeno vazio logo abaixo do esterno.

– Não são meus amigos – ele respondeu, mantendo o tom de voz leve.

– Não?

– Não tenho amigos exatamente. É mais um grupo de pessoas com quem eu costumava trabalhar – ele explicou.

– Você bota muita fé em Holden. – Fred tornou a frase quase uma pergunta. Um desafio, no mínimo. Miller sorriu, sabendo que Fred também teria dúvidas se seu sorriso era genuíno.

– Não é fé. É julgamento crítico.

Fred deu uma gargalhada.

– E é por isso que você não tem amigos, amigo.

– Em parte sim – Miller concordou.

Não havia mais nada a ser dito. Miller desligou a conexão. Estava quase em sua habitação, de todo modo.

Não era nada de mais. Um cubo anônimo na estação com ainda menos personalidade do que sua casa em Ceres. Ele se sentou no catre, conferiu em seu terminal o status das naves demolidoras. Sabia que deveria ir até as docas. Diogo e os demais estavam se reunindo e, embora não fosse provável que a névoa de drogas das festas pré-missão permitisse que todos chegassem a tempo, pelo menos era possível. Ele não tinha nem mesmo essa desculpa.

Julie sentou-se no espaço atrás de sua vista. As pernas dela estavam dobradas embaixo do corpo. Ela era bonita. Era como Fred, Holden e Havelock: alguém nascido em um poço de gravidade que viera ao Cinturão por escolha. Morrera por sua escolha. Fora buscar ajuda e matara Eros ao fazer isso. Se tivesse ficado naquela nave fantasma...

Ela inclinou a cabeça, o cabelo girando contra a rotação da gravidade. Havia uma pergunta em seus olhos. Ela estava certa, é claro. Isso só teria retardado as coisas. A Protogen e Dresden a teriam encontrado em algum momento. Teriam encontrado aquilo. Ou voltado atrás para desenterrar uma amostra fresca. Nada os teria impedido.

E Miller sabia – com a mesma certeza com que sabia que ele era ele mesmo – que Julie não era como os outros. Que ela entendia o Cinturão e os cinturinos, e a necessidade de seguir em frente. Se não para as estrelas, pelo menos para perto delas. O luxo que ela tinha disponível era algo que Miller nunca experimentara nem experimentaria. Mas ela virara as costas para aquilo. Saíra de casa e se mantivera firme mesmo quando seus pais ameaçaram vender sua nave de corrida. Sua infância. Seu orgulho.

Era por isso que ele a amava.

Quando Miller chegou às docas, era claro que algo acontecera. Estava no jeito como os estivadores se comportavam e nos olhares meio divertido meio prazerosos em seus rostos. Miller suspirou e se arrastou pela estranha câmara de descompressão estilo buraco de agulha, ultrapassada em setenta anos e dificilmente mais larga do que um tubo de torpedo, até a apertada área da tripulação da *Talbot Leeds*. A nave parecia o resultado da solda de duas naves menores, sem uma preocupação específica com o projeto. Os assentos de aceleração eram empilhados de três em três. O ar cheirava a suor antigo e metal quente. Alguém fumara maconha recentemente e os filtros ainda não tinham limpado o odor. Diogo estava ali com meia dúzia de companheiros. Usavam uniformes diferentes, mas todos tinham o bracelete da APE.

– Ei, Pampaw! Pegue o catre de cima à *dir*.

– Obrigado – Miller disse. – Gentileza sua.

Treze dias. Passariam treze dias dividindo esse espaço minúsculo com a tripulação da nave demolidora. Treze dias apertados nesses assentos, com megatons de minas de fissão no porão da nave. Mesmo assim, todos os outros estavam sorrindo. Miller subiu até o assento de aceleração que Diogo lhe reservara e apontou para os demais com o queixo.

– Alguém está fazendo aniversário?

Diogo deu de ombros de modo exagerado.

– Por que todo mundo está de bom humor? – Miller perguntou, mais cortante do que pretendia. Diogo não se ofendeu. Sorriu com seus grandes dentes branco e vermelho.

– *Audi-nichts*?

– Não, não ouvi, ou não estaria perguntando – Miller falou.

– Marte fez a coisa certa – Diogo contou. – Recebeu a transmissão de Eros, somou dois mais dois e...

O garoto bateu o punho na palma da outra mão. Miller tentou analisar o que ele estava dizendo. Tinham atacado Eros? Tinham tomado a Protogen?

Ah. A Protogen. A Protogen e Marte. Miller assentiu.

– A Estação Científica Febe – ele falou. – Marte a colocou em quarentena.

– Fodam-se eles, Pampaw. Esterilizaram em autoclave. A lua já era. Jogaram bombas suficientes para arrebentar tudo em nível subatômico.

Melhor que tenham mesmo, Miller pensou. Não era uma lua grande. Se Marte realmente a destruíra e sobrou alguma protomolécula em algum pedaço de material ejetado...

– *Tu sabez*? – Diogo perguntou. – Eles estão do nosso lado, agora. Entenderam. Aliança Marte-APE.

– Você não acha isso de verdade – Miller falou.

– Nah – Diogo disse, feliz consigo mesmo por admitir que a esperança era, na melhor das hipóteses, frágil e provavelmente falsa. – Mas não custa nada sonhar, *que no*?

– Você não acha? – Miller respondeu e se deitou.

O gel de aceleração era rígido demais para estar em conformidade com seu corpo no 0,33 g da doca, mas não era desconfortável. Ele conferiu as notícias em seu terminal portátil e, de fato, alguém na Marinha Marciana chegara a uma conclusão. Era esforço militar demais para ser usado, em especial no meio de uma guerra aberta, mas eles foram até o fim. Saturno agora tinha uma lua a menos, mais um anel minúsculo, disforme e filamentoso – se é que sobrara matéria suficiente após a explosão para formar algo assim. Parecia, aos olhos inexperientes de Miller, que a explosão fora projetada para jogar os detritos na gravidade protetora e esmagadora do gigante de gás.

Era tolice pensar que isso significava que o governo marciano não queria amostras da protomolécula. Era ingênuo fingir que qualquer organização daquele tamanho e daquela complexidade seria unívoca a respeito de qualquer coisa, muito menos a respeito de algo tão perigoso e transformador quanto isso.

Mesmo assim.

Talvez fosse suficiente simplesmente saber que alguém do outro lado da divisão político-militar vira a mesma evidência que tinham visto e chegara à mesma conclusão. Talvez houvesse espaço para a esperança. Ele mudou seu terminal portátil para a transmissão de Eros. Um som pulsante forte dançava sob uma cascata de ruídos. Vozes erguiam-se, abaixavam e erguiam-se de novo. Fluxos de dados eram expelidos uns sobre os outros, e os servidores de reconhecimento de padrão destruíam cada ciclo, fazendo do resultado uma bagunça. Julie pegou sua mão, o sonho tão convincente que ele quase fingia sentir o toque.

Você pertence a mim, ela falou.

Assim que tudo isto acabar, ele pensou. A verdade o mantinha na direção do ponto-final do caso. Primeiro encontrar Julie, depois vingá-la, e agora destruir o projeto que custara a vida dela. Ao fim de tudo aquilo, porém, ele poderia deixar para lá.

Só tinha esta última coisa que ele precisava fazer.

Vinte minutos mais tarde, as sirenes de advertência soaram. Trinta minutos depois, os motores foram ligados, pressionando-o contra o gel de aceleração em uma velocidade de alta gravidade de quebrar as juntas por trinta dias, com intervalos de 1 g a cada quatro horas, para as necessidades biológicas. Quando chegassem, a equipe pau para toda obra semitreinada manipularia minas nucleares capazes de aniquilá-los se fizessem alguma besteira.

Pelo menos Julie estaria ali. Não de verdade, mas tudo bem.

Sonhar não custava nada.

47

HOLDEN

Nem mesmo o gosto de celulose úmida dos ovos mexidos artificiais reconstruídos era suficiente para arruinar o brilho caloroso, satisfeito de Holden. Ele enfiou os ovos falsos na boca, tentando não sorrir. Sentado à sua esquerda, ao redor da mesa da cozinha, Amos comia com entusiasmo de lamber os beiços. À direita de Holden, Alex empurrava os ovos moles pelo prato com um pedaço de torrada igualmente falsa. Do outro lado da mesa, Naomi tomava uma xícara de chá e olhava para ele por sob o cabelo. Ele abafou a vontade de piscar para ela.

Eles tinham conversado sobre como dar a notícia para a tripulação, mas não chegaram a nenhum consenso. Holden odiava esconder qualquer coisa. Manter em segredo fazia parecer sujo ou vergonhoso. Seus pais o criaram para acreditar que sexo era algo que se fazia privadamente não porque fosse embaraçoso, mas porque era íntimo. Com cinco pais e três mães, os arranjos na hora de dormir eram sempre complexos em sua casa, mas as discussões sobre quem estava dormindo com quem nunca eram escondidas dele. Isso o deixara com uma forte aversão a esconder suas próprias ações.

Naomi, por outro lado, achava que ele não devia fazer nada para abalar o frágil equilíbrio que a tripulação tinha encontrado, e Holden confiava nos instintos dela. Ela tinha uma visão sobre a dinâmica do grupo que muitas vezes faltava para ele. Então, por enquanto, estava fazendo a vontade dela.

Além disso, teria parecido exibicionismo, o que teria sido rude.

Mantendo a voz neutra e profissional, ele pediu:

– Naomi, pode me passar a pimenta?

Amos levantou a cabeça de supetão e largou o garfo na mesa com um baque ruidoso.

– Santo Deus, vocês estão transando!

– O quê? – Holden tentou disfarçar.

– Tem alguma coisa estranha desde que voltamos à *Roci*,

mas eu não tinha descoberto o que era. É *isso*! Vocês finalmente estão afogando o ganso.

Holden pestanejou duas vezes para o grande mecânico, incerto do que dizer. Olhou para Naomi em busca de apoio, mas ela estava de cabeça baixa, e seu cabelo cobria todo o seu rosto. Seus ombros balançavam com uma gargalhada silenciosa.

– Jesus, capitão – Amos continuou, com um sorriso no rosto largo. – Demorou pra caralho. Se ela tivesse se oferecido daquele jeito para mim, eu teria mergulhado de cabeça na coisa toda.

– Ah! – Alex exclamou. O choque em seu rosto deixava claro que ele não partilhava da visão de Amos. – Uau!

Naomi parou de rir e secou as lágrimas do canto dos olhos.

– Fomos pegos – ela falou.

– Olhem. Rapazes, é importante que saibam que isso não afeta nosso... – Holden começou, mas Amos o interrompeu com uma bufada.

– Ei, Alex – Amos falou.

– Diga – Alex respondeu.

– Você vai virar um piloto de merda porque a imediata e o capitão estão se pegando?

– Não acredito que eu vá – Alex respondeu com um sorriso, exagerando seu sotaque.

– Por mais estranho que seja, não sinto que eu preciso ser um mecânico ruim.

Holden tentou de novo:

– Acho que é importante que...

– Capitão? – Amos prosseguiu, ignorando-o. – Pense que ninguém dá a mínima, que isso não vai nos impedir de fazer bem nosso trabalho, e aproveite, já que provavelmente em alguns dias vamos todos morrer.

Naomi começou a rir de novo.

– Tudo bem – ela falou. – Quero dizer, todo mundo sabe que

só estou fazendo isso para conseguir uma promoção. Ah, espere, certo. Já sou a segunda em comando. Ei, posso ser capitã agora?

– Não – Holden respondeu rindo. – É um trabalho de merda. Eu nunca pediria para você fazer isso.

Naomi sorriu irônica e deu de ombros. *Vê? Nem sempre estou certa*. Holden olhou para Alex, que olhava para ele com afeição genuína, claramente feliz com a ideia de Naomi e ele juntos. Tudo parecia certo.

Eros girava como um pião em forma de batata, sua cobertura grossa de rocha escondendo os horrores guardados lá dentro. Alex aproximou a *Rocinante* para fazer uma verificação completa da estação. O asteroide cresceu na tela de Holden até parecer grande o bastante para ser tocado. Na outra estação de operações, Naomi varria a superfície com os sensores laser, procurando por qualquer coisa que pudesse significar um perigo para as tripulações dos cargueiros de Tycho, ainda a alguns dias de distância. No monitor tático de Holden, a nave científica das Nações Unidas continuava em manobra de frenagem na direção de Eros, com a escolta bem ao lado.

– Ainda não falaram nada? – Holden perguntou.

Naomi negou com a cabeça, então teclou algo na tela e enviou as informações de monitoramento do comunicador para a estação de trabalho dele.

– Não – ela reiterou. – Mas eles nos veem. Estão apontando o radar para nós há umas duas horas.

Holden tamborilou com os dedos no braço de sua cadeira e considerou as opções. Era possível que as modificações de casco que Tycho fizera na *Roci* estivessem enganando o software de reconhecimento da corveta da Terra. Eles podiam simplesmente ignorar a *Roci*, pensando que era um transportador de gás do Cinturão que por acaso estava ali. Mas a *Roci* estava voando sem transponder, o que a tornava ilegal, não importava que configuração de casco mostrasse. Que a corveta não os estivesse advertindo por isso o deixava nervoso. Uma nave do Cinturão sem identificação vagava perto de Eros enquanto duas naves da Terra voavam na direção da estação; não havia como um capitão com meio cérebro simplesmente ignorar aquilo.

O silêncio da corveta significava algo mais.

– Naomi, tenho a intuição de que a corveta vai tentar nos explodir – Holden disse com um suspiro.

– É o que eu faria – ela respondeu.

Holden tamborilou um último ritmo complicado em sua cadeira antes de colocar os fones de ouvido.

– Tudo bem, acho que farei a primeira insinuação, então – ele disse.

Sem querer tornar sua conversa pública, Holden apontou a matriz de laser da *Rocinante* na corveta terrestre e assinalou um pedido de ligação genérico. Depois de alguns segundos, a luz de *ligação estabelecida* ficou verde, e seus fones começaram a assobiar com uma estática fraca de fundo. Holden esperou, mas a nave das Nações Unidas não ofereceu saudação. Queriam que ele falasse primeiro.

Ele desligou seu microfone, mudando para o canal de comunicação da nave.

– Alex, mantenha-nos em movimento. A 1 *g* por enquanto. Se eu não conseguir blefar com esse cara, será um duelo. Fique pronto para acabar com aquela nave.

– Entendido – Alex respondeu devagar. – Vou entrar no suco, só para garantir.

Holden olhou para a estação de Naomi, mas ela havia já mudado para a tela tática e via a *Roci* analisando soluções de tiro e bloqueando táticas nas duas naves que se aproximavam. Naomi estivera em uma única batalha, mas reagia agora como uma veterana experiente. Ele sorriu para as costas dela, então se virou antes que ela tivesse tempo de perceber que estava sendo encarada.

– Amos? – ele chamou.

– Preso e arrumado aqui embaixo, capitão. A *Roci* está a mil. Vamos acabar com a raça deles.

Vamos torcer para que isso não seja necessário, Holden pensou.

Ele religou o microfone.

– Aqui é o capitão James Holden da *Rocinante*, chamando o capitão da corveta da Marinha das Nações Unidas que se aproxima, nome desconhecido. Por favor, responda.

Houve uma pausa cheia de estática, seguida por:

– *Rocinante*. Deixe sua rota de voo imediatamente. Se não começar a se afastar de Eros na maior velocidade possível, vamos atirar em você.

A voz era jovem. Uma corveta antiga com a entediante tarefa de seguir uma nave que mapeava asteroides por aí não seria um comando muito desejado. O capitão provavelmente era um tenente sem benfeitores nem perspectivas. Devia ser inexperiente, mas talvez visse em um confronto a oportunidade de provar sua capacidade aos seus superiores. E isso fazia com que os próximos momentos fossem traiçoeiros de navegar.

– Desculpe – Holden falou. – Ainda não tenho o sinal da sua nave, nem sei seu nome. E não posso fazer o que quer. De fato, não posso deixar ninguém pousar em Eros. Preciso que pare de se aproximar da estação.

– *Rocinante*, não acho que você...

Holden assumiu os controles do sistema de mira da *Roci* e começou a apontar o laser para a corveta que se aproximava.

– Deixe-me explicar o que vai acontecer aqui – Holden disse. – Neste momento, você está olhando para seus sensores e está vendo o que parece ser um transportador de gás remendado, reconhecido pelos softwares da sua nave. E, de repente, o que significa *neste exato instante*, essa nave está apontando para você com um sistema de última geração.

– Nós não...

– Não minta. Sei o que está acontecendo. Então, o trato é o

seguinte: a despeito da aparência, minha nave é mais nova, mais rápida, mais robusta e mais bem armada do que a sua. O único jeito que tenho de provar isso é abrindo fogo, o que espero não ter que fazer.

– Está me ameaçando, *Rocinante*? – a voz jovem no fone de ouvido perguntou, o tom atingindo as notas certas da arrogância e descrença.

– Você? Não – Holden respondeu. – Estou ameaçando a nave gorda, gigante, lenta e desarmada que supostamente você protege. Continue a voar na direção de Eros, e lançarei tudo o que tenho nela. Garanto que tiraremos esse laboratório científico voador do céu. Agora, é possível que você nos pegue enquanto fazemos isso, mas então sua missão já estará arruinada, certo?

A linha ficou em silêncio novamente, só o silvo da radiação de fundo mostrava que o fone de ouvido não estava mudo.

Quando a resposta veio, chegou pelo comunicador geral da nave. Alex disse:

– Estão parando, capitão. Começaram a frear bruscamente. O rastreador indica que estão quase parados, cerca de 2 milhões de quilômetros daqui. Quer que eu vá na direção deles?

– Não, leve-nos de volta à posição estacionária sobre Eros – Holden respondeu.

– Entendido.

– Naomi – Holden chamou, girando sua cadeira para encará-la. – Estão fazendo mais alguma coisa?

– Não que eu possa ver no conjunto de exaustores. Mas não temos como saber se estão transmitindo mensagens em feixe estreito em outra direção – ela comentou.

Holden desligou o comunicador da nave. Coçou a cabeça por um minuto e soltou o cinto de segurança.

– Bem, nós os detemos por enquanto. Vou ao banheiro e depois vou pegar uma bebida. Quer alguma coisa?

• • •

– Ele não está errado, sabe – Naomi disse mais tarde, naquela noite.

Holden flutuava em gravidade zero no convés de operações, sua estação a alguns metros de distância. Ele desligara as luzes do convés, e a cabine estava tão escura quanto uma noite de lua cheia. Alex e Amos dormiam dois conveses abaixo. Podiam muito bem estar a milhões de anos-luz de distância. Naomi flutuava perto de sua própria estação, a 2 metros dali, o cabelo solto e voando ao seu redor como uma nuvem escura. O painel atrás dela iluminava seu rosto de perfil: a testa grande, o nariz chato, os lábios grossos. Ele podia sentir que os olhos dela estavam fechados. Parecia que eram as únicas duas pessoas no universo.

– Quem não está errado? – ele perguntou, só para dizer alguma coisa.

– Miller – ela respondeu como se fosse óbvio.

– Não tenho ideia do que você está falando.

Naomi riu, então empurrou com uma mão para girar o corpo e encará-lo no ar. Agora seus olhos estavam abertos, mas, com as luzes do painel atrás dela, eram visíveis apenas como piscinas pretas em seu rosto.

– Estive pensando em Miller – ela falou. – Eu o tratei mal em Tycho. Ignorei-o porque você estava zangado. Eu devia mais a ele.

– Por quê?

– Ele salvou sua vida em Eros.

Holden bufou, mas ela prosseguiu:

– Na marinha, qual é o procedimento para quando alguém fica louco na nave? Quando a pessoa começa a fazer coisas que colocam todos em perigo?

Pensando que falavam sobre Miller, Holden respondeu:

– Você a prende e a remove por ser um perigo para a nave e para a tripulação. Mas Fred não...

Naomi o interrompeu.

– E se for durante uma guerra? – ela perguntou. – No meio da batalha?

– Se ela não puder ser presa com facilidade, o chefe do turno tem a obrigação de proteger a nave e a tripulação por todos os meios necessários.

– Até mesmo atirando nela?

– Se for a única maneira de fazer isso – Holden respondeu. – Claro. Mas só nas piores circunstâncias.

Naomi assentiu, fazendo seu corpo girar lentamente para o outro lado. Ela parou o movimento com um gesto inconsciente. Holden ficava bem na gravidade zero, mas jamais tão bem assim.

– O Cinturão é uma rede – Naomi disse. – É como uma grande nave distribuída. Nessa rede há entrelaçamentos que produzem ar, água, energia ou materiais de estrutura. Esses nós podem ser separados por milhões de quilômetros de espaço, mas isso não os torna menos interconectados.

– Vejo aonde quer chegar – Holden disse com um suspiro. – Dresden era o maluco na nave, Miller atirou nele para proteger o restante de nós. Ele me fez o mesmo discurso em Tycho. Não comprei lá tampouco.

– Por quê?

– Porque não – Holden falou. – Dresden não era uma ameaça imediata. Era só um homenzinho malvado com um terno caro. Ele não tinha uma arma na mão ou o dedo em um detonador de bomba. E nunca confiarei em um homem que acredita ter o direito de executar pessoas unilateralmente.

Holden apoiou o pé na antepara e empurrou com força suficiente para ficar a poucos metros de Naomi, perto o bastante para ver seus olhos, analisar a reação dela.

– Se aquela nave científica começar a voar na direção de Eros de novo, jogarei cada torpedo que temos nela, e direi a mim mesmo que estava protegendo o sistema solar do que está em Eros. Mas eu não vou atirar agora com a ideia de que ela *poderia* decidir seguir para Eros novamente, porque isso é assassinato. O que Miller fez foi assassinato.

Naomi sorriu para ele, agarrou seu traje de voo e o puxou perto o bastante para um beijo.

– Você deve ser a melhor pessoa que conheço. Mas é muito intransigente sobre o que pensa que é certo e sobre o que odeia em Miller.

– É mesmo?

– Sim – ela confirmou. – Ele é muito intransigente também, mas tem ideias diferentes sobre como as coisas funcionam. Você odeia isso. Para Miller, Dresden era uma ameaça ativa à nave. Cada segundo que ele permanecesse vivo colocaria em risco mais alguém perto dele. Para Miller, foi autodefesa.

– Mas ele está errado. O homem era indefeso.

– O homem convenceu a Marinha das Nações Unidas a dar naves de última geração para sua companhia – ela comentou. – Convenceu sua companhia a assassinar um milhão e meio de pessoas. Tudo o que Miller disse sobre por que a protomolécula estaria melhor conosco também era verdade em relação a Dresden. Quanto tempo ele ficaria em uma cela da APE antes de encontrar um carcereiro que pudesse ser comprado?

– Ele era um prisioneiro – Holden disse, sentindo seu argumento escapar por entre os dedos.

– Ele era um monstro com poder, acesso e aliados que teriam pagado qualquer preço para manter aquele projeto de ciências em andamento – Naomi falou. – Estou falando como cinturina: Miller não estava errado.

Holden não respondeu, só continuou a flutuar perto de Naomi, mantendo-se na órbita dela. Será que ele ficara mais zangado com a morte de Dresden ou por Miller ter tomado uma decisão diferente da dele?

Miller sabia. Quando Holden lhe dissera para arrumar sua própria carona para Tycho, ele vira no rosto de cachorrinho triste do detetive. Miller sabia o que estava por vir, e não tentara brigar ou argumentar. Isso significava que Miller fizera sua escolha plenamente consciente do custo e estava disposto a pagá-lo. Isso significava algo. Holden não tinha certeza exatamente do quê, mas era algo.

Um aviso vermelho começou a piscar na parede, e o painel de Naomi despertou e começou a despejar dados na tela. Ela se puxou para baixo usando o encosto da cadeira e digitou uma série de comandos.

– Merda – ela disse.

– O que foi?

– A corveta ou o navio científico devem ter pedido ajuda – Naomi falou, apontando para a tela. – Temos naves a caminho vindas de todo o sistema.

– Quantas são? – Holden perguntou, tentando conseguir uma visão melhor da tela dela.

Naomi fez um barulhinho no fundo da garganta, algo entre uma risada e uma tossida.

– Um palpite? Todas elas.

48

MILLER

– Você é, e você não é – a transmissão de Eros disse através do martelar de estática semialeatório. – Você é, e você não é. Você é, e você não é.

A pequena nave estremeceu e deu um solavanco. Em um dos assentos de alta gravidade, um dos técnicos da APE gritou uma série de obscenidades mais notável pela inventividade do que pelo rancor. Miller fechou os olhos, tentando impedir que os ajustes de microgravidade de ancoragem fora do padrão o deixassem nauseado. Depois de dias sob uma aceleração de doer as juntas e de uma rotina igualmente maçante, as pequenas mudanças e movimentos pareciam arbitrários e estranhos.

– Você é, é, é, é, *é, é, é*...

Ele passou algum tempo ouvindo as notícias. Três dias depois que partiram de Tycho, as notícias do envolvimento da Protogen com Eros vazaram. E o mais incrível era que Holden não era o responsável. Desde então, a corporação fora da negação total a culpar subcontratantes desonestos, a reivindicar imunidade por um estatuto de defesa de segredos da Terra. Pegou mal para eles. O bloqueio da Terra em Marte ainda estava em vigor, mas a atenção se voltara para a luta de poder interna da Terra, e a Marinha Marciana diminuiu sua velocidade, dando para as forças da Terra um pouco mais de espaço para respirar antes de qualquer decisão permanente que devesse ser tomada. Pelo menos parecia que estavam postergando o Armagedom por algumas semanas. Miller descobriu que podia tirar certa alegria disso. Mas também o deixava cansado.

Com mais frequência, ele ouvia a voz de Eros. Algumas vezes assistia às transmissões de vídeo também, mas em geral só escutava. Ao longo das horas e dias, ele começou a ouvir, se não padrões, pelo menos estruturas comuns. Algumas das vozes que saíam da estação moribunda eram consistentes – comentaristas e artistas que estavam super-representados nos arquivos de áudio, ele imaginava. Pareciam ter algumas tendências específicas, em busca de um termo melhor, na escolha de músicas também. Horas de estática aleatória e aguda e pedaços de frases arrebatadas cediam espaço, e Eros se agarrava a alguma palavra ou frase, fixando nela intensidade cada vez maior até que ela se partia e a aleatoriedade voltava a tomar conta.

– ... é, é, é, É, É, É...

Não é, Miller pensou, e de repente a nave jogou-se para cima, mandando o estômago do ex-detetive a 15 centímetros de onde deveria estar. Seguiu-se uma série de estrépitos altos, e então o choro breve de um alarme.

– *Dieu*! *Dieu*! – alguém gritou. – Bombas *son vamen roja!* Vão nos fritar! Nos fritar *toda*!

Depois da risada educada usual que a mesma piada ocasionara durante toda a viagem, o garoto que a fizera – um cinturino espinhento com não mais de 15 anos – sorriu de prazer com a própria esperteza. Se ele não parasse com aquela merda, alguém o espancaria com um pé de cabra antes que voltassem a Tycho. Mas Miller percebeu que esse alguém não seria ele.

Um solavanco forte para a frente o empurrou com força em seu assento, e então a gravidade voltou ao familiar 0,33 *g*. Talvez um pouco mais. Só que com as câmaras de descompressão apontando para a parte de baixo da nave, o piloto teve que lidar com a rotação da camada externa da superfície bojuda de Eros. A gravidade da rotação fez o teto virar chão; a fileira mais baixa de assentos agora estava no topo; e, enquanto manipulavam as bombas de fusão nas docas, todos tinham que desembarcar em uma rocha fria e escura que tentava arremessá-los no vácuo.

Essas eram as alegrias da sabotagem.

Miller se vestiu. Depois dos trajes militares da *Rocinante*, a heterogeneidade de equipamentos da APE lembrava roupas de segunda mão. O traje dele cheirava ao corpo de outra pessoa, e o visor de Mylar tinha uma deformação onde rachara e fora consertado. Ele não gostava de pensar no que acontecera ao pobre coitado que usara aquilo antes. As botas magnéticas tinham uma camada grossa de plástico corroído e lama velha entre as placas, além de um mecanismo de disparo tão antigo que Miller podia senti-lo clicar o botão de ligar antes mesmo de mexer o pé. Ele imaginou o traje prendendo-se em Eros e não soltando nunca mais.

A ideia o fez sorrir. *Você pertence a mim*, sua Julie particular dissera. Era verdade. Agora que estava ali, ele tinha completa certeza de que não partiria. Fora policial por tempo demais, e a ideia de tentar se reconectar com a humanidade o enchia de um sentimento de exaustão. Ele estava ali para cumprir a última parte de seu trabalho. E então teria acabado.

– Ei! Pampaw!

– Estou indo – Miller falou. – Segure a onda. A estação não vai a lugar algum.

– Um arco-íris é um círculo que você não consegue ver. Não consegue ver. Não consegue ver – Eros disse em uma voz cantarolada de criança. Miller desligou o volume da transmissão.

A superfície rochosa da estação não dava vantagem particular para os trajes nem para o controle dos braços mecânicos. Duas outras naves haviam pousado nos polos, onde não havia gravidade de rotação contra a qual lutar, mas o efeito Coriolis deixaria todo mundo com uma náusea subconsciente. A equipe de Miller tinha que se manter nas placas de metal expostas das docas, pendurada como moscas olhando o abismo estrelado.

Manejar a colocação das bombas de fusão não era uma tarefa trivial. Se as bombas não liberassem energia suficiente na estação, a superfície poderia esfriar de modo a dar a alguém outra chance de colocar uma equipe de cientistas ali antes que a penumbra do Sol engolisse o asteroide e qualquer parte da *Nauvoo* que ainda estivesse pendurada nele. Mesmo com as melhores mentes de Tycho, ainda havia a chance de que a detonação não fosse sincronizada. Se as ondas de pressão viajassem pela rocha amplificadas de um jeito que não fora previsto, a estação poderia rachar ao meio como um ovo, espalhando a protomolécula por uma faixa ampla e vazia do sistema solar como um punhado de poeira. A diferença entre o sucesso e o desastre era questão de metros.

Miller se arrastou até a câmara de descompressão e saiu na superfície da estação. O primeiro grupo de técnicos montava sismógrafos de ressonância, e o clarão das luzes de trabalho e dos LEDs dos equipamentos era a coisa mais brilhante no universo. Miller apoiou suas botas em uma ampla faixa de liga de aço cerâmico e deixou a rotação esticar suas costas. Depois de dias no assento de aceleração, a liberdade era quase eufórica. Um dos técnicos ergueu as mãos, uma expressão do idioma físico cinturino para chamar a atenção. Miller aumentou o volume do traje.

– ... *insectes rampant sur ma peau*...

Com uma pontada de impaciência, ele mudou da transmissão de Eros para o canal da equipe.

– Precisamos nos mover – uma voz de mulher disse. – Tem muito respingo aqui. Temos que chegar ao outro lado das docas.

– Isso continua por quase 2 quilômetros – Miller comentou.

– É – ela concordou. – Podemos levantar âncora e mover a nave com o motor ou podemos rebocá-la. Temos cabo suficiente.

– O que é mais rápido? Não temos muito tempo sobrando.

– Rebocar.

– Reboque, então – Miller decidiu.

Lentamente, a nave foi erguida, vinte pequenos drones de transporte rastejantes presos aos cabos como se estivessem movendo um grande zepelim metálico. A nave ficaria com ele, aqui na estação, presa à rocha como um sacrifício aos deuses. Miller caminhou com a equipe, enquanto passavam pelas largas portas fechadas. Os únicos sons eram as batidas de suas solas quando os eletroímãs se prendiam à superfície e então um clique quando se soltavam. Os únicos odores eram os do seu próprio corpo e de plástico fresco do reciclador de ar. O metal sob seus pés brilhava como se alguém o tivesse limpado. Qualquer poeira ou pedregulho fora arrancado havia muito tempo.

Trabalharam rápido para posicionar a nave, armar as bombas e ajeitar os códigos de segurança, todos tacitamente conscientes do grande míssil que era a *Nauvoo* avançando na direção deles.

Se outra nave chegasse e tentasse desarmar a armadilha, a nave enviaria sinais sincronizados para todas as outras naves-bomba da APE encravadas no asteroide. Três segundos mais tarde, a superfície de Eros estaria completamente limpa. A reserva de ar e os suprimentos foram descarregados na nave, empacotados e prontos para serem recolhidos. Não havia motivo para desperdiçar recursos.

Nada horrendo se arrastou para fora de uma câmara de descompressão e tentou atacar a tripulação, o que tornou a presença de Miller durante a missão inteiramente supérflua. Ou talvez não. Talvez fosse apenas uma carona.

Quando tudo o que poderia ser feito estava pronto, Miller enviou o sinal de liberado, retransmitido através do agora desligado sistema da nave. O transporte que os resgataria apareceu lentamente, um ponto de luz que ficou maior de forma gradual e então se espalhou, a rede de embarque em gravidade nula presa do lado de fora como uma treliça. Seguindo as ordens da nova nave, a equipe de Miller desligou as botas e ligou propulsores de manobra simples ou dos próprios trajes ou, se os trajes fossem velhos demais, de projéteis de evacuação ablativos compartilhados. Miller os observou dar o fora.

– *Call va* e *roll*, Pampaw – Diogo chamou de algum lugar. Miller não tinha certeza de qual era ele na distância. – A carona não espera.

– Eu não vou – Miller falou.

– *Sa* quê?

– Eu decidi. Vou ficar aqui.

Houve um momento de silêncio. Miller esperava por isso. Ele tinha os códigos de segurança. Se precisasse rastejar de volta para o abrigo da velha nave e trancar a porta atrás de si, faria isso. Mas não queria. Tinha os argumentos preparados: ele só voltaria para Tycho como uma garantia política para as negociações de Fred Johnson; estava cansado e velho de um jeito que os anos não descreviam; já morrera em Eros uma vez, e queria estar lá para terminar. Merecia isso. Diogo e os outros lhe deviam isso.

Ele esperou que o garoto reagisse, para tentar convencê-lo.

– Está bem – Diogo falou. – *Buona* morte.

– *Buona* morte – Miller repetiu e desligou o rádio. O universo ficou em silêncio. As estrelas embaixo dele deslocavam-se lenta mas perceptivelmente conforme a estação na qual estava pendurado girava. Uma das luzes era a *Rocinante*. Duas outras eram as naves que Holden fora enviado para deter. Miller não podia identificá-las. Julie estava ao lado dele, o cabelo escuro flutuando no vácuo, as estrelas brilhando ao seu redor. Ela parecia em paz.

Se pudesse fazer de novo, ela perguntou, *se pudesse fazer tudo desde o início?*

– Faria igual – ele respondeu.

Miller observou a nave transporte da APE ligar os motores, o brilho dourado e branco, e se afastar até voltar a ser uma estrela. Uma bem pequena. Então se perder de vista. Miller se virou e observou a paisagem lunar vazia e escura, a noite permanente.

Só precisava ficar com ela por algumas poucas horas, e ambos estariam salvos. *Todos* estariam salvos. Era o bastante. Miller pegou-se sorrindo e chorando, as lágrimas saindo de seus olhos e correndo na direção de seu cabelo.

Vai ficar tudo bem, Julie disse.

– Eu sei – Miller respondeu.

Ele ficou parado, em silêncio, por quase uma hora. Depois se virou e percorreu o lento e precário caminho até a nave sacrificada, entrou na câmara de descompressão e no interior escuro. Havia atmosfera residual suficiente para que não precisasse dormir com o traje. Ele ficou nu, escolheu um assento de aceleração, e se enrolou no gel azul duro. A menos de 20 metros, 5 dispositivos de fusão poderosos o bastante para ofuscar o Sol esperavam por um sinal. Sob ele, tudo o que uma vez fora humano na Estação Eros mudara e se recompusera, passando de uma forma para outra como Hieronymus Bosch tornado realidade. E ainda a quase um dia de distância, a *Nauvoo*, o martelo de Deus, avançava na direção dele.

Miller configurou seu traje para tocar umas músicas pop antigas das quais gostara quando jovem, e se ajeitou para dormir. Em seus sonhos, encontrara um túnel na parte de trás de sua antiga habitação em Ceres, o que significava que por fim, *por fim* estaria livre.

Seu último desjejum foi uma barra de ração dura e um punhado de chocolates subtraídos de um kit de sobrevivência esquecido. Ele comeu e bebeu água reciclada tépida que tinha um gosto ferroso e podre. Os sinais de Eros eram quase afogados pelas frequências oscilantes que explodiam na estação sobre ele, mas Miller decifrara o bastante para saber como as coisas estavam.

Holden vencera, o que Miller esperava que fosse acontecer. A APE respondia a milhares de acusações zangadas da Terra, de Marte e, na verdade e no estilo de sempre, de facções dentro da própria APE. Era tarde demais. A *Nauvoo* deveria chegar em horas. O fim estava próximo.

Miller vestiu seu traje pela última vez, desligou as luzes e se arrastou de volta à câmara de descompressão. Por um longo momento, a escotilha exterior não respondeu, as luzes de segurança ainda vermelhas, e ele teve uma pontada de medo de que passaria os últimos momentos ali, preso em um tubo como um torpedo pronto para ser disparado. Mas ele acionou as travas elétricas, e a escotilha abriu.

A transmissão de Eros não tinha palavras agora, só um murmúrio suave como água sobre pedra. Miller atravessou a entrada larga das docas de carga. O céu sobre ele mudara, e a *Nauvoo* erguia-se no horizonte como o Sol. Sua mão aberta, com o braço estendido diante do rosto, não era grande o bastante para cobrir o brilho dos motores da nave. Ele ficou pendurado pelas botas, observando-a se aproximar. O fantasma de Julie o acompanhava.

Se fizera as contas certas, o local de impacto da *Nauvoo* seria no centro do eixo maior de Eros. Miller seria capaz de ver quando acontecesse, e o entusiasmo vertiginoso em seu peito o lembrou de quando era jovem. Seria um espetáculo. Ah, seria algo para se ver. Ele pensou em gravar. Seu traje poderia fazer um arquivo de vídeo simples e transmitir os dados em tempo real. Mas não. Este era o momento dele. Dele e de Julie. O restante da humanidade poderia imaginar como foi, caso se importasse.

O brilho maciço da *Nauvoo* enchia um quarto do céu agora, e o círculo completo estava livre do horizonte. A transmissão do murmúrio suave de Eros mudou para algo mais claramente sintético: um som ascendente, espiralado, que fazia Miller se lembrar, sem um motivo em particular, das telas verdes de varredura de radar de filmes antigos. Havia vozes ao fundo, mas ele não conseguia distinguir as palavras ou o idioma.

A grande tocha da *Nauvoo* ocupava toda uma metade do céu, as estrelas ao redor apagadas pela luz do motor em velocidade máxima. O traje de Miller disparou um aviso de radiação, e ele o desligou.

Uma *Nauvoo* tripulada jamais sustentaria uma velocidade daquelas; mesmo nos melhores assentos, o impulso da gravidade teria desfeito ossos. Miller tentou imaginar quão rápida a nave estaria no impacto.

Rápida o bastante. Era tudo o que importava. Rápida o bastante.

Ali, no centro do fulgor feroz, Miller viu um ponto escuro, não mais do que o ponto de uma ponta de caneta. A nave em si. Suspirou profundamente. Quando fechou os olhos, a luz ficou vermelha através de suas pálpebras. Quando ele os abriu novamente, a *Nauvoo* tinha comprimento. Forma. Era uma agulha, uma flecha, um míssil. Um punho erguendo-se das profundezas. Pela primeira vez pelo que se lembrava, Miller sentiu terror.

Eros gritava:

– NÃO ME TOQUE, PORRA!

Aos poucos, o brilho do motor mudou de um círculo para uma forma oval e depois para uma grande pluma, a própria *Nauvoo* revelando seu perfil não acabado. Miller ficou boquiaberto.

A *Nauvoo* errara o alvo. Acontecera. Bem agora, bem *agora*, ela passava por Eros e não atingia a estação. Mas ele não vira nenhum tipo de manobra de disparo de foguetes. E como alguém viraria algo tão grande, movendo-se tão depressa, tão abruptamente, e depois desviaria entre uma respiração e outra sem destruir a nave ao meio? A aceleração g sozinha...

Miller olhou para as estrelas como se alguma resposta estivesse escrita nelas. E, para sua surpresa, encontrou uma. O rastro da Via Láctea, a dispersão infinita de estrelas, ainda estava ali. Mas os ângulos haviam mudado. A rotação de Eros mudara. Sua relação com o plano eclíptico.

Seria impossível para a *Nauvoo* mudar de curso no último minuto sem ser destruída – e isso não acontecera. Eros tinha aproximadamente 600 quilômetros cúbicos. Antes da Protogen, abrigava o segundo maior porto ativo do Cinturão.

E sem atrapalhar nem mesmo a fixação das botas magnéticas de Miller, a Estação Eros tinha desviado.

49

HOLDEN

– Puta merda – Amos falou com voz inexpressiva.

– Jim – Naomi chamou, mas Holden acenou ainda de costas para ela esperar e abriu um canal com a cabine do piloto.

– Alex, acabamos de ver o que meus sensores dizem que vimos?

– Sim, capitão – o piloto respondeu. – O radar e o telescópio estão dizendo que Eros deu um salto de 200 quilômetros no sentido da rotação em pouco menos de um minuto.

– Puta merda – Amos repetiu exatamente no mesmo tom sem emoção. O som metálico das escotilhas dos conveses se abrindo e fechando ecoavam pela nave, assinalando que Amos se aproximava da escadaria da tripulação.

Holden controlou a onda de irritação que sentiu por Amos deixar seu posto. Cuidaria disso mais tarde. Precisava ter certeza de que a *Rocinante* e sua tripulação não estavam simplesmente vivenciando uma alucinação em grupo.

– Naomi, preciso de comunicação – ele disse.

Naomi deu meia-volta em sua cadeira para encará-lo, o rosto pálido.

– Como consegue ficar tão calmo? – ela perguntou.

– Pânico não ajuda. Precisamos saber o que está acontecendo para podermos planejar com inteligência. Por favor, transfira as comunicações para mim.

– Puta merda – Amos disse enquanto subia até o convés de operações. A escotilha do convés fechou com um estrondo acentuado.

– Não me lembro de ordenar que deixasse seu posto, marinheiro – Holden disse.

– Planejar com inteligência – Naomi disse como se fossem palavras em uma língua estrangeira que ela quase entendia. – Planejar com inteligência.

Amos jogou-se em uma cadeira com força suficiente para que o estofado de gel o segurasse e o impedisse de ser arremessado para fora.

– Eros é bem grande – Amos disse.

– Planejar com inteligência – Naomi repetiu, falando consigo mesma agora.

– Quero dizer, *muito* grande – Amos falou. – Sabe quanta energia é necessária para girar aquela rocha para cima? Levaria *anos* para fazer aquela merda.

Holden colocou seu fone de ouvido para abafar o falatório de Amos e Naomi, e ligou de novo para Alex.

– Alex, Eros ainda está mudando de velocidade?

– Não, capitão. Está parada ali, como uma rocha.

– Ok – Holden falou. – Amos e Naomi estão a mil. Como você está?

– Não vou tirar as mãos dos controles enquanto aquele cretino estiver em algum lugar do meu espaço, pode ter certeza.

Graças a Deus pelo treinamento militar, Holden pensou.

– Ótimo. Mantenha-nos a uma distância constante de 5 mil quilômetros até que eu diga algo contrário. Avise-me se ela se mover de novo, nem que seja um centímetro.

– Entendido, capitão – Alex respondeu.

Holden tirou o fone de ouvido e virou-se para encarar o restante da tripulação. Amos fitava o teto, ticando pontos com os dedos, os olhos desfocados.

– ... não me lembro exatamente da massa de Eros de cabeça... – ele dizia para ninguém em particular.

– Cerca de 7 quatrilhões de quilos – Naomi respondeu. – Mais ou menos. E a assinatura de calor aumentou uns 2 graus.

– *Jesus* – o mecânico exclamou. – Não consigo fazer a conta de cabeça. Quanta massa aumenta 2 graus desse jeito?

– Um monte – Holden respondeu. – Então vamos nos mexer...

– Cerca de 10 exajoules – Naomi falou. – Isso é de cabeça, mas não devo estar longe da ordem de magnitude ou algo assim.

Amos assobiou.

– Dez exajoules é tipo o quê? Uma bomba de fusão de dois gigatons?

– É cerca de 100 quilos convertidos diretamente em energia – Naomi explicou. Sua voz ficou mais firme. – O que, é claro, não podemos produzir. Mas pelo menos, o que quer que fizeram, não foi mágica.

A mente de Holden se agarrou às palavras dela com uma sensação quase física. Naomi era, de fato, a pessoa mais inteligente que ele conhecia. Ela tinha acabado de falar diretamente com o medo semiarticulado que ele nutria desde que Eros saltara de lado: que era mágica, que a protomolécula não obedecia às leis da física. Porque, se fosse verdade, os humanos não teriam chance alguma.

– Explique – ele pediu.

– Bem – ela respondeu, tamborilando em seu teclado. – Aquecer Eros não moveria a estação. Então presumo que isso signifique que foi calor residual do que quer que realmente tenha sido feito.

– E o que significa?

– Que a entropia ainda existe. Que não podem converter massa em energia com eficiência perfeita. Que suas máquinas, processos ou qualquer coisa que usem para mover 7 quatrilhões de quilos de rocha desperdiçam alguma energia. Algo que vale cerca de uma bomba de 2 gigatons.

– Ah.

– Você não pode mover Eros 200 quilômetros com uma bomba de 2 gigatons – Amos disse com uma bufada.

– Não, não pode – Naomi concordou. – Isso é só o que sobrou. Calor residual. A eficiência deles ainda está além dos padrões, mas não é perfeita. O que significa que as leis da física ainda valem. O que significa que não é mágica.

– Bem que podia ser – Amos disse.

Naomi olhou para Holden.

– Então, nós... – o capitão começou a dizer quando Alex o interrompeu pelo comunicador da nave.

– Capitão, Eros está se movendo novamente.

– Siga-a e consiga para mim o curso e a velocidade o mais rápido possível – Holden falou, voltando para seu console. – Amos, volte para a engenharia. Se sair de lá de novo sem uma ordem direta, pedirei que a imediata o espanque até a morte com uma chave inglesa.

A única resposta foi o silvo da escotilha do convés se abrindo e o estrondo quando ela se fechou atrás do mecânico.

– Alex, diga-me alguma coisa. – Holden encarava os dados que a *Rocinante* transmitia sobre Eros.

– Em direção ao Sol é tudo o que sabemos com certeza – Alex respondeu, sua voz ainda calma e profissional.

Quando Holden entrou para o serviço militar, seguira carreira de oficial desde o início. Nunca estivera na escola de pilotos militares, mas sabia que os anos de treinamento haviam compartimentado o cérebro de Alex em duas metades: problemas de pilotagem e, em segundo plano, todo o resto. Acompanhar Eros e conseguir o curso da estação era parte da primeira metade. Alienígenas do espaço extrassolar tentando destruir a humanidade não eram uma questão de pilotagem, e seriam ignorados com segurança até que ele deixasse a cabine do piloto. Podia ter um colapso nervoso depois, mas, enquanto estivesse na função, Alex continuaria focado no trabalho.

– Volte para 50 mil quilômetros e mantenha distância constante – Holden lhe pediu.

– Ah – Alex falou. – Manter uma distância constante pode ser difícil, capitão. Eros acabou de desaparecer do radar.

Holden sentiu a garganta apertar.

– Pode repetir?

– Eros acabou de desaparecer do radar – Alex estava dizendo, mas Holden já conferia o conjunto de sensores. O telescópio mostrava que a rocha ainda se movia em sua nova trajetória em direção ao Sol. As imagens termais mostravam a estação um pouco mais quente do que o espaço. A estranha transmissão de vozes e loucura que saía da estação ainda era detectável, porém fraca. Mas o radar dizia que não havia nada ali.

Mágica, a vozinha no fundo de sua mente sugeriu mais uma vez.

Não, não era mágica. Humanos também tinham naves camufladas. Era só questão de absorver a energia do radar em vez de refleti-la. De repente, manter o asteroide no alcance visual era o que mais importava. Eros mostrara que podia se mover rápido e manobrar sem restrições, e agora era invisível ao radar. Era bem possível que a rocha do tamanho de uma montanha pudesse desaparecer por completo.

A gravidade começou a aumentar conforme a *Roci* perseguia Eros em direção ao Sol.

– Naomi?

Ela olhou para ele. O medo ainda estava em seus olhos, mas ela estava se controlando. Por enquanto.

– Jim?

– O comunicador? Você pode...?

O desgosto no rosto dela foi a coisa mais reconfortante que ele viu em horas. Ela mudou o controle para a estação dele, e Holden abriu um pedido de conexão.

– Corveta da MNU, aqui é *Rocinante*, por favor, responda.

– Vá em frente, *Rocinante* – a outra nave disse depois de meio minuto de estática.

– Chamando para confirmar os dados de seus sensores – Holden disse, então transmitiu os dados referentes ao movimento de Eros. – Vocês viram a mesma coisa?

Outra espera, desta vez mais longa.

– Afirmativo, *Rocinante*.

– Sei que estávamos prestes a atirar um no outro e tal, mas acho que isso ficou um pouco para trás agora – Holden falou. –

De qualquer forma, estamos perseguindo aquela rocha. Se a perdermos de vista, pode ser que nunca mais a encontremos. Quer vir conosco? Pode ser bom ter alguma retaguarda se ela decidir atirar em nós ou algo assim.

Outra espera, desta vez de quase dois minutos; então uma voz diferente entrou na linha. Mais velha, feminina, e sem a arrogância e a raiva da jovem voz masculina com quem ele tratara antes.

– *Rocinante*, aqui é a capitã McBride da nave-escolta da MNU *Ravi*.

Ah, Holden pensou, *estive falando com o primeiro oficial o tempo todo. A capitã finalmente assumiu o microfone. Pode ser um bom sinal.*

– Mandei notícias para o comando da frota – ela continuou –, mas está com um atraso de vinte e três minutos neste instante, e aquela rocha está ganhando velocidade. Tem algum plano?

– Na verdade, não, *Ravi*, só segui-la e reunir informações até encontrarmos uma oportunidade de fazer algo concreto. Mas, se vier junto, talvez ninguém do seu pessoal atire em nós por acidente enquanto tentamos descobrir.

Houve uma longa pausa. Holden sabia que a capitã da *Ravi* estava pesando a chance de que ele estivesse falando a verdade contra a ameaça que ele fizera contra a nave científica. E se ele estivesse envolvido em seja lá o que estivesse acontecendo? Ele se perguntaria a mesma coisa na posição dela.

– Olhe – ele começou. – Eu lhe disse meu nome, James Holden. Servi como tenente na MNU. Meus registros devem estar no arquivo. Eles mostrarão uma dispensa desonrosa, mas também mostrarão que minha família vive em Montana. Não quero que aquela rocha atinja a Terra tanto quanto você.

O silêncio do outro lado continuou por mais alguns minutos.

– Capitão – ela disse –, acredito que meus superiores gostariam que eu ficasse de olho em você. Seguiremos viagem juntos enquanto os especialistas tentam descobrir o que está acontecendo.

Holden soltou o ar lenta e ruidosamente.

– Obrigado, McBride. Continue tentando colocar seu pessoal na linha. Farei algumas ligações também. Duas corvetas não bastam para resolver este problema.

– Afirmativo – a *Ravi* respondeu e desligou a conexão.

– Abri uma conexão com Tycho – Naomi falou.

Holden recostou-se na cadeira, a gravidade crescente da aceleração pressionando-o. Um nódulo aquoso se formava na parte inferior de suas entranhas; o aperto frouxo dizia que ele não tinha ideia do que estava fazendo, que todos os melhores planos falharam e que o fim estava próximo. A tênue esperança que ele sentia já começava a desaparecer.

Como pode estar tão calmo?

Acho que estou assistindo ao fim da raça humana, Holden pensou. *Estou ligando para Fred, então não será minha culpa quando ninguém tiver ideia de como deter aquilo. É claro que não estou calmo.*

Só estou espalhando a culpa.

– Quão rápido? – Fred perguntou, incrédulo.

– Quatro *g* agora, e aumentando – Holden respondeu, sua voz rouca por causa da garganta apertada. – Ah, e está invisível ao radar.

– *Quatro g?!* Sabe o quão pesado Eros é?

– Houve, ah, certa discussão sobre isso. – Só a aceleração impedia que a impaciência transparecesse na voz de Holden. – A questão é: e agora? A *Nauvoo* se perdeu. Nossos planos foram para o brejo.

Houve outro aumento perceptível de pressão conforme Alex acelerava para acompanhar Eros. Em breve ficaria impossível conversar.

– Está definitivamente indo para a Terra? – Fred perguntou.

– Alex e Naomi têm 90% de certeza. Difícil ser totalmente preciso quando só temos dados visuais. Mas confio neles. Eu também iria para onde há 30 bilhões de anfitriões.

Trinta bilhões de anfitriões. Oito dos quais eram seus pais. Ele imaginava o pai Tom como um feixe de tubos vazando gosma marrom. Mãe Elisa com uma caixa torácica arrastando-se pelo chão com um braço esqueleto. E com aquele tanto de biomassa, o que a protomolécula poderia fazer? Mover a Terra? Desligar o Sol?

– Temos que avisá-los – Holden disse, tentando não estrangular a própria língua enquanto falava.

– Não acha que eles sabem?

– Eles veem uma ameaça. Talvez não vejam que significaria o fim de toda a vida nativa no sistema solar – Holden disse. – Queria uma razão para se sentar à mesa? Que tal esta: ficar juntos ou morrer.

Fred ficou quieto por um momento. A radiação de fundo falava com Holden em sussurros místicos cheios de presságios horríveis enquanto esperava. *Recém-chegados*, ela dizia. *Fiquem por aí durante 14 bilhões de anos, ou mais. Vejam o que eu tenho visto. Então, toda essa bobagem não vai parecer tão importante.*

– Verei o que consigo fazer – Fred disse, interrompendo a palestra do universo sobre a transitoriedade. – Nesse meio-tempo, o que você vai fazer?

Correr atrás de uma pedra e assistir ao berço da humanidade morrer.

– Estou aberto a sugestões – Holden disse.

– Talvez possa detonar algumas das bombas de superfície que nossas equipes colocaram lá. Mudar a trajetória de Eros. Ganhar algum tempo para nós.

– Estão preparados para fusão por proximidade. Não dá para mudar isso de fora – Holden disse, a última palavra transformando-se em um grito quando sua cadeira o perfurou em uma dúzia de lugares distintos e injetou nele o que parecia fogo líquido. Alex acionara o suco, o que significava que Eros ainda estava acelerando, e estava preocupado que todos pudessem desmaiar. Quão rápido poderia chegar? Nem mesmo o suco poderia sustentar aceleração prolongada acima de 7 ou 8 g sem sérios riscos. Se Eros mantivesse essa taxa de aceleração, isso os deixaria para trás.

— Você pode detonar remotamente — Fred falou. — Miller tem os códigos. Pedirei que a equipe calcule quais detonar para efeito máximo.

— Entendido — Holden respondeu. — Ligarei para Miller.

— Falarei com os interioranos — Fred falou, usando a gíria cinturina sem um pingo de autoconsciência. — Verei o que posso fazer.

Holden interrompeu à conexão, então ligou para a nave de Miller.

— Oi — disse quem quer que estivesse manejando o rádio ali.

— Aqui é Holden, da *Rocinante*. Quero falar com Miller.

— Ah... — disse a voz. — Ok.

Houve um clique, então estática, depois Miller dizendo alô com um eco fraco. Isso queria dizer que ainda estava usando seu capacete.

— Miller, aqui é Holden. Precisamos falar sobre o que acabou de acontecer.

— Eros se moveu.

Miller soava estranho, sua voz distante, como se mal estivesse prestando atenção na conversa. Holden sentiu uma onda de irritação, mas a controlou. Precisava de Miller agora, quer ele quisesse quer não.

— Olhe — ele disse —, falei com Fred e ele quer que coordenemos com os caras que estiveram em solo. Você tem os códigos remotos. Se detonarmos todas as bombas de um lado, poderemos desviar a rota. Coloque seus técnicos na linha para que possamos trabalhar nisso.

— Ah, sim, parece uma boa ideia. Enviarei os códigos para você — Miller respondeu, a voz não mais distante, mas segurando uma gargalhada. Como um homem prestes a contar a última parte de uma piada muito boa. – Mas não poderei ajudá-lo com os técnicos.

– Merda, Miller, você encheu o saco dessas pessoas também?

Miller gargalhou, um som livre suave que só alguém que não estava sobre efeito de gravidade crescente conseguiria dar. Se era uma piada, Holden não tinha entendido.

– Sim – Miller disse. – Provavelmente. Mas não é por isso que não posso chamá-los para você. Não estou na nave com eles.

– O quê?

– Ainda estou em Eros.

50

MILLER

– O que quer dizer com ainda está em Eros? – Holden perguntou.

– Basicamente isso – Miller disse, cobrindo seu sentimento crescente de vergonha com um tom de voz casual. – Pendurado de cabeça para baixo do lado de fora de uma das docas terciárias, onde amarramos uma das naves. Estou me sentindo como um maldito morcego.

– Mas...

– Uma coisa engraçada. Eu não senti quando a coisa se moveu. Era de se imaginar que uma aceleração dessas me lançaria no vácuo ou me esmagaria.... Mas não aconteceu nada.

– Aguente aí. Vamos buscá-lo.

– Holden – Miller falou. – Apenas pare, ok?

O silêncio não durou mais do que poucos segundos, mas carregava o peso do significado. *Não é seguro trazer a* Roci *para Eros* e *Eu vim aqui para morrer* e *Não torne isso mais difícil do que já é.*

– Sim, eu só... – Holden hesitou. – Ok. Deixe-me... deixe-me coordenar com os técnicos. Eu vou... Jesus. Eu lhe direi o que falaram.

– Uma coisa, no entanto – Miller disse. – Estamos falando em desviar essa filha da puta? Só tenha em mente que não é mais uma rocha. É uma nave.

– Certo – Holden falou. E um momento mais tarde: – Ok.

A conexão caiu com um tique. Miller checou seu suprimento de oxigênio. Ainda tinha três horas no traje, mas ele podia voltar para a nave e reabastecê-lo muito antes disso. Então Eros estava se movendo, é? Ele ainda não sentia. Porém, observando a superfície curvada do asteroide, via diversos microasteroides ricocheteando, vindos todos da mesma direção. Se a estação continuasse acelerando, eles começariam a aparecer com mais frequência, com mais força. Precisava ficar na nave.

Sintonizou seu terminal portátil na transmissão de Eros. A estação embaixo dele chilreava e resmungava, sons de longas vogais baixas irradiavam dela como uma gravação da canção das baleias. Depois das palavras zangadas e da estática, a voz de Eros parecia pacífica. Ele se perguntava que tipo de música os amigos de Diogo fariam com esse som. Música lenta não parecia ser o estilo deles. Uma coceira chata se alojou no meio de suas costas, e ele se movia dentro do traje, tentando arranhar. Quase sem notar, sorriu. Então gargalhou. Uma onda de euforia passou por ele.

Havia vida alienígena no universo, e ele estava montado nela como um carrapato em um cão. A Estação Eros movera-se por vontade própria e por mecanismos que ele não conseguia nem começar a imaginar. Não sabia quantos anos fazia desde que fora tomado pelo espanto. Esquecera essa sensação. Levantou os braços de lado, abrindo-os como se pudesse abraçar a escuridão infinita do vácuo abaixo dele.

Então, com um suspiro, voltou para a nave.

De volta na concha protetora, tirou o traje de vácuo e prendeu o suprimento de ar nos recicladores para carregá-lo. Com só uma pessoa para cuidar, até o suporte de vida mais ralé teria aquilo pronto em uma hora. As baterias da nave ainda estavam quase totalmente carregadas. Seu terminal portátil soou duas vezes, recordando-o de que era hora dos remédios anticâncer. Aqueles que ele ganhara da última vez que estivera em Eros. Aqueles dos quais precisaria para o resto da vida. Bela piada.

As bombas de fusão estavam no compartimento de carga da nave: caixas quadradas cinzentas cujo comprimento era metade da altura, como tijolos revestidos de espuma adesiva rosa. Miller levou vinte minutos para encontrar no estoque uma lata de solvente que ainda tivesse carga. O fino spray que saía dela cheirava a ozônio e óleo, e a espuma rosa dura derreteu. O ex-detetive agachou-se ao lado das bombas e comeu a barra de ração que tinha um gosto convincente de maçã. Julie sentava-se ao lado dele, a cabeça apoiada sem fazer peso em seu ombro.

Foram poucas as vezes em que Miller flertara com a fé. A maior parte delas tinha sido quando era jovem e experimentava tudo. Depois, quando ficou mais velho, mais sábio e mais excitado, e na dor excruciante do divórcio. Ele entendia o anseio por um ser superior, uma inteligência imensa e compadecida que pudesse ver tudo de uma perspectiva que dissolvia a pequenez e a maldade, que fazia tudo ficar bem. Ele ainda sentia esse anseio. Só não conseguia se convencer de que fosse verdade.

Mesmo assim, talvez existisse algo como um plano. Talvez o universo o colocara no lugar certo, na hora certa, para fazer a coisa que ninguém mais faria. Talvez toda a dor e todo o sofrimento pelos quais ele passara, todos os desapontamentos e anos de alma esmagada chafurdando no pior que a humanidade tinha a oferecer, significaram trazê-lo até ali, até aquele momento, quando estava pronto a morrer se isso garantisse um pouco mais de tempo para a humanidade.

Seria bonito pensar assim, Julie disse em sua mente.

– Seria – ele concordou com um suspiro. Ao som da voz dele, a visão dela desapareceu, como outro devaneio.

As bombas eram mais pesadas do que ele lembrava. Sob gravidade total, ele não seria capaz de movê-las. Sob 0,33 g era difícil, mas possível. Um centímetro agonizante por vez, ele arrastou uma delas até um carrinho de mão e a carregou até a câmara de descompressão. Debaixo dele, Eros cantava.

Teve que descansar antes de voltar ao trabalho. A câmara de descompressão era tão estreita que a bomba e ele não cabiam ao mesmo tempo.

Ele subiu em cima dela para conseguir chegar à escotilha externa da câmara, então teve que levantar a bomba com tiras que arrancou da malha de carga. Uma vez do lado de fora, a bomba teve que ser presa à nave com grampos magnéticos para impedir que a rotação de Eros a jogasse no vazio. Depois que fez tudo isso, Miller parou para descansar por meia hora.

Havia mais impactos agora, um sinal grosseiro de que Eros estava de fato acelerando. Pareciam tiros de fuzil, capaz de atravessá-lo de um lado ao outro ou a nave atrás dele se o azar mandasse uma rocha na direção errada. Mas as chances de uma rocha ocasional acertar o alvo em sua figura minúscula como uma formiga, arrastando-se na superfície, eram baixas. De todo modo, uma vez que Eros deixasse o Cinturão, elas parariam. Eros estava deixando o Cinturão? Ele percebeu que não tinha ideia de aonde a estação ia. Presumia que para a Terra. Holden já devia saber.

Seus ombros doíam um pouco por causa dos esforços, mas nada de mais. Estava preocupado de ter sobrecarregado o carrinho de mão. As rodas eram mais fortes do que suas botas magnéticas, porém ainda podiam quebrar. O asteroide sobre ele balançou uma vez, um movimento novo e inquietante que não se repetiu. Seu terminal portátil perdeu a transmissão de Eros, alertando-o de que havia uma conexão entrando. Fitou o terminal, deu de ombros e deixou a conexão se estabelecer.

– Naomi – ele falou antes que ela pudesse dizer qualquer coisa. – Como você está?

– Ei – ela cumprimentou.

O silêncio entre eles se estendeu.

– Falou com Holden, então?

– Falei – ela disse. – Ele ainda está pensando em meios de tirar você dessa coisa.

– Ele é um cara legal – Miller falou. – Converse com ele sobre isso por mim, pode ser?

O silêncio durou o suficiente para que Miller começasse a se sentir desconfortável.

– Como estão as coisas aí? – ela perguntou.

Como se houvesse uma resposta para isso. Como se sua vida pudesse ser resumida em uma resposta a uma simples questão. Ele pensou sobre o que ela queria dizer e respondeu só o que ela perguntou.

– Bem, tenho uma bomba nuclear presa no compartimento de carga. Arrastei ela pela escotilha de acesso e vou levá-la para dentro da estação.

– Miller...

– A coisa é que estávamos tratando isto aqui como uma rocha. Agora todo mundo sabe que essa noção é um pouco simplista, mas vai levar um tempo para as pessoas se acostumarem. As marinhas vão continuar pensando em Eros como se fosse uma bola de bilhar, quando na verdade é um rato.

Ele falava rápido demais. As palavras saíam de sua boca em um jato. Se não lhe desse espaço, ela não falaria. Ele não teria que ouvir o que ela tinha a dizer. Ele não teria que impedi-la de ser condescendente.

– Deve ter uma estrutura. Motores ou centrais de controle. Alguma coisa. Se eu enfiar a bomba lá dentro, trancá-la no que quer que esteja coordenando esta coisa, posso quebrá-la. Transformá-la em uma bola de bilhar. Mesmo que seja só por um tempo, posso conseguir uma chance para vocês.

– Imaginei – Naomi disse. – Faz sentido. É a coisa certa a fazer.

Miller riu. Um impacto singularmente sólido sacudiu a nave embaixo dele, e a vibração fez seus ossos rangerem. Começou a sair gás do novo buraco. A estação se movia mais rápido.

– Sim – ele falou. – Bem.

– Eu estava falando com Amos – ela disse. – Você precisa de um dispositivo em caso de morte. Então, se algo acontecer, a bomba ainda explode. Se tiver os códigos de acesso...?

– Eu tenho.

– Bom. Tenho aqui um programa que você pode instalar no seu terminal portátil. Você só precisará manter o dedo no botão. Se soltá-lo por cinco segundos, ele manda um sinal de detonação. Se quiser, posso enviá-lo para você.

– Então tenho que andar pela estação com o dedo apertando um botão?

O tom de Naomi era um pedido de desculpas.

– Eles podem dar um tiro na sua cabeça. Ou prendê-lo. Quanto maior o espaço de tempo, maior a chance de a protomolécula desarmar a bomba antes da detonação. Se precisar de mais tempo, posso reprogramar.

Miller olhou a bomba no carrinho do lado de fora da câmara de descompressão da nave. Os mostradores estavam todos verdes e dourados. Um suspiro breve embaçou o interior de seu capacete.

– Ah, não. Cinco está bom. Mande-me o programa. Precisarei configurar alguma coisa ou há algum lugar em que eu possa só colocá-lo para funcionar?

– Há uma área de configuração – Naomi orientou. – Ela vai orientá-lo.

O terminal portátil tocou, anunciando o novo arquivo. Miller aceitou e colocou-o para rodar. Era tão fácil quanto digitar um código para abrir uma porta. De algum modo, ele sentia que armar as bombas de fusão para detonar ao redor dele teria sido mais difícil.

– Chegou – ele disse. – Já estou pronto. Quero dizer, ainda tenho que mover esta porcaria, e mais uma além dessa. Quão rápido Eros está acelerando, por falar nisso?

– Em algum momento estará mais rápido do que a *Roci* poderá acompanhar. Quatro *g* e aumentando, sem sinal de que vai tirar o pé do acelerador.

– Não consigo sentir nada – ele comentou.

– Sinto sobre o que aconteceu antes – Naomi falou.

– Era uma situação ruim. Fizemos o que tínhamos que fazer. O mesmo de sempre.

– O mesmo de sempre – ela repetiu.

Não falaram durante alguns segundos.

— Obrigado pelo gatilho — Miller falou. — Diga a Amos que agradeço.

Ele cortou a conexão antes que ela pudesse responder. Longas despedidas não eram o forte de ninguém. A bomba descansava no carrinho de mão, grampos magnéticos a mantinham no lugar e um cinto largo de aço prendia a coisa toda. Miller moveu-se lento pela superfície metálica dos portões da doca. Se o carrinho perdesse o contato com Eros, ele não seria forte o bastante para segurá-lo. É claro, se um dos impactos cada vez mais frequentes o atingisse, seria como levar um tiro, então esperar por ali não era uma boa opção tampouco. Ele tirou os dois perigos da mente e fez o trabalho. Por dez nervosos minutos, seu traje cheirou a plástico hiperaquecido. Todos os diagnósticos mostravam barras de erro; quando os recicladores limparam aquilo, seu suprimento de ar ainda estava bom. Outro pequeno mistério que ele não pretendia resolver.

O abismo abaixo dele brilhava com estrelas que não tremulavam. Um dos pontos de luz era a Terra. Ele não sabia qual.

A escotilha de serviço estava escondida em um afloramento natural de pedra, o trilho de material ferroso do carrinho como uma fita prateada na escuridão. Resmungando, Miller empurrou o carrinho, a bomba e seu próprio corpo exausto ao redor da curva, e a gravidade da rotação mais uma vez o pressionou para o chão em vez de esticar seus joelhos e coluna. Atordoado, ele digitou os códigos até que a escotilha se abriu.

Eros estava diante dele, mais escura do que o céu vazio.

Ele transferiu a conexão do terminal portátil para o traje, chamando Holden pelo que esperava ser a última vez.

— Miller — Holden atendeu quase imediatamente.

— Estou entrando agora — ele disse.

— Espere. Olhe, talvez possamos deixar o carrinho no automático. Se a *Roci*...

— Sim, mas você sabe como é. Já estou aqui. E não sabemos quão rápido essa filha da puta consegue ir. Temos um problema para resolver. E é assim que faremos isso.

A esperança de Holden era fraca de qualquer modo. *Pro forma*. Um gesto; talvez até sincero, Miller pensou. O capitão tentar salvar todos, até o fim.

– Entendo – Holden disse, por fim.

– Ok. Então, assim que eu destruir seja lá o que ele encontrar...?

– Estamos trabalhando em jeitos de aniquilar a estação.

– Ótimo. Odiaria me dar ao trabalho por nada.

– Há... há alguma coisa que queira que eu faça? Depois?

– Não – Miller respondeu. Julie estava ao seu lado, os cabelos flutuando como se estivessem submersos. Ela brilhava mais sob a luz das estrelas do que se estivesse ali de verdade. – Espere. Sim. Duas coisas. Os pais de Julie. Eles são donos da Mao-Kwikowski Mercantil. Sabiam que a guerra estava por vir antes que começasse, devem ter ligações com a Protogen. Assegure-se de que não vão se safar dessa. Se encontrá-los, diga que sinto muito por não ter achado Julie a tempo.

– Certo – Holden respondeu.

Miller se agachou na escuridão. Havia algo mais? Deveria haver mais? Uma mensagem para Havelock, talvez? Ou para Muss. Ou para Diogo e seus amigos da APE? Mas então deveria haver algo a ser dito.

– Ok – Miller disse. – É isso, então. Foi bom trabalhar com você.

– Lamento que tenha que acabar assim – Holden comentou. Não era um pedido de desculpas pelo que fizera ou dissera, pelo que escolhera e recusara.

– É – Miller concordou. – Mas o que podemos fazer, certo?

Era o mais próximo de um adeus a que qualquer um deles conseguiria chegar. Miller desligou a conexão, carregou o programa que Naomi lhe enviara e o acionou. Enquanto fazia isso, voltou a sintonizar a transmissão de Eros.

O som era baixinho e suave, como unhas raspando uma folha de papel infinita. Ele acendeu as luzes do carrinho, e a entrada escura de Eros iluminou-se com um brilho cinza industrial, as sombras se espalhando pelos cantos. Sua Julie imaginária estava parada no clarão como se estivesse sob um holofote, o fulgor iluminando-a e a todas as estruturas atrás dela ao mesmo tempo, o remanescente de um longo sonho quase acabado.

Ele tirou os freios, empurrou e entrou em Eros pela última vez.

51

HOLDEN

Holden sabia que os humanos podiam tolerar forças *g* extremamente altas por curtas durações. Com sistemas de segurança adequados, aventureiros profissionais aguentavam impactos de mais de 25 *g* e sobreviviam. O corpo humano deformava naturalmente, absorvendo energia nos tecidos moles e difundindo o impacto pelas áreas maiores.

Também sabia que o problema com exposições longas a alta gravidade era que a pressão constante no sistema circulatório começava a expor fraquezas. Tinha um ponto fraco em uma artéria que poderia se tornar um aneurisma em quarenta anos? Algumas horas em 7 *g* poderiam fazê-lo estourar agora. Vasos capilares nos olhos começavam a vazar. O próprio olho se deformava, algumas vezes com danos permanentes. E havia os espaços vazios, como os pulmões e o trato digestivo. Se ficassem sob gravidade suficiente, eles colapsavam.

E ainda que naves em combate pudessem manobrar em gravidades muito altas por períodos curtos, cada momento passado sob impulso multiplicava o perigo.

Eros não precisava jogar nada neles. Era só manter a aceleração crescente até que seus corpos explodissem sob pressão. O console mostrava 5 *g*, mas, enquanto observava, mudou para 6. Não podiam continuar com aquilo. Eros iria se afastar, e não havia nada que pudessem fazer a respeito.

Entretanto, ele ainda não ordenara que Alex parasse de acelerar.

Como se Naomi estivesse lendo sua mente, NÃO PODEMOS SEGUIR NESSA VELOCIDADE apareceu no console dele, o ID dela diante do texto.

FRED ESTÁ TRABALHANDO NISSO. ELES PODEM PRECISAR DE NÓS DENTRO DO ALCANCE DE EROS QUANDO TIVEREM UM PLANO, ele respondeu. Mesmo mover os dedos os milímetros necessários para usar os controles embutidos em sua cadeira para esse tipo de situação era dolorosamente difícil.

DENTRO DO ALCANCE PARA QUÊ?, Naomi digitou.

Holden não respondeu. Não tinha ideia. Seu sangue ardia com as drogas que o mantinham desperto e alerta mesmo enquanto seu corpo estava sendo esmagado. As drogas tinham o efeito contraditório de fazer seu cérebro funcionar com o dobro da rapidez sem permitir que pensasse de verdade. Mas Fred arranjaria alguma coisa. Muita gente inteligente estava pensando nisso.

E Miller.

Miller estava carregando uma bomba de fusão por Eros neste instante. Quando seu inimigo tinha vantagem tecnológica, você chegava nele com o mínimo de tecnologia possível. Quem sabe um detetive infeliz puxando uma arma nuclear em um carrinho pudesse atravessar as defesas deles. Naomi dissera que não eram mágicos. Talvez Miller tivesse êxito e lhes desse a abertura de que precisavam.

De qualquer modo, Holden tinha que estar ali, mesmo que fosse só para ver.

FRED, Naomi digitou para ele.

Holden abriu a conexão. Fred olhou para ele como um homem segurando um sorriso.

— Holden — ele disse. — Como estão indo?

6 G. FALE LOGO.

— Certo. Acontece que os policiais das Nações Unidas andaram vasculhando as redes da Protogen, procurando pistas do que diabos estava acontecendo. Adivinha quem apareceu como inimigo número um para os figurões da Protogen? Sinceramente. De repente tudo é perdoado, e a Terra me recebe de volta com um abraço caloroso. O inimigo dos meus inimigos acha que sou um tremendo filho da mãe.

QUE BOM. MEU BAÇO ESTÁ ENTRANDO EM COLAPSO. APRESSE-SE.

— A ideia de Eros atingir a Terra é bem ruim. Um evento em nível de extinção, mesmo sendo só uma rocha. Mas o pessoal das Nações Unidas esteve assistindo às transmissões de Eros e está morrendo de medo daquilo.

E...

— A Terra está se preparando para lançar todo o seu arsenal nuclear de solo. Milhares de bombas. Vão vaporizar aquela rocha. A marinha interceptará o que sobrar depois do ataque inicial e esterilizará a área toda do espaço com bombardeamento nuclear constante. Sei que é um risco, mas é o que temos.

Holden resistiu à vontade de balançar a cabeça. Não queria acabar com uma bochecha presa permanentemente na cadeira.

EROS DESVIOU DA *NAUVOO*. ESTÁ A 6 G AGORA E, SEGUNDO NAOMI, MILLER NÃO SENTE A ACELERAÇÃO. O QUE QUER QUE ESTEJA ACONTECENDO, NÃO TEM AS MESMAS LIMITAÇÕES INICIAIS QUE NÓS. O QUE VAI IMPEDI-LA DE DESVIAR DAS BOMBAS DA TERRA? NAQUELA VELOCIDADE, OS MÍSSEIS NUNCA SERÃO CAPAZES DE DAR MEIA-VOLTA E PEGÁ-LA. E NO QUE DIABOS VÃO MIRAR? EROS NÃO REFLETE MAIS O RADAR.

— É aí que você entra. Precisamos tentar ricochetear um laser na estação. Podemos usar o sistema de mira da *Rocinante* para guiar os mísseis.

ODEIO DESAPONTAR VOCÊ, MAS ESTAREMOS FORA DO JOGO MUITO ANTES QUE OS MÍSSEIS APAREÇAM. NÃO CONSEGUIMOS CONTINUAR. NÃO PODEMOS GUIAR OS MÍSSEIS. E, UMA VEZ QUE PERDERMOS O CONTATO VISUAL, NINGUÉM SERÁ CAPAZ DE SABER ONDE ESTÁ EROS.

— Você pode colocar no piloto automático — Fred disse.

O que significava: *Vocês todos podem morrer nos assentos em que estão bem agora.*

SEMPRE QUIS MORRER COMO MÁRTIR E TUDO MAIS, MAS O QUE FAZ VOCÊ PENSAR QUE A *ROCI* PODE DERROTAR ESSA COISA POR CONTA PRÓPRIA? NÃO VOU MATAR MINHA TRIPULAÇÃO PORQUE VOCÊ NÃO CONSEGUE PENSAR EM UM BOM PLANO.

Fred inclinou-se na direção da tela, os olhos estreitando-se. Pela primeira vez, a máscara de Fred caiu e Holden viu o medo e a impotência atrás dela.

— Olhe, sei o que estou pedindo, mas você tem ciência do que está em jogo. É o que temos. Não liguei para você para ouvir que não vai dar certo. Ajude ou caia fora. Neste momento, advogado do diabo é só um sinônimo para imbecil.

Estou sendo esmagado até a morte, provavelmente terei danos permanentes, só porque não *desisti, seu cretino. Sinto muito por não mandar minha tripulação para a morte no minuto em que você me pede isso.*

Ter que digitar tudo tinha a vantagem de restringir arroubos emocionais. Em vez de romper com Fred por ele questionar seu comprometimento, Holden digitou apenas DEIXE-ME PENSAR e cortou a conexão.

O sistema de rastreamento ótico que observava Eros lançou um aviso de que o asteroide estava aumentando a velocidade de novo. O gigante sentado em seu peito ganhou alguns quilos quando Alex acelerou a *Rocinante* para acompanhar a estação. Uma luz vermelha piscando informava Holden que, por causa do intervalo que passaram na atual aceleração, ele podia esperar que 12% da tripulação tivesse um AVC. Ia piorar. Com tempo suficiente, chegaria a 100%. Ele tentou se lembrar da máxima aceleração teórica da *Rocinante*. Alex já voara em 12 *g* por um breve período quando deixaram a *Donnager*. O limite atual era um daqueles números triviais, um jeito de se gabar de algo que sua nave jamais faria de verdade. Quinze *g*, era isso? Vinte?

Miller não sentia aceleração alguma. Quão rápido dava para ir se você nem *sentia* a velocidade?

Quase sem perceber o que estava prestes a fazer, Holden ativou o interruptor mestre do motor. Em segundos, estava em queda livre, sacudido com tosse enquanto seus órgãos tentavam encontrar seu local de repouso original dentro do corpo. Quando Holden se recuperou o suficiente para respirar fundo pela primeira vez em horas, Alex apareceu no comunicador.

– Capitão, você desligou os motores? – o piloto perguntou.

– Sim, fui eu. Estamos fora. Eros está se afastando, não tem jeito. Estamos apenas prolongando o inevitável e arriscando algumas baixas na tripulação no processo.

Naomi virou sua cadeira e lhe lançou um sorrisinho triste. Estava com olheiras por causa da aceleração.

– Fizemos nosso melhor – ela disse.

Holden saiu de sua cadeira com tanta força que bateu os antebraços no teto, então se empurrou de volta e acertou as costas na antepara ao agarrar o suporte do extintor de incêndio. Naomi o observava do outro lado do convés, a boca um cômico "O" de surpresa. Ele devia parecer ridículo, como uma criança petulante fazendo birra, mas não conseguia se conter. Soltou o extintor e flutuou até o meio do convés. Não percebera que estava batendo na antepara com a outra mão. Quando notou, sua mão já estava dolorida.

– Maldição – ele disse. – Maldição.

– Nós... – Naomi começou, mas ele a interrompeu.

– Fizemos nosso melhor? Que diabos isso importa? – Holden sentia uma névoa vermelha em sua mente, nem tudo era pelas drogas. – Fiz meu melhor para ajudar a *Canterbury* também. Tentei fazer a coisa certa quando deixei que nos levassem para a *Donnager*. Minhas boas intenções ajudaram em alguma merda?

O rosto de Naomi era inexpressivo. Agora suas pálpebras se baixavam, e ela o encarava com olhos semicerrados. Seus lábios estavam tão apertados que tinham ficado quase brancos. *Querem que eu mate você*, Holden pensou. *Querem que eu mate minha tripulação só pela hipótese de Eros não conseguir ultrapassar 15 g, e não pude fazer isso*. A culpa, a raiva e o lamento brigavam um contra o outro, transformando-se em algo tênue e não familiar. Ele não conseguia colocar um nome nesse sentimento.

– Você é a última pessoa de quem eu esperava ouvir autopiedade agora – ela disse, a voz dolorida. – Onde está o capitão que sempre pergunta "O que podemos fazer agora para melhorar as coisas"?

Holden gesticulou ao seu redor, impotente.

– Mostre-me qual botão apertar para impedir que todo mundo na Terra seja morto, e eu apertarei.

Desde que isso não mate você.

Naomi soltou seu cinto de segurança e flutuou na direção da escadaria da tripulação.

– Vou lá embaixo ver como está Amos – ela disse e abriu a escotilha do convés. Então parou. – Sou sua oficial de operações, Holden. Monitorar as linhas de comunicação é parte do meu trabalho. Sei o que Fred queria.

Holden pestanejou, e Naomi saiu de vista. A escotilha bateu atrás dela com um estrondo que não podia ser maior do que o normal, mas pareceu assim de qualquer modo.

Holden ligou para a cabine do piloto e disse para Alex fazer uma pausa e tomar um café. O piloto parou em seu caminho pelo convés; parecia querer falar alguma coisa, mas Holden só acenou para que ele se fosse. Alex deu de ombros e partiu.

A sensação aguada em suas entranhas se enraizara e brotara em um pânico total, de fazer os membros tremerem. Uma parte de sua mente, cruel, vingativa e autopunitiva, insistia em rodar sem pausa filmes de Eros correndo em direção à Terra. O asteroide rasgaria o céu como a visão do apocalipse de qualquer religião tornada real: fogo, terremotos e chuvas pestilentas varreriam o solo. Contudo, cada vez que Eros atingia a Terra em sua mente, era a explosão da *Canterbury* que ele via. Uma repentina luz branca chocante, depois nada além do som dos pedriscos de gelo acertando seu casco como granizo suave.

Marte sobreviveria por um tempo. Bolsões do Cinturão talvez aguentassem mais. Eles tinham uma cultura de fazer acontecer, sobreviver de restos, viver até o extremo de seus recursos. Sem a Terra, porém, tudo morreria em algum momento. Os humanos estavam fora do poço de gravidade havia um bom tempo. Tempo longo o bastante para desenvolver a tecnologia para cortar o cordão umbilical. Só que nunca se incomodaram em fazer isso. Estagnada. A humanidade, com todo o seu desejo de lançar-se a todos os rincões habitáveis que pudesse alcançar, tornara-se estagnada. Satisfeita em voar por aí em naves construídas meio século antes, usando tecnologia que não evoluíra muito nesse tempo todo.

A Terra estivera tão focada em seus próprios problemas que ignorou seus filhos distantes, exceto quando era para coletar uma parcela do trabalho deles. Marte colocara toda sua população na tarefa de refazer o planeta, mudando sua face vermelha para verde; tentando fazer uma nova Terra para acabar com sua dependência em relação à antiga. E o Cinturão se tornara a favela do sistema solar; todo mundo estava ocupado demais tentando sobreviver para gastar tempo criando algo novo.

Encontramos a protomolécula no momento certo para que ela nos causasse o maior dano possível, Holden pensou.

Parecia um atalho. Uma maneira de evitar ter que fazer o trabalho e simplesmente saltar direto para a divindade. Fazia tanto tempo desde que a humanidade sofrera uma ameaça real – além de si mesma –, que ninguém foi esperto o bastante para ficar assustado. Dresden dissera: as coisas que fizeram a protomolécula, que a carregaram em Febe e a lançaram na Terra, já eram parecidas a deuses quando os ancestrais da humanidade pensavam que a fotossíntese e as organelas eram o estágio mais avançado do desenvolvimento. Mesmo assim, pegaram a antiga máquina de destruição e ligaram a chave, porque no fundo os humanos não passam de macacos curiosos. Ainda precisam cutucar tudo o que encontram com uma vareta para ver o que acontece.

A névoa vermelha na visão de Holden ganhou um estranho padrão estroboscópico. Ele levou um instante para perceber que o aviso vermelho em seu painel piscava: era a *Ravi* chamando. Ele empurrou um assento de alta gravidade ali perto, flutuou de volta à sua estação e aceitou a ligação.

– *Rocinante* falando. *Ravi*, vá em frente.

– Holden, por que paramos? – McBride perguntou.

– Porque não íamos conseguir acompanhar o asteroide, e o perigo de baixas na tripulação tinha ficado alto demais – ele respondeu. Soou uma resposta fraca até para ele. Covardia. McBride pareceu não notar.

– Entendido. Vou me informar sobre novas ordens. Avisarei se algo mudar.

Holden cortou a conexão e encarou o console. O sistema de rastreamento visual fazia o melhor possível para manter Eros em vista. A *Roci* era uma boa nave. Última geração. E, desde que Alex marcara o asteroide como uma ameaça, o computador faria tudo o que estivesse em seu alcance para rastreá-lo. Mas Eros era um objeto em alta velocidade, de baixo albedo, que não refletia no radar. Podia mover-se de modo imprevisível e muito rápido. Era só questão de tempo antes que perdessem o rastro, em especial se o asteroide quisesse ter o rastro perdido.

Perto das informações de rastreamento em seu console, uma pequena janela de dados se abriu para informar que a *Ravi* ligara seu transponder. Era uma prática-padrão, até para naves militares, manter o transponder ligado quando não havia ameaça aparente ou necessidade de camuflagem. O homem do rádio da pequena corveta da Marinha das Nações Unidas devia ter ligado pela força do hábito.

E agora a *Roci* registrava-a como uma nave conhecida e colocou-a no visor de ameaças com um ponto verde que pulsava gentilmente e uma marca com o nome. Holden olhou aquilo fixamente por um bom tempo. Sentiu seus olhos se arregalarem.

– *Merda* – Holden disse, e abriu o comunicador interno da nave. – Naomi, preciso de você em operações.

– Acho que prefiro ficar aqui embaixo mais um pouco – ela respondeu.

Holden apertou o botão de alerta na estação de batalha em seu console. As luzes do convés mudaram para vermelho e uma sirene tocou três vezes.

– Imediata Nagata em operações – ele chamou. Que ela o

repreendesse mais tarde. Ele sabia que isso aconteceria. Agora, porém, não tinha tempo a perder.

Naomi entrou no convés de operações em menos de um minuto. Holden já se prendera ao assento de alta gravidade e estava carregando os registros de comunicação. Naomi empurrou-se até sua cadeira e prendeu o cinto de segurança também. Lançou-lhe um olhar inquisitivo – *Então vamos morrer no fim das contas?* –, mas não falou nada. Se ele dissesse que sim, ela morreria. Holden sentiu uma pontada que era tanto admiração como impaciência com ela. Encontrou o que estava procurando nos registros antes de falar.

– Ok – ele falou. – Fizemos contato por rádio com Miller depois que Eros sumiu do radar. Certo?

– Sim, correto – ela disse. – Mas o traje dele não é potente o bastante para transmitir de dentro da estação a uma distância muito grande, então uma das naves atracadas está retransmitindo o sinal para ele.

– Então, o que quer que Eros esteja fazendo para evitar o radar não está interrompendo todas as transmissões de rádio de lá de dentro.

– Parece correto – Naomi comentou, uma curiosidade crescente em sua voz.

– E você ainda tem os códigos de controle de cinco cargueiros da APE na superfície, certo?

– Sim, senhor – E no momento seguinte: – Ah, *merda*.

– Ok – Holden disse, virando a cadeira para encarar Naomi com um sorriso. – Por que a *Roci* e todas as outras naves da marinha no sistema têm um botão para desligar seus transponders?

– Para que o inimigo não trave um míssil no sinal do transponder e os exploda – ela respondeu, desta vez partilhando o sorriso dele.

Holden virou sua cadeira de novo e começou a abrir um canal de comunicação com a Estação Tycho.

– Imediata, poderia fazer a gentileza de usar os códigos que

Miller lhe deu para acessar esses cinco cargueiros da APE e ligar os transponders deles? A menos que nosso visitante em Eros possa correr mais do que as ondas de rádio, acho que resolvemos o problema da aceleração.

– Sim, sim, capitão – Naomi respondeu. Mesmo olhando para o outro lado, Holden podia ouvir o sorriso na voz dela, e aquilo derreteu o resto de gelo em suas entranhas. Eles tinham um plano. Poderiam fazer a diferença.

– Chamada vinda da *Ravi* – Naomi falou. – Quer falar com ela antes que eu ligue os transponders?

– Claro.

A linha fez um clique.

– Capitão Holden. Recebemos nossas novas ordens. Parece que vamos perseguir aquela coisa um pouco mais.

McBride soava quase como alguém que não fora simplesmente mandada para a morte. Estoica.

– Você pode querer esperar alguns minutos – Holden falou. – Temos uma alternativa.

Enquanto Naomi ativava os transponders dos cinco cargueiros da APE que Miller deixara amarrados na superfície de Eros, Holden explicou o plano para McBride e, depois, em uma linha separada, para Fred. Quando Fred retornou a ligação com uma entusiasmada aprovação do plano tanto por parte dele como do comando da Marinha das Nações Unidas, os cinco cargueiros piscavam, informando sua localização ao sistema solar. Uma hora depois, o maior grupo de armas nucleares interplanetárias da história da humanidade foi disparado e seguiu o caminho na direção de Eros.

Vamos vencer, Holden pensou enquanto observava os mísseis levantarem voo como um enxame de pontos vermelhos zangados em seu visor de ameaça. *Vamos derrotar essa coisa*. E, o que era melhor, sua tripulação veria o fim daquilo. Ninguém mais teria que morrer.

Exceto...

— Miller está chamando — Naomi falou. — Provavelmente percebeu que ligamos as naves.

Holden teve um mau pressentimento no estômago. Miller estaria ali, em Eros, quando os mísseis chegassem. Nem todo mundo celebraria a chegada da vitória.

— Ei, Miller. Como você está? — ele disse, sem ser capaz de manter o tom de funeral longe de sua voz.

A voz de Miller estava agitada, meio afogada pela estática, mas não tão distorcida para Holden não notar o tom e saber que o detetive estava prestes a acabar com a festa deles.

— Holden — Miller falou. — Temos um problema.

52
MILLER

Um. Dois. Três.

Miller voltou a apertar o botão do seu terminal portátil, zerando o gatilho. As portas duplas diante dele antes eram um entre milhares de mecanismos silenciosamente automatizados. Funcionaram de maneira eficiente em seus trilhos magnéticos talvez por anos. Agora, algo escuro, com textura de casca de árvore, crescia como trepadeiras pelas laterais, deformando o metal. Depois delas estavam os corredores do porto, os armazéns, o cassino – tudo o que fora a Estação Eros e agora era a vanguarda de uma inteligência alienígena invasora. Mas, para chegar até lá, Miller tinha que arrombar uma porta emperrada. Em menos de cinco segundos. Usando um traje ambiental.

Ele colocou o terminal portátil no chão mais uma vez e estendeu os braços depressa para agarrar o fino vão onde as duas portas se encontravam. Um. Dois. A porta se moveu um centímetro e pedaços de matéria preta caíram. Três.

Quatro.

Agarrou o terminal portátil de novo, zerando o gatilho.

Essa merda não ia dar certo.

Miller sentou-se no chão ao lado do carrinho. A transmissão de Eros sussurrava e murmurava; parecia inconsciente do minúsculo invasor raspando a pele da estação. Miller respirou longa e profundamente. A porta não se moveu. Ele tinha que passar por ela.

Naomi não ia gostar daquilo.

Com a mão livre, Miller afrouxou a tira de metal ao redor da bomba até que conseguiu mexê-la para a frente e para trás um pouco. Com cuidado e devagar, ergueu o canto da tira. Então, observando os avisos de status, empurrou o terminal portátil por baixo dela, o canto do metal afundando na tela sensível ao toque bem no meio do botão. O gatilho permaneceu verde. Se a estação balançasse ou mudasse de curso, ele ainda teria cinco segundos para pegar o terminal.

Era bom o bastante.

Usando as duas mãos, Miller forçou as portas. Mais crostas pretas caíram enquanto ele conseguia uma abertura grande o bastante para ver o outro lado. O corredor atrás estava quase redondo; a coisa escura que crescia enchera o corredor até que a passagem ficou parecendo um imenso vaso sanguíneo dissecado. As únicas luzes eram as lanternas de seu traje e um milhão de minúsculos pontos luminescentes que rodavam no ar como vaga-lumes azuis. Quando a transmissão de Eros pulsava, ficando momentaneamente mais alta, os vaga-lumes apagavam e acendiam. O traje ambiental relatava ar atmosférico com concentrações mais altas do que o esperado de argônio, ozônio e benzeno.

Um dos pontos luminescentes passou flutuando por ele, rodopiando em correntes que Miller não conseguia sentir. Ele o ignorou e empurrou as portas, aumentando o espaço centímetro por centímetro. Podia enfiar um braço e sentir a crosta. Parecia sólida o bastante para aguentar o carrinho. Era uma dádiva. Se fosse lama alienígena na altura da coxa, ele teria sido obrigado a encontrar outra maneira de carregar a bomba. Já era bem ruim ter que empurrar o carrinho pela superfície arredondada.

Não há descanso para os ímpios, Julie Mao disse em sua mente. *Nem paz para os bons.*

Ele voltou ao trabalho.

Quando conseguiu abrir as portas o suficiente para atravessá-las, estava suando. Seus braços e costas doíam. A crosta escura começou a crescer corredor abaixo, tentáculos abrindo-se na direção da câmara de descompressão, tomando as bordas, onde as paredes encontravam o chão ou o teto. O brilho azul colonizou o ar. Eros estava saindo pelo corredor tão rápido quanto ele entrava. Mais rápido, talvez.

Miller empurrou o carrinho para cima com as duas mãos, observando o terminal portátil de perto. A bomba balançava, mas não soltou o gatilho. Assim que ficou em segurança no corredor, ele pegou o terminal de novo.

Um. Dois.

O invólucro pesado da bomba afundara um pouco a tela sensível ao toque, mas ainda funcionava. Miller pegou o puxador e se inclinou para a frente, a superfície orgânica, instável embaixo dele transformada pelo avanço rude e pela agitação da vibração do carrinho.

Ele morrera ali uma vez. Fora envenenado. Levara um tiro. Aqueles salões, ou outros muito parecidos com aqueles, foram seu campo de batalha. Dele e de Holden. Aquele lugar estava irreconhecível agora.

Miller passou por um espaço largo, quase vazio. A crosta era mais fina ali e as paredes de metal do armazém apareciam em alguns lugares. Um LED ainda brilhava no teto, e a luz branca fria derramava-se na escuridão.

O caminho o levou ao nível do cassino – a arquitetura do comércio ainda levava visitantes ao mesmo ponto. A casca alienígena quase não existia ali, mas o espaço fora transformado. As máquinas de *pachinko* continuavam enfileiradas, meio derretidas, explodidas ou, em menor número, ainda em funcionamento e pedindo informação financeira que desbloquearia as luzes berrantes e os efeitos sonoros festivos e comemorativos. As mesas de carteado estavam visíveis sob chapéus de cogumelos de gel glutinoso transparente. Revestindo as paredes e os tetos da altura de uma catedral, faixas escuras que pareciam fios de cabelo ondulavam e brilhavam na ponta sem oferecer qualquer iluminação.

Algo gritou, o som abafado pelo traje de Miller. A transmissão da estação pareceu mais alta e mais elaborada agora que ele estava sob sua pele. Ele teve a súbita lembrança de ser criança e assistir a um vídeo de um garoto que fora engolido por uma baleia monstruosa.

Algo cinza e do tamanho de um palmo passou voando tão rápido que quase não deu para ver. Não era uma ave. Alguma coisa estava escondida atrás de uma máquina de lanches derrubada. Ele percebeu o que estava faltando. Havia 1,5 milhão de pessoas em Eros, e uma grande porcentagem delas estava aqui, no nível do cassino, quando o apocalipse pessoal delas chegou. Mas não havia corpos. Quer dizer, isso não era verdade. A crosta preta, os milhões de sulcos escuros sobre ele com aquele brilho suave, oceânico: aqueles eram os cadáveres de Eros, recriados. Carne humana refeita. Um alarme de seu traje avisou que estava começando a hiperventilar. A escuridão começou a tomar as bordas de sua visão.

Miller caiu de joelhos.

Não desmaie, filho da puta, ele disse para si mesmo. *Não desmaie. Mas, se desmaiar, pelo menos caia com o peso no maldito gatilho.*

Julie colocou a mão sobre a dele. Miller quase podia senti-la, e isso o estabilizou. Ela estava certa. Eram só corpos. Nada além de pessoas mortas. Vítimas. Apenas outro pedaço de carne reciclada, assim como cada prostituta ilegal que ele encontrara esfaqueada até a morte nos hotéis baratos de Ceres. O mesmo que todos os suicidas que se jogavam das câmaras de descompressão. Ok, a protomolécula mutilara a carne de jeitos estranhos. Não mudava o que era. Não mudava o que ele era.

– Quando você é um policial – ele disse para Julie, repetindo o que dissera para cada novato do qual fora parceiro em sua carreira –, não pode ser dar ao luxo de sentir coisas. Tem que fazer o trabalho.

Então faça o trabalho, ela respondeu, gentil.

Ele assentiu. Ficou em pé. *Vou fazer o trabalho.*

Como se em resposta, o som de seu traje mudou, a transmissão de Eros tocando em centenas de frequências distintas antes de explodir em um fluxo rápido que ele imaginou ser híndi. Vozes humanas. *Até que vozes humanas nos despertem*, ele pensou, sem ser capaz de se lembrar de onde vinha a frase.

Em algum lugar na estação, havia... alguma coisa. Um mecanismo de controle ou um suprimento de energia ou o que quer que a protomolécula estivesse usando no lugar de um motor. Ele não sabia qual seria a aparência da coisa ou como ela se defenderia. Não tinha ideia de como funcionava; só supunha que, se a explodisse, ela não funcionaria muito bem.

Então estamos de volta, ele disse a Julie. *Estamos de volta ao que sabemos.*

A coisa que crescia dentro de Eros, usando a casca de pedra do asteroide como seu próprio exoesqueleto não articulado, não destruíra os portos. Não movera as paredes interiores ou recriara câmaras e passagens do nível do cassino. Então o traçado da estação devia estar bem parecido com o que sempre fora. Ok.

O que quer que estivesse levando a estação pelo espaço, usava uma energia imensa. Ok.

Encontre o ponto de calor. Com a mão livre, conferiu o traje ambiental. A temperatura dentro da estação era de 27 graus: quente, mas longe do intolerável. Ele caminhou rapidamente na direção do corredor do porto. A temperatura caiu menos de um centésimo de grau, mas caiu. Tudo bem, então. Ele podia ir até cada um dos corredores, descobrir qual era o mais quente e segui-lo. Quando encontrasse um lugar da estação que fosse, digamos, 3 ou 4 graus mais quente do que o resto, devia ser o lugar. Ele deixaria o carrinho ali, levantaria o polegar e contaria até cinco.

Nenhum problema.

Quando voltou para o carrinho, alguma coisa dourada com a aparência suave de urze crescia ao redor das rodas. Miller raspou o melhor que pôde, mas uma das rodas começou a guinchar. Não havia nada a fazer a respeito.

Miller puxava o carrinho com uma mão enquanto a outra apertava o gatilho no terminal portátil, e assim seguiu em frente, mais para dentro da estação.

– Ela é minha – a Eros irracional disse. Repetia a frase havia quase uma hora. – Ela é minha... minha.

– Tudo bem – Miller murmurou. – Pode ficar com ela.

Seu ombro doía. O guincho da roda do carrinho piorara, o gemido atravessando a loucura das almas penadas da transmissão de Eros. Seu polegar começava a formigar por causa da pressão constante e implacável de não se aniquilar antes da hora. A cada nível que subia, a gravidade da rotação aumentava um pouco mais, e o efeito Coriolis ficava mais perceptível. Não era o mesmo que em Ceres, mas quase, e o fazia se sentir em casa. Pegou-se imaginando o futuro, quando o trabalho estivesse concluído. Imaginou-se de volta à sua habitação, um fardo de cervejas, música nos alto-falantes que tivesse uma composição de verdade, em vez da glossolalia selvagem e irracional da estação morta. Talvez um jazz leve.

Quem diria que a ideia de escutar jazz seria tão desejável?

– Peguem-me se puderem, cabações – Eros disse. – Já fui e fui e fui. Fui e fui e fui.

Os níveis interiores da estação eram ao mesmo tempo familiares e estranhos. Longe da vala comum do nível do cassino, mais da antiga vida de Eros se mostrava. Estações de metrô ainda funcionavam, anunciando problemas nas linhas e aconselhando paciência. Os recicladores de ar zumbiam. O chão estava relativamente limpo e claro. A sensação de quase normalidade destacava as mudanças de modo assustador. Folhagens escuras cobriam as paredes com padrões espiralados. Flocos do material caíam do teto, rodopiando na gravidade da rotação como fuligem. Eros tinha gravidade de rotação, mas não tinha a gravidade da aceleração maciça à qual estava submetida. Miller resolveu não tentar descobrir o motivo disso.

Um bando de coisas com aparência de aranhas e tamanho de uma bola de softbol se arrastava pelo corredor, deixando um rastro incandescente de lodo atrás de si. Foi só quando parou para chutar uma para longe do carrinho que Miller descobriu que eram mãos decepadas, os ossos do pulso arrancado queimados e refeitos. Parte da mente do ex-detetive gritava, mas era um grito distante e fácil de ignorar.

Tinha que dar crédito à protomolécula. Para algo que esperava encontrar anaeróbios procariontes, estava fazendo um trabalho impressionante de gerenciamento. Miller parou para checar o grupo de sensores de seu traje. A temperatura aumentara meio grau desde que deixara o cassino e um décimo de grau desde que entrara naquele salão principal em particular. A radiação de fundo também estava subindo, e mais dessa energia era sugada por sua pobre carne maltratada. A concentração de benzeno diminuía, e seu traje captava moléculas aromáticas mais exóticas – tetraceno, antraceno, naftaleno – com comportamento suficientemente estranho para confundir os sensores. Estava na direção correta, portanto. Inclinou-se para a frente, o carrinho resistindo ao seu puxão como uma criança entediada. Se ele lembrava bem, a disposição da estrutura era mais ou menos como a de Ceres, e ele conhecia Ceres como a palma de sua mão. Um nível acima – ou talvez dois – estaria a confluência dos serviços dos níveis mais baixos, de gravidade alta, e o suprimento e sistemas de energia que funcionavam melhor na gravidade mais baixa. Parecia uma opção provável para criar um centro de comando e controle. Uma boa localização para um cérebro.

– Fui e fui e fui – Eros dizia. – E fui.

Era engraçado, ele pensou, como as ruínas do passado moldavam tudo o que vinha depois. Parecia funcionar em todos os níveis; uma das verdades do universo. Nos tempos antigos, quando a humanidade ainda vivia inteiramente em um poço, os caminhos usados pelas legiões romanas foram asfaltados e, mais tarde, concretados sem que uma curva sequer fosse mudada. Em Ceres, Eros, Tycho, o tamanho do corredor-padrão fora determinado pelas ferramentas de perfuração para acomodar os caminhões e elevadores da Terra, que por sua vez foram desenhados para utilizarem caminhos largos o bastante para o eixo de uma carroça de mula.

Agora, o alienígena – a coisa vinda da vastidão escura – crescia pelos corredores, dutos, rotas de metrô e encanamentos criados por um bando de primatas ambiciosos. Ele se perguntou como teria sido se a protomolécula não tivesse sido capturada por Saturno, mas realmente seguido seu caminho até a sopa primordial na Terra. Nada de reatores de fusão, nada de motores de navegação, nada de carne complexa da qual se apropriar. O que teria sido diferente se essa coisa não tivesse que trabalhar sobre as escolhas de projeto de alguma outra forma evolutiva?

Miller, continue se mexendo, Julie o repreendeu.

Ele pestanejou. Estava parado na passagem vazia na base de uma rampa de acesso. Não sabia quanto tempo ficara perdido em seus próprios pensamentos.

Anos, talvez.

Ele soltou um longo suspiro e começou a subir a rampa. Os corredores acima estavam consideravelmente mais quentes do que o ambiente. Quase 3 graus. Estava chegando mais próximo. Não havia luz, no entanto. Ele tirou o dedo formigante e semiadormecido do botão, ligou a pequena luz utilitária de LED do terminal portátil e voltou para o gatilho um pouco antes de contar quatro.

– Fui e fui e... e... e... e e *e.*

A transmissão de Eros guinchou: um coro de vozes tagarelava em russo e híndi, que clamava sobre a voz solitária de antes e por sua vez era afogado por um grito profundo e rangido. Canção de baleias, talvez. O traje de Miller mencionou educadamente que ele tinha uma hora de oxigênio restante. Ele desligou o alarme.

O posto de transferência estava recoberto. Folhagens claras enchiam os corredores e se retorciam em cipós. Insetos conhecidos – moscas, baratas, aranhas d'água – rastejavam pelos grossos cabos brancos em ondas decididas. Tentáculos de algo que pareciam dutos de bile articulados se moviam para a frente e para trás, deixando uma película de larvas em fuga. Eram tão vítimas da protomolécula quanto a população humana. Pobres coitados.

– Você não pode pegar a *Porco Selvagem*. – A voz de Eros soava quase triunfante. – Você não pode pegar a *Porco Selvagem*. Ela se foi e foi e foi.

A temperatura aumentava mais rápido agora. Miller precisou de alguns minutos para perceber que a direção da rotação estava levemente mais quente. Empurrou o carrinho. Podia sentir o rangido, um minúsculo tremor nos ossos de sua mão. Entre o peso da bomba e os rolamentos das rodas falhando, seus ombros começavam a doer de verdade. Ainda bem que não teria que carregar aquela maldita coisa de volta.

Julie o aguardava na escuridão; o fino feixe de luz de seu terminal portátil passou por ela. O cabelo de Julie flutuava: a gravidade da rotação, no fim das contas, não tinha efeito nos fantasmas de sua mente. A expressão dela era séria.

Como essa coisa sabe?, ela perguntou.

Miller fez uma pausa. De vez em quando, durante toda sua carreira, alguma testemunha imaginada dizia alguma coisa, usava alguma frase, ria da coisa errada, e ele sabia que o fundo de sua mente tinha um novo ângulo para o caso.

Este era um desses momentos.

– Você não pode pegar a *Porco Selvagem* – Eros cantava.

O cometa que levou a protomolécula até o sistema solar era um meio de entrega, não uma nave, Julie falou sem que seus lábios escuros se movessem. *Era só um objeto balístico. Uma bola de gelo com a protomolécula congelada nela. Tinha sido direcionada para a Terra, mas acabou agarrada por Saturno. A carga não guiava o cometa. Não o dirigia. Não navegava.*

– Não era necessário – Miller comentou.

Está navegando agora. Está indo para a Terra. Como sabe como ir para a Terra? De onde vem essa informação? Está falando. De onde vem a gramática?

Quem é a voz de Eros?

Miller fechou os olhos. Seu traje mencionou que ele tinha só vinte minutos de ar.

– Você não pode pegar a *Porco Selvagem*! Ela se foi e foi e foi!

– Ah, merda – Miller exclamou. – Ah, *Jesus*.

Largou o carrinho, voltando para a rampa, para a luz e para os amplos corredores da estação. Tudo estava chacoalhando, a própria estação trêmula como se estivesse à beira da hipotermia. Só que claro que não estava. A única coisa tremendo era ele. Estava tudo na voz de Eros. Estava ali o tempo todo. Ele devia ter sabido.

Talvez soubesse.

A protomolécula não sabia inglês, híndi, russo ou qualquer dos idiomas que tinham sido falados. Tudo aquilo estava nas mentes e softwares dos mortos de Eros, codificados em programas neurais e gramaticais que a protomolécula devorara. Devorara, mas não destruíra. Ela mantivera a informação, os idiomas e as complexas estruturas cognitivas, construindo-se sobre elas como o asfalto sobre as estradas que as legiões construíram.

Os mortos de Eros não estavam mortos. Juliette Andromeda Mao estava viva.

Ele sorria tanto que suas bochechas doíam. Com uma mão enluvada, tentou a conexão. O sinal estava fraco demais. Não conseguia atravessar. Pediu que o uplink da nave na superfície aumentasse a força e conseguiu conexão.

A voz de Holden foi ouvida.

– Ei, Miller. Como você está?

As palavras eram suaves, em tom de desculpa. Um funcionário de hospício sendo gentil com um moribundo. Uma faísca incandescente de irritação iluminou sua mente, mas ele manteve a voz firme.

– Holden – ele disse. – Temos um problema.

53

HOLDEN

– Na verdade, meio que descobrimos como resolver o problema – Holden respondeu.

– Acho que não. Estou mandando para você os dados médicos do meu traje – Miller falou.

Alguns segundos mais tarde, quatro colunas de números apareceram em uma pequena janela no console de Holden. Tudo parecia bem normal, embora houvesse sutilezas que só um técnico em medicina, como Shed, seria capaz de interpretar corretamente.

– Ok – Holden disse. – Isso é ótimo. Você recebeu um pouco de radiação, mas, fora isso...

Miller o interrompeu.

– Estou sofrendo de hipóxia? – ele perguntou.

Os dados do traje mostravam 87 milímetros de mercúrio, confortavelmente acima da linha basal.

– Não – Holden respondeu.

– Algo que me torne um cara com alucinações ou que tenha ficado demente? Álcool, ópios... algo assim?

– Não que eu veja – Holden falou, quase impaciente. – Do que se trata? Está vendo coisas?

– Só o normal – Miller respondeu. – Queria tirar essa merda do caminho porque sei o que você vai dizer a seguir.

Ele parou de falar e o rádio apitou e estourou nos ouvidos de Holden. Quando Miller falou depois de vários segundos de silêncio, sua voz adquiriu um tom diferente. Não estava bem implorando, mas estava perto o bastante disso para fazer Holden se mexer desconfortável em seu assento.

– Ela está viva.

Só havia uma *ela* no universo de Miller: Julie Mao.

– Ah, ok. Não tenho certeza de como responder a isso.

– Você tem minha palavra de que não estou tendo um colapso nervoso, um episódio psicótico ou alguma coisa assim. Mas Julie está aqui. Está dirigindo Eros.

Holden revisou os dados médicos do traje, mas as leituras continuavam normais, todos os números, exceto radiação, no verde. A composição química de seu sangue sequer dava a entender que ele estivesse estressado por carregar uma bomba de fusão que resultaria em seu próprio funeral.

– Miller, Julie está morta. Nós dois vimos o corpo. Vimos o que a protomolécula... fez com ela.

– Vimos o corpo dela, claro. Só presumimos que estivesse morta por causa do dano...

– Ela não tinha *batimentos cardíacos* – Holden lembrou. – Nenhuma atividade cerebral, nenhum metabolismo. Essa é basicamente a definição de *morta*.

– Como sabemos qual é a definição de morto para a protomolécula?

– Nós... – Holen começou e então parou. – Não sabemos, eu acho. Mas nada de batimentos cardíacos seria um bom começo.

Miller deu uma gargalhada.

– Nós dois vimos as transmissões, Holden. Você acha que aquelas caixas torácicas equipadas com um braço que se arrastavam de um lado para o outro tinham batimentos cardíacos? Essa merda não está jogando com nossas regras, nunca jogou. Você espera que ela comece agora?

Holden sorriu. Miller estava certo.

– Mas o que o faz pensar que Julie não é apenas uma caixa torácica e uma massa de tentáculos?

– Ela pode ser, mas não é do corpo dela que estou falando – Miller respondeu. – *Ela* está aqui. Sua mente. É como se estivesse pilotando sua antiga nave de corrida, a *Porco Selvagem*. Está balbuciando sobre isso no rádio há horas, eu só não tinha juntado os pontos. Mas, agora que fiz isso, está muito claro.

– Por que ela está indo para a Terra?

– Não sei – Miller falou. Ele parecia animado, interessado. Mais vivo do que Holden jamais o escutara. – Talvez a protomolécula queira chegar lá e a está confundindo. Julie não foi a primeira pessoa a ser infectada, mas foi a primeira que sobreviveu tempo o bastante para chegar a algum lugar. Talvez ela seja o cristal semente, e tudo que a protomolécula está fazendo foi construído a partir dela. Não sei o quê, mas posso descobrir. Só preciso encontrá-la. Falar com ela.

– Você precisa colocar aquela bomba onde quer que os controles estejam e ativá-la.

– Não posso fazer isso – Miller falou.

É claro que ele não podia.

Não importa, Holden pensou. *Em menos de trinta horas, vocês dois serão poeira radioativa.*

– Tudo bem. Consegue encontrar sua garota em menos de... – Holden pediu para a *Roci* revisar o tempo de impacto dos mísseis – ... 27 horas?

– Por quê? O que acontece em 27 horas?

– A Terra disparou todo o arsenal nuclear interplanetário em Eros algumas horas atrás. Nós ligamos os transponders nos cinco cargueiros que você estacionou na superfície. Os mísseis estão apontados para eles. A *Roci* estima 27 horas até o impacto baseada na atual curva de aceleração. A Marinha Marciana e a Marinha das Nações Unidas estão a caminho para esterilizar a área após a detonação. Ter certeza de que nada sobreviva ou caia na rede.

– Jesus.

– Eu sei... Sinto não ter contado antes – Holden lamentou com um suspiro. – Muita coisa aconteceu aqui, e isso meio que fugiu da minha mente.

Houve outro longo silêncio na linha.

– Você pode detê-los – Miller falou. – Desligue os transponders.

Holden virou sua cadeira para encarar Naomi. O rosto dela tinha a mesma expressão *o que ele acabou de falar?* que ele sabia também estar em seu rosto. Ela puxou os dados médicos do traje para seu console, então acionou o sistema médico especialista da *Roci* e começou a rodar um diagnóstico médico completo. A implicação era clara: ela achava que havia algo errado com Miller que não aparecia de primeira nos dados que estavam recebendo. Se a protomolécula o infectara e o estava usando como um despiste de última hora...

– Sem chance, Miller. É nossa última cartada. Se perdermos essa oportunidade, Eros pode orbitar a Terra e espalhar gosma marrom por todo o planeta. Não podemos assumir esse risco.

– Olhe – Miller falou, seu tom de voz alternando entre a súplica anterior e uma frustração crescente. – *Julie está aqui*. Se eu puder encontrá-la, encontrar um jeito de falar com ela, posso impedir isso sem as bombas nucleares.

– O quê? Pedir para a protomolécula fazer a gentileza de não infectar a Terra quando foi isso que ela foi projetada para fazer? Apelar para o lado bom de sua natureza?

Miller parou por um momento antes de retomar a fala.

– Acho que sei o que está acontecendo aqui, Holden. Esta coisa pretendia infectar organismos unicelulares. As formas mais básicas de vida, certo?

Holden deu de ombros, então lembrou que não havia transmissão de vídeo e disse:

– Ok.

– Aquilo não deu certo, mas a protomolécula é esperta para caramba. Adaptativa. Chegou a um hospedeiro humano, um organismo complexo multicelular. Aeróbico. Cérebro imenso. Nada parecido com seu objetivo inicial. Ela começou a improvisar. Aquela bagunça na nave camuflada foi a primeira tentativa. Vimos o que fez com Julie naquele banheiro em Eros. Estava aprendendo a trabalhar conosco.

– Aonde quer chegar? – Holden perguntou. Não havia pressão de tempo ainda, com os mísseis a mais de um dia de distância, mas ele não conseguia afastar a impaciência da voz.

– Tudo o que estou dizendo é que Eros agora não é o que os projetistas da protomolécula planejaram. O plano original deles foi ultrapassado pelos bilhões de anos da nossa evolução. E, quando você improvisa, você usa o que tem. Você usa o que funciona. Julie é o modelo. Seu cérebro, suas emoções estão por toda esta coisa. Ela vê essa viagem à Terra como uma corrida e está cantando vitória. Rindo de você porque você não consegue acompanhá-la.

– Espere – Holden disse.

– Ela não está atacando a Terra, está indo para casa. Pelo que sabemos, ela pode nem estar indo para a Terra. Talvez seja para a Lua. Ela cresceu ali. A protomolécula pegou carona em sua estrutura, em seu cérebro. Então Julie infectou a protomolécula tanto quanto a protomolécula a infectou. Se eu puder fazê-la entender o que está acontecendo de verdade, talvez possa negociar com ela.

– Como sabe disso?

– Chame de palpite – Miller falou. – Sou bom com palpites.

Holden assobiou, a situação toda dando uma reviravolta em sua cabeça. A nova perspectiva era atordoante.

– Mas a protomolécula ainda quer obedecer seu programa – Holden observou. – E não temos ideia do que é.

– Posso dizer com certeza que não é acabar com humanos. As coisas que lançaram Febe na nossa direção há 2 bilhões de anos não sabiam que diabos os humanos seriam. O que quer que seja, precisa de biomassa, e agora já tem isso.

Holden não pôde evitar bufar ao ouvir isso.

– E daí? Eles não pretendem nos fazer nenhum mal? Sério? Acha que, se explicarmos que preferimos que essa coisa não aterrisse na Terra, ela simplesmente vai concordar e ir para outro lugar?

– A coisa não – Miller falou. – Julie.

Naomi olhou para Holden, balançando a cabeça. Não via nada de errado com Miller do ponto de vista orgânico tampouco.

– Estive trabalhando neste caso por quase um ano, merda – Miller xingou. – Entrei na vida dela, li seus e-mails, conheci seus amigos. Eu a conheço. Ela é uma mulher muito independente. E nos ama.

– Nós quem? – Holden perguntou.

– As pessoas. Ela ama os humanos. Desistiu de ser uma riquinha e se juntou à APE. Seguiu para o Cinturão porque era a coisa certa a fazer. De modo algum ela nos matará se souber o que está acontecendo. Só preciso encontrar um jeito de explicar. Posso fazer isso. Me dê uma chance.

Holden passou a mão pelo cabelo e fez uma careta para a oleosidade acumulada. Um dia ou dois em alta gravidade não era propício ao banho regular.

– Não posso fazer isso – Holden disse. – Os riscos são grandes demais. Vamos seguir com o plano. Sinto muito.

– Ela vai derrotar vocês – Miller falou.

– O quê?

– Ok, talvez não. Você tem um bocado de poder de fogo. Mas a protomolécula descobriu como contornar a inércia. E Julie é uma lutadora, Holden. Se você for contra ela, aposto meu dinheiro nela.

Holden vira o vídeo em que Julie lutava contra seus atacantes a bordo da nave camuflada. Fora metódica e implacável em defesa própria. Lutara sem mostrar misericórdia. Ele vira a selvageria nos olhos dela quando se sentira presa e ameaçada. Só a armadura de combate dos atacantes impediu que ela causasse mais danos neles antes que a derrubassem.

Holden sentiu um calafrio na nuca com a ideia de Eros realmente lutar. Até agora a estação ficara satisfeita em fugir dos ataques desajeitados deles. O que aconteceria se fosse para a *guerra*?

– Você pode encontrá-la – Holden comentou – e usar a bomba.

– Se eu não conseguir chegar a ela – Miller falou. – Eis o trato. Eu a encontrarei. Falarei com ela. Se não conseguir nada, eu a tirarei de lá e você pode transformar Eros em cinzas. Estou bem com isso. Mas tem que me dar tempo de tentar do meu jeito antes.

Holden olhou para Naomi, que o encarava. O rosto dela estava pálido. Ele queria ver a resposta na expressão dela, saber o que devia fazer baseado no que ela achava. Não fez isso. A decisão era dele.

– Precisa mais do que 27 horas? – Holden perguntou por fim.

Ele ouviu Miller soltar a respiração com um ruído. Havia gratidão em sua voz, o que, de certo modo, era pior do que a súplica de antes.

– Não sei. Tem uns 2 mil quilômetros de túneis aqui e nenhum dos sistemas de transporte funciona. Tenho que andar para todo lado puxando esse maldito carrinho. Sem mencionar o fato de que não sei realmente o que estou procurando. Mas me dê um pouco de tempo que vou descobrir.

– Sabe que, se não der certo, você terá que matar Julie. E você também.

– Eu sei.

Holden fez a *Roci* calcular quanto tempo levaria para Eros chegar à Terra na taxa atual de aceleração. Os mísseis da Terra estavam cobrindo a distância muito mais rápido do que Eros. Os mísseis interplanetários eram apenas Motores Epstein controlados, com bombas nucleares na frente. Os limites de aceleração eram os limites funcionais do motor em si. Se os mísseis não chegassem, ainda levaria quase uma semana para Eros chegar à Terra, mesmo se mantivesse uma taxa de aceleração constante.

Havia alguma flexibilidade.

– Aguente aí, deixe-me trabalhar em algo – Holden disse para Miller, e silenciou a conexão. – Naomi, os mísseis estão voando em linha reta para Eros, e a *Roci* acha que interceptarão o asteroide em cerca de 27 horas. Quanto tempo ganhamos se mudarmos a linha reta para uma curva? Quão curvada a trajetória pode ser para ainda dar aos mísseis a chance de atingir Eros antes que a estação se aproxime demais da Terra?

Naomi inclinou a cabeça para o lado, olhando para ele com suspeita através dos olhos semicerrados.

– O que você pretende fazer? – ela disse.

– Talvez dar a Miller uma chance de impedir a primeira guerra interespécies.

– Você confia em *Miller*? – ela disse com veemência surpreendente. – Você acha que ele é insano. Botou-o para fora da nave porque achava que ele era psicopata e assassino, e agora vai deixá-lo falar pela humanidade com um alienígena que se acha Deus e quer nos fazer em pedaços?

Holden teve que segurar um sorriso. Dizer para uma mulher zangada que sua raiva a tornava muito atraente só faria com que deixasse de ser bonito muito depressa. Além disso, ele precisava que aquilo fizesse sentido para ela. Era como ele sabia que estava certo.

– Você me disse uma vez que Miller estava certo, mesmo quando pensei que estivesse errado.

– Não significa que assino embaixo de tudo o que ele faz – Naomi disse, espaçando as palavras como se falasse com uma criança idiota. – Eu disse que ele estava certo em atirar em Dresden. Isso não quer dizer que Miller seja estável. Ele está prestes a cometer suicídio, Jim. Está obcecado com aquela garota morta. Não consigo nem começar a imaginar o que deve estar passando pela cabeça dele agora.

– Concordo. Mas ele está lá, na cena, e tem um olhar agudo para observação e para descobrir coisas. Esse cara nos rastreou até Eros baseado no nome da nave que escolhemos. É bem impressionante. Ele não me conhecia e me conhecia bem o bastante, só de me pesquisar, para saber que eu gostaria de nomear minha nave como o cavalo de Dom Quixote.

Naomi riu.

– Sério? É daí que vem o nome?

– Então, quando ele diz que conhece Julie, acredito nele.

Naomi ia dizer algo, mas parou.

– Acha que ela vai derrotar os mísseis? – Naomi perguntou com mais suavidade.

– Ele acha que ela consegue. E ele acha que pode convencê-la a não matar todos nós. Tenho que dar essa chance a ele. Devo isso a ele.

– Mesmo que signifique matar a Terra?

– Não – Holden disse. – Não tanto.

Naomi fez uma pausa. Sua raiva desapareceu.

– Então atrasar o impacto, não abortar – ela comentou.

– Ganhe algum tempo. Quanto acha que conseguimos?

Naomi franziu o cenho, encarando os mostradores. Ele quase podia ver as opções estalando na mente dela. Ela sorriu, sua ferocidade aplacada agora, substituída pelo olhar malicioso de quando sabia que estava sendo bem inteligente.

– Quanto você quiser.

– Você quer fazer o quê? – Fred perguntou.

– Desviar os mísseis do curso por enquanto para ganhar algum tempo para Miller, mas não tanto que não possamos usá-los para destruir Eros se necessário – Holden explicou.

– É simples – Naomi acrescentou. – Vou enviar instruções detalhadas.

– Me dê o resumo – Fred pediu.

– A Terra apontou seus mísseis para os transponders dos cinco cargueiros em Eros – Naomi disse, carregando seu plano em uma sobreposição na comunicação em vídeo. – Você tem naves e estações por todo o Cinturão. Pode usar o programa de reconfiguração de transponder que nos deu antes e ficar trocando os códigos em naves e estações ao longo destes vetores para empurrar os mísseis em um arco comprido que eventualmente voltará para Eros.

Fred balançou a cabeça.

— Não vai funcionar. No minuto em que o comando da Marinha das Nações Unidas ver o que estamos fazendo, simplesmente mandarão os mísseis pararem de seguir aqueles códigos em particular e tentarão descobrir outro jeito de apontar para Eros — ele comentou. — E também ficarão muito putos conosco.

— Sim, eles ficarão putos, tudo bem — Holden falou. — Mas não vão conseguir os mísseis de volta. Um pouco antes de você começar a tirá-los do curso, vamos lançar uma tentativa de invasão maciça dos mísseis vinda de localizações múltiplas.

— Então vão presumir que um inimigo está tentando enganá-los e vão desligar a reprogramação durante o voo — Fred completou.

— Sim — Holden respondeu. — Diremos que vamos enganá-los para que parem de ouvir, e, quando não estiverem ouvindo, vamos enganá-los.

Fred balançou a cabeça de novo, desta vez dando a Holden o olhar vagamente assustador de um homem que queria sair devagar da sala.

— Não tem a menor possibilidade de eu aceitar sua proposta — ele disse. — Miller não vai conseguir firmar algum acordo mágico com os alienígenas. Não importa o que aconteça, vamos acabar bombardeando Eros. Por que então atrasar o inevitável?

— Porque — Holden ponderou — estou começando a pensar que pode ser menos perigoso desse jeito. Porque, se usarmos os mísseis sem tomarmos o centro de comando... cérebro... o que quer que seja, de Eros, não sabemos se vai funcionar, e tenho certeza de que isso vai reduzir nossas chances. Miller é o único que pode fazer isso. E esses são os termos dele.

Fred disse algo obsceno.

— Se Miller não conseguir falar com ela, ele cai fora. Confio nele para isso — Holden falou. — Vamos lá, Fred, você conhece os projetos desses mísseis tão bem quanto eu. Até melhor. Eles colocam pastilhas de combustível suficientes naqueles motores para dar duas voltas no sistema solar. Não vamos perder nada em dar um pouco mais de tempo para Miller.

Fred balançou a cabeça pela terceira vez. Holden viu seu rosto endurecer. Ele não ia concordar. Antes que pudesse dizer não, Holden emendou:

– Lembra aquela caixa com as amostras da protomolécula e todas as anotações do laboratório? Quer saber qual é meu preço por elas?

– Você está totalmente fora de si – Fred disse lentamente, arrastando as palavras.

– Quer comprar ou não? – Holden respondeu. – Quer o ingresso mágico para um assento na mesa? Conhece meu preço agora. Dê uma chance para Miller, e a amostra é sua.

– Estou curioso para saber como conseguiu convencê-los – Miller disse. – Pensei que provavelmente eu estava ferrado.

– Não importa – Holden falou. – Ganhamos seu tempo. Encontre a garota e salve a humanidade. Estaremos esperando notícias. – *E prontos para transformar você em poeira se isso não acontecer* não foi dito. Não havia necessidade.

– Estive pensando sobre aonde ir, se eu conseguir falar com ela – Miller comentou. Ele tinha a esperança já perdida de um homem com um bilhete da loteria. – Quero dizer, ela tem que estacionar em algum lugar.

Se sobrevivermos. Se eu puder salvá-la. Se o milagre for verdade.

Holden deu de ombros, embora ninguém pudesse ver.

– Mande-a para Vênus – ele sugeriu. – É um lugar horrível.

54

MILLER

– Eu não e eu não – a voz de Eros murmurava. Juliette Mao falava em seu sono. – Eu não e eu não e eu não...

– Vamos lá – Miller falou. – Vamos *lá*, seu filho da puta. *Esteja* aqui.

Os compartimentos médicos estavam exuberantes e recobertos, espirais pretas com filamentos de bronze e aço pendiam das paredes, incrustadas nas mesas de exame, alimentadas pelos suprimentos de narcóticos, esteroides e antibióticos derramados para fora de armários quebrados. Miller remexeu na bagunça com uma mão, o alarme de seu traje apitando. O ar que respirava tinha o gosto azedo de ter sido reciclado vezes demais. Seu polegar, ainda apertando o gatilho, vibrava quando não latejava de dor.

Ele afastou o amontoado quase fúngico que cobria uma caixa que ainda não estava quebrada e encontrou a tranca. Quatro cilindros de gás medicinal: dois vermelhos, um verde, um azul. Miller olhou a etiqueta. A protomolécula não os pegara ainda. Vermelho para anestésico. Azul para nitrogênio. Ele pegou o verde. O campo estéril da válvula de saída estava no lugar. Ele inspirou profundamente o ar moribundo. Mais algumas horas. Colocou o terminal portátil no chão (*um... dois...*), arrancou o selo (*três...*), colocou a válvula na entrada de seu traje (*quatro...*) e botou um dedo no terminal portátil. Ficou em pé, sentindo o frio do tanque de oxigênio em sua mão enquanto seu traje revisava o tempo de vida. Dez minutos, uma hora, quatro horas. A pressão do cilindro médico se igualou à do traje, e ele o tirou. Mais quatro horas. Ganhara mais quatro horas.

Era a terceira vez que conseguia um reabastecimento de emergência desde que falara com Holden. A primeira foi em um extintor de incêndio da estação, a segunda em uma unidade de reciclagem reserva. Se voltasse para o porto, provavelmente encontraria um pouco de oxigênio em bom estado em um dos armários de suprimentos ou em alguma nave atracada.

Se voltasse até a superfície de Eros, as naves da APE tinham bastante estoque.

Mas não havia tempo para aquilo. Não estava à procura de ar; estava à procura de Juliette. Esticou o corpo. As torções no pescoço e nas costas ameaçavam se transformar em câimbras. Os níveis de dióxido de carbono em seu traje não tinham se afastado dos limites máximos, mesmo com oxigênio entrando na mistura. O traje precisava de manutenção e de um filtro novo. Isso teria que esperar. Atrás dele, a bomba no carrinho tinha sua própria intenção.

Tinha que encontrá-la. Em algum lugar no labirinto de corredores e salas, naquela cidade morta, Juliette Mao os guiava de volta para a Terra. Miller rastreara quatro pontos quentes. Três eram candidatos decentes para seu plano original de vasta imolação nuclear: conjuntos de fios e o filamento preto alienígena pendurados em imensos nódulos de aparência orgânica. O quarto era um reator de laboratório barato a ponto de derreter por conta própria. Foram necessários quinze minutos para acionar o desligamento de emergência, e provavelmente não devia ter perdido esse tempo. Aonde quer que fosse, porém, nada de Julie. Até a Julie de sua imaginação se fora, como se o fantasma não tivesse mais lugar agora que ele sabia que a mulher de verdade ainda estava viva. Ele sentia falta de tê-la por perto, mesmo que fosse apenas uma visão.

Uma onda atravessou o compartimento médico, todos os afloramentos alienígenas erguendo-se e balançando como filetes de ferro quando um ímã passa sobre eles, atraindo-os. O coração de Miller acelerou, a adrenalina invadindo seu sangue, mas não aconteceu de novo.

Ele tinha que encontrá-la. Tinha que encontrá-la logo. Podia sentir a exaustão tomar conta dele, como dentes mastigando bem no fundo de sua mente. Já não estava mais pensando com tanta clareza quanto deveria. Em Ceres, ele teria voltado até sua habitação, dormido um dia e voltado inteiro para encarar o problema. Não havia essa opção aqui.

Círculo completo. Ele fizera o círculo completo. Uma vez, em outra vida, recebeu a tarefa de encontrá-la; quando falhou, aquilo virou vingança. E agora tinha uma nova chance de encontrá-la, de salvá-la. Se não conseguisse, ainda estava puxando um carrinho porcaria, com rodas barulhentas, que daria conta da vingança.

Miller balançou a cabeça. Estava tendo muitos momentos como este, perdido em seus pensamentos. Segurou a alça do carrinho, inclinou-se para a frente e avançou. A estação ao seu redor rangia do mesmo jeito que ele imaginava que seria com um antigo veleiro, as tábuas dobrando-se com a água salgada e com o grande cabo de guerra entre Terra e Lua. Aqui era uma rocha, e Miller não conseguia imaginar que forças atuavam nela. Felizmente, nada que interferisse no sinal entre seu terminal portátil e a carga que levava. Não queria ser reduzido a seus átomos elementares sem querer.

Estava ficando cada vez mais claro que ele não poderia vasculhar a estação inteira. Sabia disso desde o início. Se Julie tivesse ido para algum lugar obscuro – escondida em algum nicho ou buraco como um gato moribundo –, ele não a encontraria. Tornara-se um jogador, apostando contra toda esperança que conseguiria decifrar os desenhos da estação. A voz de Eros mudava, vozes distintas agora cantavam em híndi. Como em um jogral infantil, Eros harmonizava consigo mesma em uma riqueza crescente de vozes. Agora que ele sabia o que ouvir, escutava a voz de Julie abrindo caminho entre as demais. Talvez ela tenha estado o tempo todo ali. A frustração de Miller beirava a dor física. Ela estava tão perto, mas ele não conseguia alcançá-la.

Miller voltou para o corredor principal do complexo. Os compartimentos do hospital tinham sido um bom lugar para procurar por ela também. Plausíveis. Infrutíferos. Ele procurou em dois laboratórios biológicos comerciais. Nada. Tentara o necrotério, os tanques de contenção da polícia. Fora até a sala de evidências, de caixa de plástico em caixa de plástico de drogas contrabandeadas e armas confiscadas espalhadas no chão como folhas de carvalho em um grande parque. Tudo significara algo alguma vez. Cada uma das caixas fora parte de um pequeno drama humano, esperando para ser trazido à luz, parte de um julgamento ou pelo menos de uma audiência. Um pequeno escritório se preparava para o dia do julgamento, agora adiado para sempre. Todos os pontos seriam debatidos.

Algo prateado voou por cima dele, mais rápido do que um pássaro, então mais um e um bando, fluindo sobre sua cabeça. A luz cintilou no metal vivo, brilhante como as escamas de um peixe. Miller observou a molécula alienígena improvisando no espaço sobre ele.

Você não pode parar aqui, Holden disse. *Tem que parar de correr e pegar o caminho certo.*

Miller olhou por sobre o ombro. O capitão estava parado ali, real e irreal, onde antes estivera sua Julie interior.

Bem, isso é interessante, Miller pensou.

– Eu sei – ele disse. – É só que... Não sei aonde ela foi. E... bem, olhe ao redor. Lugar grande, sabe?

Você pode detê-la, senão eu farei isso, seu Holden imaginário avisou.

– Se eu soubesse aonde ela foi – Miller disse.

Ela não foi, Holden falou. *Ela nunca foi.*

Miller se virou para encará-lo. O enxame prateado voava sobre sua cabeça, tremendo como insetos ou como um motor mal regulado. O capitão parecia cansado. A imaginação de Miller colocara uma linha de sangue no canto da boca do homem. Então não era mais Holden, mas Havelock. O outro terráqueo. Seu antigo parceiro. Então era Muss, seus olhos tão mortos quanto os do próprio Miller.

Julie não fora a lugar algum. Miller a vira no quarto do cortiço, quando ainda não acreditava que qualquer coisa além de um cheiro ruim pudesse se erguer do túmulo. Muito antes. Ela fora colocada em um saco de cadáver. E levada para algum lugar. Os cientistas da Protogen a recuperaram, colheram a protomolécula e espalharam a carne refeita de Julie pela estação como abelhas polinizando um campo de flores silvestres. Eles deram a estação para ela, mas antes de fazer isso colocaram-na em algum lugar que julgavam ser seguro.

Uma sala segura. Até que estivessem prontos para distribuir a coisa, queriam contê-la. Fingir que podiam contê-la. Não era provável que tivessem se dado ao trabalho de desinfetar tudo depois que conseguiram o necessário. Não era como se alguém fosse usar o local depois deles, portanto havia boas chances de ela ainda estar ali. Isso reduzia as opções.

Devia haver uma ala de isolamento no hospital, mas a Protogen não usaria instalações onde médicos e enfermeiras que não eram da corporação poderiam se perguntar o que estava acontecendo. Risco desnecessário.

Tudo bem.

Devem ter preparado tudo em uma das plantas fabris no porto. Havia vários lugares ali que exigiram trabalho completamente automatizado. Contudo, mais uma vez, teria existido o risco de serem descobertos ou questionados antes que a armadilha estivesse pronta para ser ativada.

É uma casa de drogas, Muss disse em sua mente. *Você quer privacidade, você quer controle. Extrair o vírus da garota morta e extrair a coisa boa das sementes de papoula podem usar processos químicos distintos, mas ambos são crimes.*

– Bem pensado – Miller disse. – E perto do nível do cassino... Não, isso não está certo. O cassino foi o segundo estágio. O primeiro foi o medo da radiação. Colocaram um monte de gente nos abrigos antirradioativos e cozinharam todo mundo para que a protomolécula ficasse bem e feliz, depois *eles* infectaram o nível do cassino.

Onde você colocaria um laboratório de drogas que era próximo dos abrigos antirradioativos?, Muss perguntou.

A correnteza prateada voadora desviou à esquerda e depois à direita, derramando-se pelo ar. Pequenos caracóis de metal começaram a cair, deixando trilhas de fumaça atrás de si.

– Se eu tivesse acesso? Nos controles ambientais de reserva. É uma instalação de emergência. Sem tráfego a pé a menos que alguém esteja fazendo um inventário. Tem todo o equipamento de isolamento já pronto. Não seria difícil.

E como a Protogen controlava a segurança de Eros mesmo antes de colocar bandidos descartáveis no lugar, seria fácil cuidar disso, Muss comentou e sorriu triste. *Viu só? Eu sabia que você podia resolver isso.*

Em menos de um segundo, Muss se fora e Julie Mao – sua Julie – apareceu no lugar dela. Estava sorrindo e linda. Radiante. Seu cabelo flutuava ao redor dela como se estivesse nadando em gravidade zero. E então ela se foi. O alarme do seu traje o avisou sobre um ambiente cada vez mais cáustico.

– Aguente firme – ele disse para o ar corrosivo. – Logo estarei lá.

Foram apenas 33 horas desde o momento em que ele percebera que Juliette Andromeda Mao não estava morta até o instante em que abriu as travas de emergência e empurrou seu carrinho para dentro das instalações reserva de controle ambiental. As linhas simples e limpas e o projeto redutor de erros do lugar ainda eram visíveis sob o crescimento da protomolécula. Ou quase. Amarrações de filamentos escuros e formas espiraladas suavizavam os cantos do chão e do teto. Laços pendiam de cima como musgo espanhol. As familiares luzes de LED ainda brilhavam sob o afloramento suave, mas outra iluminação vinha dos fracos pontos azuis reluzindo no ar. O primeiro passo de Miller fez seu pé afundar em um grosso carpete até a altura do tornozelo; o carrinho da bomba teria que ficar do lado de fora. Seu traje reportava uma mistura de gases exóticos e moléculas aromáticas, mas tudo o que ele sentia era o próprio cheiro.

Todas as salas interiores haviam sido refeitas. Transformadas. Ele caminhou pelas áreas de controle de tratamento de águas residuais como um mergulhador em uma caverna natural. As luzes azuis rodopiavam ao seu redor enquanto andava, algumas dúzias aderindo-se brilhantes ao seu traje. Ele quase não as afastou do visor de seu capacete, pensando que poderiam manchar como vaga-lumes mortos, porém elas só rodopiaram de volta para o ar. Os monitores de ar reciclado ainda dançavam e irradiavam, os milhares de alarmes e relatos de incidentes mostrando o perfil da treliça de protomoléculas que cobria as telas. Água escorria em algum lugar ali perto.

Ela estava em uma área de análise de materiais perigosos, deitada em uma cama de fios escuros que saíam de sua coluna até se tornarem indistinguíveis do imenso colchão de contos de fada de seus próprios cabelos flutuantes. Minúsculos pontos de luz azul brilhavam em seu rosto, braços e seios. Os esporões ósseos que pressionavam para fora de sua pele tinham crescido até se tornarem conexões extensas, quase arquitetônicas, exuberantes. Suas pernas haviam sumido, perdidas no emaranhado de teias escuras alienígenas; ela lembrava a Miller uma sereia que trocara suas barbatanas por uma estação espacial. Seus olhos estavam fechados, mas ele podia vê-los se movendo e dançando sob as pálpebras. E ela respirava.

Miller ficou parado ao lado dela. O rosto dela não era exatamente o de sua Julie imaginária. A mulher de verdade tinha a mandíbula mais larga, e o nariz não era tão reto quanto ele lembrava. Ele não notou que estava chorando até que tentou afastar as lágrimas e bateu no capacete com a mão enluvada. Teve que se contentar em pestanejar com força até que sua visão clareou.

Todo esse tempo. Todo esse caminho. E aqui estava o que ele viera buscar.

— Julie — ele disse, colocando a mão livre no ombro dela. — Ei. Julie. Acorde. Preciso que acorde agora.

Ele tinha os suprimentos médicos de seu traje. Se precisasse, poderia dar uma dose de adrenalina ou anfetamina para ela. Em vez disso, sacudiu-a gentilmente, como fazia com Candance em uma manhã preguiçosa de domingo, quando ela ainda era sua esposa, em uma vida distante, quase esquecida. Julie franziu o cenho, abriu a boca e a fechou.

— Julie. Você precisa acordar agora.

Ela gemeu e levantou um braço inútil para afastá-lo.

— Volte para mim — ele disse. — Você precisa voltar agora.

Os olhos dela se abriram. Não eram mais humanos. A esclera estava gravada com redemoinhos vermelhos e pretos, a íris do mesmo azul luminoso dos vaga-lumes. Não era humana, mas ainda era Julie. Seus lábios moveram-se em silêncio. E então:

— Onde eu estou?

— Na Estação Eros — Miller explicou. — O lugar não é o que costumava ser. Nem mesmo *onde* costumava estar, mas...

Ele pressionou o emaranhado de filamentos com a mão, analisando-o, depois descansou o quadril na lateral dela como se sentasse em sua cama. O corpo de Miller estava dolorosamente cansado e mais leve do que deveria. Não como se estivesse em baixa gravidade. A flutuabilidade irreal não tinha nada a ver com a carne exausta.

Julie tentou falar, lutou, parou, tentou de novo.

— Quem é você?

— Ainda não fomos apresentados oficialmente, não é? Meu nome é Miller. Eu era detetive da Star Helix Segurança, em Ceres. Seus pais nos contrataram, embora fosse mais uma coisa do tipo amigos importantes. Eu devia encontrar você, capturá-la e levá-la de volta ao poço.

– Um sequestro? – ela perguntou. Sua voz estava mais forte. Seu olhar parecia mais focado.

– Nada de mais – Miller disse e suspirou. – Eu meio que estraguei tudo, no entanto.

Os olhos dela se fecharam, mas ela continuou falando.

– Algo aconteceu comigo.

– Sim. Aconteceu.

– Estou com medo.

– Não, não, não. Não tenha medo. Está tudo bem. Do jeito mais confuso do mundo, mas está tudo bem. Olhe, neste exato momento a estação inteira está seguindo para a Terra. Muito rápido.

– Sonhei que estava em uma corrida. Estava indo para casa.

– Sim. Precisamos parar isso.

Os olhos dela se abriram de novo. Ela parecia perdida, angustiada, sozinha. Uma lágrima escapou do canto de seus olhos, brilhando azul.

– Me dê sua mão – Miller disse. – Não, de verdade, preciso que segure uma coisa para mim.

Ela levantou a mão lentamente, como uma alga marinha em uma correnteza suave. Ele pegou o terminal portátil, e pressionou o polegar dela no gatilho.

– Segure bem aqui. Não solte.

– O que é isto?

– Uma longa história. Só não solte.

Os alarmes de seu traje berraram quando ele abriu as travas do capacete. Miller desligou-os. O ar era estranho: acetato, cominho e um almiscarado profundo, poderoso, que o fazia se lembrar de animais hibernando. Julie o observava enquanto ele tirava as luvas. Naquele exato momento, a protomolécula estava se prendendo a ele, enterrando-se em sua pele e olhos, aprontando-se para fazer com ele o que fizera com todo mundo em Eros. Ele não se importava. Pegou o terminal portátil de volta e envolveu os dedos dela com os seus.

– Você está dirigindo este ônibus, Julie – ele falou. – Sabia disso? Quero dizer, pode perceber?

Os dedos dela estavam frios entre os dele, mas não gelados.

– Posso sentir... alguma coisa – ela falou. – Estou com fome? Não, não com fome, mas... quero algo. Quero voltar para a Terra.

– Não podemos fazer isso. Você precisa mudar o curso – Miller respondeu. O que Holden dissera? *Mande-a para Vênus.* – Precisamos ir para Vênus.

– Não é o desejo da coisa – ela disse.

– É o que temos para oferecer – Miller retrucou. E acrescentou, depois de uma pausa: – Não podemos ir para casa. Temos que ir para Vênus.

Ela ficou em silêncio por um longo tempo.

– Você é uma lutadora, Julie. Nunca deixou ninguém decidir nada por você. Não comece agora. Se formos para a Terra...

– A coisa vai devorá-los também. Do mesmo jeito que me devorou.

– Isso.

Ela olhou para ele.

– Isso – ele repetiu. – Vai ser exatamente assim.

– O que vai acontecer em Vênus?

– Nós vamos morrer, provavelmente. Não sei. Mas não levaremos um monte de gente conosco, e teremos certeza de que ninguém vai pôr a mão nesta porcaria – ele disse, gesticulando para a gruta ao redor deles. – E, se não morrermos... bem, será interessante.

– Não sei se consigo.

– Consegue. Você é mais inteligente do que a coisa que está fazendo tudo isto. Você está no controle. Leve-nos para Vênus.

Os vaga-lumes rodopiavam, as luzes azuis pulsando levemente: acesas e apagadas, acesas e apagadas. Miller viu no rosto dela quando Julie tomou uma decisão. Ao redor deles, as luzes ficaram brilhantes, a gruta tomada por um tom azul suave, e então apagaram de novo, do jeito que estavam antes. Miller sentiu alguma coisa pegar na parte de trás do pescoço, como o primeiro aviso de uma garganta inflamada. Ele se perguntou se teria tempo de desativar a bomba. Então olhou para Julie. Juliette Andromeda Mao. Piloto da APE. Herdeira do trono da corporação Mao-Kwikowski. O cristal semente de um futuro além de qualquer coisa que ele jamais sonhara. Ele teria tempo suficiente.

– Estou com medo – ela disse.

– Não tenha – ele respondeu.

– Não sei o que vai acontecer.

– Ninguém nunca sabe. Olhe, você não tem que fazer isso sozinha – ele comentou.

– Sinto algo no fundo da minha mente. Quer alguma coisa que eu não entendo. É tão *grande*.

Sem pensar, ele beijou as costas da mão dela. Uma dor começava no fundo de sua barriga. Uma sensação de enjoo. Um momento de náusea. As primeiras pontadas de sua transformação em Eros.

– Não se preocupe – ele disse. – Ficaremos bem.

55

HOLDEN

Holden sonhou.

Na maior parte de sua vida, ele fora um sonhador lúcido. Então, quando se viu sentado na cozinha de seus pais, na antiga casa em Montana, conversando com Naomi, ele soube. Não entendia muito bem o que ela dizia, mas ela ficava afastando o cabelo dos olhos enquanto mordiscava biscoitos e bebia chá. Embora achasse que nunca mais poderia pegar um biscoito e dar uma mordida nele, Holden podia sentir o cheiro, e a lembrança dos biscoitos de aveia com gotas de chocolate da mãe Elise era muito boa.

Foi um sonho bom.

A cozinha piscou uma vez, vermelha, e algo mudou. Holden sentiu que alguma coisa estava errada, e viu o sonho deslizando de uma lembrança cálida para um pesadelo. Tentou dizer algo para Naomi, mas não conseguiu formar as palavras. O aposento piscou vermelho de novo, mas ela pareceu não notar. Ele se levantou, foi até a janela da cozinha e olhou para fora. Quando a cozinha piscou pela terceira vez, ele viu o que estava causando aquilo: meteoros caíam do céu, deixando atrás de si rastros ferozes cor de sangue. De algum modo, ele sabia que eram pedaços de Eros que se esfacelavam na atmosfera. Miller falhara. O ataque nuclear falhara.

Julie voltara para casa.

Ele se virou para falar para Naomi correr, mas tentáculos escuros irromperam pelo chão e a envolveram, furando seu corpo em vários lugares. Eles saíam pela boca e pelos olhos dela.

Holden tentou correr até ela, ajudá-la, mas não conseguia se mexer. Quando olhou para baixo, viu que tentáculos subiam e o agarravam também. Um se enrolou em sua cintura e o segurou. Outro tentava entrar em sua boca.

Ele despertou com um grito no aposento escuro que piscava com uma luz vermelha. Algo o segurava pela cintura. Em pânico, ele começou a arranhar o que o prendia, até quase soltar uma unha do dedo da mão esquerda, antes que sua mente racional o lembrasse de que estava no convés de operações, em sua cadeira, com cinto de segurança por causa da gravidade zero.

Botou o dedo na boca, tentando aplacar a dor da unha que machucara em um dos cintos da cadeira, e respirou fundo pelo nariz algumas vezes. O convés estava vazio. Naomi dormia na cabine. Alex e Amos estavam de folga, provavelmente também dormiam. Eles passaram quase dois dias sem descansar durante a perseguição em alta gravidade de Eros. Holden ordenara que todo mundo fechasse um pouco os olhos e se oferecera para assumir a primeira vigília.

E caíra imediatamente no sono. Nada bom.

A sala piscou vermelho de novo. Holden balançou a cabeça para afastar o restante de sono, e focou sua atenção no console. Uma luz de aviso vermelha pulsava, e ele tocou na tela para abrir o menu. Era seu painel de ameaça. Alguém estava apontando uma mira laser neles.

Ele abriu o painel de ameaça e ligou os sensores ativos. A única nave em milhões de quilômetros era a *Ravi*, que mirava neles. Segundo os registros automáticos, começara alguns segundos antes.

Ele estendeu o braço para ativar o comunicador e ligar para a *Ravi* quando a luz de mensagem entrando acendeu. Ele abriu a conexão, e um segundo depois a voz de McBride disse:

– *Rocinante*, pare qualquer manobra, abra a escotilha externa da câmara de descompressão e prepare-se para ser abordado.

Holden franziu o cenho para seu console. Era alguma piada esquisita?

– McBride, aqui é Holden. Ah, o quê?

A resposta dela veio em um tom cortante que não era encorajador.

– Holden, abra a escotilha externa da câmara de descompressão e prepare-se para abordagem. Se eu notar um único sistema defensivo ligado, atirarei em sua nave. Estamos entendidos?

– Não – ele disse, quase incapaz de manter a irritação fora de sua voz. – Não estamos entendidos. Não vou deixar que me aborde. Que diabos está acontecendo?

– Recebi ordens do comando da Marinha das Nações Unidas de assumir o controle de sua nave. Você é acusado de interferir em operações militares da Marinha das Nações Unidas, de comandar ilegalmente meios militares da Marinha das Nações Unidas e uma lista de outros crimes que não vou me dar ao trabalho de ler agora. Se não se render imediatamente, seremos forçados a atirar em você.

– Ah – Holden falou.

A Marinha das Nações Unidas percebeu que os mísseis mudaram de curso, tentou reprogramá-los e descobriu que eles não estavam escutando.

Estavam chateados.

– McBride – Holden disse depois de um momento. – Abordar-nos não fará bem algum. Não podemos devolver os mísseis. E é desnecessário, de toda forma. Eles estão apenas fazendo um pequeno desvio.

A gargalhada de McBride soou como o latido agudo de um cão zangado um pouco antes de morder.

– Desvio? – ela disse. – Você entregou 3 573 mísseis balísticos termonucleares interplanetários de alto rendimento para um traidor acusado de crime de guerra!

Holden precisou de um minuto.

– Você está falando de *Fred*? Acho que "traidor" é um pouco duro...

McBride o interrompeu.

– Desative os transponders falsos que estão afastando nossos mísseis de Eros e reative os transponders da superfície do asteroide, ou atiraremos em sua nave. Você tem dez minutos para obedecer.

A conexão foi interrompida com um clique. Holden olhou para o console com algo entre a descrença e o ultraje, então deu de ombros e acionou o alarme da estação de batalha. As luzes de convés se acenderam por toda a nave em um vermelho zangado. A sirene de alarme soou três vezes. Em menos de dois minutos, Alex correu pela escada até a cabine do piloto; meio minuto depois, Naomi se jogou em sua estação de operações.

Alex falou primeiro.

– A *Ravi* está a 400 quilômetros de distância – ele disse. – Os sensores laser dizem que o tubo de mísseis está aberto, e ela tem a mira travada em nós.

Enunciando claramente suas palavras, Holden falou:

– Não abra, repito, não abra nossos tubos ou tente mirar na *Ravi* desta vez. Apenas fique de olho nela e prepare-se para ficar na defensiva se parecer que ela vai atirar. Não vamos fazer nada para provocá-la.

– Devo começar a obstrução? – Naomi disse atrás dele.

– Não, pareceria agressivo. Mas prepare um pacote de contramedidas e fique com o dedo pronto no botão – Holden pediu. – Amos, está na engenharia?

– Afirmativo, capitão. Pronto para agir aqui.

– Deixe o reator em 100% e puxe os controles dos canhões de defesa para seu console aí embaixo. Se atirarem em nós neste raio de alcance, Alex não terá tempo de voar e revidar o tiro. Se vir um ponto vermelho no painel de ameaça, atire imediatamente com os canhões. Entendido?

– Afirmativo – Amos respondeu.

Holden soltou um longo suspiro entredentes, então reabriu o canal com a *Ravi*.

– McBride, aqui é Holden. Não vamos nos render, não vamos deixar que nos aborde e não vamos obedecer às suas exigências. Qual é a alternativa?

– Holden, seus reatores estão se aquecendo – McBride respondeu. – Estão se preparando para fugir de nós?

– Não, apenas nos aprontando para tentar sobreviver. Por quê? Por acaso estamos lutando?

Outra gargalhada curta e cortante.

– Por que tenho a sensação de que não está levando isso a sério? – McBride perguntou.

– Ah, estou levando completamente a sério – Holden replicou. – Não quero que me mate e, acredite ou não, não tenho desejo algum de matar você. Os mísseis estão em um pequeno desvio, só isso; não é nada que precisamos resolver deste modo. Não posso dar o que me pede e não estou interessado em passar os próximos trinta anos em uma prisão militar. Você não ganha nada atirando em nós, e eu revidarei se chegarmos a isso.

McBride cortou a ligação.

– Capitão – Alex chamou. – A *Ravi* está começando a manobrar. Está fazendo barulho. Acho que está se preparando para nos atacar.

Merda. Holden tinha certeza de que podia convencê-la a não fazer isso.

– Ok, fique na defensiva. Naomi, comece suas contramedidas. Amos? Está com o dedo naquele botão?

– Pronto – Amos respondeu.

– Não atire até ver um míssil ser lançado. Não queremos forçar a mão com eles.

Uma gravidade esmagadora súbita atingiu Holden, pressionando-o contra sua cadeira. Alex começara a manobrar.

– A esta distância, talvez eu possa dar a volta nela. Impedi-la de fazer um disparo – o piloto disse.

– Faça isso e abra os tubos.

– Entendido – Alex falou, sua calma de piloto profissional incapaz de conter o tom animado com uma possível batalha.

– Desativei a trava da mira que eles tinham posto em nós – Naomi disse. – A matriz de laser deles não é nem de perto tão boa quanto a da *Roci*. Consegui obstruir tudo.

– Um urra para os vaidosos dispositivos de defesa marcianos – Holden brincou.

A nave sacudiu de repente com uma série de manobras selvagens.

– Maldição – Alex falou, a voz tensa pelas forças *g* das curvas rápidas. – A *Ravi* acaba de disparar os canhões de defesa em nós.

Holden conferiu seu painel de defesa e viu os longos fios de pérolas brilhantes das rajadas disparadas. Os tiros não chegavam nem perto. A *Roci* reportava a distância entre as naves como 370 quilômetros – uma distância muito grande para os sistemas de mira computadorizada atingir uma nave manobrando loucamente com um tiro de balística de outra nave manobrando loucamente.

– Revidar fogo? – Amos gritou a pergunta no comunicador.

– Não! – Holden gritou de volta. – Se ela nos quisesse mortos, estaria disparando torpedos. Não lhe dê motivo para nos querer mortos.

– Capitão, estamos dando a volta nela – Alex falou. – A *Roci* é rápida demais. Teremos posição de tiro em menos de um minuto.

– Ok – Holden disse.

– Devo disparar? – Alex perguntou, seu sotaque marciano bobo desaparecendo conforme a tensão aumentava.

– Não.

– A mira laser deles está desligada – Naomi falou.

– O que quer dizer que desistiram de tentar impedir nossas obstruções e passaram os mísseis para o rastreio de radar – Holden respondeu.

– Não tão acurado – Naomi falou esperançosa.

– Uma corveta como aquela leva pelo menos uma dúzia de mísseis. Eles só precisam nos atingir com um para nos matar. E nessa distância...

Um som gentil veio de seu console de ameaça, informando que a *Roci* calcularia a posição de tiro para a *Ravi*.

– Estamos prontos! – Alex gritou. – Disparar?

– Não! – Holden falou. Ele sabia que dentro da *Ravi* estavam soando as sirenes barulhentas de trava de mira inimiga.

Parem, Holden desejou para eles. *Por favor, não me façam matar vocês.*

– Ah – Alex disse em voz baixa. – Hum.

Atrás de Holden, quase no mesmo instante, Naomi chamou:

– Jim?

Antes que ele pudesse perguntar, Alex apareceu no comunicador geral.

– Ei, capitão, Eros acabou de voltar.

– O quê? – Holden perguntou, e em sua mente vislumbrou uma breve imagem do asteroide se esgueirando como um bandido de história em quadrinhos entre as duas naves de guerra.

– Sim – Alex confirmou. – Eros. Acabou de reaparecer no radar. O que quer que estivesse fazendo para bloquear nossos sensores, simplesmente parou de fazer.

– O que a rocha está fazendo? – Holden falou. – Consiga-me uma trajetória.

Naomi puxou as informações de rastreamento em seu console e começou a trabalhar nisso, mas Alex acabou alguns segundos antes.

– Boa pergunta – ele falou. – Está mudando de curso. Ainda seguindo na direção do Sol, mas desviando do vetor onde está a Terra.

– Se mantiver o curso e a velocidade – Naomi acrescentou –, eu diria que está seguindo para Vênus.

– Uau – Holden exclamou. – Eu tinha brincado com Miller.

– Foi uma boa brincadeira – Naomi comentou.

– Bem, alguém diga a McBride que ela não precisa atirar em nós agora.

– Ei – Alex chamou com voz pensativa. – Se fizemos aqueles mísseis pararem de ouvir, isso quer dizer que não podemos desligá-los, certo? Me pergunto onde Fred vai derrubá-los.

– Bem que eu queria saber – Amos disse. – Só desarmar a Terra, imagina? Seria bem embaraçoso.

– Consequências não intencionais – Naomi suspirou. – Sempre as consequências não intencionais.

Eros chocando-se contra Vênus foi o evento mais amplamente transmitido e gravado na história. Quando o asteroide chegou ao segundo planeta do Sol, várias centenas de naves orbitavam por ali. Naves militares tentaram manter as civis longe, mas não deu certo. Estavam em menor número. O vídeo da descida de Eros foi capturado por câmeras militares, telescópios de naves civis e pelos observatórios de dois planetas e cinco luas.

Holden desejou poder estar ali para ver de perto, mas Eros ganhara velocidade depois que se virou, quase como se o asteroide estivesse impaciente para que a jornada terminasse agora que o destino estava à vista. A tripulação e ele ficaram sentados na cozinha da *Rocinante* e assistiram às transmissões das notícias. Amos desenterrara outra garrafa de tequila falsa de algum lugar e servia sem miséria nas xícaras de café. Alex os conduzia de volta a Tycho na velocidade gentil de 0,33 g. Não havia pressa agora.

Estava tudo acabado, exceto os fogos de artifício.

Holden estendeu o braço, pegou a mão de Naomi e a apertou com força quando o asteroide entrou na órbita de Vênus e pareceu parar. Ele sentia como se toda a raça humana estivesse segurando o fôlego. Ninguém sabia o que Eros – não, o que *Julie* – faria agora. Ninguém falara com Miller desde a última conversa dele com Holden, e ele não atendia o terminal portátil. Ninguém sabia com certeza o que acontecera no asteroide.

Quando o fim chegou, foi belo.

Em órbita ao redor de Vênus, Eros foi feito em pedaços como um quebra-cabeça. O asteroide gigante se partiu em uma dúzia de partes, espalhando-se ao redor do equador do planeta como um longo colar. Então esses doze pedaços se partiram em mais doze, e mais doze, em uma nuvem brilhante de sementes fractais que se espalhou por toda a superfície do planeta, desaparecendo na espessa camada de nuvens que em geral escondia Vênus da vista.

– Uau – Amos disse com voz quase reverente.

– Isso foi lindo – Naomi falou. – Um pouco inquietante, mas lindo.

– Eles não ficarão lá para sempre – Holden comentou.

Alex engoliu o restante da tequila de sua xícara e serviu-se novamente.

– O que quer dizer, capitão? – ele perguntou.

– Bem, estou só imaginando. Mas duvido que as coisas que construíram a protomolécula queriam apenas armazená-la aqui. Isso era parte de um plano maior. Salvamos a Terra, Marte e o Cinturão. A questão é: o que vai acontecer agora?

Naomi e Alex trocaram olhares. Amos apertou os lábios. Na tela, Vênus brilhava com arcos de luz dançando por todo o planeta.

– Capitão, você está cortando meu barato – Amos disse.

EPÍLOGO:

FRED

Frederick Lucius Johnson. Ex-coronel das Forças Armadas da Terra, Carniceiro da Estação Anderson. Agora também da Estação Tot. Primeiro-ministro não eleito da APE. Encarara sua própria mortalidade uma dúzia de vezes, perdera amigos para a violência, para a política e para traições. Sobrevivera a quatro tentativas de assassinato, das quais só duas tinham algum registro. Matara usando apenas uma faca de mesa um atacante armado com uma pistola. Dera ordens que acabaram com centenas de vidas, e sustentara todas as suas decisões.

Mesmo assim, falar em público ainda o deixava nervoso como o diabo. Não fazia sentido, mas era assim.

Senhoras e senhores, estamos diante de uma encruzilhada...

– A general Sebastian estará na recepção – sua secretária pessoal disse. – Lembre-se de não perguntar pelo marido dela.

– Por quê? Eu não o matei, matei?

– Não, senhor. Ele está tendo um caso amoroso bem público, e a general está um pouco sensível com isso.

– Então ela pode *querer* que eu o mate.

– Você pode fazer a oferta, senhor.

O "salão verde" era na verdade vermelho e ocre, com um sofá de couro preto, paredes espelhadas e uma mesa posta com morangos hidropônicos e água potável cuidadosamente mineralizada. Três horas antes, a chefe da segurança de Ceres, uma mulher de rosto sisudo chamada Shaddid, escoltara-o do cais até as instalações onde seria a conferência. Desde então, ele andara de um lado para o outro – três passos em uma direção, meia-volta, três passos na outra –, como o capitão de um navio antigo na linha de seu tombadilho.

Em outra parte da estação, os representantes dos grupos anteriormente beligerantes estavam em suas próprias salas, com seus próprios secretários. A maior parte deles odiava Fred, o que não era bem um problema. A maior parte deles o temia também. Não por causa de sua posição na APE, é claro. Por causa da protomolécula.

A rixa política entre Terra e Marte era provavelmente irreparável; as forças da Terra leais à Protogen tinham engendrado uma traição muito profunda para ser perdoada, e vidas demais haviam sido perdidas em ambos os lados para que a paz que se aproximava parecesse com qualquer coisa que fora outrora. Os inocentes da APE achavam que essa era uma coisa boa: uma oportunidade para jogar um contra o outro. Fred sabia que não era assim. A menos que as três forças – Terra, Marte e o Cinturão – pudessem alcançar uma paz verdadeira, era inevitável que acabassem voltando para a guerra.

Agora, se ao menos a Terra ou Marte pensassem no Cinturão como algo mais do que uma chatice a ser esmagada depois que o inimigo verdadeiro fosse humilhado... Mas, na verdade, o sentimento anti-Marte na Terra era maior agora do que fora durante a guerra, e as eleições marcianas estavam a quatro meses de distância. Uma mudança significativa na política de Marte poderia diminuir as tensões ou tornar as coisas imensuravelmente piores. Os dois lados tinham que ver o todo.

Fred parou diante do espelho, ajustou sua túnica pela centésima vez e fez uma careta.

– Quando me transformei em um maldito conselheiro matrimonial? – ele perguntou.

– Não estamos mais falando sobre a general Sebastian, estamos, senhor?

– Não. Esqueça que eu disse algo. O que mais preciso saber?

– Há a possibilidade de que Marte Azul tente interromper sua apresentação. Bagunceiros e placas, nada de armas. A capitã Shaddid tem vários azuis em custódia, mas alguns podem ter escapado.

– Tudo bem.

– Você tem entrevistas agendadas com dois canais locais de transmissão política e com uma agência de notícias baseada em Europa. O entrevistador de Europa provavelmente vai perguntar sobre a Estação Anderson.

– Tudo bem. Alguma novidade de Vênus?

– Alguma coisa está acontecendo lá – a secretária disse.

– Não está morto, então.

– Aparentemente não, senhor.

– Ótimo – ele disse com amargura.

Senhoras e senhores, estamos diante de uma encruzilhada. De um lado está a ameaça muito real de aniquilação mútua. Do outro, ...

Do outro, há o bicho-papão de Vênus, aprontando-se para sair de seu poço e assassinar todos vocês durante o sono. Tenho a amostra viva, que é a melhor, senão única, esperança de vocês de adivinhar quais são as intenções e capacidades do que chamamos de protomolécula. Mantenho a amostra escondida, para que não possam simplesmente marchar sobre mim e tomá-la. É a única razão pela qual qualquer um de vocês está me escutando, em primeiro lugar. Então, que tal um pouco de respeito aqui?

O terminal portátil de sua secretária soou.

– É o capitão Holden, senhor.

– Tenho que recebê-lo?

– Seria melhor se ele sentisse que foi parte do esforço, senhor. Ele tem um histórico de comunicados amadores à imprensa.

– Tudo bem. Deixe-me falar com ele.

As semanas desde que a Estação Eros se esfacelara nos céus espessos de Vênus haviam sido boas para Holden, mas viagens prolongadas em alta gravidade como a que a *Rocinante* fizera perseguindo Eros tinham efeitos duradouros. Os vasos sanguíneos estourados na esclera do homem haviam se curado; os hematomas sumiram ao redor de seus olhos e em sua nuca. Só uma pequena hesitação no jeito como ele andava demonstrava a profunda dor nas juntas, a cartilagem ainda voltando à forma natural. Aceleração contínua, eles chamavam na época em que Fred era um homem diferente.

– Ei – Holden disse. – Está bonito. Você viu a última transmissão de Vênus? Torres de cristal de 2 quilômetros de altura. O que acha que é?

– Sua culpa? – Fred sugeriu, mantendo o tom amigável. – Você podia ter falado para Miller levar a estação para o Sol.

– Sim, porque torres de cristal de 2 quilômetros de altura saindo do Sol não seriam nada assustadoras – Holden comentou. – São morangos?

– Fique à vontade. – Fred indicou as frutas. Não fora capaz de comer nada desde aquela manhã.

– Então – Holden já estava com a boca cheia –, eles vão realmente me processar por isso?

– Doar unilateralmente todos os direitos de exploração mineral e de desenvolvimento de um planeta inteiro em um canal de rádio aberto?

– Sim – Holden falou.

– Acho que as pessoas que realmente possuem esses direitos devem processar você, sim – Fred comentou. – Se algum dia descobrirmos quem são eles.

– Pode me dar uma mão com isso? – Holden perguntou.

– Serei testemunha do seu caráter – Fred garantiu. – Mas não faço as leis.

– Então o que todos vocês *estão* fazendo aqui? Não poderia haver algum tipo de anistia? Recuperamos a protomolécula, encontramos Julie Mao em Eros, derrotamos a Protogen e salvamos a Terra.

– *Vocês* salvaram a Terra?

– Nós ajudamos – Holden falou, mas seu tom de voz estava mais sombrio agora. A morte de Miller ainda incomodava o capitão. Fred conhecia aquele sentimento. – Foi um esforço conjunto.

A secretária pessoal de Fred pigarreou e olhou na direção da porta. Precisavam ir.

– Farei o que puder – Fred prometeu. – Tenho várias outras coisas na pauta, mas farei o possível.

– E Marte não pode pegar a *Roci* de volta – Holden falou. – O direito de espólio diz que a nave é minha agora.

– Eles não verão desse jeito, mas farei o que puder.

– Você só diz isso.

– Porque é mesmo tudo o que posso fazer.

– E você vai falar sobre ele, certo? – Holden perguntou. – Miller. Ele merece crédito.

– O cinturino que voltou para Eros por conta própria a fim de salvar a Terra? Você pode ter certeza de que vou falar sobre ele.

– Não "o cinturino". Ele. Josephus Aloisus Miller.

Holden parou de comer os morangos grátis. Fred cruzou os braços.

– Você andou pesquisando – Fred falou.

– Sim. Bem. Eu não o conhecia tão bem.

– Ninguém o conhecia bem – Fred falou e então suavizou um pouco. – Sei que é duro, mas não precisamos de um homem real com uma vida complexa. Precisamos de um símbolo do Cinturão. Um ícone.

– Senhor – a secretária chamou. – Nós realmente precisamos ir agora.

– Foi o que nos trouxe aqui – Holden comentou. – Ícones. Símbolos. Pessoas sem nomes. Todos aqueles cientistas da Protogen pensando sobre biomassa e populações. Não na Mary que trabalhava no armazém e plantava flores nas horas vagas. Nenhum deles *a* matou.

– Acha que não teriam matado mesmo assim?

– Acho que, se iam fazer isso, deviam a ela pelo menos seu nome. O nome de todos eles. Você deve isso a Miller, não transformá-lo em algo que ele não era.

Fred gargalhou. Não conseguiu evitar.

– Capitão – ele disse –, se está dizendo que eu devia alterar meu discurso na conferência de paz para não dizer que um nobre cinturino se sacrificou para salvar a Terra... Se está sugerindo que, em vez disso, eu diga algo como "por sorte tínhamos um ex-policial suicida no local", você entende esse processo menos do que eu imaginava. O sacrifício de Miller é uma ferramenta, e vou usá-la.

– Mesmo que isso o torne alguém sem rosto – Holden comentou. – Mesmo que isso o torne algo que ele nunca foi?

– Especialmente se torná-lo algo que ele nunca foi – Fred respondeu. – Você se lembra de como ele era?

Holden franziu o cenho e então algo brilhou em seus olhos. Diversão. Lembrança.

– Era um pé no saco, não era? – Holden brincou.

– O homem podia receber uma visita de Deus com trinta anjos seminus anunciando que sexo era algo bom no fim das contas, e ele tornaria isso algo deprimente.

– Ele era um bom homem – Holden disse.

– Não era – Fred discordou. – Mas fez seu trabalho. E agora tenho que fazer o meu.

– Vá em frente – Holden falou. – E anistia. Continue falando sobre anistia.

Fred seguiu pelo corredor curvado, a secretária logo atrás dele. A sala de conferências fora projetada para eventos menores. Bem menores. Cientistas de hidroponia escapando dos maridos, das esposas e dos filhos para se embebedar e falar sobre criação de brotos de feijão. Mineradores reunindo-se para dar palestras uns para os outros sobre minimização de resíduos e disposição de rejeitos. Competições de bandas do ensino médio. E, em vez disso, aqueles carpetes trabalhados e paredes de pedra polida teriam que suportar o sustentáculo da história. Era culpa de Holden que o ambiente pequeno e gasto o fizesse se lembrar do detetive morto. Não era assim antes.

As delegações estavam sentadas ao longo do corredor, uma de cada lado. Os generais, políticos nomeados e secretários-gerais da Terra e de Marte, as duas grandes potências atendendo ao seu convite em Ceres, no Cinturão. Território tornado neutro porque nenhum dos lados o levou a sério o bastante para se preocupar com suas exigências.

Toda a história os trouxera até aqui, até este momento e, agora, nos próximos minutos, a tarefa de Fred era mudar essa trajetória. O medo se fora. Sorrindo, ele subiu até o parlatório, até o pódio.

O púlpito.

Soaram alguns aplausos educados. Alguns sorrisos, alguns cenhos franzidos. Fred sorriu. Não era mais um homem. Era um símbolo, um ícone. Uma narrativa sobre si mesmo e sobre as forças em jogo no sistema solar.

Por um momento, sentiu-se tentado. Na hesitação entre inspirar e falar, parte dele se perguntou o que aconteceria se ele deixasse de lado os exemplos da história e falasse de si mesmo como um homem, sobre o Joe Miller que conhecera por pouco tempo, sobre a responsabilidade de todos ali para desconstruir as imagens que tinham uns dos outros e descobrir as pessoas genuínas, falhas, conflitantes que, sem exceção, eram na verdade.

Teria sido um jeito nobre de falhar.

– Senhoras e senhores – ele disse. – Estamos diante de uma encruzilhada. De um lado está a ameaça muito real de aniquilação mútua. Do outro...

Fez uma pausa dramática.

– Do outro, as estrelas.

AGRADECIMENTOS

Como a maior parte das crianças, este livro precisou de uma aldeia para ser criado. Eu gostaria de expressar minha profunda gratidão aos meus agentes, Shawna e Danny, e aos meus editores DongWon e Darren. Foram também fundamentais no início da formação do livro Melinda, Emily, Terry, Ian, George, Steve, Walter e Victor, do grupo de escritores New Mexico Critical Mass, além de Carrie, que leu um rascunho prévio. Um agradecimento adicional vai para Ian, que ajudou com parte da matemática e que não é responsável pelos erros que cometi ao entendê-la. Também tenho uma dívida enorme com Tom, Sake Mike, Não Sake Mike, Porter, Scott, Raja, Jeff, Mark, Dan e Joe. Obrigado, amigos, pelo teste beta. E, por fim, um agradecimento especial aos escritores de *Futurama* e a Bender Bending Rodriguez por cuidar da criança enquanto eu escrevia.

ENTREVISTA COM O AUTOR

Leviatã desperta é o primeiro livro de uma série chamada The Expanse. Que tipo de história você conta na série?

Há muita ficção científica que fala sobre um futuro próximo. Há muita coisa sobre grandes impérios galácticos em um futuro distante. Mas há pouco sobre o que está entre esses dois momentos. The Expanse explora esse período. O que quer que tenha nos levado a sair da Terra para conquistar o restante do sistema solar e depois as estrelas carrega conosco os nossos problemas. Quis escrever um bom romance espacial tradicional, centrado em histórias humanas, mas com um grande pano de fundo.

Parece que *Leviatã desperta* é um livro de ficção científica, mas ele perpassa também outros gêneros, como o terror e o *noir*. Você pretendeu misturar esses gêneros? Que tipo de livro acha que é?

É definitivamente ficção científica tradicional no estilo *space opera*. Essa era a história que eu queria contar. Mas metade dela é uma narrativa policial: assim que o detetive Miller apareceu na página, ele me disse em voz alta que era um personagem *noir* clássico. Estava na voz dele e no jeito como falava sobre as coisas, sabe? Quanto à sensação de terror, é só a maneira como eu narro. Nunca escrevi nada na vida que não tivesse pelo menos um pezinho no terror. Se eu escrevesse cartões comemorativos, eles provavelmente teriam um quê de assustador.

***Leviatã desperta* tem dois protagonistas com visões de mundo muito distintas, que com frequência entram em conflito. Pode descrever essas visões de mundo e por que escolheu esse conflito em particular?**

Sabe quando dizem que ficção científica é sobre o futuro sobre o qual você está escrevendo, mas também sobre o tempo em que você escreve? Holden e Miller têm dois pontos de vista diferentes sobre o uso ético da informação. Essa é uma discussão muito atual. Holden é meu crédulo. É um idealista, um homem que encara as coisas com um ponto de vista muito otimista da humanidade. Ele acredita que, se as pessoas tiverem toda a informação, elas farão a coisa certa com aquilo, porque são naturalmente boas. Miller é um cínico e um niilista. Ele olha a disseminação da informação como um jogo. Não tem fé no julgamento moral de ninguém. O controle da informação é um meio de conseguir das pessoas o que você quer, e ele não acredita que ninguém possa tomar essa decisão. Escolhi esses dois personagens porque os dois estão certos e errados ao mesmo tempo. Ao juntá-los na história, posso fazer com que conversem um com o outro. E essa discordância central é como um contexto no qual todo o resto acontece.

Leviatã desperta tem um ar corajoso e realista. Quanta pesquisa você fez sobre o lado tecnológico das coisas e quão importante é para você que essas informações sejam realistas e acuradas?
Você está me perguntando se isso é ficção científica *hard*, então. A resposta é um enfático *não*. Não tenho nada além de respeito pela ficção científica *hard* bem escrita, e quis que tudo no livro fosse plausível o suficiente para não sair dos trilhos. Mas esta não é uma história na qual encontramos o "como fazer" rigoroso, com a matemática mostrada. Isto aqui é ficção científica do cara comum. É como em *Alien*, quando deparamos com a tripulação da *Nostromo* fazendo suas tarefas em um ambiente muito fabril. Eles são caminhoneiros, certo? Por que há uma sala na *Nostromo* onde a água escorre por correntes suspensas do teto? Porque fica bacana e faz o ambiente parecer um pouco bagunçado. Passa ao espectador a sensação que o lugar transmite. Ridley Scott não explica por que aquela sala existe, e a maior parte das pessoas que assistem ao filme nunca perguntou sobre ela. Que tipo de motor a *Nostromo* usa? Aposto que ninguém saiu do filme fazendo essa pergunta. Eu queria contar uma história sobre humanos

vivendo e trabalhando em um sistema solar bem povoado. Queria transmitir a sensação de como isso seria, e então contar uma história sobre as pessoas que viviam ali.

Como o Motor Epstein funciona?
Muito bem. É eficiente.

Ao término do livro, você agradece ao grupo de escritores New Mexico Critical Mass. Que efeito esse ambiente de oficina tem em seu trabalho?
Bem, o Critical Mass é muito mais do que uma oficina ou um grupo crítico. É mais como uma máfia de escritores. Qualquer coisa que você possa precisar, alguém no grupo pode conseguir para você. Walter Jon Williams, que escreveu a brilhante série espacial Dread Empire's Fall, estava lá para dar dicas importantes sobre como escrever esse gênero. S. M. Stirling e Victor Milan escreveram alguns dos melhores livros de ação do mercado, e havia bastante ação no meu livro para eles criticarem. Ian Tregillis é um astrofísico que se colocou à disposição para questões técnicas. Melinda Snodgrass é tipo uma Yoda que diz quando você está desviando demais da trama. E o grupo inteiro, incluindo Emily Mah, Terry England e George R. R. Martin, estava lá para ler e criticar os primeiros esboços do livro. Muitas mudanças foram feitas a partir dos conselhos deles.

Você trabalhou bastante com George R. R. Martin no passado. Que tipo de conselho recebeu dele para este projeto?
Realmente, fiz inúmeros projetos com ele nesta encarnação e em outras. Neste caso, ele basicamente encorajou. Ele gosta de ficção científica tradicional e seguiu meu progresso no livro com grande interesse. Também foi o primeiro a ler a versão final. Foi muito elogioso. Disse, em certo ponto, que era o melhor livro sobre zumbis vomitantes que já lera. Foi legal.

Que caminhos você vê para a série The Expanse?
Bem, tenho pelo menos mais dois livros da série contratados. Os títulos são *Caliban's War* e *Dandalion Sky*. Espero continuar explorando a ideia da expansão humana pelo sistema solar e além, e equilibrar as ameaças reais que a galáxia oferece para a diáspora humana incipiente contra as ameaças que esses mesmos humanos levarão consigo.

TIPOGRAFIA:
Athelas [texto]
Portico [entretítulos]

PAPEL:
**Pólen soft 80 g/m² **[miolo]
**Cartão Supremo 250 g/m² **[capa]

IMPRESSÃO:
Gráfica Paym [maio de 2017]